远处晨光含蓄

海宁作家2021作品年选

金问渔——主编

上册

团结出版社
UNITY PRESS

图书在版编目（CIP）数据

远处晨光含蓄：海宁作家 2021 作品年选／金问渔主
编. -- 北京：团结出版社，2022.7
ISBN 978-7-5126-9462-0

Ⅰ. ①远… Ⅱ. ①金… Ⅲ. ①中国文学-当代文学-
作品综合集 Ⅳ. ①I217.1

中国版本图书馆 CIP 数据核字（2022）第 108622 号

出　　　版：团结出版社
　　　　　　（北京市东城区东皇城根南街 84 号 邮编：100006）
电　　　话：(010) 65228880 65244790
网　　　址：www. tjpress. com
E - mail：65244790@ 163. com
出版策划：力扬文化
经　　　销：全国新华书店
印　　　刷：成都兴怡包装装潢有限公司

开　　　本：170mm×240mm　　1/16
印　　　张：34
字　　　数：512 千字
版　　　次：2022 年 7 月第 1 版
印　　　次：2022 年 7 月第 1 次印刷

书　　　号：ISBN 978-7-5126-9462-0
定　　　价：108.00 元（全二册）

目录

文学评论

Chapter 1

中短篇小说

远处晨光含蓄

25 兆帕

金问渔

一

　　吴正音从工地巡查回来刚躺下小眯了一会儿，就被朱瞧瞧的敲门声吵醒：快到我这儿来打荷，晚上一块儿吃。

　　听着朱瞧瞧半嗲半命令的口气，吴正音有些恼怒：打荷怎么成了我的专职工作啦？你再不练练手，指节头都要生锈啦！

　　门外那头没搭理他，踢踏踢踏走开了，吴正音只得讪讪爬起来走出房间，踱步到楼上。他已记不起和朱瞧瞧之间是何时开始流行"打荷"这个词的。朱瞧瞧和他都是粗人，大约是前年去五星级酒店吃自助餐那次吧，碰上了一位河南老乡，颇为得意地告诉他，以前在这儿打荷，现在升为厨师了。他不明白"打荷"是啥意思，却也不懂装懂地点点头，后来百度了一下才知晓。再后来，大概是语境的潜移默化吧，他和朱瞧瞧的日常对话都以河南调的普通话开腔，还出现了这个词，并且把它的含义扩展到厨房全部的杂活儿。或许，一说起打荷，隐隐就有了融入这座小城的自以为是感。

　　拉开冰箱，除了几个土豆和萝卜，只有一把无精打采的芫荽，吴正音问，瞧瞧，吃啥啊？配不起来咧。朱瞧瞧嬉皮笑脸：那你去买点呗，问我干啥呢？吴正音摸出手机，打开微信钱包朝朱瞧瞧晃了晃：青黄不接啦，让你哥马上汇点钱过来。顿了顿，又补充了一句，你再跟他说说，把我这两年的工资开了呗。朱瞧瞧不作声。

　　出得门来，吴正音便打了几个寒战，南方的冬天其实比老家冷得多，屋内没暖气，屋外又是湿冷，寒风里水汽重，在这儿待了三年，脚趾头上的冻疮就做伴了三个冬天。他想，今年要是能结清工钱回家，明年就不出来了。

只是，怎么向朱瞧瞧开口呢？这几年，他和朱碰碰、朱瞧瞧兄妹简直就是拴在一起的三只蚂蚱，谁都无法轻易脱身。

朱碰碰已经一年没出现了，有的说回老家了，有的说在南京做工程，真正的落脚点也只有朱瞧瞧知道，但她打死也不说，这边的工地就留下吴正音对付。他赊购混凝土、赊购钢筋和水泥，赊成了，就把工程推进一点，没赊到或人工调不过来，就不做，把项目发包方搞得火冒三丈却无计可施。早先时候，他拨过去的电话朱碰碰还接。朱碰碰说，我把妹子都押给你了，你急啥？碰上讨债的，怎往我身上推呗！吴正音问，那我的工资呢？你啥时给？电话那头便说面包会有的，牛奶会有的，一切都会有的，倘若再逼他，便说，你把我亲妹卖了呗！

有那么几次，吴正音搁下电话后还真想过，这女人值几个钱？三十一二岁的年纪，肉身丰润却也紧致，身材高挑倒也匀称，没嫁过人……想着想着，又有些心酸，农村女人这么大年纪，孩子都和娘一样高了。

来到离小区不远的菜场，临近春节，许多外地的菜贩都回老家了，偌大的地方显得有些冷清，剩下几张熟悉的面孔套起近乎，吴老板、吴老板地喊他。吴正音稍作踌躇，觉得买两条带鱼还是要的，大家眼中的老板，总不能太寒碜吧！

眼下他负责的工程，是一个车用天然气加气站的站房与罩棚建设项目，五百万的土建投资，算是小工程。项目发包方是一家大型运输企业，公开招标后，一家民营建筑公司中了标，随后甩给了朱碰碰的工程队。对于这种项目转包的行为，项目发包方心知肚明，却苦于找不到法律条款退标。工程合同是与建筑公司签的，项目经理是建筑公司正儿八经的员工，其他需要资质的岗位也都有建筑公司的员工挂名，而现场实际负责人却是吴正音。

到目前为止，朱碰碰只拿出过五十万元，一笔二十五万，从建筑公司买来标的，另一笔也是二十五万，作为履约保证金打到项目发包方的账户上。按建筑业的潜规则，施工方肯定是要垫付一定资金的，但朱碰碰没给吴正音一分钱，建筑公司自然也不会给，吴正音便找借口拖延进场日期，等项目发包方首付款打到账上后才拉起队伍。根据合同，项目发包方按工程进度付款，首付款用完了，建材赊账也不行的时候工程便进行不下去了。项目发包方一看工程进度没达标，不肯放款，吴正音就成了风箱里的老鼠。好在项目发包方时间拖不起，上级对其固定资产投入完成率是有绩效考核的，只能挤牙膏似的再付点款。就这样，工程在拉扯战中一点点做起来，吴正音还要从捉襟见肘的款子里划出点生活费对付工地上的一顿午饭以及他与朱瞧瞧两人的日常。

二

雪稀稀拉拉下着，像坚硬的米粒。下了大半天，停了会儿，然后接着下，却依然不是纷纷扬扬的那种。落在树上、灌木上，渐渐变软、变小，直至消失，怎么都无法积起来。再过二十天就是春节了，工程遇雪提早停了下来，建筑工人们还在，眼巴巴等着拿到工钱回老家，吴正音却在唱《空城计》。合同上的完工日期已经接近，工程量却只完成了 50% 左右，项目发包方付款额也超前了一部分，再去讨要，定是自讨没趣。但如果不努力一下，工人们还不把自己撕了！

望望窗外滴滴答答的屋檐水，吴正音真不愿出门，没听到朱瞧瞧下楼的声音，她肯定又沉迷在肥皂剧里了，这个女人难道真是没心没肺没胃？几天又过去了，他已彻底坐吃山空，再花钱要刷自己的信用卡或支付宝了，她的冰箱也应该空了吧，可也没见她出门买过食品。

吴正音终于忍不住了，拐上楼梯，朱瞧瞧果然在看言情剧，她笑嘻嘻地开了门，然后一扭头，继续把关注点投向了电视屏幕。

吴正音拉开冰箱一看，空空荡荡，惨白的灯光下，冷气也遁得无影无踪，一片死寂。

瞧瞧，你得想法让你哥过来，人不来，至少打点生活费过来，再不给钱，你这亲妹子也要喝西北风了。朱瞧瞧转过头来朝他翻了翻白眼，你自己再去和发包方商量商量喽！吴正音说，我算什么呀，人家能搭理我吗？你哥不来处理，我也跑路了，大不了这两年的工资不拿了！朱瞧瞧皱了皱眉头，我哥有他的难处，你不要逼他了。吴正音的火气似乎在胸腔里"嘭"的一声炸响了，你处处向着你哥。现在工人追讨工资，发包方催我进度，你说这个年关怎么跨过？朱瞧瞧说，你吼啥呢！他是我哥啊！我不向着他向着谁？你是我什么人啊？

吴正音马上蔫了下来，是啊，我是她什么人啊，说穿了，还是伙计与老板的关系呗。当初他与朱碰碰、朱瞧瞧三人都住在工地上，后来朱碰碰消失了，偏偏加气站"螺蛳壳里做道场"，只得外面租房住，同一幢楼里一上一下两个单元，近一年过下来，嘴唇碰舌头，她向他怄气的时候可不少。

吴正音把手一甩，出门找饭店去了。他和朱瞧瞧蛰居的小区，是一个封闭的农民新村，说是农民，其实早已无地可耕，巨无霸的小区也成为城市的一部分，小区内都是相同设计规格的一幢幢四层楼，每幢落地面积近一百平方，纵横整齐，但并无错落有致，房东一般自己住二楼，底层留出楼梯间后做店面，三楼与四楼则分割成小套房出租，保证每个单元有一个小小的厨房与卫生间，房租比外面的商品公寓房便宜很多。因此，小区内的外来人口远远超过了本地人，估计总有八九千呢，围绕这些人的服务也应运而生，足不出小区便可享受各种配套，超市、浴室、药房、理发店、网吧等应有尽有，但最多的还是吃食店，重庆大嘴烤鱼、沙县小吃、西安凉皮……似乎天南海北的特色美食都汇集到了这儿。吴正音走进一家老北京炸酱面馆，叫了碗打卤面，坐下想了想，终觉得不妥，便又叫了一碗，然后拿起手机，瞧瞧，到"老北京"来吃面了。

朱瞧瞧穿着棉睡衣匆匆进店，显然是饿了，也不搭理吴正音，端起碗就是一筷子。吴正音爱怜地看着她，心中五味杂陈，这个女人一直想着他，而他显然辜负了她。

我想来想去，你哥如果再不露面，这次只能找建筑公司要钱了。吴正音嘴里含着热面条，说话有些口齿不清。

建筑公司？朱瞧瞧嘀咕一声，没有接口。

你看哦，这项基建工程，名义上一直是建筑公司的，发包方打过来的钱，也是先到建筑公司账上再支给我们，我是没办法了，拖也拖不过去了，明后天只能让工人们去建筑公司要，它如果不理咱，就去信访办反映一下。建筑行业农民工工资按时足额发放的问题，政府一向很重视，拖欠或赖账铁定会重拳出击，如果列入黑名单，这家公司以后投标资格都没有了，所以啊，嘿嘿。

你就缺德呗！朱瞧瞧扔了一个白眼给他。

是挺缺德的，这不是没办法吗，而且替你哥把建筑公司得罪啦！

你……朱瞧瞧把筷子往桌上一扔，又气又急的样子。吴正音探头一看，还有小半碗没吃呢。

那我们这个建工队还能在这儿立足吗？建筑公司还不和我们翻脸？朱瞧瞧发了会儿呆，不行，这事我得先汇报一下！她说。

吴正音耸耸肩摊摊手，心想，总算肯担点责了。

走出面馆，朱瞧瞧远远落在后面拨电话，不一会儿，便传来吱吱咕咕的说话声，吴正音知道他们兄妹已对上话了。朱碰碰的窘迫，大致原因他知道，前些年在这儿承接了一个大型食品商城工程的项目，也是从建筑公司买过来的，落成后商铺却卖不出去，大老板回拢不了钱，就连带着把朱碰碰给坑了，朱碰碰拆东墙补西墙，最后只得跑路。

对话时间不长，朱瞧瞧很快赶上来，硬蹦蹦甩出四个字：你看着办！吴正音自我解嘲地笑了笑，问她，你今年过年回去不？朱瞧瞧睨了他一眼：我能分到多少工资？如果有五六万，就回去呗，想办法把自己给嫁了。有那么一瞬，吴正音看到了她身上散发出的妩媚。

<h1 style="text-align:center">三</h1>

建工队伍齐刷刷的时候也就三十来人，七拐八弯还都是朱碰碰带出来的亲戚或老乡。当初过来后头几个月安安稳稳地跟着朱碰碰干活儿，不多久就成了松散型的水陆二栖部队。蟹有蟹路虾有虾径都在装模作样搞住宅装修，吴正音来叫了就去工地干两天，不叫就东一摊西一堆到处接私活儿。一听吴正音让大家组了团去要钱，先是嚷嚷着把他和朱碰碰臭骂了一顿，后来觉得这也不失为一个办法。但究竟是去项目发包方处讨还是找建筑公司要，或者直接去信访办反映，各人有人的想法，最后，大家还是听从了吴正音的建议，找建筑公司。还有50%工程量没完成，本来就是自己的责任，再去为难项目发包方，一来说不过去，二来以后工作上怎么接触沟通啊？而建筑公司不一样，作为工程中标单位，理应向工程垫付部分资金，工人们去闹，谅他们也不敢翻脸，一旦买卖工程项目的事摆到桌面上了，更没好果子吃。

次日一早，大伙儿按电话里约定的时间，从各自承租房向建筑公司集中。到了门口，却发现有几拨比他们来得还早，一打听，也是来要工资的。这下热闹了，大伙儿的心情也如阳光驱散了阴霾，壮大的革命力量给了他们维权的底气。门卫也不阻拦，按照指示牌，一干人推推搡搡走到了三楼，这是建筑公司的中枢所在，董事长、总经理、财务总监都在这一层。一看，门都关着。有人拿起电话向吴正音报信，吴正音说再等等，说不定还没上班呢。众人于是在走廊上席地坐下，分起了烟聊开家常。又过了好一阵，建筑公司的人依然无一现身，有人等不耐烦了再到门卫处问询，门卫才期期艾艾地说，领导们早放假回家过年啦！这一下，像是点燃了火药桶，走，告状去！到信访办去！

事情的结果自然在吴正音的意料之中，建筑公司的一个领导主动联系他了，开场白当然是气急败坏的训斥，然后说按工程实际进度不付款也不是不行，但仍以大局为重可以预支一部分。吴正音电话这头赔着笑脸连连替工人们道歉，开口预支一百万，领导说那怎么行？最多五十万。双方于是农贸市场内讨价还价似的，最后敲定了六十八万这个数字，领导让他做好工资表，必须建筑工本人一个个去建筑公司签字领取。吴正音颇为踌躇，朱碰碰欠了他两年工资，他一度想把自己的全给结了，但算来算去捉襟见肘，便给自己写了八万，给朱瞧瞧写了六万五，再根据工人的工作记录一一造表。瓜分完毕后，递给朱瞧瞧，你看看，行不？是不是向你哥汇报一下？朱瞧瞧瞄了几眼，说不用了，但还是用手机拍了个照。吴正音便揶揄道，这下你可以回去嫁人喽！朱瞧瞧"呸"了一声，不用你管，停了停，又轻轻递过一句，放心好了，不会缠着你的。吴正音的脸霎时变得通红。

现在，吴正音的车已驶入马鞍山境内，沿申嘉湖高速出浙江湖州，然后进入安徽，上沪陕高速，跨过六安地区到河南老家，应该是行程最短的路线。一路偶有飘雪，几个小村庄显出银装素裹的模样，屋顶的炊烟虽然遇风即散，却也唤起了他阵阵乡思。吴正音想，要不过年后就不出来了，穷就穷点，太累了。思忖至此，往边上睨了一眼，朱瞧瞧歪着头在副驾驶室睡着了。

工人们领了工资，大都已陆续上路回乡了，也有不走的，吴正音摸了摸底，留下一个不回的看管工地，又搭上一天时间置了些年货。而此时，还看不出朱瞧瞧回乡的迹象。他问她，回不回？她不答，又问她，准备怎么回？她仍不答，吴正音便决定不管她了。他把自己的破桑塔纳加足了油，又前前后后上上下下检查了一遍，心想如果不抛锚的话，十个小时左右便可到家了。

只要真想回家，其实并不遥远。昨晚早早上床，睡了个囫囵觉，清晨一脚跨出房门，却见门口堆满了行李，朱瞧瞧也不敲门，倚在栏杆上等他，寒风已吹乱她的头发，吴正音看得一阵心疼。他和朱氏兄妹属于同一地区不同的县域，相隔百多公里，属于那种跨一步亲密，退一步疏远的距离。

朱瞧瞧上车后也不多语，睡一会儿醒一会儿，看不出她有回乡的兴奋和期盼，吴正音不敢多说话，猛踩油门闷头开车，脑海中他和她的一幕幕却在回旋。她第一次出现在他面前的时候，还是十六岁的青涩模样，梳着两个长辫子，穿着一件无袖无领的花布汗衫，虽然朴素，却充满青春活力，红扑扑的脸，结实匀称的身子……朱碰碰是他建工学校的同学，暑假约他过去玩，那个时候，三个人都对未来充满憧憬，觉得世界正向他们敞开怀抱，齐刷刷走在一条开满鲜花的道路上。吴正音待了好多天，帮她割羊草、剥玉米，朱瞧瞧说，我也要像你和哥一样考上中专，跳出农门做干部，他则红着脸握住了她的手。再见到她时已是十年后，朱碰碰拉起了一支颇具规模的建工队，而他结婚生女，好高骛远频繁跳槽碰得头破血流，从事业单位跳到国企，又从国有企业跳到民企，路越走越窄，眼看所在的民企又濒临破产，最后，朱碰碰收留了他。而此时的朱瞧瞧却还留在娘家，眉目间镌刻着花样年华不应有的憔悴。再往后，他们三人就一起转战大江南北了。

你哥也回了吧？吴正音问朱瞧瞧。

似睡非睡的朱瞧瞧嘟囔了一句，似乎是：他不会回的。

吴正音感到奇怪，忙问为啥？

朱瞧瞧这时也好像忽然清醒了，有些掩饰地说，南京那边的工程要赶进度吧，听说就放年三十和初一两天假。

他自己管的工程赶进度，这儿的工程就不闻不问了？吴正音有些吃醋，想到这次回乡还是见不着朱碰碰，不免又懊恼起来。

往后的一路，两人基本没有交流。车进合肥服务区加足了油，吴正音靠在驾驶椅上小眯了一会儿后，进商场买了两个五芳斋粽子，剥了一个递给朱瞧瞧，朱瞧瞧不接，说吃不下。见她一副心事重重的样子，也不敢多问，驱车驶出了服务区。

四

黄昏将尽的时候，车子驶入了朱瞧瞧的家乡，光秃秃的树枝，空旷的农田，墙角被风堆集在一起的红红绿绿白白的废塑料纸袋，对面车辆开过，掀起一片尘土。这冬天的景象和几年前没有什么不同，唯一改变的是又多了几幢花里胡哨的屋子，朱瞧瞧望望窗外，突然对吴正音说，我在县城下车，你把我放下就走吧。吴正音有些奇怪，怎么啦？你东西也不少，我送佛送到西，这儿去你家不耽搁多少时间。朱瞧瞧说我在县城还有事要办，到时自己会想法子回村里。话说至此，吴正音也不好强求，遂下车把她的物件搬了出来堆在路边，说了声"再联系"，便上车起步。这个时候，他从后视镜看到朱瞧瞧一直在目送自己，有些恍惚的样子。

路上又开始下雪了，且越下越大，要不是在这儿拐个弯，这场雪就躲过了，朱瞧瞧啊朱瞧瞧，我俩是互相克命的人哪！吴正音自我解嘲地摇摇头，雨刮嗤嗤作响，显得有气无力，真担心这破车半路抛锚在雪地里。家乡越来越近，省道两边的杨树也越来越臃肿，像极了一个个背着厚重行囊回家的人。待进村口，这里的树更是不修边幅，鼓鼓囊囊的，快春节了，这场还在下着的雪，把村庄打扮成了富足的暴发户，一些枝条无法承重，就细细簌簌卸下一些。进门的当儿，一团雪坷垃从天而降，险些砸中了他。

老婆就像这团欲喜又怨的雪坷垃，眼里满是欢愉之色，说出来的却是埋怨话。吴正音哄了几句，眼看大功告成，待说出两年只拿到了八万元工资时，气氛便彻底反转了。这婆娘背对他，不再理睬，把锅碗瓢盆摔得砰砰响，毁了他原本好好的情绪，倒是女儿，爸爸、爸爸亲热地叫他。吴正音眼眶一热，心想每年为这么点钱确实不值得出去，近十年蹉跎，对不起她娘俩，自己当初从好端端的事业单位走出，她也没有埋怨自己。不行，不能再错下去了，一定要设法联系上朱碰碰谈一谈，好聚好散。

兄弟都分家了，二老和大哥住在一起，两年未见，一眼望过去又苍老了不少，吴正音暗暗自责，又感慨起自己的命运来，眼看年届不惑，却仍是一事无成。晚上，大哥为他接风，一起干了不少白酒，喝得面红耳赤。席间谈起了明年的打算，爸妈的意思，也是年后不要出门了，就在本地找个活儿干，吴正音脑僵舌大，也不知自己许诺了什么。

次日醒来，仍然口干嗓疼，雪后天晴，太阳已照到屁股，女儿摇着他的身子，催他起来，说要到外婆家去。吴正音望望屋里头的，见她仍是一副不搭理的模样，只得讪讪起身，洗漱了一番，在带回家的礼物里挑了几样放在车里，等女儿蹦蹦跳跳牵着她娘的手出来。

丈母娘家在邻村，两年多没来，村容村貌变了不少，有一种陌生的感觉。雪后初霁，道路上的积雪已被车辙扫荡，一片狼藉。小舅子在新建的楼房门口等候，四层小楼建得气派，一眼望去有鹤立鸡群的感觉，吴正音不由得自惭形秽，前些年小舅子也在江浙一带，做了几年出租车司机，回乡不久就翻建了老屋，而自己离家多年仍是穷困潦倒。和丈人一家寒暄过后，稍稍闲聊一阵，便到了开席的时间。自然又得上酒，喝着喝着，老丈人的话就不客气了，你这个女婿哪，把我姑娘一个人扔在家里，我这里啊，也有近三年不登门啦。吴正音只得尴尬地赔着笑。小舅子则一旁敲边鼓，俺这些年不去南方了，你也甭走了。吴正音说，是啊，这次来，我本想与你合计合计，有啥好营生。小舅子便说，咱们搞民宿咋样？民宿？吴正音一愣。小舅子又说，咱这附近有些景点，把自家住房收拾收拾开个家庭旅馆现在不是很时髦嘛，投资不大，也没风险，没客人来，就当自己提升一下生活水平。吴正音频频点头，这倒是个不错的想法，乡村旅游这一块现在政府支持力度也蛮大，届时，动员村里的人一起搞，店多拢市，再让村委会帮助吆喝几声，可能是条路子。小舅子又拍了拍他肩膀，你是搞建筑出身，装修的活儿都自个儿接下来，不是挺好吗？

吴正音霎时兴奋起来，如果乡邻们都这样搞，光装修业务就不少，不赚他们大钱，弄点工费还是有的。至此，他下定了年后留乡的决心，只是，怎么向朱氏兄妹开口呢？接下来的几天，他始终处于亢奋之中，游走于村里村外，串门、打牌，似乎又回到了少年不知愁滋味的时光。

五

转眼已是大年初七了，吴正音似乎已把那边的半拉子工程忘得一干二净，即便偶然想起，思绪也随即迅速飘走，但避之不及的终究还是来了。一大早，朱瞧瞧就打来了电话，他看了看来电号码，没接。铃声固执地响到了息灭，随即又响起，吴正音无奈地按下接听键。啥时走？朱瞧瞧显然颇不耐烦，带着火气。他则揣着明白装糊涂：啥时走？去哪里？哦，俺不想走了，你一人去搞掂吧。

啥啥啥，你不去了，你不去我咋办？电话那头显然猝不及防，他甚至可以想象朱瞧瞧一脸惊慌的表情。

你一个大男人怎么这样啊，半路撂挑子！惊慌之后是愤怒了。

我撂挑子？是你哥撂挑子吧！

朱瞧瞧一阵沉默，吴正音又有些不忍，说，瞧瞧，我也不想这样的，你看，外面待了两年没回家，只拿了八万块钱，家里意见忒大。再说了，项目经理、施工员都有名有姓，我算个球呀！你呢，这几年在工地上，工艺啊流程啊，难道不比我清楚？工人也都是你哥带出去的，能服你，缺了我，地球照转。

朱瞧瞧又气又急，连连说不行不行，哪有女人去管工地的！

这边还想说什么，朱瞧瞧已把电话搁了，只撂下一句：你等着。

吴正音一阵紧张，心想，难道她要找上门来？咋办？脑门上竟渗出了汗珠。

晌午，朱瞧瞧果然风风火火地来到了村里，像是还细心打扮了一下，吴正音看她拎着几件礼物，脸上也看不出愠怒，悬着的心才放了下去。

嫂子呢？嫂子在吗？我来望望她呢，朱瞧瞧说。

吴正音婆娘听见声音走出来，满脸警惕地上下打量朱瞧瞧。几年前，她俩见过面。朱瞧瞧嘴巴甜甜地叫了声嫂子，看了眼吴正音，然后说我想向嫂子再借吴哥半年时间。刚跨出门槛的女人一愣，也看了吴正音一眼，连忙回应，屋里头说，屋里头说。三人进屋坐下，朱瞧瞧正眼不瞧吴正音，拉着女人的手说，南边的工程只完成了一半，还是要请吴哥去坐镇，没他不行，嫂子再帮我一次吧。半年，半年时间，铁定让他回来。婆娘瞄了瞄吴正音，说，正音这儿接着活儿呢。吴正音连忙接上去：对、对、对，村里考虑发展民宿，都要装修改造。

朱瞧瞧看着俩人，"哇"的一声突然哭了出来，我哥人已不在了，让我一个女人咋办啊！

你哥不在了，啥意思？吴正音有些丈二和尚。

他去年八月份的时候人就没了。

什么！吴正音大吃一惊。

朱瞧瞧抹了抹眼泪：这事一直不敢告诉你，就怕你撂挑子，也怕大家知道了都来要债。

朱瞧瞧哭泣着断断续续地说开，吴正音总算清楚了前因后果。朱碰碰避债，一直躲在南京的工地上。这天上午八时，工人们看他准时驾着那台桑塔纳3000来到施工现场，下车后在工地上转了几圈，人就不见了。第二天早上，那台车还停在老地方，有人开玩笑说是不是打牌欠钱被债主绑架了，打他电话，已关机，拉拉车门，锁得死死的。众人最后在工地二楼的一个房间看到躺在地上的朱碰碰，有人把手伸到其鼻下，竟然一点气息都没有。后来刑警、法医都出动了，结论是心肌梗塞，排除了他杀。

我哥死得冤，才四十岁，一定是压力太大引起的，要是那会儿身边有个人，他就不会这么走了。说着说着，眼泪又吧嗒吧嗒挂下来。

吴正音说，怪不得八月后打你哥电话一直关机，但不对啊，过年要工资那会儿，你不是还打你哥电话请示吗？

那电话是打给我嫂呢！朱瞧瞧说。

你嫂子把活儿揽啦？

她不揽又能咋办？哥在外欠了不少债，知道我哥已没了的债主追着嫂子要。嫂子算了下，把现在的工程都完成了，只要能按时结账，还掉欠债，多少还能有点余款，所以咬牙也要做下去。

半年，就半年时间，把加气站工程做完了，你就回来。朱瞧瞧恳切地说。吴正音避开她期盼的眼神，望了望自己的婆娘，轻轻叹出一口气。

六

大年初十，吴正音和朱瞧瞧回到了两人的小楼。小区里稍显冷清，大部分租客估计都得过了正月十五才回，那些吃食店也十之八九没开。离开了差不多二十天，房间里已有一股霉味，朱瞧瞧帮他打扫卫生，拉开窗帘，几缕阳光照进来，细细的灰尘在明亮处轻舞，吴正音恍惚间有种岁月静好的感觉，似乎一直跟着眼前这个女人在过日子，这次只不过和她回了趟老家，然后继往开来。

希望半年时间完工，吴正音想，难度还挺大，年前从建筑公司拿到的钱已分完，接下去还得项目发包方先打款才能启动，但怎么说服他们呢？朱瞧瞧这么一哭，于情于理都难以拒绝，唯一安慰的，倒是婆娘也支持他出来扫尾，唉，俩人的心都太软。

那天送走朱瞧瞧后，他就想到了钱的问题，随即拨通了项目发包方工程负责人的电话，说是拜个晚年。对方说，这大过年的，也不想骂你们，干活儿拖拖拉拉，讨钱倒是急吼吼，工程款嘛，你回来了再谈。

下午，他晃悠悠来到了项目发包方的办公楼。这家公路客运与物流兼营的运输企业办公楼建得如此豪华气派，几百万工程款还不是个小钱？吴正音给自己打气。基建办的人一见他就问，进来时，门卫没骂你？吴正音一头雾水，骂我？他干吗骂我？

加气站没按期竣工，全公司上上下下一千职工人均损失五百元年终奖。

吴正音的脸霎时热了起来，微微躬了躬身子，小心翼翼地说，我是个打工的，混口饭吃，也是想尽快完成这个工程的。

对方看了他一眼，慢慢吞吞地说，年前的 LNG 价格是多少，你知道吗？九千元到一万元一吨！远远超过柴油了，所以啊，去年没竣工也不是坏事，如果按原计划投入使用了，这么高的气价，也不会有车来加气。现在我们不急，还是要按合同操作，按工程进度付款。

吴正音听得云里雾里，听到最后急了，你们不给点资金，年后就无法启动了。

那你让建筑公司过来谈，你施工队直接找到这儿，本身就不妥，目前工程款已支付 55% 了，我们至少要看到工程量达到 60% 后再付款吧。不然，上级追究起来可吃不消。

不得已，吴正音只得走进建筑公司，建筑公司的领导倒是和颜悦色，似乎忘记了年前的不快，答应尽快和项目发包方沟通，甚至说，如果无法沟通，他们会订购混凝土和钢材送到工地，先动起来。出门后吴正音如释重负，后来想想，大家是拴在一起的蚂蚱，如果再延误，建筑公司也是受害者。

这次出来，他又从交给老婆的八万元里拿回一万五，然后给了朱瞧瞧一万：喏，工人的伙食费我先垫一下，你给打个欠条。朱瞧瞧推了一下，没接，吴正音再递过去，朱瞧瞧收下了。

但愿建站工程接下去能顺顺利利，早点回家。吴正音想。

说是建天然气站，但从启动到现在，吴正音都只是按图索骥，拿着土建施工图，这儿做隐蔽工程、那儿开挖管沟，再远一点做站房基础。今天项目发包方说什么 LNG，他听不懂，尴尬地站在那儿时觉得自己既然做着天然气工程，是不是也该学点天然气知识？待回到房间从电脑上一查，惊出一身冷汗。

LNG，液态天然气，温度保持在零下 162 摄氏度，如果接触到人体，细胞组织瞬间被冻死；CNG，压缩天然气，压力 20—25 兆帕（Mpa），即 200—250 个大气压，而普通的家庭厨用天然气只有 2 到 4 个大气压。250 个大气压什么概念，如果拿着加气枪往你身上一指，会像子弹一样在人体上穿一个洞。而现在所建设的加气站是一座 LNG/CNG 双气站，两种气体都有，安全性要求比一般的 LNG 单气站或 CNG 单气站更高。

怪不得当初设计院的几个工程师屡次问他有没有加气站的施工经验，反复强调工程质量，不允许偷工减料，当时以为老生常谈走个过场而已，原来是自己警惕性不高。已建好的挡墙和围堰有没有达到设计要求？不然的话，万一泄漏或爆炸，后果严重……吴正音越想越怕，又突然记起，工地上那堆黄沙是朱瞧瞧联系的，当时也没细究是海沙还是河沙，按施工要求，管沟中要填满河沙，然后将 CNG 高压管道埋在沙子中，如果是海沙，所含的盐分就会腐蚀高压气管……

这一夜，吴正音翻来覆去没有睡着。次日天蒙蒙亮，便出现在工地上了。正月十一，大多数企业还没开工，厂门紧闭，加气站工地所在的开发区冷冷清清，纵横整齐的水泥大马路上，没有车流，也几乎没有行人，稍远处的村庄被一层薄雾笼罩着。脚下原先泥泞不堪的工地，冒出了星星点点的绿。从门口望去，加气站已初具雏形，三个储气深井已打好，一口一百米深，另两口五十米深，上面的铸铁井帽与巨大的螺栓能让人一下子肃然起敬。LNG 储罐座基、围堰、挡墙已完工，管沟开挖了一部分，年前年后的几场小雪，沟里积起了几寸深的水。

吴正音走到黄沙堆前，用手拨了拨，有几个小贝壳，两个长长的，像钉螺。另几个都是半瓣的，应该是文蛤壳，心里当即一紧，赶紧抓起一把，用舌头舔了舔，有一股咸咸的腥味，连忙吐掉，随即想起总有工人朝着这堆黄沙小便，但此沙子是海沙已无疑。沙子的供应商是朱碰碰的老朋友，朱瞧瞧采购时没签合同，货款也欠着，必须退了，他想。随后，又摸了摸边上的砖堆，这是成本最轻的煤渣砖，主要用于实体围墙和挡墙，图纸上只要求实体墙，什么品质的砖没作要求。吴正音想，实体墙的本意是安全性要求，围墙防止外来人员、外来火种进入，挡墙是把设备区与服务区隔开，但煤渣砖也就是个摆设，材质疏松，根本不堪一击。这么一路走一路查，整个工地似乎处处都留下了安全隐患。零度左右的气温，他的额头却不断地冒汗。

七

这几年和朱家兄妹搭档，采购上的事基本没红过脸，但更换建材的想法和朱瞧瞧一说，两人就起了冲突。她不以为然，海沙腐蚀钢管，那是多少年之后的事了？河沙要贵 40 块钱一吨呢！至于换掉煤渣砖，就更不乐意了，设计上无要求，就是出了事也找不到你头上。监理都不说，你傻不拉叽地扯什么谈？朱瞧瞧最后蹦出一句粗话。

吴正音不同意，现在是终身责任制，多少年以后也会找到你。

朱瞧瞧态度却异常坚决，你傻啊，你看工地墙上的铭牌，法人代表、基建负责人、项目经理、工程监理……哪里有你的名字？找得着你吗？

更不如意的还在后头。

加气设备属特种设备，安装前需向当地技术监督部门备案，安装过程中，设备工程师、技监管理等各方人员得多次到现场共同检验确认，然后才能进入下一道工序。适逢全国加气站建站热潮，LNG 设备供货方是行业内知名企业，生意好得不得了，不多的十几位设备工程师被派往天南海北满世界地跑，分身乏术屡屡失约，大企业财大气粗，被催得不耐烦了，便说，你土建猴急什么？耽误了工期，我们会向项目发包方支付违约金的。

这可把吴正音坑苦了。他急得跳脚，年后，工程进展颇为顺利，建筑公司打进了启动资金，天气也照应，半年完成工程的愿望眼看能实现，但技监检验不完成，设备安装不了，他的扫尾工程就做不下去。老婆与小舅子催过多次了。吴正音试着与朱瞧瞧商量，她依然不放他，工程全部完了再走，好吗？她说。看着她楚楚可怜的样子，真是狠不下心。他想起了那个暑假，想起了这些年南征北战、住在集装箱工棚里苦中有乐的日子，三个曾经充满理想那么无忧无虑的年轻人，一个已离世，另两个难道真要被生活从里到外击得支离破碎、体无完肤？

但设备上的事，吴正音也只能敲敲边鼓。项目发包方态度不明朗，他眼下可做的，只有关照工人们各自找活儿去，等他电话再来工地，而自己每天去巡视一番，和住在工地的管夜老头扯上半天山海经，等待设备工程师哪一天不约而至。朱瞧瞧呢，窝在房里看网剧，从上午看到深夜，看得天昏地暗。

真盼望工程快点完工，早日结束这种颓废的生活。

春节过后，坚挺的 LNG 价格开始下降，九千、八千、七千……当春回大地北方停止供暖时，已和柴油价持平，然后继续下探，到暑期时已接近了四千五百元/吨，业内预测今冬明春几无回涨可能，项目发包方终于重视起来，这家龙头运输企业垄断了当地的客运市场和半个物流业，加气站如能早一天投运，现有双燃料车的优势就能显现了，连连对设备方撂下狠话，发出律师函，企业终于派来了工程师。

这个时候，夏季已过去，秋风开始带来悲凉，吴正音得到这个消息时，心中先是一股热浪，然后似乎刮进了一阵阵的秋风，整整被耽搁四个月啊！

接下去隐蔽防雷设施、管沟盖板、强电工程等扫尾工作都颇为顺利，吴正音把竣工结算的资料做好交给朱瞧瞧后就想离开，讨钱和零星善后的事不愿再掺和。朱瞧瞧幽幽地说，把我一个人丢在这儿，你忍心吗？他竟无言以对，走也不是留也不是，就这么拖了下来，这一拖，拖到了出事。

八

爆炸发生的那天夜里，吴正音正在收拾行李，老婆已下了最后通牒，他也决心和朱瞧瞧摊牌，不能再待下去了。大约晚上八点左右吧，接到站区断电的电话，他随即通知电工马上赶过去，后来想想明后天真要走了，自己还是去看一看，也算是站好最后一班岗，对朱瞧瞧、对自己良心也有个交代。

这些天项目发包方与设备方在调试 CNG 设备，土建上只是做些配合，有些调试不能中断，晚上得接着干，刚才来电说，站区突然断电，一片漆黑，设备也骤停了。吴正音赶到的时候，电工还没到，项目发包方和设备方派来的工程师满脸焦急，他又打电话催了催，然后自己先排查起来。这个加气站项目电气工程包含在土建标中的，强电施工质量吴正音还是了然于心的，觉得电气硬件上肯定没问题，大概率是跳闸，估计设备瞬间功率过大引起的。

果然，走进配电房，手电一照，就看到总闸和其中两路跳了，吴正音抬手就要合上，但随即想到，不对啊，加气站用电设计负荷是大大高于实际需求的，LNG 设备还没启动，仅仅 CNG 压缩机运转就引起跳闸，似乎不合理。另外，设备区和服务区、办公区电路是分开的，设备区又分了好几路，如果其中一台设备瞬间功率过载，跳这一路就是了，为啥跳掉了两路，进而又引发了总路跳闸？

跟着走进配电房的设备调试工程师看到仅是电路跳闸，就催着上电。这时，电工也赶到了，吴正音把顾虑一说，电工也有同感，说这么个跳法，应是短路或其他原因，不会是功率过载。设备工程师却说，先把我这路合上试试吧，不一定会再跳，黑灯瞎火的，你们怎么排查？这又不是几分钟点能搞掂的事。见吴正音和电工都没反应，便又说，如果合上了不跳，你们明天来排查，今天先让我把活儿干完。吴正音只好朝电工点了点头。

合上电闸后，CNG 压缩机便轰隆隆运转起来，几分钟后，爆炸发生了。只听得"哐当"一声巨响，CNG 压缩机房的铸铁房顶被掀掉了大半，然后这飞舞的房顶和另一件从机房里蹦出的物件向服务区斜飞过来，撞破了设备区与服务区之间的挡墙，裹挟着几块煤渣碎砖，向吴正音和电工飞来，他俩此前在配电室又讨论了一会儿，这时刚走向设备区想再观察观察，吴正音瞬间反应过来，一把推开电工，那些东西，狠狠砸在了他身上。

朱瞧瞧的眼泪终于忍不住落了下来。抢救室内，主治医生示意她做最后的告别，双目紧闭浑身血污的吴正音艰难地张开嘴断断续续说着什么。她俯下身去，终于听清微弱的声音：送我回家，送我回家去……朱瞧瞧号啕大哭，好，好，我们一起回去，是我害了你，是我害了你啊！一滴一滴的热泪落下去，落在吴正音脖子上、脸上，他污秽的脸庞愈来愈清爽，不惑之年的男人，还残存着青春的英俊和不羁。

事后相关部门调查，此次的事故是 CNG 压缩机液压油箱爆炸。

CNG 设备早就安装到位，由于 LNG 设备工程进度的延误，CNG 的调试也被搁置了，新压缩机一直没有运转，机械润滑性降低，且部分附件日晒雨淋，使得一个重要密封皮圈变形。那日调试时，从 CNG 撬装车上接入的气源压力约 19 兆帕，设备工程师正将输出气源压力在 22—26 兆帕间调试。调到 25 兆帕时，变形的密封皮圈漏气了，大量高压天然气体瞬间窜入液压油箱，掀掉了液压油箱顶盖，又掀掉了 CNG 压缩机房的铸铁房顶，飞溅的一吨多液压油像一朵朵铁蒺藜花，嵌满了整个设备区。

至于跳闸，则是设备工程师接错了 CNG 压缩机上的电源正负极，第一次设备自我保护断电并连带电脑服务器电路跳闸，第二次再强行通电，设备按程序设定默认正常。爆炸时他们一干人都在仪控室内，只波及了吴正音一人。

原载《海燕》2021 年第 5 期

车站轶事

金问渔

1

那会儿，站长林为民极喜开会，每三天至少一次晚间例会。副站长黎强是不情愿的，但不便公开反对，不止一次偷偷对我发牢骚：晚上又要土公陪死尸了！

我们这儿，原先从事殡葬职业给死尸挖坟埋棺材的人称作土公，所以我一直搞不清他说的土公是指土地公公呢还是殡葬工人。开会时，林为民先是念上一段报上的社论或者重要新闻，然后联系到我们这个车站的林林总总，激动之处，喷薄的雨露滋润着第一二排的职工，一讲就是两个小时，下面的人心里都在骂，这个死尸没完没了啦。末了，他还要装模作样问一下脸上满是唾沫星子的黎强，黎副站长有什么要讲的吗？黎强通常是摇摇手，偶尔站起来面向我们，半是调侃半是认真地说上一句：我想讲的，林站长已经讲了，我压根儿没考虑到的，林站长也胸有丘壑提点了，大家回去睡觉前要再砸吧砸吧站长的重要讲话精神，想想如何进一步提升自身素养，如何进一步对旅客温暖如春哦！这个时候，我们这些昏昏欲睡的死尸，终于迎来了爬出棺材的曙光，一阵稀里哗啦的掌声后迫不及待起身，把桌椅挤得直喊疼。回家的路，月明星稀，大家骑在自行车上，歪歪斜斜拧着笼头，努力凑在一起，又把林为民诅咒了一顿。

这是二十世纪九十年代初的事了，现在林为民早已离开小县城长住省城，当年骂他的职工们十之七八也退休了，林为民有时溜回老家小住几天，退休工人偶遇退休工人，一笑泯恩仇。很不幸，我是那未退休的十之二三，而林为民每次回来，一个重要使命是与我纠缠往事。

我后来回忆，林为民当站长的那一年半时间，心理是有点扭曲的，有了权，就变着法儿给职工不痛快，因为他自己不痛快。大约 1975 年的时候，他从部队转业回乡，有三份工作可选，进公安局，进邮电局，进省航运公司在本地的客运站。林为民思虑再三，选择了航运站，因为同一级工资，水上运输企业多五角钱。十年后，他越来越悔恨，内河客运渐渐死路一条，邮电局却因为住宅电话业务的兴起一跃成为县城里工资与福利最好的单位，再后来，公安干警的待遇水涨船高，真是气死了他这个船上人。八十年代中期，航运站倒闭，适逢省汽车运输公司取消建制，各地的汽车站划归地方管理，县交通局就安置了一批航运站的职工到汽车站上班，林为民即为其中之一。汽车站紧挨着县公安局办公楼，简直是冤家路窄，他能开心吗？

一开始，林为民并不是站长，我甚至觉得他有点自卑，丧家之犬嘛！想当年，汽车站也不是想进就能进的，省汽车运输公司是托拉斯集团，垄断了全省的公路客货运输，按现在的说法，属于大型国有企业，职工人事组织关系都在地级市的分公司，县劳动局根本插不进针泼不进水。职工的来源有两处，一是省交通学校与省汽车技校的毕业生，二是退伍与转业军人，像我们车站，很多职工实打实上过战场，副站长黎强，当年就是中越前线上生龙活虎的侦察兵，按他的说法，都死过几回了，你林为民这种撑篙子的算个鸟！所以，当林为民突击提拔为站长而他这个副站长原位不动时，内心的沮丧完全可以想象。

2

林为民的独生女大学毕业后留在了省城工作，结婚生子后老两口便去帮忙带外孙，省城高楼上小小的居室，估计禁锢不了这个野豁豁的船上人。短则一月，长则两月，林为民必然要找个借口回来一趟，其实他有啥屁事呢，就是散散心，舒展舒展四肢，然后野猫一样潜入我的办公室。

很多时候我办公室另有客人，他也不回避，自己拉开橱柜拿出茶叶罐泡好茶，然后一屁股坐下，听我们谈工作或其他事，还见缝插针地加入进来。正经的谈话基本上被他搅黄了，林为民开始霸占我的时间，他翻来覆去纠缠的就是当年那件子虚乌有的事。他从上任到免职，不过短短两年时间，被免后，我接任站长职务，林为民想调到运管所去，运管所不要他，推托站里不放人，他来问我，我支支吾吾不便说破，他见我闪烁其词，就信以为真了，每次都来埋怨我坏他大事。"你看你看，同样的工龄，我退休工资都不到他们机关退休的一半！"其实作为从企业退休的军转干部，他每月都有一笔不小的地方性补贴，比起纯粹的企业退休工人仍是高了一大截，譬如黎强，三等功士兵身份退伍，始终是工人编制，可林为民仍愤愤不平。

上一次，我终于忍不住了，你以为当初他们会要你这个五十来岁、职工告状信满天飞的烫手山芋？当年的交通局局长和运管所长都退休了，我也无所顾忌了，索性讲开了，你回忆一下，那些年进运管所的哪一个不是名校的本科生和硕士生？都是朝气蓬勃的年轻人，你有啥优势？图你有群众基础？林为民愣住了，似乎有些猝不及防，嘴里嗫嚅着，老脸涨得红彤彤。我继续有些恶毒地戳他的痛处，唉，你是一步走错步步错，当初要是选择公安局，不仅退休福利保障无虞，以你的能力和资历，说不一定还是从局长职位上退休的，处级副厅也不是没可能。林为民半晌无语，茶水也不续了，讪讪走出了办公室。那应该是今年元旦发生的事，此后疫情吃紧，封城封小区，也不清楚他是去了省城还是滞留在老家，将近一年没见到他了。

黎强也有一年没联系了，不知他的病怎样了。我俩原住在同一个小区，他是前年退休的，初时还隔三岔五见到，后来就消失了。有一次碰到他儿子小黎，说老爸搬到乡下住了，农村现在环境整治得蛮好，爷爷的老房子还在。他说话那会儿，我心里就咯噔一下，黎强很早死了老婆，鳏夫一枚带大了儿女，女儿大学毕业远嫁外省，不成器的儿子上班时间跑到棋牌室赌博，原本好好的工作给弄丢了，现在也不知如何谋生，那日他还向我打听职工百年之后股份怎么继承，如果没有遗嘱是不是要子女均摊？估计是这个不孝子把老子挤走了。黎强退休前一年衰老得厉害，气色很不好，退休后才下定决心去检查，结果是肠癌，随即动了手术。消息传来，职工们连连叹息，说他怎么得了"老花头"，恶人有恶报，该长在林为民身上才对呀。怎能让一个癌症患者独自生活？我后来帮他联系了医院里的疗养病房，黎强一听就拒绝，我又不是离休干部，怎么住得起？我说不住套间，也不住单间，住双人间，吃医院里的快餐也花不了几个钱，你退休工资还是能够应付的。电话那头一阵沉默，然后是断线的忙音。再后来我发动车站职工进行了一次募捐，去乡下探望了一次，原本高高大大的人变得瘦小迟缓，几乎认不出来，一间矮小的青砖老平房夹杂在邻居们的楼房中，进得门去，凌乱不堪，一股闭塞之气让人不能呼吸，黎强见了我们竟有些手足无措，一点也不像上过战场当过领导的人。一人住在离县城三十多公里的农村，老房子还没有抽水马桶，身上挂了个粪袋，吃喝拉撒全部要自己操办，生活质量可想而知。我问他，那你复检、配药怎么办？他吭吭哧哧地说，现在公交蛮方便的，我自己乘车去人民医院……我无语，小黎这家伙分明是让他老子自生自灭嘛。

疫情之下，企业一团乱麻，抓防疫抓生产忙于自救疲于奔命，那一天拿起茶叶罐，忽然想起了林为民，想起了黎强。

3

那些年嘲笑航运站过来的人，现在，我们或许面临同样的命运，甚至更惨。几千平方米的候车厅，小猫三四只，旅客比站务员还少；九米长的公交车上，非早晚高峰时段常常只有一位旅客，成了一个人的包车；货运业转型为物流业，高光时刻转瞬即逝，现在的利润全沦陷在难以回收的应收款中。

风水轮流转，十年河东十年河西，这句话是一点不错的。我们车站从省直下放到县里，二十世纪九十年代中期改制变成了混合所有制企业，红火了十年，而如今，政府机关与国企又成了择业的首选及第二选择，车站与他的前任站长林为民似乎走了一条类似的曲线。

对了，当年车站改制后不久就壮大成运输集团了，国有股占一小部分，自然人股占一大部分，然后在运输各个领域全面开花，除长途客运和公交外，还成立了驾培、渣土运输、轿车维修、车辆检测等子公司，一时风光无限日进斗金。但随着高铁的兴起和私家车的扩张，长途客运主业每况愈下，本地产业结构的调整和市场竞争又使得附属企业效益岌岌可危。公交这块是有财政补贴的，其他都需自负盈亏。于是……如果说疫情前企业是慢慢走在枯叶飘零的下坡路上，那么疫情过后就是比萨斜塔上的垂直坠落了，疫情改变了许多人的出行方式，原先不想买私家车的人都转变为有车一族，有点像最后一根稻草。经主管局和国资委同意，集团决定三次创业，而其中的核心是再次进行股改，把公司近五分之三的自然人股份从退休老职工那里收回来，增加国资股份，部分配售给目前在岗的年轻骨干。

这是非常艰巨的任务。

其实当初股改制订公司章程时，草案中就有一条：自然人股东离职或退休后，股份按净资产值回购……股代会上自然人股东齐刷刷投了反对票，如今重拾牙慧，股东代表还是这批人，能顺利实施吗？局领导拍拍我的肩膀，"办法嘛，总是有的，不违法就行！"似乎暗示我可以采取一些极端措施。

怎么办？嗯，得摸摸那些扛把子和前领导的心思，领头羊没了，就闹不出动静。首先当然是林为民，改制那会儿他虽已被免职，但股份比普通员工仍多了些，电话打过去，那头哼哼唧唧了半天，一再强调自己在省城，末了，说最近女儿女婿比较忙，一年半载脱不开身，估计股东会来不了。这个老狐狸！我暗暗骂了一句，又拨通了黎强。还没问候，一股久违的爽朗却先传递了过来，原来退伍军人事务局知道了他的情况，协调安置在一个新近投入使用的民营养老院中，政府补贴了一块费用，他说，刚梳理妥当，单人间哦，食宿条件很理想，还有住院医师，正想来车站看看老同事呢！我把意思一说，黎强马上表态，我支持，干活的小青年们没有股份肯定不利于激发干劲，也不利于招揽人才，我服从大局，愿意退股。接下来又聊了一会，黎强说，退股决议要在股东会上通过可能比较难，企业退休的，工资都不高，这些年每年都有固定分红，大家早已把其视作一块补充收入了，不仅吴解理、孙建龙这几个老刺头要跳起来，原来一些老领导可能都有思想障碍。

黎强口中的老领导是谁不言而喻，两人搭档时，林为民嫌他不挑担子，倒扳桨做老好人，他下台后不止一次在我面前叫屈，说我唱红脸还不是为了企业好，他做副站长的在背后小动作不断又怎么能建立起领导班子的权威，让员工树立危机意识？真是各说各理，不好判断。是啊，从国营改制为混合所有制企业，职工的观念还是停留在二十世纪，股改后工资分配体系依然有浓烈的大锅饭痕迹，这些年不管盈利多少，每年分红也是固定的，利润好的年头藏起一点，不好的几年以丰补歉，每年年末万余元的红利，大家已经看成了固定年终奖，除非不分它几年……

对，就这么干，今年过年不分红！

4

不分红了？消息刚放出去，不少退休职工就打来电话询问，有几天简直轰炸机群一样，嗡嗡嗡嗡的电话铃声音连绵不绝。股东嘛，主人翁的质询怠慢不得。

而第一个亲自走上门来找领导谈谈的，果然就是吴解理。

吴解理汽校毕业，却是驾驶班里唯一没有考出大客驾驶证的学生，到车站后分配在了检票处，站务工作女性多，他初来乍到时不过二十岁，穿着一件不太合身的崭新中山装，高大魁梧，看上去有些笨拙和青涩，却也因此显得可爱，极受女职工们欢迎，她们解理、解理地叫，把他叫得骨头酥酥的。站务员分早班、晚班，早班五点到十一点半，晚班十一点接班后做到班次发完，周而复始，没有其他的休息日，如果要休息，就要让和自己对班的职工上全天班，以后偿还。那时吴解理还没女朋友，老家在乡下，早班下了没处可去，就混在女职工堆里帮忙，上晚班的日子早早接班，也愿意帮休息的职工顶上半天。不过时间一长，他就露出了花擦擦的本来面目，喜欢动手动脚讲下流话，当然，有的中年女职工还吃他这一套。在车站，吴解理还遇上了一生的死对头——孙建龙。

孙建龙是那一年的退伍兵，两人一前一后到站里后，住在了同一间寝室。二十多岁的年纪，青春荷尔蒙飞扬，两人同时爱上了售票员张丽娟，张丽娟对孙建龙是有意的。吴解理一看急了，每天晚上睡觉前对孙建龙洗脑，张丽娟嘴馋，一天到晚吃零食；张丽娟人懒，洗个头还要叫老娘服侍；张丽娟腿野，每天晚上都要跑出去玩……孙建龙越听越有道理，觉得张丽娟不是那种踏踏实实过日子的女人，慢慢疏远了她，直到有一天看见吴解理揽着张丽娟的蜂腰出现在他面前时才恍然大悟，自己被这小子算计了！同居室友臂弯里的窈窕女神回眸一笑，孙建龙的天就塌了下来。

那个时候，不要说待客如春了，殴打辱骂旅客是三天两头的事。吴解理彻底堕落成站里的后进份子，甘当女职工的护花使者，打架打得最勤，他与旅客打架的时候，孙建龙常常挤过去装作要帮忙或劝架的样子，实则总是站在旅客一方，偷偷踹上一脚捅上一拳，有时被吴解理察觉了，就演变成了车站内部职工斗殴。孙建龙还在吴解理的茶叶罐里放过番泻叶，总之，吴解理横在明面上，孙建龙阴在背地里。

车站的脏乱差终于激起了民愤，长途车驾驶员出身的老站长申请提前退休，林为民走马上任。黎强对林为民说，管好车站队伍其实不难，想办法提高他们的待遇，适婚青年分不到房，中年职工拿四五十块，他们就把气撒在旅客身上了，所以还得向上级要求要求。林为民两眼朝他一白，他们能解决待遇还会提拔我？黎强一愣，很长时间不能理解，后来才渐渐明白，上级需要一个狠角色。

这都是过去式了，现在，红利不分，我是不是也要沦为老职工心目中的林为民？

吴解理一进我的办公室，我就觉得他话风完全变了，不再是以前那副胡搅蛮缠的形象，反有些拘谨和客气。我替他沏茶，他连连摆手说，不用，不用，我坐坐就走。待捧起茶杯，嘴唇嗫嚅着，想说又无法表达的样子。我也不说话，坐在大班桌后面微笑看着他，时不时拿起茶杯轻啜一口。

大家都在说今年不分红了？他终于问出了口。

我点点头，今年疫情期间客运班车和公交车停开与减班了很长一段时间，三产企业开工也很迟，到下半年才渐渐恢复正常，几乎没有利润。

那股份能不能卖回给公司？

这个公司章程上有规定，股东可以出售股份给别人，但需其他股东同意，如股东不同意，他们需要自己买下来，如果让公司回购，那也需经股东大会表决。我心中窃喜，仍打着哈哈，怎么？缺钱花？

不是，不是，我原来就一直在考虑想把自己的股份转给丽娟，现在不能保证每年分红，就干脆卖了，换成钱给她。

我无语。

我对不起她，算补偿吧……吴解理又补了一句，像是说给我听，又似自言自语。

他与张丽娟的恩恩怨怨，车站人尽皆知，原本一个大好青年，随着岁月流逝竟然演变成了一个痞子，工资不高，吃喝嫖赌却样样沾边，在儿子上初中的时候还搭上了一个三陪女，张丽娟知道了，坚决让他净身出户，而她自己呢，离婚后心情郁闷，经常到小区旁边的棋牌室搓麻将，竟然和一个麻将搭子相好了。尽管年过四十，张丽娟身材仍然不错，徐娘半老风韵犹存，那搭子是未婚青年，两人相差了十几岁，小伙子不顾父母强烈反对，和她扯了结婚证。几年过去，张丽娟渐显老态，年轻丈夫开始嫌弃她了。那个男人没有正经工作，其实是张丽娟在养他，现在基本夜不归宿，回家就是向张丽娟要钱，不给就打，常打得她身上青一块紫一块，不是眼角开花，就是脸颊红肿，连门都出不了。张丽娟与吴解理生的儿子也大了，读书不好，职高毕业后在一个私营企业找了份工作就搬出去了，不与吴解理搭腔，也和母亲不大对付。

又东拉西扯了几句，吴解理告辞走了，临走还一弯腰，来了个鞠躬。他不吵不闹着实出乎意料，我也略有些失望，没有激烈抗争的企业改革似乎缺少了高潮。这世界变化还真大，上次开股东会，他一进会议室，就被一群老伙计围着取笑，当时乱哄哄的，也没听到他们在说什么，坐在会议室角落的张丽娟冷冷看着他，俩人没有任何交流。会后才知道他请了个保姆照料生活，那保姆挺年轻，模样也不错，老年独居生活过得乐滋滋的，都在调侃他重返青春，这会儿怎么要为张丽娟着想了？

5

林为民上台后，一天要开数张罚单，一年内个人罚单累计到十张，辞退！至少打碎了六七人的饭碗吧，还有十来个留用察看的，但他最想打发掉的两个刺头却偏偏是最狡猾的人，吴解理与孙建龙的罚单到了七八张的时候就蛰伏安静下来，直到来年清零。

人仰马翻的治理过程并没有从本质上改变车站员工的戾气，表面上侵害旅客权益的事少了，但一封封状告林为民、状告交通局局长与运管所长的信飞向了信访办和县委书记县长的案头，让领导们不胜其烦，客车因机械故障屡屡"抛锚误点"也不是林为民的罚单能够解决的，直到引进了股份制改造，吴解理、孙建龙、张丽娟这批老员工都成了自然人股东。

这次收回退休工人股份，吴解理那儿看来问题不大了，他还怕公司不收呢！另一个狡猾的家伙会是什么态度？可能不一定关心此事吧？孙建龙退休后不久妻子病逝，便沉迷于垂钓，不屑儿孙情，不理兄妹事，风雨无阻，吃了早餐把嘴一抹就拿了钓具出门，月亮升空才会回家，各式各样的大鱼小鱼，自己不吃只送人，弄得同一幢楼里的邻居们连家里的浴缸都放不下了。听说在寒冬腊月，他把自己裹得外三层里三层，身边再放个汽车电瓶，向电热丝暖鞋供电，大雪纷飞岿然不动，这位已修炼到孤舟蓑笠翁境界的人，该不会斤斤计较于几千个股份吧。

那日上午一进公司，便闻得楼道里一阵浓烈的鱼腥臭，莫不是孙建龙来了？拐弯，果然看见一个邋遢兮兮的人矗在我办公室门口，不是孙建龙还会是谁？

怎么，今天没去钓鱼？我边开门边问他。

唉，好几天没去了，没心思！他手一挥，似乎有点魂不守舍。

我装出一副好奇的神态，却不询问。

坐下后，他和吴解理一样，有些局促，我故意整理着桌上的文件与报纸，头都没抬。

我听张丽娟说，吴解理想把他的股票卖给公司？终于，沙发那头传来低低的声音。

此时，我才起身，烧水泡茶，也坐到了沙发上。

孙建龙捧起茶杯，看了看，茶叶不错，是明前龙井？

放心，不是番泻叶！我说。

他老脸一红，咳咳咳干笑起来。

吴解理是有这个想法，怎么，张丽娟和你谈过股份的事了？她什么想法，你又是什么想法？我说。

她吗，如果能卖，也卖了吧，我的也一样。顿了顿，孙建龙又问，丽娟还托我问一下，每股现在啥价格？

股价按审计后的净资产确定，目前估计每股十元左右吧，按法规，增值部分要缴个人所得税。怎么？张丽娟自己不来问，还要麻烦您老亲自过来？

孙建龙一脸尴尬，讪讪地说，站里人不是都在说她被小伙子掏古井吗？如今弄到这地步，也没脸面过来。

孙建龙喝了茶，索性讲开了。她男人经常打他，报警也没啥用，张丽娟提出离婚，男方臭不要脸索要青春赔偿费，张丽娟已经答应了。但那无赖从来都没正经工作，张丽娟养了他这么些年，以前的积蓄都搭进去了，哪有余钱啊？她兄弟姐妹都嫌她丢脸，早就没了来往，房子铁定要留给儿子的，想来想去，只有把股票卖了，凑钱给这家伙。

索要多少？刨掉增值税，张丽娟的股票也就值八万块吧。我不禁有些八卦。

孙建龙的脸更红了，期期艾艾地说，我的也准备给她，哎，借她……

我笑了起来，孙建龙脸上的老年斑也变成了纷纷扬扬的桃花瓣，不对，那笑容里还有一丝不羁和期盼。

6

股东大会如期召开了，台下黑压压的人群中，真正在岗的只有寥寥十人，老股东们不少已颤颤巍巍和愚钝痴痴了，吴解理和孙建龙算是身强力壮的，唉，不股改还真不行，等到如我年岁之辈也退休了，控股的自然人股东就全是退休工人了，这样体制的企业能走多远？

会堂里乱哄哄的，我瞅了几眼，没看见林为民，拿起签到册一看，他的名字后面果然空着。黎强和张丽娟都到了，朝我点点头。黎强气色不错，张丽娟的鱼尾纹不浅，额头上残留着几丝淡淡的淤青，但从背影看，依然细腰肥臀，吴解理和孙建龙似乎都想坐她旁边。

会议还没开始，不少人已经面红耳赤了，他们看到了会议资料中的退股草案，就有人朝主席台上喊话，大意是今天集团公司这份家业离不开他们老职工的贡献，年底分红没有了，今天还要让大家退股，卸磨杀驴可不行。我朝交通局和国资局领导点点头，示意大家安静。

你今天是通过什么交通方式过来的？我问喊话的老职工。

公交车呀，他说。

我又问他，一路上车里上上下下有几位旅客啊？

哎，没几个人！他脱口而出，随即一愣，意识到上当了。

我乘势打开话筒，给股东们交底了，从现象谈及现状，谈起企业前两年的经济效益和今年的窘迫，最后说，这次股改其实也是为在座的各位着想，如果经营形势一路向下，公司的净资产就要缩水，今天可能每股值十元，明年就只值八元了，大家对退股方案不认同，可以反对，不通过这个方案，不过以后没有利润可分红了，或者真归零了，可不要怪公司哪！

台下响起一片嗡嗡声，间或传来几句争执或吵骂。

主持会议的董秘几经安抚，大家终于安静了下来，按流程，我代表集团公司董事会作工作报告，上级领导强调再次股改的意义，董秘作草案说明，然后推选计票人和监票人……

这当儿，会议室门外走廊响起了"噔噔噔"急切的脚步，一个小伙子猛地推门探进身来，稚气未脱的脸，却是一副胡须未刮的沧桑模样，他愣头愣脑朝主席台望了望，转而又面向台下，一点也不胆怯。他是谁，走错门了吧？我并不认识。却见吴解理张丽娟不约而同站起来，张丽娟边挤出人群边连连挥手让他退出去，有些恼怒和紧张。小伙子似乎并不买账，嘴里嘟囔着，股票不能退，我要继承的……

下面"哄"的一声，原本安静的会场又被点燃了。不一会儿，张丽娟回来了，大伙好奇望着她，好像她脸上长着花，都想看出点端倪，瞬间闭了嘴。

张丽娟不声不响，一脸尴尬，赔着浅笑挤回自己的座位。

会议重启，黎强等三人被推举为唱票监票人，随着他抑扬顿挫的宣读，股东们的选择依次亮相，同意与反对咬得紧紧的，自始至终呈胶着状态。台下则一片叽叽喳喳，股东们紧张看着唱票板，每唱出一票，都会涌上一阵声浪，宁可不分红也坚决不退股的不少，说集团是本地的交通龙头企业，政府肯定不会让倒吧？这便有人接口道，这可说不准，现在轨道交通大发展，若干年后谁知道会怎样，及时止损为妥。还有的说见好就收吧，拿了钱太平，省得以后子女争股份。最后，加上国有股份，退股草案以略超三分之二的股权险险过关，也就百分之零点几的差距，当董秘宣布草案通过，我才惊觉自己出了一身冷汗，而那些投反对票的，则迅速围聚在一起讨伐赞成者。吴解理、孙建龙和张丽娟都投了赞成票，这当儿，平时歪理连篇的两个男人也不作辩解，一副欲走又走不脱的囧样。

我站在主席台上静静看着这几个公司元老，如果没有他们三人扯不清的风流债，议案铁定流产了，一件挺严肃的事，以这种意外而滑稽的方式解困，未免有点匪夷所思。

股东会后，林为民来电询问，我说草案通过了，正要通知你呢，啥时来办一下手续。他"咦"了一声，好像有点意外，然后说，通过就好，通过就好，我不是不支持你工作，我是杯弓蛇影啊，对于事关自己切身利益的事，都不敢做选择了。

我连连说，我理解，我理解。

夜色渐渐降临，一辆辆大客车开始回场，一辆接一辆，恍惚间真像一列前行的火车。而集团公司，何尝不是这样的列车，在这个站台把老职工全部卸下了，然后重新起步，越走越远，直到他们成了一个个芝麻粒，彻底不见。芝麻的余香，也被急驰的风吹去，像是吹走了一个时代。

原载《山西文学》2021 年第 12 期

晚　祷

笛　都

一

几天前预报的台风又扑了空，在日本海打了个弯就消失无踪。今年入夏晚，隔三岔五的雨水让人时节错乱，落叶纷飞，恍惚有入秋的错觉。大暑之前几天，天空每天阴沉沉的，空气像要闷出水来，而后，真正的夏天就猝然而至，气温每日直线上升，直蹿至三十七八度。八点出门上班，已经是明晃晃热辣辣地睁不开眼，之前潮湿的黄梅天已是一去不返的好天气了。

今年的天气很像三年前。先冷了很久，而后黄梅天倏忽而过，气温突然就一下子飙升上去。想想陈橹也走了三年了。

陈橹出事那天，本不是我当班。同事小胡有事，前晚临时和我换了班。晚上接到微信时，我刚和罗巍吃过夜宵回家。小胡总是这样，你都到家了，他才问你中午要一块吃饭吗？回家休假时，他会问你什么文档又找不着了，在哪哪哪，你想假装没看见，他可以几天没完没了地烦你。他有时临时起意，可以今天在马鞍山明天在舟山，像这样毫无预兆临时换班也不是一次两次。他就是这么想一出是一出，大概这就是"80后"和"90后"的代沟吧。明明我比他大了快十岁，他一点没有对前辈的尊重，好像天然我们就是同龄的兄弟。时间久了，我也习惯了。和小胡在一起，其实摸准了脾气，倒比和大多数人相处简单得多。想要什么，想干什么，他都说得明明白白，多轻松。

但是那次，不知怎么的，我心里莫名就生了股无名火。天热得慌，快12点，到处还是热气腾腾的，身上黏糊糊的不得劲，不知哪里的垃圾筒散发着恶臭。我们走的时候，夜宵摊子比我们去的时候人更多了。这家摊子我们之前没去过，隔壁相熟的那家没开门，我们才来了这家。

大约这家生意太好，等了半天才上了一把串，喊破喉咙老板也听不见。一个盘子都空了，酒也喝了半瓶，剩下的烤串还没上来。羊肉串太肥，茄子烤黑了，酱料太甜，总之就是吃得一点也不畅快。罗巍还先撤了，他是省一院的脑科医生，护士打电话来，说白天做手术的病人好像有点什么症状，让他回去看看。罗巍脸还红通通的，边撸着剩下的俩肉串，边说下次再约，就火急火燎地走了。

吃烤串是罗巍定的，其实我不爱吃这东西。人过中年，不说养生，也不说什么垃圾食品，有些嘴上吃上去好吃的东西，身体就是消受不了了。倒是像罗巍这帮当医生的，我见着好几个抽烟喝酒比常人凶得多的。不过也没办法，压力太大，罗巍说过，有时一台手术做完，他除了想先睡个昏天黑地，再就是把嘴和肚子塞个严严实实，啥也不想。

付了账，我大概好久没有吃这么重的口味，有点晕，有点恶心。

打开微信，是小胡的留言：明天拜托代个班哈。

我没回。

过了十几分钟，小胡语音通话过来，我接通了：又什么事？

大约他感觉到我口气不善，抱歉抱歉，沈兄，明天帮我代个班呗？我刚给你发微信了，你看到了不？

我明天有事。我硬邦邦地说。

小胡的口气更软了，沈兄，这次我真的没办法呐，我今天回不来啊。

电话里闹哄哄的，我好不容易才听清楚。你到底在哪？我问。

我在泰国呢。

怪不得小胡调了好几个班。小胡继续说：我可是偷偷溜出来的，领导还以为我去参加同学会了。你可别跟别人说。这边暴雨，飞机都停飞了。拜托拜托，辛苦辛苦。

每次都是这样，几句软话我就松了口。回头请你吃饭啊。小胡说。

月亮昏暗暗地挂在天上。到家了，还是一点风都没有。阳台的花盆里枯死的薄荷干巴巴地蜷曲在已经裂开的泥土里，那是同事之前送我的，拿回家时还是郁郁葱葱满满一盆。

我拎了满满一壶水倒了下去，水流只是在花盆表面短暂地停留一下，而后就快速地从缝隙里渗透下去。再浇水，水流得更快了。水从花盆底漫出来，漫过地面，从出水口漏下去，水管发出咕噜的闷响。

要是陈橹的话，肯定能把它养得好好的。陈橹住一楼，以前种了不少花草，没有什么名贵品种，大致是彩叶草、三角梅、月季之类，不过我想，要是他来养菖蒲、兰花，应该也能养得挺好。他也剪过些彩叶草之类给我扦插，但在他那儿生气勃勃百般妖娆的花草，一到我这儿就越长越瘦弱，不是被虫子咬得面目全非，就是蔫耷耷的。该晒太阳的我忘记放出去，该浇水的我一个月也想不起。陈橹干什么都像模像样，学什么也快，功课学得好，下棋、打篮球，连种花随便弄弄也是好的。只是后来，陈橹的院子里什么也没有了，到处都空荡荡的，除了几件晒洗的衣服。他院子外有几棵高大的广玉兰和枇杷树，满院都是落叶，还有不知名的长长的野草的藤蔓。也许，在陈橹死之前，他就已经离开这个世界很久了。

二

接到陈橹死讯的那天下午，我在上班。一个六十好几的老太太因为我们阅览室没有越剧《双下山》的 CD 已经喋喋不休地抱怨了半个钟头，从单位设备到工作人员素质，从她过来交通不便、公交站离得远，到这热得要死人的鬼天气。我嗯嗯啊啊，等待她把半生怨气都吐个彻底。要是小胡这个人精在，肯定早在老太太刚进门的那一刻就不知道躲哪里去了，他有一双及时发现"敌情"的慧眼。

电话是罗巍打来的，罗巍是我和陈橹的校友，毕业以后几年才认识的。

陈橹的事你知道了吗？他问。

陈橹？什么事？

他跳楼了，赶快到我们医院来。

那天罗巍有两台手术，手术完才知道陈橹坠楼的事，陈橹已经被盖上了白布单。

我和陈橹约了周末见面，陈橹还说这次再多叫几个朋友一起吃顿饭。一切都很正常，不正常的倒是很久不太出来聚会的陈橹主动提出聚餐。关于那天的细节，很长一段时间就像时间从某个片段抽离了。回想起来，我的嘴里竟然好像还弥漫着前一晚肉串的孜然粉味、辣椒味，还有腻味的甜香；老太太像唱词一样抱怨的腔调成了奇怪的和声。而与陈橹相关的那个片段脱落了，要经过好久才发现它已变得坚硬，它灵巧地嵌入记忆，嵌入大学四年以及以后的岁月。我只记得那天我接完电话很平静地跟小胡说我今天有事先走了。

干吗去？

我同学死了。

沉寂很久的大学群聊红点里显示无数条未读信息，大家合掌哀悼，有一搭没一搭地发几个字上来，没过几天，群聊又重归沉寂。那些天就像从列车上看飞驰而过的风景，走了很远的路，什么也没看清。其实所谓细节，又有什么重要的？生老病死，大多数都不过是普通一天，哪来那么多风雨雷电？几年过去了，陈橹的死仿佛已变得很遥远，陈橹曾经在的几个群聊大家好像也默契似的回避谈起。但有些时候，像一片阴影从心上掠过，人对不确定的东西，总有种本能，想有个答案，哪怕这个答案不是自己所期待的。的确，关于陈橹的死至今仍是个谜。

按官方通报，陈橹属失足从 18 楼的天台上坠下，从摄像头和现场勘查，没有他杀的可疑之处，所以定性为意外身亡。那幢楼我以前去过，出事前两年交的房，房东大多是外地的投资客，空置率很高，小区配套只有一家小连锁超市和几家饭店。陈橹为什么会一个人去那里，还是天台？其实，内心我更相信但又不愿相信另一个可能。据说，现场有陈橹抽烟剩下的烟蒂，没有遗书。陈橹是不太抽烟的，虽然大家一起的时候偶或会抽上两支。事故报告里说，天台上有积水，不排除失足滑落的可能性。我想，也许真的是意外吧。

从泰国回来，小胡给我带了个双人乳胶枕。一个人，也要像一支队伍。小胡说。小胡经常在外边跑，我知道他自己对特产什么的是没什么兴趣的，不过他向来出手大方，也挺有眼力劲儿，虽然有时挺招人烦的，他也都是见好就收，得寸但不进尺。他算是富二代，平时除了上班，还管管家里的小公司。当初单位招考，我学的古汉语文献学，原本对口到古籍部。然而试用期刚过，领导谈话说电子阅览室缺人，让我暂时先去那锻炼锻炼，多了解图书馆各个部门对以后工作开展也是大有好处的。这一锻炼我就再也没回去了。我对专业原本也没有太大兴趣，报了好几家省级馆，都没考上，正巧区图书馆招人，我想也算对口，谁知到最后还是把专业搞丢了。从进馆起就一直听说要建新馆，多少年过去了，工程依旧遥遥无期。一会儿说在申请，一会儿说原本申请的地被房产公司拿了，反正什么小道消息都有。代班那天，电子阅览室的人像平时一样，不多。尽管已经是暑假，外借部和少儿阅览室每天人丁兴旺，但二楼这里一向都是冷冷清清。这里草绿色的沙发看上去漂亮，坐上去却硌得屁股疼，上百台台式电脑挺壮观，但都是过时好几年的老机器，速度慢得像蜗牛，估计除了有人急用找不到电脑，谁也不会来这查资料办公。所谓的影音设备，就是几台老式的 DVD 和 CD 机了。十几个碟片架一半是空的，诸如《红色院线经典珍藏》《当代青年礼仪》《经销商管理》之类，也有些上译电影、日本电影之类。至于 CD，张学友旁是施纳贝尔，《大三宝赞》与《江河水》相邻，看起来也是很热闹的。不喜欢电影、音乐的估计都不知道图书馆有这么个所在，喜欢的也不会来这儿。像陈橹，说等他想养老了，去看看大妈跳广场舞、再来这里发发呆还是不错的。陈橹当年也是文艺发烧友，大学时在电台兼职做了一两年节目，经常背个巨大无比装满碟片的包出门，不知道的还以为他是卖碟片的；隔几天在电波里天南海北地侃侃音乐、电影、读书，居然也成了在本地高校风靡一时的偶像人物。陈橹的声音沉稳饱满，听起来很像颇有人生阅历的流行大叔，好多小女生不惜跨越大半个城市到电台想看看真人，她们不知道，从她们身边经过的那个理着小平头麻秆一样的高瘦男生就是她们的心中偶像。

三

听说我去了区图书馆工作，陈橹没有表示意见，他只是冷哼了一声，我知道他的不屑。图书馆在城北，是整个城市最老的小区了。我们几个同学大学时一块去过，陈橹还对它的老破小吐槽了一番，说在这么一个人文深厚、经济繁荣的江南古城，这么一个破图书馆实在跟它的城市地位太不匹配了。不过他还是厚道地向我表示祝贺，祝贺我可算找到个跟我气质相合的地方。五十步笑百步，学新闻的他最终没有干他想要的工作，恋恋不舍地离开了他实习的报社，听家里话，考了公务员。大学宿舍几年，他是我们每日卧谈的段子手。他在电台厮混了两年，经常见到些音乐小咖、当时还没火起来的未来的民谣大咖，找到一些不容易下载的资源。他自己写文稿，也学着采访，有时和我们讲些圈内的小道秘辛，搞点不可描述的小电影给我们寝室加私房菜。他为人豪爽，虽然跟我同年，倒像个大哥。我们都是电影发烧友，经常一起去淘碟，到超市买两瓶可乐或者啤酒坐门口台阶上就喝上了。大二的时候，我得了阑尾炎住院，那时外卖业务还没那么发达，多亏他给我送菜送饭，他还懂得隔两天买点水果调剂营养。有一度，别人经常拿我们开玩笑说我们是不是 GAY 友，也不过说说罢了，不论从长相还是学习以及学习之外，我实在过于平凡，够不上玩笑的标准。那时陈橹也有女朋友，是小一届的学妹，也是个个性妹子，两人大吵小吵不断，但好的时候又甜蜜得能齁死人。毕业后两人还坚持了一年，最后因妹子要回南方而分手。对于广东的妹子，广东以北都是北方了。没过两年，陈橹就结了婚，是单位同事介绍的，在银行工作，长得不错，肤白腿长，起码外人看起来两人还是很登对的。

我和陈橹两口子一起吃过两次饭，仅此两次而已。只这两次，他妻子也一直是冷冷淡淡的样子，既不主动打招呼，饭间也无话，后来陈橹再没有请我和他俩一起吃饭。我有点好奇，当初陈橹怎么会和他妻子两人相上眼，他好像比较喜欢软妹子的嘛。他说，相亲时还过得去，也就觉得有点高冷。长得漂亮的女的嘛，高冷一点也正常吧；既然都要结婚，反正找谁都差不多，还不如找个好看点的。结婚几年，他们一直没有生孩子，他从来不在朋友圈发两人的合照，也不提他妻子，不知道的还以为他是想假装单身，学学流行的"隐婚"。你要问他，他就说有什么好说的，好活赖活，就这么过呗。

就这么过呗。他比以前胖了很多，肚子也鼓了出来。上班以后，头两年他有时还和大家约约打球、游泳，后来次数越来越少，再后来干脆就直接推了，他说怪累的。他平时也读读书，朋友圈发发愤青感慨，结婚后他的朋友圈渐渐止于一月一两条，到后来干脆不更新了。

快圣诞节了，同事想带孩子去听音乐会，向我打听有什么好推荐的。虽说我平时工作内容就是影音类，其实我五音不全，是个乐盲；想想陈橹好歹是音乐圈混过的，我想想还是打电话请教请教他。

电话响了很久才接起来。

喂。干吗？

我问他音乐会的事，他说不清楚，早就不关心这些了。他们要去，杭州、上海随便去去好了。

最近在忙什么？我问。

上班，睡觉，睡觉，上班。

累。他懒洋洋地补了句。

我这连续三个周末无休、开公益培训班的人都没说累，他这个就知道长肚子的家伙累个什么劲？

正要挂电话，他说，我要离婚了。

我吓了一跳，什么？

下次见面再说吧。

等到见面，他手续已经办好，搬进了七十几平方米的小套。他把大房子留给了女方。

没有吵架，没有第三者，他们算和平分手。

房间里散发着浓重的霉味，这套房本是女方父母坚决要求买的学区房加投资房。现在倒好，成了陈橹的单身公寓。

房子久未打理，北面房间的封皮都有些脱落，除了基本电器和生活用具以及书柜，几乎没有多余的物品。陈橹把院子的门和窗户全都打开，拍拍胡桃木的实木餐桌，这是他特意新买的，一张可以坐下八人的大桌：瞧，一个人多自在。

四

礼拜二晚上，我做了个晚饭，那天烧的红烧小黄鱼、韭菜炒蛋，还有个是什么，秋葵。她说小黄鱼酱油放多了，鸡蛋炒太老。晚上加班回来，那个房子里乌漆麻黑的，她已经睡着了。她一向如此。我去洗手，水池里的碗碟都堆在那里没动。我观察了很久，想来想去都觉得奇怪，然后呢，我在厨房坐了半宿，我就想不明白了，我怎么会在这里，里面那个女人是谁？想着想着又觉得全身都轻松了。第二天，我就跟她提离婚。

陈橹边笑边说，像说着别人的事。

去他妈的人生，他说，真他妈的荒谬。

陈橹父亲把房子钥匙快递给我，说陈橹还有一些书和碟片，让我有空的时候去整理一下，有需要的可以带走。陈橹父亲以前就不喜欢他去电台做什么兼职，搞那些他觉得不务正业的东西。陈橹死后我们见过一面，我想和他谈谈陈橹生前的事，但他好像没什么兴趣，只想快点把事情处理掉。他因为心血管病在住院，临时赶过来；陈橹单位本来要开追悼会，毕竟陈橹的死已经官方定性是意外，但他拒绝了。电话里，陈橹父亲说以后可能会把房子卖掉，也许有些事情需要到时麻烦我。当初陈橹离婚，他就反对，陈橹的死仿佛已成为他们家不可言说的秘密，最好快快过去，大家都快点忘记。

陈橹的父亲和母亲在他小时候就离了婚。他们原在一个系统工作。当时离婚还是件大事。他们分居不分家，居然在一个屋檐下相敬如宾，直到陈橹上了大学。陈橹暑假时从来不回家，要不就做兼职，要不就在宿舍每天睡觉，那时我还羡慕他活得怪潇洒的。

陈橹以前说起他那两位都算高知也算单位领导的双亲时毫不客气：怪胎。那年暑假，我们班上几个同学一起去西北露营，我们在篝火边喝酒聊天。他突然说起过去，他说那两个字时就像提到什么不干净的东西，脸上阴冷的表情吓到了我：那是另一个人，我不认识的另一个人。

陈橹走后好长一段时间，对于"死"这个字眼，我总有种不适感，像某个不该出现的异物扎在了不属于它的地方。罗巍说其实他老早觉得陈橹有点不对。

我觉得他应该是这里有病了。罗巍边说边用右手指在右边太阳穴悬空划了几圈。18层，18层地狱，果然这个楼层不吉利。我以前看房的时候14楼、18楼是坚决不要的，贵点就贵点……

好了好了。你房子不是老早就买好了，离我们学校又近。

哎，说起来吧，我记得以前我们学校也有个楼，说有人失恋了从上面跳下来过……罗巍一扒拉起八卦来就没完没了，我实在搞不清罗巍这个受过多少年正规训练的医生怎么这么神神道道。不过这也好，吃得多，睡得香，再大的压力心也够大。快乐阈值特低，不开心转瞬即逝，多轻松，连带他身边人也轻松。

你去过四号楼三楼吗？我想起以前陈橹问我的话。

什么四号楼？

就是那幢有个黄色尖顶的楼，靠你们医学院那边的。

哦。罗巍想了想，那栋楼啊，我们以前做课题时去过。那边不是有个心理咨询室嘛……你问这个干吗？你去过？

没有。

幸好你没去，不对，幸好你没病。我跟你讲，那个心理咨询室的老师就是个江湖郎中，啥也不懂，她还要写论文呢。你要真得了什么抑郁症焦虑症强迫症就等着听她呵呵呵吧。

我想和罗巍说陈橹的事，但不知怎么还是没有说。想想和罗巍好像还没有熟到这个地步，而且我有点不太喜欢他说陈橹的口气。

陈橹最后一次约我，我还挺意外的。年头他在小区被电动车撞了，右腿骨折，肇事者是个外地民工，没什么钱，关于赔偿的事纠缠了很久。除了上班，他本来就很少出门了，想约他要不就半天微信不回，要不就电话关机。后来他的伤一直没好，走路一瘸一拐的，就更不出门了。有一次，我本想约罗巍还有几个和他虽然不是很熟但也算认识的朋友一块聚一聚，他一听这么多人，立马就一口回绝了。他以前可是这种事的张罗人，一伙人打完球还要再开个一两小时车去吃农家菜，他精力好得很。但不知从什么时候起，他从我所知道的那些圈子里消失了。以前他老忙忙碌碌个不停，好像想把所有的时间都填满了。现在，他又像对什么都没兴趣，也无所谓了。他不关心票子不关心房价不关心女人不关心天气。人生要是这些事都不关心了，是没什么意思了。有一次，我们去给一个朋友的酒店开张捧场，他那天没开车，是打车去的，刚到的时候看上去还很开心，和每个认识的人高高兴兴地打招呼。但饭席开始，他情绪忽然就低落了下去，没等主人来敬酒，他突然就和我说要先走了。我问他有什么事，他也说不出来。那天酒席上我没几个认识的人，也就和他提前走了。

回去的路上，他一路都没说话。到家了，要下车了，他也不打招呼，低着头开了车门。关车门前，他回过头笑了一下，谢谢。也说不上是笑，只是扯了下嘴角，他平时是不和我说谢谢、对不起之类的客气话的；然后就快步走了，好像怕我和他再多说什么。

他有时就这么怪，算了，过一段总会好的，那时我是这么认为的。大四的时候，他有段时间很焦虑，他成绩好，年年拿奖学金，又有成功的电台经历，手里已经有好几个 Offer，我不知道他在担心什么。像我这么平庸的人——我是一直这么认为自己——做什么都一般般，唯一的优点也就是还算勤奋了，我都不焦虑。好歹看在我们学校在东部几省还算吃得开，找个过得去的工作我还是有信心的。我说你就是草垛之间的那只驴，选择太多了。他说他是真不知道该去哪、该干点什么，那么多事情，好像都说不上真的有多喜欢。

我都不知道该说点什么了，所以你这几年拿的那些奖都是白拿的吗？

没意思。他说。什么都没意思。

然后他就问了我这么一句：你去过四号楼三楼吗？

五

陈橹站在 18 楼天台上的时候，他到底想了什么，是自杀还是意外，成为再也无法解开的谜。其实仔细想想，他活着时，我们也并不算了解他吧。

全校篮球比赛我们拿了冠军，大家都很高兴，喝酒喝得 High 到半夜。陈橹也很高兴的样子，酒喝了一瓶又一瓶，但其实他酒量一向不怎么样。然后他就一直吐，吐了就一个人趴桌上睡，跟谁都不说话。有一次我跟他开玩笑，说你找什么工作，你老爸不是什么什么局局长，让他给你瞄瞄有什么好路子……还没等我说完他就变脸了，那天我们还是在大教室上选修课，他直接拿了书就坐开了。后来他说，他父亲是有这个意思，但更让我没想到的是，他没听他父亲的话，选了新闻专业，却最终还是考了公务员，过起了他以前说怪无聊的一眼望到尽头的人生。

葬礼上，陈橹的前妻没有来，花圈也没有送。我去过陈橹前妻的银行办业务，看她接待客户言笑晏晏。她化着淡妆，身姿窈窕，一点也不像国产电视剧里离婚女人的形象。硬要把两个压根不相干的人凑合到一起，大概就是这种结果吧。

后来我想，陈橹其实是希望和我们能聊些什么的。但有时候，当你面对一个朋友的无话可说，报之以无言以对，也会感到挫败吧。他人的疼痛永远无法感同身受，我们连对自己也无法了解。记得大二夏天，爷爷去世，我从学校赶回老家，没有见上爷爷最后一面。多年来，他一直受类风湿性关节炎的折磨，去世前受了很多苦，客观上来说也算种解脱。从出殡到回学校，我没有掉一滴眼泪。深秋的一天，我去新校区坐公交，中间上来一个老人，瘦瘦的，穿着干净的灰衬衣黑布裤，我看着他慢慢地走到车门口，慢慢地上车，又慢慢地在座位上坐下，眼泪突然就下来了。爷爷的脸爷爷的药瓶爷爷种的小西红柿子装了满满一篮，放进后车厢，爷爷说我的小孙子好久没给我打电话了……迟到的疼痛没有任何预兆，就那么排山倒海般袭来。

电影里，坠楼的人总是像鸟一样飞下，超越了重量，仿佛灵魂从肉身轻盈地飞离，死亡也有优美的姿态。我问罗巍，他说他也不懂，他只是个脑科医生，所能照顾的部分极其有限。不过他知道那些真得了重病的人，痛入骨髓时是全无形象可言的，再体面你也得能忍得住啊。罗巍问，陈橹死前我们聊过些什么。我说没有，就约了个见面。我一直不愿去想和陈橹的最后一次通话，是的，他的确约我过几天再见面。在此之前，他在电话里说起他想换房子，问我是不是换个环境比较好，还说附近地铁施工也有点响。他又提起上大学时的一些往事，语气轻松又快乐。那天我心情不太好，没什么具体的原因，就是某一天你出门时拐弯，一辆车超了过去；天气预报天晴你洗完衣服就下雨；或者十年了，你进同一个电梯，坐在同一个位置上班，突然就有种恨不得分分钟辞职的腻烦。我也不想听他像个老人一样怀旧，我说过几天就见面了，见面再聊吧。他说哦那你忙吧。这就是我们最后的通话。我怎么会想到这是我们最后的通话，我怎么会想到意外就这么发生了。

年底部室调整，我依然留在电子阅览室。小胡说，沈兄你就是太老实了。不要老是斯斯文文温吞水，吃不开的，该出手时就得出手。小胡平时才不会和我这么坦诚，人之将走，其言也善，他辞职了，只等正式手续批下来。这是我们单位有史以来从未有过之大事，足以存史。大家之前还一直在讨论年度体检结果，尿酸偏高、结石、结节、肺部阴影、高血压、甘油三酯偏高……忌口，不吃海鲜，少吃肉，定期复查……每次体检完，我才深刻地感觉到人人都是如此珍惜生命。小胡要辞职的消息一传出来，大家就都纷纷放下生死大事了。其实压根没什么好讨论的，小胡辞职的理由其实很简单——钱太少。他在民俗街新开了个酒吧。里面可是泰国风味哦，有空的时候来玩。小胡说，到时他请我喝酒。

六

东西都在原处，凳子、桌子、碗筷各归各位，我不知道是陈橹以前收拾的，还是他父亲，或者请的别人。院子的花盆大约被忘记了，乱七八糟地堆在地上。想了很久，我还是想带回去，看看能种些什么。我给陈橹父亲打电话，他说拿走吧。挂了电话，过一会他居然回拨了过来，我以为他问钥匙的事，赶紧说这几天就寄回给他。他说你帮我收拾一下屋子吧。我问他是不是已经把房子挂出去了，他说不卖了。

书柜里的书和碟片码得整整齐齐，他在这方面有点强迫症，书分门别类做了标签，碟片上写了观看的时间。社科、心理学、历史、设计、电影学……《宇宙》《剑桥插图天文学史》《宗子维城》……陈橹什么时候开始对天文、考古学感兴趣了？这些不仅仅是收藏，因为他也会在扉页上写"某年某月某日读"，有些书写的日期是大学时候，但那时我并没有听他谈起过。

一个人在这里没什么好怕的，只是有点太冷清了。窗台、书桌、音箱、播放器，上面都落满了灰。不由自主地，我按了一下播放器开关，才发现电闸已经拉了。拉开电闸，播放器灯亮了，这时我才发现里面有张碟片。陈橹有这个习惯，放碟就忘记退出来，这该是他最后看过的一张碟。

周末，我约了中介看房。中介还是小胡和我当同事时推给我的，让我有空多学点投资什么的。除了打了下招呼，我和中介就一直没怎么聊过，谁的朋友圈还没几个房产中介呢。下午，我们去了陈橹坠楼的小区。小区和几年前大不一样了，那时小区大门才修好，也没什么人；现在小区门口站着两个年轻的保安，外来人都需要登记身份证件。小区中心的健身器材附近有好些在锻炼的人，随着这几年土拍水涨船高，这个原来滞销的小区现在也卖得很好了。中介听说我要看 18 楼，还有点惊讶，他说我可不能瞒你，这小区前几年不是有人从天台掉下去了吗？这个你肯定知道吧，毕竟当时报纸、微信都上了。这 18 楼本来就不好卖，出了这事以后，好多买家才不管是哪栋楼出的事儿，干脆就只要是 18 楼都不看了。你看看，他指了指，出事的是前面那幢楼，鬼知道是不小心掉下去还是他自己跳下去的。中介又问我是自住还是投资，我说自住。他说你要自住，现在这套房最划算的了，你要诚心想买，房东还可以讲价。前几天不是刚拍掉城东一块地，单价都破一万了，现在面粉都要比面包贵了，要买可得赶紧下手。

我让中介坐电梯先上去，我打完电话就上来。楼梯窄窄的，我从安全出口一步步走上一个又一个台阶，每走两层都要歇一下。陈橹出事那天，这里整个片区都停电了，他就那么一瘸一拐地走到了顶楼，还走上了天台。走着走着，几段黑白影像在我脑海里不断剪辑、重组，又统统打碎，有歌声传来，那是陈橹看过的最后一部电影，黑泽明的《生之欲》里的画面。歌里唱道：

生命多短促，少女快谈恋爱吧。趁红唇还没褪色前，趁热情还没变冷，谁都不知明天事，谁都不知明天事；生命多短促，少女快谈恋爱吧，趁黑发还没褪色前，趁爱情火焰还没熄灭，今天一去不复来，今天一去不复来……

一个市民课的小课长蹉跎一生，临退休前身患绝症，他在最后的日子里四处奔走，努力为市民建成了社区公园。片尾时，下起了雪，老课长一个人在公园荡着秋千唱起了歌。

中介站在天台上，他跺跺脚：这多划算，等于送个露台，还能晒东西、种花什么的……

天台的视野很好，向东可以看到在建的几个楼盘，楼房的上半部笼罩在巨大的阴影里，下面还有工人在忙碌，远看只是几个橙色和蓝色的小点；一个楼盘已经开始收顶，几幢新楼簇拥在周围。云朵又大又厚，就像垂落在了楼顶，红色的霞光让云层有了复杂的层次感。天空已是深蓝色，比白天时更加深邃，又仿佛触手可及，如此神圣。真好。我说。

原载《西湖》2021 年第 8 期

拣纸板箱

柴 草

正当方姨想从信箱里抽报纸的时候，她突然听到开门的声音，吓得她连忙缩手，把手插在衣袋里，假装散步。走了一段路，她才敢回头看。一位女业主从她家里出来，坐上汽车开走了。

方姨所在的是一个别墅区，每家每户的车库外有个信箱。偶尔有一次，方姨发现有一户人家的信箱里外堆满了报纸。方姨观察到，虽然他们每天晚上都回来，但不见他们拿报纸进屋。后来她发现，这些报纸被一个收垃圾的拿走了。

方姨觉得怪可惜的。她知道，现在是信息时代，要知道世界大事，手机上都有，谁还看报纸啊！她也知道，有些单位规定个人必须订报，按比例摊派，单位付多少？个人付多少？但是有些人家订了报也是不看的。节省的人家就集中起来，当废品卖；而像方姨所在小区，非富即贵，大多数人家不愿攒起来卖，不值几个钱。

方姨能住在这儿，当然也是富贵中人。她的儿子是一家企业主，经营皮革，管理着好几百人呢。虽然近几年皮革效果不太好，但是，也只是利润薄了一点而已。方姨只有一个孙女，去年就出国读大学了，平时白天儿子媳妇都去工厂，就她一个人守着大房子。

方姨开始只是在垃圾筒边上拣点硬纸板之类的。因为怕被邻居嘲笑，也为了不给儿子媳妇看到，她每天天蒙蒙亮就起床去拣。堆在自家车库里，用布盖着。

可是不久，她的行为还是被她儿子发现了。儿子朝她发了一通火：妈，你没得吃吗？不是每个月都给你买菜钱吗？人家丢出来的东西你去拣，不怕丢人啊？

方姨不敢吱声。

可是，方姨仍不愿意放弃。她想，我只是利用我的空余时间，拣点硬纸板，卖几个钱，又不犯法，而且心里很满足呀！但是儿子看到这些硬纸板就要发火。于是她偷偷地把这些东西藏在她的床下，一、两个星期就打电话叫收废品的人上门来卖掉。儿子媳妇睡在二楼，也很少到她房间里来，问题不大。

没想到有一次，儿子一回来就问方姨："妈，你有没有拿别人家的纸板箱？"

方姨一下回答不出来，因为她拿的全是别人家的，不知儿子问的是哪一处？

儿子怒气冲冲地说："在小区业主群里，有人在说，他们家的纸板箱刚刚拿到车库外面晒，想晒晒再用的，没多久就不见了，是你拿的吗？"

方姨想起来了，她白天在散步的时候，看到一户人家外面放着一个厚厚的纸板箱，打开着的。她想："噢，应该是他们不要了的。"就顺手拿走了。谁知道他们还要啊！

儿子气的，说："马上还回去，丢不丢脸？"

这件事过后，方姨就小心一些了，尽量不去人家门口拣那些看上去比较新的、比较结实的纸板箱。不过，在她发现信箱里那些确实长时间没人拿的报纸后，她的心又动了。

因为她知道，报纸比纸板箱要贵不少啊！

但是，她心里也有纠结，这是偷吗？垃圾箱旁边的纸板箱毕竟很明显是别人家扔出来不要的，但是人家信箱里的报纸，总还在人家的物业里面。

纠结归纠结，仍抵不过心里的诱惑。她特意到一些小路没有监控的住户前，趁大家上班去了，拿走一些，也没人知道，也没有人说。人家才不在乎这点报纸，也许他们还要感谢她，帮他们清理了"废报纸"呢？

今天，方姨还是感到忐忑不安。刚才那户人家，明明应该都上班去了，怎么有人呢？叫人看到，总是难为情的。她似乎能想象，在儿子的业主群里，刚才那位女业主是不是发了她拿她们信箱里报纸的照片？要真是这样的话，儿子怕又要找她算账了。

还好，晚上儿子回来，没有说什么。在他们吃晚饭的时候，儿子媳妇一边吃饭一边看着当地的新闻：电视里正报道她儿子向市相关部门捐赠抗疫物资的画面。主持人说，某某企业主向防疫办捐献防疫口罩 5000 个。

方姨心里想：那要我拣多少个纸板箱啊！

原载《兰州日报》2021 年 4 月 18 日、《烟雨楼》2021 年第 4 期

事 故

柴 草

初夏的早晨，孟刚照例起来跑步。地上湿湿的，昨天晚上下了一场不小的雨，但空气很清新。孟刚注意到，今天早晨的状况似乎有所不同，小区的路上到处是断成两截的蚯蚓，不时还可见到仰着肚子死去的蟾蜍。也许，昨晚是他们大迁徙的时间，却不幸被晚归的汽车碾个正着。

孟刚平时每天 7 点半左右出发去上班。今天要体检，所以孟刚稍微跑了一会就回家了。要早一点去医院，医院的车子太多了，去晚了就没处停。

孟刚出发的时候就觉得，时间不同，似乎风景和感觉也有不同。

刚开出小区的门口，孟刚下意识扭头往左侧观察，发现一位女性开着电瓶车在离他七八米处突然摔倒。他踩住刹车，回头再看，那个女人俯身趴在地上一动不动。孟刚本想离开，想着体检呢。但转念一想，摔倒的人会不会有生命危险啊？应该去扶她一把，打个 110 或 120 什么的？

又转念一想：去扶了，会不会被讹诈？正当犹豫不决的时候，他看到了门口的保安，心里有了主意。孟刚把车停在原地，走到保安跟前说："保安，你看到了，我的车跟她的车有七八米远，不是我撞的她噢，不过，我们一起去扶扶她，不要出什么事。"

保安和孟刚一起把女电瓶车司机扶起来。情况似乎还算好，只是手、脚有些擦伤。不想，女司机站起来就说："是你的车，我看到你的车，才摔倒的。"

孟刚这时才觉得有些懊悔。这时保安偷偷地跟他说："门口经常有电瓶车开得飞快的，出事故了，都要汽车驾驶员赔偿，少则几百，多则数千，我见得多了。你刚才要是管自己走就没事了。"

现在已经没有退路了，孟刚的车牌也被女电瓶车驾驶员拍了下来。孟刚索性把体检的事放一放，跟女的说："报交警吧，看交警怎么处理。"

过了 20 分钟，交警到达现场并测量了两车的距离，画了图，对双方说："你们的车子都要暂扣，等我们看了监控录像后你们再来交警队处理。"

孟刚也没办法，他想着，像保安说的，刚才要是不那么好心就好了。他摸摸自己的脖子，刚才扭了几次头，有点不舒服。他只能在门口骑了一辆公共自行车，去医院体检，然后去上班。

单位事情有点儿多，孟刚下班的时候已经有点天黑了。到了单位下面，他才发现外面下着雨。他回办公室拿了雨伞，走到单位外面，还是骑一辆公共自行车，一手撑伞，一手握着自行车把手，上路了。

不知是单手骑自行车还是下雨的原因，孟刚在路口直行的时候为了避让右转的汽车，摔倒了。汽车没有停留，孟刚自己站起来，一试手脚，感觉没什么问题。孟刚想想自己怎么这么倒霉，一天碰到两次事故。不过他也暗自庆幸，人没什么事就好。

几天后，交警队通知孟刚和电瓶车女司机去处理事故。女的说，她去医院看了，化了 100 多元，不过，还要休息几天。会产生误工费什么的。

交警对孟刚说："电瓶车驾驶员车速快，制动急，负主要责任。不过，她是因为看到你的车才紧急制动的，你负次要责任。你可以走交强险，也可以跟她协商解决。"交警又说："毕竟对方是女的，而且受了伤。"

孟刚和她协商，给了她 500 元，就把这个事了了。

十天后，孟刚的体检结果出来了。结果显示，孟刚的甲状腺有些问题，建议看医生复查。孟刚随即约了医生，医生进一步检查后建议，要做切除手术。现在手术风险不大，但不做的话，怕肿块大起来，就不好弄。

孟刚虽然已经 50 多岁，但以前还真没碰到过什么实质性的病。这次要动手术，心里还是有些慌的。

因为是小手术，孟刚就在本地医院做了，当时医生说手术是成功的。但孟刚觉得，手术后他讲话声音变轻了，而且有时会有呼吸不畅的感觉。孟刚去省城咨询专家，说有可能是手术的时候切多了。

数年后，孟刚还会想起，那个怪异的早晨，那些死去的蚯蚓和蟾蜍，那次远距离的事故。

原载《烟雨楼》2021 年第 4 期

新 娘 子

海 童

等我妈妈做了新娘子，就给你们吃喜糖！

7 岁的琪琪喜滋滋地对幼儿园的孩子们说。吹牛，吹牛，吹牛大王不害羞，吹得牛皮飞上了天。每当琪琪这样说，孩子们就手拉手，把他围在中间，尽情地唱着、跳着、叫着。

琪琪双手抱住自己，瞪大了眼睛撅着嘴巴。他就是不哭，从小养成的习惯。妈妈教的，哭就打屁股，哭得越厉害，打得越厉害。琪琪在马蹄镇幼儿园读大班了，三年来，吃了同伴们很多的零食。孩子们就提出来，琪琪，什么时候你给我们吃点好东西？琪琪把心一横，就说出了妈妈的秘密，就盼着她做新娘子的那一天了。

孩子们一个个被家长接走了，琪琪趴在滞留室的窗沿上看着花坛里的花。趁保育老师不注意，他就从门缝里挤出去，嚓嚓嚓，拔掉了全部开放和即将开放的花朵。他满手血红地溜回来，坐在长条凳子上满足地笑着。

英子来了，伸出手去牵孩子的手。琪琪把手插在裤袋里，扭扭捏捏地跟着妈妈走。保育老师是个胖子，她气喘吁吁地赶过来，拔出了琪琪沾满花的血迹的手，连连尖叫，不得了了，不得了了，我一个月的心血，都给你打光了。

英子拦住了保育老师，她吞吞吐吐地说，老师，要不，我给你们补种上。

保育员翻着眼珠子说，看见花儿就打，不知前世跟花朵结了什么怨恨？我得跟园长汇报，她说怎么处理，就怎么处理！

英子不再理睬她，拉着儿子逃出了幼儿园的大门。在南方，五月的雨说来就来，没有任何征兆，噼里啪啦打得人生疼。还没回过神来，雨就织成了连绵不断的帘子。眼前的世界瞬间模糊了，他们似乎变成了水里的两条鱼。

英子撑开了随身带的短柄黑伞，拼命遮住了琪琪，湿透了的 T 恤紧紧裹住她。

哇，妈妈，你真像一条美人鱼！琪琪抢着说。

雨水中，一辆油漆脱落的面包车缓缓开过来。方山跳下车来，把琪琪抱进了车里。关上车门，英子掏出干毛巾给孩子上上下下地擦着。你怎么才来？我们都快成落汤鸡了！

方山嘿嘿嘿地笑着，抹去了脸上的雨水说，还不是为了你做新娘子的事情吗？

英子撇了撇嘴说，呸，都快成老太婆了，还做什么新娘子？

方山反复打了几次火，老迈的面包车终于又开始抖动了，车厢里闷得慌。他打开了空调，冷气飕飕地钻出来。他从前排向后探出身去，殷勤地给老婆擦头发上的水渍。他说，英子，我方山欠你一个婚礼，一定会还给你的。

英子的眼圈有点红，搂住了琪琪不说话。咔嚓，咔嚓，方山用力将挡位拍进去，面包车颤抖着开动了。密集的雨点打在车顶上，咚咚咚咚，好像有人在敲着堂鼓。车子平稳快速地向前行驶着，来往的车辆飞溅起水瀑，打向各自的车窗。前边的雨刮刷快速地滑动着，窗里面反复着一张张清晰而又模糊的脸庞。

方山今天显得很兴奋，他边开车边说，英子，我们看好的那套房子，房东终于答应肯降价了！

是吗？英子的眼睛里也闪现出亮光来，首付多少？

30 万。方山从反光镜里看见了英子的喜悦，由于是二手房，首付必须达到百分之五十。前些天，房东死咬住总价 63 万不放。今天早上，他突然打电话过来说算 60 万好了。

琪琪在妈妈的怀里睡了，这孩子，一乘车就睡着。英子焦急地说，可是，可是，我们只有 25 万。

方山笑嘻嘻地说，不够就去借呗。我再回趟老家去，把那些祖传的石头疙瘩卖了，凑个 5 万不成问题。

英子的转身看着窗外的大雨，脸上早已是明媚的晴天。她笑嘻嘻地说，那些石头疙瘩可是你爸妈的命根子，他们舍得？

管他呢，是孙子重要，还是石头疙瘩重要？方山打着方向盘，稳稳地说，等买了房子，我就给你一个婚礼，让你做新娘子！

过了一个红绿灯，面包车拐上了狭窄的村级公路。这是一条坑坑洼洼的柏油路，此时积满了浑浊的雨水。雨点不断打进去，反溅起水珠，子弹似的蹿起来。车身前后左右剧烈地摇摆着，底盘发出吱嘎吱嘎的响声。前面有一座高耸的拱形水泥桥，雨水顺着桥面淌下来，仿佛挂着瀑布。方山把挡位挂进二挡，狠狠地踩下了油门。面包车怒吼着冲上斜坡，到了距离拱顶三分之一的地方，轮子打滑，感觉要退下去了。方山立即挂到一挡，把油门一踩到底，面包车尖叫着爬了上去。到了上边的平台上，方山长长地舒了口气。他松开油门，左脚踩下离合器，右脚踩住刹车。暂时停下来，看见右侧的桥栏石板上写着三个血红的大字"野鸡桥"。桥下的河水猛涨，已经吃掉了河岸，两边雾蒙蒙的。他慢慢放下刹车，面包车顺着那边的斜坡快速滑下去。汽车越滑越快，方山平时开车早就养成了空挡滑行的习惯。当汽车行驶到某个高位的速度，他就踩下离合器滑行，既省油又潇洒。刷刷刷，此时桥面的雨水在轮子两边开出了浑浊而又奇异的花朵，转眼间冲进了桥面与路面接壤处的水坑里。嘭，积水被撞成扇形飞出去。琪琪早就醒了，不知为何，今天在玩这个游戏的时候，他惊恐地大喊大叫。

方山挂上了低速挡位，渐渐松开离合器，利用齿轮慢慢减速。面包车又平稳地行驶在村级公路上，前面不远处就是他们的乡下出租屋了。方山打开了汽车收音机，里面有个破铜锣似的声音在用哭腔唱歌。

琪琪说，爸爸，刚才撞到人了。

方山笑着说，你看花眼了吧，是不是想吓唬你老爸？

此时，后面有几个人开着电瓶车追上来，气喘吁吁地说，撞人了，撞人了，你快停下来！

方山脸色变得跟天空一样阴沉，积压着数不尽的雨云。他跳下车，直接跟着几辆电瓶车疯狂地向河边跑去。桥上、岸边，站着几个黑色的人影在指指点点。河里面，有几个人在扑腾着。

可怜的顺发奶奶，被一辆面包车撞到河里去了。

刚才上来过一次，又下去了。

还会再上来一次，就不会上来了。

方山拨开人群，盯着河面，远远看见了水花。他纵身跳进了河水中，拼命地游向那朵水花。潜水，进入了河水的内脏，浑浊冰冷，散发着腐烂的水草和鱼虾的味道。柔软的河水渐渐变得坚硬，从四面八方向他挤压过来。他睁大了眼睛四下里搜索，到处都是黄昏的色彩。胸口越来越闷，心脏在剧烈地搏动着。方山被水托了起来，浮到了水面上，外面又下起了雨。雨水落进了河水里，刷刷刷刷，方山听见它们正在密谋着什么。河水不断地生长着，向南奔流着。它们已经爬到了两边的水杉根部，咬掉了泥土。如果再下两天雨，这些挺拔粗壮的水杉会倒下去，然后随波逐流。

方山深深吸了一口气，再次潜入到河水深处。他顽强地跟河水的浮力搏斗着，拼了命想到达河底。双手不停地向上拨动着，身子沉下去，沉下去。他摸到了河底冰冷的淤泥，坚硬的河蚌，还有被扔掉的自行车……

在河水里折腾着，方山反反复复地下潜上浮，始终找不到顺发奶奶的踪迹。他觉得手脚发软，躺在水面上，只露出鼻子和嘴巴。岸上的世界模模糊糊，那些人影被无限制地拉长变宽。就这样躺着多好，漂到哪里算哪里。等到力气没有了，就沉没了。

方山被救援队的小汽艇拖上了岸，闭着眼睛躺在岸边的大石头上喘息着。周围的人说着，这人就是汽车司机，可不能让他淹死了，顺发奶奶家还要找他赔钱呢！后来，英子抱着琪琪疯狂地扑过来，一遍又一遍叫他的名字。再后来，顺发奶奶家来人了，他们组成了看护队，团团围住他，防止方山跳河。

人们在野鸡河边找了三天三夜，最后在十里外的犀牛浜水草从中发现了顺发奶奶。她今年已经93岁了，儿孙五代同堂，他们回来包围了方山一家。方山的面包车是二手车，还没有办理过户手续，他驾驶证倒是有的。交警顺藤摸瓜，电话联系原车主，说明事情原委，才得知他的保险已经到期了。车主听了唯唯诺诺，谁知第二天竟然换了电话卡，彻底消失了。面对这等无厘头官司，家属只能牢牢盯住肇事者方山。他们在方山的出租屋外面组织了站岗监督队，两人一组，24小时值班，防止他逃之夭夭。他们还联系了马蹄镇幼儿园的老师，密切关注琪琪的动向。英子劳动的工厂里也部署了密探，她的工资收入情况也被查了个遍。

方山是送货的，以前骑三轮车拉东西，后来改成电动三轮车，经常被交警抓住罚款，再后来买了三轮摩托车。到了今年，终于买了这辆二手的面包车。送货的时候把座椅翻上去，乘坐的时候再把座椅翻下来。送完了货，方山还会把车厢清洗一遍，里面铺上席子，仰天八叉地躺在上面美美地睡上个午觉。外表虽然油漆剥落，坑坑洼洼的，但是至少能遮挡风雨，有四个轮子，跑起来呼啦呼啦的。拿到车的那天，方山拉上老婆孩子，直接开了一天一夜回到安徽的老家炫耀一番，然后再回到打工的出租屋。他这样也算是完成了从人力车夫到机械化设备的跳跃，他还憧憬着开上几年，再换一辆客货两用的新车呢！

方山筋疲力尽地躺在出租屋的床上，瞪大了眼睛看着沾满了蚊子血的天花板。他不说话，不吃饭，不睡觉，感觉还是在水里漂流。他的脑海里尽是雨水跟河水，实在想不出在哪个瞬间把顺发奶奶撞到了河里面。

英子除了接送琪琪，这几天寸步不离地守着方山，担心他出事。她用湿毛巾一遍又一遍地擦着方山滚烫的额头，手脚麻利地干着家务，洗衣扫地做饭菜。厂里打来电话，问她上班还去不去？她只能推着电瓶车走上了以前忙碌的生活轨迹，连悲伤都来不及。

交通事故处理还在进行着，顺发奶奶要发丧了，家属提出了先拿三万元丧葬费。英子听了，心里一紧，眼睛里要冒出火来，要知道她平时连一毛钱都舍不得花。方山坐在矮凳上，仿佛是被砍断了的半截树。

家属来了十几个人，人人手里捏着香烟，火光闪闪，烟熏火燎。琪琪从来没有看到过这样的阵势，吓得哇哇大哭。英子紧紧抱着孩子，方山则拼命抱住黑色的小皮包，他反复说着，人不是我撞的，人不是我撞的。

下午，家属和肇事者在交通事故处理办公室坐定，一起观看监控视频。探头是安装在桥头的电线杆上的，方山终于看清楚了开车的全过程。面包车从高耸的野鸡桥上高速冲下来，两边是飞溅起来的水花。顺发奶奶在东桥堍准备上桥，她看见面包车俯冲下来就下意识地让在一边。随着面包车扎进路面水洼，忽然爆发的波浪吞没了顺发奶奶。等汽车开过去，水波落下来，顺发奶奶就不见了。也许，是她躲避时踩空了掉进河里的。也许，是汽车刮起的波浪把她冲走的……视频放了一遍又一遍，顺发奶奶的两个六十多岁的女儿，三个将近七十岁的儿媳呜呜咽咽地哭起来了：

阿哟，我的姆妈呀，真罪过相啊！

姆妈，侬好可怜啊！

姆妈，侬就这样去了呀……呜呜呜……

方山呆呆地看着视频，二手房房东打来电话，他在一个角落里接听着。里面传来炸雷样的声音，喂，你怎么关机了？老是打不通？房子还要不要？

方山抓着发烫的手机说，老板，我摊上了一个事，你等几天行不？

等什么等，今天来付钱，不来卖给别人了，他们还是全款！你快点做决定。再见！二手房房东挂上了电话。

交通事故处理办公室的工作人员过来请方山过去，他郑重其事地说，你驾驶的汽车问题很多，主要是没有经过年检，保险已经到期，车主失联。现在，由于你驾驶不当，发生交通事故，造成了人员伤亡，你应该承担全责，赔偿死者家属30万。请签字！

唰，工作人员把一张事故责任认定书推到了方山的眼前。方山说，我不签字，我不签字，我要找到车主，我要让他承担，让他赔钱。

工作人员严肃地说，请你冷静下来，如果你拒绝签字，我们将移交法院处理，到时你的损失会更大。

我不赔钱，我宁愿吃官司。我不赔钱，我宁愿吃官司。

家属商量后恶狠狠地说，给你一个月时间筹钱。到了期限没有钱，你官司要吃，钞票也要赔。

面包车早已经被交警队拖走，方山只能跨着破旧的电瓶车一路颠簸回到野鸡桥的出租房。手机响个不停，有各家乡村小超市送货催急，有老乡的聚会邀请，有牌友的三缺一喊话……手机里唱着那首永远流行的彩铃：黑夜给了我黑色眼睛，我却用它来寻找光明。他纹丝不动，手机那边的喧哗与骚动似乎都与自己无关。

这首彩铃也是一条河流，循着它，方山来到了纯真的学生时代。他们的村庄距离学校要翻过两座大山，一条溪沟。每天，方山总要早早起床，跟太阳一起翻过大山，来到英子家门前。英子捧着碗在吃粥，嫩红的太阳光落在粗瓷大碗里。看见方山来了，她赶紧返回屋子里掀开棕褐色的木头镂盖，抓起热乎乎的玉米棒子塞到方山的手中。两人相视一笑，手挽着手开始攀登面前的另一座大山。路边，有各种各样散发着芳香的野花野草，蝴蝶翻飞着翅膀起起落落。还有调皮的松鼠，从这棵树上蹿到那棵树上，好像在跟他们捉迷藏。灰白色的山路在翠绿色的野草地和树丛中蜿蜒着，两个孩子就像活泼的蚱蜢，快活地蹦蹦跳跳。他们的路走得不紧不慢，一会儿掐了朵刚开的花儿尝尝，舌头上甜津津的。一会儿爬山粗壮的矮树，从鸟窝里偷两个鸟蛋，对着太阳瞧一瞧。如果里面有黑乎乎的一团，那就是雏鸟形成的胚胎，方山就会把鸟蛋小心翼翼地放回去。如果里面清清亮亮，他们就找块石头敲出小孔，搓起嘴唇轻轻吮吸，新鲜甘甜，略微带点腥味。那时候英子的小圆脸白里透红，就像山上永不凋谢的花儿。山路上，还有许多属于他们的秘密，那神秘阴森的古墓，悬崖上的猫头鹰，树洞里的野兔窝……

来到宽阔的溪流前，水中摆放着大大小小高低不平的石头。山上的泉水汇成了帘帘瀑布，水面上升腾起缥缈的雾气。英子不敢过河，方山把书包挂在脖子上，蹲下身。此时，在英子的眼前出现了灰色杜布铺展的背，随着方山的呼吸一起一伏。英子总要认真端详一番，然后悄悄趴上去，双手轻轻搂住了方山的脖子，脚腕子挂住方山的手臂。

坐稳了，方山叮嘱着，嘿，起身，踩着露出水面的石头，走向对岸。英子在背上说，方山哥哥，我以后长大了做你的新娘子，好不好？

方山说，好的，英子妹妹，我就要你做我的新娘子。

他们在学校里的成绩也是不好也不坏，高中毕业就一起外出打工。他俩吃住在一起，生活在一起，就像山里的溪水和沟渠，天生就是互相依存。他们也实在想不出，如果不跟对方在一起，还能跟谁在一起。

他们来到海城打拼，吃苦耐劳，有了孩子，有了积攒。他们就想拥有自己的房子，靠着一双手，想要什么就有什么。

想不到，今天方山会两手空空地坐在出租屋里。雨一直下，窗外雾蒙蒙的，老家好多村庄都已经泡进了水里。前些天父亲打电话来说他们的村庄地势高，不用担心，西山村村部的房尖都没掉了。他还告诉父亲不用担心，他们准备在马蹄镇买房子了，到时接他们过来一起住。

白天浸泡在雨水中，整个世界变得惨白。夜色悄无声息地渗透进来，等到响起了敲门声，方山才发现白天已经过去了。原来是英子和琪琪回家了，啪，琪琪按下了电灯开关，节能灯倾吐出乳白色的光芒。出租房看上去只有十五个平方左右，结构很简单，一个卧室，一个卫生间，吃饭和做饭的地方连在一起。

英子手脚麻利地给琪琪换了被雨水打湿的衣服，打开电视机，让他看动画片。熟悉的"猫和老鼠"的嬉笑打闹声传了出来，琪琪忍不住笑了起来。她拎起蔬菜和肉食，来到厨房洗菜切肉。嚓嚓嚓，菜刀跟砧板碰撞着。接着，淘米，做饭。很快，电饭煲上面的蒸汽孔里飘出了丝丝热气，米饭的香味开始弥漫在小屋子里。此时炒菜声也恰到好处地响了起来。家乡的辣子炒肉英子最拿手，烟熏火燎的生活又开始了。辛辣的气息飘过来，方山忍不住重重地打了几个喷嚏。

吃饭了，吃饭了，英子爽朗地招呼着男人和孩子。三个人终于又满满地坐在小圆桌旁边，埋头吃饭。方山拨拉着饭粒吃不下，他看着英子说，你怎么像跟没事似的？

英子给方山夹了辣子炒肉说，吃吧！你坐着一声不吭就没事了？你不吃饭就没事了？你到处求爹喊娘的就没事了？只要有一口气在，你就能干事，能干事就能挣钱，能挣钱就能养家，就能活下去。

方山说，英子，我跟你商量个事。我们的钱来得不容易，我们干了十年挣下了这点钱，是要用来买房子的，不能说赔就赔给人家了。

英子嘴里嚼着饭菜，含糊不清地说，那怎么办？

方山认真地说，我问了懂法律的老乡。我想把钱全部取出来存到你的户头上，因为，我们没有结婚，你没有做过新娘子，你不会承担我的责任和债务。你存着这笔钱，可以和琪琪好好过日子。

英子把饭菜吞进肚子里，她问，那你怎么办？

方山苦笑着说，这个，你不用管我，又不会一命抵一命。我想，最多，最多去吃官司，在牢里住上十年。

英子把一口饭菜全部喷了出来，瞪圆了眼睛看着方山说，我们 25 岁那年来到海城，打拼了 10 年。我们每天住在鸟窝似的出租屋里，眼看着就要熬出头了，竟然摊上了这样的事。你今年 35 岁了，坐 10 年牢再出来就 45 岁了，你还能干点啥？到那时，琪琪成了坐牢的儿子，我成了坐牢的老婆。哦，不，我们还没有结婚呢！

方山抱着自己的脑袋不说话，英子说，听我的，把钱给他们，不就是 30 万吗？大不了，我们咬紧牙关再干 10 年，到那时买房子也不晚。琪琪也才 17 岁，还没到娶媳妇的年龄呢！

方山抓起饭碗，胡乱地吃下半碗，心里头堵得慌，再也吃不下了。他摸出钥匙打开衣柜，踩在凳子上探身进去。在上层靠近墙的地方藏着一个铝制饭盒，外面包裹着层层叠叠的铁丝。方山慢慢地捧起饭盒，走下凳子，回到饭桌上。他伸出满是老茧的手指，徒手拧开缠绕的铁丝，一圈一圈解开。饭盒盖上还写着几个红漆大字：崖西中学 63 号方山。他默默地看了看，用力掰开饭盒盖。随着轻微的咔嚓声，他们 10 年的心血被打开了。里面是用牛皮筋捆成一叠的存折，他的手指轻微地颤抖着。

他先抽出最下面的那张浅绿色的单子，上面打印着清晰的数字 500 元整。他反复摸索着，嘴角不禁露出了一丝笑意。他说，英子，你还记得我们存下的第一笔钱吗？

英子收拾好了碗筷，她忧伤地坐在这个男人的对面，脸上笑盈盈地说，怎么会忘记呢？我们那时还住在工厂的宿舍里，工作了三个月才领到第一笔工资。我记得很清楚，我的工资是 417 元 5 毛，你的工资是 438 元 7 毛。我们那时虽然在同一个厂里上班，但是见一面也要过上十几天。我们接连加了好几天班，终于调出了一个白天的休息日。

是啊，是啊，方山抢着说。我借了一辆自行车，带着你来到了镇上的红红火火馆子店，大吃了一顿，总共花掉了 35 元。唉，那时的饭菜真是好吃，价格也便宜啊。我记得，你最喜欢的是糖醋排骨。我还是喜欢吃辣，吃得浑身上下都冒汗，那个真叫舒坦。

呵呵呵，英子说，吃好饭，我们就在镇上散步。想不到，遇到了好多同乡，原来他们跟我们一样都是跟本地人调好了班出来逛的。那天，我记得给你买了一根正宗的牛皮腰带，你给我买了一件白色的长裙。

方山抚摸着腰上的皮带说，10 年了，我一直没有换。

英子打开衣柜摘下连衣裙说，10 年了，我一直舍不得穿。

两人你看着我，我看着你，笑了，笑中带着泪花。

方山继续数存折，600，750，880，1000……5000……每一个数字后面都蕴藏着一段艰辛的生活，一个憧憬的日子。这次，他们在 5000 元的存折面前再次惊喜了。因为，这是琪琪满月那天收到的红包总数目！记得那是在年底，他们带着琪琪回到了老家。老家规矩，家中添丁，族中人人必须回来祝贺聚会。多么红火的场面，每个人都过来抱了抱琪琪，在他的胸前的衣兜里塞进了大红包。

爷爷酿的酒，奶奶沏的茶，爸爸养的猪，妈妈种的菜……大家吃得饱，喝得足，聊得欢，最后都醉了。老家的夜像奶奶染的蓝印花布，温情款款，绵远悠长。

10000 元，他们在这张存折面前沉默了。

五年前的秋天，山里的树叶落得早。老家来电话，说是英子的爸爸总是发高烧，怎么也退不下去。英子就给爸爸汇去了自己一个月的工资，嘱咐他到镇上的医院去看看。过了一个星期，老爸打来电话说在镇上的医院挂了几天的盐水，高烧下去了，体温正常了，叫他们不用担心。谁知，不到三天，英子的妈妈打电话说，老头子咳嗽不停，镇上的医生给他拍了个片子，说是胸腔里长了个瘤子。

英子晕晕乎乎的，全身陷入了瞬间的麻木中。她立即向工厂请了假，回到老家。她的两个姐姐也来了，大家一起商量着该怎么办？从黑夜到白天，从白天到黑夜，三个女儿陪着父亲来到了镇医院。医生说得赶快开刀，他可以联系省里的外科医生来这里，只是费用不会低，术前术后总共需要 10 万元左右。

10 万！英子被这个数字冻住了。要知道，他跟方山省吃俭用五年才积攒了 10 万。他们一直不敢结婚，因为按照老家的规矩，下聘礼摆喜酒还要发红包，要花去他们俩一年的工资啊。他们只能先生孩子，因为生孩子可以获得不菲的红包收入。

老爸知道了自己的病情，沉默了半天说，不用治，花那冤枉钱干啥？明天起，我上山采草药吃，你们该干啥就干啥，没啥大事。

半年后，老爸不行了。他躺在床上，把三个女儿叫到跟前，拿出一张 30000 元钱的存折说，你们分一下，每人一万。

方山数完了存折，厚厚的一大叠，总共是 26 万 1 千元。他说，还差 3 万 9000 元，我们可以跟顺发奶奶的家属商量下，先欠着尾款，有了钱立即给他们。

赔完了钱，还拿到一张白纸黑字的欠条。日子继续如雨水样流逝，方山来到了建材市场做苦力。搬瓷砖，背大理石，扛木材，什么样重的活都干。到了晚上回家，整个人像散了架似的，瘫在床上就起不来了。

到了第二天早上，方山睁开眼睛，全身每寸肌肉都酸痛着。他起身，发现餐桌上已经准备好了白粥和白馒头。英子和琪琪什么时候来的，什么时候走的，他都不知道。他从裤袋里挖出皱巴巴的钞票，慢慢叠整齐，放在餐桌上。做搬运都是现钱，竟然有 385 元！他掏出手机计算起来，385 乘以 30，等于 11550，一个月可以挣这么多！11550 乘以 12，等于 138600，一年十几万了！太好了，现在到处都在造房子，到处都在做装修，只要有力气干活，就可以挣到钱！哼，奶奶的，镇上的房子算什么？我还不想买呢！等我有了大钱，我要到市里去买房子！这个宏伟的念头把方山彻底点燃了，他恶狠狠地扒了三碗粥，咬了四个馒头。他把自己洗干净了，蜕掉蛇皮样的脏衣服，换上整洁的装束，又出发了。

方山宏伟的计划实施了两个月就终止了。

那天，方山给一家五楼的用户搬大理石。照常理，这样整块的大理石应该是两个人合作搬运的。方山跟客户谈好了，他一个人搬可以为他们省去 100 块。对于他个人来说，可以多拿半个人的工钱。客户答应后，他好像打了鸡血似的，精神抖擞地干了起来。为了防止大理石下滑，他用绳子紧紧地绑在身上。大理石压在背上，他变成了褐色的乌龟慢慢地爬行着。一块，两块，三块……他觉得大理石越来越重，压得他几乎喘不过气起来，心脏在胸腔里乱窜，好像要从嘴巴里面跳出来。他张大了嘴巴，大口大口地吸着空气。两只脚死死地撑着楼梯的两个角，双手攀沿着，拼命抓住上边的楼梯。就这样，他手脚并用，一步一步向上挪动着……

干完了活，方山抓住几张崭新的百元大钞甩了甩。每天这个时候他是最轻松的，今天感觉背部坚硬麻木，全身都使不出劲儿来。回到家里，他累得不想说话，匆匆擦洗一番倒头就睡。等到阳光爬上眼帘，他吃力地撑开眼皮，身上似乎压了千斤的重量，连一根手指都动不了了。

他看到一只深褐色的蟑螂从门缝里钻进来，伸着触角试探着。它贴着墙根爬上了餐桌，爬上了大碗，温热的白粥还冒着热气。蟑螂撅着屁股探进去，身上油亮的翅膀交叉着扭来扭去。尾部有一条白色的隆起，显然它已经怀孕多时，正在找个地方分娩。等到它吃饱喝足了，就优雅地趴在餐桌的角上休息，几对触角轻微抖动着。它顺着桌子爬下来，又从床腿爬上去。方山觉得脚上毛茸茸的，估计它在寻找落脚的地方。平时，方山最恨的就是蟑螂，床头常年准备"抢手"。今天，他觉得这只蟑螂很可怜，它永远是一个新娘子，每天带着身孕东奔西走，饿一顿饱一顿，随时随地都会丧命于各种各样未知的危险中。在一则手机趣闻中方山获知，蟑螂被打死后，它的子孙会瞬间飞散到各个角落里潜藏着。等到时机成熟，就会孵化出来，顽强成长着，自生自灭。

等到英子和琪琪回家，方山还在床上躺着，那只蟑螂早就离开了。英子惊呼着，过去抓住方山的手。琪琪走进小房间打开电视机，继续观看他的"猫和老鼠"。

英子拨打了120急救，经过检查，才发现方山的肩部韧带全部断裂，膝关节严重损伤，需要住院手术。否则，就会瘫痪在床。英子小心翼翼地问了下需要多少费用，值班医生说如果恢复良好的话差不多就3、4万吧。英子的心里一下子空了，方山两个月的拼命换来了25000块钱，再加上自己的工资，差不多就是手术的费用。英子双手握着 X 透视胶片，里面黝黑的断裂面在灯光下无限地放大。她仿佛回到了崖西村的山坡上，看着陡峭的悬崖。那时在镇上读中学，两人选择了住校，半个月回家一次。他们为了缩短路程，就在悬崖路行走。两人手拉手跋涉到悬崖底部，仰望悬崖口的两块尖利的巨石，正在咬牙切齿地无声争吵着。接着，他们又在另一边陡峭的山坡上攀缘而上。

方山知道了伤势，他说，英子，我们山里人身体扎实，说不定会自己长好的，你不用去听医生的话。

英子笑了笑，说，今天你可做不了主了，谁叫你把钱都放在桌子上呢。现在，都归我管啦。

方山了解这个女人的心，他急得满头大汗，连连骂娘。英子还是笑呵呵地听着说，省点力气吧，你要修养很久的。

这些天，琪琪暂时寄养在老乡家里。做完了手术，英子借了一辆电瓶三轮车载着方山回到了出租屋。第二天，英子正在做饭，外面有人敲门，原来是房东老木来了。他好像是突然之间从地底下冒出来似的，穿着白色的紧身T恤，沿着肚子往上翻卷，那古铜色的大肚子直挺挺露出来。平时，乡下的房子隔成了十几套小房子全部租出去了，他在城里通过手机微信收房租。

老木背着手扫了一眼，说，你们的房租三个月没有交了吧，算上水电费总共2000。

英子在围裙上擦了擦手说，老板，我们遇上了了点事，我男人受伤了。你看，能不能通融下，到了年底，全部补交。

老木坐在餐桌旁，看着屋内全身包扎的方山，吧嗒吧嗒抽香烟。烟雾缭绕中，英子做好了饭菜，她说，老板，你今天就留下来吃饭吧。老木点点头说，开一瓶白酒。

英子给方山盛了一碗饭，夹了辣子炒肉。她坐在男人的床头，慢慢给他喂饭。老木坐在外边的餐桌边自斟自饮，他几乎不吃小菜，只喝白酒。英子喂好了方山，自己盛了饭，还是坐在床边吃着。等到老木喝完一瓶白酒，夜已经深得结成了冰。

英子借故出来收拾碗筷，把桌子接连擦了三遍。老木坐在外边的简易沙发上，伸手按住了英子的腰说，今夜我就在这里睡下了，我要你陪我，你们的房租全免了。

英子站直了，她一根手指一根手指地掰开老木的手。她说，你等一下！

英子走进房内，关上了房门。老木瞪着血红地眼睛，喝着浓茶，抽着香烟。抽了三根烟，老木有点不耐烦了，开始粗鲁地咳嗽着。

门，开了。老木的眼睛一花，他怀疑自己看错了，又眨巴了几下，终于看清楚了。里面已经布置一新，大红的喜字贴在靠床的墙上，红色流苏，流光溢彩。新郎方山穿着长袍马褂，新娘英子身着大红旗袍，他们的胸前戴着超大绸花。两人搀扶着肩并肩坐在床沿上，笑盈盈地看着老木。

原载《烟雨楼》2021 年第 3 期

两棵离乡的柿子树

赤 鹰

　　王家庄原本是个远离县城的静谧的小村庄，有遮天蔽日的大树，有绕村而过的潺潺的小溪，围绕村子的，是大片的良田，王家庄人祖祖辈辈就生活在这里。近年来，县城的范围在逐渐扩大，王家庄就成了一处郊区的村庄，村里的土地年年在减少，很多年轻人怀揣着梦想去城里打工了。

　　又是一个春天，和煦的暖风轻轻吹拂着老王头家门前的两棵柿子树。这两棵柿子树已有近两百年的历史，是年方七十岁的老王头的太爷爷栽种的，分别种在门前小路的两旁。这两颗柿子树慢慢长大，根相握在土里，枝头相碰在云里，彼此成了不可分割的一部分。到了夏日，树下浓荫一片，那是老王家及街坊邻居纳凉闲谈的好去处，老人靠着树干打个盹，小孩子绕着树跑来跑去地打闹。等到秋天，枝上挂满了果实，老王头一家满怀喜悦地摘下来，放在缸里暖熟了，给街坊邻居每家送去一些，甘甜的柿子伴着王家庄人长了一茬又一茬，甘甜了王家庄人很多人的梦，也成了外出打工、工作的王家庄人乡愁的一部分。每年从远方归来的游子都要来看一看、摸一摸老柿子树。每到这个时候，两棵老柿子树会快乐着抖动枝叶，向归来的游子问好。

　　两棵柿子树从沉睡中醒来，舒舒服服地伸了伸懒腰，苍老的树枝上绽出了新绿。一棵柿子树用枝条轻轻触碰了一下另一棵柿子树，说："老婆子，春天来了，打起精神来。"另一棵柿子树呵呵笑了："你就喜欢叫我老婆子，我可没感觉老，我们这些树的寿命可比人类长多了，前天我听老王头他们说，有一棵银杏树都活了 3000 多年了，跟他相比，我们还是孩子呢！"另一棵柿子树忙说："是呀是呀，我们才刚刚长了 200 多年，离老还远着呢。不过，这200 多年来，我们经历了多少的世事变迁啊。远的不说，就说我们村，怎么树少了，鸟少了，小河的水也变浑了呢？前几天，老王头用河里的水给咱们解渴，那一股味啊，把我呛得啊，怕你担心，我也没敢说。老太婆说：'可不是，我也呛得够呛。嗨嗨，快看，欢欢来了！'"

老王头 5 岁的小孙女披散着头发从大门内冲了出来，抱着柿子树，边哭边叫妈妈。老王头手拿一把梳子颤颤巍巍地跟着跑了出来，边叹息边嘟囔着："好丫头，别哭了，爷爷给你梳完头送你上学去，要不迟到了。"叫欢欢的小丫头边哭边喊："我不要你给我梳头，你给我梳的头丑死了，我班里的小朋友都笑话我，我要找妈妈梳。"老王头无奈地摇头叹息："你妈妈要到过年的时候才能回来，她打工的地方离这里有 2000 多里地，你找谁梳去？我梳不好你还不肯剪头发。唉，苦了我家丫头了！爷爷心里也苦啊！不知这日子什么时候是个头啊！"欢欢慢慢停止了抽泣，坐到了柿子树下的石凳上，任由爷爷笨拙地为她梳头，她直直地瞅着通往村外的那条小路，眼睛里是这个年龄的孩子不该有的忧郁。

两棵老柿子树无言地看着祖孙俩蹒跚着离去。老婆子说："你说我怎么觉得这日子越过越没劲了呢？想想前些年，村子里多热闹啊，人欢马叫的，每天都有大人孩子在我们跟前跑来跑去，现在怎么人越来越少了呢？青壮年都不见了，村子里就留下些老人孩子。我多喜欢孩子们笑啊，一个个笑起来就像花一样。可是现在这些孩子一年见不了爹妈几面，很多孩子都不见了笑容，看得我心疼啊。"老头子叹了口气说："村里的土地越来越少，几分地能养活得了一家大小吗？青壮年不打工又怎么样？你没听说，咱们村东边的那片地被征了吗？听说是盖工厂，小河的下游已经被填平了，河里的水已经死了。"

天气更加暖和，老柿子树的叶子变大了，变绿了，伸展了开来，叶子油亮油亮的，在日光下、月光下都泛着光亮，就像打了蜡一样。两棵老柿子树相互慰藉着，看着树下人们的悲欢离合，日子就这么不温不火地过着。

又过了些日子，老王家屋檐下的那窝燕子从南方飞回来了，他们先是飞到旧窝里巡视了一下，就急忙飞到了柿子树上，他们和柿子树是最好的朋友。听两只燕子叽叽喳喳地讲路上的见闻，柿子树高兴了起来，觉得生活又有了生趣，尽管人少了，难得凑到他们的脚下，他们还有两只燕子啊，过几天，燕子又会孵出小燕子，这里就热闹了。老婆子柔声对燕子说："燕子，燕子，你们永远不要离开这里，我们永远在一起。""我们不会离开的，这个地方我们已经待习惯了，"男燕子说。"不过这里的树越来越少，庄稼越来越少，很多小鸟也不见了，连小河也不能洗澡了。"女燕子忧虑地说。他们都沉默了。

在一个天边有着火烧云的傍晚，两棵柿子树发现有人正背着大大的行李卷朝这边走来，等到走到跟前了，他们惊喜地发现是老王头的儿子——欢欢的爸爸回来了。这个小名叫家富的孩子可是从小在他们身边长大的啊，也是他们的孩子。"你回来了!"他们拍动着叶子，喜悦地高喊，可惜小王听不懂他们的语言。近了，近了，家富到眼前了，他们想，家富一定会抱一抱他们的!可是，家富背着沉重的包袱从两棵柿子树下走过，看也没看他们一眼。两棵老柿子树沮丧极了。

第二天，两只燕子来到老柿子树上歇脚，告诉他们，家富在南方的一家鞋厂上班，工厂效益不好，老板跑了，工人们熬了一段时间，日子难过，就回来了。男燕子忿忿地说："家富说了，老板说是没钱发工资了，不过在全国很多地方都有房子呢!"老婆子问："什么样的房子?为什么在全国各地都有房子?他们住得过来吗?"女燕子答道："就是城里人住的楼房，用水泥垒出来的一个个的方盒子，我们燕子进不去，有时候我们飞过城市，累了，也找不到歇脚的地方。"

家富回来了，欢欢的笑声多了起来，有时候拉着爸爸的手绕着老柿子树撒欢。但是多数时候，家富是不开心的，他常常倚在树上发呆，有时候给媳妇打电话，也常常争吵，似乎是劝媳妇回家，媳妇不回，让他继续出去打工，家富不肯走，说厌倦了城市的生活，不想再去过没有人味的日子了。

村东边的工地开工了，昼夜传来施工的声音，老婆子常常抱怨睡不好觉。家富到工地打工了，铁了心不走了。老王头祖孙三个的日子就这样过着，家富不时情绪低落。老婆子常常爱怜地叹息：这孩子，又想媳妇了，没个女人家不行啊。每到这个时候，老头子就安慰老婆子，说他们永远不会分离，就这样几百年几百年地厮守着，一直到地老天荒。

转眼又到年关，老王头在外地打工的媳妇回来了，一家人终于团圆了，欢欢笑了，家富乐了，从老王头家里传出的锅碗瓢盆交响曲让两棵老柿子树非常陶醉，老头子满足地叹息：这才是家的味道!

第二年春节，燕子都从南方飞回来了，媳妇还没有急着走。燕子说："听说是等着处理什么事情，到时候看情况还走不走。"柿子树上又长出了芽孢，眼看着枝头一天天绿了起来。这些日子老王头一家很奇怪，经常到柿子树下，摸摸看看柿子树，有时候还吵两句。老王头一直说："祖宗留下来的东西，不舍得。"家富通常是沉默的，常常看着树发呆。媳妇则很不以为然，说什么

"村子早晚得拆迁，你们不见小李家村已经全部拆掉老房子，搬到统一规划的新房子去了吗？这两棵树早晚都保不住，还不如卖了，要不到时候抓瞎，不知道怎么处理了。"见他们爷俩不吭声，媳妇又嚷："一万块钱呢！赶上我一年工钱了，干吗不卖！"

两棵老柿子树隐隐明白了什么，感觉大事不妙，他们难道也像村里的一些大树一样被连根拔出挪到城里去了吗？燕子不是说过村里的一棵上百年的银杏树迁到城里后死掉了吗？难道他们要死了吗？老柿子树非常难过、害怕，这里是他们待了两百年的家啊，这里的一山一水、一草一木都是他们熟悉的、喜欢的，自己的根须已经深深地扎进这片黑土地了。两棵老柿子树风雨相伴了两百年，一天也不曾分离，他们还期望能相伴终老，难道他们就要被分开了吗？

一想到这，两棵老柿子树就悲愤万分，他们哗哗地拍动着枝条，呐喊着，争辩着，诉说着。可惜，除了燕子，没人能够听得懂他们的语言，了解他们的心痛。

在惶惑不安中挨到了农历三月初二，那可怕的一天终于来了。村外轰隆隆开来了两个庞然大物，一台是挖掘机，一台是大货车。下来五六个人，他们围着老柿子树转了一圈，交给了媳妇一沓钱，就动手了。两棵老柿子树恐怖极了，根紧紧地抓住土壤，试图抗拒这突如其来的灾祸。

可是，两棵老柿子树还是低估了挖掘机的威力，他们两个被整个的崛起，全部根系顷刻间暴露在空气中，柿子树绝望地大喊一声就重重地歪在了地上，很多嫩绿的树叶被生生摔了下来。老头子安慰瑟瑟发抖的老婆子："别怕别怕，他们不是要杀掉我们，就是替我们挪个地方。"老婆子嘤嘤地哭着，断断续续地说："我怕，我怕他们把我们两个分开啊。"

活了两百多年的老柿子树盘根错节，那伙人费了好大的劲也没法把他们分开，最后，他们拿来锯子，锯掉了老柿子树大部分的根须和枝条。两棵老柿子树眼睁睁地看着自己的大部分根和枝条被锯掉，眼看着屡屡鲜血从自己的身体里流出，开始强忍着疼痛，最后双双晕了过去。

等他们醒来的时候，发现被运到了一个陌生的地方，脚下是一片草坪，旁边是两个已经挖好的大坑。不远处是大街，街上车来人往，川流不息，巨大的、各种各样的声音一股脑地涌进脑海，让两棵老柿子树混混沌沌的，如同在梦中一般。等他们被栽进坑，身子直了起来，他们才看清，身后是一座有着一个一个小窗口的大怪物，足有近百米高，不时有人从中间的口子出入，他们想，这难道就是燕子说的水泥盒子？城里人的楼房？

在他们最后被灌上水的时候，一个大腹便便、满脸红光的人来到了面前。干活的人都停了下来，其中一个说："董事长，快来看，两百多年呢。两棵柿子树，（柿）事（柿）事如意，好寓意，好兆头啊。"董事长满意地点点头，指着一个老头说："老张，这两棵柿子树就交给你了，活不了，我拿你是问。"老张无声地点点头。

待众人散去，老张用粗糙的大手轻轻抚摸着老柿子树，叹息着说："老伙计，离开家不习惯吧？没办法啊！"

两棵老柿子树神志清醒了些，慢慢恢复了平静，老婆子看看自己，再看看老头子，婆娑的枝叶不见了，仅剩下光秃秃的几个树干，不复有昔日的风采，老婆子伤心地哭起来。老头子忙安慰她："别哭了，我们还能在一起就是不幸中的万幸了。"他试图伸出根须去握一握她的根须，一阵巨大的疼痛袭来，才发现已经无法触摸到老婆子了，以后，只能相看泪眼而无法执子之手了。

两棵老柿子树就在这个城市安了家，过了些日子，老头子重新绽出了新绿，而老婆子却迟迟不见发芽。老头子急了，焦急地喊："老婆子，你可得好好活着啊，你不能把我扔在这里。"老婆子虚弱地哭泣："这里的土好硬啊，我的根扎不进去，我好渴。还有晚上，灯那样亮，那样吵，我不习惯啊，我睡不好，刚刚睡一会就被噩梦惊醒。我想家，呜呜……"

过了些日子，天刚蒙蒙亮，他们还有些睡眼惺忪的时候，被一阵熟悉的声音惊醒，他们惊喜地发现，那两只燕子来了。老婆子激动地哭了。燕子落在他们的肩头，说找他们两个找得好苦啊，没有了他们，觉得在那个家也待得没意思了。

两棵老柿子树急切地向燕子打听王家庄以及老王头一家的情况。燕子说，听说村子不久就要拆迁了，拆掉平房，搬到小李家村社区去，那边建新村，住楼房。李家村以后就是工业园区了。两只燕子伤感地说："如果老房子拆迁了，我们就没有家了，城里没有我们安家的地方。"四个都沉默了。

老婆子担心自己走了，老头子没人陪，老婆子克服种种不适，拼命地将根须向红土地里扎，吸收着水分，树枝上也慢慢地长出了新的芽孢，老头子鼓励着她，安慰着她，看到她的变化很是欣喜，觉得日子有了希望，有了奔头。

到了春末夏初的时候，两只燕子又来了，唠唠叨叨地说了些村里的见闻。他们说原先住老王头东边的老陈一家前天回来了，老陈带来了儿子、小孙子、儿媳妇。老陈一家迁到天津已经 50 年了，老家已经没有了亲人，老陈 50 年来都没有回过老家。老陈人老了，反倒整天念叨起老家来，想回家看看。儿子一家原本打算去江西婺源度假，说什么去看中国最美的乡村。老陈就动了回老家的心思，说与其去看别人的乡村，还不如回老家，老家有绕村而过的清凌凌的小河；有遮天蔽日的大树，春天呼啦啦地开罢梧桐花后，就开香甜的槐花，有忙碌的蜜蜂和翩跹的蝴蝶；还有几百年的柿子树、银杏树、槐树。在他的心里、梦里，老家就是世界上最美的乡村，到死了，他还是要回到老家，葬在村前那片槐树林里，让馥郁的槐香陪伴着他。儿子一家被说动了心，特别是小孙子，听说可以到河里洗澡、抓鱼，更是迫不及待了。哪知到了王家村一看，正遇上拆迁。碧绿碧绿的庄稼也不见了；见到的，是一处处热火朝天的工地。儿子告诉父亲："这儿在搞建设，过两年来这里就会有个大变样，咱回去吧！"待了两天，一家人黯然离去。

到了夏天，老头子重新抽出了枝条，长出了油绿的叶子。老婆子却没多大动静，几个萎黄的叶子一直不见绿起来，她这些日子沉默了，不愿意开口说话，再也没有了在王家庄时的那些精气神，似乎生命在一点一点地抽离，无论老头子怎么安慰、鼓励都无济于事。到了炎热的三伏天，炽烈的阳光炙烤着大地，眼看着老婆子的叶子在变软、变黄，老头子多想也像往年一样，给她遮一遮阳光啊，可是自己已经没有那么长的胳膊了。公司的老张看到老婆子的样子也在动脑筋，他拿来了一把遮阳的大伞，又在她的身上喷了药水，终于有一天，老婆子的枝头长出嫩芽了，她轻轻地唤着老头子，念叨着"我又活过来了"。老头子高兴极了。

董事长有空也来转转、看看，柿子树活了，事事如意，好兆头。

秋天到了，两棵柿子树都没有结果，换了一个地方，生活还不习惯呢！老张对董事长说，总要过三年以后才能结果子，毕竟是换了一个地方啊！董事长点点头。其实结不结果又有什么关系呢？能活着就好。

秋风一天凉似一天，燕子来找老柿子树告别了，他们说不会再回到这个地方了，因为老王家村的房子已经拆掉了，他们已经无家可归了。他们也不知道明年该到哪里安家，如果新农村建好了，或许他们还会回来。

原载《烟雨楼》2021 年第 3 期

Chapter 2

长 篇 小 说

远 处 晨 光 含 蓄

我们的火红年代 （节选）

周 飞

简介

　　1978 年，杭州思鑫坊有五个孩子出生，其中最聪明伶俐的就是丁满红，人们都说她在这个火红的年代一定会大展拳脚。然而，一场重病，让她的智商永远停留在了 12 岁，成了"官方盖章"的残疾人。

　　谁都认为她不会再拥有朋友了，可她却拥有四个最真心的朋友；谁都认为没有了父母的照顾，她不可能活下去，可她却经历了四次创业，养大了比她小一旬的弟弟，并帮助弟弟完成了学业，成为高科技行业的企业家；谁都认为她将孤独一生，可连言情小说都看不懂的她却懂得了什么是爱情，并且还拥有了爱情……

　　她常说，她出生于 1978 年的杭州思鑫坊，她生活在一个火红的年代，这个年代只要你善良诚实，热爱工作，你一定能拥有美丽人生。

6

　　俞雪晴一直很担心，所谓世上没有不透风的墙，丁家民低价买到死猪肉的事肯定已经传遍思鑫坊了，难免会有人担心早饭店的食材安全问题，那一定会很影响雪晴早饭店的生意。

　　没想到的是，早饭店重新开张那一天宾客云集。思鑫坊几乎是家家户户都有人来店里点包子吃，大多数还点得都是最贵的香菇肉馅包。大家都和以前一样日常寒暄，除此以外什么都没说。俞雪晴心里暗自感激，好几次差点落泪，这时候她都背过身去，用围裙擦眼角。

后来孙婆来了，她也点了份肉包子，俞雪晴就擅作主张，给她做了一碗肉馄饨，亲自端到她的饭桌前。孙婆呵呵笑，说丁家娘子就是体贴人，她就剩三颗牙了，咬不动肉包子了。

俞雪晴问她思鑫坊是不是已经传遍了他们早饭店买到死猪肉的事情了，孙婆笑着说："我当时就跟他们说呀，雪晴早饭店为什么差点倒闭呀，那不就是家民不肯用死猪肉嘛。家民我们是从小看着他长大的，他的脾性我们最清楚了。"

孙婆看看俞雪晴："雪晴啊……我老太婆说的话，还是有点分量的。"

俞雪晴红着眼眶，她当然知道，思鑫坊的百年岁月，孙婆可是几乎完整看过来的，事实上，只差一年，孙婆就可以真正见证思鑫坊的百年岁月了。

孙婆吃了馄饨后，又问了丁满红的近况。孙婆说她最近身体不大好，很少动弹，可她还是记挂丁满红这个丫头。

俞雪晴笑着说丁满红这个孩子顽皮的很，她和丁家民觉得头疼不已。特别是最近，可能是丁满红大脑发育更快了的关系，她记忆更好了，理解能力也更强了，不仅把丁家民给她读的航天知识记了个七七八八，而且读报似乎已经无法满足她的求知欲了，她天天嚷着要去读书，要成为科学家，可她这个岁数，离上学还早得很呐。

听说丁满红要成为科学家，孙婆笑得合不拢嘴，连说咱们思鑫坊要是真出了个科学家，那真是不得了的事情，人家都以为思鑫坊老了，我倒要说思鑫坊新着呢，我们有个体户，我们还会有科学家，你说新不新？

孙婆看着四下无人，还偷偷摸摸告诉她，如果说思鑫坊这批孩子里真有人能成为科学家，她是顶看好满红的。

这天晚上，俞雪晴就跟丁家民说了孙婆对丁满红的夸赞，丁家民听了很高兴，说他正打算去学校帮丁满红通融，让她可以旁听一下幼儿园的课。丁家民认为这样或许可以发掘丁满红的天赋。他是打心眼里认为，丁满红一定能成为一名女宇航员。

俞雪晴并不同意，她觉得把3岁多的丁满红放幼儿园，哪怕是旁听，也有可能是拔苗助长。但这一回，丁家民又自作主张了，在他的联系下，丁满红进了红旗幼儿园旁听，但只去了两天，园长找丁家民，让他把丁满红接走，还说什么小庙容不下大菩萨。

丁家民没办法，接回丁满红时就问她到底在教室里做了什么，丁满红皱眉，不承认自己有做什么错事，她就是上课时跟老师表达了自己的想法：课程太无聊，太简单了，很笨……

丁家民一听乐了，就去求自己小学母校的校长，希望能够让丁满红旁听几节一年级的课，而他自己则问俞雪晴告假，偷偷躲在教室窗外看。结果他看到丁满红进了一年级的教室后，把自己随身带着的小板凳往讲台边上一摆，津津有味的听起课来，不吵也不闹。

但是，这样的日子也只持续了一个多月，丁满红就又把老师惹毛了，因为丁满红嫌弃老师课程上的太慢了，老是翻来覆去讲一样的内容，而她感兴趣的知识，老师总是一问三不知。丁满红就被老师批评了，结果当天丁满红就煽动这批比她大五岁的孩子逃课……

校长又找丁家民，说了句小庙难容大菩萨，丁家民无奈，只能把丁满红接回了家里，这下子丁满红就更无聊了，再加上一连三十多天的闷热无雨，丁满红小小年纪，第一次生出了生无可恋的感觉。

就是在这时候，俞雪晴辞职了！

俞雪晴辞职的消息在思鑫坊炸开了锅，之前，整个思鑫坊都知道俞雪晴要当杭氧厂的干部了，谁也没想到俞雪晴会选择辞职，转而当一个小小的个体户。很多人都为俞雪晴不值，认为个体户怎么都没法和一家大企业的干部相比。

提拔俞雪晴的徐主任，更是主动找到了俞雪晴家里，气愤地对她破口大骂。徐主任告诉俞雪晴，她的机会独一无二，杭氧厂为了培养她，也是花了极大的心血，可她却选择当一个个体户，而放弃成为大企业干部的机会，这是对企业不负责任，对社会不负责任，更是对自己不负责任！

然而俞雪晴还是坚持己见，她是下定了决心，接下来要和丁家民一起真正把雪晴早饭店经营起来，她要把这家早饭店打造成思鑫坊的百年老店，她要丁满红长大后也为她父母骄傲。

这一次连丁家民都不支持她，认为俞雪晴牺牲太大了，可俞雪晴并不这么认为，她告诉丁家民，时代在变化，要把握时代脉搏，她并不是在为丁家民和这个家牺牲，而是她真的认为，个体户的好时代来临了。她还拿出了一份报纸，指着上面的一则新闻给丁家民看，丁家民一看，发现新闻是说萧山出了一个万元户，就是一个个体户，还说新华社发了通稿，明确说个体户是国民经济的有益补充。丁家民笑了，他抱着俞雪晴，告诉她，不管是为了帮助他，还是为了这个家，还是为了梦想，他都感谢俞雪晴。末了，丁家民还乐呵呵说道："要是成了万元户，那就太好了，我怕是在做梦吧！"

那天早上，丁满红是被雨声吵醒的，她惊喜的叫醒了俞雪晴，又惊喜的叫醒了丁家民。

"落雨了！落雨了！"

3岁的丁满红期待这场雨已经很久了，连续三十多天的高温对于丁满红来说简直就是折磨。她曾琢磨过各种办法，让自己在跑动那么多的情形下，不至于热的发慌，然而无论是蒲扇还是凉水都没有用。所以那个时候，她已经得出结论：唯一能让高温降下来的办法就是下雨。

看着窗外的瓢泼大雨，俞雪晴夫妇相视而笑，无巧不成书，今天早饭店本来也安排了歇业，因为他们打算带上丁满红去西湖玩。

二人还在收拾东西呢，丁满红已经套上了小雨鞋，跑出大门在弄堂里跑来跑去了。

"快点，快点！"丁满红不时催促。

俞雪晴夫妇撑着伞走出来时，正看到婆婆徐淑芬披着雨衣，急匆匆跑过来。

"妈，怎么了？"丁家民把丁满红拉到自己身边，不让她到处乱跑。

"孙婆走了。"徐淑芬面色凝重。

俞雪晴很吃惊，她眼眶一红，随即让丁满红和丁家民先回屋，她要去孙婆家看看有没有什么能帮忙的。

丁满红没想到自己期盼很久的西湖之行就这样取消了，顿时不乐意了，她坐在饭桌前，隔着窗户看外面雨越下越大。

丁家民看俞雪晴没回来，就让丁满红乖乖待着，自己也跑去孙婆家帮忙了。丁满红爬上窗台，看着窗外的瓢泼大雨，无聊至极的她竟然开始想要知道这雨滴落下来的冲击力究竟有多大，她皱眉思索，琢磨这个冲击力应该怎么计算。

这时候，她听到了外面响起了敲锣打鼓的声音，她马上套上雨鞋和小雨衣就往外跑。她很快发现，这声音来自孙婆家。

孙婆家门口围满了人，丁满红往里面挤了挤，就看到了潘小多、朱明伟、马飞和杨艺，原来他们四个早先一步已经跑来了这里。四人都套着各色小雨衣，此刻正你一言我一语讨论大人们在孙婆屋内干嘛。

丁满红对屋内的情况没兴趣，就跟大家说她刚才找到了计算雨滴冲击力的算法了，她还给这个冲击力命名了一个计量单位，叫一石。结果大家都不理睬她。丁满红不悦，就大声说"十下雨滴的冲击力等于一石"，因为她刚才看到自己家里养的鸭子，被大雨滴了二十下后就跑回屋檐下了，而她上次拿小石子丢鸭子，丢了两块石子，鸭子就跑了，所以她得出结论：十下雨滴等于一块石子，也就是一石。

然而，大家虽然被丁满红的大嗓门吓到了，没再说话，可还是没有人对雨滴的冲击力表现出任何兴趣。丁满红不高兴地看着众人，潘小多低声说："大家都想知道孙婆怎么了。"

丁满红哼了声，"自己进去看不就知道了？"

"我妈不让我进去。"

"我也是……"显然几个小孩子都被父母禁止进入孙婆屋内。

丁满红一听，径直往人堆里钻，然后她就看到了屋里的情况：孙婆安详地躺在门板上，而门板放在两张长凳上，长凳则在大厅中央。孙婆跟前，有两个女的跪在那里，女人明明已经有白发了，却哭个不停。而在另外一侧，几个穿着黄袍的人在那敲锣打鼓念念有词，刚才听到的声音就是他们发出来的。

丁满红钻出来后，把自己看到的情况告诉了大家，最后大家明白过来：孙婆这是死了。

这天晚上开始，连着七天，丁满红每天晚上都做噩梦，梦到孙婆安静地躺在门板上，然后走进几个人，开始跪在孙婆面前哭。

第七天早上，丁满红见父母又去孙婆家了，她就跑去找潘小多，她觉得再不解决这个情况，自己可能这辈子都要梦到孙婆了。

在潘小多家门口，丁满红见大门敞开着，就透着门缝往里面瞧，结果正看到苏雯和曾芹在里屋聊得热火朝天。

原来今天孙婆出殡，苏雯因为生肖相冲，所以就留在家里，和同样生肖相冲的曾芹聊上了。

丁满红在门口听到苏雯哈哈笑着，夸曾芹是思鑫坊最漂亮的女人，比俞雪晴漂亮，只是俞雪晴有生意头脑，会打造自己，而曾芹唱戏的时代离现在太久了，最近又和大家接触太少，所以才被冷落了。但这些话茬曾芹都不接，只是说自己厌倦了这样的生活，也觉得杨天宝没出息。

丁满红马上撅起了小嘴，哼了一声，心中一百个不高兴，丁满红觉得，曾芹阿姨说难看确实不难看，但怎么都没法和妈妈俞雪晴比！毕竟，在丁满红心目中，妈妈俞雪晴可是思鑫坊第一美女！

苏雯听到声响，出来查看，这就看到丁满红站在门口。

"你个小屁孩呀，走路怎么不带声呢？"

"我是丁满红，我不是铃铛！"面对苏雯的责备，丁满红选择了反击，一时间把苏雯噎得说不出话。她喊出了潘小多，让潘小多陪着丁满红玩去。

丁满红和潘小多走后，苏雯又开始和曾芹聊天，曾芹确实是大美女，浓眉大眼，她和杨天宝以前都是戏剧团的越剧演员，虽然不唱戏已经很多年了，但身材样貌依然保持得很好，怎么都看不出来，她现在居然是工厂流水线上的工人。苏雯也替曾芹惋惜，说她这是鲜花插在了牛粪上。

曾芹离开后，苏雯准备生火做饭，不想却听到屋外传来了哭喊声。她仔细一听，这里中竟然有自家儿子潘小多的声音。

她慌忙往屋外跑，打开大门一看，登时气得差点当场去世。

——丁满红和潘小多二人在门口堆了一个坟墓一样的小土堆，二人跪在土堆前，竟然正在哭坟！

"苏阿姨啊，你怎么就走了呀！"丁满红竟然学着孙婆女儿哭坟的样子哭上了。

"妈，你快回来吧！妈，你怎么就走了呀！妈，你走了我怎么活——"潘小多也跟着又是拜，又是哭，最后的"活"这个地方，居然还呛到了自己，这让他的哭喊更具真实性。

朱明伟、马飞和杨艺跪在二人身后，他们学的就没有丁满红和潘小多那么像了，但也很认真的边拜边哭。

"苏阿姨啊，你回来了！"丁满红看到苏雯，冲她伸出手，痛苦的大喊！

此时，给孙婆出殡的人陆陆续续回来了，大家看到苏雯家门口的阵仗，顿时都明白过来，八成是丁满红他们几个小屁孩偷偷跟着去看了孙婆出殡，所以回来就给玩上了。丁满红他们有样学样，不仅哭坟的样子学了个七成像，连哭坟的话都说的有模有样，委实令人哭笑不得。

"丁满红！潘小多！"苏雯气急败坏，一把抓住二人的小胳膊就把他们拎了起来，说是要去找俞雪晴评理算账！

邻居赶紧劝说，都是三岁的孩子，他们哪懂得哭坟的意思啊，这不就是觉得好玩，有样学样嘛。

"我还没死呢，还活得好好的，还有呼吸的！我儿子搁门口给我哭坟，你说多晦气！太晦气了！"苏雯气得胸脯不停起伏。

"童言无忌，你别和孩子们计较。"马老爷子也赶紧劝和，他还差人赶紧去把丁家民他们喊过来。

苏雯气得一口气没喘上来，手上一松，竟然被丁满红给挣脱了。

"你回来！跟我找你妈评理去！"苏雯大喊。

丁满红也不说话，就狠狠地看着苏雯，看的苏雯心里发毛。眼看苏雯眼泪就要落下来了，俞雪晴和丁家民挤了进来。

丁家民抱起了丁满红，在她屁股上狠狠打了一下道："满红，你又闯祸了！"

丁满红第一次挨父亲打，整个人呆住了，也不说话，眼泪在眼眶里咕噜噜打转，丁家民原本想打第二下的，这一看就打不下去了，自己也是红了眼眶，赶紧抱着丁满红就往家走。

俞雪晴则是让其他孩子赶紧跟父母回家，自己则拉着苏雯和潘小多进了屋，她先是了解情况，苏雯说完后，她狠狠地自责了一番，说都是自己管教无方，苏雯见俞雪晴这么自责，心里的气也就消了大半，就开腔说这事就这么过去了，她不再计较。

见苏雯总算消了气，俞雪晴这才安下心来，心中也暗暗下了决心，这次回去不管丁家民如何帮着丁满红求饶，这顿"棍棒伺候"是绝对不能省了。

离开苏雯家时，俞雪晴再次嘱咐，千万不要打潘小多，她太熟悉潘小多的个性了，他就是什么都听丁满红的，虽然潘小多有参与哭坟，哭得也是潘小多的亲妈，但是潘小多顶多只能算从犯，主犯绝对是丁满红。

苏雯对天发誓自己绝不打骂潘小多，俞雪晴这才安心离开。

俞雪晴离开后，苏雯看着门口的土堆，越瞧越不舒服，就拿着铲子去铲，结果脚下一滑，竟然把尾椎骨给摔伤了。

当晚思鑫坊的街坊邻里都清楚听到了潘小多的哭声，哭的惊天动地，足足哭了一个多小时。俞雪晴事后还去质问苏雯，可苏雯一边捂着屁股哀号，一边说她真没动手打潘小多，动手的是潘正义。反正这一顿打，潘小多在家里足足躺了半个多月才可以下床走动。

当天俞雪晴回到家中，就看到丁满红和丁家民坐在饭桌前等她。

俞雪晴抄起扫帚，让丁满红乖乖走过来挨打，丁满红真的被母亲的样子吓到了，摇着头不敢上前。

丁家民赶紧抢过俞雪晴手里的扫帚，然后示意丁满红过来求饶。丁满红却倔强的摇头，奶声奶气地说："我不。"

这句话更加令俞雪晴火冒三丈，她脾气上来了，一下走到丁满红跟前，扬手就要打，不过丁家民又冲上来拦住她，一把拽住了她举起扫帚的胳膊。

"我已经跟满红讲过哭坟是怎么回事了，满红也已经知道错了，对不对？满红知道这次不应该对着苏雯阿姨哭坟……"

"让满红自己说。"

"满红，快跟妈妈道歉，要不然妈妈真要打你了啊！"

丁满红这下有点怂了，她跳下板凳，走到俞雪晴跟前说："我错了。"

俞雪晴道："错在哪了？"

俞雪晴气鼓鼓地放下扫帚，让丁家民从自己胳膊上下来，他这样拽着自己的胳膊，她是真的没力气支撑了。

丁满红一看，觉得自己安全了，当下摇头道："不知道。"

俞雪晴哼了一声："行，我不打你，但你必须好好想清楚自己做错了什么，想不清楚就不准睡觉！"

俞雪晴下了这样的命令，丁家民也不敢反抗。但是丁满红的脾气实在是倔强，除了说过刚才那一句"我错了"之外，竟然再没承认过一次错误，更别提说自己错在哪了。

眼看到了睡前读物时间，丁家民乘俞雪晴洗漱的功夫，偷偷溜出房间，却被卫生间里的俞雪晴喊住，让他快点读完，只给他十分钟时间，到了就回屋睡觉。

丁家民叹了口气，拿上《丁家航天摘抄》跑去了客厅，丁满红此刻还是噘着嘴，眉头紧皱，坐在板凳上一言不发。

丁家民假意给她读文摘，实则轻声提醒她，让她乖乖跟妈妈道歉，这样就可以回去睡觉了。

但是丁满红脾气特别倔强，死活不肯道歉，丁家民被逼急了，就威胁她说："如果你不道歉，爸爸和妈妈就给你生个弟弟，到时候，爸爸和妈妈就不爱你了。"

丁满红小脸顿时涨得通红，两个小手握紧成了拳头，她别过头去，干脆不再理丁家民。此时，丁家民听到卧室里传来俞雪晴的喊声，他忧心忡忡地往卧室走，心中无比担心丁满红，他担心这样下去，丁满红要人生中第一次在客厅过夜了。

没想到的是，丁满红没有在客厅过夜，她直接选择了"离家出走"。丁家民和俞雪晴是在凌晨两点多去客厅跟丁满红妥协时，发现了丁满红离家出走的。这可把二人急坏了，起先二人并不认为她是离家出走，还以为她藏在家里什么地方睡着了，夫妇二人就开始找，但哪里都没有丁满红的影子。紧接着，俞雪晴发现大门只是虚掩着，并没有关上，而她记得自己晚上是关好了大门的，而丁家民则紧张地跑到门口，说丁满红的帽子不见了。

俞雪晴一下子明白过来，丁满红这个小丫头真的离家出走了，临走前还戴上了帽子。

俞雪晴和丁家民赶紧出去寻找，丁家民还去叫醒了徐淑芬，三人分头找，大家都很担心丁满红这么一个小孩大半夜在外面遇到坏人。最后还是徐淑芬在苏雯家门外的弄堂里发现了睡着了的丁满红，虽然这次离家出走的距离不过几十米，但徐淑芬还是心疼的不行，她狠狠训了俞雪晴一顿。

俞雪晴也没想到本来是自己训丁满红的，回头却自己挨了徐淑芬一顿训，她就训了丁家民一顿，因为要不是丁家民说什么生弟弟的事情让丁满红伤心了，丁满红绝对不至于离家出走。丁家民蓦然发现自己生活在食物链最底端，他可没人可以教训，端的是凄凄惨惨戚戚。

丁满红醒来的时候已经是第二天中午，她发现母亲俞雪晴坐在在身边抓着她的手，身子却靠着床边，微微打着瞌睡。丁满红轻声喊："妈妈，我错了。"

俞雪晴被丁满红叫醒了，她笑着摸摸丁满红的额头。

"幸好你戴了帽子，没发烧。"

"妈妈说过，晚上出去要戴帽子。"丁满红咯咯笑了。

俞雪晴故意板着脸，让丁满红去吃午饭，一会带她去一个地方。丁满红吃饭的功夫，俞雪晴从抽屉里拿出了孙婆当年为丁满红求的上上签。

饭后，俞雪晴就带着丁满红去了孙婆坟头。俞雪晴告诉丁满红，死亡对于还活着的人来说意味着最大的伤痛，意味着永别。所以，在我们国家，死亡是最神圣的事情之一，所以才会有那么多的仪式和祭奠，其中就包括丁满红昨天恶意玩闹的哭坟。

俞雪晴把上上签递给丁满红，她说，这张签就是丁满红出生那天，孙婆给她求来的。俞雪晴跟丁满红说了孙婆对她的喜爱和关心，也说了爷爷丁宪倧去世时，一家人的悲伤，有些事情，她也知道丁满红这个年纪还不会懂，但是她还是说了。俞雪晴最后告诉丁满红，死了，就再也找不回来了，所以诅咒别人死亡，是很坏的事情。

丁满红看着孙婆的坟墓，突然打了一个机灵，她想起来孙婆以前总是很疼她。

在她的记忆中，孙婆一直都是很老的样子，她脸上的手上的皮肤都皱了下来，身上是一个接一个的老年斑。丁满红还记得，前不久孙婆看到她，还把她喊住，自己回屋里拿出了一份牛皮糖给她吃。丁满红兴奋地接过牛皮糖，却在看到孙婆手臂上的老年斑后吓得整个人都僵硬了，脸色铁青，回到家吃完了整个牛皮糖才回过神来。即便如此，丁满红还是很清楚地知道：孙婆很疼爱她。

无论多小的孩子，他们天生都有一种感觉，他们总是能清晰地分辨出，哪些人是疼爱她的，哪些人不是。

丁满红握紧上上签问道："妈妈，孙婆回不来了吗？"

"是的。"

丁满红颤抖着问道："妈妈……妈妈和爸爸，会死吗？"

俞雪晴微微一笑，握紧丁满红的手说："爸爸和妈妈有一天也会死，也会回不来了，但是不是现在。现在的话，爸爸和妈妈还要看着满红一点点长大呢。苏雯阿姨也一样啊，她也不会想现在有人说她死，她也要看着潘小多长大对不对？"

丁满红猛点头，她觉得自己似乎明白了妈妈的意思了。俞雪晴把丁满红搂到怀里，轻声喃喃，如果有一天爸妈走了，回不来了，你可得靠自己活出精彩的人生啊。俞雪晴的声音很轻，她不知道丁满红有没有听到。

第二天，丁满红就拿着自己省下的几粒糖果去找苏雯阿姨道歉，结果得知潘小多躺在床上下不来，苏雯阿姨因为摔伤了正住院。丁满红就每天等，等着苏雯阿姨回到思鑫坊。

苏雯住了三天院后回到了思鑫坊，丁满红马上跑去潘小多家，结果看到家里来了很多人，大家都是来探望苏雯的，其中包括俞雪晴。

丁满红掏出准备了许久的两粒糖果，一本正经地跟苏雯鞠躬道歉，这当然是丁满红跟着大人的样子学的，她学得有模有样，但一个小孩子做出来，真是可爱得很，大家伙都在那笑得不行，都夸俞雪晴教出一个好女儿。俞雪晴不同意，说丁满红哪里好了，实在是顽劣，怎么管都管不好。大家就批评俞雪晴，说聪明的孩子都这样，总有很多异想天开的想法，你要是真什么都管住了，反而对孩子不好。

其实，俞雪晴说丁满红顽劣，一半是真心，一半是假意。丁满红的顽劣确实给她添了不少麻烦。在丁满红一岁前，俞雪晴就是思鑫坊最完美的象征，她做什么事情都周到有礼，大家都说不出任何问题来。可丁满红过了一岁可以到处走动后，这孩子就开始给她不停惹麻烦了，她隔山差五就要去给丁满红道歉，说的最多的话就是"对不起"。但是，即便如此，她内心还是有一层欢喜的，因为她也明白，丁满红这孩子，玩闹归玩闹，但是真的机灵聪慧，而且丁满红玩闹之余也有她懂事的一面。

这时候，丁满红正在安慰卧床的潘小多，她告诉潘小多很快就可以一起玩了，潘小多却缩回床上，说是再也不想一起玩了，他可不想被打死。丁满红犯愁了，她最喜欢的玩伴就是潘小多了，如果少了潘小多，人生将不再精彩了。这时候潘小多说自己到现在还不知道妈妈是伤到哪了才去的医院。

丁满红当下表示这个答案她去问。丁满红于是去找苏雯打听，苏雯羞红着脸不肯说，她又去问其他大人，最终有人告诉了丁满红，苏雯伤到的是尾椎骨，就在屁股中间。

潘小多听丁满红说到尾椎骨后一脸茫然，丁满红恨铁不成钢，就说再帮他一个忙，她画给潘小多看。于是丁满红画了一个屁股，又在屁股连接处画了一个小三角。潘小多一看就明白了，直夸丁满红懂得真多。

没想到的是，潘小多能下床了后，竟然拿着这幅画跟杨艺、马飞、朱明伟他们解释他妈妈苏雯摔伤的部位，有些大人看到了，就问这幅画谁画的，潘小多马上供出了丁满红。

于是，这天下午苏雯就拿着这幅画找到了雪晴早饭店，她指着这幅画，很生气地说："这是你家女儿画的，你知道这是什么吗？"

俞雪晴看了眼，猜测道："屁股？"

苏雯咬着牙："全思鑫坊的人都知道了，这是我的尾椎骨！"

一旁的丁家民没忍住，噗嗤笑出声来，他连忙道歉，然后跟苏雯说丁满红也不知道野哪里去了。俞雪晴则是赶紧请苏雯坐下，她马上烧一碗馄饨，让她慢慢等。

苏雯没答应，她把画留下了，说是让俞雪晴看着办，自己气冲冲回去了。俞雪晴和丁家民对视一眼，二人直摇头。

俞雪晴叹气道："看你生了个好女儿！"

丁家民乐呵呵："是你生了个好女儿！"

随后二人都大笑起来，二人盯着画看了好一会儿，丁家民忽然明白过来，他指着三角形大喊："这，满红画的这个三角形是苏雯的尾椎骨？"

俞雪晴捶了他一下："什么都不知道，那你刚才笑啥呢？"

此时，店门口传来叽叽喳喳的吵闹声，俞雪晴看到丁满红带着潘小多、马飞、朱明伟和杨艺从店门口跑过，她并没有拦阻，也没有呵止，她心中暗自期待丁满红可以快乐长大，希望丁满红可以一直这么无忧无虑。

时光荏苒，不知不觉五年过去了。这五年之于中国可谓是天翻地覆的五年，之于思鑫坊来说又何尝不是呢。这五年时间里，思鑫坊又添了十多名个体户，开起了各种各样的小店，杂货铺、理发店甚至还有玩具店，还有人学着温州人去了意大利的，也有跑去了深圳找机会的。

丁满红也由一个三岁小屁孩长成了一个八岁的小姑娘了，并且正式进入了小学生的行列，读了一年级，可是她就是班上的学习氛围破坏者，因为她几乎整天就是在胡闹，老师想要批评她，却又总是下不去手，因为丁满红每次考试都是第一名。老师让丁满红好好学习，要戒骄戒躁，结果丁满红却责怪老师教的太少，这些她一天就可以学完的东西，老师居然要分成半年交，她觉得这就是在浪费时间浪费生命。

见丁满红学习成绩好，有些家长就让孩子多跟丁满红接触，多跟她学习，但是丁满红的学习方法其他同学真的不适用，因为她的方法就是不学习，开学第一天她随便翻完了课本，基本上重要的知识点就学了个七七八八。接下来，她就是在玩闹，就是尽量在无聊的学习中找到一点乐趣，所以，当丁满红一入学就称霸一年级开始，她主要的小跟班们，马飞、朱明伟和杨艺的成绩都只能稳定在倒数前十，潘小多最惨，他常年稳定在倒数第一，无人可以撼动。

对于1986年的思鑫坊来说，还有一件事情热闹了整个思鑫坊，那就是丁家装了思鑫坊第一台家用电话。杭州有句老话，"楼上楼下，电灯电话"，讲的就是人们对于美好生活的向往。随着改革开放解放了生产力，杭州城里大部分人家都装上了电灯了，但是电话这玩意儿那比电灯"高贵"多了，也"没用"多了。

改革开放前，几乎只有大一点的企事业机关单位有电话，如今，我们有什么事情需要远程沟通的，一般都会说"等我下班再给你电话"，那时候则刚好相反，丁家民他们都会说"等我上班再给你电话"。

后来国家开始大力普及公用电话，这时候杭州市又走在了全国前列，短短几年时间就安装了几千部公用电话，人们很快就发现不用留到厂里打电话了，只要回家的路上，有公用电话亭，你就可以打电话。不过公用电话亭还是没那么方便，因为大部分公用电话亭都在大马路边上，往往离居民小区很远。

于是小区公用电话杂货部就应运而生了，那时候大一点的小区外面都有一个杂货部，比如思鑫坊坊子口的杂货部就是如此。杂货部里头，书刊报纸，香烟啤酒啥都有的卖，杂货部外，那就摆着两台电话，旁边竖一张硬板纸，上面手写一行字：公用电话。有什么急事，思鑫坊的人就跑到这里，先把电话拨过去，告诉对方找谁，然后报下这里的电话号码，接下来就是挂了电话等对方回拨。有时候，杂货部的人也会接到打来思鑫坊的电话，这时候他会记下打来的号码，要找的人的姓名，然后他就喊人通知一声，不一会儿就会听到有人边跑边喊："等久了，等久了，这是找我的电话。"

徐淑芬没用过公用电话，心中痒痒，这天也想体验一把，就来到了杂货部，打了个电话给远在萧山的二女儿丁家欣，对方单位接通电话后，问了徐淑芬的姓名和电话号码，就挂了电话让她等。等了三分多钟，徐淑芬手边的电话响了，把徐淑芬吓了一跳。这可不是比喻，而是她真的蹦了起来。

"这铃声有点响，吓到你了。"杂货部老板笑着致歉。

徐淑芬自嘲道："别人到了我这岁数都耳背，老太婆我听力好，很惊讶吧？"

"那是那是……"

徐淑芬接通电话，就听到了女儿的声音，带了一点杂音，听起来和现实中的声音不太一样，但仔细分辨又能分辨出确实是女儿的声音。

徐淑芬心想：这电话确实是个好东西，我去家欣家里可得坐车，坐车也要一天，这电话却可以把她当下的声音传过来。有什么急事的话，我们可以远隔千里就沟通好了，倒是省时省力。

"妈……妈……你说话呀，你没事吧？"

徐淑芬拿着电话只顾思索了，可把电话那头的丁家欣急着了，还以为徐淑芬出了啥事了呢。徐淑芬此时才回过神来，赶紧跟丁家欣说话，然而说到底她找丁家欣也没什么事，就是想试试公用电话，听听女儿的声音，这把丁家欣气笑了。丁家欣告诉她，若是想她了，她下个月就来思鑫坊探望。

那之后，徐淑芬时不时就会跟思鑫坊的老人们提起公用电话的事情，那些阿婆阿公们和徐淑芬岁数相仿，听了都说电话好，方便了大家。

那天她又跟马老爷子说起公用电话，马老爷子拄着拐杖，二人边走边聊。马老爷子哈哈大笑，说老早以前打电话，可是要去邮电局排队呀，现在走到坊子口就行了，确实方便了。

徐淑芬瞅瞅马老爷子，二人这边说边聊的功夫，不过往前走了十来米，徐淑芬心想，对你来说可没见方便啊……

这天晚上，丁家民和俞雪晴带着丁满红来到徐淑芬家。徐淑芬拉着丁满红给她从箱里拿酥饼，这酥饼是河坊街的老字号龙须酥，徐淑芬买了后自己不舍得吃，就收了起来，隔三岔五地喊丁满红过来吃。

丁家民呵呵笑起来，神秘兮兮地跟徐淑芬说道："妈，有个事要告诉你。"

"啥事？"徐淑芬心不在焉，见丁满红吃的满足，她又给丁满红拿了一块龙须酥。

丁家民又自顾自笑起来，说道："大好事。"

徐淑芬这下来了兴致，问道："说吧，别卖关子了。"

"我们家里要装电话了！"丁家民说完笑得更开心了。

徐淑芬提高了嗓音："家里装电话？真的？"

俞雪晴点头："真的。"

"贵不贵呀？"

丁家民伸出两根手指："两千多呢，一开始搞预装的时候没报名，那时候只要三百多，当时就想着没什么用，街上不就有公用电话嘛。现在生意越做越好了，想装个电话，没想到价格涨这么高了。"

"两千多？"徐淑芬被这个数字吓了一跳，她坐到床上，深呼吸了好几下，这才缓下情绪。

俞雪晴笑了，说："妈，没事，这钱我们出得起，今天过来跟您说一声，也是怕您明天看到了会担心。"

"明天？明天看到什么？"徐淑芬皱着眉看着二人。

丁满红此时满嘴龙须酥的碎屑，朗声说道："明天就来装了！"

丁家要装电话了！这个消息瞬间传遍了整个思鑫坊，这虽然不是杭州城最早的家用电话，但却是思鑫坊第一台家用电话，所以这一天的思鑫坊里里外外都透着过节一般的氛围。

到了丁家民预约的安装时间，思鑫坊的街坊邻里都跑来丁家凑热闹。可没想到的是，到了约定的时间，却没见安装的师傅过来。丁家民急了，忙问俞雪晴这怎么办？要不要打个电话问问？可话一出口，他自己却笑了说："雪晴，你说好笑不好笑，约了装电话，到点了还没来装电话，我要打公用电话，问什么时候给我家装电话，像不像绕口令？"

俞雪晴白了他一眼道："快去打电话！"

一会儿，丁家民急匆匆跑回来，说是安装电话的老师傅拉肚子来不了了，临时找了个小师傅过来装，应该马上就到了。在万众期待的目光中，十来分钟后，小师傅骑着自行车过来了，是一个二十出头的年轻小伙。小师傅一看到丁家门口这么多人，脚下登时有点发软。

后来正式安装了，小师傅爬上电线杆接引电话线到丁家民家，这个过程中，他听到下面一堆围观的人在窃窃私语，有人说会不会摔了，有人说会不会电到，说得小师傅心里发毛；后来要在墙上破个洞，把电话线引到屋内，小师傅又听到有人说这怕是承重墙，破个洞会不会有危险；再后来开始接电话机了，又有人在那嘀咕，这个小师傅看岁数还真的是个小师傅，他接的电话能用吗？

小师傅终于急了，他丢下电话机和说明书，气鼓鼓说道："不装了，你们这么多意见，你们自己装吧。"

丁家民傻眼了："小师傅，我什么都没说呀？"

小师傅一想也是，这丁家民确实一直陪在他身边，尽心尽责的帮忙，也没说过一句坏话。但他来的时候已经战战兢兢，此刻更是畏畏缩缩了，这毕竟是他第一次单独出来装电话，他已经觉得自己装不了了。

小师傅苦着脸说："实话跟您说，这是我第一次单独装电话，我怕是搞不定了。"

丁家民一听，马上鼓励他："别怕，小师傅，谁没个第一次呢。"

"可我经验太少了。"

"你这么想吧，你师傅是不是管我们这片区域？那他装过多少台电话了？"

小师傅一琢磨，脸上微微有了笑意："好像，好像也才十几台……"

"那不就是了嘛，你经验没比他少多少。"

小师傅顿时有了底气，他继续安装起来，遇到不明白的，还翻起了说明书，这下围观者又有话要说了，但还没开腔，丁家民就上前让他们别说话，让小师傅安静地思考。众人明白过来，都开始安静地看着。

　　就这样，电话机也接好了，小师傅随后皱着眉，拿着说明书给丁家民看。

　　"大哥，我书读的不多，这几个字我不认识，你给我看看，这说的啥？"

　　丁家民瞅了一眼，拿上说明书往厨房走："这得问我老婆。"

　　最后还是俞雪晴告诉了他们这几个字的读音和意思，丁家民和小师傅就乐呵呵地一起回到电话机旁忙活起来，不多时，小师傅长舒一口气："装好了，你打个电话试试。"

　　大伙一听都高兴坏了，纷纷起哄让丁家民赶紧打个电话试试。

　　丁家民本来得意扬扬，左右踱步，可面上的表情却逐渐由得意转为了犯难。

　　"我没记得什么电话号码呀……"丁家民苦着脸跟众人说，这时候他灵机一动，想起今天刚在报纸上看到的最容易记的电话号码。

　　于是丁家民拿起话筒，郑重地拨通了这个只有三个数字组成的号码：110。

　　原来那个时候，杭州开始在全市推广全新的报警号码110，当时为了达到最大的推广效果，几乎在所有报纸媒体上做了广告。

　　电话响了三下后，那边就接通了。

　　"喂，同志，您有什么要报案吗？"

　　"没没没……我就是家里刚装了电话，打个电话试一试……这声音还清晰吗？有没有杂音？"

　　电话那头的警察同志显然是被气到了，他说道："同志，这是报警电话，不是聊天热线，你知道吗？"

　　丁家民连连道歉："对不起，对不起，警察同志，真的对不起，我保证没有下次，我真的只是想试试电话，我想不起其他号码呀。"

　　"这次我不罚你，下次再这样我就要上门了，知道吗？"

　　"知道知道，我保证没有下次。"丁家民诚恳地道歉。

　　"行了，那就这样。哦，对了，没有杂音，声音很清晰！"

　　丁家民没想到警察同志最后会这么说，登时心头一热，对着话筒喊："感谢警察同志"。喊了一句，他才发现对方已经挂了电话了。丁家民也挂掉电话，回头看着忧心忡忡的众人，显然，大家知道他打了报警电话，心头都担忧起来，生怕他给警察抓了去。

丁家民清清嗓子说道："警察同志说，没有杂音，声音很清晰。"

这可把大伙给逗乐了，大家都说警察同志说的话，那是最靠谱的，这也从侧面佐证了小师傅的电话安得非常的好。小师傅也是受宠若惊，俞雪晴还出来喊他吃了饭再走，小师傅连忙推辞，临走前一个劲跟丁家民表示，若是有什么问题，随时给他单位打电话，他随叫随到。

丁家民还自鸣得意，觉得自己挺厉害的，居然是警察同志帮他试电话。俞雪晴就批评他了，说他这次的行为涉嫌违法了，他这就是在浪费警力，警察同志要是较真一点是可以把他抓起来的。丁家民吓了一跳，当即表示以后再也不会这样了。

丁家民没有想到的是，家里装的这台电话打出的真正意义上的第一个电话，居然还是 110。

这是在五天后了。

那天傍晚，丁家民和俞雪晴还在雪晴早饭店忙碌，经过二人这五年的打拼，特别是俞雪晴辞了工作全身心打理雪晴早饭店之后，早饭店的生意好得不得了，简直可以说是方圆十里内最负盛名的早饭店了，店里的镇店之宝，也从单一的腌菜包，增加到了西湖小馄饨、玲珑烧麦、雪菜肉丝面等等，这些招牌美食都是俞雪晴开发的。

这时候丁满红慌张地跑来喊道："爸爸，妈妈，家里遭贼了。"

丁家民和俞雪晴赶紧跑回屋，果然见到家里一片狼藉。丁满红说，她放学回来就看到这副样子了。俞雪晴赶紧跑到卧室，打开卧室衣柜底部的大箱子，随后一屁股瘫坐在地上。

丁家民追上来问道怎么了，俞雪晴流着泪道："钱全被偷了。"

丁家民脚一软，心中升起一股不祥的预感："我们有多少钱？"

俞雪晴低下头，眼泪啪嗒啪嗒往下掉："一万多，准确地说是一万一千三百六十二。"

丁家民顿觉呼吸急促，喉头仿佛被什么东西堵塞住了。

"一万……一万一千三百六十二……这么说，我们是万元户了？"

俞雪晴点头，她擦掉眼泪，柔声说道："家民，我们是万元户了。"

丁家民觉得天地都开始旋转起来，他去看俞雪晴，觉得俞雪晴整个人开始模糊起来，再去看丁满红，又看到丁满红只剩影子在那里左右浮动。

丁家民心里咒骂了几句，觉得自己简直万分悲催了，他可能是杭州历史上最悲催的万元户了，在知道自己是万元户的当下，他竟然已经是个穷光蛋了。

但丁家民知道自己要马上恢复过来，他是这个家的顶梁柱，他得挺得住。所以他强撑着上前扶起俞雪晴，告诉她，现在他们三人需要一起想一想遭贼的线索，然后他要马上报警。

一家三口仔细一琢磨，案发经过大体就推导出来了，这失窃应该是在一大早他们去早饭店忙碌，丁满红出发去上课之后。这时候天还没完全亮，思鑫坊走动的人也不多，所以才被小偷得逞了。这么一说，丁满红猛然想起来，早上的时候，潘小多过来找她上学，二人出门时曾看到一个鬼鬼祟祟的男人，那人不是思鑫坊的人，样子也很有特点，他的嘴巴上有一颗痦子。

丁家民一听，原来丁满红和潘小多是目击者，他们所说的这个鬼鬼祟祟的男人，极有可能就是小偷。这样一来，丁家民马上拨通了110报警，接起电话的还是那位警察同志。

丁家民一急，之前组织的言语竟然都说不出来了。

"警察同志……我……我……报警！"

"你要报什么警，同志，你可以慢点说。"

"我……我是万元户……"

"我知道了，你是万元户，然后呢？"

丁家民涨红了脸，向俞雪晴投以求助的目光，俞雪晴摸着他的手，轻声说："慢点说，别急。"

丁家民于是深吸一口气说道："我……我是万元户……声音还清晰吗？有杂音吗？"

电话那头的警察一下子听出来了："是你啊，大哥，我已经知道你是万元户了，你的声音也很清晰！但你能再说点其他信息吗？你要报什么警？"

"被偷了，全被偷了，我本来是万元户的，可现在我所有的钱全被偷了！"丁家民一口气说完，蹲在地上，号啕大哭起来。

《我们的火红年代》北京日报出版社 2021 年 7 月出版

铜　像（节选）

何梅清

简介

　　故事发生在 1987—1994 年的海洲市工业领域改革开放初期。为挽救一个濒临倒闭的国营大厂，海洲市委党校校长华明祥临危受命，担任了长青彩印厂的第十任厂长。经过一系列艰难的改革，华明祥以一个共产党员的责任，坚强的毅力和团队合作精神，终于使一个债台高筑、年年亏损、濒临破产的国营大厂走向盈利，迈向繁荣。长青彩印厂的工人也从社会最底层迈进了小康生活的幸福时代。工人们过上了好生活，但他们最尊敬的厂长却成了一尊铜像。

第十一章　食堂

一

　　华明祥进彩印厂两年多了，厂子的食堂还没进去吃过饭。华明祥的胃不好，妻子不让他在食堂吃。最近妻子娘家的一个老舅死了，妻子带着大女儿奔丧去了，家中没人烧饭。华明祥借了两个盆子，中饭准备在食堂里吃。

　　中午开饭的时候，他拿着盆子踏进了高大、宽敞、摆着一排排如火车车厢里的桌椅似的食堂。

　　卖饭菜的一溜排窗洞门关得严严的，只最右边的一个窗洞开着，窗口外排着一支长队，大概三十几个人。他们手拿着盛饭菜的器皿，头伸得长长的，焦虑地望着窗口；有的用汤匙敲打着盆子，有的一边排队，一边骂人。

　　华明祥等到最后一个，把盆子伸进窗口，由于外面没挂菜牌，华明祥把头也伸进了窗口，想看看还有什么菜。窗口内卖饭菜的人一见华明祥，吓住了，结结巴巴地问："华厂长你……你……你也来吃饭啊？"

华明祥说："嗯，还有什么菜？"

卖饭菜的说："华厂长，你上食堂吃饭怎么不先和我们打个招呼？我们可以给你备几个菜。"

华明祥说，"不用备菜，现在还有什么菜随便来一个就行。"卖菜的看了看面前大盆子底还剩下的一点点清汤寡水的菜为了难，她说："华厂长，就剩下这一点点小白菜炒肉丝了，我给你烧几个去。"

"不用，不用，就盆里那个菜好了。"华明祥连连摇手。

卖菜的无奈，把菜舀在华明祥的盆子里。华明祥问："多少钱？"

卖菜的说："钱不用付了，就盆底的剩菜。"

华明祥说："那不行，厂长不能搞特殊。"

"那……五毛钱。"

华明祥付了五毛钱菜票，菜票是在朱丽娟的抽屉里找的，朱丽娟不吃食堂，但她买了一点备在那里。

离开窗口，华明祥一边找位子坐，一边和坐着吃饭的人打着招呼。他连找了几排，都不敢把屁股挪下去，座椅都被厚厚的灰尘占据着。有位吃饭的工人向华明祥打招呼："华厂长，到这边来坐。"

华明祥端着饭菜走过去，那工人往边上挪了挪说："除了这几排椅子，你别想再找出干净的来了。"

华明祥挨着他坐了下来，问道："这是为什么？"

工人道："食堂里吃饭，天天就我们这几个人，坐不了那么多位子。"

华明祥问："吃饭人这么少？食堂饭菜不好吃吗？"

吃饭的工人们见华明祥落了座，都围了过来。以前的那些厂长架子大，看到工人眼鼻子朝天，工人们都有点怕，见了远远地躲着。华明祥他们不怕，特别是全厂职工大会后，他们喜欢上了这位没架子的厂长，碰了面喜欢和他拉上两句。

"华厂长，食堂里的饭菜太难吃了，又贵得如大酒店端出来的，我们实在吃不起了。"一个女工拿着饭盆说，脸上堆着一大片怨气。

另一个年长点的工人道："家在市里的，不做机器的可以逃避，可以不在食堂里吃。可我们家在外地的和做机器的工人没法子，只能在食堂吃。菜卖得一天比一天贵，我们天天像在下馆子，吃一顿饭，心里要肉痛半天。"

华明祥看着自己盆里的菜想，菜不贵啊，这么一盆小白菜炒肉丝，虽然菜里只躺着一、二条肉丝，但才五毛钱，很便宜嘛。华明祥转头看刚才说话的那年长工人的饭盆，饭盆上盖着点菜，像是番茄炒蛋，就问："这是番茄炒蛋吧，多少钱？"

那工人把饭碗送到华明祥面前，用汤匙扒拉着上面的番茄说："看，就这么点点菜要二块五毛。"

"多少？"华明祥吓了一跳。

"二块五毛。"工人重复着。

华明祥不禁惊呼："真好贵！"

那工人说："菜不但贵，量又少得可怜，你看我这点点儿菜要下这么一大碗饭，只能吞一大口饭，弄一点点小菜，勉强把一大碗饭骗下肚去。"

边上另一个男工说："我的小白菜炒肉丝也要两块，菜快吃完了，捞到底也没见一条肉丝。"

华明祥明白了，他的这盆菜是厂长价格。

华明祥用眼扫了一下周围工人盆里的菜，小白菜肉丝的占了大多数，很少有几个是番茄炒蛋。他问："食堂里只有两个菜吗？"

"每天就两个菜，早到点的还能买到个番茄炒蛋，晚点的只能是一个小白菜了。"有人回答说。

"就两个菜烧得还超难吃，不像烧给人吃的。有时我们吃菜且当是在忆苦思甜，得用吃糠团子的精神，才能把不舍得丢的菜咽下去。"另一位工人说。

"华厂长，我们做机器的工人吃食堂等于要我们的命，吃饭时间只有半小时，这么多卖菜窗口只开一个，等我们买到饭菜，已经没时间坐着吃了，只能把饭菜搅在一起，一边往车间走，一边狼吞虎咽地把饭扒下肚，饭还在嘴里嚼着，人已经在车间里开动机器了。我们每次吃饭像打冲锋战，饭吃得不落肚，车间里十个工人九个有胃病。"看他的工作服就知道这是位轮转机工人，上头沾着一块块红黄蓝白橙的颜色。他愤愤不平地向华明祥念起了苦经。

"我们吃食堂的人还常被食堂里的人横挑鼻子竖挑眼。我昨天买菜的时候多说了一句话，卖菜的把勺子扔得叮当响，硬没把菜卖给我。要吃饭没法，只得忍着气，托别人帮我买的菜。"厂里一位做木匠的工人发着牢骚说。

"食堂里的人把我们吃食堂的人看得如猪，不但饭菜烧得如猪食，稍微不如意还常常遭停饭停菜。"

"唉，食堂该管管了，我们受够了……"

"是呀，华厂长，食堂真要好好管管了，不然我们吃食堂的太苦了。"

……

一时，围在华明祥身边的工人们，七嘴八舌地发着各种牢骚，从饭菜贵、难吃的问题扯到了五花八门的问题上来。

华明祥问："你们有没有向上反映过？"

"上面都不吃食堂，我们反映得嘴唇都磨破了，没人理我们。"

"反映有什么用？反映给周厂长，周厂长说此事由总务科管；找袁红，袁红说，有人烧给我们吃已够好了，说不定哪一天连这饭都没人烧给我们吃。有一次我们硬把袁红拖来，让她和我们一起尝尝吃食堂的滋味，但最终还是没能解决问题。"

"食堂里的人把我们吃食堂的人当猪，办公大楼里的人也把我们当猪，谁能管我们？"

"就是，就是……"

……

"现在指望你华厂长能管管我们了。"

"华厂长，食堂不能再这样下去了……"

"华厂长，我们吃食堂的工人太苦了……"

……

一石激起千层浪，华明祥的话勾起了吃饭的工人们的更大不满，七嘴八舌把心里对食堂和干部们的积怨全倒了出来，倒积怨的同时又流露着满心的期待。

华明祥一边吃着饭，一边静静地听着，听得心一点点往下沉。厂里食堂吃饭人少，饭菜差，提意见的人多他也有所耳闻，但他无暇顾及，他的心思都放在了厂子的生产和效益上了。

今天的这一顿饭，使他深入到了食堂诸多问题的中心。他觉得食堂是工人们输入养料的地方，饭吃得好，同样能提高工人们的积极性，食堂的问题和生产一样重要，是该整顿整顿了。这一顿饭华明祥吃得味同嚼蜡。

二

下午，华明祥叫来了总务科长袁红。他对袁红说："今天中午饭我在厂食堂里吃的。"袁红一惊："华厂长，今天怎么想到去食堂吃饭了？"

华明祥淡淡地说："家里没人烧饭。"然后心情沉重地说，"这一顿饭吃出食堂诸多问题来了。"华明祥把食堂里吃饭的情景对袁红说了。

　　袁红习惯性地推了推她的紫色眼镜说："食堂里的问题是'冰冻三尺，非一日之寒'，是多少年积累下来的。"说完她介绍起了食堂的情况。"食堂最繁荣的时候，每天吃饭有七八百人，食堂里的工人有十四个。每天除了饭还有各式馒头、包子、面等主食，按不同季节供应不同的品种，供工人们选择。菜规定不能少于十个，要有荤有素。开饭的时候食堂里一排十二个窗洞全部打开。当时厂里不管是工人还是干部都喜欢在食堂里吃饭。人热闹、饭菜多，又可以找个三五知己，坐在一起，一边吃饭，一边聊天。那时在食堂吃饭是一场嘴巴和精神的双重享受。夜班有两个食堂工人坐班，夜点心规定不能少于三个品种，有面条、包子、馄饨、粽子、绿豆粥等。除了粥，其他点心一个星期不能重样。"说到这里，袁红停了下来，她像是要在食堂繁荣场景的回忆里沉浸一下，舍不得走出来。

　　华明祥没说话，思想的脚步跟着袁红的介绍走。当初食堂里吃饭时的热闹场景在他眼前活灵活现地展现，同时也把这种场景烙在了心里。他暗暗下着决心要把以前的这个场景再变回来。

　　停顿了一下，袁红继续介绍说："后来厂里经济不景气，一直走下坡路，因为没钱贴给食堂，食堂里的饭菜越来越贵，也越来越差，吃得人也渐渐地少了……现在食堂里工人还有五个，前几年厂部要他们把食堂承包下来，自负盈亏，包括工资也自负，但不能散伙。他们没办法，只好羊毛出在羊身上，钱都从吃饭的工人们身上扣出来。这就成了恶性循环，食堂吃饭的人越来越少，饭菜价格也越来越高。白班虽然吃食堂菜价高，菜品单一，但毕竟还能吃到饭，夜班工人却连这点待遇都剥夺掉了。由于要省点夜班补贴，食堂没人值夜班，夜班的工人只能自己带了饭菜上班，车间里没地方热饭，他们只能吃冷饭冷菜……"

　　听到这里，华明祥一下想起那晚老魏和小胡放在机器上的饭盆子，两只饭盆里的剩饭都水糟糟的，肯定是用开水泡的饭，用这样的方式把饭加热。两只有着剩饭的盆子和夜晚的车间，操作机器的夜班工人和在机器上摸得两手油污的小胡、老魏，这些画面像幻灯片似的在华明祥的脑子里一一地映现着。

　　华明祥说："工人是厂里的主力军，是厂里最宝贵的财富，怎么可以这样对待他们？这钱是省不得的。"

　　"唉！"袁红轻轻叹了口气，食堂是她总务科长的一大块心病，食堂成现在的样子，是前两任厂长造成的旧疾。

　　自从食堂脱离行政自负盈亏以来，食堂里的工人为了生存，只能把食堂的围墙一拆，对外开了个饭店，主要精力都放在了饭店上，厂内的事他们只是一带而过。这样一来，工人们的意见如同大潮般向袁红涌来。袁红也几次向当任厂长们反映过，但都给挡了回来。厂长们不管，她身为总务科长就无能为力。她只能在工人们的骂声中做着缩头乌龟，工人们提的意见和骂声袁红也只能是左耳进右耳出。时间一长，骂声少了，食堂吃饭的人也快没了。

袁红对华明祥说："华厂长，我也不想这样，但你是知道的，我不是不想管，实是'心有余而力不足'呀！"袁红说这话，一来是为自己洗白，二来说明事实真的是这样。

华明祥点点头说："没你的事。不过，食堂这样下去不行，一定要搞好，再不能让工人们一说起食堂积怨满天。不但要让他们吃饱，更要让他们吃好。饭菜吃得香了，积极性也高了。"

袁红高兴了，白胖的脸上漾起笑意。多少年了，一想起食堂问题，她的心就像最近厨房里的下水管道，水一放就堵住。被工人们逼去吃的那顿饭，已过去好多年了，但那饭菜好像还在喉咙口徘徊。她情愿在家拿点榨菜泡成汤做下饭菜，也决不想去吃食堂里的菜。她能体会到工人们吃食堂的不易，也很想改变，但她做不到。在厂里，只要厂长不支持的事情，你就是有十八般武艺也白搭。

华厂长上任后，袁红本想向华明祥反映一下食堂问题，但看他忙得像整天转磨的驴，只能把食堂的事搁下了。她本来对食堂问题不抱有能解决的希望，因为厂长们对食堂问题都头痛。今天华明祥主动提出来了，袁红当然高兴，但她的笑脸展现得比昙花开放的时间还短，刚刚露出晴空的脸很快又布满阴云："华厂长，要搞好食堂不是说说那么容易，就一个'钱'字挡在那儿，什么事儿都做不了。"

袁红就是不说，华明祥心里也明白，要把食堂搞好就要往里砸钱，但他决心已下，再难食堂也要搞好，不能把工人们当"猪"！要把他们当工厂的主人。袁红见华明祥沉吟不语，心"咚咚咚"地直打鼓。她怕华明祥和其他厂长们一样，一想到要往里砸钱就把还没伸进去的脚往外抽。她现在既怕华明祥打退堂鼓，但又不想逼华明祥。

"华厂长，"袁红轻轻叫了一声说，"厂里目前是最困难时期，要花钱的地方还不少，要不，整顿食堂的事情过段时间再说吧。"

"决不能再拖了，要把工人吃饭问题当头等大事来抓，如果连工人们的吃饭问题都解决不了，我还当什么厂长？"华明祥说。

袁红心里有点感动，其实整顿食堂是她目前最迫切希望做的事情。这么多年来她在食堂问题上最不好做人。工人这一边她被骂得像缩头乌龟；上面来检查后勤，食堂年年是差评。办公大楼里的人看到差评，把嘴一撇，看她笑话。为食堂的事，她不知脸红过多少次？一提起食堂她就在人面前矮半截。她多想一夜之间把食堂改变过来，她对华厂长说往后推不是她的真心话，是她不想给华明祥增加难题。见华明祥态度这么坚决，袁红除了感动，也一下有了主心骨。

袁红问："华厂长，依你看食堂什么时候开始整顿？"

"现在！"华明祥斩钉截铁地说。

华明祥又说："你先去摸个底，然后弄个规划给我，马上，越快越好！"

"得令！"袁红兴奋地喊了一声，就差点举起手来向华明祥敬礼了。她宽大的臀部和粗壮的腰丝毫没能影响她跨步扭腰，猴子一样灵活地迅速窜出华明祥的办公室。

三

袁红忙开了，她带着总务科的小芳，一头扎进了食堂。以前每次去食堂，袁红瑟缩着身子，见了食堂的人总像亏欠他们似的矮了一截。食堂的人见到她不是给白眼，就是把她骂出去，因为每次去都是带着不好的消息去的。总务科的工作里她最怵去食堂了。今天她是带着春风去的，所以跨进食堂时竟有"雄赳赳气昂昂跨过鸭绿江"的那种豪迈感觉。她先把食堂里的五个工人召集起来，对他们开了个小会，把华明祥的意思传达给了他们。五位工人听了乐得都差点休克过去。

食堂里的工人自从承包食堂后，工资和食堂的一切开销都要自己承担，把食堂做得成了骂场他们也无奈。一共才五个人，要对外营业，又要管厂里的食堂，能做像样吗？他们也有许多的苦埋在心里。而最最让他们伤心的是，和厂部脱离了关系后，成了后娘养的孩子，有一种被工厂排挤在外，无人管的感觉。五个人也多次强烈要求，对他们要待遇公平，也有人要求调离食堂。但得到厂部的回答是，要么离厂，要么就这样。他们只好工不工、商不商地混着日子。因为心里不痛快，吃食堂的工人成了他们发泄不满的出气筒。虽然对外营业后，他们的收入比厂里的工人收入高了不少，但风险也挺大的，他们很想回到亲娘的身边来。

袁红带来的消息是大冬天吹起一股春风，把他们的心吹成了桃红柳绿，舒服得满身是劲。他们关掉了外面的饭店，和袁红商量着恢复食堂的相关事宜。

袁红问："如果恢复到以前食堂繁荣时期的规模，你们还需要增添几个人？"

袁红知道那时期食堂里做的工人是十四个，她故意卖了个关子，想先听听他们的意见。

五个人掐着指头仔细地算着、商量着，最后回答说："再增添三个人够了。"

袁红说："食堂要准备七、八百个人左右的用餐，夜班也有一百多个人，八个人是不是太紧张了？这次恢复食堂，你们可得要好好地干了，不能随心所欲地想怎么样就怎么样。"

"那是，那是。"五个人鸡啄米似的连连点头，"只要厂部支持我们，我们肯定能干好。"

袁红很满意，她说："给你们再增加六个人吧，你们一定要干好，不能再听到骂声！"

五个人连忙表决心："放心吧，袁科长，我们会好好干的。华厂长给我们这么好的机会我们哪能去砸自己的饭碗？"

说干就干，袁红一走，他们马上撸起袖子整理起很久不用的炉灶、锅子锅盖等杂物。厂部也说到做到，第三天下午，另六个人到食堂报了到。六个新人的加入，激起五个旧人的更大激情，他们恨不得再生出两双手来，常常下班铃声响过了他们还在忙。

华明祥也忙开了，华明祥忙的是钱。食堂要重新开张，必定要丢进去一大笔钱，钱从哪里来呢？轿车卖了，大礼堂也租掉了，厂里没什么可卖、可租的东西了，到哪里去弄这笔钱呢？

华明祥叫来了黄宏飞。

黄宏飞想了想说："我们厂在市区的黄金地段，把靠路的围墙拆了，弄出几个店面来，出租肯定能租出个好价钱来。我们不求租金高，唯一的条件是先交五年租金，这是一笔很可观的收入，改造食堂的费用应该足够了。"

"啪啪啪"，华明祥拍起了手说："小黄，你脑袋里藏着个锦囊宝箱，什么办法都能想出来。"

黄宏飞不好意思地说："华厂长，你过奖了。"

靠路的围墙改造出了七个店面，出租消息挂出去，一下被抢空了。华明祥很肉痛，说："早知道房子这么好租，租金可以提高点。"心里肉痛房租，但又高兴振兴食堂的钱有着落了。

华明祥惦记着食堂的事情，稍有空暇就到食堂来转转看看，见食堂里有些桌子椅子有断了腿的、有坏了靠背的、有裂开了缝夹屁股的，他到墙角落里找了几块木板，叫袁红去木匠房里借了木匠工具，叮叮当当地发挥起在部队学的"三脚猫"木匠手艺来。

袁红见了，拉着华明祥不让做。她说："华厂长，木匠活很累的，你不能做，厂里有木匠，让他们来做就是了。"说罢就要去喊人。

华明祥连忙叫住她说："木匠们有他们的活，这点事不用去麻烦他们了，我能行。"

袁红说："木匠们这几天在搭棚，是忙着，要不外面叫一个吧，修修这点东西不用多少钱。"

华明祥正锯着一块木板，他一只脚站在地上，一只脚踩着放在长凳上的木板，背弓着，起劲地把木板上的锯子来回地拉，不知是力用的不匀还是什么原因，锯子拉得是一停一停。

华明祥停下锯子，调整了一下位置，说："能自己动手做的就别去花钱，比如说这墙。"华明祥放下脚，站直了身子，指着四周挂满灰尘，一块黑一块黄的，有的地方还掉了石灰的墙壁说，"这也不用花钱，买一点点石灰，买点涂料，发动几个人，涂一下就行了。"

听完这话，袁红转身就走，不一会她身后跟了一拨人进来。范雨涛、黄宏飞，还有总务科里和其他科室的一些人。黄宏飞一进来就夺过华明祥手中的锯子说："华厂长，让我来，我虽不懂的木匠活，但修个桌子补个椅子还能行。"

华明祥让了手，他擦了擦额头沁出的汗珠说："人到底老了，拉个锯还出了汗，想当年在部队的时候，木匠活做得也蛮利索的。"

华厂长在食堂修桌椅的消息像闪电一样快地传遍了全厂，再联系到恢复食堂的消息，令全厂人激动不已。下班铃声响后，食堂里竟挤了很多人，他们自动向袁红请缨，要求加入帮食堂做事的行列。袁红兴奋极了，摆出一副抗洪抢险一线指挥官的模样，指挥着他们。是电工的帮拉电线，换掉坏了一大半的灯头；会木匠的接过了黄宏飞手里的活，刨啊锯啊，做得得心应手，要怎么样的活就出来怎么样的活。袁红要求木匠不但要修齐整桌椅，还要把原来放置饭碗菜盆现在不知去向的两个大柜子找出来、拾掇好。两个木匠连声答应。向华厂长叹苦经的木匠说："没问题，我反正家在外地，下班了没事，一定完成任务。"

老魏不仅在厂里修机器技术好，修家用电器也是高手。他常调侃：如果厂子破了，他就去开个电器修理店，保证生意红红火火。他一听华明祥在食堂修破凳子，心里被火燎了似的："他一个大厂长去食堂帮修坏桌子破椅子，让我们还有什么脸不去帮个忙？"下班铃声一响，他就赶到了食堂，对华厂长道了声辛苦，就被袁红支去修坏了的摇肉机和鼓风机。

"去食堂做志愿者，为恢复食堂出把力"的自发行动像一阵春风吹拂在厂区里，到食堂里帮忙的人越来越多。能化石灰的化石灰，能抹涂料的抹涂料，能修灶的修灶，没特长的，就拖地擦桌子搞卫生，一时间食堂里热闹得如同早上的菜场。

四

三个星期后，食堂门口和厂区宣传栏内贴出了一则醒目的告示：本厂食堂在全厂干部和广大工人的帮助支持下，经过整顿，重新为全厂的员工服务，于下月的一日（星期一）正式启用，欢迎大家光临用餐。食堂宗旨：做好服务，不图盈利，望大家监督。落款是：长青彩印厂新食堂。告示的最下面又写了一行字：注：开张第一天菜价一律九折，欢迎大家光临。这一条注加的时候经过一番争议。不支持加的人说，这一写不像是食堂了，像是在做买卖。支持加的人说，食堂新开张，鼓励鼓励，菜品打个折引引人气，大家高兴不蛮好嘛。后来经过袁红的支持，这一条还是加上去了。

工人们看到这条商业味很浓的话都善意地笑了，说食堂的人做了几年商人，发个告示也满口气的商业味。

星期一中午，铃声一响，人们从各个车间、部门涌向食堂。华明祥和袁红怕食堂开张第一天出什么差错，早半个小时就已在食堂。食堂里除了两个人值晚班，九个人都已经在自己的岗位上做得热火朝天、有条不紊。华明祥和袁红跨进食堂厨房的时候，他们基本都已安排妥当，除一个食堂工人在里面补菜，其余八个人各就各位，都候在了卖饭窗口，像战场上的战士，只等吃饭的冲锋号吹响。

吃饭铃声一响，十二个窗口打开了八个，窗口的正中上方挂着两块牌子，一块上面写着一长溜的菜名价格；一块上面写着馒头、面条、水饺等主食名称和价格；每一个卖菜的窗口也都挂着牌子，上面写着对应窗口卖的菜品。

工人们拿着菜盆子，兴奋的脸上都洋溢着笑。他们一边贪婪地嗅着漂浮在食堂饭厅里的，只有食堂里才有的那种饭菜香味，一边看着饭牌和菜牌。他们大声地议论着、探讨着。有些人很快锁定目标，排在自己喜欢吃的菜的窗口；有些人见到这么多喜欢吃的菜和主食，反而弄得无所适从，不知买哪个好，在那里琢磨吃面条还是吃包子、买这菜还是买那菜。

买好了饭菜的人各自涌向排得整整齐齐的车厢座位上，像火车刚到一个站口，旅客们上车后各自涌向自己的座位一样。有的端着盆子，眼睛四处搜索，看有没有自己熟悉的能讲上话的人，然后靠过去，一边吃饭一边大声聊天。食堂的座位中时不时地从这边那边掀起一阵阵笑声，平时空旷、冷清的食堂一下变得热闹、狭小起来，我挤着你、你撞到了我的场面时有发生。

胡健伟的饭桌上靠着二男三女，都是轮转机车间的工人。一个瘦瘦的、生得眉清目秀、三十几岁左右的女工，嘴里津津有味地啃着一块糖醋大排，嘴角两边沾满了黏稠的酱红色的汁液，鼻子上也不幸沾上了一小块。

胡健伟见了笑她："你前世没吃过排骨，这世里要补回来？看你吃得猴急样子。"

另几个人看到她的脸也都笑了。

女工有点不好意思，掏出手绢，在另一个女工指点下把脸上的汁液擦净了。她把手绢放在桌子上说："我最爱吃糖醋大排了，当初只要食堂里有，我就买。后来食堂没了，我自己总也烧不了食堂里的味道，就再也没吃过。今天又重新尝到了这味，把我给馋死了。"说完又满脸幸福地啃起了大排。

一个男工说："想不到我们厂的食堂还有起死回生的今天，而且比以前更像样了。"

坐在啃糖醋排骨边上的另一位皮肤白皙、脑后扎着一束马尾辫的女工，她喜欢吃清淡的菜，她的菜盆里是冬瓜小排汤，她说："这些都是华厂长的功劳，前面换过几档子厂长，就华厂长把我们工人当回事。"

"这话我赞成。"坐在最左边的，有点年长的女工，面前的饭盆子已"朝天"，正拿着汤匙一小匙一小匙地舀着菜盆子里的汤："我们三楼车间外面的厕所，灯坏了几年，向上反映了多少次也没见人来换。每一次上夜班，我最怕上厕所，里面黑咕隆咚的，上厕所我都要叫个伴，帮着打手电筒。最近电灯忽然亮了，电工班的人检查了所有的车间，坏灯都换了下来。这下好了，我上厕所不用害怕了。"

她的话引起了另两位女工的共鸣："对，楼梯上的灯也修好了，走楼梯再不用一层一层地探着走了。"

"最近上夜班，我包包里的手电筒没拿出来用过。"

另一个长得高高大大的男工对这三位女工说："看把你们美的，新来厂长'三把火'，华厂长来的时间不长，他还是在'新'头上，说不定过段时间又回到老样子。"

"不会的。"胡健伟把最后一口饭送进嘴里，他嚼了几下把饭咽进喉咙说："只要华厂长在，我们工人就会有好日子过！"他的话一锤定音，其他人一齐点头。

食堂重新恢复了以前繁荣时期的模样，吃食堂的人越来越多，食堂里的工人渐渐捉襟见肘，忙不过来了。只有半小时吃饭时间的工人有了意见，由于排队时间长，他们往往排到了窗口，时间也到了。

工人们有了意见，食堂里的工人心里紧张起来。他们在袁红面前表过态的，一定不让工人们有意见。现在意见出来了，但自己尽了最大努力了，都一个人做了两个人的活了，累不说，手可只有一双呀。他们商量来商量去，只能厚着脸皮去找袁红，希望增加人手。

袁红又找了华明祥。华明祥说，增加人手，等于增加成本。华明祥现在把钱看得很重，是一分钱掰成两半用的主，每一个要用下去的钱他都精打来细算去。他和袁红商讨了几次，除了增加人手，没商讨出个好办法来。

吃中饭的时候，华明祥问朱丽娟要了些饭菜票，说今天中午在食堂吃饭。朱丽娟自从食堂新开张后，也喜欢上了在食堂吃。她拿出了华明祥的饭菜盆说："我帮你去打过来吧。"

华明祥拿过饭菜盆说："我自己去打。"

朱丽娟知道食堂里出现新问题了。

新食堂开张后，华明祥只吃过一次饭。其实他是喜欢吃食堂的，他喜欢吃食堂倒不是在乎食堂里的菜品多，他喜欢热闹，热闹里有他平时接触不到的信息。

华明祥的妻子一定要华明祥回家吃饭，她怕食堂里的饭菜不合华明祥的胃。她知道华明祥对吃很马虎，什么都吃，她怕这样会加重他的胃病。

吃饭人真多，超出了华明祥的想象。华明祥晚了二十分钟去，卖菜窗口的队伍仍排得很长。队伍里又有人用调匙乒乒乓乓地敲着菜盆，嘴里大声地骂着窗口的卖菜人。窗口里的几个卖菜人额上沁着汗珠，双手忙着打饭、打菜一停不停。华明祥看了有点心疼，心想应该给他们增加人手，这钱不省也罢。华明祥忽然看到，袁红也在洞里面紧张地忙着，华明祥面露惭愧，由于自己想省钱，可能袁红每天吃饭的时间都在这儿忙着。

华明祥走到敲菜盆的工人身边，问："小伙子，你为什么要骂人？"

敲菜盆的小伙子一看到华明祥，吃了一惊，脱口而出："呀，是华厂长啊！"

他这一喊不打紧，忽拉拉，华明祥身边围过来好多人。食堂里人太多，又都只顾买饭买菜，吃饭吃菜，华明祥进去的时候没人注意到。看到华厂长来了，排队的也不排了，站着吃饭的也都围了过来。

华明祥对围着的人微笑着点了点头，算和大家打了招呼。他又问敲菜盆的小伙子："好好地排着队，干吗又敲菜盆又骂人呢？"

小伙子面红耳赤，难为情地低下了头。旁边有人代回答道："只有半个小时吃饭，现在过去二十分钟了，他心里急，怕吃不上饭。"

华明祥看着买菜的长队伍想：这阵势半个小时吃饭的谁不想骂人？他转头对骂人的小伙子说："食堂不能管好你们的吃饭问题是该骂，但不要骂食堂里的工人，他们已尽力了。要骂就骂我，我才是不让你们吃好饭，吃好一顿安生饭的主谋。"

敲菜盆的小伙子愣愣的，华明祥的话他没明白过来。旁边有人明白过来了，也像上次一样你一句我一句向华明祥提起了意见，发泄着不满。提意见、发泄不满的差不多都是半小时时间吃饭的一线工人。

敲菜盆的小伙子也明白过来了，他说："华厂长，我不是有意要骂人，我是心里急。中午刚要到吃饭时间，纸张忽然夹在机棍上了，如果不及时处理好，油沫就会干掉，开机就要重新清洗机器，重新上油沫，不但浪费时间还要浪费材料。等我处理好事情，吃饭时间只剩下十分钟了，冲到食堂，队伍还那么长，心里一急就骂人了。"小伙子又难为情地低下了头，嘴里嘟囔道："正好被你撞见。"

华明祥拉着他，候到窗口，给他开了后门，先打了饭菜。

这顿饭华明祥又吃得如同嚼蜡。

五

敲菜盆的小伙子是彩印车间挡车工，挡车工规定吃饭都是半小时。骂人的小伙子从食堂拿着饭菜盆，急急回到车间，连忙开着了机器。他捧着饭碗，机器在身边轰轰地响着。他一边看着机器，一边连菜带饭往嘴里塞。一边嚼着饭，一边眼睛盯在运转的机器上，看到套色有点不准了，马上放下饭碗，把着机器的印棍转着，转到准了，又拿起饭碗。他想自己真倒霉，从来不骂人，一骂人就被华厂长撞见，留下了不好的印象。

小伙子名叫钟显。看他的名字，就能猜出他的出生时代。有一段时间，流行取二字名，这时段出生的人十个有九个是二字名。吃罢饭，他把饭盆习惯性地丢在一边，在机器上忙碌着，忽然一抬头，华明祥笑眯眯地站在他身旁。他吓了一跳，心想，华厂长赶车间里来批评他了。

华明祥是摸底来了。

"华厂长！"钟显忐忑不安地朝华明祥打了个招呼，华明祥朝他笑笑问："生产顺利吗？"

钟显点点头："还算顺利。"

"一个人管一个机器紧张吗？"

"顺利的时候还好，不顺利的时候有点紧张。"钟显回答说："最紧张的就是吃饭的时候，因为我们的机器不能停过半个钟头，超过半个钟头，油沫就会干掉。所以每到吃饭我们特紧张，因为食堂里人太多了。"钟显又扯到了吃饭问题上。

华明祥问："有来不及买饭饿着肚子干活的情况吗？"食堂里人们七嘴八舌提意见、发泄不满的时候，华明祥耳朵边灌进过饿着肚子干活的话。他想来证实一下。

"多的去了。"钟显指了指边上几个朝这里张望着的挡车工说："你去问问，哪个工人没饿过肚子？"

华明祥听了，心一下被压上了个压菜石，沉得难受。车间生产任务紧张，工人们却吃不了一顿安生饭，食堂改革了有何用？食堂饭菜多又有何用？食堂最大的服务对象就是车间一线工人。但目前车间一线工人不要说可以在食堂里挑食拣菜，连顿顿能喂饱肚子的条件也达不到，食堂搞得再好又有什么用？

增加人手，华明祥下了决心，这钱不省。

华明祥内疚地对钟显说："以后不会发生这样的事了。食堂必须先服务好你们这些一线工人。"

钟显听了很兴奋，他问："华厂长，我们吃饭时间被机器管着，怎么个服务好我们呢？"

华明祥说："增加食堂人手，多开两个窗口，缩短排队时间。"华明祥面露愧色说："多增加人手，等于多增加成本，因为我不舍得增加成本，才害你们吃不到安生饭，我对不起你们。"

钟显连忙晃着头说："理解，理解，华厂长，我们理解，偌大一个厂，不精打细算怎么行。"

华明祥一惊，看不出来，小伙子还蛮懂事理的。他有点感动，忙连连说道："谢谢理解，谢谢理解！"

钟显更兴奋了，人都说华厂长是个最没架子的，最心疼工人的好厂长。他没接触过华明祥，对人们的传说不置可否。今天他亲身经历了，他认为，华厂长比传说中的还要好。

钟显心里也感动了。他对华明祥说："华厂长，其实食堂不用增加人手，只要吃饭时间错开就行，不用吃饭铃一响，都挤在一起。"

钟显的这句话，一下掀开了华明祥的七巧顶盖；"对呀！对呀！这不是最好的办法吗？"他和袁红商量了几天都没想到这个极简单的好办法，钟显一句话就解决大问题了。

华明祥拍着手说："小伙子，你蛮聪明的嘛，你的办法太好了！就这么办。"

华明祥稍沉吟一会又说，"以后有条件了，可以像医院里的住院部一样，到车间订饭菜，然后饭菜一律送到车间。"

这回轮到钟显拍手了："华厂长，要是能把饭菜送到车间，那是再好不过了！"

华明祥认真地说："会的，你等着，用不了多长时间，你就会在车间里吃到可口的饭菜！"

两天后，食堂实行错峰卖饭。所有半小时吃饭的工人吃饭时间提前半小时。买饭菜再也不用和一小时吃饭时间的人挤在一起了。到食堂打饭的人明显少了很多，不用十分钟都能打到饭菜。半小时时间吃饭的工人们开心死了。

钟显对他们说："你们太容易满足了，华厂长说了，以后可以把饭菜送到车间来。"工人们一听，欢欣鼓舞，盼着华厂长的话能快点兑现。

一个月后，华明祥兑现了自己做出的承诺。每个车间都用围栏拦出了一块吃饭的地方，饭菜一律送到车间。而且每一个菜一律比食堂便宜五毛钱，谁有意见谁就去增援一线做挡车工。

没人敢提意见。

这些生产在第一线的工人们，以往常常认为自己在厂里是被压在最底层的，现在感觉被宠上了天。车间积极性一下提高了几个档次。

华明祥看着生产报表上的数字，非常开心，心里得意自己用这个好办法为生产带来了好处。

《铜像》中国广播影视出版社 2021 年 3 月出版

3

散　文

远处晨光含蓄

水面的一片落叶

吴文君

去子康老师办公室，墙上除了仿清代王翚的山水，还有一幅僧人的法像。

僧人看上去八九十岁高龄，披着朱红袈裟安然端坐，微笑着，既有佛门中人的慈悲，又有一种无法形容也无法描述，在追随宗教艺术的过程中超越了一切才具备的泰然自若。

听子康老师说这是台湾的印顺导师，"人间佛教"的播种者，他的老外公，不免惊讶。

2011 年我去台湾，途经花莲参观慈济医院，看过慈济创始人证严上人的专题片。依稀记得，证严上人皈依的正是印顺导师。当时行程匆忙，拿了几本慈济的宣传册，就随众人一起离开，去太鲁阁了。时间一长，更是淡忘了。怎么导师竟然是海宁人？出家前有过子女？什么时候离开海宁又是怎么到了台湾的？

想起鉴真和尚六次东渡，从唐天宝元年接受日本留学僧的恳请，到踏上日本的土地，进入都城奈良，历经十二年，双目失明，且失去了心爱的弟子，屡遭劫难，才实现夙愿。所以，东山魁夷才会在《通往唐招提寺之路》一书中发出喟叹："对于和尚来说，通往唐招提寺的道路，确实是一条漫长的道路。"

导师所走的，又是一条怎样的道路呢？

在家时分

导师俗姓张，1906 年，清明的前一天，生于海宁卢家湾半农半商之家。七岁跟父亲去新仓镇，先进私塾，后进初等小学堂；十一岁，到硖石开智小学读书；十三岁小学毕业后，因经济所限失学。父亲见他不适于经商，读书还聪明，且出生第 11 天就生了一场几乎死去的病，身体一向不好，便要他去学医，在一位中医师家里边学医边读书。

导师学习中医，因"医道通仙"四字，引发对于仙道的仰慕。不仅读了《抱朴子》《吕祖全书》《黄庭经》《慧命经》《仙术秘库》这一类仙经，且旁求神奇秘术，如奇门、符咒之类。虽沉浸于巫术化的神道教，着重于个体的长生与神秘现象，然而导师以为对自己目光的扩大，还是有着良好的影响。

十五岁，导师奉父母之命结婚。十七岁，到离家九里的旧仓镇第三小学教书，同年女儿金娥出生。此后直到二十一岁，在袁花第五、第十四两所小学往复执教。期间读到《辞源》中的佛法术语，因佛法的高深而向往不已。又因基督教友邀请去其自家设立的小学执教，接触到基督教。

在休谟的心目中，一切宗教都处于平等的地位，基督教并不高出于希腊教、罗马教或任何其他宗教之上，也曾经说过，真正的宗教"只是一种哲学"，甚至认为，历来各种宗教的教义，本质上都是违反理性、违反自然的东西。导师研读了《新约》《旧约》后，对基督虽有好感，但无法接受信者得救生天国，不信者永堕地狱的观念。正因为基督教义中强烈的独占性和排他性，除属于己方以外，一切都要毁灭的思想，导师不能信赖神是慈悲的，所以也不信耶稣可以"为我赎罪"，因而终于不能成一基督徒。

鉴真十四岁陪父亲参拜大云寺，为佛像所打动而希望成为僧人；六祖慧能在路上听到一句"应无所住而生其心"，便顿悟进入圣境。可能，宗教体验只能作为个人问题，存在于每个人的心中的。二十二岁时，导师读到的第一本佛典是《中论》。虽然对于《中论》的内容，导师并不十分明白，但一种莫名其妙的爱好，使他走向了佛法。

二十三岁时，导师的慈母因肋膜炎去世；二十四岁，父亲又疑似得了肺癌，病了两个多月后去世。双亲的相继离去，让导师忧苦不堪，加深了离家之意。尽管，也是这一年，导师的儿子惠生出生了。

真的要定心事佛吗？导师不能不顾念妻儿。可是自问"不能从事农、工、商的我，能专心学医、教学吗？"导师的回答也是不可能。

去哪儿出家呢？当时的导师并不知道。由卢家湾、硖石、袁花几地构成的五十几华里的小天地里，没有庄严的寺院，没有著名的法师，不但神佛不分，更衰落到仅存香火经忏。导师依据经论得来的知识，不相信佛法就是这样的，他不能在这样的环境中出家。

机会总是会来的。自认为内向，不会找机会、主动与人谈话的导师看到报上刊出的"北平菩提学院招生"广告，如昏夜明灯，照亮要走的前途。

金娥——子康老师的母亲一直记得，1930 年的一天，二十五岁的父亲戴着草帽，提着一皮箱的行李和一网篮的书籍，从卢家湾的船埠头跨上一只小航船，随着船夫竹篙轻点，河水晃漾，就此离家而去。这一年她只有九岁，还有一个仅十个月大的弟弟。

子康老师的外祖母只以为丈夫要去上海商务印书馆工作，又因迟迟收不到丈夫说好要写来的信焦灼不安。两位好心的邻居帮忙去上海找了两次也没有找到，子康老师的外祖母看邻居怏怏而归，多少已经猜出丈夫的去向，当即晕了过去。

年谱记载，正是这一年的 10 月 11 日，导师在普陀山福泉庵清念老和尚座下出家，法名印顺。

出家因缘

跟一位语言不通的福建老和尚出家，不但导师意想不到，梦也不会梦到的。空登大幅广告的菩提学院，路上所遇空跑普陀山一趟的南通姜君，姜君带来的《普陀山指南》，都是使导师得以在福泉庵出家的主要因缘，所以，导师才会说出"人生，只是因缘""因缘决定了一切"这样的话吧。

翻开导师的自传——《平凡的一生》，第一章便是"一生难忘是因缘"。

因缘决定了导师出家的地方——普陀山，受戒的地方——天童寺，求学讲学的地方——厦门南普陀寺。

也是因缘牵引着导师，在佛顶山完成全藏的阅读，走过了他在经论中读过的名山古刹。福建的厦门，鼓山；浙江的杭州，奉化；江苏的南京，镇江，扬州；湖北武昌，四川合江、北碚，贵州贵阳，河南开封……都留下过导师求法的足迹。

在导师的回忆中，想去天台国清寺不成，而去了钱塘江边的开化寺；两次遇太虚大师，受大师劝说，去了本来不想去的武昌，再在淞沪战争爆发、南京失守的局势下，从武昌到四川，是有一种复杂而错综的力量，在"引诱我，驱策我，强迫我，在不自觉、不自主的情形下，使我远离了苦难，不至于拘守普陀，而受尽抗战期间的生活煎熬，而且是，使我进入一新的领域——新的人事，新的法义，深深地影响了几十年来的一切。"这种力量，不正是因缘的不可思议吗？

1947 年，导师接管杭州香山洞，筹组"西湖佛教图书馆"，对当时的导师来说，这也就是他对佛法的未来理想。即使两年后，法舫法师一再催导师去香港，会为他安排住处与生活，又因漳州、泉州一带战云密布，导师虽离开厦门，去了香港，内心的真正目的，还是想经云南而到四川北碚的缙云山。然而等到导师的《佛法概论》在香港出版，因为局势的变化，缙云山已是可望而不可能再去的了。

就这样，导师在香港待了三年。到 1952 年，因缘一件件地相逼而来，有的连推也推不掉。夏天，当选香港佛教联合会会长，后又被推为世界佛教友谊会港澳分会会长；秋天，应"中国佛教会"之邀为世界佛教友谊会第二届大会代表，7 月中旬到台湾；8 月，与代表团其他成员一行五人前往日本；9 月，受聘担任善导寺导师……

这一年的离香港到台湾，与二十五岁的离家出家，在导师的一生中，都有极深远的意义。等到世佛会会期终了，返回台湾，太虚大师的在家弟子、任中国佛教会常务理事的李子宽邀导师留下，似乎也只是顺应因缘没有什么不可，以为"台湾与我有缘，而香港与我无缘，没有久住的缘。"

有顺的因缘，就有逆的因缘，一经成为事实，就会影响下去而不易解脱。

1953 年与 1954 年之间自己为什么受到狂风骇浪般的袭击，导师以为，真正的问题是：得罪（障碍了或威胁）了几乎是来台的全体佛教同人。一、去日本出席世佛会，占去了长老法师们的一席；二、一到台湾，便住在善导寺，主持一切法务。善导寺是台北首刹，有力量的大心菩萨，谁不想主持这个寺院，舒展抱负，广度众生呢！三、继承了太虚大师的思想，认为念佛是佛法的一项而非全部；净土不只是往生，还有发愿来创造净土。四、多读了几部经论，有些中国佛教已经遗忘了的法门，他又重新拈出，引起长老们的迟疑和不安。五、生性内向，不会交往，不会奉承迎合，容易造成一种错觉，让人以为他高傲而目中无人。

导师写给子康老师的信中，提到过这段经历："我是一生常病。专心于探求纯正的而能适应现代的佛法；有些见解，与中国传统的不同，可说是反中国传统的。民国四十一年，由香港来台湾，受到传统佛教界的打击、厌恨，真是说不尽的。"

然而，身陷这样的逆境，从台中到台北，几乎全体一致的联合阵线，最后对导师仅发生了等于零的有限作用。没有人来盘问他，也没有被传询、被逮捕。他似乎是仅凭了无视世间现实，在政局的动荡中安然地渡过了风浪。

认识到这场风波真正的症结在于善导寺，"只要住在善导寺，我是永不会安宁的。"1957 年，导师正式离开了善导寺。虽然完全摆脱这是非场的影响，又花了几年，直到 1960 年前后才告结束。

此后，导师只安心于探求佛法，建寺，讲经，弘法，内修，写作，还因《中国禅宗史》得到日本大正大学授予博士学位。写作的动机，虽主要是：愿意理解教理，对佛法思想起一点澄清作用，然而真正的理念，还是纯正平实，从利他中完成自利的菩萨行，是纠正鬼化、神化的"人间佛教"。太虚大师说"人生佛教"意在对治重死、重鬼的中国佛教；导师则认为天（神）化亦严重影响到佛教发展。真正的佛教是人间的，成佛，即人的人性的净化与进展，即人格的最高完成。对佛法的真义来说，不是顺应的，是自发地去寻求、去了解、去发见、去贯通，化为自己不可分的部分。

回乡之旅

弘一法师在虎跑寺出家后，传说他的日本妻子从上海找到杭州，伤心地责问：你慈悲对世人，为何独独伤我？

更早一些时候，弘一法师就已经在信里回答过她，劝告她：请吞下这苦酒，然后撑着去过日子吧。

自导师从家中走出这一天起，所属的一切人间牵绊，便已从此脱去。

卢家湾的张鹿芹，就这样一去不回了。

子康老师的外祖母再不情愿，也得吞下这苦酒，撑着去过日子。公婆已逝，拖着一对儿女，不知道是怎么熬过来的。苦度了十四个年头，没有盼到丈夫的一点消息，就去世了。

相隔得真是太久了。1993 年底，听到卢家湾的同乡传来的消息，金娥——子康老师的母亲不敢相信自己的耳朵，做梦也想不到父亲居然还在人间。

子康老师见到外祖父写给那位同乡的信，证实同乡所说不虚，同时，似乎也可以得到一个明确的答案：当年，外祖父必定是遁入佛门了；而现在，身体又虚弱多病。在母亲的催促下，迫不及待写了一封长信，苦等月余，收到外祖父写来的第一封信。

"出家六十多年，'家'已在我心中消失，见到你的长函，'家'又在我心中重现。我的离家而去，对金娥与惠生没有能尽教养的责任，尤其是你外婆的内心创伤而又中年去世，我不能不有些遗憾！然依佛法说：聚散无常，受苦或受乐，特别是动乱的时代，谁也是无法预知的，想远大一些吧……"

子康老师一一念出信中所写，不知他的母亲听着又是怎样一种心情。让他们宽慰的是，此后，两边常常通信，导师回家乡来看一次，也渐渐从力不从心，遥遥无期，变成具体的日子。

当这一天终于到来，金娥——子康老师的母亲是最激动最焦急的。九岁前的记忆依稀还在，父亲怀中抱着只有几个月大的弟弟，一边走动着，一边慨叹着："囡囡，乌拉（海宁方言，'我'的意思）是芥菜籽落在瘦地里，发不出芽了！"这时候她总是扯着父亲的长衫，跟着他在屋子里转来转去，转来转去……脑中的父亲，仍是二十五岁的模样，归来的，却已是八十九岁的老法师。且导师已在信中叮嘱过："出家人自有规格。希望大家见到我，叫我'老师父'，不要乱叫爸爸、公公等……"

1994年的9月21日，子康老师陪同母亲、舅舅和舅妈于约定的时间到了海宁宾馆。外祖父——导师，已站在房间里相迎。

坐下后，子康老师的母亲说："相别六十多年了。"

导师说："我今天不就是看你们来了！"

子康老师记得，导师记忆力极好，谈起往事，对自己父亲、母亲的死，祖父等的死都记得清清楚楚。

他母亲提道："你当年说自己是芥菜籽落在瘦地里……"

导师说："这是说当时的境遇不适应我，在这样的境况中我是不行的，我只有出家。"

这天聊了有四个小时。陪导师同行的本源法师告诉子康老师："他今日见到你们，很高兴。"又说导师被称为宋明以来第一大家。学问很高，简直深不可测，再加上天才，几乎没有一个人能接他班……

第二天，子康老师和导师的俗家孙子用轮椅推导师去西山南簏。到了紫薇桥头，导师停下来，看了古桥、唐代经幢，说他小时还有山门，现在不见了。下午导师见了其余的俗家亲人，从儿女辈到孙辈，这么多的人，是当年离家时所想不到的，想起从前，"都不免又喜又悲的"！

第三天，趁着早上的一点时间，子康老师接导师去了自己家。本来导师想不下车了，但还是下车看了看，说房子很好，很整洁，样子与过去差不多。

他们是 9 点半回宾馆的。10 点，导师便启程去杭州了。子康老师和几个家人也陪同一起去了。

看导师的自传，这趟不只回乡，而是大陆之旅，9 月 6 日出发，到 29 日返台，走了将近半个月。去普陀山礼拜了祖庭，巡访了厦门南普陀寺闽南佛学院、宁波天童寺、奉化雪窦寺、普陀山的普济寺、福泉庵，上海的玉佛寺，以及北京的法源寺、广济寺，中国佛教协会会长赵朴初特意从会场中赶来与他相见。碍于体力精神，武汉与四川未排入行程，凡曾与佛法因缘而走过的路又重走了一遍。与其说是怀乡之情，不如说是对甚深因缘的一种珍惜。

在杭州时，导师再三对子康老师的母亲开示，要少愁，不要想过去，不要想将来，管好现在，性子不要急，要开心，要少烦恼。对年轻人不能管得太多，让他们去。临别前，嘱咐他们不要送到飞机场了，有聚总有散，只要大家好就是了，就放心。

子康老师对导师——外祖父——说的最后一句话是："大师多保重，隔几年再来大陆，我们再相会！"

此后几年，子康老师常写信给导师，也常得到导师回信，告诉他："我一生为佛法而探求，从不宣扬自己——求名；写作、出版，也从不为利益着想，只是平凡的度此一生。早几年，（社会科学院研究员）郭朋在他的《印顺佛学思想研究》的《后记》中说：'几十年来，他（我）在大陆鲜为人知——甚至在大陆的佛教界，也鲜为人知。以致在《中国大百科全书》宗教卷的《佛教》里……没有收入印顺法师，这真是一种令人深感遗憾的事。'其实，知道了，大家都知道了，如不能引起对佛法的注意、理解、信仰、实行，对我来说，这是没有多大意义的。"谆嘱他："研学佛法，非仓促能有成就；渐学渐深，乃能言之有物。"

信函往来，提及若身体许可再回乡一次，导师似也有意。然而，直到2005 年，导师心脏衰竭而逝，终没有再回来。

导师是"离了家，就忘了家；离了普陀，就忘了普陀"的人。起初，将心注在书本上；出家后，将身心安顿在三宝中。同参道友、信众、徒众，来了见了就聚会，去了就离散，所记得的，只是当前。导师的心，是只属于甚深的佛法的。导师世寿 100 岁，为佛法走了整整 75 年，从福泉庵出家，到定居台湾经历一场大风波，再到誉为"玄奘以来第一人"，真是一条漫长的道路啊。

记忆与纪念

2016 年，我去洛杉矶，在郡立图书馆找到中文书的区域，朝前走去，第一排书架正中间，且正对着我的正好是导师编著的《杂阿含经论会编》。

我没有悟性，读宗教书像读文学书，不管懂不懂，只要合得上思路就读。导师的著作，最初吸引我读下去的，不过是《平凡的一生》第一页上的一段话：

"静静地回忆自己，观察自己——这是四十八岁以后的事了。自己如水面的一片落叶，向前流去，流去。忽而停滞，又忽而团团转。有时激起了浪花，为浪花所掩盖，而又平静了，还是那样的流去。为什么会这样？不但落叶不明白，落叶那样的自己也不太明白。只觉得，自己的一切，都在无限复杂的因缘中推移……"

这本是导师对自己人生的了悟。

可这种感觉多么熟悉啊。

我以为我也是一片叶子，我也在随因缘起伏流去，不受主宰地向前，向前，等待一个沉下去的地方和时刻。

处境不好，心情低沉，遇事不知如何抉择，想来想去想到没有办法可想，总会记起书中关于因缘的两段话：

"顺着因缘而自然发展。一切是不能尽如人意的，一切让因缘去决定吧！"

"因缘，有被动性、主动性。被动性的是机缘，是巧合，是难可思议的奇迹。主动性的是把握，是促发，是开创。"

反正自己天性被动，做不了开创的事，不如（也只有）等待机缘等待奇迹，不顺归不顺，难过也还难过，却也安心了。

有一年，应该是读完《平凡的一生》之后，去子康老师办公室，我问：都说印顺导师思想高深，不是一般人能了解的，以老师来看，导师的佛学思想核心简单说是什么？

子康老师说：人间佛教，净心第一，自利利他。

后四个字，尤其是后两个字"利他"，意思是知道，可怎么才能做到呢？

我。我。我。做什么，想什么，都有一个我字，挡在前面。

普通人又怎么领会，利他，原是最高境界的利己。

前一阵读稻盛和夫的《心》，发觉，整本书，稻盛先生原来都在讲利他啊！人生的一切都是自己内心的投射；"心"的最深处与宇宙相通；"真我"所发生的"利他之心"，拥有改变现实的力量……

所以，稻盛先生才会如此成功？从一家小公司起家，到创造两家500强公司，七十八岁加入日本航空公司，仅用一年时间就让破产重建的日航扭亏为盈，稻盛先生的秘籍，正是在于利他之心。

所以，在《心》中，稻盛先生一再嘱托：善于保持利他之心吧，尽自己所能行的去行，一切成功都归结于利他之心。

说是这样，凡人被短见和利益所障，要领会"一切法无我"，抱着"为他人尽力，自己的心灵才能得到磨炼"去行事，想想都难啊！

十年间，我也问过子康老师几次，导师是海宁人，是从海宁走出去的，成就又这么大，为什么海宁至今都没有纪念导师的场所？

子康老师每次都答：因缘未到。

这又是一条漫长的道路吧。

今年5月初，听说导师的纪念馆、图书馆已在史山寺筹备起来，我也赶过去瞻仰。

史山寺在城北的史山上，宋代就有，称"神官祠"，也称"显灵庙"，明代改称"潮音院"，据说1941年日军侵华时就毁掉了。现在的史山寺是2004年重建的。

史山虽不高，禅寺依山而建，三幢殿宇屋檐层叠，大雄宝殿高居山顶，下了车，人还在山门外，已能感觉恢宏的气象。一步步拾级而上，两边树木翠绿，清风吹来，又是一种感觉。

纪念馆门外的庭院布局精巧像日式园林。馆内陈列着导师的生平、部分著作和塑像，看布置和材质的选用，既有浓厚的中国味道，又极具现代感。清水混凝土制成的照壁洁净朴素，只简简单单刻着"印顺导师纪念馆"，下午的阳光越过走廊斜照上去，好像导师就隐在这几个字里似的，望着，不觉站了好一会儿。转到背后，又看到那段流水与落叶的话：

"我如一片落叶，在水面上流着，只是随因缘流去。流到尽头，就会慢慢地沉下去。人的一生，如一个故事，一部小说，到了应有的事已经有了，可能发生的事也发生了，到了没有什么可说可写，再说再写画蛇添足，那就应该搁笔了。幼年业缘所决定，出家来因缘所发展，到现在还有什么可说呢！"

这段文字出于自传的最后一章，和第一章的落叶流水遥相呼应，既是全书的结语，也可以视为导师自撰的墓志铭。刻在此处，再恰当不过了。

图书馆紧邻纪念馆，"印顺导师图书馆"的匾额，是台湾福严佛学院院长释长慈题写的，还没有挂起来。馆里分成两部分，进门处是普通阅览区，七八张长条桌，坐得下数十个人，架上的文史哲类及通俗读物也比较适合大部分人阅读。往里，占据一整面墙的书架上，导师编著的佛学书籍整整齐齐排列着，真如一座大山一样高不可攀。

导师的全部著作是：《妙云集》24 册；《华雨集》5 册，《印度佛教思想史》等 10 部 12 册，计八百万言。或许还不止。

这些书当然全都可以拿下来读——实在没有心力全都拿下来，那就遵从导师的建议，在《妙云集》中有选择地先读《佛在人间》《学佛三要》两本，再读《佛法概论》《成佛之道》，那就知道契理契机的"人间佛教"了。

这个区域也放置了书桌。不过，最吸引我的还是书架边的落地大玻璃窗，引入光线的同时，也把室外的山景引了进来。窗前精心地摆放着茶桌、蒲团，进来的人尽可以坐下喝茶，看书，看窗外，是个来过了还想再来的地方。

导师在《中观今论》中解释过为什么智慧与慈悲为佛法的宗本。"自私本质的神我论者，没有为他的德行，什么都不过为了自己。唯有无我，才有慈悲，从身心相依自他共存、物我互资的缘起正觉中，涌出无我的真情。真智慧与真慈悲，即缘起正觉的内容。"

站在尚未全部完工的图书馆里想到这段话，又有了不一般的感觉。引我来此的，又是什么样的因缘呢？当下无语，心里却生出一个强烈的愿望：愿我，也愿走进史山寺，走进纪念馆、图书馆的人，都能，都能熏染到一点导师所说的真智慧与真慈悲才好。

原载《江南》2021 年第 5 期，《散文海外版》2021 年第 11 期转载

房　屋（外一篇）

陈忠祥

　　小时候，我们家的房子是全村最大的房子。我们这个村子叫陈家门堂，而陈家门堂就是我们家的房子。它的结构是这样的：前面是一堵高十五、六米，宽三十余米的烽火墙。正中出一对大墙门，每扇墙门大约高三米、宽一点五米左右，墙门的木质叫不上名来，十分重实，经过上百年的风吹雨打，它依然很坚实。接着烽火墙，东西两边各两间厢房。厢房后面，是五间正厅，大门两旁，全是落地雕花堂窗，窗格镶嵌着各式各样的贝壳，古色古香。大厅中间的两根柱子，非常粗大，一个大人环抱不住。厅堂大概与烽火墙差不多高，十分气派。椽子上面铺的是描花面板，上架瓦块。大厅的东西两旁，各是两进房间。

　　陈家门堂一共住着三户人家，东边两户，西边就是我们一家。东边两家都是富农，我家却是贫农。陈家门堂不是父亲的祖基。父亲年轻时，穷困潦倒，家徒四壁，讨不起老婆。陈家门堂这份人家死了儿子，父亲是顶头子，入赘到他家的。后来，这家的媳妇也死了，父亲才娶了母亲。

　　古往今来，婆媳之间总是要有口角的。在我五六岁的时候，祖母和母亲不知为了什么发生了争吵，而且吵得很凶。父亲特意从上海赶了回来，他两边都陪笑脸，无论哪一个向他诉苦，他听得都有耐心，不断地点头，让她把苦水倒完，然而进行规劝。记得就是在那天夜里，母亲对父亲说："她又不是你亲生娘，你用得着待她这么好？"父亲突然之间翻了脸："阿忠娘，你要拎得清，做人最根本一条是要讲良心。在我最困难的时候，她认了我这个儿子，给了我这个家，她就是我的亲娘，我怎么能不对好呢？"父亲的喉咙很响，样子很凶。看到父亲发火了，母亲也就不作声。

　　第二天，父亲带我出去钓鱼。在池塘边，"儿子，你也是一个男人家，等你长大了，千万要记住，男子要时刻准备做出气筒，吃夹板。"我傻傻地看着父亲，不知说什么好，因为年幼的我，听不懂他这话的意思。

看到我这呆瞪瞪的傻相，父亲这才明白，我还是一个不谙世事的孩子，还不足成为他交流的对象。但他心有不甘，也许这时，他的心情太需要宣泄了，他问我："儿子，奶奶和妈妈，哪一个人好？""都好"，我说。"聪明"，父亲用赞许的目光看了我一眼："她们两个人吵架，爸爸应该帮谁？""这……我不知道"，我说。

"爸爸谁也不能帮，你看，一个是爸爸的妈妈，一个是爸爸的老婆，她们两人都是爸爸的亲人。爸爸只能两边和稀泥，她们有气，爸爸就当他们的出气筒，气出完了，她们就好了。奶奶和妈妈吵架，她们两人一人是一块板，爸爸就夹在中间，她们在气头上，爸爸被夹得最痛也得忍着，等到她们也感觉到爸爸痛了，不忍心了，事情就过去了。男人家是一户人家的顶梁柱，任何时候都不能有偏向，所以要和稀泥。但正因为是顶梁柱，关键时刻一定要坚持原则，像昨天夜里，你妈妈说的话是不对的，所以爸爸要批评她。"

父亲说了一大通，听得我云里雾里，一知半解。但今天回想起来，父亲的家庭男人论，十分到位，甚至可以说是经典。也许，正因为父亲既坚持了原则，又和好了稀泥，当好了出气筒，祖母和母亲的关系得到了很好的改善。祖母晚年，患了不治之症——乳腺癌。她在母亲的悉心的照疗下，十分安详地在和谐的家庭气氛中走完了自己的人生之路。

房子是人们的居所，往往主人对他所居住的房屋，以及一切与他的住所有关的人们态度，恰恰正是他对人生的态度。奶奶过世后没几年，一九六一年夏季一天，由于邻居女主人不慎失火，陈家门堂遭受了灭顶之灾，一时之间化为灰烬。那天午后，母亲哄四岁的小妹和一岁的大弟睡熟了，正在田野里割羊草。当她看到自家的房子上空乌烟滚滚，烈火熊熊，连忙飞跑回家，一头窜进火海，她两只手一只手一个孩子，抱起就火速住外面跑，母亲两脚刚刚跨出房子，只听得轰隆一声，陈家门堂整座房子倒塌了。

父亲当天夜里从上海赶回了家。夜，已经很深了，乌云时不时遮掩月亮，月光惨淡苍白。站在一片狼藉的废墟上，母亲痛哭流涕，泣不成声。父亲沉默无言，一声不响。哭了一会，母亲咬牙切齿地对父亲说："要他们赔，是他们惹的祸呀！"

"赔"父亲轻轻地摇了摇头："他们家也全部烧光了，叫他们用什么来赔呀！"

"那今后的日脚我们怎么过啊！家里什么东西都烧光了，全家七口人，两个大人，五个小人，吃，没有粮食；穿，没有衣服；眼目前，最最要紧的，我们存身到什么地方去。"说着，母亲又失声痛哭，一屁股瘫坐在地上，"老天，作孽啊！"

"阿忠他娘"，父亲一把拉起母亲，"我们的家当没有全部烧光，你不是救出了两个孩子吗？房子、衣服、粮食烧光了不要紧，孩子们才是我们家的最大财富。留得青山在，不怕没柴烧，衣服没有了，可以缝；粮食没有了，可以买；房子没有了，可以造。"父亲的话，给了我们信心，让全家人看到了希望。

第二天，父亲向他的一位远房堂兄借了一间房子，把我们安顿好后，就匆匆回上海了。从此，我们一家人便在苦难中挣扎着，常常是吃了上顿无下顿。灾后的那年春天，青黄不接，家中实在揭不开锅了，母亲要我出去向别人借点粮食，因为她几乎向村子里所有人家都借过粮食了，实在无颜再向他人开口了。"我不去"，我对母亲说。那年，我十二岁，人虽小，懂事了，这两年自然灾害，谁家的日子也不好过，该借的都借过了，我们还能向谁家借呢？所以，我不愿意去。

"你这个小鬼，叫你做这点小事情都不高兴，我白养你了。你到底去不去？"母亲一把拎住了我的耳朵："去不去？"

"不去！"我犟着头。

啪啪啪，母亲连续在我的屁股上打了三下："你不去，我打死你！"

"妈妈，你不要打小阿哥"。这时，五岁的小妹抱住了母亲："妈妈，我再也不喊肚子饿了，我不吃饭了。"听了小妹这番话，母亲抱起小妹，一只手搂着我的头悲泣痛哭。我也哭了，全家人都哭了。

"孩子们别哭了，你们看，爸爸给你们带来了什么？"这时，父亲奇迹般地出现在我们面前。他放下肩上的口袋，我给你们带来了白米，等一会你们就有白米饭吃了。"阿忠娘，都怪我，收到你的信没有及时赶回来，让你和孩子们吃苦了。"说完，只见他背转身，用手擦了一下眼睛，等他再回过身，细心的我，还是发现了他眼角的泪痕。可想而知，他也看到了刚刚发生的那一幕酸楚的场景，他也哭了。

这一天晚上，我们全家人围坐在一起，美美地吃了一顿许多年都不曾吃到过的白米饭。但是父亲没有吃，他说白米饭他在上海有得吃，他只吃了一个榆树糰子。父亲的这句话，今天回想起来仍让我感到心酸，要知道，这袋白米是他硬从牙缝中省下来的口粮，他在上海从来没有吃过一顿白米饭，他要把这细粮省下来给儿女们吃呀！

父亲在我们这些个儿女们的心目中，永远是英雄，因为他会不断地创造奇迹。火灾后的第二个春天，一天他从上海回来，同时还运来许多木材、砖块、瓦片。夏天，在陈家门堂的废墟上，一幢三间瓦房竖了起来。这是父亲给我们造的新房子，是我们的新家！

火灾后，母亲为了操持这个家，劳累过度，得了支气管炎扩张症，吐血不止。得知这一消息，父亲又马不停蹄地从上海赶了回来。这天，父亲带母亲到上海看病。在硖石上火车后，一坐下，父亲便呼呼地睡着了。他太累了。睡梦中，他被一阵悲痛的哭声惊醒。

原来这时从王店上来一对老夫妻，他们也是到上海看病，在上火车时老太太身上的钱，被小偷偷了。好在他们小心，看病的钱分开来放在两个人的身上。现在老太太身上的钱被偷了，看病的钱可能不够了。老太太哭着说，到上海还要住旅馆、吃饭，钱不够，老头子的病看不成，叫我怎么办呀？

父亲弄清事情的来龙去脉后，从自己的座位上站了起来，对老太太说："大嫂，你不要哭了，来，你和大哥挤一下，先在我的座子上坐下来。事情既然出了，我们慢慢再想办法。"说着，父亲看了母亲一眼，"大哥、大嫂，你们看这样好不好，你们到上海后的吃饭、住宿，我帮你们解决，我在上海有房子。"

这对从王店上来的老夫妻做梦也想不到自己会遇到这样的好心人，他们简直不敢相信，一个与他们素不相识的人会这样帮他们。父亲看出了这对老夫妻心中的疑问，笑着对他们说："放心吧，大哥、大嫂，出门在外，谁都会遇到困难，乡里乡亲的，帮你们一个小忙，应该的。"

于是，在上海火车站下了火车后，父亲和母亲，带着这对老夫妻来到北京西路张家宅六十四号，吃了饭，过了夜。第二天，到医院，父亲在给母亲挂号的同时，也帮着给这对老夫妻挂了号。看完病，老两口回嘉善的车钱没有了，父亲垫钱给他们买了车票，并且把他们送上了火车。老夫妻俩千恩万谢。

对于父亲这个举动，母亲十分生气。老两口在时，碍于情面，母亲不好发作，待他俩一走，母亲便向父亲开炮了："算你上海有房子，了不起，从来不认识的陌生人，也要请他们住。"

"他们不是碰到难处了吗？房子空在哪里，二个人是住，四个人也是住，又不伤脾胃。"

"那你贴钞票帮他们买火车票呢，"母亲越说越气急，"难道你不清楚，我们家现在穷得叮当响，欠债满身高吗？我不知道你是怎样想的，都到这步田地了，你还心思倒贴铜钿管闲事。"

"唉，阿忠他娘，你这话说得不对，这怎么能说是闲事呢？那我家遭遇火灾，亲戚、朋友、邻居，以及我们工厂的同事，他们捐钱捐物，难道他们也是管闲事吗？同样是遇到了困难，只不过困难大小不同。"

听到父亲这样说，母亲不作声了。

"好了，阿忠他娘，不要再生气了，生气对你的身体不利，这件事怪我事先没有跟你商量。但有一点，你必须跟我一样教育我们的孩子，在世为人，必须积善荫德。因为好心人才有好报。"

茶　缸

20世纪70年代末期，"文化大革命"虽然结束了，但当时还处于计划经济时代，购买日常用品都要凭票证。那时，我已从部队复员回家，找好了对象，准备结婚。父亲为了我的婚事，有好几年的票证舍不得花，结存了起来。

这一天，我带着未婚妻来到上海，购买结婚用品。因为票证还在父亲手里，我们就赶往浦东，到了上海缝纫机三厂。下午三时，还没有到下班时间，我们找到了烘漆车间。经人通报，父亲出来了。

要不是自己的父亲，我肯定是认不出来的。此时的他，穿一身油漆斑驳、铁锈累累的工作服，十分邋遢。未婚妻在我的耳边悄悄地问道："他就是你的父亲吗？"我非常尴尬地点了点头，是啊，眼下父亲的形象实在不敢恭维，此刻他走在大街上，谁都会以为他是一个要饭的乞丐，根本想不到他会是一个在大上海工作的高级技工。

"阿忠，你们来了。"父亲说着，朝未婚妻笑了笑。

"嗯，爸爸。"我快步迎上前去。"爸爸，你身体不好吗？"我看着脸色憔悴、身体消瘦的父亲问道。

"不,爸爸的身体蛮好。"父亲说着,捧起他刚才随身带出来的那只白色的大搪瓷茶缸,咕咚咕咚,喝了大半茶缸水。喝罢,他用工作服的袖子揩了一下嘴巴,难为情地笑了笑:"嘴巴干。"

"爸爸,你们的工作很累吗?"

"不累,不累,还好。"父亲似乎在掩饰什么,便岔开了话题:"现在离下班还有三刻钟,我还要回车间做生活,你们在外面等我一下。"说罢,他便顾自进了车间。

父亲下了班,将我们带到他的宿舍。父亲的宿舍里一共住着四个人,除了父亲,还有父亲的师弟唐叔叔和其他两名工人。看得出来,屋子由于长年没有女人在旁帮着收拾,显得杂乱无章,每个人床上的被褥都没有折叠整理,胡乱地堆放在床上,脱换下来的脏裤衩、臭袜子,扔得到处都是。特别是他们床上的蚊帐,每一顶都是蜡黄蜡黄的,大概都是被烟熏的。

看到父亲领着我和未婚妻进来,唐叔叔手忙脚乱地收拾着东西,说:"阿忠,你来了,快请坐。"

父亲刚安顿我们坐好,便又拿起床前桌子上一只和车间里那只一模一样的搪瓷茶缸,咕咚咕咚喝了一气。

爸爸,你怎么这么渴?我问父亲道。

听到我的问话,不知怎的,唐叔叔停止了手中的活计,既严肃,又温和地对我说:"阿忠,你有福气啊,有这么一个好爸爸。你要知道,你爸爸这不是因为口干才喝水,他这是在用开水充饥呀!平时,他没有一天吃饱过,干的又是重体力活,每当肚子饿了,他就吃开水填肚子,这样的茶缸,他每天要喝十多茶缸开水。节粮缩食,他咬紧牙关,省下自己的口粮,为了补给你们这些儿女们呀!"

"爸爸……"唐叔叔的话,犹如一颗炸弹在我的耳边炸响,我呆住了。

"阿忠,不要听你唐叔叔瞎说,没有的事。"父亲否认道,说着,把话题扯开了:"诺,这是我给你们准备的布票、工业券,还有侨汇券。"

"侨汇券,侨汇券是什么东西?"我问父亲。

侨汇券是外国人和华侨在华侨商店里用的一种证券,用它可以买一些中国人买不到的紧俏商品。未等父亲回答,唐叔叔抢着接过了我的问话:"为了这些侨汇券,你爸爸已经好几年不抽香烟了,他用省下来香烟票同人家调换了这些侨汇券。"

这时，我才发现父亲现在抽的是烟丝，我感觉到此刻拿在他手里的那只烟斗是那么的重实，"爸爸，你为了我们……"我语塞了，眼眶里盈满了泪水。

看到我这个样子，父亲在我的肩膀上轻轻地拍了一下，"这有啥，爸爸烟瘾大，吃香烟嫌不杀瘾，所以才改抽烟丝的。"

说到这里，父亲站了起来，对我说："走，我们回家去。"

从浦东杨思桥到浦西北京西路张家宅，要换三辆车子。一路上，我们谁也没有说话，只是默默地下车、上车。等我们跳上最后一辆电车的时候，夜幕已经降临了，大街上灯光灿烂，只是电车里的灯光有些暗淡，透过昏暗的灯火，我发现父亲苍老了，才刚五十岁的他，头发几乎已经完全花白，背也驼了，脸上全是皱纹。望着父亲那佝偻的身影，回想起唐叔叔在父亲宿舍里说的那些话，我的心里涌上来一种别样的滋味，是酸楚、是痛惜，还是甘甜？我说不上来。

在北京西路、新闸路口，我们下了车。父亲说："我们去吃夜饭吧。"说着，便领我们到了路口的爿小饮食店，点了三碗肉丝面。我拨好了三双筷子。

就在我们等面不长的时间里，父亲接连喝了四、五茶缸水，尽管店里的茶缸没有父亲的茶缸大，但量也够大的了。看到父亲这个饥饿样，我强忍着心痛，问父亲："爸爸，你肚子饿了吧？"

"不饿，不饿。"父亲说。

来哉，肉丝面三碗。就在我们说话的时候，店里的跑堂端上了三碗热气腾腾的肉丝面，面条上面的肉丝虽然没有几条，但它和玉色的榨菜、红色的辣椒丝拌和在一起，油滋滋的，色彩十分诱人，随着一阵阵香气扑鼻，叫人食欲顿开。

"来，爸爸，我们吃。"我将一双筷子递给父亲。

不想，父亲非但没有接我的筷子，反而把他面前的那碗肉丝面推给了我，说："阿忠，你年纪轻，肚皮大，一碗吃不饱的，这碗面你吃。"

"那你呢？"我做梦也想不到父亲会有如此举动。后来才明白，一碗肉丝面，对有的人来说，也许算不了什么，但对一生省吃俭用的父亲来说，它已经是奢侈品了。然而，面对自己的儿子，他有什么舍不得的呢？

我回家去吃，家里有冷饭。父亲说完，站起身来，头也不回就走了。

望着父亲渐去渐远的身影，未婚妻眼睛里的泪珠扑簌扑簌地掉了下来。

等我们吃好面条，回到张家宅六十四号，父亲正在吃泡饭，就着几根萝卜条。待父亲吃好，我们聊了一会家常，就睡了。

睡到半夜，我被一阵窸窸簌簌的声音惊醒。翘起头，只见睡在地板上的父亲，爬了起来，捧着茶缸又在大口大口地喝水。

看到此情此景，我也哭了。我拼命用毯子遮盖住自己的头，生怕自己哭出声来，吓着了父亲。

原载《莽昆仑》2021 年第 2 期

考古的快乐

柴伟梁

考古是苦并快乐的工作，也是一种别样的生活。20 世纪 90 年代，我参加过几次新石器时代良渚文化遗址的发掘，至今记忆尤深。

考古的苦众说皆知。一是考古周期长。一次考古发掘短则一两个月，长则半年甚至更长时间，家里照顾不到，来回奔波疲劳。二是每天工作时间长。常常早晨六点多就开始工作，到晚上六、七点才收工，中午简单吃个饭，没有午休时间。三是野外挖掘条件艰苦。太阳是"亲密的伙伴"。一位老师隔了一个多月回家，家里小孩都不认得他了，对着他"哇哇"大哭。四是清理墓葬很辛苦。这是个精细活、是练蹲功的活，一般要经过清理、拍照、绘图、编号、提取器物等程序，容不得半点差错，把珍贵的器物弄坏就是罪人了。

但是，考古除了苦，剩下的就全是快乐了。

考古最大的快乐是发现一个高规格的墓葬。良渚文化遗址的墓葬出土的器物主要有玉器、石器和陶器等，虽然这些器物尽归国家，但第一时间能看到也是一种享受，清理的时候更是倍觉自豪和神秘。想想四五千年前的先人们怎会有如此智慧和精美工艺？这些玉器的材质又来自何方？记得 1995 年在发掘海宁市郭店镇佘墩庙遗址的时候，发现了一个豪华墓葬，我们既开心又紧张，开心的是发现"宝"了，紧张的是担心墓葬晚上的安全，因为当天是清理不完的。我们加派了保安通宵值守。当时我是这样记录的：

1995 年 6 月 11 日　因为昨天快收工时发现了一只大墓，所以早晨 6 时就起来清墓，是 T5 坑内的 M12 墓。大致清理后感觉此墓规格较高，是这次发掘以来最富有的一个墓，我们那个高兴啊激动啊！墓中共有 3 块玉璧（其中 2 块较大）、1 件耘田器、2 块纺轮（为良渚墓葬所少见）、30 多颗玉珠、8 块石钺、4 件陶器、几个玉坠和 1 个双鼻壶等。

此墓的发现惊动了浙江省文物官员和专家。早晨10时许，省文化厅副厅长、省文物局局长、省考古所所长等都来看出土的器物，海宁市的分管副市长陪同前来。

昨天，（省考古所）领队刘斌老师有些紧张，怕晚上出事；今天，他开心了。

其次，考古的快乐还在于暂时不用过单调和规矩的生活。其时，我从杭州大学历史系毕业分配到海宁市博物馆不久，心里有些落差，待在办公室既苦闷又无聊。野外考古让我有了一个相对自在的新天地，可以享受清风、享受淋雨，可以仰望蓝天、注视大地；而且，考古让我重温了大学时代的集体生活，除了带队的老师年龄稍长，大多是刚大学毕业或省考古所聘用的年轻人。在下雨天停工或晚上休息的时候，我们一起打牌、聊天，或者冒着小雨去摸鱼、抓黄鳝。当然，最让我们难忘的是请来的阿姨烧的红烧肉，真真香酥可口。那以后就没有再吃到那么好吃的红烧肉了。以下是我《考古笔记》中的一段，很有时代感（没有手机的生活）：

1995年6月21日　早上6时起床，天上下着小雨，知道今天干不成了。吃过早饭后一直看书——《大众生活》《江南警察》。他们几个在那儿看录像，我不想看，和人打牌。打到吃中饭，大赢，开心得很。饭后先听浙江文艺台的"岁月淘金"，是谭咏麟、梅艳芳、杜德伟等一些老歌星的歌，很棒；之后看了一本录像——《中国霸王花》，较滑稽。晚上接着打牌。9时许，在辛晓琪的歌声中入睡，在金乌龟（一种昆虫）的嗡嗡声中入睡，在红烧肉的余味中入睡。

再则，考古的快乐产生于和当地村民的接触和交流，他（她）们身上的单纯和快乐感染了我们。一般良渚文化遗址发掘，上面都会有50厘米左右的表土层，这部分的泥土需要当地农民协助挖掘。在1993年4月海宁市狮岭乡大坟墩遗址发掘的时候，我记得和挖土大妈们有如此的对话：

我："你们几个名字中都有一个'宝'，真是'活宝'挖'死宝'啊！"

大妈们笑着："是的，我们都是'宝'；不过，有一个不是'宝'。"

我问："哪个不是？"

大妈们指指一个50多岁的女子。

我问："她姓什么？我来给她取个带'宝'的名字。"

大妈们说："她姓金。"

"噢，金元宝。"我不假思索脱口而出。

大妈们大笑，说："你这个柴草人，草包（宝）！"

有一天，我发现有个七、八岁的小女孩在我们工地上玩，她红红的脸惹人喜爱。太阳出来了，我们躲到桑田里，小女孩依然坐在探方边晒太阳。我们叫她，不理我们，像一个小小的思想者。一会儿，她在探方边上挖泥巴；一会儿，又跳跃着去河边的芦苇丛中采芦苇尖。她独自行动，自由自在。我想，在她的心中，可能只对大自然感兴趣——结实或疏松的泥土、河边的鲜花或芦苇……从她这儿，我看到了可爱的童年，是那样无忧无虑，"没心没肺"。

大坟墩遗址发掘的现场主持是省考古所的赵晔老师。赵老师后来还专门写了一篇《海宁考古回眸》，记录他自 1988 年始在海宁参与或主持的几次发掘及他在工作、生活、爱情上的美好回忆。最近，听说赵晔老师还依然带队在海宁发掘——几十年如一日，实在是太厉害了。我想，他本就黑黑的脸庞可能更黝黑了吧！

原载《钱江晚报》2021 年 8 月 15 日

人的黑暗秘密

柴伟梁

人都有秘密，秘密大多和人的黑暗面相关。

意大利电影《完美陌生人》（韩国版名为《完美的他人》、国产版名为《来电狂响》）是典型的展现秘密的影片，焦点对准现代人须臾都离不开的手机。影片讲述几对看似和谐的夫妻朋友在聚餐时提议用手机免提听电话或短信，从而使每个人的秘密一一浮现，有同性恋的、有出轨的、有长期和异性调情的……人性的黑暗面和中年危机充分展现。在影片的最后，出现展现影片主题且耐人寻味的一行字："人有三种人生，对外的人生、个人的人生、隐秘的人生"。

《八美图》是一部法国歌舞片，色调艳丽，却也是一部悬疑片。影片中的男主人半夜遭人刺杀，引起他家里的八个女人相互猜忌并揭露各个人的隐私和黑暗的想法——母亲为了保住股份不愿意帮助儿子、妻子正准备和丈夫的合作伙伴私奔、妹妹想尽办法从哥哥这儿拿钱……而这些女人隐私浮现的同时也揭露了男主人的隐私——和保姆有染、和女儿乱伦等乱七八糟的事。其实，男主人是假装被杀，八个女人的所言都被他在门后听到。之后他感到失望、恐惧和羞愧，从而真正的自杀身亡。

美国电影《一个小忙》讲述的是斯蒂芬妮偶遇艾米丽，两人迅速成为朋友。斯蒂芬妮在某一天帮艾米丽接儿子放学后，后者却离奇失踪。影片展示了两位女主角的秘密，从斯蒂芬妮和艾米丽的一次对话露出其中的端倪，斯蒂芬妮说："我没有你想象的那么好，每个人都有他的黑暗面，有的人更擅长隐藏而已。"斯蒂芬妮的秘密——她和同父异母的哥哥乱伦并生下孩子，导致她丈夫愤怒驾车和她哥哥同归于尽。斯蒂芬妮在"播客"中说："艾米丽有她的秘密。"艾米丽的丈夫肖恩也说："我妻子是个谜一样的女人。"穿着时尚的艾米丽的秘密是：她是个杀父杀姐的凶手，而且利用杀死双胞胎姐姐骗保。

日本电影《大空港 2013》是一部喜剧片，讲述了因航班延误，鹤桥一家三代数口人滞留在松本机场而发生的故事。机场的地面值勤大河内千草为他们一家人提供服务，无意中听到家庭成员中的一个个秘密，别人看似和美的家庭其实已有种种的裂痕。影片最后千草说："这个家里的每个人都在做某件不好说出来的事，不过为之撒谎的根本原因是为了维护这个家。"据说这是一部一镜到底的影片，在喜剧元素下隐含着人性的灰暗和生活的无奈。

西班牙电影《看不见的客人》是一部深受大家喜欢的悬疑片。男主多利亚和摄影师劳拉有婚外情，这是他的第一个秘密；多利亚和劳拉在幽会回来的路上不小心碰撞丹尼尔的车辆并导致丹尼尔昏迷，他们选择不报警而把未死的丹尼尔和他的车一起沉入湖中，这是他的第二个秘密；劳拉受不了精神压力，想去自首，多利亚杀死劳拉却嫁祸于人，这是他的第三个秘密。多利亚在律师的帮助下一直对警察说谎。最后，是丹尼尔的父母运用他们坚韧和聪明让多利亚说出了真相。

还有很多电影也揭露了各种各样人的秘密：如美国电影《马斯顿教授与神奇女侠》讲述了"神奇女侠"创造者马斯顿教授私生活的秘密，同样是美国片的《聚焦》揭露了天主教堂的主教们长期猥亵孩子的秘密，西班牙电影《黑暗面》展示恋人间的小心眼和黑暗面，国产电影《秘密访客》中 5 个家庭成员间各有秘密又彼此伤害。韩国电影《白夜行》、丹麦电影《狩猎》和法国电影《登堂入室》则提醒我们，孩子们也有他们的小秘密和阴暗面……

在生活中，人总是突出他的阳光面，展示他的优点和微笑。但是，人都有秘密，都有黑暗面，程度不同而已。因此，该类题材为电影人关注，也更会引起观影人的兴趣。该类影片通过各种表现形式揭示黑暗的秘密，展现文化，直击人性。让我们从中拷问自身的行为，继而思索人性的多面性。同时，影片也提醒我们："我们不要轻易玩这种游戏（指手机免提让大家都能听到），因为我们的关系是脆弱的，每个人都是"（出自《完美陌生人》男主所言）。

原载《南湖晚报》2021 年 6 月 6 日

每辆汽车下面都躲着一只猫

柴伟梁

（一）

我们小区里的猫都来越多了，但居民们似乎并不讨厌它们，除了它们叫春的时候。

有一次，我清晨起来跑步，偶然发现，一只猫躲在汽车下面。伏身一看，旁边的汽车下面，几乎都有一只猫。它们静静地蹲伏着，不声不响，互不干扰。

猫太可爱了，肉鼓鼓的身子，圆圆的脸，透亮的眼睛，尖尖的耳朵，几根横着的胡须。一副懒洋洋的样子，却充满灵性。

猫躲避人，又依赖人。在我们傍晚散步的时候，猫远远地看见我们走过去，就怯怯地跑开了。胆子大一些的，朝你"喵喵"地叫几句，"萌萌"地看着你，似乎在跟你说："我没有恶意，只是想生活得好一点"。

小区里有很多好心人，经常把家里吃剩下的饭菜或者猫粮用简易餐盒盛着，放在路口，让野猫来吃。

小孩子们更喜欢猫了。邻居的小孩对我说："叔叔，叔叔，昨天晚上我做了一个梦，梦里看到好多猫在前面跑。我追啊追，总追不上。我哭了，我的眼泪变成了一只只小猫。我抱起了其中最美的一只，太好玩了。"

在梦中，温岚《胡同里有只猫》飘过，一如以往的温柔。

（二）

猫的种类很多。按国别分，有美国猫、英国猫、波斯猫、暹罗猫、国产猫等，按品种分，有短毛猫、狮子猫、加菲猫、布偶猫、中华田园猫等，贵的数万、数十万，便宜的免费赠送。珍贵品种都关在家里，常常洗澡，睡沙发和床；野外放养的大多数是田园猫，靠自己舔毛，随便找个地方睡觉。

我们家的猫叫"卡米"，是最常见的中华田园猫，和我们的身份相符。我们时常和"卡米"对话，它会回应。我们出去散步，它喜欢跟我们一段路。回来的时候，它不知从哪里窜出来，自带音箱。晚上，我们在客厅里看电视，它会用前腿抓着窗棂，隔着纱窗跟我们"讲话"，大意是要求我们放它进来。它害怕孤寂。

去年，隔壁邻居买了一只英国短毛猫。"卡米"很想跟它交朋友，英国猫似乎也有此意。"卡米"总想着进邻居家去和它玩玩，尝点儿高贵的食物，可苦于门窗紧锁；英国猫也一直盼着主人放它出来，但邻居主人不让，怕感染到"卡米"身上的细菌。它们俩常常隔着双层玻璃面对面蹲着，相互凝望，半天不说话。

今年春天，"卡米"终究耐不住寂寞，找了一只和它身份一样的田园猫作朋友。它们一起嘶叫，一起玩耍，一起打滚。我们给"卡米"喂猫粮，它朋友耐心地看着"卡米"吃。"卡米"每次都会剩一点给它，尽管不多。一会儿，"卡米"又跟我们要，表示还没吃饱。

"卡米"怕狗，但也想跟狗交朋友。有一次，我们去散步，"卡米"一起走，时前时后。突然，一只狗冲过来，"卡米"来不及多想，就迅速爬上最近的一棵树的树尖。那狗盯着树上的"卡米"，"汪汪汪……"。我们把狗赶跑，"卡米"还是惊魂未定，不敢下来。可是——我后来惊人地发现，等到"卡米"和那只狗熟了，狗就有点儿怕它了，或者会让着它了。

也许猫像女人，狗像男人。

（三）

猫很聪明，它很久很远也能找到回家的路；猫也很笨，拨不开一扇留有一条缝的门。猫很坚强，南方再冷的天它都能扛过去；猫也很脆弱，常常无力去抚养一窝的小猫。猫很柔情，讨吃的时候它极尽妖娆之声；猫也很无情，吃饱了就不再理人。

对于猫，我们还有很多不懂。比如：猫与猫之间是通过猫语交流吗？国产猫和外国猫通语言吗？猫们晚上真的很老实的都在睡觉吗？还是常常在黑暗中跳舞？猫爸都是无情的吗？会不会和猫妈一起抚养小猫？野猫们晚上睡在哪里？用什么来取暖？猫和狗能交流吗？它们会不会一起探讨未来？猫眼中的人类是怎样的存在？它们窥视了多少人类的秘密？

　　还有，你以前也许不知道——在凌晨的时候，几乎每辆汽车下都藏着一只猫，那里既安全，又温暖。

原载《嘉兴日报》2021 年 7 月 9 日

志摩　我不愿打搅你的梦

孙亦飞

一

人生有梦，志摩有梦，他一生充满了理想和爱情的梦。

"轻轻的我走了，正如我轻轻地来，挥一挥衣袖，不带走一片云彩。"跨进徐志摩故居，看到重新装修一新的展厅时，我不由得想起徐志摩那影响了几代青年人的诗。

徐志摩的故居在浙江省海宁市硖石镇干河街 38 号，那幢西洋别墅外墙青砖叠砌，灰浆嵌缝，不用任何的涂料，更不用瓷砖贴粘，只是那墙面上镶嵌的几条黄砖，显得非常的亮丽，使别墅增添了立体感。别墅原先是诗人徐志摩和原配夫人张幼仪的婚房，这对诗人与才女的完美结合，风靡了不知多少俊男靓女，几乎是成为全国一大新闻。海宁因为他父亲徐申如的功绩，硖石成为沪杭铁路的必经之路，便携的交通让不少人走进了海宁，徐申如的影响力将海宁硖石与铁路联系到了一起，让海宁硖石成为中国铁路的枢纽尤其是沪杭线上的一条彩练。而因为徐志摩的诗，让世界知道了海宁，而海宁因其物杰地灵文人辈出，百里钱塘江潮滔天的名声犹如那诗歌飞扬在外，使得这个在杭州与上海中间的一个江南之乡充满了神秘的色彩。这一点或许徐志摩他生前并不知道也没意识到。

走进徐志摩的故居，面对徐志摩那栩栩如生的照片，我的内心涌现一种莫名的激动，是一种对诗人为我国新诗发展作出贡献的敬佩，是一种对诗人其短暂人生的惋惜，还是对诗人内心丰富情感世界的赞叹，我不知道。在那种令人窒息的空气中，他摆脱了苍白的文言，用叛逆的心大胆地运用白话，开创了诗歌白话时代，给现代新诗引领了发展的方向。这就是徐志摩短暂人生所留下的永恒的文化财富。

徐申如用智慧用两条铁轨将海宁与上海、杭州相连，由此而融入中国的铁路运输网络。而徐志摩用内心情感的诗歌文化让海宁影响了中国，"挥一挥衣袖"飞越到了大洋的彼岸，成为西边的云彩。由此我想说：志摩，你的影响不亚于父亲。

我曾经学习过中国现代文学课程，都是说徐志摩是中国新诗《新月》杂志的创始人，是中国资产阶级新诗的开山斧，这种定论虽然打上了时代的烙印，具有政治色彩，但确也客观地肯定了徐志摩在中国诗坛上的作用。而今已经淡泊这种政治色彩的诗坛里面已经是硕果累累，人的心和魂能自由地飞翔在字里行间，不能不说是文人的一种幸运。

墙壁上那幅以海宁东山智标塔为背景的徐志摩人物油画，是海宁画家杨涤江先生的力作，他研究了徐志摩的生平和生活，特别是徐志摩漂洋过海到英国剑桥大学读书的过程，经过认真的构思而确定了主题：徐志摩站在池畔，身后的拱桥和寺庙轮廓清晰相得益彰，海宁东山上树木郁郁葱葱，智标塔在蓝天下高耸入云，一种热爱生活追求爱情的生活情感和思绪荡漾在他的脸上，自信中显现着一丝丝的忧郁。

对于徐志摩的人生，是一种令人回肠荡气的爱情宣言，是一种枷锁桎梏的无奈，抑或是一种诗人浪漫不羁的风流倜傥，或许以仁者见仁，智者见智的品头论足，谁都会有各自的看法和说法，但我认为，当今社会其实谁也不必对徐志摩妄加评论。现代对徐志摩的研究也好，评论也好，其实很多是评论者的主观臆想，往往是先确定了所谓的主题，然后去寻找他人生中的点滴，用堆砌的方法证明自己的"学术"观点，圆上自己的研究梦，或与事实不一，或与志摩本人信条有悖。正如有的作家出名后，许多评论其写作技巧时，将作家说得神乎其神，甚至连一个毫无意义的标点符号也说出千万个好的理由，让作家自己也感到茫然和好笑。作家写作时或许根本就没有考虑这些，只是评论家的自作多情罢了。

我们毕竟不是徐志摩本人，他时时刻刻的心理变化我们是不会体会并得以知晓，故而不用在今天去给他一个定论，更不能用一个定论去评说一个人精彩的多面人生。徐志摩有自己的人生，有自己的活法，他用自己不羁的傲气，活出属于自己的个性和自由，活出了短暂人生亮丽的七彩之梦。当他和陆小曼一见钟情时，我们不能用世俗的眼光去评析他的婚变，其婚变的过程无疑也曾是一种先进文化理念的闪现，用现代的语言来说，是一种新的追求，正如他的新诗在二三十年代创造领先一样，他的婚姻也是一种引领，这在八十多年前是对旧婚姻观念的背叛，是一种大逆不道的罪过，正如他的白话诗一样不为许多人接受一般。然而这个令人吃惊的行为，却是男女青年对追求自由幸福的新婚姻观念的一步跨越，随着时代的变迁，这种现象在现代社会已经成为司空见惯的事情，人们也不再会以各种理由横加指责。

当然这种婚变在当时还是需要一定的勇气，尤其是一个名人，一个生长的循规蹈矩家庭的才子，在中国当时半封建的背景下，是一种罪过。徐志摩是一介书生，追求人生的幸福成为他理想之梦，可却被现实击落得粉碎，但他却是表现得无惧无畏，用行动来圆梦。他全然是我行我素，全然不顾家里的反对，更是全然不听同行文化名人的劝阻，面对眉的母亲毫无通融的态度和她丈夫王赓的横眉冷对，竟然和已有身孕的张幼仪离婚。这种态度着实是一种勇气，掩卷沉思令人敬佩。

徐志摩多梦，他像一只小鸟在梦中翱翔，对爱情的追求，让志摩的梦在人生的路口用自己的方式，张开翅膀迎接那种痛苦、艰难和狂风暴雨地挑战，梦能否实现，爱能否向世界张扬，志摩何去何从？

他"独自去灵隐，直挺挺地躺在壑雷亭下那石条磴上寻梦，我故意把你的那小红绢盖在脸上，妄想倩女离魂，把你变到壑雷亭下来会我！""在意大利时有无数次想出了神，不是使劲地自咬手臂，就是拿拳头撞着胸，直到真痛了才知道。"义无反顾的痴情如梦，最终感动上苍使徐志摩梦想成真，俨然和陆小曼走进了婚姻的殿堂。

徐志摩的父亲徐申如坚决不同意儿子娶陆小曼，觉得儿子离婚是大逆不道，而娶与王赓离婚的陆小曼更是有辱门风。后经胡适、刘海粟等人斡旋，徐父才勉强同意儿子再婚。但他提出：婚礼必须由胡适做介绍人，梁启超证婚，否则不予承认。

1926 年 10 月 3 日（农历七月初七），这个日子恰是中国的情人节。董咏和七仙女一年一度人间和天上相聚的日子，是一种让有情人浪漫约会的美好时光。这一日，徐志摩与陆小曼在北京北海公园举行了盛大的婚礼。而证婚人梁启超也在中国历史上留下了唯一且别具一格的证婚词：

是为了讲几句不中听的话，好让社会上知道这样的恶例不足取法，更不值得鼓励——徐志摩，你这个人性情浮躁，以至于学无所成，做学问不成，做人更是失败，你离婚再娶就是用情不专的证明！

小曼，你和徐志摩都是过来人，我希望从今以后你能恪遵妇道，检讨自己的个性和行为，离婚再婚都是你们性格的过失所造成的，希望你们不要一错再错自误误人。

不要以自私自利作为行事的准则，不要以荒唐和享乐作为人生追求的目的，不要再把婚姻当作是儿戏，以为高兴可以结婚，不高兴可以离婚，让父母汗颜，让朋友不齿，让社会看笑话！总之，我希望这是你们两个人这一辈子最后一次结婚！这就是我对你们的祝贺！——我说完了！

梁启超的证婚词，可以说是前不见古人，后不见来者。这个证婚词的最大贡献我以为不在于对徐志摩的告诫，也不在于对"徐志摩们"的训斥，而在于真实地反映了当时中国社会存在的封建思想在对婚姻自由的禁锢，即或是可以说是已经比较早的接受西方文化影响的文化人，中国有名的文化学者胡适、梁启超等人，也是如此地对志摩的二次婚姻所持有的态度。

诚然，对梁启超的证婚词现代社会也是颇有说辞，时值梁启超的儿子梁思成正在和林徽因谈情说爱，而徐志摩心中对纯洁的美女林徽因却是有着一丝可以燎原整个世界的火星，因而梁启超或许是怕他那种情思泛滥，他日再次的婚变而先予打下预防针了。

二

一个崭新的梦又从这里开始。

站在徐志摩和陆小曼的婚房中，我们习惯去试探徐志摩与陆小曼的爱情之梦。

粉色的家具给人一幅温馨的视觉，构划了浪漫的气息，那是他们爱的小巢，也是志摩人生浪漫之梦得以实现的集萃之地。我不知两人在房间中是如何如胶似漆的缠绵，又是如何直言不讳大胆地相互诉说衷情，在那新婚之夜中，两人又是如何地议论梁启超对他们的证婚词？一个充满了暖色调而温馨浪漫的婚房，在以后的日子里，志摩和陆小曼又是如何产生了冲突，而那香闺芬芳的房间里却又是如何会飘洒出鸦片的气息，最终让一代天骄之美女才女堕落为鸦片的奴隶而让人遗憾？

在婚房的对面是徐志摩的书房，被志摩命名为眉轩。里面也是粉红色的家具，与婚房相适应。尤其是那写字桌，似乎是为小曼量身定制充满了女性化的色彩，绝代佳人坐在上面会形成人与物合一的境界。而徐志摩坐在上面，实在是让人不能苟同，然而徐志摩在自己的新婚梦中，对一切的一切都是充满亢奋，粉色更是激发了他的浪漫与激情，在眉轩室里，他写下了蜜月日记《眉轩琐语》的首篇。浪漫的激情让他一发不可收拾，给小曼的情书，日记，更多的是留下了徐志摩对陆小曼的深情厚爱，在小屋里留下了千古绝唱。

这就是徐志摩对自己人生，爱情梦想追求的实践成果。

信步走上二楼，在楼梯旁的厢房里存放着一只漱口盅和一只 40 厘米的洗脸盆，看似民国时期的青花瓷器，可惜的是这只漱口盅已经是用中国传统方式的铜钉碗进行过修复，外面可以清晰地看到类似订书钉的紫铜钉子的两脚横跨瓷器的碎缝，深入里面而将两片瓷片结合在一起。

朋友高而申告诉我，这是徐志摩和陆小曼曾经使用过的器皿，是从上海征集来的。2007 年 5 月初，海宁市名人研究会会长章景曙先生提供信息说，上海著名女作家丁言昭知道徐志摩与陆小曼在上海生活时所用过的两件瓷器的去向，她愿意介绍并帮助海宁市博物馆征集入藏。闻讯，时任博物馆馆长的高而申和文化局副局长谈敬一及章景曙先生于 30 日专程去上海拜访丁言昭女士，并在她陪同下去拜见了物品藏家翁香光女士。丁言昭自 20 世纪 70 年代涉足中国现代文学研究后，一直钟情于为现代文化女性和"民国才女"立传，曾因采访翁香光而与之结识并成为她家常客。翁香光时年 88 岁，退休前在上海市高级法院工作，其父亲翁瑞午早年与徐志摩陆小曼夫妇就有深交，故徐志摩罹难后他和陆小曼仍常有联系。翁香光介绍说，早年徐志摩从英国买回四件"东洋"瓷器。其中两件陆小曼已转送别人，去向不明，家里收藏的两件瓷器则是陆小曼赠给其父亲而保存至今，瓷器的底款为外文，应为日本产，但未做最终鉴定。

征集的过程虽是颇费周折，但毕竟还是将这位闻名遐迩的诗人生前使用的物品回归了本家，这不能不说是一件值得欣慰的事情，而为此做出努力的章景曙、谈敬一、高而申则是功不可没。

睹物思人，我想：志摩和小曼岂不正是如此青瓷，虽曾伤痕累累却依然是如此的光亮而让人喜爱。

站在那大门进口的天井里，那落地的堂窗门上五彩的玻璃镶嵌在窗格中间，据说彩色玻璃是从意大利进口的，而且也是原物。我不知真假，当然是否原物和真假已经并不重要，值得我们怀念的是这座西洋别墅的主人，他在恰值风华正茂的时光，却是烟消云散地从现实中随风而去了。此刻我站在那天井里，举首从那方方正正的空间探视天空，外面是一片阳光灿烂，天空中不时会飘逸着几丝白云，这在近年的日子里或许已经是比较奢侈的期盼。我不禁产生奇想，志摩当初是否也曾像我一样，站在天井里，欣赏着那一片白云，让自己的思绪和白云一起飞翔，从而创作了许多脍炙人口的诗歌——这些至今依然可称之为精华的诗歌。

我是天空里的一片云，

偶尔投影在你的波心——

你不必惊异，

更无须欢喜——

在转瞬间消灭了踪影。

你我相逢在黑夜的海上，

你有你的，我有我的，方向；

你记得也好，

最好你忘掉，

在这交会时互放的光亮。

一首《偶然》让少男少女痴狂。

正如志摩自己的心境一般，他喜欢天上的白云，让自己的心如云般在天空中自由的飞翔。

三

每个人都会有梦，会把自己的理想、意境融入意识，志摩也一样，在短暂的人生里时时飞扬着自己的梦。

徐志摩的一生有许多不懈地追求，那种浪漫主义的思想，让他充满了热情，希冀和对新生活的执着，更是对诗歌的发展迈出了新的步伐。

梦从胸中飞越，在空中盘旋却又在心中徘徊。

1931年11月19日，那个梦在空中飞翔的日子，让志摩成了永恒。

林徽因的演讲，成为志摩出行的动因，他梦想着自己能成为这位才女的忠诚听众和一个虔诚的崇拜者。十年的相识，让他们之间有着太多太多的共同语言，产生那一丝丝旁人难以理解的自己难以言表的情感。志摩给林徽因发送了电报，告知他要去听她演讲。

那日晚上，他是那么的兴奋，或许就是在开心的梦呓中迎接雄鸡的报晓，在梦境尚留在脑海里的时刻，在三次改签的情况下，乘坐了邮政飞机而前往在自己心中时刻荡漾着美丽幸福之念的地方。

19 日上午 9 时，徐志摩在南京机场再次发电报给林徽因，称自己下午 3 点准时到南苑，让她派车去接机。然而却是到下午四点半也没有飞机的消息，让人忐忑不安而最终得到的却是济南大雾飞机撞山的噩耗。

"我将于茫茫人海中访我唯一灵魂之伴侣：得之，我幸，不得，我命，如此而已。"

在飞机上志摩依然是有梦。暴雨打在机身上啪啪作响，却如同徐志摩激动不已的心跳，窗外一片迷茫，天空的阴霾不能让他的梦停下来，他有自己的方向，那就是林徽因演讲的现场。最终，飞机在迷雾中与山相吻，志摩的心留存了美好的演讲现场，他在梦中得到了永生。

志摩，你的梦是一个永远的梦，站在当时的背景，站在你的角度，分明可以看到你对朋友的纯情和热忱。我理解你的心情，理解你的情感追求，我不想对你的梦妄加评论，怕把你从自己甜美的梦中惊醒。

志摩有梦，梦会有心灵感应，他的异性好朋友林徽因也有梦。

林徽因在志摩出事后于她的《悼志摩》一文中，悲伤地诉说："志摩，我的朋友，死本来也不过是一个新的旅程，我们没有到过的，不免过分地怀疑，死不定就比这生苦，'我们不能轻易断定那一边没有阳光与人情的温慰'，但是我的前边说过是难堪的是记过的静寂……这以后许多思念你的日子，怕要全是昏暗的苦楚，不会有一点点的光明，除非我也有你那美丽的诗意的信仰。"一段来自内心深处的表白，将林徽因与徐志摩两人间的情深意切表述得淋漓尽致，这是一种深可交心的朋友间内心率真的表述，我们不必用太多的思想去考量两人的关系，只要理解了懂了就是了。

在志摩去世四周年之际，林徽因在思念中写道："去年今日我意外的路过你的家乡，在昏沉的夜色里我独立火车门外，凝望着那幽暗的站台，默默地回忆许多不相连续的过往残片……如果那时候我的眼泪曾不由自主地溢出睫外，我知道你定会原谅我的。"

志摩是会懂得她的梦之内涵，或许，灵魂与梦是始终相随。

四

在海宁市的西山脚下，徐志摩的墓就在这山坡的树丛中，我作为土生土长的海宁人，为徐志摩感到非常惋惜的同时，也为有这样的杰出诗人感到高兴。我曾经多次去拜谒诗人徐志摩，在他的墓碑前寻觅他的诗魂，思念这位对中国诗歌做出重大贡献的老乡。灵魂归处，梦之所居，我知道志摩的梦也已经在这里驻扎。

志摩的墓是从东山那里迁移过来的衣冠冢。1931年11月19日徐志摩因空难在山东济南遇难，其灵柩于1932年运回海宁后，家人将他安葬在海宁县硖石镇东山万石窝。坟墓是他父亲徐申如请当地工匠建造，由吴适书写了"诗人徐志摩之墓"的墓碑。1946年著名书法家张宗祥为徐志摩墓又重题了墓碑。

每年的忌日，海内外不少徐志摩诗歌的爱好者，就会到那里进行祭奠。

据徐志摩的表弟、著名学者吴其昌之女吴令华回忆，东山徐志摩墓旁还有一块方形的石碑，上面有徐志摩的红颜知己、才女凌叔华为他题写的"冷月照诗魂"。只可惜，岁月的变迁使得"冷月照诗魂"的石碑早已不见踪影，只是留存在人们的记忆中。

凌叔华，一个杰出的女性，一个在徐志摩梦中留痕的异性知己，曾经在徐志摩的人生中闪烁出耀眼的光芒。现代有人将徐志摩的一生演绎成一个男人和三个女人的故事，让人感到愤慨。且不说研究者不了解志摩的为人，仅看到他和女生间交往的表象，就一味用那种世俗的眼光去揣摩他的思想，把男女间纯洁的交往看成是一种男人的别有用心，是见异思迁的风流韵事，全然不在当时的背景下对志摩人性的真情交流、善良愿望、美好追求去分析研究，更不从志摩对追求自己人性自由和对封建社会的反叛去思考，不能不说是一种戴着有色眼镜的研究。凌叔华是志摩生活中出现的第四个女人，在他的心目中，可以和林徽因相提并论，或许在某种程度上讲，胜于对林徽因的情感和信任。

徐志摩对凌叔华的才貌和为人很欣赏，他在和凌叔华的交往中也时时透射着一种梦，他用自己对她的绝对信任，两次将自己的"八宝箱"寄存于凌叔华处让她保管，而"八宝箱"里面却是他的爱情日记和秘密，更有他如醉如痴的梦。这种信任已经超过了人们常规的理解，是何等的纯洁？那是一种真诚得让人可以窒息的信任，是一种坦诚相待的感情，因为他感悟"只有 L 是唯一有益的真朋友。"

凌叔华的第一部小说《花之寺》问世，徐志摩欣然为她作序，这也是他一生中仅此一次为别人作序。可以说，徐志摩将爱情日记和自身秘密一百二十个放心地交给了凌叔华，就如同把自己的心装进透明的玻璃瓶中，送到了凌叔华的面前，这是徐志摩人生之梦最精彩的一笔，也给世人留下了异性朋友间最为动人的美丽传奇，当然细细品味，却依然也是志摩生活中的一个谜。

可以说，在苍茫人世间，徐志摩将自己的梦留存在凌叔华的身边，自己却是随风飘扬，寻找那一片永远的空间，定格在历史的永恒。

1933 年清明，陆小曼来海宁东山万石窝为志摩扫墓时，百感交集而留下的诗作："断肠人琴感未消，此心久已寄云峤。年来更识荒寒味，写到湖山总寂寥。"

"文化大革命"中，徐志摩的坟墓也没有躲过一劫，1966 年的一个深夜，徐志摩的墓地被炸，幸好，墓碑被他人移用于河边作了石埠台阶，才得以保存完整。

1983 年，海宁市政府重建徐志摩墓，邀请陈从周先生到硖石主事，请他重画图纸，并改葬在西山麓。墓葬形制大小和原墓差不多，但骸骨早就荡然无存，墓中只放一本《徐志摩年谱》，墓志由陈从周题词，蒋启霆书写，王运天篆，如今竖立在他的墓碑前。

徐志摩诗歌节，在海宁已经举办了好几届。世界各地的诗人们用诗歌追忆他的意境，感受诗歌的美妙。许多次，在晨练时我信步上西山，常常会去缅怀这位杰出的诗人，山麓中树木郁郁葱葱，墓前静寂依旧，只是多了一些诗歌爱好者缅怀诗人的花圈。

我对诗人深深地一个鞠躬，以示对这位前辈老乡著名诗人的纪念。

魂归梦随，入土为安。志摩，我不愿打搅你的梦。

原载"中国作家网"2020 年 9 月 23 日、《神州》2021 年 1—2 期合刊

木　尺

孙亦飞

　　我的家里有一把极其普通的木尺，这木尺是用红木原材料制作而成，其是我外公做裁缝时的吃饭工具，现在却是我珍藏的宝贝。说其是宝贝，却并不因为是红木制作，而是因为它承载了家里祖上那种诚实为人的基因和善良可人的品质。木尺经过几十年的使用，变得乌黑光亮，深红色的包浆显示出了古老沧桑的痕迹，我常常从那痕迹中看到一个普通手工艺劳动者在谋求生存中展现的一种诚实勤劳的形象，那种看似普通却让人入心不忘且给我人生留下深刻烙印的形象，那终始影响我的人生让我受益终生的形象。

　　这种受益超过学习任何一本教科书，超过聆听一堂理论课，因为这是来自一个人内心的醒悟，感受于基因传承中血缘亲情的榜样，更是一个人真善美的灵魂从人性中的涅槃而出过程，我珍藏着那把红木尺，也常常拿出来把玩这木尺，我感觉，把玩这木尺就是在反复掂量自己做人的道理，让自己的人生锃亮闪光，不再虚度每一寸光阴。

　　外公是个裁缝，在家乡的褚桥镇上开了家缝纫店。在外公的缝纫店里有我的舅舅和我的大哥，他们一起工作。舅舅是因为小时候患小儿麻痹症，一条腿残疾就子承父业学会了裁缝技术；我大哥则是响应党中央号召回乡务农，到老家后也学习了裁缝技术，家族中三代人都在一个店里做裁缝，也可以说是裁缝世家了。当然缝纫店里还有好几个合作伙计，外公是合作社负责人。他做得一手好手艺，在褚桥镇上小有名气。小时候去看外公做衣服，感觉到很新奇，只见他的脖子上挂着一条黄色皮软尺，深蓝色的工作服上衣口袋里插着对折的红木尺，有顾客来做衣服时，他从脖子上拿下皮软尺，认真地给顾客量胸围，袖长，设计衣服的长短等，再量布料的尺寸，看布料的质量和缩水情况，然后设定款式等。

看外公裁剪衣服也是一种享受，只见外公手持那把红木尺，他一手拿着彩色的划粉，一手拿着木尺在布面上边量边划，反复调整位置，合理布局，尽量给顾客少浪费布料，直到优中再优排好版后，再用剪刀裁剪。看到衣服裤子在木尺、划粉、剪刀的合作之下，在外公手中刷刷的几下子就裁剪好了，那时看外公裁剪衣服就像现在的小孩子看动画片一样吸引着我，外公那精湛的裁剪技术，令我觉得非常神奇，也很佩服。

外公叫邹荣芳，他在木尺上刻上了一个荣字，以免和其他人的尺子混淆拿错。其实我看到裁缝店里每个员工都有那么一把尺子，只不过大都是用竹子做的，也是油光发亮。他们坐在缝纫机前做衣服时，会时不时地拿出来在毛片衣服上量一量。每年的暑期我都会去褚桥镇老家，空闲时就会去店里玩，外公那把红木尺就成了我手中的玩具。我常常学外公样子，把那把木尺对折后放入上衣的口袋，然后把外公的眼镜戴在自己的眼睛上，煞有介事地把木尺从上衣口袋拿出来在裁缝铺板上用划粉像模像样地学着裁衣服，引得大家开心玩笑。

我喜欢玩这把木尺。

外公说："那就送给你吧。"

"真的吗？"我似乎有点不相信。

母亲说："这是你外公的吃饭家伙，怎么能给你？"

其实我也知道这把木尺是外公干活必须要用的，外公只是和我说笑而已。没有这尺，他怎么干活？可以说木尺是裁缝行当的必备工具。

外公说："裁缝师傅的尺是丈量布料的，更是丈量一个手艺人的良心的。"

舅舅说："裁缝师傅的木尺是来丈量师傅的技术水平的，水平的高低，不在意人的外貌和长相。"

大哥说："木尺是用来丈量事物的工具，更是丈量自己行为的准则，是发现自己短处，看到别人长处的标杆。人要敬畏这木尺。"

我不懂：人为何要敬畏这木尺？

有一次，我看到外公裁剪好衣服后，留下了许多的余料。听师傅说，那是比较好的一种布料，我有点心动，就央求大哥帮我裁留点做一条游泳穿的三角裤。结果，被我大哥批评了。说这是人家的布料，都是一尺一寸量好的，我们怎么能揩油呢？我说，我一个小孩能用多少布料，你们裁剪时尺寸稍微放大一点，就比我用的这点料还不止多裁剪掉了多少呢？这也是正常耗费范围。

尺是属于度量衡的一种，具有标准的严格要求，不能有半点差异，做人也是如此。尺有所短，寸有所长，对某些事物作衡量时则是不行的。尺就是尺的标准，寸就是寸的要求，不能混于期间模棱两可，这就是木尺的作用。

"做衣服的裁缝师傅，所用的木尺虽然是量布料的，但也是量一个人的诚信和素养的，顾客把布料交给你做衣服，是对你的信任，如果你用这把木尺去欺骗顾客，将人家的余料占为己有，那是一种罪恶，我们家每一个人都绝对不能有的罪恶。"我大哥的话语不重，却似重锤般敲打着我的心，这一番话语使我常常惊心，从此也懂得了一个道理——其实每个人心中都有一把尺，对自己对别人都在不停地丈量。

我这才明白为何要敬畏这把木尺。

做人就得堂堂正正。木尺是用来丈量的，但不能用于对别人的缜密丈量，而对自己的宽松放任，应予对别人的宽宏大量而对自己的严格规束才对。很可惜的是，现在社会上许多人却不是这样，他们以自己高高在上的神态，用自己创设的尺去丈量别人的言行，却把自己的方方面面排除在外。

长大后，我加深了尺子的概念，加深了对木尺的理解：感觉人生在世时时刻刻都必须接受这把尺的检验！尺就是法律，就是道德标准。在日常生活中我们都缺少不了尺子的丈量，尤其是我穿上警服以后，这种在工作中使用尺子去丈量案件的事情，几乎是我工作的全部。

法律就是那把尺子，敬畏尺子就是敬畏法律。

"以事实为依据，以法律为准绳，是我办案行为的准则。"准绳就是法律，就是尺子。作为一个执法者，就必须敬畏法律，敬畏尺子，用法律的尺子去丈量发生的案件和事实，一丝不苟的丈量，这样才能避免冤假错案。多年的执法实践，尺子和法律深深地在我的脑海中留下了烙印。

记得有一个高速公路上的交通肇事案件，一对婚外情的男女在海宁地段发生了交通肇事致人死亡事故。他们两人都居住在省会城市，女的是一个媒体工作者，男的是个私营企业老总。他们趁假期出来约会游玩，结果在高速公路发生了重大交通事故并且要承担主要责任。从案件的情况来看，男的犯罪嫌疑人已经做了有罪供述，检察院也已经作出了批准逮捕的决定。那一天办案民警在看守所对犯罪嫌疑人宣布执行逮捕的决定，宣布后，犯罪嫌疑人愣住了，他盯着民警反复问："我真的被逮捕了？"当民警确切地告诉他说，由于他的交通肇事罪成立，所以，检察院已经对他作出了批准逮捕的决定，今天是对他执行逮捕。那男的闻言后瞬间脸色变灰突然情绪大变，说："车子不是我开的，是那个女的开的，我是顶包的！"

案件发生了重大转折。办案民警感受到肩上有一种前所未有的压力，因为从来没有碰到过这类翻供案件。他们把这个棘手案件向我作了汇报。因为案件发生在高速公路，根据法律规定，这起案件的前期办理工作包括现场勘查、鉴定结论，事故责任认定等等，都是由高速公路交警支队办案，然后移交发案地公安机关依法处理。所以这个案件是高速公路交警支队移交过来的，如果说这个案件存在问题，要否定和纠正原来的责任事故认定等等，必须要向高速公路交通警察总队进行汇报后由他们自行纠正。谁都知道，向上级机关交涉案件，要求上级机关纠正原来的错误认定，这不是一件容易的事情，必须要有确凿的证据来证明是男的给女的顶包，用证据还原案件事实真相才行。但案件现场时过境迁，要找出这些证据推翻原有的结论是非常的困难。

案件进入了两难的境界。

我要求办案单位必须查清全案事实真相，排除干扰释放压力，以法律为准绳，依法办案，把案件办成铁案，经得起历史的检验。我认真查阅案卷，亲自到看守所提审了犯罪嫌疑人。那个男的犯罪嫌疑人说，当时车子是情妇开的，出了事故后情妇对他说：如果我进去了，就出不来了，我们事情曝光后，工作被开除后果很严重。但如果你代替我顶包进去了，我外面认识朋友多，可以想办法把你捞出来，你最多关十五天。而且她信誓旦旦地说一定会把他捞出来，出来后还会给钱补偿他。

男的相信了情妇的誓言，就把开车的事顶包了。他承认是自己驾车时发生的交通事故，然后他平静地在拘留所中等待着情妇在外面拉关系托人把他捞出去。结果得到被逮捕的决定后，他心里有点慌了。想想自己将顶包代替情妇坐牢，感到实在是冤屈，再想想家里的孩子和老婆，就翻供了。

口供是真是假？又有什么证据来证实？我反复阅卷，又多次提审。犯罪嫌疑人提到，情妇曾经对她有过承诺，写了一张承诺书给他。那个承诺书他放在了票夹里面。果然，在他被扣押的物品里面，找到了放在那个票夹里面的承诺书，经技术鉴定确认是那个女的写给他的承诺书，称在十五天以内一定会把它捞出来的。

有了重大的发现后，再经过对他情妇的审查，女的犯罪嫌疑人终于承认是她驾车发生了交通事故，并出主意让情夫顶包的犯罪事实。这起交通肇事致人死亡案件终于还原了事实的真实面目。带着卷宗、录音、录像等证据，我带着办案民警向省公安厅法制处联系后，向交警总队做了汇报。在确凿的证据和事实面前，省厅法制处和交警总队给予了极大的帮助和支持，很快纠正了原来的责任认定，依法作出了新的决定，这也成为基层一线单位依法否定上级部门作出的决定之先例。

一起错案被避免了。案件最终得以顺利地进入了审判程序，两名犯罪嫌疑人都各自得到了法律的惩罚。

从那个案件我想到，法律就是那把尺子。一个执法者在执法的过程中，不仅要抵挡住糖衣炮弹的进攻，也要经得起鲜花美女的诱惑，执行法律中常常会碰到领导的招呼，亲朋好友的关照，熟人同学的请求，小弟兄们的拜托等等。面对这些，我常常提醒自己，不忘初心，牢记使命，心中常念这把木尺，工作才能无惧无畏。

小小的木尺，对一个裁缝来说，木尺是他的吃饭家伙，也是丈量一个裁缝人品和诚信的标尺。对于一个法律工作者来说，木尺是他依法办事的立身之本，也是体现和丈量一个法律工作者的人性品行的戒尺。

我珍藏这木尺，敬畏这木尺！

原载《莽昆仑》2021 年第 2 期

虹桥头

项　伟

老家在哪里？虹桥头。我一直这样回答。带着自傲，带着留恋，像蚕丝一样藕断丝连。虹桥很多，我指的是海宁市区的虹桥。市区洛塘河上，有许多桥，虹桥没有像茅桥、新桥、塘桥、北关桥那样，连接交通主干道，仅仅连接一个小岛屿，当地人称为大荡。然而，大荡宛若一颗璀璨的珍珠镶嵌在海宁版图上，是硖石之心，曾经代表着一代工业文明。

双山丝厂诞生于 1926 年，诗人徐志摩的父亲徐申如与人合资兴建，厂址设在大荡。大荡面对南关厢，面积不大，是四面环水的脱空墩。地理位置独特，几条河环绕，优良的水质，为缫丝生产提供了得天独厚的水资源。有了厂，就要通行，于是 1927 年建造了大荡木桥，先叫"丝厂木桥"，后定名为"虹桥"。虹桥东西走向，东面连丝厂，西面正对方便弄，沿着长石板路走，先连接米市街，再连接西南河，再连接大操场，一中、人民医院，都在千米之内。

我出生在虹桥头。我家的租房，米市街最后一户人家，南门就在方便弄，自然是虹桥头，家门与桥只有二三米距离。那时，丝厂已经更名为中国丝业公司第三丝厂，简称中丝三厂。丝厂地址大荡一号，占了大荡绝大部分地方，大荡北面还有一家修船厂，以及七八户人家。那个时候，生活条件差，大部分家庭还没闹钟，为了让做早班的缫丝女工准点上班，丝厂每天早上六点钟就拉回声，书面语是拉汽笛，顿时硖石上空回声回荡。一个厂上班，全镇居民也起床，要想让硖石人不知道中丝三厂难。

那时的中丝三厂红极一时。Z/18 白厂丝是省优和部优产品，销售国际市场。"海宁制造"，无比骄傲。丝厂先后获得浙江省先进集体，纺织工业部先进企业。几十次被评为省级以上先进荣誉，多次派代表赴京出席表彰大会，受到过毛主席等领导人的接见。我知道有几个最，市区最大的厂，级别县团级，有近两千工人，后来又造了最高的烟囱。

由于住在虹桥头，家门口又是缫丝女工必经之路，所以几乎天天闹猛。丝厂是两班制，早晨、傍晚和深夜三个时间段，方便弄水泄不通，声音喧哗嘈杂。那个时候是木板结构房子，不隔音，深夜女工下班时，经常被叽叽喳喳说话声吵醒。

木桥容易腐烂，经常出现桥板缺损，大人关照不能在桥上玩耍。后来，在1960年改建为水泥桥，造了钢筋水泥混凝土单拱桥，桥址南移五十米，桥堍正东对着中丝三厂大门，西面直接连接西南河街，是条断头路。对我家而言，噪声小了些，但减弱不多。因为河边有条便道，从桥头到我家门口，于是要走米市街的女工走这条道，也有去西南河街的抄近路，所以依然嘈杂。六十年代末，大荡有了第二座桥，在东南角处丝厂后门，叫联桥，在厂外沿河岸辟一小路供市民穿越大荡，这样人流分散了，我家门口人流减少。

当时，在计划经济时代，小企业，大社会，这样的格局，企业承担了大量的社会事务。丝厂兴办了托儿所、幼儿园、厂办学校、食堂、浴室、供水房、冷饮室、电影院等，解决了缫丝女工的后顾之忧。像我们这样的邻居居民，羡慕不已，当时看电影、洗澡和冷饮，都是稀缺资源，有时通过邻居缫丝女工帮助，穿过红砖大车间，去生活区，看场电影，洗个澡，印象最深是丝厂棒冰，吃上一根觉得甜，感到非常幸福。虽然，我们与丝厂是邻居，没有关系，但往往与丝厂共欢喜共荣辱。像丝厂获得先进荣誉，像丝厂《花灯舞》得奖回来，他们庆祝，邻居们也欢呼。

中丝三厂更名的事，发生在"文革"期间，叫红卫丝厂。那时学校开展学工学农学军，我去丝厂学工，心目中的大工厂，近距离欣赏高大的烟囱和流体型的水塔。进了车间，温度很高，泡着蚕茧的水也冒着热气，所以整个车间像是个"大蒸笼"。我是男生，做搬运工，在立缫车间和杨返车间穿梭。女同学学立缫，当时她们都想成为缫丝女工，有几个后来如愿了。

七十年代末，我离开家乡去读书，等我大学毕业回到家乡，虹桥头变了样。当时嘉兴实施长山河水利工程，海宁市河拓宽，米市街被拆了半条街，我的老家也被拆除。新建的虹桥移同到老木桥址，丝厂恢复叫中丝三厂。

我的家不在虹桥头了，但心里仍像在那里一样。听到缫丝第十六组，由三十名缫丝女工组成的集体，荣获全国先进班组称号。心里高兴得像中丝三厂一员一样，组长我认识，许多女工都认识。后来听到，自动缫替代立缫了，国企转制成民营企业了。后来终因国际市场白厂丝不景气，丝厂停止生产，大荡变成一片废墟。

去年，听到了一个好消息，海宁保护这座城市的历史遗产，中丝三厂国际文化创意岛项目开工，建设期三年。大荡，这块工业革命初期写照的土地，起死回生。留存的虹桥、烟囱、水塔，还有灰墙红瓦，形如拱桥般的车间，记忆了中丝三厂曾经的辉煌，也承载了一代海宁人的印记，包括我。

原载《嘉兴日报》2021年10月29日

家住米行

项 伟

我老家住的是米行，一座中西合璧建筑，鸿图华构。这座米行，建于20世纪20年代，老板姓何，经营粮食买卖，解放时去了台湾，米行被政府征收，做过公安水上派出所，后来以公房出租。租客六七户，我家是租客之一。孩提时，房子的记忆从这里开始，镂骨铭心，记忆犹新。

鹤立鸡群，气势宏伟。这座米行的特色。老宅长方形建筑，南北向，三开间店面，宽约十五米；东西向，前后三进，长约三十米，横跨两条街。两层楼房，楼高约十米，高出云表，窗户在一片黑瓦屋顶之上。我经常趴在窗口，看人家的青瓦白墙，看丝厂的烟囱，甚至从窗口爬到邻居家屋顶上看风景。

我家住米行，米行有老宅的气派。外眺外墙，白墙黛瓦青砖；内看装饰，木雕花砖玻璃。房子有十扇门，还真说不上来那一扇是正门。在我生活的时候，由于多户租住，临街的都是正门。

老宅，东面是洛塘河，弯弯曲曲的市河横穿全城。西面是西南河街，一条贯通南北关厢的繁华街道，诗人徐志摩老家就在这条街上。中间连着米市街。叫米市街，曾经是米行云集，一条有名气的稀罕小街，特色是"房子里有条街，店铺在房子里"。

海宁市区硖石，是浙北有名的古镇。而成为繁荣的米市，还有一段故事。起因是太平天国战事，在大运河边的长安镇受影响，原来繁荣的米市衰弱。十九世纪中叶，老板们寻找替代的地方，选择位于沪杭之间，交通方便的硖石。淘第一桶金的老板，设计合伙建造米行，选址在城镇的鼎新桥堍（一九六五年拆建为水泥桥，改叫新桥）。老板按照避阳遮阴、防潮防雨和运输需要设计，别出心裁，米行建在楼内，店铺楼顶是厢房。后来，其他老板心慕笔追，跟着建造，米行鳞次栉比，一个挨着一个，成了一条奇特的屋内长街，命名为米市街。据记载，米市街米市繁荣了八十年，后来随着钱塘江大桥建成，米市衰弱。新中国成立后，粮食实行统购统销，米市也就消失了。

在我生活的时候，米行成了居民住宅，米市街成了遮风避雨的步行通道。特别是天下雨，大家都走这条廊道，不用撑伞。街面一块块长方形青石板，窄窄的只有二三米宽，人走着声音特别清脆，像是大雨滴落在铁皮上的声音。那时，街上昼夜亮灯，那些瓦数很低的白炽灯发黄亮着，像黑暗中的星星闪烁。儿童时感觉街很长，北起新桥，向南延伸至方便弄，其实只有近千米长。我上幼儿园，跟着爸妈走这条街。我感觉好像走在古城堡里。少年时，伙伴们在"暗街"里穿梭，玩游戏。

我清楚的记着我家的门牌，米市街 132 号，这是米市街最后一个门牌号码。因为是这街最后建造的米行，时代近，所以是建筑最优的米行。老宅造型独特、布局多变、功能灵活，门窗装饰、外廊雕花。同学们羡慕我家精致的房子。

老宅，分三进，层楼叠榭，七通八达。第一进三开间，临洛塘河，底楼分高低两层。底层石头铺地，一对南门，一扇小窗。高层南面一间，老宅的精华建筑，米行的销售窗口，精雕细刻。隔空挑高地板房，四面砌墙，朝北一面是门，其他三面有窗，光线充足。临街店面朝西，下面是一米墙，上面是三对六扇玻璃窗，玻璃窗中间还有小玻璃窗，玻璃窗外面是六扇装卸式木板门。其他两间相通，铺黑色地砖，靠墙有上楼的楼梯。楼上是三间地板厢房，东面每间都是整齐的三对玻璃窗。最南面一间比较大，房型手枪式，朝北是门，其他三面有窗，房间地板下是街，跨越了米市街。我家租住的是南面的一楼一底，四面有门有窗，宽敞明亮。夏天打开所有门窗，凉风习习；冬天选择东南面窗晒太阳，温暖如春。

米市街原来有拱门，南中北三个拱门。以前有专人看管，保证米行安全。我家住的米行，是南端拱门，挑高的门厅和圆拱形的栅大门。我儿时，拱门砖墙依旧，栅门没有了。这段十多米的街面也不是青石板，而是用了当时少有的花砖，璀目眩烂，街面也比较宽。楼层之间，是传统雕花，有狮子滚球、凤戏牡丹等，雕梁绣户，古色古香。中间四根木柱子上，是银白铁皮下水管。临街面对面有六扇门，其中一扇大门，又高又大，像是为运输粮食准备，挑担可以直接进入。我家的门牌号码钉在这门上。

老宅有个俗称叫"玻璃房"。那时玻璃还稀罕,其他米行大多是木板房,而这老宅有大量的玻璃窗,更奢华的是,把街面做成玻璃顶棚,别有洞天,碧瓦朱甍,使"暗街"隔着玻璃见天了。这地方,尽管是街道,来往行人多,还是成了公共的儿童乐园。我们在这里玩游戏,搬个凳子做作业,晒不着太阳,下不着雨,冬暖夏凉。到了寒暑假,小伙伴们搬小桌抢位子,靠边两排做作业的位子整整齐齐,只留通道让行人走路,遇到小车挑担,还要站起来让行。晚上成了船工和乞丐的宿营地。

第二进,在米市街西面,三楼三底,屋舍俨然,临街店面木板可以装卸,租客当窗用。第二进与第三进之间是玻璃天井。第三进,三间店面朝向西南河街了,开着一家杂货店。我们的日用品在这家商店购买。

米市街上的米行,大多有吊脚楼,屋内有"水阁",相当于私人码头。而我家的老宅建造晚,已经有公共码头,俗称"大石埠",长长整齐的二十多个台阶,全是青石板铺成,显得厚重典雅。从我家南门出门,门口有手枪式的台阶,三排水泥浇制的台阶,头顶屋檐,倒也避风遮日,冬暖夏凉。我们冬天晒太阳,阳光晒着,风吹不着。夏天纳凉听故事。沿石阶向下,三五步就是河埠,洗衣洗碗十分方便。江南梅雨季节,河水会上涨二三米,那时米市街上进水了,我家地势高,没事。

老宅南面紧靠方便弄。我上小学,走的就是狭长的方便弄,只有一二米宽。遇上挑担的人,要侧身让行。成年后,才知道了方便弄的来历。当年,米市街兴旺后,成立了米行公所。公所为解决米业同仁子女就学,一九零六年集资创办了米业学堂、建造了米业操场。学堂创办在西南河后街,米市街上的学生上学,要绕道长埭路河边到学校,远的孩子要走三四里,不方便也不安全。学校就与房子接壤的褚姓人家募化道路,褚姓家族经商议后,同意将临靠学校围墙缩进一至二米,让出五十米长的通道,直接打通了到米市街的路,孩子们再也不用绕道上学了。我读书时,米业学堂已经改为碳石二小,我穿过方便弄去上学,也成了受益者。

家住米行的岁月,长年累月,直到我上大学,离开老家而结束,至今感今怀昔。

原载《浙江作家》2021 年第 7 期

退役警犬

墨 樵

小黑在的那几年，也是汽车站最热闹的日子。私家车尚未普及，绿皮火车还没被高铁替代，市场经济推动的人流方兴未艾，公路客运是最重要的出行方式。

大客车、中巴车都承包了，驾驶员一个个成了私人老板，他们起早摸黑热火朝天地干，却不意频频遭遇盗窃。早上头班发车，心急火燎就是打不着发动机，瞥一眼油表，才发现指针已归零，明明是昨晚才加满油箱啊。还有的到站一看车子，傻眼了，两个前轮全没了，车身跪倒在"八五砖"上……

遭殃的当然不仅是驾驶员，还有旅客，班次没了，只得退票或改签，折腾一番，误了上班上学，也有误了飞机的，汽车站好不容易树起的形象又坍塌了。

驾驶员们互相怀疑，传达室的老头连连叫屈，这么大的停车场，一两个人怎么管得过来啊。的确，五十亩地的停车场，除去绿化，密密麻麻停了一百多辆大客与中巴，加上四周的办公大楼与汽修厂，怎么管得过来？

小黑就是那时来车站上岗的。

老站长与公安系统的人熟，通过审批，买来一条退役警犬，它雄赳赳、气昂昂地出现在众人面前，一看就知道是练过正步的，肌肉发达，表情剽悍，站起来比成年男人矮不了多少。"小黑，小黑"老站长亲昵地叫，我们一看，嘿，乐了，还真名副其实，它全身棕黄的毛色中就一小块是黑的。

小黑很快成为最重要的车站职工，尽管从警队退役，但应正值壮年，奔跑起来"嗖嗖嗖"地草上飞，坐着时……该怎么形容呢，就是那首电影插曲呗：卧似一张弓，站似一棵松，不动不摇坐如钟，走路一阵风。老站长利用车站南大门一侧的围墙，为它搭建了一个套间，南面是个小天井，装了水龙头和下水口，让它晒太阳和排泄，北侧是起居室，一道铁栅栏分隔为内外两间，外间投食，再放些扫帚、簸箕之类的物品，里面是小黑的卧室。相对于居所，饮食方面就有些差强人意了，每天一个猪肺头，加上浇了红烧肉汤的白米饭。

小黑也对得起这待遇，从它上岗的那天起，车站的停车场再没失过窃。尽管昼伏夜出，白天不出现在大家的视线中，但短短几天后，车站职工和周边商户就谈"狗"色变了。它太尽责，站里开职工大会，散会一开门，就见它老猢狲一样守在走廊上，虎视眈眈扫射着每个人，没人敢跨出去；原先车站周边鱼龙混杂的闲人，晚上常来车站"走走"，现在都止步于南北两扇大门。为避免伤及无辜，小黑总要等到天黑后才放出来，但总有例外，如末班车回场延误、修理车间小修不过夜加班等等。有一次，卫国把车开回场后，自己做一些小修整待下车关门欲离开车站时，与小黑狭路相逢，小黑把一支前肢搭在卫国肩上，另一支放在他胸前，露出冷森森的犬牙。卫国吓得一动都不敢动，两手一前一后保持着僵硬的走路姿势，冷汗直流，远远望去，像一人一狗在跳探戈。夹在两车之间的甬道里，喊又不敢喊，一人一狗对峙了半个多小时才被寻狗的传达室老头发现，而此时，卫国的上肢已经失去了知觉。旅客也有出意外的，那日一辆延误的末班车很晚才近站，只下来一位外地旅客，此时，站内密密麻麻已停满了车，整得像迷宫一般，初来此地的旅客无头苍蝇似的找不着出口，被小黑盯上了，焦急中的旅客猛然发现前面出现一个凶恶的大狼狗，腿一软，跌了一跤，摔掉两颗大门牙。

初来乍到，小黑就服老站长，管它吃喝拉撒，老站长一个人也吃不消啊，就让它和传达室的老沈老许养感情，他们三人就轮流着投喂、清理狗舍，晚上放狗，白天关狗。两年后，老站长退休，新站长上任，觉得养一只狗花费挺大的，正好南门口的饮食店想扩大厨房间，遂达成协议，将原来狗舍的天井划给快餐店，快餐店则负责小黑的饮食。小黑开始受难了，天井被剥夺后，狗舍就剩一个小黑屋，它原本昼伏夜出，白天很多时候就在天井晒太阳，从此再也见不到阳光，油烟味却源源不断涌进，想排泄，也得憋到晚上放出来。更可气的是饮食店老板再也不买肺头，喂小黑吃客人的残羹剩饭，夏天甚至是馊饭馊菜。尽管如此，小黑仍兢兢业业，保持着站场内失窃案件的零纪录。

我接任站长时，小黑已经不太行了，长期晒不到太阳和营养不良，看上去瘦小苍老，居住的条件暂时无法改变，只能在饮食方面加以改善，它依然不懈怠，寒冬腊月它始终坚持在冷风中巡视。一天上班，老沈在门口拦住我，说小黑可能不行了，昨天打开狗舍门，它没出来，吃得也很少，站不起来。我忙说，快去兽医站请个医生来看看。不一会儿，老王来汇报，说兽医站不上门服务，让我带过去，可小黑已走不动路，我怎么抱得起啊。我说，那你叫个三轮车一起过去吧。上黑挺配合的，任由抱上三轮车。从兽医站回来，老沈对我摇摇头，说打了几针消炎针和营养针，小黑基本上是不行了。"再医医，不能放弃。"我说。老沈便又抱着小黑去了两次兽医站，回来后精神像是好了点。恰好此时，车站里多出一个木棚，原是洗车工休息用的，木板之间的缝隙很大，但遮遮雨雪没问题。我对老沈说，小黑三四年没晒过太阳了，要不让它住到这个木棚里去，白天阳光可以透进去。老沈说好，把木棚里面清扫，喷洒消毒药水后，又铺上一层厚厚的稻草，然后把小黑抱了进去。

那一晚，很冷，风也大，第二天一早，老沈去喂食，发现小黑躯体已僵硬。

后来我想，小黑可能以为我们抛弃了它，伤心而逝的，不然不会走得这么快。我们把小黑埋在站场中间的绿化地里，那一年，地上的扶芳藤疯长，再后来，车站拆迁，原地挺拔起一幢二十层的写字楼，小黑如果有灵魂，如今不知漂泊在何处。

原载《意林·少年版》2021 年第 23 期

风雨五十年

朱云彬

　　林语堂先生说过，婚姻犹如一艘雕刻的船，看你怎样去欣赏它，又怎样去驾驭它。春去夏来，年复一年，不知不觉我与老伴驾驭着这艘共同雕刻的互爱之舟在人生的长河中迎着风雨，锁定目标，渡过了整整五十个春秋。

　　五十年，在人类历史的长河中也许是短暂的，但在婚姻的爱河中是如此的艰辛而漫长。结婚后，我俩在农村生活。由于我从小读书在外，缺乏劳动锻炼，许多农活只好边学边干，更谈不上做家务劳动。那年代生产队靠工分吃饭，繁重的体力劳动压得我俩透不过气来。爱人虽是一个土生土长的农村姑娘，但皮肤嫩白，举止文雅，体力有限，要撑起这个家真不容易。

　　新婚初期，我们与父母、哥嫂们在一个锅里吃饭，一块田里劳动，在一个屋檐下生活了十多年。后来随着我们各自孩子的增加，房屋的拆迁，我们与哥嫂家分居而住。分家后，生活的担子日趋加重，但爱人能吃苦耐劳，承挑重担。当时全家大小六口靠我俩的劳动收入来维持生活。为了生计，我们夫妻间从不怨言。爱人千方百计挤出时间搞副业，猪、羊、兔、鸡、鸭、鹅，六畜兴旺。那时，她白天忙队里，晚上忙家里。常常鸡叫起床，深夜入床，省吃俭用，滴滴点点把钱节省下来付生产队的倒挂款。我常常挑灯夜战，三个生产队的会计工作都放在晚上完成。为了增加家庭收入，我一边兼会计，一边自学裁缝，经过近三个月的理论和实践尝试，初步掌握了常见服装的裁剪缝制工艺，开始了出门做工。那时我在外面一年做裁缝三百二十多天，妻在内照管家庭。我们间虽然有文化和性格上的差异，但彼此间还是很信任。我总觉得信任是一种有生命的感觉，信任也是一种高尚情感，信任更是一种连接夫妻之间的纽带，是一个家庭幸福向上的基础。

　　20世纪70年代初，农村裁缝较少，春冬两季出门工非常忙，几乎每天早出晚归，有时连续几天不回家，日夜加班，妻子常为我身体而担心，我也时时惦挂妻子和幼小的孩子。虽然人们常说，男人是个赚钱手，女人是个聚钱斗。这话对我们来说并不适合。当时我确实赚了比一般青年高出几倍的钱，但爱人并非聚钱斗，而是省吃俭用把副业上的滴点收入一并交给我。从不提及家里的经济，彼此间从不为钱而斤斤计较。虽然钱都在我手里，但我从不往自己身上花，处处为养家糊口，培养子女着想。

20世纪80年代初，为了培养孩子，我放弃了经商的良机，担任了民办教师。教学所迫又重新钻研书本，自学语法、古文……开始了新的目标。经过努力，终于成了一名合格的中学教师。为了改善住房条件，我们坚持省吃俭用，那时砖瓦要用柴去调换，我们只好把收获的柴草装入砖瓦厂，平时用树叶、竹叶、野草、烧饭、烧菜。为了购买建筑材料，几乎跑遍了全市各地。我们多少次起五更落半夜装运，一根根木材，一块块砖头，一张张瓦片至今还印着我俩疲劳的手印和汗水。为了建造五间平房，我俩整整苦战了五年。

1987年，随着我市职业教育的发展，我借调县城工作，新一轮目标又开始拟定，首先在城里预订了商品房。我常想，人生如挑着一副重担，无论你怎样生活，都得认认真真去挑，去承受。如果要想干出超越常人的事业，只有常给自己加压。为了照顾家庭，早日实现心中的理想，我每天五点起床，赶到学校上班。下午完成学校工作再骑自行车赶回乡下，一般到晚上六点才回到家。学校工作必须做好，家里又不能放弃。那时，年迈母亲需要照顾；孩子尚小需要正确引导和培养；家里五亩多承包田需要耕种。由于我上班太远，田里的重活、脏活由爱人去承担。农忙季节常常连饭也顾不上吃，由于日积月累，爱人慢慢地患上胃病。每逢春蚕、中秋蚕饲养季节更是昼夜不分，挑灯夜战。

1990年9月，母亲不幸跌伤，病情日趋加重。当时，我又要考虑学校工作，又要为母亲求医找药，一天24小时急得团团转。虽经全力抢救，最后母亲还是离开我们。母亲的离去，犹如在我的伤口上撒了一把盐。因为母亲是全家的精神支柱，是家的"老总理"。为了不让爱人一人孤居乡下，我在城里为她找了一份临时工。起初，每天两人一辆自行车早出晚归；家里照常养蚕、种田；把星期天、节假日，晚上全部利用起来。遇到刮风、下雨、下雪天，泥泞的道路，只好边走、边推，有时要花两个小时。这样，风风雨雨渡过了近两年。随着时间的推移，三个孩子先后完成了学业，并在城里找到了工作，成了家。我们的生活日趋稳定，初步实现了多年的理想。

人们常说，追求，是力量之源；追求，是成功之本。我喜欢在不断追求中去完善自我。我常想起马雅可夫斯基的诗句："每一天，都是一个阶梯，是新的一步，朝着坚定的目标。"马雅可夫斯基的诗句成了我的座右铭。虽然生活、工作中难免会遇上风风雨雨，但在爱人的支持、鼓舞下我总能顶住风雨扬帆前往。虽然已到爷爷年龄，但我还是一步一个脚印，用三年的时间自考了大专；又经多年自学完成了本科学业，使五十年的梦想成真。

2007年1月，我办理了退休手续。退休后，人的身体和心理都会越来越脆弱，衰老是不可抗拒的自然现象。我充分利用这段自己能掌握自己的"黄金时间"，去寻找那些原来想做而又未做成的事情，去圆那多年的梦，免得躺在床上动不了时再后悔。退休后，先在原单位又工作了9年，并利用工作之余虚心向同行学习不同文体的写作。以阅读和写作来充实自己的退休生活。每次阅读都能让我置身于古往今来那些伟大的心灵之中，瞻仰他们的风采，分享他们的喜怒哀乐，吸取他们的经验，不知不觉地把自己融进他们匠心的幽美意境之中。阅读过程中，总有许多快乐的时光。和先哲面对面，枯燥变成有趣，寂寞变得热闹，每一次新的发现都会让自己激动不已。睡前晨起，生活中许多无聊寂寞的时间碎片，通过阅读可以换成巨大的享受时间，见贤思齐。

人的生活经验是间接经验，来自于阅读。一个人的精神发育史就是他的阅读史；一个民族的精神境界，取决于这个民族的阅读水平。一个书香充盈的城市才能成为美丽的精神家园。通过阅读，不仅可以获得许多间接阅历与经验，也可以学习许多写作的技巧，学习许多语言表达与修辞方式，可以不知不觉地亲近写作、喜爱写作，并从中窥得写作之道，还可以让自己的心灵充满美妙丰沛的精神事物。人类历史上有很多座精神丰碑，要达到或者超越这些精神高度，阅读和思考是唯一的途径。

写作与快乐，其实是因果关系。写作，就像面对收获的秋天，面对沉甸甸的果实，面对五光十色、眼花缭乱的大千世界，它带给我的是懵懂后的憬悟，是冷却后的沉重思考。在完成了写作的角色转换后，我的心态改变了，我认识到：写作，只是我生活中的一种爱好，一种事务。就像人活着就要吃饭、穿衣和工作一样，还要做点应该做的事情，来丰富自己的业余生活。就像有人喜欢玩牌，有人喜欢炒股，有人喜欢钓鱼，有人喜欢健身一样。而我喜欢写作，就像一位虔诚的信徒，沿着朦胧而清晰的轨迹，在朝圣的路上慢慢地秉烛前行。如今，写作成了我退休生活中不可缺的一部分。从此，我尽情地享受着写作时的那份宁静，那份快意；尽情地品位着窗外那充满生命力与希望的绿色和透过窗帘的夜色渗出的温馨情怀。于是，我的生活不再孤独痛苦，我的生命感悟不再寂寞沮丧。

每次坐在电脑前，都会唤起美好的记忆和青春的激情，沉浸在无以言表的对幸福的渴望与追求之中。"问渠那得清如许，为有源头活水来。"对于我来说，最重要的经验是生活经验。只有生活丰满、充实，文字才不会干瘪、枯涩。生活是写作的源头活水。拥有充实的生活，同时把自己的真情实感倾吐出来，就可外化为好的文字。

回首五十年来家庭的变化，事业的发展，首先归功于老伴的日夜照料和对事业的支持。五十年中她品尝了多少酸甜苦辣，承受了多少次风风雨雨，她给了我多少的忍耐与宽容；她那宽广的胸怀，真诚地面对，使我渐渐地学会了明智与豁达，对事业的追求；使我们在这风雨五十年中始终真心相爱，成为和睦的大家庭。如今我俩虽然两鬓如霜、皱纹满面，但我们间的笑容和谈吐还是不减当年。

原载《浙江散文》2021 年第 3 期

豆 瓣 酱

朱云彬

董桥说："真正让生命丰美的，往往竟是遗忘了的前尘影事。"董桥的话不禁让我对"从前"生发诸多感慨。

从前的事就像让一些美丽的花朵盛开在我心灵的窗口，让我的精神变得朝气蓬勃。

童年的往事，现在回想起来都是美好的，特别是乡村风俗淳厚，生活简朴的民风，传统的自种、自收、自制的一件件趣事挡不住我的回忆和怀念。

记忆最深的是母亲自制的豆瓣酱，那种饱满而充盈着的香味，带着一股纯天然的热闹劲，直往我的鼻孔里钻，那时的嗅觉专为食物而生，我几乎能准确无误地嗅出各种食物的细微差别。也许是我吃着母亲亲手制的豆瓣酱长大的缘故罢。

豆瓣酱的原料是黄豆、小麦粉和食盐。黄豆和小麦都是母亲、父亲亲手栽培的。做酱的黄豆母亲总要挑拣饱满的大黄豆，淘净了在水里浸上几小时，然后放在铁锅里用旺火烧，煮熟后再用小火煨上半小时，从锅中捞出黄豆沥净水，晾凉后与面粉揉合，把和好的面团揉成一长条，用刀切成一块块麦糕。生麦糕放在蒸笼里用旺火烧，蒸熟的麦糕再用手掰成一小块、一小块。掰麦糕是我童年最最喜欢的劳动。我常和母亲一起掰，可麦糕的香味常醒得我馋涎欲滴，有时实在耐不住，只好一边掰，一边吃一点解解馋。

做豆瓣酱的技术十分讲究，麦糕必须小块、小块地均匀平摊在蚕篇里，上面用洗净的南瓜叶子盖好，时间一长，新鲜的南瓜叶就粘住了麦糕，它们结合得非常巧妙，并在南瓜叶的下面（麦糕上）慢慢滋生出黄褐色的霉花。听母亲讲，麦糕上的霉花越黄，豆瓣酱的质量会越好。

麦糕放在蚕篇里，接下来就是等待，等待，是我童年最难受的煎熬。耐不住等待，我一次次偷看蚕篇中的麦糕色变，而遭到母亲的批评。发现霉花覆盖了麦糕，高兴得连蹦带跳地把消息告诉母亲。催促母亲下酱了。那年岁，小孩什么都觉得新奇。

下酱的时间是十分讲究的，一般是选择晴朗的三伏天，器具一般是大口的缸。在缸内放上适量的冷开水，并加入食盐。食盐的多少，母亲常用一只鸡蛋放在缸中的盐水里，目测鸡蛋在盐水中的浮力来配定盐水成分的标准。然后把麦糕上的南瓜叶轻轻剥去，剥好后把麦糕放入缸内，保证缸内水与麦糕的黏稠度，不能过稀，也不能过稠。最后把缸放在太阳底下暴晒。

晒酱，是一项持久性的工作。一要时时注意天气变化，二要有耐心。早晨露水干后可端出去晒，晚上太阳落山前要收进室内，防止露水进入缸内而引起变质。有条件的人家用一个特制的大斗笠罩住酱缸，让酱自然发酵。天气晴好的时候就把斗笠揭开，让太阳直接照射在酱缸内。豆瓣麦糕在太阳光的照射下，随着水温的升高，不断地冒着气泡……晒上十天半月，酱色由黄渐渐变黑，香味也随之加浓，这个时候每天都要定时用特制的竹棒搅拌几次。

搅拌酱缸人人喜欢，不管是村上的大人还是小孩，走过路过总会搅拌几下，把底层的酱与上面的酱位置调换，时间一长酱色就会上下一致。再晒上几天就可封存。

晒酱过程中，最可怕的敌人是苍蝇，苍蝇常会闻到香味乘虚而入，一不小心把酱缸变成它的繁殖基地。最好的办法是用蜘蛛网做成缸盖，每天更换，迫使苍蝇来一只粘一只。

豆瓣酱晒成后，母亲总是耐心地灌入器皿，密封储存。那年代，农村生活条件差，家里一年四季烧菜的调料，吃粥的小菜就是自酿的豆瓣酱。读初中时豆瓣酱是我一日三餐的主要小菜，也是我与同学交往的最好礼品。

如今在城里生活，吃的都是超市的豆瓣酱，可总吃不出家乡豆瓣酱的味道。也许超市里的豆瓣酱用料太精，味道过于纯正，缺少了家乡豆瓣酱的粗犷与泼辣。

记忆中，农历六月是故乡家家户户做豆瓣酱的季节，不知现在家乡是否还有人家在做否？但母亲做的豆瓣酱味道，总是和着清香，和着艰辛，和着酸涩。这种味道，深深地渗进我的饥肤、我的骨髓，甚至我的灵魂……

原载《青岛日报》2021 年 8 月 2 日

家是游子的根

朱云彬

春节已过，游子对家的牵挂依然萦绕心头。对于在外漂泊的游子来说，家是根，年味是家的魂。大家闻着年味赶路，家永远是个牵挂。家就是游子心头那永远割舍不掉的心事，家和年割舍不离，家就是理想的港湾。

有句话说得好，过日子，就是过的一种心情。一年接一年，迎面而来，无声无息，人在成长，社会也在发展变化。过去一顿米饭、一件新衣可能都让人"激动"半天，而今物质生活丰富了，人的期盼也更富多元，对年轻一代来说，即使新年礼物丰厚，也未必换来一阵激动，更何况吃喝。一些人拿今天和昨天作对比，以此来证明"年味"变淡，其实更多是在怀念童年时光，想找回曾经的自己，其心情波澜背后的逻辑是指变的不是年味而是人心，是人们在快节奏时代，停不下脚步，丢失了童心，冷藏了亲情。

然而，在社会发展的今天，"年味"形式本就应该有变化，而且可以不断增添新的内容。"年味"更多是一种精神层面的感受，也只有回家团圆时才能真正体会。"回家过年"，全家团圆的味道不是一个短信、一个视频聊天就能替代，再好的盛宴也赶不上妈妈烧的年夜饭味道。在中国人的民俗传统中，礼仪感也只有在过年时才能集中释放，没有了礼仪自然就少了年味。

除夕，万家灯火，全家老少围坐在一起，餐桌上的香气撩拨得人味蕾大开，你一杯，我一盏，陪着父母说着家常话，小敬老，老回小，互相祝福，各自祈盼。"年夜饭"吃的是团聚，喝的是亲情。满桌丰盛的菜肴中，舌尖上的美味里，说不尽的吉祥，道不完的祝福。那些温暖会伴随着我们一生，哪怕是我们的生命之舟遇到低谷，那些温暖的、带着爆竹声的记忆仍然会提醒着我们，人间不是只有寒冷，那些暖意会帮助我们抵御人生的寒流，帮助我们冲过人生的冰河。直到很老很老的时候，我们依然会想起那些疼爱过自己的父母和长辈，想起过年时大家聚在一起热闹与快乐的场面。

周而复始，辞旧迎新。一年的日子，仿佛是一条长长的河流，缓缓地、平静地流淌。每个季节，便是河流上不同的河段。春花秋月，夏去冬来，伴着时光的悄悄流逝，岁月的更替。多少往事已化成风轻云淡的风景，而我们在人生旅途上匆匆行走，悄然回眸，有些感动，有些伤怀，有些眷念，点点滴滴，散落在流年的深处，深深地沉凝在记忆深处。细心地收藏那些散落在平凡生活中的感动，那些生命里的感动在时间的风景中，浓缩成一本醉人的画册。常言道，慈母手中线，游子身上衣。无论你身居何处，血缘是无法挣脱的纽带，拓写在我们的脸上，流淌在我们的血管中，一代又一代的轨迹总是这样交缠着投影在彼此的命运里，斑斑驳驳，难舍难分。忙碌也好，打拼也罢，事业和追求与回家过年并不矛盾，在万家团圆的春节，似乎没有什么比回家过年更重要。

春节期间走访拜年一直是春节传统习俗之一，是人们辞旧迎新、相互表达美好祝愿的一种方式。以前，正月初二三就穿新衣、穿新鞋走亲戚看朋友，相互拜年，道贺祝福，说些恭贺新禧、恭喜发财、过年好等话。随着时代的发展，拜年的习俗亦不断增添新的内容和形式。拜年的意义所在是亲朋好友之间走动联络感情、短信互贺新年，表达对亲朋间的情怀以及对新一年生活的美好祝福。

可以说，春节是中华民族最为盛大的全民狂欢节，衍生出一系列系统的、优秀的传统文化。然而，因为不少传统文化传承不够，尤其是在某些人心中，春节变为"吃货节"，认为春节的精髓就是"吃"。而在生活日益富裕的情况下，平常都能吃到美味，所以春节的年味也就变淡了。因此，要想找回浓浓的年味，就必须做好优秀传统文化的传承，不能过一个"稀里糊涂"的年，只有对春节优秀传统文化有了深入的了解和认识、认同，这个年才过得有意义。

原载《青岛日报》2021 年 3 月 15 日

徐志摩父亲与张謇的交谊

刘培良

19 世纪末，欧风东渐，中外贸易兴起，徐申如善于抓住机遇，乘势而上，除经营祖传的酱园外，更是以独到的眼界和超群的魄力，广泛投资于钱业、商业和实业。于是，徐家之产业及影响蒸蒸日上，在苏浙沪金融界和实业界拥有相当的地位，徐申如遂为一代成功人士。

海宁地处东南沿海，自古以来经贸发达、文化昌盛，崇拜和向往文化精英，蔚然成风。徐家虽然世代商海拼搏，积累了殷实的家底，但一直以"没有读书人"（徐志摩语）为憾。因此，经商之余，徐申如广交名士，攀附上流社会，旨在进一步提升徐家的知名度和影响力。他与当时政界、学界和商界名流张謇、汤寿潜、郑孝胥、钱新之、刘厚生、蒋抑之等一大批人有着密切的交往，并成为"圈内"的骨干人物。

徐申如与诸多社会名流的交往中，与张謇关系最为关键，影响和作用也最大。

张謇（1853 年 5 月 25 日—1926 年 7 月 17 日），江苏南通人，字季直，号啬庵，中国近代著名的实业家、教育家。他主张"实业救国"，一生创办了20 多个企业，370 多所学校。为我国近代民族工业的兴起，为教育事业发展作出了宝贵贡献，被人称为"状元实业家"。

在徐申如的内心，张謇其人及"南通模式"，对徐申如和海宁硖石而言，是看齐的标杆和楷模。《浙江通志》是如此评述的："（徐申如）与南通张謇尤为友善，深受其'实业救国'思想的影响。"

所谓"南通模式"及其历史意义，学界有评述与定论。著名学者吴良镛在 2003 年 6 月，张謇先生诞辰 150 周年纪念会上，提出三个问题：1. 张謇的城市建设思想与业绩；2. 为什么说南通堪称"中国近代第一城"；3. 追溯这一段历史的现实意义。吴教授认为，张謇"似乎是一个结束两千年封建旧思想、最最殿后而值得注意的大人物，同时亦是走向新社会，热心为社会服务的一个先驱者"。张謇潜心建设地方，成就卓著，他创工厂、开农垦、发展交通、修水利、办教育等。

结合徐申如在家乡硖石的作为和成效，譬如造铁路、办工厂、兴商业、修水利等，这些举动及成绩似乎就是张謇于建设南通在海宁的复制或翻版。

据张謇日记记载，徐申如与张謇之间交往和友情主要是通过江苏大生纺织有限公司（大生纱厂）和通海垦牧公司为载体和平台实现的。徐申如分别是江苏大生纺织有限公司（大生纱厂）的董事和通海垦牧公司的股东。

据《张謇日记》记载：光绪三十三年七月二十日（1907 年 8 月 28 日），徐申如以董事的身份从上海出发，坐船前往南通，参加了江苏大生纱厂第一次股东会。徐申如在南通前后逗留了 11 天。会外还参加垦区考察活动等，于是便有了后来成为通海垦牧公司股东的历史。

徐申如为何会投资远在南通的江苏大生纺织有限公司和通海垦牧公司？难道仅仅是出于单纯牟利的兴趣与动机，抑或是出于对张謇其人和南通模式的仰慕与追随？还是两者兼而有之？

我们不妨把时间定格在 1907 年。是年，对于 35 岁的徐申如而言，事业与家庭都趋向于巅峰时期。其年，徐申如任硖石商会总理。职责所在，徐申如不仅要对家族苦心经营的产业有更多的谋划与愿景，也兼及硖石地方经济的发展与繁荣。这就对徐申如个人提出更大和更新的挑战。此时，选择一位心仪人物作为标杆，作为目标，以此鞭策自我，进入崭新境界，那是最聪明的举动。张謇是徐申如事业和人生标杆的不二选择。

以南通市档案馆和张謇研究中心编印的《大生集团档案资料选编盐垦编（Ⅰ）》第二部分中通海垦牧公司会议记录为依据和突破口，可以梳理或还原相关的历史事件。

辛亥三月初二日（1911 年 3 月 31 日）通海垦牧公司第一次股东大会在下沙（属南通）召开，徐申如以股东的身份从上海十六铺码头出发，坐公司专门接送的轮船前往南通出席会议。为了召开股东大会，通海垦牧公司预先在上海《申报》等报纸刊登会议告示，并派遣专门的轮船运送人员。

从 1911 年 3 月的第一次会议到 1941 年 3 月 1 日的第十九届股东大会，时间跨度达 30 年。从出席股东会议签名单里，我们明确看到，徐申如几乎参加了所有的股东或董事会议，仅有少数几次是委托他人代表出席。

张謇于1926年8月24日去世。若从张謇日记记载的1907年8月算起，徐张两人交往有将近20年的时间。而作为通海垦牧公司的资深股东，徐申如与通海垦牧公司的关系持续长30年之久。

由此，我们可以得出几点结论性的看法。

第一，显而易见，徐申如担任通海垦牧公司股东，时间跨度长，参会率极高。具体而言，徐申如亲自参加了通海垦牧公司第一、第三、第四、第五、第六、第八、第九、第十、十一、十二、十四、十五、十六、十九次股东大会。并参加了第一到十四次，二十到三十二次，三十六次、三十八到四十三次，四十六到六十三次，六十五到六十九次，七十一、七十二，以及七十六次董事会。旧时，从海宁或是从上海出发，前往南通参加会议，也要经受车船之劳顿。但是，徐申如不辞辛劳，克服困难，从中表现出一个成功商人应有的素质和担当，同时体现了对张謇和通海垦牧公司的尊重和支持。

第二，除股东职责以外，根据公司需要和安排，徐申如应付自如地变换身份，分别担任过董事、监事、监察员、查账员、报账员，乃至股东大会主席等职。在相应的职位上，徐申如表现出两大方面的特点和才能。一是具有大局意识，特别是在对公司发展起着举足轻重的人才方面，可谓全心全意，求贤若渴。譬如，在1929年8月4日召开的第十次股东大会上，徐申如被公推为大会临时主席，在挽留江导岷董事决议时，广泛听取董事意见，从公司发展大局出发，竭力挽留难得之人才，最后获得一致决议。二是有担当精神，殚精竭虑，认真思考公司发展，在对待股权分配等议案上，据理力争，提出建设性的意见。譬如，在第一次股东大会上讨论公司选举权数办法时，有股东提出参照苏路公司股权方式，即每百股为一权模式，二十五权为止以示限制。而徐申如等站在维护小股东权益的立场，提出参照浙路公司股权方式的提议，即每股为一权模式，十股以上两股一权，百股以上三股一权。这一提议得到大多数股东的支持，并得以通过议案。

第三，重事业也重情义，坚定地支持与维护张謇的权威。与时俱进，在服务公司发展中自身也得到发展和成熟。第一次股东大会上，徐申如参股数为30股。在26人的股东中，股权排名12位（其中有并列持股30股者一人）。学以致用，徐申如虚心学习通海垦牧公司的运作方式，借鉴董事会模式，学习掌握对市场的预测，这些在海宁经商中得到充分的借鉴和参考，并取得辉煌成果。

有情有义，方为君子之交。

徐申如与张謇之间的故事和细节更是令人感到温暖。譬如，1919 年阴历三月十八日，是徐申如母亲何太夫人八十大寿，期间有个贺寿的征集活动。据陈从周《徐志摩年谱》记载："征诗文启由张季直（謇）、梁任公（启超）、钱新之（永铭）等同启。"此活动由张謇等三位大亨级人物联袂出面，足于证明徐申如面子之大，以及徐申如与诸公关系之非同一般。

期间，张謇亲自赋诗一首，题为《海盐徐君申如兄弟之母八十生朝，以戚友所进为寿者设游民工场，善事也，为赋一诗》。

老寿聪强世所誉，学仙度世道之余。

惟坤慈俭能兼蕾，似母贞明抱益虚。

训子秉心天在在，芘寒到眼屋渠渠。

已知养志非潘岳，吾友贤哉大小徐。

诗题中提及"以戚友所进为寿者设游民工场"之"善事"，是指徐申如与兄长徐蓉初共同将亲友馈送的礼金，在海宁硖石西寺后山麓创办贫民习艺所的事。这个惠及乡民的举动得到张謇的赞许。当时贫民习艺所设棉织、藤竹两科，聘请技师两名，招收失业贫民八十名，教导和训练他们的技能，使其掌握一门谋生的手艺。

1926 年 8 月 24 日，张謇在南通病逝。

徐申如致电相挽，电文为：

张第治丧处鉴：篠电惊悉，啬老作古，悲悼之至，请转达孝若先生，节哀顺变。谨先电唁，容后叩奠。硖石徐光溥叩。宥。

电文中提及的"孝若先生"，即张謇之子张怡祖，字孝若，又字潜庐。

随后，徐申如赴南通，参加张謇的葬礼，表达对张謇深切的敬仰和怀念之情。

原载《联谊报》2021 年 1 月 5 日

通海垦牧公司股东徐志摩

刘培良

1930 年 2 月 20 日，位于江苏南通的通海垦牧公司第十一次股东大会如期举行，海宁籍诗人徐志摩以股东身份出席本次会议。一个著名诗人是如何"华丽转身"，而成为通海垦牧公司股东的呢？

通海垦牧公司是由清末状元、著名实业家张謇于清光绪二十六年（1900）在南通集股创办的一家商办企业。

事情的来龙去脉，要从诗人之父徐申如说起。

徐申如与张謇，以及与通海垦牧公司等关系密切。徐申如一直担任通海垦牧公司股东及董事等职。

作为徐申如的儿子，徐志摩的名字在《大生集团档案资料选编盐垦编（I）》①里一共出现了三次。

第一次是 1915 年 5 月 31 日，在南通"有斐馆"召开的通海垦牧公司第三次股东会议到会股东签名单里，有徐申如的名字。特别的是，在其姓名边赫然有一个小注："并挈其子"！

徐申如只有一个儿子，那就是徐志摩。

这四字小注，我认为至少可以从三个方面来解读。其一，显示出徐申如在股东成员中地位之高、影响之大。他的一举一动足以被人关注。所以，携带儿子参加会议这件事会被记录在案。当然，这里面也显示出通海垦牧公司对股东徐申如的尊重。查阅通海垦牧公司股东大会所有的会议记录，没有发现其他相同或类似情况的记载。作为个案，可能有它的偶然性。但个案一旦生成，无疑具有独特的意义和价值，特别是发生在名人身上——通海垦牧公

---

① 南通市档案馆、张謇研究中心编著；通州市华民彩印有限公司，2009 年 5 月出版。

司的那个书记员，也许做梦都没想到，眼前的这个孩子，股东徐申如的儿子徐志摩，日后会成为影响中国新诗进程而大名鼎鼎的诗人。其二，显示出作为父亲对儿子的期望和栽培。带领 18 岁的徐志摩，让其参与或是旁听比较重大的股东大会，使其打开眼界，接触诸多成功人士，足以显示父亲用心之良苦。此时，徐志摩在杭州一中就读，直至这年的夏季才毕业，然后考入上海沪江大学。其三，是对徐志摩本人的感受和影响。亲眼看到父亲投资的成功，父亲圈子的品位，父亲影响的重大，使初出茅庐的徐志摩自然充满新奇和自豪，也给他诸多启示和激励。

第二次，是在 1930 年 2 月 20 日，通海垦牧公司召开第十一次股东大会，徐志摩的名字第一次正式以股东的身份出现在会议的议案中。此次会议共到会股东 32 人。会上有票选董事一事，徐申如虽没有参加会议，但仍再次当选为董事。

若是从 1915 年 5 月那次随父亲徐申如到南通算起，迄今已有整整十五年了。其间，徐申如有无再次携带儿子到南通参加股东会议等，因没有找到确凿的历史证据，所以我们无法得知。

今非昔比。已过而立之年的徐志摩，此时在文化界可谓如日中天。再次走进会场的刹那间，令徐志摩时空交错，今夕何夕：15 年前的情境，那时的好奇，惊喜，神往等情绪，历历在目，恍如昨日。想到那时自己的青葱幼稚，徐志摩不觉莞尔一笑。今天的会议性质，出席会议的人员，对习惯于或是游刃有余于文化艺术界活动的徐志摩稍感陌生和距离。但他很快调整好心绪和思路。

结合诗人生平，33 岁的徐志摩，在 1930 年上半年，基本是在上海光华大学和南京中央大学任教，同时兼中华书局和大东书局编辑工作。是年秋，徐志摩辞别光华、南京中央大学教授职务，应胡适之邀赴任北大教授和北京女子师范大学教授。这是他人生的重要转折点。

回到股东本次大会。我们可以发挥一下想象力，当徐志摩，一个文绉绉的诗人兼学者，突然间正襟危坐在一群商人堆里，面对着公司一大堆冗长的事务性报告，以及密密麻麻数据的财务报告等进行商议并表决，会是怎样一副情景？换个角度而言，出席会议的其他代表会以怎样的眼光和心态来观察诗人的一言一行？在特定的场合，社会角色的自然而有序地转换，正是对一个人情商、智慧、能力等的综合考验。如果说能写好诗歌成为一个诗人是一种小概率的天赋，那么，能读懂报表数据就是一种需要培养的专业修养。

此刻，诗人徐志摩实现向股东徐志摩的蝶变。

在本次股东大会上，他到底发表了什么意见和建议，我们没有看见明确而直接的文字记载。但可以肯定的是，他的发言或态度一定是体现了其专业水准的，绝非尸位素餐，瞎子摸象。因为，徐志摩当初在哥伦比亚大学就读硕士学位的专业就是经济系。所谓行家看门道，徐志摩真正属于科班出身的内行。

徐志摩出席这次股东大会，无疑是父亲徐申如的授权与委托。此时，徐申如已近 60 岁的花甲老人。徐申如的这个安排，是否可以看作他心生让儿子接手徐家产业的预想？抑或是对其经商能力和水平的试探和考验？

第三次，是 1930 年 8 月 5 日，徐志摩代表徐申如出席通海垦牧公司第三十四董事会。从会议排名来看，位居第一位。与股东大会相比，董事会则是公司最核心的商议决议机构，作为 11 名董事（代表）之一，徐志摩全程参与了本次会议五个事项的商议和表决，尽心尽责。

就徐志摩参与股东大会和董事会议等事实，我们不难看出，作为徐氏家族的一员，徐志摩表现出得心应手的经商天赋和精明能干的领导素质，其情商与智商千万不可小觑。

于是，我们完全有理由想象或是推知，徐志摩若不是意外夭折的话，他还会有更多的机会，参与通海垦牧公司的股东大会或是董事会议，甚至正式成为徐申如事业的接班人，成为该公司名副其实的股东。而作为社会名流，因为有徐志摩的参与，也会给通海垦牧公司和徐家带来更大的知名度和影响力，真正实现名利双收。这也可能是通海垦牧公司最希望出现的马太效应。

原载《联谊报》2021 年 11 月 30 日

爆 鱼

朱利芳

我是很喜欢吃鱼的，好似从小养成的习惯。

弟弟小时候吃鱼，被鱼刺卡过喉咙马上摆出英雄气概，大丈夫不吃就不吃了。而我反其道行之，即使被卡还是要吃，努力从鱼刺最多的地方下手，专吃鱼背上的肉，剔刺吃肉，有成就感。

当然，这也是父母正面教育的结果，经常得到表扬的孩子会坚持显摆自己。所以，吃着吃着，我好像变得特别喜欢吃鱼了。而且每次吃鱼，就从鱼背脊下筷。那是我的地盘。

妈妈也是喜欢吃鱼的人。但自打我记事起，妈妈就似乎只吃鱼头鱼尾，她总是说吃鱼头的人聪明，鱼尾的肉最好吃。于是她的孩子们总是心安理得地吃着鱼身上最肥美的肉。但那时候，能吃鱼的机会并不多，大部分下饭的菜是蔬菜，青菜萝卜当家，油又那么金贵，常常白煮一下，或是放点酱油就当是菜了。能够吃鱼吃肉，那是过节，特别是过年过节的期待。

最大的节日自然是春节。我们那时都知道，过年其实是一个过程，并非吃顿年夜饭就算数的事。从准备开始，搞卫生，大扫除，备年货，烹制准备都是非常繁杂的。做蛋包子、鸡黄肉，炸响铃春卷，杀鸡宰鸭酱肉腌肉，家家都做。朋友间还会送上些特色的年货，比如宁波那里的梅菜，嵊州的米线糟货等等，我记得当年有个宋大伯送来自家做的宴球，冬笋和鱼肉肥猪肉杂糅的味道，绝对美味。对了，还有爆鱼。在我印象里也只有过年的时候才可以尝到，平时一条鱼还分段吃呢，哪里可以这样的奢侈，还开油锅炸呢。

那年代口味单调，仿佛只要是油炸过的就香，吃到肥肉就滋养，真是缺啥想啥。对脂肪的渴望是回应饥饿身体的本能。大碗吃饭，大口吃肉，是多少人的向往啊。而爆鱼却不一样。爆鱼某种程度上是一种精致和悠闲，是让人品味的，是要咂嘬着吃的东西。虽然与咸鱼酱鱼有类似，但总归有不同之处。

过了那么多年，我竟然不知道妈妈最喜欢吃爆鱼。直到那一天我带了盒爆鱼去父母家，她才亲口承认自己的喜好。

平时大家聚餐，父亲总是有心记得各人的口味，然后一一点菜。上菜时会说这是谁喜欢的菜之类的话。而他的印象常常是固化的，所以，我们来来回回地吃着我们喜欢的菜，几个回合下来，我们不得不开导他，即便是喜欢也不能天天吃这个啊，要挑新鲜的菜式，别致才好。母亲总是笑笑坐在那里，因为患有帕金森，她的手常抖，坐在她边上的人会为她布菜，父亲也会记得把菜夹到她的碗里，她总是说，都好吃，我都喜欢吃的。哎呀，到现在还忘不掉妈妈做的毛腌鸡、红烧鱼，但妈妈喜欢吃什么，我真不清楚。

我带去爆鱼是新鲜的，所以劝妈妈马上尝鲜。妈妈挑了块小的，专心地吃着，一根根骨头都润得干干净净。吃完一块言犹未尽的样子，又拿了一块吃。她告诉我之前娟婶婶做了爆鱼送到家里，她一个人全部吃光，她的脸上突然表现出一种特别的满足。那真是心满意足的表情。

人莫不饮食也，鲜能知味。五味俱足，又不会使人饱餍，越吃越想吃的，总会是些精致的东西。开胃的菜往往就是这种吊胃口的食物。我知道父母年纪大，特别是父亲牙不好，妈妈的身体差，两人对于食物的激情下降到只要讲究营养齐全填饱肚子即可，倒似回到把整牛放在毛公鼎里熬得稀烂的时代。妈妈有时抱怨因为父亲很多东西咬不动，家里吃来吃去就几样菜，而做法也无非就是蒸和煮，难得下油锅。当然，做菜得自己去买菜，再洗汰切烧，还要学习新的配搭烹饪，于她的身体而言已是难事，所以一向勤劳主内的她对吃现成饭心存愧疚，说这话的底气不足，总归会在最后加一句：能够安安稳稳吃蛮好了。

我从小爱逛书店，并不喜欢烧菜，对菜市场避而远之。人间烟火在那时的我看来等同于俗气。但现在年龄渐长，喜好竟然大改。连旅行之地都要去异乡的菜市场瞧瞧，看看那里有什么不一样的新鲜。菜场里生鸡活鸭，鲜鱼水产，绿瓜红椒白蘑青叶，似乎生活在这里极显热闹，非常有乐趣。

现在的条件与小时候相比，差别不是一点点。我再不用像父母当年那样为家人的吃喝日用发愁，现在喜欢吃什么甚至只需用手机点点就可送到家，但吃什么怎么吃，倒仍然是一个考究生存之道的问题。

去增饰，存本味，不勾浓芡，少用油盐味精，烧几个家常小菜，当下的我爱上一种清淡却有滋有味的生活。比如腌好橙汁酱萝卜在早上过白粥，顺手做个鸡蛋烙饼；或者自己做上杏仁豆浆，再蒸几个南瓜馒头，都是自然得不能再自然的事。至于春天包点荠菜馄饨，用香椿煎个鸡蛋；夏天用苏州鸡头米或武义宣莲煮个甜汤，不必等到秋天才吃上美味的瓜果，冬天一家人围着吃个火锅，涮涮牛肉羊肉都是寻常。

只是等到这样的好光景，妈妈却老了。糖尿病让她远离各种美味，帕金森令她完成吃饭这件事越来越困难。最喜欢吃爆鱼的她，现在也不得不放弃了，因为难以辨出鱼骨头了，容易卡刺不说，还重油重盐重糖，她不得不远离。

爆鱼这种精致而悠闲的吃食，与她再无交集。她不会说遗憾，只是日益沉默，疾病让她丧失了许多独家记忆，也许再过一段时间，她连自己喜欢过谁都要忘却，这才是让我们难受的事。

原载《嘉兴日报》2021 年 10 月 15 日

有声与无声

许培源

夜晚，万籁俱静。

一家三口，妻子夜晚常常加班，家中留下一对父子。父亲静坐客厅读书看报，儿子守在自己房间，戴上大耳机，在电脑上兴奋地玩着游戏，父子俩沉浸在自己的世界里，找到心中的那份乐趣。

每天的日子平静地过去。每晚临睡前，妻子为家里准备明天上班吃的早点，清晨也总是第一个醒来，洗漱、洗衣、做好早餐，匆匆吃了早点，然后出门去上班；第二个起床的是父亲，洗漱完毕，吃着热气腾腾的早点，开着车去到离家一个多小时的地方工作，几乎天天如此。儿子起床最晚，也许晚上玩累了，每天起床总会迟一些。除非第二天有要紧工作急着做，就让母亲提醒他，有时他开启手机闹钟，按时起床。

夜晚的时间，属于自己的，是一个私域的空间，在客厅里的父亲看报、看杂志、看书籍，儿子在房间噼噼啪啪地敲着键盘，随心所欲，时而放声大笑，时而传出骂人声音，时而又赞扬对方的游戏打得好，与屏幕后面的同伴，一起笑，一起闹。

父亲是个喜欢安静的中年人，也是个喜欢文字的人。每晚下班回到家，总要挤出一点时间，用在读书看报上，看的报刊文章，是当地报纸上的副刊美文，有的是自己每年订阅的文学杂志，打开书本，仿佛进入忘我的境地，文字耐读，故事情节优美，常常吸引住了他，几十年来，养成每晚在家阅读习惯。有时，父亲读着书报，忽然心血来潮，受到书中某个段落的启发，或者对书上一句话产生共鸣，他拿出自己的电脑，在键盘上徐徐敲打文字，抒发心中的感受和发现，而更多的时候，父亲在客厅安静地阅读。

儿子是个装台人。那年，他二十四岁，大学毕业，曾经做过一年设计，后来就职于小城一家文化传媒公司，主要从事当地重大项目开工、会展宣传布置和商家开业活动的搭台工作，这既是体力活，也有平面设计。但是，做这一类项目活动，时间节点是关键。有一次，公司接到市里某个工业项目开工仪式，要求三天完工。为了完成这个任务，他们几个人冒着零下 4 度的严寒，在空旷的工地上，通宵达旦地干活。开工仪式当天，现场红旗招展，背景画面醒目，各路宾客按定位排队站立，开工仪式成功举行。这一天下午，他睡了三个小时，又匆匆去忙拆台的事情。但是，到了晚上，人吃力归吃力，他仍然坐在电脑前玩起了游戏，好像昨夜通宵的劳动，与他无关。

儿子房间的门，平常是不关紧的，时常传出儿子玩游戏响亮的叫喊声，敲打键盘声，游戏中的打斗声，与对方交谈声，骂人声，不一而足。这些声音慢慢传到了客厅，父亲看书的氛围破坏了，有时，父亲忍耐一会，实在听不下去了，就大声喊话过去，儿子戴着耳机，听不到父亲说话，游戏声音依旧，父亲无奈站起身，走到儿子桌前郑重跟他打声招呼，"声音小一点"，儿子摘下耳机，点点头说哦，手指仍然不停地敲着键盘，望着电脑上飞快闪动的影子，发出噼里啪啦的打斗声充满了荧屏。儿子沉湎其中，父亲默默走开了。

也许是儿子平时工作过于劳累，也许为了解压，也许纯粹喜欢游戏中的快乐。每晚玩游戏，成为他乐此不疲的一种休闲娱乐方式，也是他们这一代人共同的嗜好。相对于出生 20 世纪六七十年代的父辈，那是无法体会此种乐趣的，一来为生活所迫，照顾上有老下有小，二来不懂玩游戏技术，游戏讲究心手合一，既要眼疾手快，还要懂得各种各样巧妙的游戏玩法，而且要玩出高水平来，方能在游戏阵营里，称王称霸，你水平低，没兴趣跟你玩，水平高了，自然有人喜欢与你下战书，一决高低。

以前，儿子玩游戏时，父亲总不免要说上几句，数次提醒儿子保重身体，晚上不能累着要影响明天工作，还要保持年轻人一颗上进心。妻子则认为儿子会玩各式游戏，智商高，具有挑战性。她还举了个例子，说她有个同事儿子，大学毕业后在医院做后勤，每晚下班，在家闲着没事很早就困觉了，连玩游戏也不会。妻子说这番话，脸上带着自豪愉悦的神情，父亲听了，心中有些迷糊又觉得词穷，后来他想通了，记得林肯说过一句话：大多数人之所以快乐，是因为他们决定要这样。以后，他就不再打搅儿子玩游戏，烦恼的心绪远去了。

于是，家中成了有声与无声交织的空间，父亲看报读书是静态的，儿子玩游戏是动态的，同一个屋檐下，父亲的无声，会让人感受到是在吸收各种文字，传递思想动态信息，被种种书香包围。而父亲灯下的阅读剪影，成为夜晚的一种美好的陪伴，时间慢慢流淌，涌入岁月怀抱，启发了夜色中更多的想象。

儿子玩的游戏名叫英雄联盟，一人玩、二人玩，最多双方10人对着玩。游戏中的他营造出的有声世界，充满了各种刺激、悬念与挑战，充满了厮杀格斗的火爆场面，让荧屏的世界充满了各种可能性，是儿子"乐不思"的地方，是年轻人争强好胜之处，也是传递出烽火狼烟的战场，儿子所思所想，尽在游戏的世界，容不得他做出半点的柔情和懦弱，只有敢冲敢拼，才能做游戏中的强者勇者。在这一点上，现实世界里，与他的装台工作有呼应之处，承载他青春与梦想的人生。

自从那次家庭讨论之后，这对夫妇默认了儿子玩游戏，儿子念及父亲的话，顾及自己的身体。以后，每晚到了11点钟，儿子就关上了电脑，不再有玩游戏的声音了，家中有声与无声之间的这对矛盾也没有了，只剩下时间的指针滴滴答答地走动声。

原载《散文选刊·下半月》2021年第9期

花生物语

许培源

我家坐落于钱塘江北岸一个偏僻的小乡村。小时候，家里每年种植水稻、小麦、络麻、花生，而我最爱的却是花生。

一

每年谷雨，是播种花生的季节。父亲用犁耙在地上辟出一个个地沟，深三厘米，把一粒粒饱满又结实的花生种子，均匀地撒在地沟里，盖上细细碎碎的泥土，花生沐浴着谷雨温暖的阳光与雨水，地上冒出了一株株花生幼苗。半个月后，你会发现，匍匐生长在地上的叶蔓，渐渐开出一朵朵花，花瓣黄色，花蕊金黄色，平添乡间地头一抹亮色。阳光下，蜻蜓与蝴蝶飞过来，我心中充满欢喜，常常追逐着她们嬉耍，那里成了我童年成长的乐园。花落之后，花茎上许多牙尖，很自觉地钻进地里孕育果实，而在我看不见的泥土下，花生正在一节节萌动与生长，犹如一只只装满果实的小船，航行于浅浅的泥土下。这当然是我猜的，花生恰也是按我的想象长大的。

花生的生长期短，三个月后，就到了收获的时候。我们双手握住一蓬蓬茂密的花生藤蔓，从地面上向上奋力一拉，花生藤迅速离开泥土，一丛丛枝蔓连着一串串花生果，花生壳上都沾上新鲜泥土，我们用手抖动抖动，花生身上疏疏落落的泥土掉下来，露出了白白净净的一节节花生，我们把花生与花生藤装在竹筐里，欢欢喜喜地挑着担回家。

回家后，全家人采摘花生，把叶藤上的一节节花生用手拧下来，摘下的叶子供羊吃，花生藤晒干当柴烧，花生放在阴凉初阴干，像这样品种早熟的花生，花生仁还没老熟，我们管它叫"嫩子"花生，可以卖给镇上居民人家当菜吃，或者卖给饭店，供顾客下酒吃。一分地可收获50斤花生，我家每年种二分地，不仅家人可以吃，还能拿到镇上去换钱。

二

一个夏末初秋飘着薄雾的早晨，父亲带着我去30多里地外的小镇上卖花生。我们一路走着去，父亲挑着一担用尼龙袋装好晒干的花生，我跟在他身后，一前一后，往小镇出发。

那一年，我十三岁。我第一次出远门，外面的世界于我，是多么的新鲜，又充满着内心的渴望。一路上，我们路过河流、小桥和村庄，路旁的树木、庄稼，打湿了我们衣裳，附近偶尔传来的一阵阵狗吠，那么的空旷而响亮，我都不让它们从眼前白白溜走，那些陌生的周围环境，陡然增加我的兴趣，尽管我两眼朦胧，早起没有睡好觉，但是，我整个人兴奋着，激动着，像一只警惕的猫，凝神张望。

那时，父亲40多岁，中等个子，他穿着两用衫，挑担走路的步子，走的平稳，走的坚实，我跟在父亲沉甸甸的步子后面，感觉父亲像是一座堡垒，矗立着在我前面，冲破了薄雾，去除了寒冷，在我眼前留下一个坚实的背影，我一点都不害怕，也不用担心。父亲的一个肩上体力不支，他也不歇一歇，换个肩膀仍继续赶路。

在通往小镇的一条弯弯曲曲的乡间小路上，父子两人几乎没说多少话，把力气省下来，默默赶路，他向前走一大步，我向前走一小步，他转弯走，我也改变走路的方向，这样走路的情节，在我一生中，很少。

天微凉，走路正好补充了身体热量，我们走了大约一个小时，来到了小镇菜场。我们选了集市靠近巷口一个地方，放下两个袋子，竖立地面，打开口袋露出花生，路过我们摊位的赶集人，会弯腰下来，用手掌往袋子里面的花生搂上一搂，抓一把花生闻闻，再问一声价格，"一斤嫩子花生六七角钱，或者换浙江粮票半斤。"父亲答道。

一个半小时，我们很快卖完了两袋花生，这时饥肠辘辘，闻着巷口早餐店飘来一阵阵诱人的香味，我站着就迈不开腿了，父亲见状，从上衣口袋摸出卖花生得来的钱，小心翼翼地其中大多数是粮票，仅有几张纸币，他拿着钱快步走到摊位旁，替我买了一个冒着热气的糖蕉，形似香蕉，外面撒了一层白糖。我一边走一边吃糖蕉，当时的我还叫不出它的名字，伸出舌头舔着糖蕉外面的白糖，不舍得咬上一口，拿在手上慢慢吃。这时，从巷子里走出与我一般年纪的小镇上几个少年，他们用异样的眼光注视我，带着一种鄙夷的眼光，还用手朝我指指点点，我赶忙背过身去，不让他们看见我这样子的吃相。

这块糖蕉的滋味，我早忘记了，但在脑海中，父亲替我买糖蕉的情景，却依然深深地留在我的记忆中。

三

上了中学，我读到许地山散文名篇《落花生》，文章开头的那一段话，深深打动了我：我们家屋后有半亩空地，母亲说：让它荒着怪可惜的，你们那么爱吃花生，就开辟出来种花生吧……平平淡淡的一段话，于我而言，却意味深长，让我对花生的感情更深了，那是我家乡一份浓浓乡愁啊，那花生蕴含着故乡岁月的甜蜜和芬芳，直到现在，还流淌在我的记忆深处。

每年，家里除了花生去集市卖，还留下至多10来斤花生自己吃，我们把这些花生放在太阳下晒干，等散尽阳光的余温，把它装进塑料袋保存，平常日子，我们舍不得吃，一定要藏到每年除夕晚上。等到除夕，家家户户辞旧迎新，欢欢喜喜过大年，每户人家炒花生，必是一道过年不可缺少的内容。花生俗称长生果，寓意年年健康长寿，长寿多福，寄托着乡人对生活的美好祝愿。因此，除夕晚上，左邻右舍的炊烟里，都会传出炒花生的一缕缕香味，年味越来越浓。

父亲是个炒花生的好手。他炒花生用的是河沙，细细的沙石子，先在锅中把这些沙子炒热，再放进一节节玲珑的花生，用铲子在锅中上上下下、来来回回不停地翻动着，等到花生七八分熟，再放进一份适量食盐伴炒，让盐巴慢慢渗入花生。而烧柴灶的人总是我，灶肚里窜出来的火光中，映出我的喜悦和兴奋，父亲一会说，火头旺一点，一会儿又喊我，火小点，我等得有些不耐烦了，便着急地从灶膛探出头，问，花生熟了没？往往这时，炒熟的花生香徐徐送出来，充满了整个屋子。

刚出锅的热气腾腾的花生，闻着一股花生与烟火混合香气，那股特别的香味，太熟悉了。父亲把炒熟花生倒进米淘箩，用双手握着用力地来来回回过上一遍，发出"刷刷刷"的响声，那是河沙从淘箩的空隙中，窸窸窣窣地跑出来，米淘箩只剩下白净的一堆花生，外壳没有一点点焦黑，用手剥开花生壳，除去花生衣，露出一粒粒饱满圆润、白白亮亮的花生肉，透明似的，颗颗晶莹亮丽，我们愉快地把花生放入口中，轻轻一嚼，花生浓香的味道充溢在嘴里。

新年快到了，我想起父亲除夕夜炒花生那一幕，眼前又浮现出一家人围坐在一起吃着花生盼新年到来的美好情景。

原载《烟雨楼》2021 年第 4 期

第三只眼睛读 "双典"

丁震麟

《水浒传》和《三国演义》之所以读来有趣，全仗于气势宏大，情节曲折，人物鲜活，智慧超群等等。他们大块吃肉，大碗喝酒，性格是豪爽的，体魄是强健的，计谋是诡谲的，出手是惊人的，但是缺少最重要一点——人性。他们压根儿不知道，即便最卑微猥琐的个体生命，都有其存在的权利和价值，大刀阔斧断不可指向其中一些无辜的弱者。可在快意恩仇思想支配下，他们却不顾一切地横刀相向，使一个个鲜活的生命倒在血泊之中。李逵为救宋江，不仅在江州滥杀无辜，还砍四岁小衙内；武松不仅杀嫂，也杀小丫鬟，包括张都监家中的男女奴仆；张青、孙二娘开人肉酒店；刘安杀妻招待刘备；曹操杀王垕以安军心……尤其令人发指的是，李逵不仅在林子里要了小衙内的性命，还把他的头劈成两半。其手段之残，禽兽不如！当然，他可以把杀人罪责推给梁山头领，这是他们逼迫朱仝上梁山而设计的阴谋，李逵不过是被当枪使了一回，但，是否该杀一个无辜的小孩，李逵心中难道没有一丝掂量？难道劈其小脑袋也是梁山头领教的？众所周知，韩琪追杀秦香莲及其儿女，同样是陈世美派遣指令的，韩琪却为何不忍下手，最终以自刎放了他们三人的生路？两者心地是仁是狠，在此立显无遗。经营菜园子和酒店的张青夫妇，尽管言称不剁吃三种人，余下的概不放过，然千种万种的人，哪一种的生存权利就该被剥夺？由此而言，像李逵这样不问青红皂白从 "排头砍去"，像武松这样把潘金莲心肝拿来当祭物的灵魂，像杨雄这般对偷情妻子潘巧玲剖腹开肠的行为，是绝对变态的。三国的列强争夺天下，雄心勃勃势焰万丈，但权术布满头脑，杀机充斥内心。往往是表面哭，心里乐；表面笑，心里苦；此时脉脉温情，彼时又咄咄逼人……故而，若无辨识能力，愈向这 "双典" 靠近，迷失在骗术、权术编织的梦魇中乐不知返；陶醉于刀斧丛中乱砍乱杀的那种感官快意，心灵则愈有可能会不知不觉被污染、被毒化。

《三国演义》与《水浒传》是压在中国妇女身心上的"大山"，她们在《三国演义》中是被利用的对象——政治之棋；在《水浒传》中是被杀戮的对象——刀俎之物。这两座"大山"不倒，妇女们就难以摆脱"尤物""祸水""狐狸精"之类恶名。不是吗，阎婆惜被宋江杀死，潘巧玲被杨雄干掉，都是他们的女人罪有应得，而不去想想，第三者为何会乘虚而入。至于那个潘金莲，就更不用说了，当千刀万剐的货，却对她如此不般配的婚姻毫无一点怜悯心。假如，有一见倾心，有秋波暗送，有赏花葬花，有取悦争宠之类纠结的《红楼梦》是一种雅情文化，则到处是巧取豪夺，弱肉强食的《水浒传》就是一种暴力文化，而《三国演义》中的你算计我，我算计你，似可归于谋略文化了。只是《水浒传》中的斗士以虚伪、野蛮形象居多，虽然鲁智深可算得真斗士，他力大无比，智勇双全，不滥杀无辜，坚守一个真正的义士品格，但李逵、武松等人呢？刀斧所指几近一片混乱。武松醉打蒋门神，帮施恩夺回快活林，莫以为是正义的铁拳，那不过是在利益之争的"黑吃黑"中，充当了一方的帮凶而已。混乱还在于所谓的"逼上梁山"和"劫富济贫"。其实，除了林冲确实是被逼得走投无路才上梁山之外，其余人则绝非一个"逼"字所能涵盖。有的是自闯大祸，像晁盖、吴用、宋江；有的本是"逼"人家的角色，像张青和穆氏兄弟之流；而卢俊义、秦明、呼延灼等人，顶多算是"诱上梁山"吧。至于劫富济贫，更像是一种弥天大谎，从王伦、晁盖到宋江，梁山群雄在他们率领下的"劫富"成果，在小说中看不到与平民百姓有关的动人章节。也就是说，只劫富不济贫。劫富的成果，都不过是进了山寨肉山酒池中好汉们的嘴。

"曹操煮酒论英雄"，为何不论圣贤？乃英雄最主要的特征是"胆力"，功利第一；圣贤最主要的特征是"道义"，德行至上。曹操自诩天上蛟龙，拥有胆力，但他那"宁负天下人"的人生信条，与圣贤有霄壤之别，所以做不了"内圣外王"，只能做"内雄外王"。曹操确实爱才如命，赵云在曹军的重重包围中，若非他慕其骁勇而下了一道"勿伤"令，赵云岂能杀出一条血路救出阿斗！可曹操爱才是有前提的，即必须附顺于他，否则绝不容许任何才俊与其共戴一天，哪怕是为他立功显赫的荀彧，更遑论杨修、祢衡二者了。故而冠其"阴险凶残的实用主义者"，怕是不过分的。刘备满口仁义道德，却满腹"宇宙之机"，距圣贤之称也很远，要不然曹操一句"今天下英雄，惟使君与操耳",何以吓得刘备"手中所执匙筋,不觉落于地下"?无非是心机被对方识破之后的惊慌失措。如果说,《红楼梦》中那句"机关算尽太聪明,反误了卿卿性命",主要是针对王熙凤式的权术而言,基本立场是嘲讽、鄙夷和唾弃;那么《三国演义》对权术似乎是采取了一路欣赏的态度。你看,曹操、刘备、孙权为了称霸于世,都可谓机关算尽,却一点不耽误性命,反把三者性命推向权力的顶端。从这层面看,有评论认为《三国演义》有高超的智慧,无高尚的心灵,无疑是一针见血,却长期以来没有被国人认清而误读,以至一直以来,对于中国人影响最大,不一定是孔夫子,而是让刘备、关羽、武松、李逵这些人的品行,津津乐道于坊间。这似有点悲哀,不过只要把梁山好汉和三国列强,置于广阔的中国历史和文化的背景中去衡量和辨识,你原有的传统英雄观,便不难得到校正。

原载《剑风琴心》团结出版社 2021 年 3 月出版

送 花

丁震麟

　　究竟是送花成为时尚之后催生了众多的花店，抑或花店一多才促使送花流行起来，谁也不清楚，反正就目下而言，鲜花正处处点缀我们的生活便是事实。你看，凡祝贺、慰问、表彰、欢迎等，每每要送上一束鲜花，以表达送花一方真挚、友善、热烈、敬重的情意，不是很普遍了嘛？而且还透出这一举动的几分时新和雅致。有时甚至接候、探望、赴约之类，也不忘记带上花，真有点"乱花渐欲迷人眼"哦。

　　道理很简单，花是美好之象征，人见人爱，尤其花好正当日丽，那更是令人陶醉的良辰美景。而花香四溢时，不仅舒爽心情，也给环境增添了温馨和喜色，以致养花、送花和献花的情景，就不时地映入人们眼帘。

　　不过事物都具两面性，一想到"花无百日红，人无千日好"之俗语，又不免产生另一番滋味了。送花的时候，红花绿叶，正值生机勃勃，娇艳夺目，可一旦花谢了呢？尤其当它谢得一无所有，只剩几根枯枝几片黄叶时，那种"无可奈何花落去"的怅惘心绪，总会涌上来一些的，除非对生物素来漠然处之。尽管如此，芸芸众生仍然是恋花惜花为绝大多数，"只恐夜深花睡去，故烧高烛照红妆"，该是对这一心绪的揭示吧。

　　国人爱花却又叹其不持久，并非始于今日，"惟草木之零落兮，恐美人之迟暮"，这是屈原说的，那么倘若让他与女友赴约，会送花给对方吗？就因此我猜想多半不会；何况在唐代，还有"洛阳女儿好颜色，坐见落花长叹息。今年花落颜色改，明年花开谁复在"的诗句。可见，在华夏这片古老的土地上，对于花的看法，似乎不尽一致，或者说是不众口一词的，甚至将花冠于行为不端人士，也有例可举。譬如，把爱情不专一喜欢搭七搭八的人，比喻成"花蝴蝶"；把见了女人就追逐就神魂颠倒的人，叫作"花痴"；把纨绔子弟称为"花花公子"等等，都可说明之。而送花其实也并不属于中国传统的示爱方式，它与接吻、拥抱一样，是西风东渐之后由国外传入的。

其实也无须多作感慨，花谢了扔掉便是，再换上新鲜的，岂不照样赏心悦目吗？但国人是重视礼仪之邦，讲究情谊之坚定，往往也就讲究相互之间的赠予物，特别是男女之间一旦有了恋情，就更非同寻常了，好像非久藏珍贵之物不出手。这样一来，便有了祝英台送给梁山伯的是玉扇坠，申贵升送与志贞尼姑的是玉蜻蜓，柳湘莲赠给尤三姐的是鸳鸯剑，等等。自然也有送别的喽，譬如那个被称之为"贰臣"的侯方域，送给李香君一把折扇，作为定情物；贾宝玉送给林妹妹一块丝帕，以示爱慕，而方卿收受他表妹的，则是一枚珍珠塔……总而言之，古时人与人之间送花现象罕见，究其原因，不外乎花易谢，而玉、扇、剑、帕之类便于长期保存，同时也象征情义的忠耿和坚贞，情愫的深切和绵长。

诚然了，送花还是送别的什么，要因人而异，要按各自的喜好，也应该根据具体事宜和场合来决定，不必硬充复古派亦步亦趋，也无须新潮得千篇一律毫无个性。就笔者而言，虽然喜欢种植一些花草，在实际生活中，却从未以一束鲜花祝贺友人，即使有时看起来这一形式最时髦。

原载《交通旅游导报》2021 年 1 月 30 日

春暖扳鱼乐

张毅强

"十网九网空，一网咕隆咚"，此俗语说的是扳鱼之趣，似乎与"守株待兔"同出一辙，都需要耐心等待，不过扳鱼比起"守株待兔"更有技术含量，也就更有趣味。不信乎，听余娓娓道来。

有一个谜语云"四角方方蛮齐整，千孔望穿河道春，一朝嫁到水晶宫，眼泪汪汪哭转身"，打的就是扳渔网。江南水乡，阳春三、四月份正是扳鱼的好辰光。这扮网犹如竹子与网的混血儿，其制作比较简单，先将4根长短、粗细、韧性差不多的小竹竿分别扎成2长杆，随后将2长杆在中间用绳子交叉捆住并可作90度旋转，将网的四只角上的绳子分别缚在4根小竹竿头上，再用一根较粗、较硬的竹竿与小竹竿中间交错处进行捆绑连接，作为提纲挈领，这样，收拢如弓开满月，张开如方丈罩子。有此利器，足可在河岸边大显身手。扳鱼除了要耐得住寂寞，还得把握住控网这技巧，控网技巧体现在静、稳、速三字。静，你得若处子，待在岸边不动声色，不可弄出一点点响声，以免把鱼吓走；稳，手持扳竿要起网时，得重心下移，屏住呼吸，扳竿不能有一丝丝颤抖，缓慢上提却又杳无声息；速，待到网之边沿将出水面之时，得以迅雷不及掩耳之势突然发力，瞬间将整张网似高速电梯般地疾升、豁然开朗于"光天化日"之下，不让够格的鱼儿留一点点窜越漏网机会。

20世纪60年代，水乡河道尚未遭受污染，水是清的，鱼是活的，每年一到春季，河岸边总会见到那些"守株待兔"的扳鱼人。耐得寂寞，终有收获，一张网撒开，点根烟静静地等待，运气好的，一个晚上下来，鲫鱼、鲤鱼可以扳上十多斤；额骨头特亮的，"咕隆咚"一条鲤鱼恐怕就有七、八斤；早晨"提篮小卖"拿到集市上一出手，这零用钱不要太丰富啊。

我当时住在路仲小镇，祖母又是开鱼行的，有自家水阁房和养鱼的鱼架子，故对鱼啊网啊特熟悉特亲切，每年的扳鱼也就成了我的一桩赏心乐事。无数次的扳鱼，快乐与沮丧难分轩轾，记得最清楚的一次，也就是收获最大的一次。说是运气，好像不是，说是天气，好像不错。那天傍晚，我吃过晚饭之后，就扛起了扳渔网，来到了水阁底下，将扳网张开，非常虔诚地做起了"渔夫"。四月初的天气，乍暖还寒，这一天却有些闷热，那些串条鱼和小鲻鱼活跃在岸滩边，不时地在水面七窜八跳，好像有点烦躁不安的样子。等了五六分钟，我扳起了第一网，果然"眼泪汪汪"空空如也没有收获，连条猫食鱼也不见。我放下扳网，老僧入定般的再静静地等待。这扳鱼，看起来十分寻常，只要有力气，用力一扳就是，其实远不是这么一回事，而是有些"学问"在里头的。譬如说，选择扳鱼的地段就很有讲究。人在岸上没有 X 光透视眼，看不到这水底下何处有鱼在游动，怎么办？你就要懂点鱼的习性，春天的鲫鱼、鲤鱼等要孕育后代排卵，土话叫"笑籽"。"子非鱼，安知鱼之乐""子非我，安知我不知鱼之乐"，庄、惠无扳鱼经验焉知春鱼之欲？老扳鱼人会把"验方"毫无保留地告诉人们，时值"笑籽"的鱼身体会发痒，于是便会游到有瓦砾的浅滩边摩擦身体，寻欢作乐，你只要将网张在这种地方，耐心地等待、等待，那么十有八九是有收获的；此外还有蛮重要的一点，就是你得知晓控网"三字经"并身体力行之，否则也只会"逃脱鲤鱼十八斤"而望洋兴叹。我在水阁底下扳了个把小时，天已经完全暗了，只收获了两条网眼里勉强钻不出去的小鲫鱼和几条小鲻鱼。耐心、耐心，三五分钟起一次网，我重复循环着这个扳鱼节奏，演绎出河岸边水声轻重之交响。时间在不经意间溜走，有些闷热的玉皇大帝突然冲口而出，命令雷公赶紧擂起鼓点，顿时天边响起阵阵春雷，随即"哗哗哗"急速的爆豆雨来了。好极了！我不觉喜上眉梢。因为这春雷一炸、爆豆雨一下，那些潜伏在河中的大鱼小鱼会受到惊吓而四处乱钻，说不定鲤鱼就会"跃进龙门"了。在水阁底下淋不到雨的我，似三清观老道般地口中默念着太上老君急急如律令"一二三四五六七，不来鳒鲅来鲤鱼，八九十 JQKA，大鱼小鱼网里赶"，默数阿拉伯数字到 300 时，及时起网。这一网有讲究，小心翼翼如履薄冰，稳住扳竿、屏住呼吸、胯下沉压、手头发力，动作连贯丝丝入扣。当扳网露出水面一半时，"哗啦啦"网里即刻发出了一阵欢快有力的响声，好戏来了，我快速有力地将扳网全部提出水面，从街头路灯的余光中惊奇地发现了网里有两条鲤鱼在拼命地挣扎，机不可失时不再来，我赶紧收网，抓住其中一条鱼的鳃，放入旁边的鱼篓中，紧接着又抓起另一条放入鱼篓里。随后我放下扳网，提了这沉甸甸的鱼篓爬上水阁房，将这两条鲤鱼放在祖母养鱼的大鱼桶中，按照我估计这两条鲤鱼各在一斤半左右。"十网九网空，一网咕隆咚"，这"咕隆咚"给我打了支"吗啡"，吸了口"海洛因"，精神兴奋、力道大增，迅速返身回到水阁房底下，继续侍弄扳网，扳到第三网，又一条鲤鱼进了我的扳网，真应了连中三元之吉谶。

　　这几日，阳光明媚，春暖洋洋，如有扳网，真想再去美丽的洛塘河岸、长水塘边、辛江塘上、鹃湖畔呆上半天，扳几条鲫鲤，扳几朵白云，扳满树樱花，扳一幅江南水乡桃红柳绿浴春图。君莫忘、三月春潮涌，海宁走!

原载《南湖晚报》2021 年 4 月 15 日

粽子与箬竹叶

张毅强

"正月踢毽子，二月放鹞子，三月清明裹圆子，四月花蚕宝宝结茧子，五月端午裹粽子……"这一首江南儿歌依然绵绵响彻耳畔的是童真乡音魔力作怪之故，以至年近古稀还在口舌间啧啧、念念不忘。这不，转眼间端午节又款款走来，衣袂飘动处似乎带动一股浓浓淡淡的粽子香。

我记得母亲在 75 岁之前，端午裹粽子是雷打不动的保留节目。困难时期买不起肉，粽子的馅让路给蚕豆板或赤豆，条件好了，肉粽则是每每唯一之选择。傍晚，被五花大绑的一只只四角粽子放在铁镬子里，水浸没粽子，柴火灶旺火烧啊烧、小火焖啊焖，停火后再焖过夜，第二天早晨，这尚有余热的粽子一出锅，让我们大快朵颐，齿颊间流淌着箬竹叶的清香。

虽说裹粽子不是高科技，评不上工程师职称之类的，即便是嘉兴五芳斋、湖州诸老大这些名闻遐迩的百年老店，也没听说出过高级粽子师职称的，但要想将粽子裹得方棱出角、口感卓越，这手艺技巧绝对得超凡脱俗、技压群芳。首先这糯米和肉要选得恰到好处，调料则少一分嫌少、多一分嫌多，需拿捏的丝丝入扣；其次原料与包装结合时要左右开弓，捆扎紧实饱满，无一粒米露白；再次是烧煮这关，火候掌控宁缺毋滥，才不至于烧出夹生粽。如此、如此，出锅的粽子才糯香扑鼻、余味无穷。近年来，各村、社区组织居民进行裹粽子比赛，卖相、速度均是赛事的得分项，民间裹粽子的高手不乏其人，他们也算得上是这方面的没技术职称的大师。路仲裹粽子的大师，贾家大妈估计算得上一个，20 世纪 50 年代，在路仲其有"粽子娘娘"之美称，所裹的粽子饱满鼓胀、棱角分明，绝对没话说。

高手在民间、大师在民间，乡野村夫或许大多不知屈原、伍子胥与粽子那千丝万缕的关系，但这并不妨碍每年的端午节人们乐此不疲地将粽子视作必吃的美食，百热沸烫一锅锅地端出来，咸的、甜的、荤的、素的，花样翻新，有点让人目不暇接。不知人们是否注意到，江南粽子的外衣大多用的是箬竹叶，俗称粽箬叶。青翠可爱的箬竹叶是何年何月被人们发现并利用到食品包装上，这让考古学家和历史学家也颇搔头皮，吾辈且不去管它，历史悠久是肯定的，开创食品包装新纪元估计也非他莫属。

说到箬竹，我路仲老家院子里也种有一丛。刚掘来时准备当小盆景摆放案头的，三枚叶子均只1厘米宽，独立一竿全长不到10厘米。可一年下来，盆里已按捺不住其快乐的涨势，便将其解放出来植于大地。因当时余尚在硖石上班，离路仲老家隔着一小时的自行车路程，故只能十天半月去老家一次，对这棵箬竹放任自流，既不施肥也不浇水，几近忘了它的存在。岂料四五年下来，这箬竹攻城略地已侵占出半壁墙脚，控制了三米左右长、四五十厘米宽的地域，其长驱直入的鞭，甚至延伸到五米以外。好家伙，原先1厘米宽的细叶膨胀到七八厘米，身段摇摇晃晃超过一百六十厘米，独立一竿已成丛丛簇簇，兴旺发达远比我植的那几棵时常打理的月季花，真应验了"有心栽花花不发，无心插柳柳成荫"的俗语。"柳"已成，当然得物尽其用，这几年每每裹粽子便毋庸市场费钱，立等可取。

那天去路仲，碰到街上80多岁的老邻居陈姨路过桑园里我家，进我院子一看，发现东墙边那丛茂盛的箬竹，一张张手掌阔的箬叶在风里舒展，青绿而秀气，喜笑颜开地跟我说"掘一棵让我也种种，以后采来裹粽子方便些。"我说没问题，于是立即动手掘了一棵带着竹鞭的箬竹，帮其种在大枫桥东堍的屋脚边。老校友张学姐说也要几棵种种，我立马又掘了几棵送去。好箬竹者在路仲颇多，岂止路仲？窃以为，此爱在海宁恐怕也是俯拾皆是！其实人们看中的不只是箬竹翠绿的容颜，还有其骨子里散发出来的那股天然去雕饰的独特清气，当这一清气与糯米、猪肉或豆沙或火腿或M+混合成那只叫粽子的时候，传递给人们的不只是清香，还有那种说不清道不明的软软糯糯的甜蜜，黏住嘴巴、黏住心底里的那份柔情。

龙、屈原、伍子胥……种种说法把粽子这一食品赋予了历史文化内涵，似乎粽子承载着仁、义、礼、智、信。老百姓比较实惠，往往只是以获得口舌及肠胃之快感为依据，把粽子视作日常生活不可或缺的点心之一。如今，丰富多彩的食材激发出人们无限的想象力和创造力，传统的肉馅、豆沙馅等频频被打破，火腿、咸蛋、桂圆、鲍鱼、栗子、莲蓉……大凡你想得到的食材，均可入馅，内馅的变化让普通的粽子灿烂出各式口味，使得饕餮天使们满足着刁钻的口感，这"非遗"也就随着软糯、香浓、韧劲强盛的民俗生命力延续、延续、延续……

原载《南湖晚报》2021年6月20日

摇到大港去

海　童

　　醒过来，才发现母亲在轻轻摇着我的肩膀。她说："五更头到了，快起床。"我迟疑着爬起来，竹塌发出吱嘎吱嘎的响声。坐在床沿上，眨巴着蒙眬的眼睛。感觉到处是昏黄，一切仿佛是浸在了浑浊的河水里。我渐渐想起了昨天晚上的诺言："我要跟你们摇到大港去。"

　　为了这个梦想，我已经暗中准备了好久，还老是害怕机会被姐姐抢走。我跟着大人到水田里拖稻草，再到桑园地里晒稻草。那些稻草被扎成圆锥的样子，密密麻麻地站在田间地头的所有空地上，接连暴晒了半个多月。现在，到了收获的日子了。父母把稻草绑起来，拴成了一个一个的"囹捆"，就是方方正正的稻草垛子。

　　母亲把干燥坚硬的毛巾扔进了脸盆里，再从水缸里舀了几铜勺井水。哗啦哗啦，毛巾在瞬间吸饱了水，像红色的鲤鱼活泼起来。母亲手脚麻利地捞起湿毛巾，几下就绞干了。她过来给我擦脸，擦眼睛，擦鼻子，擦嘴巴，擦额头，擦脖子，清凉的感觉在我的头部蔓延着。我终于告别了朦胧的睡眠，彻底清醒过来，看见红色的霞光爬上了窗棂。

　　母亲掀开镬盖，乳白色的水蒸气和红色的阳光交融在一起。她习惯性地抓起勺子，在大铁锅里面捣了几下。热气窜了上来，一直冲到了平房的木梁上。经过这么多年的烟熏火燎，木梁早已经变成了深棕色，亮堂堂地架在屋顶上，说不出的牢固和可靠。母亲找来小铁锅，开始用大勺盛粥，锅巴粥的嫩焦香瞬间充盈了整个小小的屋子。我的肚子里不禁发出了咕噜咕噜的响声，忍不住说："妈妈，我要吃粥！"

　　母亲麻利地盖上锅盖，再用蓝印花布裹起来，放在竹篮子里面。她回头说："再等等吧，我们到船上去吃！"

到船上去吃！多么新鲜的方式，我从来都没有经历过。我高兴地点着头，跟着母亲出发了。姐姐还在睡梦中，我回头看了她一眼，强忍着没有笑出声来。母亲轻轻锁了门，我们踩着满地的朝阳出发了。

转过竹林，看见去往河边的小路上缓慢移动着巨大的稻草垛子，还擦着路边的竹子和树木，发出沙沙的声响。

"歇会儿吧，吃粥了！"母亲冲着稻草垛子喊着。

"还有三捆，搬好了再吃！"父亲的声音从垛子下钻出来，瓮声瓮气的。我看见垛子下长着父亲的大脚板，穿着泥土色的帆布鞋子。鞋头已经破了好几个洞，大脚趾伸到了鞋子外边。

我们跟随在父亲后面，慢慢挪移到了河边。水里泊着长长的水泥船，上面已经堆满了浅褐色的稻草，山一样层层叠叠。船头和船尾分别有粗壮的麻绳拴住了大树，一块跳板颤颤巍巍地搭在船帮和岸上。

嘿，父亲把最后一捆稻草稳稳地码放好。他黝黑消瘦的身形终于从沉重的负担中脱离出来，坐在船头拎起茶壶咬着茶嘴喝水。咕咚咕咚咕咚，肚子有节奏地起伏着。我和母亲小心翼翼地踏上跳板，来到船头盘腿坐下。母亲放下竹篮，解开蓝印花布，掀开锅盖，热气已经退了，锅巴粥的香味浓浓地包围了我们。三大碗嫩黄色的粥面上躺着几条深褐色的咸菜，我们三人埋头吃粥。父亲吃粥的声音最响，速度最快。我们一碗还没吃完，他已经吃了三碗。还剩下小半锅的粥，矮矮地趴在锅底。母亲有序地整理好，舀了河水洗碗。那时的河水清澈，甚至可以食用呢！

"爸爸，大港在哪里？"

"在小港的尽头。"

"我们去大港干啥？"

"换 1000 块红砖。"

"换红砖干啥？"

"造房子。"

船开了。

父亲在船尾摇橹，母亲在船头撑着长篙，不断调整着航行的方向。我坐在船头，背靠着稻草垛子。东边的天际通红通红的，仿佛刚刚刮过痧的脊背。船头扩散出浅浅的波纹，两边是绿得发黑的水草。水草上面栖息着一两只白色的水鸟，它们正在低头寻找着水里的小鱼小虾。看到我们的船过去，扑棱棱，打着翅膀飞走了。水面上时不时地扭动着一条两条水蛇，它们游泳的姿势很滑稽，就像村子里的大肚子女人。两边的河岸上高高低低都是树，那些高大的榉树上搭满了喜鹊窝。有的树上甚至搭建了五六个窝，远远望去就像超大的冰糖葫芦。喜鹊起得早，不断在自己的家门口起起落落。也许，它们正在给孩子们喂食呢。

那些倾倒在水中的老树是最可恶的，露出狰狞开裂的面容挡住了水泥船航行的路线。父亲远远看见了，就停下摇橹，找一条分叉的港湾转个弯，选择了另外的水路前行。

前面隐隐约约浮现出一个村庄，有老人在河边的石墩子上淘米洗衣服。前面横跨着小石桥，中间的桥洞刚好可以通过我们的水泥船。父亲收了橹，小心翼翼地站在船的左边用手撑着桥洞。母亲收了长篙，站在船的右侧摸着桥洞。两人相互问答，船一寸一寸向前动着。

过了桥洞，父亲又摇起了橹。他说："凡事要小心，上个月大树村的黄金龙摇船撞断了桥梁，被他们扣住了不放，赔光了一船米才回来。"

说话间，前面的河面越来越大，水流也越来越急。在转了一个大弯后，终于来到了宽阔的水域。

"大港到了！"父亲说。

轰隆轰隆，巨大的砂石船在中间来来去去。呜——呜——呜——长长地机帆船船队连在一起，浩浩荡荡地在河中主干道行驶着。我们的船，像蜗牛一样沿着河岸爬行着。我躲进了装满稻草的船舱，脑海里有一种眩晕的感觉。

啪啪啪啪，一艘装着柴油机的挂桨船从我们身边开过。激起的水花瀑布一样倾斜到我们的船上，大港的水浑浊腥臭，还带着股机油的味道。我抹去脸上的水珠。听见母亲在船头哭喊着："稻草湿掉了，稻草湿掉了！"

父亲则冷静地扳着橹，短促而有力量地喊着："撑篙，稳住。"

母亲渐渐平静下来，河水和汗水顺着她满头的乱发流下来。我多次想上前去帮她擦一擦，都被她用竹篙给顶了回来。

太阳已经蜕去了羞涩的红光，贴在我们的头顶炙烤着。那些挂在稻草上的水珠闪着火辣辣的光，仿佛随时都会燃烧起来。母亲站在船头，脚步踉踉跄跄的，双手撑着长篙，防止我们的船漂到中间去。河中间各种轮机船咆哮着，奔驰着，蛮横无理，横冲直撞。如果不小心撞上去，肯定是粉身碎骨。由于是逆水行驶，速度很慢。此时，父亲收了橹，也撑起了篙子。他先把竹篙撑到河边的硬地上，接着整个人扑到竹篙上向后推去。父亲的身体弓起来，随着船只的前行，他向着船尾艰难地行走着，身体又慢慢变直，与竹篙连成一线。接着，再把竹篙收回来，赶紧找到一个新的起点，重复刚才的动作。我趴在船舱中，透过稻草的缝隙看着父亲，太阳在他满是汗沟的脊背上起起落落。

"到了，砖瓦厂到了!"父亲终于露出了笑容，"挺住，不要松!"

我站起来，看见前面耸立着三个小山样的土堆，上面插着高高的烟囱。渐渐的，砖窑的阴影吞没了我们，我感觉到了一股说不出的清凉和爽快。

母亲听着父亲的指挥，拨转船头，进入了砖瓦厂的分汊河道里。父亲装好了橹，轻巧地摇着。砖瓦厂的码头上停满了各种船只，有灰不溜秋的装泥船，有昂首挺胸的机帆船，也有满载稻草的水泥船……看到了同伴，父亲笑着和他们打招呼。我们的船被引导到一个狭小的水道中，前面一排长长地队伍都是稻草船。岸边有一个卷扬机，正在把捆扎好的稻草吊上去称重。

母亲从船头的舱洞里拎出了早晨剩下的半锅冷粥，招呼着父亲来到船头。父亲踏着水泥船的边沿走过来，时不时地在别人的船上搭一脚。粥不多，刚好可以分成浅浅的三碗。父亲抚摸着我的头，把粥往我的碗里倒了一些。接着，他扬起脖子几乎是把半碗粥灌了进去。母亲悄悄地想把粥分给他，他笑着推了回来。我小口小口地吃着，锅巴的香味充盈了整个身体。我剩下半碗粥，倒进了小铁锅，想等父亲饿了给他吃。

稻草船队缓慢地移动着，轮到我们了。检验稻草的师傅上船来，他用一根长长地带着刺的铁钩子插入到稻草中间，拉出来一小撮。

"怎么都湿了?"他面无表情地说。

父亲陪着笑，从衣兜里摸出舍不得吃的香烟递上去。检验师傅叼了一根，点着了。

"打八折，只能换 800 块红砖!"

父亲吃了一惊，他说："我们晒一晒，日头这么大，一定能晒干的。"

检验师傅挥了挥手，让我们到前面的浅滩平地上去。父亲吃力地摇着橹，来到那里，架上跳板。嘿，他咬紧牙关，俯下身子，背起了一捆稻草。母亲也上去帮忙，她半捆半捆地搬运。我也抓起单个的圆锥形稻草把子，来来回回地运送到岸上。嗓子里快要冒烟了，脚板底下全是汗，油腻腻地穿不住鞋。干脆，我把鞋子脱掉了。随着时间的推移，稻草的重量正在逐渐地增加。最后，我几乎是拖着两把稻草在走，就像老牛牵着犁刀在田里耕作。我回头看着父亲和母亲，他们每走一步几乎都会在跳板上留下一个新鲜的汗迹脚印。我没有听到他们一声的抱怨，也没有看见他们一丝的退却。在这个正午的跳板上，我们三人进行着一场无声的马拉松。

慢慢地，浅滩上晒满了我们的稻草。它们齐刷刷地站着，仿佛就是一支军队。我的心中升起了一股豪气，觉得自己就是一个将军。八月正午的太阳火一样撒下来，我们三个人走动着，翻弄着，生怕漏掉一些湿点没晒干。

太阳渐渐西斜，父亲检查了所有的稻草。他重新开始捆扎，再运送到船上，来到卷扬机下面。随着稳稳嗡嗡嗡的机器轰鸣声，我们捆扎结实的稻草慢慢伸到了半空中。那金黄的稻草，正在朝着太阳旋转着。

晚霞金灿灿地挂在天边，落在水里。我们满载着1000块红砖回家了，回去的水路顺风顺水。我们弃了船橹，站在船头撑着长篙。我把藏好的半碗粥倒出来，三人一小口一小口地抿着。父亲说："等明年收了早稻，再用稻草去换1000块红砖。"晚风轻轻吹干了我们的汗水，太阳还没落下去，月牙早早地爬上了东边的天际。

原载《烟雨楼》2021年第3期

盐官旧梦

李　力

六度南巡止，他年梦寐游。

这让满天下跑眼高于顶的乾隆皇帝做梦也想一游再游的，就是海宁的安澜园，一座在当年号称浙西园林之冠的私家园林，而今却只能在光阴里钩沉的一片残羽。

安澜园的雏形可追溯到南宋时期，原为王国维先祖王沆营建的家园，后败落至仅存土坡水池与参天古木。明万历二十四年，戏曲家、太常寺少卿陈与郊辞官回乡，在王氏故园的遗址上理水叠山，重建园林："池周二十余亩，有竹堂、月阁、流香亭、紫芝楼、金波桥诸胜"。陈与郊字禹阳，而此园又地处盐官城西北隅，所以当时就取名为"隅园"。陈与郊在园中住了 15 年，专事编剧、丝竹、著述、刻碑等风雅文事，他去世后，次子陈璚继承了园林，又在园里刻了《渤海藏真》《玉烟堂》等著名的书法丛帖。到了清康雍年间，陈氏家族的另一支系崛起，陈元龙成了这座园林的新主人，"重葺馆舍，补植竹木"。雍正十一年（1733 年），请求告老还乡请求了二十余年才得批准的陈元龙，终于可以舒舒服服地颐养天年了，心愿初遂，便将园名更换为了"遂初园"。

此时的"遂初园"占地已经扩大到了六十余亩，集山水于一景，融庭园于一体。有烟波水月、竹深荷净诸景及亭台楼阁三十多座，建筑古朴无华，泉石深邃宜人，卉木古茂葱郁，园南更有千年古刹安国寺为绝妙借景，将天时、地利与人工之巧作构思完美地结合在了一起，比之曹雪芹笔下美绝人寰的贾府大观园也毫不逊色，时称江南四大名园之首。

陈元龙后，其子陈邦直接手了"遂初园"，继续扩充园林建筑，"平居不即于宅而园"，蓄家伶、招文士，终日笑傲林泉，享尽园居翁的轻松悠闲。

乾隆二十七年（1762年），高宗南巡，首次驻跸"遂初园"，其古朴自然、雅致清逸的风格甚得帝心。乾隆称赞之余，更表示出对陈氏一族的厚望，便御旨将园名改成了"安澜园"。回京后，乾隆还是对这座园林念念不忘，又将圆明园福海北的四宜书屋加以改造，景致悉仿陈氏园，也更名为安澜园，从此陈氏园便名闻天下。

之后，乾隆三度南巡到海宁时，均驻跸安澜园，陈氏也每次应旨葺新，最后将安澜园建到了百亩面积。据说当时为了修建园林，从外地采买来的巨大太湖石，因难进城门，竟然还拆了城墙。

随着乾隆最后一次驻跸，安澜园也达到了鼎盛——当时乾隆还带了十五子颙琰（即后之嘉庆帝）、十一子永瑆、十七子永璘同行，故安澜园作为一座私家园林，内中却还建有太子宫这样的建筑，也堪称奇观。

乾隆帝每次入园均写有六首咏园诗，二十四首诗首首情真意切，道不尽他对安澜园的喜爱之情。如其最后一首诗云：

一溪春水柔，溪阁向曾修，月镜悬檐角，古芸披案头。去来三日驻，新旧五言留，六度南巡止，他年梦寐游。

那时乾隆已七十四岁高龄，且他自谓上绳圣祖康熙，六度之后不再南巡，自知此去后便只能和陈氏安澜园于梦中相会了，十分依依不舍。

乾隆确实要觉得难以割舍，毕竟如此美轮美奂的园林再怎么样费尽心思仿制，都是不可能全得其神韵的。沈三白在《浮生六记》中就曾如此描述：游陈氏安澜园，占地百亩，重楼复阁，夹道回廊，池甚广，桥作六曲形，石满藤萝，凿痕全掩，古木千章，皆有参天之势，鸟啼花落，如入深山，此人工而归于天然者。余所历平地之假石园亭，此为第一。曾于桂花楼中张宴，诸味尽为花气所夺……

可怜今人无福，随着陈氏一族日渐式微，安澜园也不可避免地衰败下来，到了同治年间竟然已经是"尺木不存，梅亦根株俱尽，蔓草荒烟"，再难寻觅盛时风采。现今仅留下明代曲桥，低平古朴、宛转自如地架设在荷花池一角，追忆着乾隆"六下江南，四驻安澜"的千古佳话。当你沾着一池碧水踩在石桥上迤逦往前时，似乎就正在一步步走进那个绚丽而遥远的迷梦，可蓦然回首，湿漉漉的水印终究还是在渐渐地淡去，恍若被风轻轻一吹就飞去的一丝绒羽，终究淡到再也看不见……

原载《嘉兴日报》5月17日

那些落在急诊室的眼泪

高叶青　陈大进

1

一阵匆忙的脚步声夹杂着孩子的哭喊声，一位年轻时尚的女子抱着一个小女孩冲了急诊室。

小女孩六、七岁的模样，满脸是血。

外科医师接诊，发现额头上磕了一拇指甲大小的伤口。

美容科医师前来会诊，经过简单的清洗后，医生拿出清创包，准备予以清创缝合。

经历了最初的疼痛及恐惧后，小女孩的哭声渐渐小了下去，她紧紧地依在妈妈的怀里，逐渐安静了下来。

细看之下，那真是一个漂亮的萌公主，圆圆的脸蛋，嵌着一双大大的眼睛，长长的睫毛，忽闪忽闪的。

而此时，女儿额头的创口开始撕裂着年轻妈妈的心了。

"宝贝，别怕，都是妈妈不好，没看好你，那个地方我们再不去了。"

可能是想到要在女儿稚嫩的皮肤上穿针引线，年轻女子眼睛里，开始掉眼泪了。

小女孩着急了，"妈妈，你别哭呀，妈妈，我不痛呀。"

女儿一说话，当妈妈的眼泪掉得更多了。

小女孩更急了，"妈妈，你别哭呀，你一哭，我就想哭了呀。"

大颗大颗的泪珠从女孩晶莹剔透的眼睛中滑落，就像是清晨的露珠，明亮而无垠。她的小手，不停地在帮妈妈擦眼泪了。

年轻的妈妈，嘴里赶紧说着不哭不哭，眼睛却像忘关紧了的水龙头，眼

泪 "哗啦啦哗啦啦" 流得更急了。

看着这对相互安慰却愈哭得勤的母女，护士赶紧来安慰，医生也变得柔软，轻声细气地说："我会轻轻地缝，用最小的线，保证不留下疤痕。但前提是都不能再哭了噢。"

目睹眼前温情脉脉的这一幕，我的内心也被溶化了似的，柔软成一片。

2

五月的一个晚上，轮到我总值班。晚上七时许，急诊室夜门诊已经排着长队了，急诊抢救大厅的床位上也已躺满了病人。

急诊医生、会诊医生都在有条不紊地忙碌着。想着某门诊医生说的话："上班时间，不敢多喝水，怕上厕所费时间。"

八时不到，救护车呼啸而至。

监护室的门打开了，担架上一位三、四岁模样的小女孩软绵绵地被抱到了床上。紧闭的双眼，苍白的无一丝血色的小脸，毫无知觉的反应，种种迹象让我的心不由一紧，情况不太妙啊。

急诊医护人员赶紧实施吸氧、插管等一系列抢救措施。与此同时，脑外、ICU 医生赶到了急诊室加入了抢救队伍。

孩子是遭遇了车祸所致，孩子的父亲悔恨不已，不停地用头去撞急诊室的墙，一个女人瘫坐在地上哭喊，应该是孩子的母亲，显然已处在崩溃的状态。

一路上，从急救室到各个辅助检查的科室，那里的医生、护士，那些路过的医务人员都掉泪了，为孩子的性命揪心。

护送孩子做检查的一位勤工大伯也忍不住抹眼泪。

大约半个月后，我看到一个女人坐在急诊室外的椅子上，不停地掉眼泪，嘴里反反复复说着一句："我当时怎么只顾着哭了，忘了抱抱了，抱抱我的小宝贝。"

走近，想安慰一下，喉咙发紧。女人突然一阵号啕，"孩子，当时你该有多冷，多害怕啊。"

3

总值班，最怕遇到突发事件，特别是晚上。

那晚十点多，我正庆幸今夜无事，便开始洗漱。一个投诉电话进来，表明不依不饶的态度，说一定要总值班到现场处理。

我扔下刷了一半的牙刷，冲了下去。急诊室外候诊大厅里，两个穿得衣鲜光亮的中年女子跟一个保安站在大厅地显眼位置。

两人一听我表明身份，就强烈地谴责刚刚预检分诊处的护士态度恶劣到了极点。

问明起因，两女子说她俩是姐妹，父亲在我院住院。原来是妹妹在送饭，所以做了妹妹的核酸检测。现在妹妹要求姐姐也要送饭，便带姐姐来急诊做核酸检测。

预检分诊处的护士说，按流程，要去发热门诊做。

妹妹坚持那天她就是在急诊做的，一来二去，便有了几句不太友好的对话。

刚好入口处有一个保安不让外来者进病区探望，姐妹俩看见了，故意在预检分诊处的护士面前一搭一档说这个医院怎么、怎么差，人都怎么渣之类的。

急诊室出来了一位年轻护士，听到了这些话后，努力地跟她俩解释疫情防控期间，有流程规定的，说是处置没错的。

一看有人接话茬，两女的便开始对着年轻护士打上嘴仗，并且说，一定要告到医院领导那里，要给个说法，要护士给她们道歉之类。

事实很清楚，规定投诉人也很清楚，就是不依不饶。经过一番解释、安抚，这姐妹俩实在说不出什么了，就抓住护士态度不好这一点不放，还撂下一定要医院出面给个回复、一定要严惩那位小护士的狠话。

我代表医院很郑重地告诉对方，事关疫情防控，该护士按处理流程告知，并不过错，而且医院也是按照此流程执行。

那一刻，我感觉自己像是紧紧护着小鸡的母鸡，对着面前的"老鹰"充满了斗志。

回头，我去找那位小护士，在治疗室里，她正在忙碌地加着液体。戴着口罩的脸上，双眼明显红肿。

问，刚进急诊吧？

对方拼命点头。

觉得委屈吗？

对方又一阵猛点头，眼泪"吧嗒吧嗒"往下流。

我拍拍她的双肩，望着那张稚气未脱的脸，想着找一些安慰的话来说，又觉得大概时间会教会她适应急诊工作的节奏，让人看尽人间百态，知晓世事冷暖。

又一阵救护车声由远而近急速驶来，我看着她飞快地擦干眼泪，奔了出去，加入了抢救的队伍。

在医院的急诊室里，大概是见识眼泪最多的地方。绝望的痛哭流涕，无声地痛彻心扉，害怕恐惧地声泪俱下。有人会说，医务人员见得多了，他们的心是冰冷的。确实因职业的要求，急诊人要时刻保持冷静的头脑，快速地反应，长期的职业习惯让他们说话声音干脆响亮、语速极快，乍一听很凶很冷。其实，他们也都是极其普通的人，会痛、会委屈、会流泪。

原载《中国医学人文》2021 年第 5 期

我与石门有缘

张利荣

　　1980 年，我初中刚毕业，由于家景的突然变故，我拿到县一中高中的入学通知书的同时，只是专门去看了一下当时在硖石人民路上无比宏伟的一中校园，就卷起铺盖，外出谋生了。

　　上午坐火车到长安后，陪同我的母亲先回海宁了。我在长安新华书店买了两本书，一本是《少年维特之烦恼》，另一本是《曹雪芹》。我的心情就与这书里落魄的主人公相似。下午又闷坐了两个多小时的轮船，一直往北，去古运河打弯处的一个小镇——石门。

　　我当时不到十五周岁，父母托人介绍，到石门湾堰桥里边的石门蔬菜酱品厂工作。到了石门之后，我才知道石门原来是散文家、漫画家丰子恺的故乡，是春秋时候吴越的交界。我是误入了桃花源似的石门……

　　工作之余，我渐渐领略了小镇浓厚的文化氛围。从北方蜿蜒而来的古运河，在这里打了一个大弯，向杭州方向流去。站在高高的东高桥或南高桥上，千里运河尽收眼底，南来北往的长长的船队日夜穿梭，汩汩水声，汽笛声，声声入耳。点点渔火，青青石板，弯弯小桥，背着箩斗出市的乡民，俚语如酒，淳朴而亲切。石门城南的观音桥旁边，成群结队的乡下老太，穿着大襟衣服，包着蓝色头巾，挎着香篮，坐船而来，她们到观音堂朝圣。粗略一看，每一位都像我慈祥的外婆和仁慈的奶奶。我一个孤独的少年远离家乡从海宁来到这陌生的小镇，我失学的凄苦忧愁，在陌生的乡音中得到了些许慰藉……

　　蔬菜酱品厂里有一些特殊的女职工，她们是当年下乡插队到石门的上海的女"知青"，那时她们在石门农村已安家落户，有了儿女，回不了上海，人到中年的她们就在这家厂里工作。蔬菜酱品厂一年四季忙，春天收购榨菜、加工榨菜；夏天收购黄瓜，加工成蜜糖黄瓜。秋天收萝卜，加工成美味的什锦菜；冬天从外地山里收来毛竹笋，翻晒、腌制成盐洛笋……这些优质的石门土特产，马上就远销到杭州、上海的餐桌上。厂里的上海女"知青"阿姨都有文化，穿着时尚，性格豁达乐观，我和她们在一块辛苦地工作，她们会唱歌、会吵闹、会大胆地开各种玩笑，快乐的情绪感染了我。

感染我的还有寒冷冬天的亲人的温暖。那时候，冬天特别冷。

每年的冬天到来之前，都是厂里的良娥阿姨给我翻好棉被……坤良大哥怕我冷，总是把晒得非常清香的稻草，厚厚地铺在我的被褥下。管传达室的永芳爷爷把自己退伍带回来的一件军大衣，送给我，让我在晚上盖在单薄的被子上，增添些温暖。

下班后，职工们都回家了，厂里非常安静。我在厂里临河的小楼上读书。带来的文化书籍、文学书籍差不多看完了，副厂长吕锦康是桐乡骑塘人，与我故乡海宁贴近，见我喜欢学习，就帮我办了一张借书证，从此，石门镇供销社图书馆的几百本中外文学著作，成了我文学少年的精神家园。蔬菜酱品厂工作的同事叶荣根、姚美芬、沈新茵等都是文学青年，我们订了《收获》《花城》《十月》《丑小鸭》《小说家》《人民文学》《新文学史料》等，我们经常交换文学书刊，交流读书心得，我们成了志同道合的朋友。石门渐渐成了是我精神、文化的乐园。

厂里的同事还有一大群石门本地的初、高中毕业的姑娘，她们活泼、可爱，性格开朗。石门镇上有文艺活动，她们一定要我一起去。连石门中学、小学的文艺汇演，也要我同她们一块去看。有一会，石门中心小学演出的歌舞剧《采蘑菇的小姑娘》，歌唱得好，舞也跳的美，真是美轮美奂。宗涓是姑娘中英语说得最好的。她也反对我老是看书，说这样太沉闷了，还不如上耶稣教堂做礼拜去。有时，她们会硬扯下我的书本，陪她们去看电影。她们早买了好电影票，叫上了我，我们到工农桥头的石门电影院看电影。电影院外上方有非常醒目的七个大字"石门人民大会堂"，宗涓告诉我，那是丰子恺先生题写的。

蔬菜酱品厂里大都是粗活，干活的大都也是粗人，但他们与我这个小文化人都很好。六塔村里的张金是做榨菜打成菜丝的活，高桥的范永明是榨菜上榨的，都是力气活，常常满身是汗。我是少年只能做些轻便活，称菜、过磅，撒盐等。但我们都成了好朋友，他们在厂里谈恋爱，写给姑娘们的情书，都是我代的笔，而且，大都大功告成，喜结良缘。

于是，我就获得奖励。他们就奖励我堰桥的香甜油墩，寺弄里强强大饼，运河饭店外的刚刚出炉的锡锣饼……有时候，他们还请我上石门供销社粮油部外的小酒馆"春风饭店"吃酒。

食堂的烧饭师傅子根大伯知道我喜欢吃锅巴，每次开饭前把一大块香脆的锅巴放在一个菜盆，给我送来，说："荣荣快吃！快吃！冷了就不好吃了……"

同事姚美芬的家在石门镇东南的乡下，村上有几千棵大桂花树，据说有的已有二百多年了，姚家埭可是桐乡最有名的桂花村了。八月中秋时节，浓郁的桂花的香味，一直飘到石门城里，八里、十里都闻得到。下班后，姚美芬她带路，他们骑着自行车，轮流带着我，迎着习习凉风，穿行在紧靠古运河的街道，翻过高高的南高桥，向东南飞驰，我们去美芬她家吃桂花酿的酒，赏月赏桂花、作诗、朗诵描写明月的诗歌。后来，我才知道当时美芬正在和叶荣根谈恋爱，叶荣根可是我们蔬菜酱品厂业余夜校的校长，一米八的大帅哥呢……

20 世纪 80 年代初，浙江广播电视大学开始创办，下属的县级电大开始向社会招考学生，为社会青年开了求学之门。我们厂的副厂长唐有林参加了电视中专的学习，他向我展示了许多教材，特别是一本《中专语文讲析》，我非常感兴趣。我们常在一起，学习、分析。这门课考好后，唐有林厂长干脆把这本书送给了我。我是如获至宝，爱不释手。《赤壁之战》《鸿门宴》《李将军列传》等许多古文，我熟读能背。

有一次初夏，石门城里中百商店的玻璃大门上贴上了一份桐乡电大招生广告，我趁中午休息，偷偷地去看了好几回，求学的热情又燃起了。厂里的上海知青阿姨帮我牵线搭桥，陈苏红阿姨帮我从东洋潭的石门中学借来了高中高一到高三的所有的课本，季本英阿姨帮我与石门中学最优秀的语文老师吴德荣建立了师生关系，后来我与吴老师还筹办了石门中学缘缘文学社，我与他的交往中，逐渐了解了散文家、漫画家丰子恺先生。黄金美阿姨让我与她的外甥石门东郊利星村的高一学生李云宝结成了校外同学。我在他们的帮助下，按照自己的夜航计划坚持自学。每天半夜，从杭州来的夜班轮船靠近石门的汽笛声传来时，我还在学习，还没有入睡……

转眼到了六月，考试的时间到了。厂里的美女出纳潘娟仙阿姨借了我一辆崭新的飞花牌自行车，让我去桐乡好好考试。早上，厂长诸有兴专门跑到我小楼上，再三叮嘱我要好好考试，不管考得怎么样，说厂里考虑让我做电工，还说，准备送我到上海人民仪表厂学习维修增空泵……我从石门骑自行车到桐乡鱼行街总工会参加电大招生考试，一路上，在钱林地界，沙石公路高低不平，自行车在上面飞速地跳跃，为避让穿越公路的两个小孩，我摔了一跤，左臂、左膝擦破了，血都冒出来了。自行车也摔坏了，踏脚牢牢地卡住了链条的罩壳，不能动弹。附近一位正要下地的村民，主动跑过来，用铁耙帮我矫正了摔歪了的自行车踏脚……我才忍着剧痛，趔趄着骑上车到桐乡，骑了一个多小时。刚到考场，开考铃声骤然响起。一个月后，我收到了桐乡县电大的"汉语言文学"专业录取通知书。

娟仙阿姨更是高兴，新自行车坏了，她一点也不生气，好像是她的亲弟弟考上了大学……

石门城有两位名人，一位是丰子恺，另一位是张琴秋。张琴秋是红军女将领，是文学家茅盾先生弟弟沈泽民的妻子，有许多壮怀激烈的传奇色彩，我在石门听了她的许多故事。尤其是丰子恺先生的故事对我影响巨大。

我是 1980 年下半年到的石门，距离丰子恺先生 1975 年最后一次回故乡石门，整整差了五年。关于丰子恺先生的故事，都是石门的父老乡亲告诉我的。但我目睹了两件关于丰子恺故居缘缘堂重建的大事。

1984 年 10 月，我到石门蔬菜厂西厂办事，正好经过位于木场桥的棉纱弄，这里热闹非凡，我看到了第一件大事，丰子恺的故居缘缘堂在原址上奠基仪式，大家都在赞颂丰子恺生前好友广洽法师的慷慨支助，纷纷赞颂桐乡县政府出资，重视文化。

最热闹的是 1985 年 9 月 15 日，缘缘堂落成典礼。丰子恺先生家属、全国著名的许多漫画家，上海美专的许多大学生，新加坡广洽法师、桐乡、石门的当地领导都来参加了典礼，我和吴德荣老师，李云宝同学一起挤在人群中，目睹了这场盛会。

后来，我经常去丰子恺的缘缘堂，与在这里管理的蒋正东舅舅交了朋友，他是丰子恺先生的外甥，石门南圣浜人。他穿了褪色的淡蓝色中山装，非常和善，给我讲了许多丰子恺的故事。我也由此收集了丰子恺先生的许多漫画作品、书籍，读了丰子恺先生的许多文章。

20 世纪 80 年代中期，浙江省高等教育自学考试风起云涌。我又毅然参加高教自考。丰子恺先生的《我的苦学经验》，对我深受启发。"对于学问相信用机械的方法而下苦功。""我们要获得一种知识，可以先定一种范围，立一种预算，每日学习若干，则若干日可以学毕，然而每日切实地实行，非大故不准间断，如同吃饭一样。"丰子恺先生的学习经验，我是拿来主义。白天忙于工作，晚上我坚持读书、自学。三载下来，我捧到了杭州大学颁发的汉语言文学毕业证书，其中《现代文学作品选》《外国文学》两门课，考了当年浙江省的两门单科第一名。我一共获得了《唐诗研究》《鲁迅研究》《茅盾研究》等28份高教自考合格证书。后来，我考取了高中教师资格证书，成为一名中学高级教师。现在回想起来，当年能在文化石门读书，工作，学习，我真是幸运！

我在工作之余，在国家、省级、地市级报刊上发表过散文、诗歌、小说之类作品两百多篇，自然被吸纳加入了市文联、茅盾研究会的副会长桐高的严侗伦老师与我交了朋友，鲁迅研究会的桐乡人方伯荣教授与我结交。更让人高兴的是，我加入了中国现代文学研究会，有一次开会，我还获得了丰子恺先生女儿封一吟的一幅漫画作品《家家扶得醉人归》。

因为喜欢丰子恺的散文，我对创办学校文学社倾注了一腔热情。

带学生读万卷书，行万里路，带学生外出文学采风，石门是首选。首先是丰子恺故居、再是乌镇茅盾故居，古城石门留下了我与文学社学生的足迹。

文化石门改变了我，我从一个失学的少年，变成了一位小小的文化人。先后获得了市十佳师德标兵、市骨干教师、市学科带头人、市中学语文名师、全国中学生文学社百家指导老师，全国中学生文学社杰出指导老师，全国校园文学社团十佳名师，全国校园文学社十佳指导教师等荣誉称号。

2003年11月，我赴北京参加由中国作家协会、人民文学杂志社、中国校园文学杂志社共同举办的"首届全国中学99佳文学社"表彰，我作了校园文学建设经验介绍，讲到了自己在石门的情况，文学评论家雷达听了之后，很感慨，当即给我题词：人文荟萃之地，文学之花盛开。在中国现代文学馆，我见到了老舍先生的儿子舒乙先生，他得知我从丰子恺先生的故乡——桐乡石门来，非常高兴，拍合影的时候，一定要让我站在他的身边……

一方水土养育一方人，是多情的石门，文化的石门，当年及时伸出双手拯救了一名失学的少年……

原载《烟雨楼》2021年第1期

咀嚼乡愁

张小春

江南。二月！一枚握皱的船票，陪我漫步海塘。

远去的潮水拥我而过，为暮色空灵下走来的乡愁让出了地盘。潮来的方向，是母亲的目光，而那声音，是最纯的乡音，亦是最遥远的乡愁。

何以过年是建立在否回家过年的逻辑之上，也是后疫情时代人人思考的问题。倍思亲不仅仅是逢佳节，而过年，对中国人来说，是要跋山涉水迁徙到心底那个叫作家乡的地方，做短暂停留，而后带着说得清和说不清，洒泪离开。

年的气息和芬芳承载了每个人太多的回忆，我们都背负着自己的历史前行，离开的时间酝酿着思念的纯度。"近乡情更怯，不敢问来人"！能用文字表达出的只在乡愁的边缘，在另一个"欲辨已忘言"撕心裂肺的集合里，才是最初和最真的乡愁。

而疫情，使更多人选择了没有选择也是一种选择的选择，留"嘉"过年。但母亲在哪里，年就在哪里！今年的除夕，正好轮到值班，早早地给远在千里之外的父母打了电话，父母都已过古稀，从未离开眷恋耕种一辈子的黄土地。打开手机视频模式，这样的拜年方式，多了更多距离上的表达空间。画面前的一声"妈"……那些准备了一年的千言万语却再也发不出音。

眼里装得下世界，却装不下乡愁里一滴眼泪。夜晚，运河边的泰山港千帆过尽，听不到水流动的声音，而那滴泪在心间独自荡漾开了无数的同心圆。慢慢走出自己的瞳孔，识别咀嚼母亲嘘寒问暖乡音。眼前的一线潮水再次将我淹没，那些记忆的碎片，那些缥缈的远方，重新震荡组合植入于骨髓。

海上明月，天涯此时，从离开母亲的那一天便启动了乡愁的年轮。记忆中乡间骨感的山路和父辈们走过的足迹，那些一眼看不到边的青青麦田，在父母心里，种植着黄土地的善良和素朴。

年，记录着乡愁。而乡愁，以清新的语音穿越时光，穿越心灵，注入血脉。那些剪不断找到了让山的名义，用诗的思绪，以梦的境界，长长沉入那无声的境地，浸入离乡人的记忆，咀嚼千年。

原载《交通旅游导报》2021 年 3 月 13 日

荷塘冬语

余素兰

踏着清冷，独自游荡在冬日的午后，不自觉来到荷塘。

冬日的荷塘水一片橙黄，也许是橙绿，但一定不是清澈的绿。许多腐败的叶和枝，胡乱地泡在水里，那该是一种怎样刺骨的冷啊！

水面上，有的将她棕褐色脑袋耷拉着，越来越低，有的撑着她那黄褐色卷曲边的破绿伞站着，还有的将带着许多黄褐斑的叶子绝望地平摊在水面上，还带着许多水珠，像是汗水，又像是泪珠，更有些没有荷叶的杆儿气汹汹地指着天，在这些荷叶和杆儿之间偶尔有一两个枯成黑色的莲蓬，风来时，枯瘦的莲子落入水中，发出"扑通""扑通"的声响，这下落的莲子就成了荷塘唯见的生机。

这时，忽地想起了朱自清的《荷塘月色》，但这荷塘既没有田田如舞女裙的叶子，也没有零星点缀羞涩打朵儿的花，没有仿佛渺茫歌声的缕缕清香，没有凝碧的波痕，更没有脉脉流水，在这冬日的荷塘里有只有这满眼的肃杀和不甘心的枯黄，还有这荷塘上被采莲人遗忘了的黑色莲蓬和黑色莲房里的黑色莲子！

一阵风吹来，黑色莲蓬中的黑色的莲子就紧赶着一颗颗往下落，掉入水中，"扑通……扑通……扑通"，像庄重忧伤的鼓点敲出的丧歌，断断续续，嘤嘤啜泣。

近来的挫败经历也如莲子一样一颗颗落到眼前，自己不正如这荷塘中枯瘦的莲子？干瘪、被遗忘、皱皱巴巴的随时要被命运抛入深渊，唯一支撑着的命运莲蓬也如喝醉酒的男人在冬日的风中摇摇摆摆。

风啊，请慢点吹！这些莲子虽然没有长饱满，但也同样经历了一个春夏的磨砺和艰辛。

风更急了，莲子也落的更急了，我惆怅地说不出话来，这样一来岂不是要落光了！这时，一个尖尖的少年声音说："莲子落到池塘里了"，"嗯！"我长长地应了一句，但稍后发现对方的语气不对，转过头去看到了一个晒得黝黑的少年的脸充满希望地望着荷塘。"为什么你这样说？"我问他。"没有长饱满的莲子落到池塘里，来年就可以长成小藕"他一脸不屑地说，说完，他觉得有些无趣便走开了！只留我呆立在原地！

原来莲子的下落并不等于是终结，而是一段新的里程的开始，原来每一次失败的经历都是为了让生命更加的饱满充盈，风更大了，几滴大点的雨滴也落了下来打在近旁的枯叶上形成一条泪痕又滑落到水里，下雨了，但我的头顶却出现了一片无雨的天空，我回头看见母亲撑着伞站在身后，"这有什么好看的，回去吧"母亲轻声责怪道，我顺从地追随那片无雨的天空而去，雨下得更大了，风也刮得更紧了，但我已经不再担心，看着莲子们欢快地跳入水中，等待开启它们崭新的生命历程，我祝福他们就如祝福我自己一样。

为什么总是要在经过长久的蕴藏才得到美酒的醇香，为什么只有走过最泥泞的雨后才得到那份真正的清明，为什么只有经过许多个日夜疼痛的折磨才能见到珍珠的光泽……

也许，这才是生命的真谛！

原载《莽昆仑》2021 年第 3 期

尧舜禹的畅想

胡月梅

尧舜禹是上古时期部落联盟首领，从孔子开始，历来对其赞颂有加，但人们脑中对这三位贤君留下的印象却颇为扁平，一般都认为尧舜禹都是具有"敬天保民，智慧仁爱"的品德，他们都能团结族人，光明四方，都是圣主。事实上，我们细读有限的史书，还是能够对三位贤君的形象进行立体化修复，使之各个呈现不同的风采和形象，甚至剖析其性格特点。在此不妨试言。

帝尧是黄帝的玄孙，自黄帝到尧，已是五世为部落联邦之群主。《史记》记载其"富而不骄，贵而不舒"，想见其富贵；又言其"其仁如天，其智如神，就之如日，望之如云"，想见他的性格像太阳一样光明，像云霞一样灿烂。而尧又经常喜欢戴着黄帽子，穿着黑衣裳，红车白马，尧显然是位色彩君子，想象一下尧的出行真是色彩绚丽，富丽堂皇。他给儿子取名"丹朱"，极富色彩感。尧因为智如神，仁如天，顺畅地接受了祖宗的事业，成为联邦部落的群主。可惜，尧的儿子丹朱却不争气，尧对其评价为"顽凶"，不让他接任他的事业。尧在位七十年，还没有选中接班人，最后经过群臣推荐，尧开始试用舜。

舜虽然也是黄帝的子孙，但他的祖先从黄帝的曾孙穷蝉开始，皆微为庶人。与尧的公子形象相比，舜的出身实在寒碜。他是盲人的儿子，三十岁了还是个单身汉，家庭贫穷，而且成员都不善。《史记》记载：（舜）父顽、母嚚、弟傲，但舜却能"和以孝，蒸蒸治，不至奸"。舜是个有名的孝子，尧把两个女儿嫁给他，赐予政权，暗中考察他的治理能力，发觉他做事周密，讲话守信，四方宾客都敬重。试政三年，尧禅让帝位，舜摄行天子之政。从政绩上相比，尧应该只是一位守业者，他的缺点是不能举贤，不能惩恶。而舜却有大作为，他修明礼义，规定诸侯等级，制定适度的刑法。并且，舜能够举贤惩恶。他流放四恶：共工、驩兜、鲧、三苗，流放四凶：浑沌、穷奇、梼杌、饕餮。他还能举贤，高阳氏有才子八人，为"八恺"，舜举之使主后土，管理农事。高辛氏有才子八人，为"八元"，舜举之使布教四方，使父义、母兹、兄友、弟恭、子孝，内诸夏而外夷狄。舜的手下还有二十二位大臣，舜均授予事权，赐以官名，令其管理多种事务。《史记》记载：天下明德皆自虞帝（舜）始！由此看来，司马迁对舜的评价也是极高，起码舜的治功在尧之上！

舜三十岁才被举，三十三岁代行天子之政，五十八岁时尧崩，舜行三年之丧，到六十一岁才正式就位。

尧的伟大在于，开启禅让制。尧知儿子丹朱不肖，认为把天下授舜，则天下得其利而丹朱病，授丹朱，则天下病而丹朱得其利，尧曰："终不以天下之病而利一人"，大公无私地将天下授予舜。难怪《论语》中孔子这样评价尧，子曰："大哉！尧之为君也！巍巍乎！唯天为大，唯尧则之。荡荡乎！民无能名焉。巍巍乎！其有成功也！焕乎！其有文章！"在孔子看来，尧也是一位很辉煌的人物。

舜几乎一直长期代行天子位，他的后面一直有个尧在避位监视，所以他不敢有丝毫马虎，敬天保民，天下穆穆。舜晚年也学尧，将帝位禅让给治水有功的禹。

禹的性格估计比尧、舜要复杂得多。禹虽也是黄帝子嗣，但他的祖上比舜还不如，有恶名，最著名的是他的父亲鲧。因为鲧治水无状，被舜诛死，列入"四恶"，所以，禹被举荐治水的时候，心理压力极大，《史记》记载："禹伤先人父鲧功之不成受诛，乃劳身焦思，居外十三年，过家门不敢入……"一个"伤"字，把禹的精神压力体现了出来。禹为治水考察地形，"股无胈、胫无毛、手足胼胝、面目黎黑"。禹的儿子启刚刚生下，呱呱坠地，嗷嗷大哭，禹忍心过家门不入，这几乎违背人情，而这样一个不顾亲情的人，却在面对舜交给他的治水任务时表现得大公无私。"薄衣食，致孝乎鬼神；卑宫室，致费于沟减"。终于"开九州、通九道、陂九泽、度九山"，疏通水源，开出山道，湖泊有堤，四境可居。大功告成，天下太平。禹治水有功，获得尊称"伟大的禹"即大禹，也因此获得禅让，但他也从大公无私走向大私无公，因为举贤禅让的帝位禅让制在他手里终结，家天下在他手里开启，他的儿子启成为中国历史上第一个世袭制的君王。所以，禹的功绩可以彪炳史册，而他的晚节却又显得黑暗。

当然史记记载禹子启贤，天下属意。你就真的相信禅让制是因此结束的吗？

原载《交通旅游导报》2021 年 4 月 17 日

清明草头

金钦立

春节过后，春的气息越来越浓，大地上星星点点的绿日渐弥漫，渲染了沟渠、田埂，原本灰蒙蒙的旱地里，毛茸茸的小草也抱住了桑树一条条遒劲的大腿，像是孙辈围着爷爷奶奶撒娇，这其中，潜伏了不少可以做清明团子的草头。

去年疫情突袭，吃惯稻米禁足在家的家庭主妇们静极思动，不约而同钻研起了面艺，这个做面包蛋糕，那位做馒头包子……还有几位专门开发饺子皮的，据说在短短的一两个月，技艺都突飞猛进，而与此相对应的，超市的面粉销量大增。

母亲自然不能免俗，突发奇想要做糯米粉食品，但做什么呢，想想清明节不远了，就做清明团子吧。于是，采集草头的任务就落在了我身上。

草头，就是"和"在糯米粉里的野草，绿绿的清明团子就是用它着色的，但现在街上卖的，很多是用色素染的，既无来自大自然的清香，又担心它的食用安全。只是哪些草可以做？我傻眼了，母亲其实也不清楚。

怎么办，首先当然是问"度娘"，翻了半天网页，越看越迷糊，N种选项里唯一实锤的就是艾草了，但这儿做清明团子似乎很少用它。再问奶奶、外婆，奶奶说，她要到田间地头才能分辨出；外婆说，艾草可以做的，但和好的面不筋斗。问她什么草头和面才筋斗？她既讲不清模样、又讲不出名字，只说我们年轻时下乡在农村，那种草村里人都叫作"糯米草头"，这不是白讲吗？

怎么办？先去采艾草吧。艾草我早就认识，可到了公园，平日里似乎随处可见的艾草却是一株也找不到了。再开车到郊外，公路两侧也不见它的踪影。车越开越远，再往南就是钱塘江了，无奈，停好了车，拿一把剪刀，边走边东张西望，像伺机作案的歹徒。"咦，前面这簇有点像。"终于有所发现，再走近一看，果然是！嫩嫩的绿绿的野菊花似的叶子，上面还毛茸茸的，它们一颤一颤的，正享受着明媚春光。剪下最嫩的头放进塑料袋，这簇剪完了，不远处又有一簇……

满载而归，母亲却是一脸鄙夷，"怎么，是艾草，不是糯米草头？艾草的茎有点硬，大家都说化不了。"

冥冥中或有天意，真是很奇怪，如果铁心要探究一件事，一些线索总会通过各种方式有意无意出现在你面前。那天晚饭后，我百般无聊翻看着微信朋友圈，突然发现安徽和福建两个同学不约而同晒出了今天去野外采集清明团子草头的照片，且都有草头的特写。连忙把照片下载收藏，用"形色"查验，知道了一种叫泥胡菜、一种叫鼠曲草。母亲把照片发给外婆看，外婆说，对对，这种鼠曲草就是糯米草头，她直到此时年过七十才知道了它的学名。

更新了知识库，第二天我继续出发找草。刚一出门，就在小区的绿化带发现了一棵泥胡菜，泥胡菜像是 XL 号的荠菜，叶子互生、羽状分裂，但没有荠菜精致，真是众里寻他千百度，那人却在灯火阑珊处。心想，这下好了，附近找找就行。

谁知相对于艾草，它更是稀少，出了小区，兜兜转转，只找到了寥寥数棵。而鼠曲草，走了半天也没发现。继续往前走，终于迎来了大大的惊喜，在一块已被征用尚未盖楼的空地上，竟然生长着巨量鼠曲草，先是发现了一棵，然后很快在不远处发现了第二棵、第三棵，最后是草坪般的一大片。鼠曲草稍微有点像我们土话叫"酱瓣头"的那种草，叶子短的像豆瓣，长得像钥匙，没有叶柄，呈浅绿色，上面还有茸毛，成熟的几棵，顶部挤满了黄色的小花。我兴奋至极，手脚麻利地剪了一棵又一棵。

原以为大功告成，但母亲又有新的指令，让我再去弄点石灰，这些草头要用石灰水来"作"一下，泡泡软，才能"和"进糯米粉。我的天，哪儿去弄石灰啊？早些年建房子砌墙粉墙都要拼石灰进去，现在砂石浆里放的是添加剂，除了乡下建私房还会用一些，石灰基本上已销声匿迹了。眼看采来的草头慢慢瘪下去，真是很懊恼，与其这样，还不如让它们留在地里继续自由自在地生长。

次日，母亲带来了好消息，说同事告诉她，徐志摩故居边上的工地有石灰窑，那里很多建筑是仿古的，所以要用到石灰。我飞快赶过去，已是晚上七点了，整个工地空无一人，从东边口子溜进去，远远看见一处白晃晃的所在，再走近一瞧，果然是石灰窑！上面搁着一块跳板，踩上去晃悠悠的，窑里四侧的石灰都被挖空了，只剩下中间完整的一块，要弄那里的石灰，就必须到跳板上操作。我没敢走上去，就蹲下来在窑边上拾了几小块被工人废弃的，上面还沾着不少烂泥，也不管它了。

接下去的任务就是母亲的了，我看她把艾草、泥胡菜和鼠曲草都泡进了石灰水……又香又糯的清明团子啊。

原载《交通旅游导报》2021年3月13日、《嘉兴日报》2021年4月2日

红 船 缘

卜晓莲

　　姑母家在嘉兴，20世纪70年代末六七岁大的我随爷爷去嘉兴做客，姑母姑父带我们去南湖游玩，第一次见到了停泊在湖心岛边的船，姑父口中神话般的船。农村娃第一次进城，既陌生又好奇。

　　印象中，船很普通，倚着小岛，悠然地静卧在波光粼粼的湖面，一头还拴着条小木船，当时年少的我对船并没有多大在意。姑父和爷爷姑母嘀咕几句后便带我上了船。小小的我傻傻地分不清前舱与后舱，只记得船上有凉棚，有床榻，还有橱灶等。我们在有一张八仙桌的舱内停留，周围还散放着一些桌凳和茶几之类的物件，姑父告诉我中共"一大"会议就是在这里秘密举行的，别看船小，这里可是中国共产党启航的地方。云里雾里地从船上返回岸边，小脑袋里却留下了许多大大的问号，因为难得与姑父姑母见面，显得生疏，便没有多问。

　　再见红船是在教科书上。"革命声传画舫中，诞生共党庆工农；重来正值清明节，烟雨迷蒙访旧踪。"结合课本材料，老师给我们详细地讲了南湖和红船的故事，霎时，红船在我的心中变得高大神圣起来，前辈们秘密开会的画面像电影般一遍又一遍地浮现眼前，终于明白姑父为什么要加重语气给我介绍那个舱了，因为他心中有信仰。于是，姑父的形象也变得日益高大，他艰苦朴素、刻苦钻研、和蔼可亲、努力向上的精神一直激励着我。

　　姑父徐元观，嘉兴人，曾任嘉北乡中心校校长。退休后倾心地方文史，著有《中山路老街琐话》《牌楼脚下》《禾城百桥》等。之前姑父给我的印象一直是慈祥、孝顺、敬业。奶奶鼻出血，姑父姑母接去嘉兴治疗，当时医疗条件和通讯、交通都不发达，奶奶去世在嘉兴，姑父拍来电报报丧后一个人徒步从嘉兴沿铁路走到斜桥，奶奶则租了一条船由姑母陪着运回。姑父的母亲我们叫她亲妈，亲妈还有一个儿子，但她却一直住在姑父家，姑父除了单位就是家，亲妈见了我们总是乐呵呵地数着姑父的好。虽然很少去嘉兴，姑父也很少来斜桥，但是姑父一直关注着我们的成长，每每遇见，他总是和我说哪里又看到我的文章了，并随即给我点评几句。可惜的是姑父早些年离开了我们，来送他的人一波又一波。

随着生活水平的日益提高，如今去趟嘉兴已经是分分钟都能做到的事了。之后有幸随单位的党员活动又去了两次南湖，瞻仰了修缮一新的南湖革命纪念馆，馆内下层正中一艘全铜制成的"一大"纪念船石破天惊般从历史画卷中奔涌而出，显示序厅"中国革命的航船从南湖扬帆起航"。因为就在第一次看到的红船地，所以去一次心潮澎湃一次。回想童年，一种强烈的幸福感油然而生。

小小红船，承载千钧。红船所代表和昭示的是时代高度，是发展方向，是奋进明灯，是铸就在中华儿女心中永不褪色的精神丰碑。100 年劈波斩浪，100 年峥嵘岁月，这片红船起航的沃土上人民生活富裕小康，处处生机盎然。熠熠闪光的红船随之被大众所朝圣，我也不例外。抬眼间办公桌上仿真缩小版的红船常常让我肃然起敬。我越来越真切地体会到红船精神的真谛，并一步一步地去践行。

夜渐深，近处蛙时而交响时而齐鸣，远处铁轨上火车急驰而过，我的思绪一下子又铺展开来：一道道雄浑的声音仿佛在耳畔响起，一位位可亲可敬的人映入眼帘，越来越高大，越来越高大，直至模糊了我的眼……

原载《江南游报》2021 年 8 月 26 日

这就是答案

李春暖

日色收尽，夜幕刚刚降临，对门年轻的小伙子，就敲开了我家的屋门。

"阿姨，您家如果有可回收的东西，麻烦不要直接扔掉，请放到我家车库，我平时不上锁，可以吗?"他微微一笑，露出一脸真诚来。我不明白，也不知如何问，是问他回收去卖呢，还是派其他用处呢，他若想告诉我原因，不用问也自会说出来。

底楼的车库，每家一个，有的人家上锁，有的人家不上锁，锁与不锁，大家都不用担心，谁也不会好奇别人家放了点什么。

拿着一袋废旧书物，打开对门小伙家的车库。里面整整齐齐，一辆孩子的小小的自行车放在门口，进去需从边上走，显然是为进出的人，留出了一条小小的通道。靠窗处有两个三层的铁架子，上面分别贴了标签，标明放置废旧物品的具体位置。塑料瓶一层，旧书报一层，硬板纸一层，旧衣物一层，旧玩具一层，其他物品一层，井然有序。找准位置，放好，总体望去，一丝不乱，错落有致。

此后，我经常会看到邻居们进出他的车库，轻轻地开门，再轻轻地关门，彼此打个招呼，心照不宣地笑笑，话题立即转移，说说工作与生活，或谈谈老人与孩子。

几天后，我去对门年轻小伙子家的车库里放啤酒罐，打开门，格局不变，只是架子上的东西少了，先前的东西已经拿走，换上了新的东西。

大概一个月后，月亮刚刚映到窗帘上，对门年轻小伙子又一次来到我家。他手里拿着一大盒饼干和一袋青枣，笑容里藏着厚重的诚意。

"阿姨，谢谢您的支持，以后的废旧物品，还请您继续放到我的车库里，给您添麻烦了。"我表示坚决不能收他的东西，他却说："您这是在帮我的大忙，怎么能不收呢?"见我满脸疑惑，他向我讲述了真实情况。

他的母亲得了老年痴呆，唯一能使母亲快乐的事情，就是去卖废旧物品，其他的事情全部忘记，就这一件事情不忘记。小区每周两次定点收购，听到声音就要去卖，不管卖什么东西，更不管卖多少钱，只要看着自己的东西卖掉，就十分开心。家里没有东西可卖，又想让母亲快乐，于是，只好想了这种办法，每次回家都带点废旧物品去。他尴尬地朝我笑笑。讲述完，我收回了笑容，眼睛略有温润，表扬小伙子是个孝敬的孩子。他说，十分理解母亲发病后的痴迷，母亲从不浪费，以前也教育我们，要节俭，母亲发病前，家里的旧物品，都是她积攒卖掉的。

原来如此，一切为了爱，为了爱的人。

我想起了自己的母亲，如今，她也正经历着年龄的考验，正被病痛折磨着，正在生活里寻找自己的快乐，而母亲的快乐，是回忆，是让我们听她讲一路走来的故事，听她讲我们兄妹小时候的各种经历。

对门的年轻小伙子，感动着我，感动着楼道里的每一位邻居，这些都不重要，最重要的是，他做到对母亲的理解与孝敬。

《论语》里有一段话:"子夏问孝，子曰:'色难'。"意思是说，子夏问什么是孝道，孔子说，侍奉父母经常保持和颜悦色最难。其实，色难最易，而色不难，也易。打心里理解，懂得父母的心思，以行动支持，常以微笑面对，去除"色难"，可矣。这就是最简单的答案。

原载《扬子晚报》2021 年 11 月 3 日

文学评论

远处晨光含蓄

从身体里发出诗性的声音

——论穆旦与中国现代诗的升华

王学海

内容提要：穆旦用诗对苦难与压迫做着最直接的反抗。他的诗以思想铸就的名句，在公共历史空间为诗学补充着一个新维度，在生活与社会环境中凸显个性的尊严与美学追求。诗人自身也如王国维所寄寓的，成为一个"不忘天职"的诗人。从穆旦身体里发出诗性的声音，是心与词语建构中对社会与公共空间作出放大的人民性的强烈表达。它是精神超越，也是历史性突围。研究穆旦非但是诗，还有他的日记，散文，书信以及 17 年的诗的沉默。诗人以文本中的思想，竖起中国现代诗的新碑，是仰望星空式的中国现代诗的开拓者。他是在思想之诗与词语探索中，让中国的新诗在现代诗的接力棒上，使中国的现代诗升华。

关键词：苦难与反抗　思想铸就　诗学维度　现代诗　新碑

读穆旦的诗，会油然让我们想起二个人物的经典之语。一是王国维在评论哲学与美术后亦谈到诗歌："更转而观诗歌之方面…而抒情叙事之作，什佰不能得一。"[1] 为何，是因为"真理者，天下万世之真理，而非一时之真理也。"[2] 也即是说，哲学与艺术，是为人类向往的美好，是为全世界朝向进步与光明的美的追求而存在的，它不会一定合拍于一个具体朝代所期利益的喜好，有时可能还是批判的。所以他在批评中国的哲学家后，又举了杜甫、韩

---

[1]　王国维《论哲学与美术家之天职》，刊《王国维全集》第一卷，浙江教育出版社、广东教育出版社 2009 年 12 月第一版第 132 页。

[2]　王国维《论哲学与美术家之天职》，刊《王国维全集》第一卷，浙江教育出版社、广东教育出版社 2009 年 12 月第一版第 131 页。

愈、陆游三个大诗人的例子："'自谓颇腾达，立登要路津。致君尧舜上，再使风俗淳'，非杜子美之抱负乎"？"'胡不上书自荐达，坐令四海如虞唐'，非韩退之忠告乎"？"'寂寞已甘千古笑，驰驱犹望两河平'，非陆务观之悲愤乎？"① 而穆旦高擎"九叶诗派"之大纛，把中国现代诗发展引领至新的前沿，正是王国维多年之前呼喊诗人与哲学家、美术（艺术）家"不忘天职"②的一种时代回应。

　　另一个人物便是庞德，他的经典之言是："好诗决不是以 20 年前的老办法写就的。"③ 穆旦本人对传统诗形式的叛逆、独具异质性的诗学表现，正是应了庞德之言。说庞德，还在于他在 1913 年哈里特·门罗主编的《诗刊》上宣扬"意象主义的诗学"，即认为"抒情诗歌必须有一种综合体——一种融合了传统意象（感觉意象）、智性和情感的异质的文本构成。"④ 当穆旦的诗被公认为"凝重冷峻"时，他恰恰正是以其融合中国传统古典诗歌意象中的"形"与"神"，"意与境"，借客观之"景"抒胸中之"情"而又叛逆于中国新诗形式上的因袭，"异质"地独自走在前列，开创中国现代诗正宗栈道的新文本的诗学主张，与庞德之言合拍。这里，庞德对艾略特《荒原》成诗的影响，以及"他坚持以中国诗歌为典范"⑤ 去创作，无疑影响着穆旦。所以，穆旦诗歌创作的个性特征，就在于借鉴了西方现代主义诗歌，揽象征、指代、喻义和寓意为四合一圣体的那种诡异般的变幻中，又承继"中国传统诗歌意象抒情方式"，"首先是在古诗词中长期出入带来的对形式和语感的注重"⑥，罗振亚先生曾在《对抗"古典"的背后》一文中也作过详实的记述。

---

① 王国维《论哲学与美术家之天职》，刊《王国维全集》第一卷，浙江教育出版社、广东教育出版社 2009 年 12 月第一版第 132 页。
② 王国维《论哲学与美术家之天职》，刊《王国维全集》第一卷，浙江教育出版社、广东教育出版社 2009 年 12 月第一版第 132 页。
③ （美）萨克文·伯科维奇编《剑桥美国文学史》第五卷第 135 页。
④ （美）萨克文·伯科维奇编《剑桥美国文学史》第五卷第 129 页。
⑤ 奥克塔维奥·帕斯《泥淖之子：现代诗歌　从浪漫主义到先锋派》，广西人民出版社 2018 年 2 月第 1 版第 18 页。
⑥ 罗振亚《对抗"古典"的背后——论穆旦诗歌的传统性》，刊《海宁名人》第 3 辑，中国文联出版社 2017 年 3 月第 1 版 1—13 页。

以苦难生活的体验，为诗学充溢一个维度

穆旦诗的自身美学特点，是苦难的生命体验。我们知道，穆旦与闻一多、徐志摩、孙大雨、卞之琳、甚至挚交杜运燮不同的是，他的生命体验是一座特别苦难的高山，遭受苦难的诗人穆旦，却又用诗，对苦难与压迫做着最直接的反抗。在穆旦的名诗《冬》中，有"人生本来是一个严酷的冬天"名句。① 且根据王攸欣先生考证，其诗原稿第一章的4节中，每一节的收尾句，均重复运用"人生本来是一个严酷的冬天"这一句，后来因为好友杜运燮提醒与建议才将它改样，以至在杜运燮编的《穆旦诗选》及以后的穆旦诗集的几个版本中，均以修改句本为主流行。然王攸欣先生认为，正是最初的版本（即每一节收尾重复出现"人生本来是一个严酷的冬天"），才是反映晚年穆旦生存状态的最真文本，此句乃是穆旦这首诗的"情绪基调与核心象征。"② "严酷的冬天"不由人会想到策兰《死亡赋格》中的名喻"空中的坟墓。"当然，策兰"空中的坟墓"是由一种记忆生发的虚拟，正如克洛德·穆沙所说的，"它的形成之刻，也就是它的消解之时。"③ 但这个"由空气垒成的坟墓"（克洛德·穆沙），和穆旦的"严酷的冬天"何其相似。说"严酷的冬天"是穆旦"严冬中文学的生存"④，是一种直观的理解，没错。但若说是穆旦"对人生是严酷的冬天的意识。"⑤ 则更是把它提升到了一个公共空间，若如此，"严酷的冬天"也应是一种记忆的虚拟，它是彼时社会环境与政治氛围与穆旦一类人的一种特殊的社会关系。若说策兰"空中的坟墓"由空气垒成，那么，穆旦"严酷的冬天"则由极左政治恒定下的一个四季不变的气温现象营造而成。更有意味的是策兰诗中脍炙人口的名句"清晨的黑牛奶我们晚上喝"⑥在整首诗中，同样重复出现在诗中。此诗共七节，此句共出现在4节中。所不同的，是穆旦把重复句放在每节的收尾，策兰则把重复句放在每节的开头。

---

① 《穆旦诗文集》（1），人民文学出版社2006年12月第1版371页。
② 王攸欣《穆旦晚年处境与荒原意识》刊《中国现代文学研究》2007年第1期第63、64、65页。
③ 克洛德·穆沙《谁，在我呼喊时》，华东师范大学出版社2015年3月第1版第47页。
④ 王攸欣《穆旦晚年处境与荒原意识》刊《中国现代文学研究》2007年第1期第63、64、65页。
⑤ 王攸欣《穆旦晚年处境与荒原意识》刊《中国现代文学研究》2007年第1期第63、64、65页。
⑥ 孟明译《保罗·策兰诗选》（Paul Celan Ausgevvablte Gedichte）华东师大出版社2010年9月第1版第63页——65页。

而且有趣的是，在诗的第 3 节，穆旦在每一段收尾，又重复出现了"因为冬天是……"这样的句子。这一节重复的不同，是第一第四段，诗人把冬天喻为"感情的刽子手"和"好梦的刽子手"，① 在第二第三段，诗人把冬天喻为使"心灵枯瘦"和"封住你的门口"的刽子手，我以为在这里的"刽子手"应作为结构语言（索绪尔）中的具有具体含义的"所指"理解。因为这显然是诗人在创作时赋予语词的意指作用：刽子手在这里已非单纯的粗莽的形象，而是能使你心灵枯瘦和他狡黠地把守着，你只能进出却又不能随便言行的颇具谋略的"刽子手"，这不能不说是诗人智性的运用在诗的意象中的新创。与此相连的，是第二节中意象的极富多元寓意与精神反抗的质疑与指斥。"寒冷"——是"潺潺的小河用冰封住口舌"，随之"大地一笔勾销它笑闹的蓬勃"；"谨慎"——是"血液闭塞住欲望"；"奇怪"——是"年轻的灵魂裹进老年的硬壳"。② 可以说，《冬》的第 2 节第 3 节，是本诗显示出文本把诗人从极左桎梏中解救出来，在短暂创作的瞬间，面对严酷的现实，以大无畏的勇气表达诗人率真的意识形态：他以批判的姿态，移愤怒、恐惧、忧虑于一体，将思想的自由赋予诗的独立精神，在富丽然又涵蕴极大痛苦的语境中，撒向公共空间，插入我们心灵的缝隙。

策兰是伟大的翻译家，他重点翻译了曼德乐施塔姆；穆旦也是卓越的翻译家，他重点翻译了普希金、拜伦和奥登。两人在何其相似中，对应的是生命的苦难体验。因为策兰同样经历过"国籍不明、纳粹苦役、逃亡"③ 和长期流亡。我以为，策兰与穆旦在各自的诗中的相似和各人经历的苦难的相同性，为诗学补充了这样一个维度：他们同样以思想的营造垒成一首首诗的名句，出现在公共的历史意识的空间，是将时间锤炼成的词语投射到文学永恒的长河之中，让生活在社会环境中凸显个性的尊严以及美学追求，并给予历史永恒的思考。那空气垒成的坟墓和四季是冬的虚拟，更是良知与诗性的自由诉求。《冬》和《死亡赋格》，都是以对抗生活的姿态，在创造着意义。也许它是戏谑的，但那又是中国特定时代的社会生活苦难中的变脸；也许它是

---

① 孟明译《保罗·策兰诗选》（Paul Celan Ausgevvablte Gedichte）华东师大出版社 2010 年 9 月第 1 版第 63 页——65 页。

② 孟明译《保罗·策兰诗选》（Paul Celan Ausgevvablte Gedichte）华东师大出版社 2010 年 9 月第 1 版第 63 页——65 页。

③ 孟明译《保罗·策兰诗选》（Paul Celan Ausgevvablte Gedichte）华东师大出版社 2010 年 9 月第 1 版第 63 页——65 页。

无奈的，但无奈的模糊同样是内心清晰的精神所向。它们在诗的建构（"冬"与"坟墓"）中不断地解构，重复着一种呐喊的追求与解放，是虚拟形式中的一份真正的社会责任，是诗性的闪烁中透露出求索真理与公义的微光，因为诗的内核始终关注的是国家与人民。为此，如果说坟墓与冬日是一种无声的存在，那么，我们看到的这个诗性的语词，就蓄储着多重的含义以及由此带出的历史进程之中，奋力挣扎、殷切期待和一颗永不枯萎的追求的勇敢的心。同时，相对发表的空间而言，它又是一种二元的对立。正是因穆旦当时的处境未能有使语言流畅的时空，才使虚拟在此层面上不具有透明性，也在它流转的社会关系中具有了迂回性。然正是由于这不透明性与迂回性，才使得穆旦的诗，具有了诗性语言新的可能性，也即在继九叶诗派之后的一段沉寂之后，它以一种新的张力，重新在写作与抵抗之中像夏日闷热中的一声清脆的霹雳，引出一阵不期而遇的凉风。一个诗人，虽然微不足道，但他一旦选择了这枝高贵而非低媚的笔，就会在两难之中自觉地融自然于精神之中，以凤愿驭于神话之背，在表面平静乃至屈辱之下，疯狂地进行着被压抑个性的蛟龙腾海式的创作，阐释着一个叙事者对生活最深刻的理解与向往，这当然也是中国诗学之人文精神的最深刻最本质的艺术显现。

由《冬》，我们还可回顾诗人在 31 年前写的《旗》。其中有"常想飞出物外，却为地面拉紧"；"你最会说出自由的欢欣"；"是大家的方向，因你而胜利固定"。[1] 这些诗句，其实与《冬》是连贯而从未割断过的。年轻的诗人，心中的红旗"为地面而拉紧"，可见他的心是始终扎根在百姓的沃土之中的。"是大家的方向"，正是《冬》所渴盼的那份希骥，所以，后来诗人放弃在美国好不容易争取到的优厚的物质条件，带着妻子冲破层层阻力，毅然决然地回国，准备投入新中国火热的建设之中的实际行动是分不开的。诗人创作的前提，是他的心始终扎根在中国。形式上虽然欧化，但并非风花雪月的无病呻吟，而是有的放矢，这个"的"，便是实质的中国。若作更深度的诠释，还可参见于《良心颂》一诗中。"虽然你的形象最不能确定"，但"背离的时候他们才最幸运"，[2] 此处不啻是一个惊人的真诚：因为只有在你遭遇不测与不幸的境遇中，良心才会真实地显现。这其实是在穆旦到了南开，遭受

---

[1] 李方编《穆旦诗全集》，中国文学出版社 1996 年 9 月第 1 版第 188、189 页。

[2] 李方编《穆旦诗全集》，中国文学出版社 1996 年 9 月第 1 版第 208 页。

种种不公正的待遇，依然率真，依然敬业，依然对生活对未来抱有期待的一种最好的注脚。在诗人的修辞里，我们同时可以见出的，是词语结构里那精神的永远高昂着头的追求，是声音纹理里对祖国对人民对生活最真挚最火热最深沉的那份爱。

《旗》的进程，更在于三年后的《世界》，当诗人明悟生活的真谛，降生人世的一刻，我们已渐渐进入社会和它的责任的范畴之中。于是，诗人便自省般地大声喊出："假如你还不能够改变/你就会喊出是多大的欺骗"①。尊重生活敬待百姓，真诚面对现实以及肩扛起社会责任，这是一种自觉，是诗人顿悟到的，也是他向一切还在懵懂之中的人必须大声疾呼的：对待贫困落后的祖国，对待饥寒交迫中的父老乡亲，对待愚昧麻木的灵魂，诗人非常形象地指出，"他把贫困早已拿给你——/那被你尝过又呕出的东西/逼着你回头再完全吞下；过去、未来，陈旧和新奇"②。这一节可说是本诗的精华。应该格外关注的是，其时诗人已经考取自费赴美留学，其年又送未婚妻周与良先赴美国芝加哥大学研究生院深造。且在天津 1947 年 11 月 22 日的《益世报》上以署名"亚珍"发表《送穆旦离沈》时写道："两年来，东北不知有多少来的人，有多少走的人，算不了什么，你穆旦无非是万万千千中的一个。两年之前和两年之后的现在，你来，你走，这中间，你经历着兴衰样的变化，是你个人的，也是整个东北的，往大的说一说，也是中国的，也是世界的。"③这一切，就注定诗人会以《世界》，表达对祖国无私的奉献。为了世界与人类，诗人最难也要独自前行。这就是穆旦，这也是今日重读穆旦的诗，他与我们在就中国的现状以及她的未来，进行着真诚的对话。

批判与自我剖析中的诗性认知

穆旦虽然是一个翻译家，而且由于特别的原因，他在南开的一个主要工作，就是翻译，翻译普希金、雪莱、拜伦，整理修订《普希金抒情诗选集》（上下册），《唐璜》，《拜伦诗选》等（1973 年始，也偷偷地翻译 T·S·艾略特、奥登），但出版于他就是一个空心汤圆，镜中之花的现实回应。不过穆旦

① 李方编《穆旦诗全集》，中国文学出版社 1996 年 9 月第 1 版第 262 页。
② 李方编《穆旦诗全集》，中国文学出版社 1996 年 9 月第 1 版第 262 页。
③ 李方编《穆旦诗全集》，中国文学出版社 1996 年 9 月第 1 版第 384 页。

更是一个诗人、文学的独创者。他有更多的欲望要唱出自己心中的歌。

被穆旦称作戏作的《苍蝇》，是一首具有诗人本身潜在意识、颇耐人寻味的诗。"谁知道你在哪儿/躲避昨夜的风雨？"不知不觉，诗人已经身境移托。"我们掩鼻的地方/对你有香甜的蜜"。① 这岂不正是穆旦当年生活与生存的写照吗？作为"历史反革命"和从美国回来令人人"厌恶"的有美蒋特务嫌疑之人，正是在这样的窘境下，还对诗对生活抱着坚定的信念和美好的向望，忍不住要去嗅嗅"香甜的蜜"，且活跃之时，又会毫无防备地让人引诱"飞进门，又爬进窗/来承受猛烈的拍击"。《苍蝇》的创作，正是诗人当下状态一个最好的自注。所以，诗成之后，会即寄给好朋友杜运燮共赏。而自 1976 年始，重新拾起诗歌创作之笔的穆旦，便又进入了一发不可收的创作新时期。

说是穆旦诗歌创作的新时期，是穆旦从身体里发出又一次诗性独质的声音，是在他心灵中被压抑了 17 年之久的那份重新发现文学，文学又重新召唤着他的冲动。那个时期，正如诗人在《旗》中所说的："你最会说出自由的欢欣。"② 也若在《良心颂》中所指认的："然而孤独者却挺身前行。"③ 现在，我们的诗人在文学里已不再顾及精神与现实环境的协调，不再畏惧灵魂与肉体互相残杀的痛苦，他唯一考虑和追求的，是精神与诗的完美，是处于逆境之中而仍具独特个性、对现实发出真实声音的一份作为社会人的真诚负责的态度。创作于 1976 年 3 月的《智慧之歌》，是其代表作品之一。共 6 节的这首诗，第 1 节以"一片落叶飘零的树林"和"都枯黄地堆积在心"④ 的意象，对自我的过去作出了历史的纪实。第 2 节以"青春的爱情"作假托，隐喻着过去的理想都已经"永远消逝了"，满腔热情也"落在脚前，冰冷僵硬。"⑤ 但诗人并未因现实和不尽人意的归国待遇而沮丧和消沉，他反而以"茂盛的花不知还有秋季"来再次宣告自我的率真与不惧不熄的追求之火，并且，其中还保持了一份成熟的生活态度，以哲理辩证来评判现实："社会的格局代替了血的沸腾/生活的冷风把热情铸为实际。"⑥ 在第 4 节中作了自嘲之后，诗人又重返如诉如泣的现实："只有痛苦还在，它是日常生活/每天在惩罚自己过

① 《穆旦（查良铮）诗文集》1，人民文学出版社 2006 年 12 月北京第 1 版第 316—317 页。

② 《穆旦（查良铮）诗文集》1，人民文学出版社 2006 年 12 月北京第 1 版第 317 页。

③ 参见人民文学出版社编《穆旦诗文集》1，2006 年 12 月北京第 1 版第 117 页、165 页。

④ 《穆旦精选集》，北京燕山出版社，2006 年 7 月第 1 版第 65 页。

⑤ 《穆旦精选集》，北京燕山出版社，2006 年 7 月第 1 版第 65 页。

⑥ 《穆旦精选集》，北京燕山出版社，2006 年 7 月第 1 版第 65 页。

去的傲慢"，① 这既是一种高品质省醒，也是一种历史印痕的诗性流露。紧接着的二句："那绚烂的天空都受到谴责/还有什么彩色留在这片荒原"，是越出现实的樊篱，作着高屋建瓴的批判精神的即时涌出。最后一节开首"但唯有一棵智慧之树不凋"，② 应该是本诗的诗眼，正因为智慧之树不凋，诗人才能唱出今天的智慧之歌："我知道它以我的苦汁为营养"，③ 既是针对诗人自己的诗，更是针对诗人所处的这个社会和人而言，因为他坚持有一棵智慧之树在，森林必将迎回绿色的天地。"它的碧绿是对我无情的嘲弄/我咒诅它每一片叶的滋长"，④ 作为收尾之句，凸显的反义显而易见，它与上一节收尾之句"每天在惩罚自己过去的傲慢"⑤ 呼应，在这里诗人把被动的主语指听者转换成了一个主动的主语指听者，以对方主动的指斥打压和自我急速地戏谑又含蓄的反义性的主动调换，从而将诗人一生希骥的理想诗性地预示出来，那就是绚烂的天空下不会再有荒原，一片叶的碧绿必将会盈绿整座森林。在这里，我们借此诗人的智慧，听到了他自 17 年后的第一次放声歌唱，听到了他具有形体摆动的身体中呼出的温度和热度。

现代诗歌的一个特点，就是抒情中的批判和尖锐的自我剖析，穆旦的《自己》就是一个典型。人站在自然世界与社会中间的一个体，都具有两者的属性。梦想、象征、隐喻和预测，在《自己》中就围绕着这属性而展开。当诗人自己作为一个有血有肉的身体（个体），该朝向哪里时，也许重要的不是姿势和方向，而是存在的中轴，"他在沙上搭起一个临时的帐篷/于是受着头上一颗小星的笼罩"。⑥ "沙、帐篷、星"这些名词，与"搭起、受着"动词的混合，把自然性与社会性的复杂交融，以一个收割寂寞劳作者的心情和随星移向远方的视角，进行着破碎般的吟唱。于此，第 2 节中出现的"偶像""崇拜者""生活的小店"中隐喻与暗示，批判着堕落的历史和申救被恶魔拘囚的文明。在文明理性遭受蛊惑而让历史堕落的时间段里，诗人是以人性假借神性一起组成共同体，来面对自我。有研究者认为，诗人写于 1940 年 11 月的《我》，与《自己》是最好的注解。然我以为，穆旦另有一首写于 1942

① 《穆旦精选集》，北京燕山出版社，2006 年 7 月第 1 版第 65 页。
② 《穆旦精选集》，北京燕山出版社，2006 年 7 月第 1 版第 65 页。
③ 《穆旦精选集》，北京燕山出版社，2006 年 7 月第 1 版第 65 页。
④ 《穆旦精选集》，北京燕山出版社，2006 年 7 月第 1 版第 65 页。
⑤ 《穆旦精选集》，北京燕山出版社，2006 年 7 月第 1 版第 65 页。
⑥ 《穆旦诗全集》，中国文学出版社，1996 年 9 月北京第 1 版第 334 页。

年 11 月的诗《控诉》，是对《自己》最好的回注。在"当叛逆者穿过落叶之中"，迷茫着"为什么世界剥落在遗忘里"时，看到"而有些走在无家的土地上"——"失迷的灵魂"，以及"有些关起了心里的门窗"——"走在失败的路程"① 时，诗人似乎已经感悟到生活的另一个真谛："春天的花朵落在时间的后面"，为什么，因为"冷风已经吹进了今天和明天。"② 照理说，这样的感悟足以可使诗人怀揣一颗明白而看穿人世的心。但在第 2 节里，诗人却又这样地接着说："我们做什么？我们做什么？/生命永远诱惑着我们"："在苦难里，渴望安乐的陷阱"中，"自己的安乐践踏在别人心上"③ ……这样尖锐地自我反省与批判，事隔 35 年后，哲理性的他指在这里便成了谶语："昌盛了一个时期，他就破了产/仿佛一个王朝被自己的手推翻"④ （《自己》）。诗里的"自己"既是指诗人选择的创作——诗，也隐喻了冷漠、怪诞与残忍的这个世界与诗与诗人的关系。于是，"事物冷淡他，嘲笑他，惩罚他"，令我们至今仍倍感钦佩的，是诗人轻松地自嘲："但他失掉的不过是一个王冠"，⑤ 这是何等高贵的品性呀，对于虚荣，诗人把它与真正的诗，彻底斩断了。当然，期待未来，他依旧不无忧虑，这于诗人当时的处境，十分贴切又十分地形象。在诗人苦闷和接受艾略特的荒原意象之时，它同时也滴入了破裂，那扇理性的大门，对诗人是不会关闭的。这看来是悖论，其实是反美学的美学。诗人所处的三四十年代，是一个山河破碎、万众在底层抗争的年代。诗人写作《自己》的年代，也是一个极"左"思潮桎梏人心灵的年代。但诗人无论是创作《控诉》，还是创作《自己》，他的诗学意识始终是特立独行的。并且，它也不是一种词语的游戏，诗人在肯定和批判感性认知的现实里，以自由理性向往一种未可知的光明，并以他的诗中见出的，是更深刻地体会到对于苦难、战争、政治压迫，乃至死亡的一种回到现实高度的认识。

---

① 《穆旦诗全集》，中国文学出版社，1996 年 9 月北京第 1 版第 130 页。
② 《穆旦诗全集》，中国文学出版社，1996 年 9 月北京第 1 版第 130 页。
③ 《穆旦诗全集》，中国文学出版社，1996 年 9 月北京第 1 版第 130 页。
④ 《穆旦诗全集》，中国文学出版社，1996 年 9 月北京第 1 版第 334—335 页。
⑤ 《穆旦诗全集》，中国文学出版社，1996 年 9 月北京第 1 版第 334—335 页。

结　语

在穆旦的诗里，让我们首先感觉到的，是诗人对真实的那份自觉，诗人的品性，也就融在了他的诗内容的结构里面。对真实的自觉，诗人又往往以不同于九叶诗派其他诗人的审美视角，夹杂着某些捉摸不定的心情，去营造意象中显示出它的独特性来。所以，穆旦的诗，至今我们读来依旧心灵震撼，并有不少诗学者为之撰文赞叹，亦正是穆旦诗歌诗意生命的永久生存的原因之一。

穆旦是个非常有思想的诗人，他的诗往往由思想支配或引领着创新和超越语汇。在穆旦的诗里，感觉与时间像两个捉迷藏的小孩，时隐时现，但率真的笑声却不时弥散在空间。它让我们感到，诗不单是语汇与语词的变化，它更是在跳跃的零散与即时中的美学：他要拯救的，正是他从未得到的，并且，他已分明远远瞅见活着的这个它。所以，穆旦的诗非但为穆旦所有，也同样为一切爱好穆旦诗歌的人所拥有。由此也证明了穆旦作为中国现代诗人，在苦难与挣扎之间，在历史与诗歌之间，在现代主义诗学的探索之路上，完成了对中国现代诗的升华。

原载《中国文艺评论》2021 年第 3 期

惊蛰冻雷响何处

—— 尹向东长篇小说《风马》文本的审美分析

王学海

内容提要：对《风马》的阅读，是在世存在与根的追问。通过故事虚构的文本建构，是康定介于草原与城市之间的历史建构。《风马》文学语言的特色，在于用两个不一家庭的组成典型，呈现出异质多元与现实超越的美学特征，从而让我们由文字而见证历史的奇诡和政治的风雨。《风马》的另一特点，在于性别在情感与行为上的人物影响，它的潜在或内在意义，是让女性人物的各个独特性，去激活鲜活的情境现实，直接导致人物内在意义在小说人物的意义空间，有更可回旋的诠释空间。康定这个城市的价值，是以她的被刻画出来的沧桑感所铸就的历史长度与厚度的。《风马》更为歌颂的一笔，是小说结尾时抛掷出的一个实质性问题：根与仇恨的丢失。它让本书行将结束时，又重启了读者重新思考的光亮。

关键词：在世存世　根的追问　异质多元　重新思考

一、在世存在与根的追问

这是一个典型的中国传统文化结构的故事，这恰又是一个虚构叙事与历史叙事相结合后共创的全新文本。尹向东的长篇小说《风马》通过故事虚构的文本建构，为我们凸显出了康定这个介于草原与三山合围之间特色城市的历史建构。在以文学的语言全方面地叙事这座城市的历史构建中，在这历史建构不能违背史实的限制，亦不可以转换或虚胖的形式去影响与改变虚构叙事文本的同时，却又让虚构的叙事，给历史叙事涂上了几多变幻的色彩和加深激活了它的历史内涵。这个带有后现代主义色彩的叙事文本，为当代长篇小说创作中的民族题材，拓展了空间的边际和启迪了创作手法上的关系，也让文学的想象更有了审美的新趋向。

本来，当阅读《风马》到行将结尾时，夺翁玛贡玛草原上的仁青嗡呷和仁真多吉兄弟，一个终日酗酒沉溺青楼，一个平地盖起自己的房屋，行将迎娶新娘。这样的所指，似乎有一个共同点，即身负深仇大恨的草原的二个儿子，复仇的精神都已经被这座城的生活销蚀了，显示了城市作为草原的对立物，它的巨大的力量与历史作用。但更深层的意义，在于哥哥仁青翁呷曾经是搏熊的英雄，却一下堕落成最俗的平民，而弟弟仁真多吉，虽然无有哥哥的魁梧身材和巨大威力，却能在私奔失败中清醒过来，在平俗的生活中闯出一路自我建树的新路，让草原的毡房终究能在繁杂人多的城市角力中，竖起了砖木结构的生根城市的房屋。这正是时空、地点与个人+社会的三维结构，我们在作者的语言中读着它们，看它们互动，由故事的叙述揭开生活的本真，由生活的本真与人物的流动，让我们看到历史的重现及历史与当下的连续性。然事实上文本并非如此简单，匠心独运的作者，在故事本当顺理成章结束的当儿，却来了个一百八十度的大转弯。它以故事主人公命运的突变——仁青翁呷的因被诬偷窃金灯遭受极刑，把原本哥弟二个的命运安排与形象锁定，推至了边缘，让一个巨大得如草原般辽阔广袤的问题，推到了我们面前，那就是这哥弟俩，该不该离开草原？且看作者的几处伏笔：1. "三天之后我们去捡了骨灰，然后爬上山顶，那地方是我选的，就在山巅松林口边，那是我们从夺翁玛贡玛草原逃出来，在深夜到达这里，骑在马上第一次看见康定的地方"。2. "那时候的记忆复活了……哥点点头说：'罗家的坟地大，我数了，有八座坟，他们的家庭真够大的'……哥带着深深的遗憾和憧憬问：'立民，我在想我们两兄弟几时才能有自家的坟地。'" 3. "在我把哥埋到土里时，那个远大的目标实现了……这会儿，他却成了一抔白灰被埋在地下，哪有这样简单的？"这第1点与第3点，正说明他们不该叫泽民和立民，更不应忘记郎卡札夺和嗡玛贡玛草原。换句话说，"第一次看见康定的地方"，也就埋下了死亡的种子。当然此话说绝了，就完全剥夺了人与时空与地域活动与发展的可能性。所以这里的概念绝非单一，而是带有一种根的追问。现在来看第2点，明显是个反讽。虽然它具有极大的不可靠性，但作为人物的内心世界——原本可以像雄鹰一个翱翔草原的兄弟俩，在山巅的松林口，拥有了再次失去亲人的坟地。这就要笔者从现场文本的角度对文本创作做思想的思考。

自家坟地的拥有不在草原，而在城与草原的临界点。自家坟地的壮观不在自身的发展壮大，而在以自身的衰落为代价。这是研究者应予注意的一个文本作者心理创作的问题。我们既可以在语言文字的阅读中参与其中，更可在跳出文本站在边缘去思考作者为文本人物所作的这种安排，它的文化意义何在？它也让我们想起了克里斯蒂娃的话："生命并不只是一种生物学的过程，而是在持续应对生活遭遇所提出的问题中寻求生存的意义。"① 哥弟最后所处的事实和克里斯蒂娃的话，也至少对文化自身的本质，会引发我们新的质疑与多元的思考。也许只是一个历史与个人（家族）无可奈何的事情，也许寓意着民族观念在历史转折关口的一种必然的变更与显现。思考正是对文本的一个解释过程，我们在这样解释过程里，文本便不再是孤立的，即故事的叙事和整个中国近代历史状况的质的变化有机地联系在了一起。作者巧妙地利用了哥弟的谈话，研究者便在这里可运用作为现场文本的谈话并继而进行思考——对作者创作思想的思考。这里没有对与错，而是让我们进入一个可供质疑历史事物本身的更大空间。在这里，文本宛如一个框架，框架内容与形式的陈列，正是创作思想的有趣体现。它让我们有可能掘到文本内在的动态潜力，当然这是以审美双向互动为前提的。从坟地与理想的谈话过程中，我们拟可深入认识夺翁玛贡玛草原这个家族与近代中国的关系，也可更深层次去理解这个家族中最后的哥弟关于他们与这个世界的令人多元思考的行为方式的奇异生发。

在这里，我们看到了作为长篇小说作者的思想释放，并且他在选择这种释放形式时的审美能力和审美创造。这也正如作者在这一节中所说的："整个事情绝不会这样简单"。——"必须喝醉又必须清醒"。它让我们看到了"跑马溜溜的山上，有一朵溜溜的云哟"的那个诗情画意的康定，它的内在又是多么地曲拗，那么地艰难，又那么地凶险……正由此，到头来壮汉仁青翁呷是被移作的替罪羊，而这只剽悍雄健的替罪羊，又是那么地在无奈中倔强地闷闷死去。这闷闷的倔强，在这里又非一个单一的雄美表现，这是草原面临风暴前的自然现象，却更是集有大草原在整个历史进程中，军阀混战时期，被政治汉化的一个无言牺牲品的文学形象的浓缩符号。在这个审美意义上，

---

① 黄云《女性与象征秩序》，刊《法兰西思想评论·2017（春）》，北京：人民出版社 2018 年 5 月第 1 版第 125 页。

我们还可欣喜地发现，文本为我们创造的，是一个反海德格尔"在世"哲理的思想：即它的审美意义告诉我们，世界首先向人显示的不是生活，而是紧随政治或者政治后的生活，当人（嗡呷和多吉）还没完全进入世界之中，那种权力先行下的政治，已经将他们先囚禁于牢笼之中。所以，嗡呷的最后屈死，引证出了拯救力量的式微或者说是消亡，这样的"存在"的切近处，正可引发我们阅读后进行再思考的另一面，即在世与存在的新思考。也因此，《风马》叙事的故事是过去时，对它的阅读是现在时，审美的意义恰恰是将来时。这也是《风马》的价值所在。

二、异质多元与现实超越

《风马》文本的另一特点，是以人物的性情烘托出历史风云的变幻，它并非是一种人与事物的悖论游戏，而是在时间与历史的过渡中，让人物活在性情里，让性情凸显在历史事件中，并且在作者着意刻画的人物身上，随意淌下的平庸性中，见证着历史的奇诡和政治的风雨。

日月土司的三个儿子，彭措郎甲——江升，以及江科、江芳，是文本以异质多元的形式为我们创造了多变世界中的多变人物。自然，这首先是以头脑简单的日月土司弟弟的头颅为铺垫的。然后，精明谋于筹划的日月土司江意斋也被算计而吞仁青日布图作假死，而最终换取实质性的自尽。于此，文本的异质多元拉开了帷幕。由出康定到雅安，作为哥哥的江科一下长大了，但不久便莫名其妙地身亡了。你可以说他是水土不服而死，也可以说他是误食中毒而死，还可说他是蚊子带来细菌和肠子积滞运行不畅共同造成的死亡。但不管怎么说，这是一个怪怪的不正常死亡。如果说日月土司的弟弟与日月土司俩人的死亡，都是相同性质（一个死于愚，一个死于精，但性质相同）。那么，江科的死亡却让这个人物陡然背上了一层奇异的光涂。

豹皮与泥石流，豹皮与康定，江芳在失去父亲、叔叔和哥哥后，俨然成了想要掸去豹皮上历史积尘的江芳。也是政治抱负让江芳认定去木坪土司家入赘是命运使然，新婚不久的江芳瞬间就让自己改变了命运。然正当他与木坪土司，他的丈人运筹帷幄以真正夺取木坪大权并使之永久太平后，他与他的家族在政治上有更大的回旋余地之际，一颗流弹过早地结束了他年青的生命。如果说日月土司的宏图还在于他本人政治谋略的欠缺，那么，弥补这一缺憾的，当是他的三儿子江芳。但谁又能料到江芳毕竟年轻缺乏实践（战）经验，被地方恶势力先算计了一把，便亦早早命赴黄泉。这个人物在文本中的异质，就在于他是集弥补日月土司、土司弟弟、大哥和二哥的种种不足：如日月土司的政治幼稚，土司弟弟的头脑简单，大哥的无政治抱负，二哥的不谙风土人情与地域自然特点等。却因缺乏实战经验，而由流弹之意外，过早结束了生命。当然，这是作者刻意的安排。说有点牵强的异，但偏又符合实情——谁让他缺乏实践经验呢，就像三国中的周瑜那样。所以说是作者以三兄弟各自奇异的结局，去印证了作为当时藏族地方政治势力的相继衰败，是合情合理的。我们更可以这般各个不同的奇异，见出了封建农奴制统治下的藏族大社会进化时期所呈现出的该地域政治的质地与知识（科学）的质地，印证出了封建农奴主们的代表势力，走向衰落的历史必然性。如此再来看日月土司的大儿子，也是文本作者特意着墨构造的一个典型人物江升，从他一开始离开康定去木雅官塞，临走在跑马山上攀上巨石鸟瞰整个康定，到中途欲出家寺庙去拉萨，再到哥接弟媳维系家属婚姻，参与政事去瓦须部落联络，在回返路上行"圆寂"状，非常明显地作者在这里让小说超越了生活常规。他让江升这个人物的张扬、压抑、退缩，再到扩张，再现出的是一种跨人物性，即江升代表的是那股反反复复、起起伏伏的封建农奴主的主线，也可说是一种政治性的缩影。他的独特复杂的身份、情感与生活方式，正是那个历史时期康定与其草原的一个缩影，是政治历史进程中康定与草原被变化着的一个变幻着的符号。他是作者个人创作思想在这个人物身上的体现。历史的多重性与政治生活场景的多元性，在江升这个人物身上被艺术地再现着。它是作者我的审美塑造，也是历史客观他者意识的移植。当然，在其中，江升的虔诚佛教与最后参与政事中的施药治病等，正是小说异质多元性的一个明显特征，它通过"这一个"江升，让我们感知了藏地历史中的政治人物的差异性。而这差异性，恰恰是《风马》文本中多元与超越的审美性所在。它是平等、善良与权力的实践相关联的可能，是美学的存在于游戏与政治之间的审美生命的文字再现。若说它是审美差异性，那就是作者刻画小说同姓人物本身审美差异中，又将其混合成一体（同族）的异质多元的一个日月土司家族综合型的文学典型，这在当下长篇创作文本中亦是鲜见的，其审美的先导性价值也是非常有意义的。

三、性别在情感与行为上的人物影响

　　叙事在性别上的成功描写，我以为并不是男性作家以男权主义的眼光描述女性，而女性作家拒绝"男性凝视（望）式"的描述。更重要的，是文本中对一个女性人物内在品质（性）的刻画，是否是由文字到语言，在读者缺席的情况下，它已有了某种潜在或内在的意义，从而让读者去阅读时，便有了独特性的鲜活的情境现实，并直接导致人物内在意义在小说人物的意义空间，有了更可回旋的诠释空间。就这一层面而言，《风马》在卓嘎、桂枝和小太太这三位女性的塑造上，就有着好叙事对人物性别的审美影响。

　　先说卓嘎。她引起我关注与兴趣的，并不是作者开场描写她作为侍候锅庄太太和小姐的丫鬟，是一个怎样的长相或修炼成的灵巧度。而是她爽直地喊立民去看拆吊桥的热闹，枪响后，又拉了尚在惊恐中的立民，再去看枪响是怎么回事。仿佛有一种天生的闯劲，不管外面世界如何，也不管自我处境的如何，一定要让自己满足自己的好奇。于此，该人物内在的可立品性，亦随即隐隐现出。直至枪声再次响起，陈遐龄伺机"大义灭亲"，亲手枪毙了侄子，脸被枪声与杀人吓得苍白的卓嘎，再次拉了拉立民的手说"跑"，那个敢进敢退的性格，让我们看到了她未经雕琢的生活行为中，有一种强烈的感知力在冲击着我们，也许这就是审美感性化之过程。但事情远远没这么简单。我们看到发展中的卓嘎，在一个中午的折多河边，匆匆急切地告诉立民，她的婚姻被告阿爸定了，要嫁给杨家。紧接着，便是私奔。这是卓嘎这个人物的巅峰形象。然而，就是这对男女私奔之后，又是卓嘎在讲了"既然我们出来了，私奔了，再苦再难我也要坚持下去"不久，竟又是她打破沉默，首先提出了"我们明天回去吧"的反悔意见。至此，我们可以猜测作者在这里是将卓嘎这个人物个性的美，进行着理想世界与现实世界的分裂，它就卓嘎告诉我们，爱情不是这个世界的唯一存在，还有生活。所以，卓嘎在爱情审美上的分裂，也是符合现状与实际的。这在人类学上，就是生活让人常常处在对立面，而又让他与周围之存在相融相联的现实融合中。在这里，是作者让现实自身进入文本，去影响卓嘎这个人物，去在分裂与融合中完整这个人物。私奔，只是生活行为的一个瞬间，生活还像折多河的水，每日照样汩汩地朝前流。它以人物告诉读者，生活属于自然，审美的领域有时不会绝对与现实对立，所以尽管私奔的折返路上，最后一晚卓嘎还要立民紧紧地抱抱她，但它仅是现实生活的一个方面，并往往会被大现实所屈辱地整合。

桂枝也是一个饶有风趣的人物。她是被八斤捡来的女人，但她却又是一个美人。这个人物在作者的笔下，首先以奇异的形象为我们开了相（先丑后美）。后来我们也就惊奇地知道，八斤原先厌赌，后来嗜赌，那是因为桂枝作了他的老婆后，几次拉他去赌一把，让他散散心，放松一下。说穿了，是给点男人除了床笫之外的快乐。但这样的善心却偏又让事物适得其反，最后导致八斤差点就被赌债要了命。但对待这件事，桂枝的态度虽然有怨言，实际到挺坦然：她这是生活的缺陷，上天安排好的，这看似一句土话家常话，却十分哲理，正如桂枝是在坟头黑影中被捡来的一样，充满了奇诡，却又极平常。咳，一个原较奇异的女性形象，在这里作者恰恰让她回归了最普通女性的那种认命安家的行列之中。也正在这样的人物里，她们的家，也才会有森格这条狗。它流浪而来，偏不理睬八斤的赌输了在饥饿状态下的辱骂，反而乖巧地为主人打来了野物。要不是后来八斤制止它去叼羔羊，说不定森格就是一个有"财源"的劳动力。作者写道："一个男人，一个女人，一条狗，因某种缺失，达成了特别融洽的关系，彼此相依，共生温暖，成为康定一个独特的家庭，这就是八斤、桂枝和森格。"作者在此神来别致的一笔，倒是提醒了读者，美学与对世界的当代思考，莫不出自八斤、桂枝和森格这三位一体的家庭形象。从社会学的角度去看，家庭幸福维度的所在，有时还真的不要去追求完美，因为完美会让人失去追求与向往，完美会让人失去本真与人的自然性，完美更会让一个群体与族类，在物欲膨胀中失却勤奋与上进。唯有不完美的存在，它才是推动思想与精神合成动力的基础。

日月土司的小太太，起先让忧虑促使土司把大儿子江升移置去了木雅官寨，以后又为土司怀上了二个儿子。事情的突然变化，使原本只是小心眼的小太太，一下有了土司的眼光和纠正了自我狭隘的心态。

小太太是个有独特纹理的人物。我们看到在小太太的言行中，只是发生了些微的差异。她没有颐指气使，也不央求江升，或者赵尔丰刘成勋等其他官属。她只是在为土司哭泣之后，高兴地为两个儿子读书送行，之后又为儿子江科的突然去世大哭。大悲之后，小太太只是赶紧为另一个儿子江芳完婚成家。安定，在她心中已成为一个神圣的追求目标。然也就在再次的意外——一颗流弹把小太太的期望再次砸碎打灭之后，小太太便再没了哭声，只是在一副异样惨白的脸相下，在咳嗽咯血之际，去了木雅。这时的小太太才有了自己真正的计划，这时候日月土司家属的灵光，才真正在小太太身上暗暗升腾。不管土司的大儿子江升如何垂心向佛，也不管他的双脚正带着一颗虔诚的心即将行去拉萨，"日月家族不能没有延续"，这句政治大语出自小太太之口，宛若被遮蔽的日月，终于又开始在日月土司大家庭中升起。而敦促江升这个日月土司的大儿子，位归本位的，恰恰正是小太太本身——因为"作为一个对藏医有很深造诣的人来讲，他看见小太太的状况，知道这世上最好的药都不再对她发生作用"。而能对小太太真的能发生作用的神药，唯有他江升的弃佛从政，承继日月土司家的政事。这貌似江升的艰难归位，实质恰是小太太这一形象的独特作用。这是一个令人可怜又实可敬的形象，是一个在时间的存在与进程中变化了她与这个世界关系的形象。在这个人物形象塑造的处置手法上，作者的叙事让现实与实际在历史可能的维度下进行竞争、变化和意外的结局，且在结局的尚未真正闭合处，又重开新机——让人物在历史性中走出她不凡的足迹。这也正如列夫·托尔斯泰在他的《战争与和平》后记中所说的那样，生活是连续的，破碎的，处于不断的更新状态之中。①《风马》作者对小太太的处理，大悲之后不是最后让她消极，或者发疯，或走失去雪山，而是通过血的咳嗽与下顾恳请的形态，把不断更新状态的生活，鲜活独特地呈现在这个人物身上。就小太太所处的历史时期与衰落家族的地位，她留给读者的是一种简洁深义的崇高。虽然在小太太身上刻有因私心而因果轮回的报应，但这种报应与其说是报应，倒不如说是作者刻意的文化谋略，以至小太太把江升召唤到日月土司原办公的厅堂，当面所作的忏悔，并在江升的一言一行中，又仿佛重见了昔日土司的生活形象与对待自己的眼神，她特别，也只能由她观察到的他眼神中的去凶存善。在江升拆去了经房的卡垫，小太太最后留给江升的话："你们一定要生个男孩"，看似媚俗，实质正似纳博科夫之于洛丽塔，在韩伯物"欲望孤岛"背景下的洛丽塔，反证了韩伯特迷恋而造成对他人的伤害一样，希望江升与央金要生一个男孩的小太太，此时已从凡尘中跳出，承袭日月土司家族香火的欲望，也不再是土司这一消失的权位，而是只就家族本身的延续，安定于生活的延续。它不

---

① 乔治·斯坦纳《托尔斯泰或陀思妥也夫斯基》（严忠志译），杭州：浙江大学出版社 2011 年 10 月第 1 版第 97 页。

是过去的，而是未来的，是一种文化。它是真正剔除江升的孤独，把他与土司家族的未来，建构起了一个更为宽泛、更为深入平民的日常生活之中。是的，土司家族也是人，是平民百姓的人。

四、历史在叙事中的文学表达

在文学中领会美学现象的趋势，窃以为重要之旨在于语言。在《风马》中，作者不惜花费大量的笔墨，以历史的叙述与自然物景的叙述，壮实着《风马》的文本。

叙述历史，特别是康定在中国近代历史中所受的影响与变迁，在土地和种族不可剥夺的特性之下，它通过现代化的进程这一形式，去逆袭和转化历史悠久，然也已老化了的康定。这在《风马》文本中，首先跃入读者眼帘的，是社会结构的重组与科技化曙光的出现。细读文本，我们看到了日月土司被隆重推出又被囚禁牢狱，最后死于逃亡。我们还更多地看到了赵尔丰、李方九、殷承献、陈遐龄、刘成勋等等，接管康定的非土司的现代性质的地方官，一茬又一茬，走马灯似的替换着。这正是中国该时期军阀混战，有识之士以卫国之忠与近趋民主的一个混沌式的过程。在这个过程中，文本中的文学语言，是以人物的行衬出人物的言与思想的，如赵尔丰的血腥杀戮，并行着收缴土司官印，改土司管辖为流官治理，大办教育，但他的结局，却正好与自己的意愿相反——被四川都督尹昌衡捕杀了。文本的语言，以说介和故事（发银圆诱捕杀人），描绘出了以赵尔丰为典型的该一时期混政治政的历史状貌，说人"受惊时后颈的骨头松开"，恰是一个寓意和象征，寓意在于前行中的历史，太多的成分在于前行前的卑下杀戮。象征，即是该时期军阀混战的一方丑象，虽说队伍，虽说政府与治理，但仅是相互残杀与对一方百姓的镇压。对李方九的叙述，以智搞土司之弟为例，让混浊的残杀有了一些治理的萌芽。殷承献的治政，则就更加的戏剧化，他以古老的欲擒故纵的计谋，先抬举土司并让他舒服，然后让这具尚带幸福余温的躯体，即刻下到牢狱，并逼使他在逃亡中早早死亡。这是一个政治谋略的初始显现，铲除土司的势力，现代性的治理，必欲以戕害首领性命作为革命性的象征，这亦正如资本来到这世上，它的原始积累，每个毛孔上都沾满了鲜血是一样的道理。当然，最后的一步，由陈遐龄替代殷承献完成，让土司在"自己建起的监狱里"，开始了他的跌倒与埋没。在土司走离人间这一段描述中，我们看到了一个关键词：巧合。原先土司密谋越狱接应的壮汉，过早来到了小树林；后来又因紧张导致疲惫而入睡，被枪响惊吓后，认为土司已经暴露，"翻身上马，一气向山巅跑去"，以致土司越狱后，未能遇见接应他的人，而改变了路线，沿河岸逃去。更不巧的，是钻出洞时，由于没别好二十响驳壳枪，连枪也丢了。过早，紧张，疲惫，入睡，丢枪，失接，跑错方向等等，几多的巧，直接导致了土司越狱后的不利。咋看，以为仅是作者为情节之惊险而加以描述的，其实，巧合，正在于历史，在于时势背景，在于土司：封建农奴制度与镇守该地的政府与军阀在现代性场景下的冲突，冲突之势下行将被历史淘汰的封建农奴制偶像的土司的处处缝不利的巧合，处处不利的内涵正是历史发展的必然性。所以说，文学的语言正是借助叙述，在给读者一个真实历史的重现。而也正是在这语言的文学性里，我们同时也读出了历史性，那就是康定这座古城自身的变化。它先是经受了兵变与抢劫的劫难，尔后是在劫难中又敞开襟怀，接纳了该一变化时期投奔她的不同种族的人民。在这么一个风云变幻的时期，她的古老的身躯又不时被动着多种手术，如拆吊桥，造石桥，还在她的健硕的手腿伸展处，或肥硕的屯部等蓄力处，移石拓土，建造了之前未曾拥有过飞机的飞机场。这兴许是一种作弄，实也是把她拖入现代轨道行进中的必然境遇。自然，当安洋人在教会医院开始了发电，也即意味着以电为象征，证明着康定真正步入现代化轨道第一步时，整个康定的现代化肇始，就在作者笔下那些人物的吵闹、挤推、惊奇与见证下，在电压时时不稳，最后又灯光通明一夜的事实上，铁板钉钉地钉在了康定的方志上了。这就是一份美学现象的趋势，它由疑惑、混乱，到光亮、叹服，让生活的自然场景与即时生发的迈向现代性的情景，把康定与小说开头，"我"梦见了"一只鹰高悬于空中"，但是"也不动弹"衔接起来，呼应起来，从而让"我"这个自己，"发现自己真的飞起来了"，这就是我，也就是康定，准确地说，是康定飞起来了，"我"是这只鹰的一根羽毛。《风马》的文学性，也就在这样的语言叙述里，有了历史的长度与厚度。

历史的叙述，还在仁青嗡呷与吴涛的抢枪与不被杀的历险，以及康定这个城市一忽儿空，一忽儿又人丁兴旺、生意繁忙的不稳定性中，也即作者所描述的，"外面的战争让康定热闹起来"，但康定自身被战争戕害的残酷与血腥，也层层地埋在了康定人匆匆走过的路下。由此往前，某一日康定城南终于又发生更大规模的兵变，还抢劫了银行。在这场事件的结局，第一个被推出去枪毙的，是军事教官吴涛，仁青嗡呷的知遇之人。克扣军饷，官逼兵反，几多无辜的士兵又一次被当作了现代进程中的祭祀品，吴涛是一个典型。如此再加上作者借王怀君等之口，每每提及的积累死尸的背茶人的万人坑，这样的故事叙述插入，让康定更有了她的沧桑感。当一个城市以沧桑去丈量它历史的长度与厚度时，这个城市的独特价值，也就耸立起来了。这就是作者笔下的康定。

五、重新思考的光亮

胡继华先生五年前在《上海文化》上，对游牧民族的解释是"游牧民族是卓越的飞散者，主动的解域者"，① 这是胡先生对德勒兹"解域"的进一步阐释。然在无限的漂移中，他们依然有根。这就得让我们对《风马》的阅读掩卷之后，不得不重新去审视书中主角仁青嗡呷与仁真多吉的根的关注。这对从大火与杀戮而瞬间没了爹妈和亲人们的兄弟，出逃时的人生座右铭，就是爹爹告诉他们的："记住郎卡札，记住那里的仇恨"，以及面对被大火和枪声吞噬的爹妈与亲人，"要回到夺翁玛贡玛"。草原，是他们的根。然而，我们看到长篇的结尾，是仁真多吉的康定结婚安家的"回不去了"，是仁青嗡呷跟随江升前往瓦须部落协调政府的事。这时间段正是草原最好的季节，他在色达享受了最好招待，但等他随江升返回康定时，一行人离开金马草原之时，突然"意识到，在康定生活多年，虽然能无忧无虑安享草原的舒适，却无法长久居住下去，所以江升让回康定时，他几乎没什么留恋。骑在马上，他想着这些年来小小的康定改了他什么，让他连祖祖辈辈生活过的草原也不再留恋"。是生活的改变还是观念的改变？这是人生环境层出不穷的变化之一，也是不可简单分解与言说的人最深处的不可打通的秘密。我们可以为他找到一个基本的答案，那就是康定的非草原生活和城市人的生态环境。但城市给予强悍生命力的召唤，不仅止于此。这也许是作者深蕴于本书的一个思想性的思考。人与现实人与生活，有时会仰仗灵魂与精神，但更多的，可能是通往

① 胡继华《游牧，战争机器与绝对悲剧——克莱斯特的〈洪堡亲王〉略解》，刊《上海文化》2014 年第 7 期第 80 页。

现实之路上的那种实质性的影响与感觉上未遇的真实。这就有点像神把光与暗给了人间，而你却让生活用你去选择光和暗。

问题的更深处，还在于结尾处作者又特意安排了一个场景，在仁真多吉婚礼的那个晚上，来了由三个人组成的一个驮队。令人意外的是这三个人来自郎卡扎，是哥弟俩的杀父仇人！并且，"他们热情奔放的情歌也将多年前的家乡瞬间拉近，近到我能看见一头黑牦牛凝住了般在阳光下吃着青草，而天空中一只鹰高旋着，离太阳越来越近"。——"仇恨丢掉了"，这是本节的关键词，也是《风马》的关键词。这是现代化进程与根的悖论，这是知觉世界与科学文明的对立。它的反常在于论证了生活的合理性，它引导我们对事物本身可进行更深层次的追问，也可以让我们回到文本，从作者描述出这个事物的本质结构，并将在作者为我们呈现出的事物本质结构中的文学语言，去作对人物内心世界与灵魂追寻的更广远的探寻，包括文化对于人的影响及其异化。这便有待于我们通过对小说的阅读，深入人物原型的知觉世界，去以大文化地拓展我们的视野，并让我们找到一个民族的文化原发性与这个世界的文化的推进扩展的社会可能。

由夺嘁玛贡玛草原上出逃求生的兄弟俩，《风马》为我们抛掷了一个更深层次的问题，即许多书写草原的篇什，它们使用的语言与人物形象，均被根的固定模式养育成一种机械式的教条，它失去的是现代化进程中的真实性与变化性。而《风马》恰恰以康定为主旨，面对草原以及草原人物，试图以还现实的真实行影，去批判那种臆想的反抗。也许，这个场景与哥弟俩人物，是不够完整的，也不能全面反映历史进程该时期草原儿女的种种，但它至少让我们知道了即使身负深仇大恨的草原儿女，来到康定之后，他们面对的历史积怨与绝对悲剧（指部落间的互相杀戮），是如何被潜移默化地走出去和化解掉的，这是小说创造的真的具有社会学意义的戏，也不必我们用是与否去做判断。于此而言，对康定就格外有了意义。

由此，我们还可回到《风马》作者的创作心灵，他的那种题材依托，历史凝思，应该是在一种正视和理解人性情绪下的写作，刿发出了人心与历史更广阔的场域，包括层累在深处与边角的那种星星点点的独特。它让我们看到，进城仅是一种生活方式，只有当我们看到了生活的真实、复杂和多样性，进城才充满了神秘的色彩，也包括起初的无奈。而进城的人物，也随之有了传奇式的气象。哥弟俩与新日月土司江升家族，也不是一个审美差异性的存在，就日月土司家族儿女，包括小太太与之仁青、仁吉弟兄所混合组成的两个一体又异质多元的综合性文学典型事例而言，说其有审美的先导性是在文本中确实存在着的。所以，在这里可令读者或研究者豁开一个思想的口子，那就是作者创作时试图以叙事文本努力与内心疑惑的反经验之感，作趋向一个更为真实的根的尝试性探究。

可喜的是，掩卷沉思之后，我们还会很顺润地回到作品的语言上，感受它所弥散出的创作情绪。当语言为了一种情绪，而这种情绪已被文学所魅惑，让创作的主体心灵，投入在语言的世界时，创造的丰富性就会充盈着文本的结构，从而让思想的灵魂去与魔鬼和阅读交往，并在读者自选的各个出口，找到他们所阅读的审美快感与重新思考的光亮。

原载四川大学出版社《阿来研究》第 12 辑

回首火红年代，为改革立言，为小人物立传

——《我们的火红年代》阅读感受

金问渔

    阅读《我们的火红年代》，我似乎也从孩提时代一步步走到了当下。

    时间起点于 1978 年 12 月，也就是十一届三中全会召开的那一年那一月，百废待兴的改革开放元年，小说的主人公丁满红出生了。她所处的杭州思鑫坊，自然也被裹挟进改革的洪流，而她的父母，又是思鑫坊的表率人物。父亲作为富余人员被杭氧厂辞退后，母亲俞雪晴放弃在国企发展的大好前程，毅然辞职和丈夫一起经营"雪晴早餐店"，又在河坊街开了分店，经营得有声有色，夫妻成为坊间第一个万元户，装上了坊间第一部住宅电话。丁满红在这样一种氛围中成长，自信、聪颖、乐观，自小善于接受新事物、勇于担当。但生活定然不是一帆风顺的，早餐店赚得的一万多元现金被小偷窃取挥霍殆尽，只追回八百八十元，万元户归零；十二岁那年，一场脑膜炎让丁满红的智力永远停留在了这一阶段，并且记忆力严重衰退；十八岁生日那天，妈妈告诉她可以成为弟弟丁满青的监护人了，随之一语成谶，几个星期后正值壮年的父母因车祸双双遇难，她真成了四岁弟弟的监护人，生活的重担便压在了年老体衰的奶奶和刚刚成年的丁满红身上。好在丁满红乐观、豁达，面对挫折和磨难，永不言败，将弟弟丁满青培养成才，也收获了爱情，组织了小家庭，未来的美好，在她面前徐徐展开。

    如何讲好改革开放四十年的故事？作者是借助小人物的命运来"准宏大叙事"，以点及面，通过一个街坊的人与事来描绘社会的变迁与进步，从一点一滴的细节中展示"思鑫坊"物质与精神面貌循序渐进的提升。"思鑫坊"不过是一个大城市的毛细血管，但正是这样亿万毛细血管内血液的涌动、澎湃，让我们的国家突飞猛进，创造了改革开放的奇迹。这无疑也是杭州市、浙江省社会经济发展的一个缩影，浙江七山二水一分田，从资源小省成为经

济大省，来自民间的创新与推动不可或缺。

小说中，主人公最后没成长为著名企业家、高官、英雄、明星……即现在社会所认同的那种标准成功人士。这样的设置是非常接地气的，人民群众是历史的创造者，精英人物毕竟是少数，如果沿着丁满红幼时理想去构思，她成为航天英雄，巾帼不让须眉，那么更多的笔墨则必然铺垫在个人奋斗史上，而轻描淡写于社会与时代的进步，而后者，恰恰是作者所想要表达的。同时，作者也传达着一种健康的、越来越为大家所接受的价值观，普通人过好自己的小日子，对社会有所贡献，同样拥有成功的人生。

小说的结构完整，语言朴实，生活气息浓郁，细节也比较丰富，如丁家装上思鑫坊第一部住宅电话，想来想去没有号码可打，竟拨了 110；又譬如烧开水把冰冻路面浇开，"街坊邻居大都起来，都拿着开水化冰，一时间整个弄堂里热气腾腾……"这些描写无疑是生动、深情，能够打动读者的。

写现实主义小说需要生活阅历，作者周飞出生于一九八四年，虽然和丁满红是同时代的人，但毕竟比她小了六岁。自十一届三中全会后，我国社会、经济飞速发展，所谓"一年一个样、三年大变样"，对于没有经历过的岁月，作者是下了功夫的或者说已超越了他自己的认知经验。如对喝汽水的描述，文中着墨颇多，甚至让空汽水瓶成了一种象征物，横跨父女两代，贯穿整个小说文本。像我这样从 20 世纪六七十年代走过来的读者，或许多多少少有些汽水情结，那时喝汽水是一种奢侈的享受，商店里的汽水记得按瓶子大小和品牌有九分到两角五分几种价格，那时一斤猪肉才七、八角钱，没几户人家舍得买这玩意，一些企事业单位自制汽水是让人羡慕的职工福利，我和刚掌握了一些化学知识的表哥也在家里尝试制作过汽水，当然，自制汽水是没法加压二氧化碳的，就放了点苏打粉。改革开放了，家家户户直奔小康，喝下二氧化碳汽水后打出的嗝早已不值得在小伙伴面前嘚瑟了，白糖柠檬汽水也迅速被可口可乐和百事可乐所替代，到了今天，类似的碳酸饮料又被白领弃之如弊履而改喝无糖饮料与白开水，这便是时代的进步与变迁。又比如，丁满红出生时，我国还实行着粮票制度，在医院食堂打饭，需要提供粮票，这着实为难过农村病人，关于这个细节，我不知道是不是作者自己的童年记忆。我国是 1993 后陆续放开粮食市场取消粮票的。在此之前农村人住院，在食堂打饭所需的饭票，如果拿不出粮票，需从家拿来大米换购，这也是医院方便患者的变通办法。住院卖米，这幕城乡二元化状态下农村人的心酸史，在我创作的小说中也曾涉及这个场景，小说需要疼痛感，故汽水、粮票这两件时代标记物的挖掘，为小说增色不少。

《我们的火红年代》人物关系清晰、时间轴明确，阅读的感受是顺畅和轻松的。但一路读下来，总感觉文字显得略为平淡，似乎波澜不惊，一些本应高潮迭起的章节或者说人物命运即将转折、改变的当口，一段话就平铺直叙过去了，如丁家民、俞雪晴夫妇遇车祸去世、丁满红去杭氧厂做清卫工被无故辞退、丁满红投身废品收购行业，几乎都只是流水账似的简单交代了一下。联想到作者曾参与多部影视剧的编剧，这种笔法可能是剧本创作所产生的惯性，因剧本借助场景布置与表演艺术能使情节鲜活起来，不需小说那样需在文字上做足功夫。我们常说，人这一生值得言说的加到一起也不过那几个瞬间，所以，小说在"瞬间"的处理上是有些遗憾的。

小说中，作为一系列配角的街坊邻居、叔叔姑姑等，人物刻画得较为成功，大多性格复杂，没有完美的人设，也没有坏得透顶的恶人，众生百态，一个个都是真实的百姓脸谱。或许是聚焦、放大的缘故，反而觉得主角的塑造稍有瑕疵，丁满红十二岁前智力超常，此后智力停止发育，但在小说中，其后的行为模式是一个非常正常的人，最多有些大大咧咧，记忆力差。十二岁，在我国正是上小学四、五年级或初中一年级的年龄段，肯定还有幼稚的一面，包括没有发育完整的认知理解力、审美力、价值观、两性情感等，没有很好地予以诠释。我在想，如果一个演员扮演成年丁满红，她该如何去体现这个角色？这也是需要作者思考的。当然，站在另一个角度，如果丁满红患脑膜炎前智力发育超常，已远远超过同年龄的孩子，那倒也是能自圆其说的，当然需要做更多的铺垫，但这样一来，作品的立意无疑降维了，一个正常人的励志相对于一个残疾人的奋斗，高度不一样。

另外，我也较少感受到作者想要传达的情绪，譬如愤怒、喜悦……最多的感觉还是惋惜，为主人公十二岁智力停止发育惋惜，为她十八岁就失去双亲的呵护惋惜，而不太容易产生其他的情感。觉得作者始终是一个站在上帝视角的旁观者，冷静、客观，故小说的共情度或者说感染力稍有欠缺。但总体而言，瑕不掩瑜，这部近40万字的长篇小说创作上是成功的，回首火红年代，为改革立言，为小人物立传，值得阅读与推荐。

原载 2021 年 8 月 27 日 "中国作家网"

《我们的火红的年代》周飞著，北京日报出版社 2021 年 6 月出版

远处
晨光含蓄

海宁作家2021作品年选

金问渔 —— 主编

下册

团结出版社
UNITY PRESS

目录

诗 歌

传记与报告文学

Chapter 1

诗 歌

远处晨光含蓄

伏羲庙，侧柏

汉 江

踏入庙门，已是多朝元老的侧柏
站在两侧躬身相迎
相比庙前一字排开的
九座至尊铜鼎，除了敬重之外
让我心生几分恻隐

两列侧柏，倚撑着支架和手杖
我不敢靠近，不敢按下快门
怕"咔嚓"一下，有些什么
会应声断裂，就像我
刚侧眼看过的那块补天石

侧身而过。把侧柏
墨绿的影子依次放在我身上
有生之年，或许
它们不会从我的心里
慢慢侧身淡出……

原载《星星·诗歌原创》2021 年第 3 期

如同一粒麦子（组诗）

汉　江

题麦积山石窟

半山，半空，看不清哪些佛是
半裸。泥塑，石雕，说不清
哪些佛是秦代嫡传
哦，我所在的尘世，还有多少
悬而未决的事？比如乱世的疫情
比如太平洋与大西洋那两片
无法相融的水……

这么多尊佛，常年披戴日月之光
右手半举，究竟在揭示什么？
栈道上，我踮起脚尖
依稀看清其中一尊的鞋面上
几只绿瓢虫已仰天羽化
一只灰蚱蜢正弹腿赶路……

静动之间，每株草木把清新
送我，每朵小花把唯美
送我，尚未入禅的风
也在耐心送我

瑞应寺化缘的钟声！

下山，心还放不下山

麦秸抱团，站立成垛
每个麦壳的洞窟，让人怀念
离家出走的麦粒

山径上，落叶隐姓埋名
还俗的炊烟，各有各的人家
含着缕缕麦香

崖壁那些裂缝，是麦秸与麦秸的
间隙，不深邃，但锐利
飞鸟会因此折翅受伤？

下山，想象滑坡：这座孤山
空窟多，此生谁会为我
捏个形似麦粒的泥人——

简单化个淡妆，随意放一空窟
不编号，不冒称神龛
只为回家

哦，家再暗淡，泥人自有光亮
如同一粒麦子
聚焦过整个太阳……

龙腾黄河第一湾

龙头在青海，无法意测——

哪些分叉的小河是龙角
哪些细密的小溪是龙须
在此——若尔盖草原的唐克乡
我看到龙那弹性的脖颈
形成黄河第一湾！

观景台三楼，我踮脚举手
将海拔提高到四千米
草原多情地围着观景台，自下而上
捧出紫色的瞿麦、银色的
火绒草、华丽龙胆……

黄河，究竟有几曲几湾？
北来汇流的是白河
第一湾之后，分明蜿蜒盘旋着
五六道湾，在夕照下显现——
"宇宙中的庄严幻影"

俯瞰栈道上的游人，像树枝上
奔忙的蚂蚁。突然，我的腰在扭动
双手似挥舞棒槌，敲打着
心中几只块垒的大鼓
我步履不曲、不弯——
前途一望无垠……

张掖七彩丹霞之魅

景区。观光车左转右拐
让座座山丘随之变脸，一道道色彩
用生旦净末丑的腔调
呼唤我，热气球、直升机

也让我心动。天空地面
弥漫喜庆。亲人离我太远
眼前的景色值得依偎。这里
虽无瀑布、清泉，但有我
体内激情的波涛

激情渐退。多想安静我自己
被所有的声音遮蔽
在一道最不起眼的色彩下
做一小粒隐居的尘埃
不再在生活的斜坡上
摸爬滚打，放下一直扛着的
重！忘记——
出口处商店里
有能带回家的油果子……

原载《海燕》2021 年第 2 期

自然行记（组诗）

汉 江

虹饮山房行记

老天稍一变脸，小雨
便让偌大的戏台留白、广场空旷
众多游客在槛内槛外
犹豫。我转身
感觉龙椅是纸糊的
龙形淡薄，但脚上想必是五爪

小雨依然，心在敲"急急风"
催它的主人，去唱一曲
不惊梦的《游园》
我像一个作弊的考生
借着连接的廊和假山的洞
虚线似的，赶着行程

凭空猜想乾隆——
他一而再再而六在此跸驻
山河为枕，未入寝
先翻牌，而我想翻也翻不动的
是脚下那块石板，它与我

怎么会似曾相识?

天平山的翠鸟

不识鸟语,却蓦然听懂这翠鸟
竟在枫叶的天罗地网里
欢叫——
万红丛中一点绿!

什景塘七星布阵,水中地上
枫叶争相编织折叠裙
让西北风和我
茫然若失,急红了眼

终于绕过乐天楼
随跌宕起伏的石级登高
一线天,逼迫我侧身而上
此刻的我,不正是一只
收敛翅膀的翠鸟?

不想铩羽而归,只想跻身于
天平般硬朗的山顶
称一称底气,能否振臂一呼
让枫叶满天飞红……

夜游拈花湾

夜,不够黑
草地上,半空中
此起彼伏的彩灯,太多
让人体验梦幻的幻

却无梦

水幕轮廓阔大——
蝉翼熟宣纸上，莲花开了又开
每瓣红唇，透明、湿润
哪一部经书
在被反复抄写和吟唱？

拈花塔并不太高
但足以让整个景区
看到它头顶旋转的光柱
让人移步换景，感觉每个游客
是不会走失的
皮影戏中人……

裸心谷

清晨入谷，便体会到小小的死亡
短暂的窒息，浑然不知
谷的长远、深邃，以及它此时
是春暖，还是夏凉……
上午撑一柄竹篙，从水池的
并蒂红莲之间滑行
下午骑一匹黑马，任其穿越
两座茶香飘逸的帐篷

天色慢慢躺下来，我不甘旁落的手
插入衣袋，走上大树
心身干净得只剩下
一对翅膀，轻薄、透明
尘世之上，绿叶之间

仰卧在原木搭筑的鸟巢

听风、望月、发短信——

居高无欲，夜有好梦

原载《特区文学》2021 年第 4 期

穿越黑山洞 (外一首)

汉 江

郁闷了多少年，这座大山
才会如此剖腹掏心？恕我怯弱
怕听见自己的回音变得
嚣张、陌生与孤独
触摸石壁，缓缓前行，知道不会
坠落，更不会升腾

不明火，难执仗，任由蝙蝠冲撞我
离地三尺的神明。风光全无，偶有
滴水脆响——无法联想它
是大山流露的心声，还是大山
再难隐忍的泪，只感知
它已漾出我彻骨的凉

哪根神经被抽了一下，又一下
像被拔去两根黑发
突然，一支万花筒抵达眼前
——光芒涌入！光芒背后
七情的彩六欲的色，哗啦啦地
摇晃，把我激活……

感受郎木寺

郎木寺是个小镇，正如
穿镇而过的白龙江是条溪流
蹲在溪边洗个手，游来几条小鱼
透明、灵动，它们不认生
我认生——不知它们
属于哪个省份

溪南四川格尔底寺
溪北甘肃赛赤寺，佛号共鸣
香烟缭绕。各民族
隔溪安居，包容、互动
辩经林中，风声鸟鸣和谐

登山始知地理环境、山水风光
堪称"东方小瑞士"
但人文背景不同：比如
红石崖卧在蓝天青山之间
更高处，偶尔会让苍鹰
结队盘旋空中……

原载《诗选刊》2021 年第 10 期

远处晨光含蓄（外一首）

汉　江

远处，晨光含蓄，云色淡定
太阳把她的万朵胭脂
摁在梳妆盒里。凝视这片纯蓝的水域
谁会不失引力

成群的白天鹅，幸福着，和谐着
它们或许不知：天空那只孤单的灰鸥
和身后那只勉力跟随的黑野鸭
更能体会风和水的冷暖

山峦的表情依然暧昧
或许，这正是常人难以抵达的
境界……

恍若梦境

恍若梦境。曲线谱的山坡，起伏有致
房屋，是大自然独创的琴键
只弹声声慢，让旅人
惯于敲打急急风的双脚
停下来

琴声慢，慢而连绵
我要在其中品茗、小酌、走心的
写一封书信。全然忘却快餐、快递
和快马加鞭的生活

哦，请恕我难得的慵懒——
要在了无边际的绿里
放养思绪与肉身……

原载《上海诗人》2021 年第 1 期

丝路诗语（组诗）

汉　江

车过昆仑山脚

途中，有人指着窗外说
几个游客，去年在此下车
捡到了上好的墨玉。
我仿佛听到：河床虽已干涸，
还能获得鲜鱼。

停车。有些人瞪眼如卵石，
低头，蹲身，披满烈日的波光。
我想象山顶积雪融化
瀑布冲激得山谷龇牙咧嘴，
跌落颗颗玉石，串成项链
温润我的胸襟……

此刻，车在缓缓绕着山脚
能绕过秋冬吗？能让我提鞋
溯流而上，为踩到一颗冰冷
惊喜得浑身颤抖？

车过山脚。我在倒视镜中

看见自己像块墨玉，
默默蹲在山谷里，
如若迷途，不知归返。

赛里木湖的蓝

乍一看，蓝得太过分，
让稀薄的白云也难逼真和生存，
瞧！投影没多久
就被蓝淹没。

走近看，浅蓝透着绿，
往远看这蓝，越远越深邃，
458 平方公里的蓝呵
怎会让我想起一只小小墨水瓶
——"北京纯蓝"。

时日久远，亲切又陌生。
此刻我就是一只瓶子
蓝得透明。瓶中的水即将干涸，
哦，如要满溢，需要投放
多少记忆的沙石？

赛里木湖呵你的蓝
如果真是大西洋最后一滴泪，
可否允许我收藏？

那拉提草原上的白

十几棵密叶杨
不剩一星半丁儿的绿，

枯立在那拉提草原上，展示
一组死亡雕塑。

草原依山生存。近千平方公里的绿
无边、起伏，翻山越岭铺展，
其中许多小草的海拔
高于枯立的密叶杨，
但它再多的绿，也难稀释
这些枯立的白。

它们生前就活在这儿？
是自然色差，还是人为布景，
面对体无完肤的白，谁会感到
触目又惊心？

贴脸，搂抱，女士们开放而浓艳
合个影就笑哈哈转身离去。
一位少女跑上前，为其中
不大粗壮的一棵系了条围巾，
顿时，这些白
泛现一抹红晕……

吐鲁番的葡萄

一只凹底锅，将白天的温度与火候
调控在 40 度以上，
只为烹饪一种美食
——葡萄，并把刀郎的歌声
烤得更沧桑。

炙热，让我臆想变成

一串已摘下的葡萄，挂在晾房，
四壁镂空，透光、通风，
果糖不失，皮肉干爽。

"刀郎人家"的刀郎
说话比唱歌动听，称我"巴依老爷"，
让我的心软化，不爱甜品
却买了两公斤葡萄干。

走出刀郎家，就感觉
葡萄干在软化，感觉吐鲁番
气温太高，甜味太浓，
不软化的只有远处的博格达峰
包括峰顶的雪。

喀纳斯湖

与其说是"神仙的自留地"
不如说是一大块稀世的绿宝石，
车过月亮湾，我已感受到
它那朗润的神采。

多少游船，避免划伤它的平面，
静、慢，让人们把旅游
当成一次休闲，把休闲
当成一次修行——

沿湖有些树木，早已放开、躺下，
任由湖水解脱衣衫，
几只穿绿衣戴红帽的鸟
越界来饮水，不想飞回去。

骤起风呵，请多些持续的后劲，
我在迎风振衣，飘飘欲仙，
万顷波浪在用柔光，擦亮
这块稀世的绿宝石。

霍尔果斯口岸的树叶

起风了。几片树叶，绿中泛黄
来自早秋的异国，义无反顾
掠过霍尔果斯河
然后擦着我的头顶
安然飘落。

这几片叶子，原该属于一棵树
——多么壮大粗实的树呵
却被分解成十五棵树！
今天，其中一棵的几片树叶
随风而来
触动我的思绪——

五百年前，这棵树
年轮中怀抱一颗初心
茂盛在中华之林。今天
这几片落叶莫非要我作证
它们的归根？

原载《中国诗人》2021 年 5-6 期合刊

老家的海拔（组诗）

金问渔

坦　白

钱塘江入海口有冰
粗粝的水，细腻的水
我不知哪一种更容易变形
沉沙、落叶，失偶的拖鞋
一条江的下游携手浮现

就这样吧，寒夜里把一切倾诉
倾诉成混浊的冰雕
顽劣、叛逆、浪漫的……月光的折页

就这样吧
进入包容一切的大海
或许再无坦白机会

黑白月河街

白月亮，黑煤饼
月河街在我童年镌刻下黑白两色

月光飘在屋上瓦棱草刷刷刷长个
月光洒到河里狐尾藻便扭起了腰身
到了深夜，月河储蓄的月光
派发到每人床头

落霜了，下雪了
月河街成了白胡须老头
拱桥的石阶
再坐不上我们的小屁股

街上也有墨渍
譬如家家户户堆叠在廊下的柴火
譬如鳏夫老张的黑脸
他相中了巷口的李寡妇
偷偷馈赠在她屋后的煤饼
却被一场暴雨揭露
让月河的脸色也黑了半晌

故乡在地平线下

故乡太远
在地平线下面

老屋的瓦片该照着太阳了
缝隙中亮晶晶的
是我抛上去的乳牙兄弟

而今满口假牙的中年人
顶着月色懵懂起床
急匆匆赶头班公交
想起那年离开母亲

火烧云的马追不上绿皮火车

置楼三十三层
每日出门
向东远眺几眼
阳台高度
就是故乡的海拔

原载《星星·诗歌原创》2021 年第 11 期

物是人非（二首）

金问渔

人参酒

为了让外公睡得敞阳些
大舅用竹园换得九尺桑地
三十年后，开墓移坟
曾经威猛魁梧的外公
只剩积水里一截胫骨

那瓶随葬的人参酒
完好无损歪在一侧
历经漫长孤独和
暗无天日的窒息
仍清澈如初

小小公墓不过尺半
外婆也挤了进来
再没有它的位子
想想这对常因酒事而拌嘴的冤家
只打开稍稍撒了几滴

一阵忙乱后

酒被扔进了垃圾堆
谁都没关心
瓶中四肢俱全的人参

荷兰网内

荷兰网内柳暗花明的热闹
我是喜欢的，三月里
我撒下了一把把种子

韭菜大蒜，我是喜欢的
甜椒番茄，我是喜欢的
秋葵芝麻，我是喜欢的
还有荠菜，我愈加喜欢
想象着蹦出一群小女儿
穿上绿白相间的职业装

即便一无所获呢？
如果歪瓜裂枣呢？
我也喜欢啊

这易燃品仓库外的方寸之土
这旁人进不得的安全重地
三月里，我撒下一把把种子
似乎把孤独，分摊给了大地

原载《诗选刊》2021 年第 10 期

三 月 草 (外三首)

金问渔

邻家小小年纪的幺琴
出嫁到了远方

她喂大的羊咩咩叫着

放学了，我跑到运河边
拔一些岸上的狗芽根
那是三月里
最鲜最绿的几蓬草

夜泊

总有靠岸过夜的船
挤出了水里的星星

女人淘米洗菜
男人清洗甲板
一波波的月光
漫上水埠

夫妻南腔北调的拌嘴声
舱上的麻雀不理会

深夜，跳板吱嘎吱嘎
一定是女人独自上岸
看了场电影

剥麻季

络麻跌倒了
河里的鱼也醉了

那是十月
大运河尾巴的堤岸
就这么齐齐矮了一截

抽筋、拆骨、浸泡
农人收获一扎扎麻皮
又把无数个水埠甩打得
面色铁青
飞溅的泪汁
织成运河墨绿的盛装

这也是一年里
野鲫与白餐最便宜的季节
许多人间酒鬼
像鱼一样打起了趔趄

黄梅季

涨水喽
一条又一条航船
阻滞于桥洞

船里人上得岸来
逛街、看电影
卖刚刚捕起的鱼

黄梅雨挽留了
那么多是是非非
王甲板的妖精女儿就要嫁给
供销社上班的表哥
巷口的秀秀阿姐
却被拐成了船娘

我喜欢雨不停地下
它是如此调皮
让小镇都浮了起来
而我们都成为
满口洋泾浜国语的船上人

可惜总归要出梅
那就盼望冬旱吧
枯水期
船也走不了

原载《上海诗人》2021 年第 3 期

桃花来了又走了（组诗）

金问渔

路过衙前旧街

现在，它只是一截
糊着皮影的舞台
从这里穿越，担心自己
也成了戏子

岸边掌故，水里传奇
都来自刊行的剧本
黑瓦，青街，老泡桐
这里仿佛周庄
拱桥，檐廊，美人靠
那边效法同里

从清朝出发
抑或在民国穿行
排门板铺面里
店员套着旧式服装
装模作样的游客
把玩丰乳肥臀的赝品
昼夜高悬的红灯笼

似乎点燃这虚拟时代

绕过检票处，就是人民路了
政府和法院都在那里
它们从当年的县衙搬出
短短几步，路程不远

老镇

城墙坍塌了
护城河也淤积多年
这座古镇
一拨拨投资人抵达又离开
他们无法承诺
让她起死回生

这样也好
门扉依旧，桃花依旧
甚至吠声，还是以往的腔调
只可惜了那汪曾经的流水
可惜了桥上看风景的人

当年石埠浣衣的女孩
那群水里摸蚌的男孩
都去了哪里
空瑟瑟的街道
晃过的，都是衰老的面孔

古镇，流失了她的钙质
只剩下赢弱的躯壳与
僵硬的关节，下午四点

一扇扇民居的门便已合上
向我们亮起她的老年斑

眼前这条曾经通航的河流
或许疏浚，引进的
也是遗失激情的死水
它没有微澜，亦没有水漂
唯有岸上的桃花
走了，又来了

老弄

很久前闷热的夏天
田溪弄如一条抽屉
存放着零零碎碎无用
却又不舍丢弃的物件
豁口的泥墙，倾斜的窗框
蛀空的楼板，甚至孕育出
狗尾巴草原的一连串屋顶
还有东游西荡
找不到工作的年轻人

这条破败的弄堂
层层蛛网勾住了
一个摇摇欲坠的时代
似乎在期待一次响雷
还有雷声后酣畅的大雨

我想，那场暴雨终究没有来吧
很幸运，我是抽屉推闭前
逃出来的男孩，这么多年了

不知那个抽屉还在不在
如果它还在，如果打开它
蛛丝能否勾住散架的部件
憋久的居民撒出来
又能否，蜕去满身的苍白和霉斑

而我，作为一个外乡人
或许失去了他们熟悉的面容

故乡之冬

雀无踪，吠音弱
一些阳光隐匿了
另一些，露出冷冷的表情
护城河留着一截愁肠
岸上的柳，灵魂已然出窍

府前街，只剩数堆干瘪掌故
几张落叶找不到腐烂之地
或许一场大雪之后
才能佯装入土为安

但雪呢？她只弥漫于远方
一如冰雪聪明颖的邻家女孩
只在故乡留下了少年光阴

多年前，三三两两的雪
还在我心里下着

原载《特区文学》2021 年第 2 期

井　台

金问渔

黄昏的井台最热闹
男人来了
主妇们赶紧收拾离开

男人打着赤膊
把一桶桶凉水
铺天盖地浇落
却无法降温
高烧的嗓门

他们抹上肥皂、
狠狠搓着夕光
隐蔽于泡沫后的脸孔
一张比一张口无遮拦

发发牢骚，说说生意
互指着肚腩调侃，也评价
刚刚走过的女人的腰身

来井台冲澡的都是粗人
那位钱家新娘子
昨日听了几句便耳红面赤

今天慌忙撤离
打碎了几个小碗

一条巷子的中心舞台
要在月亮下散场
井台板缝里的蛐蛐
终于得以逃命
悄悄加入了
昆虫的八卦

原载《中华文学》2021 年第 4 期

泾渭里的四明水 （外二首）

金问渔

"二月春风似剪刀"
剪不断浙东运河潺潺流水
更剪不断乡愁
"万条垂下绿丝绦"
条条都是故乡的阡陌

一个浙东运河的少年
在某年春天出发
略向西，再往北，
跨过了钱塘江
此后的行程便扑朔迷离
走京杭运河水路抑或
陆上官道，我们暂且不知
总之，他到了长安
在彼时最繁华的皇城
尽享功名利禄

乙未科状元价几何
光禄大夫又怎的
他仍是浙东运河这条
长长裤腰带拴着的
孩子，多年后他说

"少小离家老大回
乡音无改鬓毛衰"
无改的，岂止是乡音
还有四明流水般的不羁

一滴浙东运河的水
在泾河在渭河
诗意了遍植垂柳的堤岸

那滴水，那少年
名唤贺知章

碶闸

流水也有坎坷
来自宗亲和近邻
这接力的河道
或横亘的水系
是一条条错落的积木
此去低两尺，续航高半丈

遇阻的船只
必须借碶闸前行

我见过船过碶闸的壮观
更惊叹闸工隆起的肌肉
吃重的船身犹如倔牛
终敌不过绳索绞钩
和几个赤身汉子

船身缓缓爬上闸口

船身缓缓下滑又突然加速
如鲤鱼一跃
整艘船的力量
压起几丈的水花
和仰天咆哮

如今，很少见到碶闸了
船过早春，船过深秋
再捎不上奋身击水的酣畅
碶闸老了，悄悄躲开了
它们隐身于一册册水运史
但运河的水
依然年轻，依然流着

纤道

浙东运河的肩膀上
有道隆起的结痂
汗水浸润的伤口
结了又破，破了又结
曾经相依流水不弃不离
如今只遗短短的几截

感谢上苍，让我们失去了它

脚板与石板的角力
绵延了无数皇朝
南宋宫殿的遗址里
或许还休眠着偷渡的草籽
自甬江，绕出四明，达西兴
石板被磨薄、踩碎、更换

它们依然得面对，前赴后继的脚丫

而今，岸上还飘忽着昔日的跫音
悠长的纤夫号子
仍在水面回荡
一块石板所记载的苦难
萋萋芳草岂能掩盖

原载《浙东运河诗选》（浙江工商大学出版社 2021 年 4 月出版）

潮起海宁·三写

王学海

1

潮起海宁
不是嫁接一个动词
它用推手搓揉历史
然后，在慢慢聚道中
垒起月的白
托起日的红壮
在宽广的交叉中
南北涌撞
舞成一条动感的
地平线，让日月
撼势中汹涌
奔腾里追逐
往西，倏然回头
溅入早已掀起
大浪的
人心

2

用尖山的角
勾挑龙宫，于是
大怒龙颜的王
兵分两路，南北
夹击，你却
反客为主
摇身为统帅
指挥南北两潮
在大缺口汇合，然后
浩浩荡荡，西征
队列，以一线阵势
气吞日月，撷聚
苍穹之声
呐喊，故作佯败
在一个叫老盐仓的
地方，猛回师
掀起冲天巨浪
把整个江山掀起
然后，骄傲地
揽入怀中

3

你扶风直冲
我携雷迎对
同一片天地
中间就奇观出
一个潮的

世界
缺口巨大，只允
潮来填，江面辽阔
只能一线来衡量
待到盐仓回头
一跃千丈，就
等你，来海宁
击掌

原载《中国艺术报》2021 年 3 月 22 日

树　叶

王学海

有时喜欢树叶不在高处
满地撒落
流淌成熟的光

它是一种归去
也是一种亲临
它走近了与人的距离
甘愿卧身在踩踏里
让自己在人的行进中
慢慢消失

原载《诗选刊》2021 年第 10 期

拾荒者（外一首）

王学海

双休懒散撑开双眼
早餐的炊烟已经坐下
中餐的士兵整装待发

一个拾荒者又背回一大摞
小小的杂货店就驮在他的脊背
望着森林一样日升夜长的楼盘
他是大海中的一片孤帆

额顶脱落的头发
已经卸走了前期的负累
一大块光亮的头皮
正照亮后期不毛的征程

一个小孩甩出的酸奶瓶
似狂怒的气流击打太空
倾出一股残流的白
溅满他的脚

在无言的对望中，重新开始作业
空中有小孩不屑一顾的眼神

阳光照不到梦里的湿

有时痴呆凝望
有时行云流水
在任督二脉之间
了断一段十年的情感

也是个山清水秀的地方
石头和树木都已失语
唯有潺潺流水依然咿呀
本能的衣衫却处处漏风

还没绝望
只是信心断了骨骼
就像半夜下起了雨
阳光照不到梦里的湿

在机场跑道上追赶太阳
在画家的作品里起飞小鸟
知道自己最终喜欢这个世界
心里的远方更遥远

原载《星星·诗歌原创》2021 年第 11 期

母亲河（外一首）

冬 箫

这些需要关怀的
岩石和沙砾，树枝和残木
停留在那，走不动了

看着它们残破不堪的样子
想到它们还在继续的寒冷

我只想在冬夜，圈养一只月亮
照耀他们

早　晨

太早了，风还没醒来
所有秋天的落叶拥挤在一块
不曾漂浮或者打转

我知道，它们有飞向蓝天的渴望
也有嬉戏人间的随性
但每一种都在等待早晨
起身，像人一样伸伸腿甩甩手
呼一口新鲜空气

它们也需要
恪守一种不成文的规则
像一个个等待召唤的归魂

原载《诗选刊》2021 年第 10 期

光自然流动着（组诗）

冬　箫

在时间里顺行

跟在时间这位园丁背后
听着咔嚓咔嚓的声音
就感觉
隔壁的花草在渐次凋零

此刻，天空慈祥，大街安静
只有园丁自言自语

我顺从地走着
所有的车站一晃而过
那过程，就像光线也在打滑

我安分地伸出手，等着
它的手
它似乎没有看见
顾自带我穿过了阳光

孤独是需要与孤独相互取暖的

这是一个极其矛盾的命题

如同孤独也有花开的时候

在它的一侧，往往有很多的无奈
让你看着阳光，会想念幽暗的草丛
看着情侣，会想到自己跟自己的寒暄
而一个人在高高的山顶
就会感到自己特别的包容和伟岸

所以，孤独不会是花草，不会是情侣，更不会是会当凌绝
顶的一个人
它只是一种无奈
需要的，就是孤独与孤独的相互取暖

自然之谜

行走于平行世界
那些曾经纵横交错的事物
似乎不再和我们发生矛盾

曾经操心、彷徨、担忧发生的故事
也已经平坦在道路两旁
没有飞翔，因为
你没有飞翔

我当然知道原因
因为今天是我们的约定
而我，还在击水
抗击着可能出现的
意外

原载《莽昆仑》2021 年第 2 期

致 敬

小 雅

黄梅

黄梅之后仍是黄梅。水涨了九十九天
鹃湖上的小岛，雨帘遮着
帘内恍惚，帘外踉跄
就坐一会儿吧，打滑的心事滚到湖里
水波不兴，水下有难言的水荇与石头
纠缠。弱水岂止三千
一勺的水都难以饮下
倘若它能忘忧，倘若它能忘记
这水与水的碰撞
只当无鱼的水洼，提裙而过

我的湖泊太小
雨滴，敲痛肋骨
不能再涨水了，不能
风吹倾斜的石桥
我的湖泊太小，堤岸过于多情
没有船可以横渡
没有另一个湖泊，供我泄洪
怎么翻卷，都在自己的湖里

打转

最多再承受一天
骨折的黄梅，其实并无梅子
并无虚空中垂下的手
打翻了
城池
人世间的疤痕太深太多
时有钝痛，时有长霉
时有连绵不去的
前耻与后忧
在人工的鹃湖里
说胡话，变戏法

致敬

雨在雨中。无休止的省略号
没有什么好等待的
局部的江南
局部的冬天
恰恰好地埋葬
我有一晃神的憔悴和欲语还休
雨在雨中。我在我中。

尼采与叔本华对峙
穿束身衣的人
跳广场舞的树
没有什么好挣脱的，天空
高远沉默
云脱下雨。我脱下帽子。
向自己致敬

百年孤独

太阳走得很快，影子也是
绕着自己，转圈圈
我的尾巴呢？昨日的晚餐
一口吃掉的感叹词
天一亮又发炎了
雷梅苔丝，普罗米修斯
还要多少个来回
清洗肋骨
把洗净的衣裳晾在风里
布也不要织了，门别开了
熄了那两盏灯
我们一起找棵树
飞上去看看

无问

别问我，别
用急促的呼吸
扰动黄昏
叶子落了满地，蚂蚁也
急着回家
我需要静静，仅仅想
天山上的雪水

怎样流过沙砾
冰湖上能不能留下脚印
一条路要横着爬上去
还是，潮湿地滑落

如果突然尖叫，突然
倾斜着靠近
你的指尖

风月在摇晃，山外的山
一直等风，吹起时
石头露出锁骨
沙漠隆起皱纹
而我，终于明白
半空中伸出的十指
不为祈求，只为

交出我自己

低头

云端之上，不见江山。不见
晴晴雨雨
抬头便成死角
大口的棉花糖，膨胀了雄心
我有万千波涛万千风云
定格。在云海之上
低处尘埃翻卷
高处苍穹覆顶
万千的道路追着终点，光芒闪烁之后
只有一条路可走
我终于学会了低头。终于
慢慢着陆

中年

阳光猛了些
午后残破的梦在窗台上
摇晃，我的鞋子也是
一只朝东，一只
湿漉漉地沉默
江河太远
山水也由不得我书写
中年这个姓氏
还是多了些笔画，多了些
惊醒后的晕眩

除岁

有人在织锦缎
有人在绘流水。有人
吐丝扎紧自己
山高水长，星空下弹指
这一日，便算旧账做新梦

这一日烟火在天空酣醉
聚了，散了。明朝依旧
让晨光催着走
被远方来回抛掷

远方已冷。远方在昨日，在明日
耍花枪，露出喉结
轻唤我一声吧，在今日在此时
摊开的手掌像空空的扇贝

下一秒
让钟声拂过十指
辛夷花开，杜鹃归巢

守岁

雷雨的除夕，好想家。
你说。微信上表情，泛起波涛
我也想。在家里想你在异乡
一人一影
一日一年
手掌攥紧又松开
视线转了无数个弯
不让你看，我这里冷雨敲窗
东南西北的风刮过

春潮漫不过赤道
赤道系不住飞鸟

团圆的酒甜一些，不团圆的酒
烈一些
我饮了，好醉梦里
与你守岁

异乡的风

风。吹右耳
吹抱着自己的石头
吹，走不了的树林
我有偏头痛

风一吹
他乡便疼痛难忍

风。继续吹
眼波里泛起钱塘江的浪花
我有乡音，我有中国式的味蕾
要么把我吹走，要么
秋海棠的叶子长出新芽
北风和南风
总要给赤道
一个交代

自在

楠溪江上雨在下
嫩的风，脆的夜，桃花掐灭了
一池灯火
无数的漩涡向上也向下
未可知的未来
过去的过去
陌生人，今夜我在诵诗
向着浓浓的黑夜
无数个星辰中偶然的一刹
容许雨滴到发梢
声音在眉角搁浅
哥哥，今夜我不只想你
我还想
江上的风冷了几回
鹅卵石何时放过自己
随水奔流？

肖像画

车子开得飞快
风追不上了
苏格兰的红裙子蓝裙子
蘑菇长到天边
这是唯一的最后凝眸

也好，云留给草场
城堡留给悬崖
一个侧影，他向右的心事
有着玻璃的温度
在闪烁的风景中，压低帽子

我的手指在漫步
日不落的版图上，只有灯火
勾勒的线条无限延伸
那里有松木的清香
炉火旁翻书的脆响

总是要到最后
时间卷着舌头不辨东西
在流水的某处
一个人，隔岸望着另一个人
看着自己
渐行渐远

原载《文学港》2021 年第 2 期

对 流

小 雅

说服一个人，多么难
两个纬度的声音
各自说着，陡峭的话
稍一倾斜就压成内伤
而沉默，无数种声音在蜂巢里
嗡嗡的叫
没有人愿意打开一个口子
撕咬，或者相爱
两股对流的水
要么像大海接纳支流
要么，在激起的浪花里
疲倦的
交出自己

原载《中华文学》2021 年第 4 期

殇（组诗）

小　雅

她说

有时候看云，悠闲的飘
听鸟，自由的叫
就在手腕上割一刀
割一刀
血渗出的时候，生命才会欢叫

年轻的脸上
布满荆棘的暗影

没什么可以主宰的
也没有什么，需要珍惜
着火的房子，只能等着，烧成灰烬

也有人来救，拿着粮食
和柴禾
好心的人。我的孤独和自罪在燃烧

这些伤疤，不疼
比起冷漠的眼睛，锋利的话语

割一刀，只是割掉了刺痛

他们缓缓说出的话
割得我，遍体疼痛

少年

少年从楼顶跃下

无底的黑暗，失声的咆哮
针一样
刺穿
无数的父亲母亲

别怪我
没有告别，没有眼泪，没有害怕
呼救的声音，喊过
一万遍了
我没有跳楼，是被楼，压死的

别怨我
没有看见，没有听到，没有
在越来越凝固的脸上，伸手抚摸
那紧紧盯着的未来，原来，你已不要
从今往后，没有未来
只有今天的疼痛，伴随心跳

少年
无数的少年，背着书包的少年
早出
晚归

读书。别拼命就好。

家

今天的坡还没爬过去
这个房子，住着一座座的山
冷山，铁布衫，灯火阑珊
别看，别进去，必要时也捏一个云团
云遮雾绕好藏身

原载《诗选刊》2021 年第 10 期

直面螳螂（外一首）

王 铮

蟾光尚未堆满山岚
然而，付与我的虚幻
独自屹立在黝黑里
犹如已让大气压所湮没
在无限大宇球面前，使我显得渺小
前边是被黝黑弥漫着的老屋
在太翁以前已有人寓居
几代我未碰过面的祖先
我自外面回屋，望见
母亲在天井的水缸边缘捉拿螳螂
喂了菜青虫，放回树上
口腔絮聒着，祖先早已在西天不必反复归来
之后，我直面螳螂尤其崇敬

圣甲虫

一枚圣甲虫固坚着体壁，自
秋至秋，赋予寰宇以生命
它是生命衍生的吉祥物
瞧它攀上枝杆爬上叶子
趔趄踉跄匍匐过花苞花萼花蕊时
是这样那样的绸缪缠绵

坚固强硬可能在风餐露宿里
不易褶皱不易颓废不易沮丧
坚固表皮细胞，江南守候伺望
悉数担当，水珠凝成桃胶流光溢彩
坚固之前还有柔韧之地，不妨去
坚固尘凡尘寰一概柔韧

原载《特区文学》2021 年第 6 期

时间改变着它的惯性（外一首）

任少云

时间改变着它的惯性
生命需要学会等待
尝试被时间渐渐柔化的过程
爱与情不再是花与果的关联

该有太多的东西被剪辑为虚无
一切经过呼与吸的生命
惯性终究会停止于呼吸之间

谁让想象的果实变得不那么实际
新的隐私总是被挤出时间的过往

春天你不必捂着耳朵

春天，你不必捂着耳朵
听一听隆隆的雷鸣沉响
感觉惊蛰大地举起的呼吸与起伏

是时候去告别被雪弥漫的所有苍白
谁在触摸蜡梅的初心纯真
童年的雪人已化为春的泪水
滋润昨日的细节不必全部展呈

你与季节约定的情节
被风中飞去的鸟儿带往南方
深入情绪中怀春的每一朵花蕾
潜藏着与生俱来的基因报答
再一次告别众多格格不入的果子

春天，你不必捂着耳朵
所有的花蕾也不用戴上寂寞的口罩
如果你接受了属于自己的情绪
那就蕴含着天地玄黄的大我存在

原载《诗选刊》2021 年第 10 期

第二次（外二首）

笛 都

何小敏又死了一次。在梦里
清晨，我推开通往暴雨的门
哭了整晚。虽然
想起十年前何小敏已死了一次
她站着。砖墙线条细硬
灰白的水泥砂有柔软的质感
一棵不知名的树，落叶
羽毛一样轻盈
这缓缓坠落的姿态
仿佛另一种复活
她背向童年
抹去一个悲观主义者的痕迹
以及，我这个永远的缺席者

植物志

数着数着艾蒿、深红的李子果
槭树绿意渐深。天就已经黑了
走得太远了。在白昼的边界，我本以为
还有足够时间，咀嚼突然浮现竹简的文字
坚硬，微辛。要非常努力
如无名的刻工，果断，接近物候、时事或庸常

接纳速朽。河水荡漾，凯风吹拂
静止还是凋零？讨论一株草木
每一个孤寂的回应，顺理成章
一开始，就不期待奇妙的相遇
在忍耐的寂静，我得到赞许
明天，我不比一棵树更孤独

归来

拐角处突然亮起车灯
如果在冬夜，大雪
一盏灯
路灯，抑或早已打烊
面铺外昏暗的小灯
如今夜，这昏黄的月亮
被厚厚的围巾包裹的冰冷的脖颈
也会不由自主
去靠近那触不到的暖
而这是夏天，南方的夏天
多少个黑暗的拐角
我习惯用脚尖捕捉方向
路人的微笑，不因我
也是另一种活着的证明
就像今天，我心境安宁
走在回乡的路上

原载《诗选刊》2021 年第 10 期

晨鸟轻吟（外二首）

蒋月明

一只鸟率先轻吟
扑簌着羽翅，啼落
残星几粒
声音里流淌霞光的金丝

应和的鸟声渐次俱增
圆润如珠，如玉，如雨
阳光点亮的露珠眼睛清澈
静听起这天籁之音

湿漉漉的花草又拔长一节
摇曳风中
无垠的草原消解了寂寞，被鸟声
撑得更空茫更辽阔

在剡溪与故友重逢

锦旆斜点，落日酡红于山后枫林
对岸轻风吹来，夹带着
草木的清香、薄凉
卸下夏日负重，放松在
水阁楼一隅，我静等故友前来

小镇酒暖，江山是别家事
今晚只拉家常，谈父母妻儿
别来之情，把几十年过往
一一道来，让他分享我的
幸福或忧伤
也许会溅出几朵泪花
不会见罪，也不会见怪
他抑或抹一下眼角感同身受
小姑娘轻轻推门斟茶
眼里满是江南秋色
石桥边咳声苍老，是谁与我相仿？
石埠拍打着夜色和水声
呼应我俩推杯长谈
夜色酒意浓浓，山野古风悠悠
溪流和杯盏中，映出
陈年故事和感慨

风什么都知道

听一株草破土的声音
需要一阵风
一湖碧水想唱起欢歌
就把风请入微澜

风，唤醒大地
人与万物有同样的气息
看似漫不经心
却掌控着尘世的秘密——
草木、波流，鸟鸣
路，村庄，阳光……

风也会累，那时
布谷鸟的叫声便会歇下来
让农人拾掇闲了一冬的家什

还有谁的秘密能对风
守口如瓶？

原载《诗选刊》2021年第10期

遇见老时光（外二首）

言一文

在门与门之间
认识新朋友
在青砖和空宅之间
遇见老时光

一架闲置于屋后的水车
隔着岁月的河流，经年淡泊
我在石臼的水洼中照见自己的沧桑
在时光的深处
卸下心头的纷扰
这午后片刻的宁静
一如茶坊乐手慵懒的节奏
尘烟几许，淡到极致
透过指尖的温度
藏住喜怒哀乐的心

这世间，时光啊
谁都不是它真正的对手

换季

那棵银杏
在台风中坚守

临到飘落的那天
秋风悄无声息

忽然惊觉
争吵其实是一种挽留
真正的离开
关门声都很安静

时间与你

谁发明了你
那个无情的人
还将你定义在失踪的从前
与复活的未来之间

用无形的风
加上无边的海
甚至最猝不及防的生死
也无法解释你不可逆转的脚步

你只有两种颜色
却包含了一切
我夹在一黑一白中间
听黑胶唱片，一遍遍翻唱
——光阴的故事

当我相信朴素的存在
会天长地久的时候
你正悄然地离开

原载《诗选刊》2021 年第 10 期

在西阳村（外四首）

言一文

从 302 国道下来的客人
惊诧于眼前突如其来的停滞
枝头那只山雀
松了松翅膀，又收起

多么安静的乡村
用最治愈的负氧离子
让一路的哈欠
落在词穷的湖边

山深了，江湖也远了
西阳靠着山腰
白马路过门前
蓝天下，忘了一贯的黑

琥珀中的知了

多么相似的夏天
鸟鸣式微
一种声音的 N 次方
不代表答案
只是记录了一次醒来

千秋始于一叶
榕树、老茧、美人痣
还有琥珀中的知了
都是，黑在黑里
梦在梦里

你我并不知了
世间，多不容易
小心读到句号
发现安静，是早已冷却的
你的眼泪

蜉蝣

风吹动风
浪花追赶着浪花
一个转身对应一个生灭

我写下你的名字
可以没有回声
健忘，是一种当下的宽恕

苍茫云天里，我们
都是匆匆的过客
说多了便成了一种哲学

星空无语
何不放下所有的放下
不论晴雨

故土

记忆里的
一亩三分地
庄稼人舍得用汗水浇灌
命根子
也识得老实巴交的人
识得，种着种着
把自己也种在了土里的乡亲们
太阳升起落下
娃们一天天长大
上学进城的路
宽了直了，也远了
希望的田野上
依旧，是那一茬
故土难离的父辈们
他们缓慢而弯曲的背影
融进了晚霞

老槐树举着空空的鸟巢
蹲守在村口
像数着日子
期待新年的母亲

这一切，我们都已经习惯

火柴天堂

路边石阶上
坐着一位流浪歌手

盛大的阳光
透过树叶的缝隙，漏下来
落在他灰白的眼里

从菜市场出来
随手把几枚硬币放下
他抱着个老吉他
冲我卖力地唱
"看到希望看到梦想
看见天上的妈妈说话
她说你要勇敢你要坚强"

面对光阴，失明的人
与失明的人
不一样！他的眼中
蕴藏着万花筒
烟火不只是烟火
还叫作人间，叫作妈妈
和远方的家

原载《莽昆仑》2021 年第 2 期

漫思李清照（外一首）

李 力

昨夜雨疏风骤
清泪湿了谁的枕头
一杯浊酒　两处闲愁
雁字未归时
总会有人皱一下眉头

喜欢月光清冷
喜欢它照兰舟
凄凄切切的秋
冷冷淡淡的秋
折一枝　可千万莫问痴心何处留
梦尽情不绝怎去说那绿肥红瘦

放逐

是谁把自己放逐
等着梦睁开眼睛的时候
花　在尘埃里低低地吟咏
定格半开
风也好　雨也好
走过的　仅仅是一段可以丢失的记忆
穿梭着时光的衣裳

补丁摞着补丁　新旧没什么交替
灵魂说不堪重负
流浪的方向　还不一定

原载《诗选刊》2021 年第 10 期

陪你长大

李　力

陪你长大
不是一句空话
风里雨里再加几根白头发
路太长啦
絮絮叨叨好多的话
哭了笑了总归是自家的娃

陪你淘气啊
陪你犯傻啊
陪你拿着书本打虎跳啊
陪你烦恼啊
陪你欢笑啊
陪你皱着眉毛喊哎呀
记不清几个秋冬春夏

时光
它快得让人来不及惊讶
慢得来不及回忆什么
等爱凝固成画
等爱开出了花
只是陪你长大

获"庆建党百年，享美好生活"2021浙江省歌词大赛铜奖

慢 下 来（外一首）

金建新

一片荒郊，一弯山脉，一张白纸
顽石已雕刻成了玲珑的一湾

释迦牟尼的"拈花一笑"
意会在思想，在游览观光的静闲
绿茵茵的草坪如洗，开不败的花海
抄经阁内，笔尖让心灵渐渐沉淀

徜徉在拈花小镇的夜晚
慢下来的是脚步
慢下来的是心跳
慢下来的是生命的衰退

春心

怎么能这么没完没了
这绵绵雨丝　晶莹的雨丝
日复一日

一张捕捉万紫千红的巨网
撒向人间
浓密的云雾裹上了一层又一层

一颗惊天动地的春雷
数不清的雨后春笋
生机勃勃

决不会这么没完没了
磨去棱角的枝丫　长出了淡定
总会暖风微熏

蝶恋花芯　荡漾开来
便一发不可收拾

原载《绿风》2021 年第 2 期

大运河：和育邦同题诗（外一首）

张有松

借助风与水，我们
向历史深处运送
寒衣，凉帽；粮食，斧头

但不运送枪、剑、刀、弓
那本就是一个乱世
需要棉花和云朵

半道，路过宋朝
带上最美的词
消消乖戾之气

江山总是江山
土地是人民种的
欲望是穿肠的毒药
烟雾终将消散

船至北方，历史已定
回来的路上
有人想起家国运命
饮下又一杯烈酒

打扫战场记

两个小孙女已回家
我准备打扫零乱的战场。

一匹瘸腿的马，抱着大象
是在诉说身上的疼痛？
复活的恐龙走过街道
惊起一大片刺耳的尖叫。
警笛长鸣，黑猫警长
把熊大熊二追得四处乱逃；
仿佛还看到她一手叉腰
吹着正义的哨声，满脸英豪。
高楼坍塌，状似堆满的积木
可是那个洋娃娃，枕着小枕头
如枕她天生的母爱
睡得正香。外面发生的事情
她可什么也不知道。

真不忍心打扫这片零乱的战场
每天在童年的游戏里
不停穿梭。

原载《诗选刊》2021 年第 10 期

脱 粒

乔 宁

半夜醒来，睡不着
真是件奇怪的事
好像并没有什么事让我焦虑
房前屋后的蛙声
偶尔还有公鸡一声啼
这是零下几度的隆冬
风穿过竹林
挤在窗户缝里哼哼

小时候，母亲养的猪也这样
这让我有一种错觉
一个小女孩睡在干稻草床上
稍微动一动
便听到她呼唤她的孩子

原载《诗选刊》2021 年第 10 期

路 边

则 平

马路牙子是界碑
左边是沥青的国度，未来号
车马，在疾驰
右边有高楼大厦的遗民
石块瓦砾，相互辨认
前朝的宗亲

油菜花见缝点色，开出
太阳般金黄的微笑
蚕豆花等待撩拨
黑眼睛眨呀眨
麦花卷发，三分钟煮沸
一生壮烈

这些路边的新居民呵
一点点泥土
就写满深扎的理由
与它们的主人一起

原载《诗选刊》2021 年第 10 期

屋檐下的冰凌

沈惠芬

寒冷中，你拥抱
狂风，裸露自己
倒悬在檐下，做成一个
惊叹号
让人清醒

阳光下，你
消融柔情，滴尽
心身

原载《诗选刊》2021 年第 10 期

数 星 星

冯 琏

每一个湿润的夜里
我都做着同样的梦
不停地寻找，我
丢失的孩子

我路过森林
那里有无数个精灵在歌唱
而那些迷路孩子
都在哭泣
直到我找到你
帮你，擦掉泪滴

接下来，我要教你
数星星
一颗，两颗，三颗

数着数着
到天明

原载《诗选刊》2021 年第 10 期

怀 古

樟 洋

楚河汉界
看不见的大河与峻岭。
霸王的炮率先头阵
在史记上砸了个浅浅的凹坑。
汉王的马姗姗来迟
载着屈辱和不甘死守城墙。
两边的兵卒
成了烟灰缸里的烟蒂。
霸王的象病死他乡；
汉王的车杀将而来。
一匹乌骓孤独的游走楚地，
"虞兮虞兮奈若何。"
霸王的士毅然自刎。

西施的纤指
在范大夫的心头一掐，
檇李便有了抓痕。
整座姑苏城
都泡在了檇李的蜜汁里，
伍子胥的眼睛可曾瞑目？
范大夫望不见
美人计里的西施。

"所谓伊人，在水一方。"
分别的码头便成了伊桥。

音响里播放着失恋的彷徨，
而我已被汉王的大军
逼得无路可走。

原载《诗选刊》2021 年第 10 期

看 戏

沈骏骜

我们一度入戏太深
不知道
故事开始已经有了结局
此刻是谁抛下我们
将主角换作了他人

原载《诗选刊》2021 年第 10 期

传记与报告文学

查济民传（节选）

刘培良

　　大屿山岛位于香港西部海域，面积为 141.6 平方公里，大概等于两个香港岛的大小。这里地势以山地为主，最有名的是凤凰山，其最高处海拔 935 米，是全香港第二高峰。登高望远，全岛尽收眼底，有"凌绝顶"之称。山下有罗汉寺，寺内的罗汉洞及罗汉泉，景色迷人。山的西面有宝莲寺和"天坛大佛"，北面有清代海盗张保仔的古堡，东南是海岸，那里有香港海岸最长的海水浴场，叫长沙湾浴场。

　　大屿山岛海岸线漫长曲折，港湾与沙滩、山脉与流水，自然景观和历史古迹交相辉映。山溪下有小块平坦土地。人口最集中的地方是大澳镇，位于海岛的西南面。

　　在 20 世纪六七十年代以前，大屿山岛仿佛还沉醉在古老的童谣中，养在深闺无人识。从 20 世纪 60 年代中后期开始，韩国，中国台湾，中国香港，新加坡经济相继推行出口导向型战略，重点发展劳动密集型加工产业，取得了巨大的成功。在较短时间内实现了经济腾飞，一跃成为亚洲发达富裕的国家或地区，时有"亚洲四小龙"之说。到 20 世纪 70 年代，香港更是一路领先，成为世界瞩目的商贸中心、金融中心。

　　在香港经济起飞的同时，查济民已真正实现了人生和创业的巨大成功。所谓创业价值，不仅仅是财富、资产等数字的增大。一个成功的创业者，就某种角度和意义而言，他应该是一个思想者、一个战略家和战术家，有鹰一般的目光和眼界，有虎一般的机敏和力量，把握时机、主动出击、成功获取。

　　一个看似偶然的机会，不仅使查济民创业边际得到革命性的突破，成功跨界，其产业领域突飞猛进地得到丰富。更关键的是，查济民爱国爱港的思想、家国天下的情怀得到淋漓尽致的流露及表现。

从此，大屿山岛与查济民，两个原本没有任何交集，风马牛而不相及的名字紧紧地联系在了一起。由此，开创出一个世外桃源般的胜地，滋生出地产界的境界和诗意。

查济民是在怎样的情形下投资大屿山岛房地产和旅游业的开发呢？

儿子查懋成后来曾说过这样一句话："进军房地产领域并非在商言商的战略，而是家国情怀下别无选择的孤注一掷。"①

大屿山岛与查济民之间的故事，还得从起因说起。有前因，才会有后果。

而复盘，让过往一一再现，总让人感慨万千、思绪万千，也给人启迪和思考。

当时，有个名叫王永祥的香港商人创立了香港兴业公司。

香港经济腾飞，人才荟萃，百业兴旺。有道是，安居才能乐业。于是，房地产业自然是如日中天，成为获利最可观的香饽饽。

1973年，雄心勃勃的香港兴业公司计划在大屿山岛开发房地产。把房地产业从市中心的港岛引向离岛，开辟新的空间，这不得不佩服开发商投资的眼光、智慧和勇气。

经过前期勘察，评估和预算等，开发商心底的蓝图基本绘就。

似乎一路都是顺风顺水，志在必得。三年后的1976年，香港兴业公司与港英政府签约购买下大屿山岛一块面积达6.5平方千米（650公顷）的土地，这大概相当于香港岛（80平方千米）总面积的8%。"此地块是全香港面积最大的单一私人开发土地，可谓空前绝后。"②

按照开发者的意图，这块地将打造成旅游胜地兼及房地产开发。这个项目最初的名字不得而知。自查氏接手后，查济民亲自将该地块项目命名为愉景湾，大名鼎鼎。为了便于叙述，以下就直接称这块地为"愉景湾"了。

"知己知彼""看菜吃饭"。

这是两句富有哲理性的话语，前者更为人熟知，为"百战不殆"之前提，出自《孙子兵法》。而后一句作为生活常识，似乎更有意思、更为形象：吃饭时要视菜肴的多少，决定节奏与进度。千万不要出现"菜"先被吃完了，而"饭"还没吃完或没吃饱的尴尬境地。

---

① 孙婉秋：《一个海宁旧族的家国情怀——专访香港兴业国际副主席兼董事总经理查懋成》，《国际金融报》，2019年10月25日。

② 上海第一财经传媒集团有限公司编著：《未艾方兴：从大中里到兴业太古汇》，中国建筑工业出版社2019年版，第90页。

在开发愉景湾这件事上，开发商就是陷入这种"尴尬"之中，即对整个工程难度及周期等要素估计不足，产生投入误判，导致进退维谷，骑虎难下。

当时，大屿山还没有进行大规模的开发和基础设施建设，整个岛屿还处在比较闭塞的原始状态。没有配套的市政工程，甚至连道路交通和水电煤气等必要设施也缺乏。就地理位置而言，愉景湾就是一个荒僻的渔村或山村。所以，若在此开发建设，单就前期基础设施建设，就会是一笔巨大的开支。这势必大大增加开发成本、延长工程周期。由此，投资额度和风险加大势必成为事实。市场和行情等不可控因素就会如阴影般潜伏或弥漫。而对此，投资者当初却没有足够的预见及高度的重视。任何的"先天不足"，都往往会导致畸形或流产。

"怕啥就来啥。"

根据墨菲定律，这项投资的事实走势就是无可奈何地走向不尽如人意的一面。投资者不久即陷入资金短缺的泥淖，香港兴业公司出现严重的财务危机。恐慌，带有强烈的传染性，一旦滋生，很难控制及驾驭。按照资本市场惯例，出现资金问题，最直接、最有效的途径就是找银行借钱。好在香港兴业公司算是大公司，并拥有偌大的地产资本等。若以此地块作抵押贷款，解决燃眉之急，照理说应该是问题不大的。

但事实并非如此。当时香港本地的多家知名银行似乎早就有"预见"和"共谋"一样，他们一致认为这项投资风险极大而拒绝贷款。"病急乱投医"，是一种本能的选择。在慌乱而急迫寻找资金支持之时，香港兴业公司终于找到了一根"救命稻草"。从苏联莫斯科纳罗尼银行（Moscow Narodny Bank）得到 3000 万港元贷款。其代价是把这一地块产权，还包括项目开发主体公司香港兴业的大部分股份作抵押。据查，莫斯科纳罗尼银行是苏联在海外设立的一家银行。

贷款到账，好像及时输血一般，前期的危机与恐慌暂时解除，开发工程继续进行。开发商似乎可以松一口气了。毫无疑问，房地产属于高回报行业。但其投资大、周期长、变数大，市场变幻莫测，所以它也是高风险行业。

贷款，都是有明确期限的。

到 1977 年 4 月，香港兴业公司向莫斯科纳罗尼银行贷款 3000 万港元马上到期。而当时，由于开发项目还在开发建设之中，远未成为可销售的商品，资金自然无法回笼，这直接导致无法偿还贷款。于是，香港兴业顿时陷入债务纠纷中，面临破产。换言之，莫斯科纳罗尼银行随时可以通过以股抵债方式掌控兴业公司，这当然包括对愉景湾这一地块的所有权与处置权等。

众所周知，自20世纪50年代末起，中苏关系逐渐恶化。到70年代中叶，两国关系仍未得到改善。在此大背景下，愉景湾地块的股权，其实是产权性质，立刻变得敏感起来、关键起来。至此，它就不再是一块简简单单的商业用地了。直白地说，若是愉景湾地块被苏联银行实际掌控或所有的话，带来一系列负面影响和事实状况，都将是无法预测的，后果堪虞。

如此，这是涉及领土主权与完整，国家安全等大是大非问题了。

而这问题明摆着是棘手的，错综复杂又险象环生。因为问题出在中国香港本土，而当时中国香港还是由港英政府管辖，所以中国政府不便直接插手或出面。最稳妥的方案是委托合适的人选，选择合适的方法，破解难题，以圆满地解决问题。

谁是合适的人，又怎样破解？此时，调兵遣将成为首要任务，人选问题重于千钧。

"解铃还须系铃人。"既然此事发生在香港，是由地产引发的纠纷，所以由香港地产界人士出面解决比较妥当，那样合情又合理。经过前期谋划，中国政府决定委派费彝民①出面与香港有关人士商量对策。接到这一特别任务后，费彝民便展开卓有成效的工作。但开始时，工作并不顺利。就在看似山穷水尽之时，费彝民与查济民取得了联系，请查济民出面解决难题。

于是，在危机或僵局中出现了"柳暗花明"的转机，随之春暖花开，豁然开朗。

考验人思想立场以及眼光格局的时刻到了。

一般情况下，人的一生中，面对大是大非，真正称得上是"赶考"的机会其实是不多的。作为久经沙场的成功商人，查济民当然清楚这一事件中利益和风险关系。他清醒地知道，愉景湾地块，明显是一块难啃的大骨头。其潜在的地理优势虽然基本明了。但其风险，特别是前开发商前车之鉴犹在眼前。漫长的开发周期和无法估量的前期投入对于公司资金与策略都是极大的考验。一旦折戟，就可能使前几十年的全部积累和努力都化为泡影，万劫不复。

---

① 费彝民（1908.12.22—1988.5.18），中国著名新闻工作者。笔名执中、夷明。江苏吴县（今苏州）人。1952年至1988年，任香港《大公报》社长。

三思而行，三思而行哪！

若是从规避风险或"省心省事"而言，查济民完全有理由装聋作哑，或是听之任之。因为查济民不是一个地产商，他从未涉足房地产业。

但作为久经考验，拥有一腔爱国热血的查济民深知自己肩负的责任和义务。首先，自己具备这个经济实力或资本保证。其次，自己拥有这个信心及能力。而最关键的是，查济民有一颗报国之心，勇于担当，善于担当。值得称道与感动的是，查济民的这一决定，得到了妻子刘璧如与孩子们的充分理解与大力支持。"与子同袍"，既是一句古诗，又是一句历久弥新的诺言。查济民，再一次义不容辞地站在了维护大局利益的风口浪尖，交出了一张沉甸甸的有仁有义、有勇有智的答卷。

点赞。

对此，儿子查懋成有过非常明晰的答案。

那时，愉景湾是一个荒岛，道路、水电，甚至连码头也没有。我父亲不会笨到看不出其中的风险。但是，为避免这块香港最大的私人开发土地落入外商手中，香港一些有识之士四处奔走，寻找投资者。①

舍我其谁?

于是，查济民挺身而出，一诺千金。决定出资 3000 万港元，解决与莫斯科纳罗尼银行纠纷问题。

1977 年 5 月，在还款最后期限到来之前，查济民出资还清了香港兴业公司向莫斯科纳罗尼银行贷款的所有款项。

快刀斩乱麻。如此，果断且成功地处理好关键的"外部"矛盾，不留下丝毫的后遗症，干净利落。接下来便是全力以赴处置的是"内部"问题。

"内部"问题集中在三大方面：一是资金巨额。二是风险巨大。三是专业知识和能力等的缺乏或不足。

如履薄冰，战战兢兢。所有的困惑、不解、猜疑、质问等，一时间都聚焦到查济民脸上。这真是一场战役。查济民犹如一位军事指挥家，对此已经过周密的思考、客观的预测。

---

① 孙婉秋：《一个海宁旧族的家国情怀——专访香港兴业国际副主席兼董事总经理查懋成》，《国际金融报》，2019 年 10 月 25 日。

首先，是寻找最合适的合作者。

众里寻他千百度。查济民坚定与胡应滨合作。此人是被誉为香港"的士大王"胡忠的儿子，时任中央建业有限公司掌门人，那真正是房地产行业的风云人物及行家里手。查济民亲自出面，和胡应滨商谈。一个是晓之以理，深刻阐明此举的政治意义和经济价值。一个是深明大义，直接表明坚定立场和合作态度。如此，合作意向迅速达成。

在大是大非面前，特别是涉及国家主权、民族利益时，不含糊、不犹豫，坚定立场、坚决捍卫，这是作为一个中国人该有的立场和姿态。这就是爱国。

与此同时，查济民运筹帷幄，决胜千里。他分三步走，非常漂亮地完成前期所有的任务，节节胜利。

至关重要的第一步：1977年4月底至5月初，查济民和胡应滨共同出资，联合成立丰利有限公司（简称"丰利公司"），所做的第一件事便是收购香港兴业八成股权。然后如数偿清莫斯科纳罗尼银行的欠款，彻底解决后顾之忧。

乘胜追击的第二步。1978年2月，丰利公司再次出资，收购香港兴业剩余的两成股权，偿清原公司全部债务。至此，丰利公司完全收购并掌控香港兴业。

大功告成的第三步：1979年，查济民买下胡应滨手里持有的丰利公司股份，全资拥有公司股权。查济民决定继续沿用"香港兴业"这一名号进行运行。

其次，是寻找最合适的管理者。

知子莫若父。查济民要求远在尼日利亚打理家族纺织业务的查懋声，回到香港。父子上阵，集中精力，排除万难，合力开发愉景湾。

1977年，查懋声再次听从父亲之命，返回香港，开拓愉景湾项目。

此时，查懋声突然间完全明白了父亲当年派遣自己远赴非洲创业的用心良苦。查懋声15岁就离开家庭，独创天下，先后到澳洲和美国完成学业。年轻时代已具有独到的营商眼光，早在20世纪60年代中期就开始在美国加州拓展地产生意。后，听从父亲之命，赴非洲参与纺织、印染工厂业务，为家族的纺织业务开辟了一番新天地。

经过在非洲的实际锻炼及操练之后，年富力强的查懋声进入事业的黄金期。"这份工作，奠定了查先生工作勤谨，自奉甚俭的品格。"①

---

① 《一同缅怀查懋声先生绚烂的一生（1942—2020）》，第4页。

此时，查济民 63 岁，查懋声 35 岁。父子的年龄组合真正可以说是黄金搭配。父亲历经波澜，宝刀不老。儿子事业有成，年富力强。

再次，是寻找最合适的资金来源。

香港兴业主动与香港上海汇丰银行（简称"汇丰银行"）和万泰制衣（国际）有限公司（简称"万泰制衣"）联系磋商，诚邀加盟，作为股东，参与开发。

前期基础设施建设可能是最烧钱的环节。从建造码头开辟航线到平整土地，再到道路建设，仅仅是第一和第二期工程的基建，查济民就花费了 10 多个亿的资金。

在此基础上，奋力精进，快马加鞭，一幢幢花园别墅，一排排公寓大厦依次建造。充分体现以人为本的理念，区域内全面设计并呈现现代化配套设施，高端化、品质化、艺术化相结合。

艰辛的付出，终于迎来收获季节。

1980 年，愉景湾第一期开发项目竣工。优美的环境，高端的设施，人性化的配套等，其产品自然得到市场的青睐，消费者的追捧。一经开盘，楼盘就告售罄。一时间，开发商和业主皆大欢喜。

再接再厉。1985 年，愉景湾第二期项目如期开盘。

但此时，外部环境较之第一期交付时市场已发生了剧烈变化。简言之，由于全球经济处于滑坡阶段，香港经济也面临极大的震荡与考验。而此时，一个有关香港明天的大事件更是举世瞩目：中英政府就香港回归问题的谈判已摆上议事日程。毋庸讳言，当时此事前景未明，这让相当部分的香港市民对于投资房地产等自然产生举棋不定、彷徨观望的心态。于是，香港房地产行情一直处于低迷、动荡，甚至濒临崩盘的阴影中。愉景湾第二期的销售情况，远低于预计与期望。

情况很严重，前景不乐观。问题的严重性及复杂性不仅在于如何处置第二期，也牵涉接下来的工作怎么开展？

是继续做，还是暂时不做？而计划开工的第三期，更是扑朔迷离，前景堪忧。

第二期滞销及冷场，势必直接影响或出现回笼资金问题。当时"危急"或"危险"的情形也许只有内部或是高层少数人知道详情。若干年后，查懋成在回答《国际金融报》记者采访时，才局部解密。他几乎用了"惊悚"而简洁的语句回答，直截了当地表明当时公司面临的严峻考验："当时公司濒临破产。"①

牵一发动全身。

错综复杂的矛盾中，显而易见的是，人的因素至关重要。在中国传统文化语境中，关键时刻，儿子的作用和效能无与伦比，不可替代。

1985年，受父亲召唤，查懋成从美国回到中国香港。在此之前，他已从斯坦福大学取得工商管理硕士，并在硅谷打拼，渐入佳境，前途无量。

毅然放弃已有的基业和成就，回到香港，参与父兄的事业，成为命运共同体，这不仅是父亲的召唤、家族的召唤，更是事业的召唤。查懋成立刻全身心地投入工作中。

没有调查，就没有发言权。

查懋成与管理团队一起，进行全方位、多角度地调研，充分结合国际形势，特别是房地产业的实际，审时度势，然后重新审视项目的合理性和可行性。

回到原点，审视初心，不仅需要魄力与勇气，更多需要的是心智与慧眼。

经过调查研究，头脑风暴，管理团队达成共识：愉景湾项目最初的定位需要及时调整，然后作出新的谋划。

因为，项目原先的定位存在偏差或问题已成为不争的事实。

在大屿山岛开发房地产，遵循扬长避短的总原则显得格外重要。因为，其短板或劣势是存在的，譬如远离市区，交通不便，基础设施缺乏等。但其优势更是明显，风景优美，环境怡人。基于此，项目的第一期和第二期都将其定位为度假区。核心意思是说，这里的房子一般不是用来"常住"的，而是周末以及逢年过节等来度假，来休闲，来放松的第二家园。

但实际情况并非如此。从第一期和第二期等早期入住业主意愿情况表明，业主中绝大多数的真正需求是以此为居住地，开启真实而具体的日常生活模式，讲究柴米油盐，享受天伦之乐，而非临时性或间断性的度假与浪漫之地。

如此，原先定位而设计及规划的侧重点或功能区，即对所谓"特色"或

---

① 孙婉秋：《一个海宁旧族的家国情怀——专访香港兴业国际副主席兼董事总经理查懋成》，《国际金融报》，2019年10月25日。

"亮点"等的打造和强化，与业主的实际需求、实际情况是存在偏差与距离的。再加之外部经济环境的负面影响与制约，身不由己。这内部与外部诸多因素的影响，以致楼盘滞销现象出现，那是情理之中，在所难免了。

一旦找准问题或矛盾的根源，才是成功破难的前提。

于是，对症下药，查济民父子领导的团队，从最高层开始，自上而下，对愉景湾项目的开发重新进行定位。明确以宜居为根本，重点对设计理念、功能效果等进行调整。力挽狂澜，大刀阔斧，从项目布局、凸显风格到交通设施、综合配套等全方位进行改造，升级换代。简言之，一切从业主实际所需设计、建设及管理，打造高品质的宜居家园。真正实现"来了，就不想离开"的境界，"诗意地栖居。"

在市场经济时代，任何产品都需接受市场的检验，消费者的认可。查济民父子领导的团队其苦心经营的成果会是怎样的情形呢？

令人期待的愉景湾三期，其神秘面纱终于在 8 个月后揭开。

事实胜于雄辩。

销售业绩就是最好的商业广告。

愉景湾三期开盘当天，前来或购买、或咨询、或观赏的人群，摩肩接踵，人山人海。第一批投放市场的房源，当即宣告售罄。意犹未尽的消费者对接下来的楼盘表现出极大的兴趣与热情。

大获成功。香港兴业扭转乾坤，打了一个极其漂亮的翻身仗。从此，愉景湾成为宜居而品质的代名词，真正的高端气质，高尚品位。

失败的理由也许有千万条，而成功的理由可能只有一条。

这一仗，堪为经典。其可圈可点，值得总结的东西很多。其中之一显而易见，理念为先，设计理念是建筑的灵魂。因地制宜，从实际出发，不仅挽救了愉景湾三期，使得大屿山岛开发建设的整体工程逆势而上，更让兴业国际走上更加稳健的上升通道。其名声与利益，在此一役获得双赢，皆大欢喜。

百炼成钢。就对个人考验与锻炼而言，查懋声、查懋成等查氏第二代，在实际工作的大风大浪中搏击展翅，翱翔蓝天。

有一种成功叫后继有人。

作为房地产业之翘楚，香港兴业公司在愉景湾继续上演"连续剧"，亮点纷呈，吸人眼球。

2000 年，由香港兴业国际独力承担，香港唯一私人兴建和管理的愉景湾隧道开通。隧道建筑期 23 个月，耗资 5 亿港元，全长 630 米。这是被港人誉为"愚公移山"般的远见、魄力和毅力。以此，将北大屿山岛之道路和铁路网、飞机场等相连接，彻底打通了社区与外界的陆路交通，构建成快捷、便利的交通网，四通八达。另外，香港兴业国际在岛上建立了 19 条内外巴士线路。另外还有 24 小时轮渡。

如今，若是从香港中环码头乘坐查氏集团控股的兴业公司所属的高速轮渡出发，不到半小时就可以抵达愉景湾。轮渡出海不久，便可远远望见掩映在山坡间的建筑群，色彩斑斓，中西融合，兼有南欧风情和风格。登岸，就是一处中心广场，宽阔大气，热情温馨。围绕大广场的是功能齐全的服务设施和琳琅满目的商家。从百货公司到餐厅、酒楼、银行、医院，再到小学、幼儿园，以及公共花园、绿地，游泳池、球场等一应俱全。

广场既是集合场地，又是分流分散的起始地。从广场经环山大道，分别可以通往各村落，每家每户。

从愉景湾山顶鸟瞰，真是一幅诗意的画卷：面朝大海，春暖花开。

愉景湾犹如一个巨人，伸展两个强有力的手臂，把湾内的所有的一切，保护在温暖的梦境中。

海湾沿岸，是一个干净细致沙子堆成的金色沙滩。海浪拍打，海风阵阵，传来孩子们欢乐的嬉笑声。这其实是一个人造沙滩。当初，开过眼界的查懋声主动向父亲建议，在此兴建一个巨大的人工沙滩。经过反复的比较和论证，查懋声最终决定花费 2000 万元，从广东某地购买 30 万立方米优质沙子，科学而艺术地铺就在沙滩。如此，昔日荒芜的沙滩"旧貌换新颜"，其景观与功能均发生了翻天覆地的变化。

在海边或是半山坡，一栋栋花园别墅若隐若现，绛红色的屋顶，翠绿色的树叶，相映成景。除了别墅，这里还有 10 至 20 层不等的公寓房，秀气挺拔，物有所值。

尤为称道的是，愉景湾在整体格局大气与局部美观外，充分考虑舒适和品质，使之符合美学理念，回归人之天性，体现天人合一。这是真正的"人间天堂"。愉景湾建有占地 200 英亩的高尔夫球场，400 米长的海水浴场等。沿着山路，拾级而上，便是一片万亩山林，郁郁葱葱。

作为一个品质优越、宁谧清净的绿色社区，愉景湾是亚洲首个环保城。

它对环境保护几乎达到苛刻的程度，譬如整个社区内禁止私家车通行，代之以污染较少的公共大巴和高尔夫球车。这既环保绿色，又便捷业主，两全其美。

"善待每一块土地，尊重历史人文的延续"，是由我父亲、香港兴业国际集团创始人查济民博士提出的企业立身之本，多年来一直指引着香港兴业国际的前进方向。①

海岛生活最重要的生活必需品就是干净的淡水。愉景湾在设计时，就充分考虑到这个必要因素。因地制宜，就地取材，查氏决定在山顶建造一个水库。围山筑坝，建造成一个坝高 75 米的水库，蓄水量 350 万立方米，能保证 25000 居民生活用水。这是全香港唯一一座私人水库。

筑巢引凤。优美的环境，高端的设计，品质的配套，自然赢得认可和口碑。

前三期入住居民达 15000，其中半数以上为华人。

积善之家，必有余庆。

1991 年 9 月 3 日，中英两国签署《关于香港机场建设及有关问题的谅解备忘录》。根据条款，香港机场从原有九龙城区的香港启德国际机场，迁移到新界大屿山岛以北的赤鱲角。新机场位于大屿山岛以北的人工岛上，面积为 12.5 平方千米。

1998 年 7 月 6 日，新机场正式运作。香港国际机场搬迁至大屿山，这对大屿山岛的开发带来天大的喜讯，属于重大利好。水涨船高，与赤鱲角一山之隔的愉景湾，其商业价值与开发前景得到前所未有的提高，其"额外"或"意外"的红利，滚滚而来。

时间证明了这一切。

历经 40 余年的开发，愉景湾从一个几乎是不毛之地发展成为香港最大的住宅社区。截至 2019 年，整个湾区已经开发到第 18 期，已拥有 2 万多常住人口。

---

① 上海第一财经传媒集团有限公司编著：《未艾方兴：从大中里到兴业太古汇》，中国建筑工业出版社 2019 年版，第 13 页。

愉景湾的故事显然没有结束，是一个进行式。

"未艾方兴，一切，才刚刚开始"。[①]

佛教中有个词，叫作"福报"。这"福报"或许是对查氏父子及兴业国际在涉及国家和民族利益关键时刻挺身而出的"义举"，在经济价值层面的褒奖或回报，看得见，摸得着，得得到。超前预判，果敢决策，大额投资，高额回报，是对他们过人眼光和智慧等的充分肯定。

在这个世上，很多"东西"的价值可以被量化、被标价。但有些"东西"却无法用金钱来衡量。

有一种价值，叫无价！

至高无上。譬如国家利益，譬如民族大义等。

关于愉景湾当初发生的一切，其背后其实还有许多鲜为人知的"故事"或"背景"。时隔多年之后，查济民才解密其中的部分内容。他用一句话道出了其核心之真相："办好了这件事，总算对得起周总理了！"当初，对愉景湾地块问题的正确处理方法等，周总理是有明确指示的。

要对得起周总理的嘱托，要对得起祖国与人民的嘱托。

这，就是爱国者查济民的心声和行动指南。

《查济民传》　中共海宁市委统一战线工作部、海宁市政协教科卫体与文化文史学习委员会编　刘培良著　中国文史出版社 2021 年 11 月出版

---

① 上海第一财经传媒集团有限公司编著：《未艾方兴：从大中里到兴业太古汇》，中国建筑工业出版社 2019 年版，第 15 页。

陈巳生传（节选）

黄加平

1. 艰苦斗争

　　爆发内战的阴云和国民政府的恶性通货膨胀政策，导致经济凋敝，为了地下党掌控的资金不受贬值的影响，同时考虑地下党员在企业界开展统战工作时有个便利的身份做掩护，陈巳生与谢寿天和梅达君、方行等在 1946 年筹建了"东方联合营业公司"，由谢寿天任总经理。经营进出口贸易为主，内部建有党组织，并在香港设立分公司，公司一直运作到上海解放，为党开展地下工作提供掩护，并在财力上提供了有力资助。

　　上海工商界有一批爱国民主人士，同情中国共产党，与上海地下党联系密切。他们经常举行各种聚会，名为聚餐，实为议事。陈巳生在上海工商界影响很大，他拥有工商实业家的身份，为他根据党的指示在工商界开展活动创造了有利条件。1946 年，陈巳生参与了上海民主工商联谊会的"双周聚餐会"，又称"大通别墅聚餐会"活动。这个聚会由陈叔同、盛丕华、包达三、张炯伯、俞寰澄、沈子槎、邱文奎等 7 位工商界人士出面发起，每两周聚会一次，讨论、策划抗议国民党独裁统治、反对内战等群众运动。如上海各界代表赴南京和平请愿运动，是否要冒着危险去请愿？推举哪些人作代表？提交哪些议题？等等，都在这个聚餐会上进行讨论。还邀请了董必武、李维汉、许涤新等共产党人来演讲，介绍解放区和解放战争形势，等等。特别是，中共驻沪代表团进驻上海思南路（对外称"周公馆"）后，餐会组织者抓住机会，曾邀请周恩来等中共高级领导人到聚餐会上作报告。1947 年，在新的发展形势下，这种聚会的活动，就更加频繁了。

　　1947 年开始，人民解放军由战略防御转入战略进攻，国民党军队节节败退，蒋介石政权岌岌可危。但是，蒋介石集团不愿自行退出历史舞台，拼命作最后的垂死挣扎，国民党当局加紧对国统区人民与爱国志士的镇压。

是年2月2日，民进发表《对于上海和平运动的宣言》，揭露国民党政府嗾使上海几个工商界闻人巨子发动的所谓"和平运动"：不过是替好战者撑个场面。

2月9日，民进在上海西爱咸斯路（今永嘉路）中华工商专科学校，举行第五次会员大会，大会修改了会章，通过了理事会章程，选举产生了第二届理事会，陈巳生当选为9位理事之一。陈巳生继续以民主战士和中共党员的多重身份参与对国民党的斗争。

4月12日，中国民主促进会理事会举行会议，推选马叙伦、林汉达、梅达君为出席上海民主运动联合会代表，陈巳生、王绍鏊为候补代表。

4月16日，赵朴初、陈巳生、陆梅僧在上海青年会召开少年村董事会，宣布上海少年村即将成立，受宋庆龄的中福会直接管辖。赵朴初为少年村村长，陆梅僧任董事长，陈巳生、雷洁琼、梅达君等任常务董事。会议宣布上海少年村设在大场宝华寺，市区办事处设在赫德路（今常德路）418号。

同月，少年村筹建工作开始，先由两位老师带领4位同学去大场宝华寺整理房屋和场地，以及进行其他的准备工作，1946年7月15日，原净业教养院全体师生迁入大场香花桥北塊宝华寺，"上海少年村"正式成立。

据上海市民政局档案室记载：

上海少年村，成立于1946年7月，前身是上海净业孤儿教养院。1951年上海少年村由中国人民救济总会上海市分会接管。1953年并入上海儿童福利院，仍称上海少年村，地址在黄浦区国货路（现普育中学处）。自1946年少年村创办起，共教养儿童3200余名。1954年下半年少年村停办，完成了历史使命。

5月3日，国民党"中央通讯社"炮制出《中共地下斗争路线纲领》一文，声称："民盟及其化身民主建国会、民主促进会、三民主义同志联合会等团体，其组织已为中共所实际控制，其行动亦均系循中共旨意而行。"5月4日，国民党中央宣传部训令各党报"揭露"民盟、民建等团体的"共产奸谋"。

5月29日，由中国民主促进会主稿、以上海人民团体联合会署名的《对最近时局的宣言》公开发表。宣言代表上海68个人民团体、40万群众严正提出：

一、我们要把我们的父兄子弟丈夫从战场上叫回来；

二、我们要我们的父兄子弟丈夫再不上战场去；

三、我们要我们的生产物留给我们饱肚子；

四、我们要自己做工来供给我们的衣食住行，我们不要外国的非必需品源源而来，铲灭了我们的生机；

五、我们要外国军队都退出去。外国军事的帮助也"原璧奉还"，恢复我们独立国家的资格；

六、我们要做政府惩办好战分子；

七、我们要人民自己来解决我们需要的政治问题；

八、我们要人民自己来建设民主、独立的国家。

宣言除了八条意见以外，还抗议当局颁发《维持社会秩序临时办法》和无故查封文汇、新民、联合三家报纸，要求立即释放被拘捕的学生和一切因政治性拘捕的人民，立即恢复全国一切政治性被封闭的刊物。

7月上旬，"伪国大"通过所谓"国家总动员案"，并颁布"戡乱动员令"，民盟被迫解散。随后，国民党即开始在北平、上海、广州等地大肆捕杀革命青年及爱国人士，开始蒋介石最黑暗的独裁统治时期，对民主党派实行残酷镇压，继民盟被迫解散后爱国政治团体和民主人士首当其冲。7月4日，当局发布《勘平共匪叛乱总动员令》。不久又训令各级组织，对民进、民盟和三民主义同志联合会中的上层人士"暂时容忍敷衍"，对其中下层人士只要发现，不问其情由如何，"一律格杀勿论"。

这时，国统区笼罩着一片白色恐怖，经济陷于崩溃，物价飞涨，民不聊生。蒋介石的"戡乱"，实则是为自己的苟延残喘做最后的垂死挣扎。

1947年11月10日，民建在上海鸿英图书馆秘密举行理监事会，陈巳生与其他在沪理监事黄炎培、施复亮、杨卫玉、冷遹、盛丕华、俞寰澄、章元善、王纪华、范尧峰、杨美真等11人出席会议，商讨在白色恐怖下的行动方针，决定民建由公开转入地下斗争。18日，在上海鸿英图书馆再次举行秘密会议，商讨民盟被宣布为"非法团体"之后，民建要采取的策略。会议决定，把理监事和主要骨干分别编入以莫建、纪建、康建、轮建、核建、扩建、青建、包建、建建、寰件、修建等名称为代号的小组，每周采用聚餐、茶会等方式进行分散活动。民建核心层的活动也经常替换使用各种代号或跨组进行。留沪的主要成员的活动地点，主要是盛丕华开设的红棉酒家、上元公司；胡厥文、包达三、王艮仲、沈子槎、徐永祚等人的住宅；各同业公会的会所等。民建主要活动着重在交换情况，沟通信息，研讨政局时事，商量会务发展，邀请知名人士共同交换意见，分析国内外形势，传播战场消息。这些活动，团结了会员，联系了群众，稳定了人心，鼓舞了斗志，许多工商业者因为参加了活动，受到教育，消除了疑虑。

民建的主要成员是经济实业界人士，活动在经济领域尤其突出。陈巳生是其中的重要角色，自身在经济领域有着很大的影响力，所以在联合各类团体反对内战、争取和平以及发挥联合斗争方面，起着重大作用。

1947年，美国单方面宣布对日本开放私人贸易，加速复兴日本经济。盟军统帅麦克阿瑟将军称："必须准许日本从事对外贸易，而此项贸易须任由民间为之，将政府之统制抑至最低限度。"盟军占领军最高司令部（SCAP）部分解除对日本商业通讯的限制，使日本贸易厂商能够接触和了解国际贸易信息。同年8月，SCAP宣布了恢复日本民间贸易的一系列具体措施。英国也准备开放对日贸易，国民党政府首鼠两端，立场摇摆不定，最终趋向于赞成开放对日贸易。

当时第二次世界大战刚刚结束，日本作为战败国对中国的战争赔偿等问题都尚未解决。美国的这一主张在中国社会各界引起了相当大的震动，上海尤其强烈，上海工商界认为，开放时间过早，结果会造成日本成为我国贸易之竞争者。我国的出口物资，如纱布、生丝、草帽、纽子、洋伞柄、鱼产品等，均将再受剧烈之威胁。因我国目前时局不靖，地方多难，生产未能纳入正轨，而日本在盟军管制之下，生产逐步复原，币制安定，工资尤为低廉，故在生产条件方面，十足为我之严重威胁。6月11日的《申报》发表社论《岂可再鼓励日本》，认为对日和会尚未召开，对日索赔尚未解决前，开放日本对外贸易"未免言之过早"，从经济方面看，日本对外贸易若开放，则在不久的将来"价廉物美的东洋货"又将泛滥于世界市场，不仅足以"妨害我国纺织工业的成长"，而且英美在世界市场上"也将遭遇一个劲敌"。

1947年9月12日，陈巳生以民建名义，邀请上海金融界和商界的领袖60多人，召开"对日贸易和对日和约问题"座谈会，座谈会由他主持。他在座谈会上说："今天的座谈会讨论对日贸易问题与对日和约问题；二者有着最大的联系，可以说是分不开的。各方面对这两个问题都极关心。我们拟就了一篇纲要，提出了许多问题，希望各位多多发表意见。现在先请章乃器先生说明纲要。"

会上，章乃器、盛丕华等都发了言，从各个角度阐述对开放对日贸易的影响和对策，其中上海法政学院教授、上海兴华制茶公司副总经理孙晓村的意见比较有代表性，他指出："开放对日贸易是终要开放的，不过，今日之问题坏在和约未订，战犯未决，赔偿未定，日本的军国主义在美国的化育下有未变质，尚未定论，而就妄谈开放，这是不应该的。有人指责工商界没有用，这可不仅是工商界的力量所能挽回的事。在军国主义尚未变质以前，我们的大豆、煤、铁输出，谁能保证不变成飞机炸弹来打我们呢？现在政府已决定开放对日贸易，工商界的对策有二：其一，即联络各界一致反对，并展开广大的抵制日货运动。其二，即组织机构监督政府对日贸易的内容。至于和会问题，否决权必须保留，苏联也必须参加。会期迟早，与其长时让美国人姑息养奸，不若及早开会解决。但反过来说，要是马马虎虎，一任美国处理，则又不若不开。我们要求四国共同管制日本，八年抗战是谁流汗出血最多？人民实有权要求政府体察我们的苦衷！"他的关于抵制日货和监督政府的主张，得到了上海《市民日报》主笔、曾翻译法国经济学家季特《协力主义政治经济学》的陶乐勤以及香港银钱业业余联谊社理事会主席的莫艺昌等与会人士的赞成，陈巳生在总结发言中，也特意肯定了孙晓村的主张。

陈巳生作为组织者和主持人，召开的这次座谈会开得富有成效，使大家形成了统一的认识。针对美帝扶植日本和蒋介石集团的卖国政策，一致认为：1. 开放对日贸易必须在对日和约订立之后；2. 尊重波茨坦宣言，中国不应单独订立对日和约；3. 美国扶植日本的目的是使日本在远东再起。因此，要求坚决保留对日和约的否决权。可见民建在推动工商界团结一致反对国民党独裁内战中所起的积极作用不言而喻。[1]

陈巳生根据党的指示，减少了直接对抗国民党政府的公开活动，于上海解放前夕，在暗地里秘密工作，进行着艰苦卓绝的斗争。

2. 迎接解放

解放上海的炮声已经近了，新中国胜利的曙光就在眼前。

---

[1] 《国讯》周刊民国三十六年九月廿一日（1947 年 9 月 21 日）第 431 期第四版《对日贸易与对日和约座谈会纪录》。

1948 年 4 月 30 日，中共中央发布《纪念"五一"劳动节口号》，郑重宣布："今年的'五一'劳动节，是中国人民死敌蒋介石走向灭亡的日子"，"是中国人民走向全国胜利的日子"，并发出了"各民主党派、各人民团体及社会贤达，迅速召开政治协商会议，讨论并实现召集人民代表大会，成立民主联合政府。"的号召，在海内外引起了极大震动。

"五一号召"，是夺取新民主主义革命胜利、建立联合政府的行动纲领，很快得到各民主党派、人民团体、海外华侨团体和无党派民主人士的响应。5 月 5 日，民进领导人马叙伦、王绍鏊，民革领导人李济深、何香凝，民盟领导人沈钧儒、章伯钧等，联名致电毛泽东主席并转解放区全体同胞，表示积极响应中共"五一号召"；同时通电国内外各报馆、各团体并转全国同胞，呼吁迅速集中意志，研讨办法，以期根绝反动派，实现民主。

民进同时发表宣言，热烈响应中共"五一号召"，决心与中国各民主党派、民主团体、民主人士共同奋斗，使新政治协商会议及早召开。进而有步骤地实现召集人民代表大会，成立民主联合政府。

当时处于地下状态下的民建也于 5 月 23 日，在上海秘密举行了常务理事、监事联席会议。陈巳生与黄炎培、胡厥文等 11 人参会，形成了会议决议，一致赞成中共的"五一"号召。这个决议标志民建宣布放弃最初成立时"不左倾不右袒"的中间路线，在国共两党激烈斗争中，自觉选择接受中共领导、与中共团结合作的立场。这一事件，为以后民建事业的发展，奠定了正确的思想基础。正如毛泽东指出的：中国共产党"召集政治协商会议的口号，团结了国民党区域一切民主党派、人民团体和无党派民主人士于我党周围。"中国共产党和各民主党派、无党派民主人士参加的人民民主统一战线更加巩固和扩大。

在东北全境解放后，解放军进军华北，1948 年 9 月，济南获得解放，此役标志着人民解放军拉开了全国范围内战略决战的序幕。11 月 6 日，人民解放军华东野战军、中原野战军以徐州为中心，对国民党军发起了战略性进攻，经过两个月的时间，中原野战军消灭国民党军队五个兵团部、22 个军部、56 个师及一个绥靖区，共 55.5 万国民党军被消灭或改编。随后，淮海战役打响。然而，国统区经济崩溃，物价飞涨，民不聊生。上海处于严重的白色恐怖之中，黑名单到处流传，民主人士一日数惊，爱国志士被捕事件屡屡发生。环境险恶，民建会决定成立临时干事会，领导组织开展地下斗争。章乃器、施复亮、孙起孟等民建领导人应中共邀请，到解放区参加新政协的筹备工作，黄炎培、姚维钧、盛丕华、盛康年、俞寰澄等因为上了国民党反动当局的黑名单，处境十分危险，经中共地下党安排，乘船化装去了香港，陈巳生和胡厥文、杨卫玉、章元善等人冒着生命危险，继续留在上海，在严重的白色恐怖下秘密工作。

陈巳生等留沪人士，其主要活动是迎接上海解放。

上海解放前夕，陈巳生又在刘晓的直接领导下，通过其内戚电气工程师葛正心，以高价买下了民声广播电台清晨的广播节目时间，从 1949 年 4 月 4 日起，由两位姓王的"圣约翰大学生"每天专程把"美军舞曲唱片"送到电台播音室。这些唱片里包含着上海地下党提供的机要讯息，通过电台发出讯号后解放军可以收到。如此顺利地播放了半个多月，后因国民党淞沪警备司令部下令将上海半数的私营广播电台停止播音，民声电台名列其中才不得不停止，但陈巳生控制下的这家民声电台，成了时刻准备着为配合人民解放军解放上海而进行广播的后备电台。①

1949 年 4 月 29 日，马叙伦以中国民主促进会和上海人民团体联合会常务理事名义，向上海市民发表广播讲话，号召各阶层人士协助解放军，迎接上海解放。

5 月 13 日晚，陈巳生与谢仁冰、宓逸群、周颐良、陈慧、曹鸿翥、曹未风、韩近庸、胡永华和吴企尧等民进留沪领导人在上海愚园路 1292 弄 65 号召开秘密会议，筹备迎接上海解放的准备工作。

陈巳生组织民建会员多方面开展工作。如姚惠泉、陆勋等冒着生命危险，将上海四郊碉堡图纸秘密送到解放军手中，为顺利解放上海创造条件。胡方、夏循元等会员组织保护工厂物资机器设备。

这一时期，陈巳生再次上了国民党当局的黑名单，追杀他的是上海特务头子毛森。但他正是依靠其机智勇敢，一次次逢凶化吉、化险为夷。最后，鉴于他的社会影响力，当局只能散布陈巳生已经被杀身亡的谣言，来蛊惑人心、迷惑民众。

25 日，解放军控制上海郊区，市区还有残敌负隅顽抗。民建临干会理事朱德禽和何萼梅冒着枪林弹雨，将在沪常务理事胡厥文的一篇文章《欢迎人

---

① 《马广仁文集》157 页。

民解放军宣言》送到报馆，赶在上海解放之前在《商报》上全文发表。

26 日，上海已大部分解放，当天下午，留沪常务理事杨卫玉、陈巳生在浦东大厦设置联络处，迎接解放军。

5 月 27 日拂晓，解放军三野第二十三军占领京沪杭警备司令部，下午上海全境解放。这时的上海街头巷尾到处有灾民露宿。上海临时联合救济委员会立即展开工作。首先收容难民，说服难民回乡生产，给予资助，由遣送站代购车船票，工作人员直送到开车、开船为止。其次是邀请上海各界人士在基督教青年会举行大会，担任运输公司总经理的陈巳生表示："现在是工商界为国出力的时候了，救济事业要钱有钱，要人有人，我们工商界坚决支持!"陈巳生还与张勉之、范尧峰、张雪澄、胡厥文、俞寰澄、冷遹、杨卫玉、徐永祚、盛康年、章元善、朱德禽、莫艺昌、王洪昌等人联合发表了题为《我们要立即复工复业，尽我们应尽的责任——上海市工商界人士宣言》，表示在新中国的建设中，协助军管会检举四大家族财产和官僚资本企业，使人民财产不受隐匿的损失。以"发展生产、繁荣经济、公私兼顾、劳资两利"为原则，在新中国的经济建设中发挥作用。

中国民主促进会留沪同人发表告全市同胞书，庆祝上海解放，并号召全市同胞：1. 尽一切可能，给正在战斗和休息的解放军战士以物质上、精神上的协助；2. 慰劳人民解放军全体将士；3. 救护并慰问伤病的荣誉战士；4. 悼念战死的解放军战士与为革命牺牲的民主烈士，并捐款济助他们的遗属；5. 协助人民解放军与市政接管人员及早恢复上海秩序与繁荣；6. 检举潜伏的战犯与国民党特务，防止反动分子的阴谋、破坏与捣乱；7. 协助新政府机关救护难胞；8. 协助人民解放军与政治接收人员推行八大公约。①

局势基本稳定以后，陈巳生于 1949 年 6 月 23 日，以信函致当时已在北京的民进领导人。

信函全文如下：

绍鏊、建人、夷初、广平、振铎先生：

在上海没有解放以前，我因在沪工作暂时与先生等失去了直接联系，可是我对你们协助人民政府推翻反动势力的成就，心怀无限的美佩；同时对你

---

① 开明出版社《中国民主促进会大事记》第 17 页。

们的健康，抱着万分的挂念。那时虽因遥隔两处，彼此无法通讯，我和在沪同志，仍能打听及得到你们的消息和指示，我在沪工作情形也能使你们知道。

当上海快要解放的前两星期起，国民党反动政府更用尽卑鄙毒辣的手段，想来阻挠我们的工作，暗算我们的生命，工作凭（濒）于十分惊险，然而我处处设防，机警从事，终于很安全和顺利地完成配合解放军的前进和接受地下工作。新中国成立以后更联合热心民主人士，迅速地协助恢复秩序，这是堪以告慰的。这次平会惠函慰问，敬表热诚的感谢。

以前先生等曾一再嘱我至平，那时我之不来，并不是怕路途的危险，也不是对上海有什么留恋，实因鉴于上海的黑暗，由于我人责任的重大，觉得在沪的工作，还是需要，所以始终没有离开，这点苦衷谅邀先生等的了解和原谅。现在我和在沪同志已将分会组成，展开工作。今后当继续努力，团结一般前进分子共同为建设新民主主义新中国而奋斗。仍请指教。

　　敬礼　谨启

　　　　　　　　　　　　　　　　　　　　　　　　陈巳生
　　　　　　　　　　　　　　　　　　　　　　　　六月廿三日

3. 担当重任

上海解放，万象更新。1949 年 7 月 1 日，民进与各民主党派致电祝贺中国共产党诞生二十八周年。当日，民建机关刊物《民讯》正式复刊，在复刊第一期《民讯》上，刊登了以《争民主、反伪宪，以及与国民党反动政权的各项斗争，几无役不从》为题的告民建会员书，并以留沪常务理监事：胡厥文、陈巳生、杨卫玉、章元善，以及临时干事会干事，黄兢武等 15 人落款。

在这一期《民讯》的"上海解放征文"专栏上，陈巳生发表了文章，摘录如下：

上海的解放，是有重大意义的，因为它从今以后，可不再受到国民党反动派的束缚和摧残，从今以后，可不再是帝国主义国家侵略压榨奴役全中国人民的据点，人民解放军领导下挣脱和消灭了这种可怕和罪恶的桎梏，正像自黑暗中获得了光明，前程是无可限量的。上海是全国文化经济的重心，上海的解放，无疑的将成为中国革命运动与斗争的一个强大基地，将为建设新民主主义的新中国培养新生的力量，本会是为协助建设新民主主义新中国而组织的，宗旨和主张，十分明朗正确，因此上海的解放增加了我们新的任务，我们任务是什么呢？我可毫不迟疑地回答，就是协助肃清一切恶势力，建设新民主主义的文化和新民主主义的经济，把中国自半殖民地国家改造为一个繁荣的新民主国家，将保证落后的农业国家变成工业化的新中国。

最近上海各界人士对于本会有了正确的认识，纷纷加入本会，会员日渐众多，这是上海人民愿为建设新民主主义新中国努力的一个表现，值得敬佩的，但是入了会不只是为名义上做了一个民主建国会的会员，最重要的是要加强组织，负起实际责任，方能发挥效能，现在提出当会员的基本条件贡献给大家：（一）加紧学习，学习是进步的唯一法门，在一个新的环境中负起新的任务应该有充分的新知识，因此大家需要加紧学习。至于学习的步骤：第一要有正确的目标，第二要彻底检讨自己的思想和行动，第三要以虚心的态度去学习，这样才能有进步，本会有鉴于此，最近设立了一个学习组，意思是要把学习作为我们会员的工作核心，知识和经验是产生力量的源泉。①

帝国主义和国民党反动派残余势力，为了达到颠覆新中国的梦想，在上海，一方面，加紧对上海的严密封锁，另一方面，实施对上海的残酷破坏，一时给上海人民的生产生活造成了困难。

面对敌人封锁与破坏，如何粉碎化解上海困局？与及时制订建设新上海的方针政策，1949年8月3日至5日，上海市人民政府邀请上海市各界代表，在逸园饭店举行了上海市各界代表会议，出席会议的代表，共有650人，宋庆龄等被推为主席团主席，陈已生被推选为主席团成员，这是代表上海600万人民的具有历史意义的一次会议。会议通过重要提案六十四件。陈毅市长指出：会议最大成就，是把中共的方针变成了上海600万人的方针。

为此，新华社作了具体的报道。

【新华社上海七日电】为了讨论打破帝国主义和国民党反动派残余势力封锁上海给上海人民造成的困难和建设新上海的方针，上海市人民政府于本月三日至五日邀请上海市各界代表在逸园饭店举行了上海市各界代表会议。这

---

① 1949年7月1日《民讯》。

是代表上海六百万人民的有历史意义的会议。

会议主要议程为听取和讨论中共中央华东局书记兼上海市委会书记饶漱石关于"粉碎敌人封锁，为建设新上海而斗争"的报告以及上海市军管会主任兼上海市人民政府市长陈毅关于上海市军管会及人民政府六、七两个月的工作报告。被邀请的代表共有六百五十人，计党政机关及陆海空军代表一百〇一人，各民主党派代表四十四人，职工代表一百二十人，近郊农民代表二十四人，青年代表八十人，妇女代表二十一人，文化、教育、科学、技术、新闻界代表一百一十人，自由职业界代表二十一人，慈善团体及宗教界代表九人。会议推选了宋庆龄、饶漱石、陈毅、陈叔通、陈铭枢、颜惠庆、潘汉年、舒同、盛丕华、朱蕴山、陈巳生、胡厥文、吴耀宗、刘长胜、朱俊欣、金仲华、沈浮、张本、张渝民等为主席团。先后发言的代表共三十二人，不及发言者则提出了书面意见。代表们除以口头或书面发表意见之外，并提出书面提案六十四件，其中关于组织工厂、学校及人才内迁和支援解放战争的有十六件，产业界关于克服困难恢复和发展生产的六件，其他如促进中苏贸易、组织中苏友好协会上海分会、节约救灾，组织工商团体等三十一件。所有发言与提案中一致表示拥护中共上海市委会"粉碎敌人封锁以建设新上海"的方针，并一致同意上海市军管会和人民政府的工作报告，表示愿为克服目前困难，坚决执行中共市委会所提出的积极支援人民解放军南下作战，有计划有步骤地实行疏散人员和内迁部分学校工厂，设法使一切企业摆脱对帝国主义经济的依赖并为中国人民以及国内市场服务，动员大批共产党员、干部和工人、学生到农村中去，发展内地交通和鼓励城乡物资交流，实行节衣缩食等六大任务而奋斗。会议于最后一天通过重要提案八件：（一）组织劳资关系委员会；（二）组织生产委员会；（三）组织难民回乡生产委员会；（四）筹组工商团体；（五）成立中苏友好协会上海分会筹备委员会；（六）通电向毛主席致敬并拥护迅速召开新政治协商会议；（七）通电向毛主席、朱总司令致敬并拥护胜利进军解放全中国；（八）致电北平中苏友好协会筹备会，提议组织上海分会。会议最后由陈毅市长致闭幕词。他指出："这次会议最大的成就是把中共的方针变成了上海六百万人民的方针。整个会议显示出，在中共正确领导和上海六百万人民的共同努力下，任何困难都可以克服，新上海的建设一定可以实现。"

1949 年 7 月 12 日，民建在上海陕西北路 186 号会所召开大会，选举参加新政治协商会议代表，与章乃器、黄炎培、胡厥文等人入选。9 月 17 日召开的新政协第二次筹备会议上，根据新政协筹备会《关于参加新政治协商会议的单位及其代表名额的规定》，民建协商产生了陈巳生、黄炎培、章乃器、孙起孟、施复亮、胡厥文、胡子婴、盛康年、章元善、冷遹、杨卫玉、沈子槎等 12 人为民主建国会代表。陈维稷、莫艺昌 2 人为候补代表。陈巳生当时是民主建国会常务监事、民建上海临时工作委员会的第三召集人。陈巳生虽然也是民进会员，但他是以民主建国会代表的身份，被推举为中国人民政治协商会议第一届会议的正式代表。

　　建设新上海和参政议政，成为陈巳生一种新的责任担当。

　　《陈巳生传》中国民主促进会浙江省嘉兴委员会编　黄加平执笔　开明出版社 2021 年 8 月出版

延安的养蚕姑娘：甘露传（节选）

朱利芳

蒋德良的遗物里，有一张图，始终被她的儿子萧平珍藏。

这张图是 1958 年，甘露亲手绘制的，图上用不同的线段标示着行进的路程，有坐火车经铁路而行、有乘车走公路，还有坐船的一程程水路。她路过平原和山丘，也翻越过崇山峻岭，天堑与坦途，山水漫漫；平原与荒漠，路程迢迢。一段段旅程组成了弯弯曲曲的线，是这位海宁姑娘十八岁生命中走过的最漫长最难忘的旅途。

在这张图的左上方有这样一段文字：1986 年 10 月 25 日夜读《解放军画报》纪念中国工农红军长征胜利五十周年特辑里看到长征路线图，使我忆起 1938 年从浙江金华动身向延安前进的路线……

原来在她的心里，这条路就是她的"长征"。

蒋德良正是因为走上了这条"长征路"，才真正开启了她的革命生涯，并在这趟决定人生走向的旅程中得到了一个全新的名字：甘露。

（一）

一、从湘西到重庆

1938 年 11 月初，蒋德良拿着保育院给她发的二十多块"遣散费"，告别日夜相处的难童小老乡，背上小棉被和几件换洗的衣服，搭上了一辆开往重庆的长途汽车，开始踏上奔赴心中圣地的梦想旅程。

从浙江到湖南，再从湘西腹地沅陵出发。蒋德良也许并不知道，沅陵曾是浙江老乡王守仁在自贵州赴江西卢陵任知县的路途中重要一站——阳明先生在经过沅陵时，寓龙兴讲寺，传授"致良知"学说，意图唤醒无数心灵去实践"知行合一"。

蒋德良就这样走在"知行合一"道路上，奔赴心中的渴望和向往，一路坎坷一路执着，以英雄主义精神践行着对理想不懈的追求。

她从沅陵出发，经镇远，抵达贵阳。在贵阳停留三日后，再换车到重庆。路上经过了遵义、娄山关，这些地名如同埋藏在她心里的标识，在日后的岁月里某个不经意的时刻会突然跳出来，以极具革命浪漫的诗意印证着人间岁月无尽的沧桑。回看漫无边际的时光，一个十八岁的女青年，孤身在战乱中行走，千里之遥，滋味之杂，真是难以用语言形容。烽烟四起，生如飘萍，若非心里有巨大的勇气支撑梦想，谁能那么坚定执着地奔赴延安？

但奔赴理想的路，永远不会如想象的那么简单顺利，始终会有挑战不断前来，考验她的心志和毅力，使她在日后回望时，感怀青春追梦的革命激情之热烈之丰沛。

蒋德良终于来到了战时"陪都"重庆，投宿进一个小旅店进行短暂休整，第二天即兴冲冲地找到重庆八路军办事处要求去延安。不料，因为没有人介绍而显得"来历不明"，八路军办事处并没有立即收留她，只告知这段时间没有车去延安，建议她自筹费用去西安八路军办事处。

后来，她才清楚这些并非针对她个人的推辞。那时国民党已掀起第一次反共高潮，重庆办事处确实没有车去延安。且每天要接待许多像她一样心向延安的青年，也只能是凭"介绍信"优先。

蒋德良含泪走出办事处大门，面对着滚滚人流茫茫然不知所向。在小旅店住了些天，她手中的钱即将花光，但去延安的路径仍然迷茫，她找不到方向，也开始发愁生活问题。于是，她听从了办事处同志的意见：先找一份工作来做，等待下次机会。

天不绝人！有一天，当蒋德良独自走在大街上，竟然遇到浙江省立女子蚕业讲习所的老师俞筠蠋。俞老师是中国蚕桑专家，在杭州求学期间，蒋德良就很敬佩这位立志为祖国蚕桑事业发展奋斗而东渡扶桑，学成回国后积极为振兴蚕桑事业服务的老师。师生俩杭州别后竟能在此相见！蒋德良从老师口中得知，抗日战争期间，俞老师来到了国立西康技艺专科学校任教，为蚕桑事业继续奔走在川西。

俞筠蠋和同事赵鸿基教授从四川运来桑苗十万株，优良蚕种几百张，设立桑苗圃于西昌东丁外，生产大批嫁接苗，设桑园三所，除供学生实习外，推广桑苗万余株。建立原种制造所于西昌城内，专制原种及第一代杂交种，春夏季工作不断，推广优良蚕种于民间。在礼州、冕宁等地设立蚕桑指导所，分派指导员深入农村，指导农民养蚕、植桑。建校三年推广三万余张，成立模范丝厂，于抗战期间发展国外贸易，在冕宁灵山寺建立冷藏库，为发展蚕业重要设备，利用高山冷雪，可藏蚕种三万张，解决了春秋蚕种。①

师生在异乡相逢，倍感亲切。尤其是在烽火连天的战乱年代，更是恍如梦寐。蒋德良向老师述说了自己的处境和志向。俞筱蠋毫不犹豫地对蒋德良说："跟我走，到西充仁和蚕种场去工作，等你积蓄够了路费再去陕北。"

俞老师当时还担任四川省丝业公司西充仁和蚕种场场长，她因为出色的工作俨然已成业界传奇人物。在著名学者曾昭抡的考察报告里，有这样一段文字记录了她的事迹：

在这些工作中，一位出色的人物，乃是头发斑白的女教授，俞筱蠋先生。俞先生原是蚕桑专家，来此后对于改进本地丝业，多所致力，同时利用学校假期，不辞跋涉，常常单人骑马，以一个女子，单骑走遍蛮荒地带，搜求科学上的资料，尤属难能可贵。她到过盐源县境海拔三四千米的高山，穿过凤山营（在会理西南，西祥公路上）附近几千里的大森林，尝过金沙江上流亚热带区域所产的万寿果，还去过安宁河西荒野的鸦龙江边（雅砻江）。从这些调查，她对于宁属各地动植物按照高度与区域的分配情形，得有正确的概念，并将所得结果，用图表和模型，代表出来，放在行辕陈列室室内让一般走马看花的，得以一目了然。②

因为战争，中国著名的蚕桑区沦陷敌手。为了保护和发展蚕桑业，蚕桑区也开始了艰难的迁移，并在大后方开辟出一片新天地。

二、四川西充仁和养蚕

师生相遇后的第二天，蒋德良就跟随俞老师，乘着滑竿来到了川北西充县的农村。仁和镇位于西充县西北部，距西充县城十六公里，那里已有俞老师创建的仁和蚕种制造场，有桑园，也有科学的养蚕育种楼。

蒋德良总算又暂时找到了安身之所。她在次年所写的个人小传里这样描

---

① 胡清林：《抗日战争中的国立西康技艺专科学校》，《中国科技史料》1994年03期。
② 曾昭抡：《一位出色的女性》，《大凉山夷区考察记》，中国青年出版社2012年版，第14页。

述这段经历：

重庆之相识者，大多为杭州蚕校之师长或同学，因此对我的工作问题之解决，完全取之她们之助。至一九三九年一月中旬，我已被介绍在四川丝业公司仁和蚕种制造场服务，担任技术员工作。场址在川西，西充县仁和场场长乃我杭州蚕校之老师，一部分同事乃是同学，故在工作当中是相当的顺利安乐的。现阶段一般是优待技术工作人员，我当然被优待在内，不过养蚕制种，总是一件很费力的劳动的工作。

在仁和场开始了我离浙后最安定的生活，可以利用不是育蚕时间来静静地读些书报，经常地读《新华日报》《大公报》《时事类编》《学类书报》。其他也读了解放社的《政治常识》和列宁主义概念、巴比塞的《从一个人看一个新世界》等书。

工作是使我经常地与工人及种场附近的农民在一起。一年工作当中，我建立了我与他们之间的感情基础，并且也可以说，这基础甚为良好。这在他们对我之亲切，肯接近我等等当中表现出来。这一年当中，我除了应负技术工作任务外，对于工人方面，在蚕事结束后，就开始办工人夜校，给予他们以教育。这一点，每次我做了发动与实行者。

至去年十月初，由于种场方面的指派，去西充县初次创立的丝业公司蚕丝实习生训练班任音、体教职，为时月余。因为这二门功课是学生最感觉兴趣的，并且我也最高兴与纯洁的青年学生们一起，所以时间虽短，我们之间也非常融洽。他们对我很有好感。这里也给我学习到体会到许多，四川的一般青年学生之生活上、性格上、习惯上以及思想上的情形，以及一些对他们的教育经验。

转眼，已是 1939 年的秋天。蒋德良在这里度过了整整十个月。在这段时间里，她追随俞筱巍等老师以及其他同仁，一起饲养了春、秋两批桑蚕，并制造了两季蚕种和原蚕种。跟着名师学习实践，用科技手段因地制宜地改进育蚕方法，令她受益良多，进一步丰富了蚕桑实践操作经验，为后来她到延安从事蚕桑事业打下了更加扎实的基础。

这段川西乡村工作的经历，令蒋德良切实感受到四川农村与浙江农村不一样的风景。如果没有亲身经历，真不会知道四川农家的生活是如此艰苦，看到农民穿的是打满补丁的破衣，即便是下雨天，只能赤脚下田。平时吃的是杂粮、蚕豆、山芋，吃到玉蜀黍已算是好食物。他们如此贫困，又是那样质朴、天真、辛勤。

自从 1937 年冬离开杭州以后，蒋德良的生活一直在漂泊，千里辗转，从浙北迁浙南，又从江南至湘楚，再由重庆到川北，虽然干的是热气腾腾的抗日救亡工作，但终究是不安定的。想不到，竟然在四川农村过上了平静生活，干的是蚕桑技术工作，工作生活都很有规律，饮食有保障，相比之下，这样的日子简直像是人间天堂。

但蒋德良的心情却不能风平浪静。

三、出蜀地奔陕北

"延安"这个心中的向往，总是在心海深处向她发出呼唤的声音。千万里的追寻，怎么能轻易抹去？她的心底始终有一个目标、一个理想、一种持续而坚韧的召唤。

俞老师，这位中国蚕桑界颇有声望的专家，为了发展祖国的蚕桑丝业，她宁愿单身，而把全部心血倾注在自己所热爱的事业上；在政治上她同情共产党，称赞八路军，对蒋德良这个心向延安的学生满怀同情，给了很多实实在在的帮助。与俞老师相处的时间虽然不算长，但蒋德良在日后的回忆中却一直难忘。在最艰苦困顿的岁月里，人间情谊最是温暖心灵。在蒋德良 1984年的自述文字中还记录了这样一个细节：

她因为工作原因要经常去重庆开会、办事，在她到重庆的时候就为我买来了艾思奇的《思想方法论》和《大众哲学》，以及斯诺的名著《西行漫记》等书籍……

这是一份多么厚重的礼物啊，这些与延安有关的书籍一次次照亮了蒋德良的梦。

在四川养蚕的安静时光里，一有闲暇，蒋德良就沉浸在这些书籍里，看到书中的延安，那些风云人物，那些风土人情，想到那个红星照耀的地方，每每令她心潮澎湃，于是追寻真理和自由的想法更加坚定，去延安的心也更加执着。

1939 年 11 月中旬，她已积蓄了百余元路费，准备好行李之后，告知老师将再一次踏上去延安的征途。

俞老师虽然支持她的想法，但是在兵荒马乱的年月里，老师更关心这个年轻女孩的安全，为此师生俩进行了认真的探讨。得知蒋德良的六姐当时已经到了西安，俞老师去了一趟重庆，为蒋德良办来了四川省丝业公司开出的去西安探亲的证明公函。这是一张在国民党统治区行走的"路条"。有了它，就拥有了一张合法的通行证。凭着证明公函，蒋德良通过了川北各县和陕南、汉中、西安等地的道道关卡，闯过了数次国民党宪兵的盘查。

在蒋德良手绘的路线图的右上角，另绘有一小段弯弯曲曲的路线，那是她从西充出来，到西安的路。从西充仁和蚕种场出村后，要经过蜀中，她标示着出行走的是山路，从西充经阆中至剑阁。那一段风景真是山水奇绝。路狭得使人吃惊，边上就是下临无地的深渊。剑门正在一条山路转折的地方，远望正如两把锋利的剑，孤峭地插在山堆里，中间露出一条缝，透出青青的天色。出剑门即是剑阁，她还要继续爬山涉水，在栈道似的山岩小径、险峻处感受"天梯石栈相钩连，百步九折萦岩峦"的艰险，"剑阁峥嵘而崔嵬，一夫当关，万夫莫开"，那些在古诗里出现的地名，现在就在她的脚下铺展。

于激流与峭壁间攀越跋涉，走出难于上青天的蜀道山路，她并没有稍作休整，而是继续行进在四川腹地——从剑阁到广元，再到汉中，去往宝鸡，蒋德良一路奔向西安。幸好从广元到汉中至宝鸡走的是公路，战争烽火并没有燃及此地，相对安全。

秦岭南屏，渭水东流。踏上沃野千里的关中平原，她无暇去看一看炎帝陵、周公庙、钓鱼台，也没有"漂泊西南天地间"的感叹，而是继续满怀勇气，艰难地挤上了从宝鸡到西安的火车，直奔着目的地而去。

路漫漫其修远兮，蒋德良并没有在自述中详写一路上的坎坷艰险。但辗转多地独自前行追寻梦想，见识天地辽阔、江山锦绣，见证民生多艰、民众多难，所有的一切都刻进了她的记忆，深深浅浅的一笔又一笔，甘苦自知。告别唾手可得的安静生活去寻求人生理想，蒋德良再次做出了独立选择。从四川到陕西，这一段段征程，为她人生增添了壮丽的色彩，更是青春交响乐章中最豪迈的旋律，也继续见证了这位未满二十岁的海宁姑娘为追寻梦想而百折不回的心。

（二）西安漫长的等待

无惧朔风劲，不畏霜雪冷，蒋德良怀抱一腔热血，孤身走了半个月的险路，于1939年12月初到达了古都西安。

一、与六姐重逢

西安是当时西北政治、经济、文化、军事中心。来到西安，第一感觉就是长安的大街非常宽阔，有大道也有支路，支路上还有高大的乔木，使行人可以在树下安闲地行走。与江南的里弄小巷风格迥异，与四川湖南的乡村更是完全不同，而且那些旧式的房子，式样很特别。公园门前停着汽车、黄包车，拥挤着进进出出的游人、烫发、高跟鞋、各式的旗袍……都市的面貌与乡村完全不同，气候也跟南方的城市不一样。空气干燥，冷风如刀，太阳一西沉，马上就会感觉冰凉彻骨。

此时的西安，同样笼罩在战争阴影下。随着战事的不断推进，日军对西安的军事打击日益加强，不断派飞机进行轰炸。尤其是蒋德良到达西安的1939年，日军一年共计出动飞机四百六十三架次，投弹一千一百四十七枚，伤亡一千零九十二人，毁房两千四百零三间，一次死亡百人以上的达六次。

蒋德良到西安，只想借道去延安。但是西安那么大，她怎么才能找到进延安的入口呢？蒋德良先去找到了在西安的六姐。

六姐蒋义良在"八一三"淞沪会战后慢慢走上了抗日救亡之路。抗战爆发后，蒋义良选择和家人们一起到上海避难。次年看到战区一天天地扩大，父亲年老多病，加上家人亲戚投奔的实在不少，蒋家不胜负担。蒋义良看到小妹投身抗战救亡，想到作为青年在国难期间躲在孤岛上对国家、对家人、对自己都无益处。因此约同学到内地金华去寻找救亡工作，以刚从上海出来的知识青年之名被国民党军第十预备师招收为军队政工人员。工作地点在浙江、皖北、江西南昌一带的前线后方，工作性质为军民合作宣传为主，如演剧、歌咏、开军民联欢会等，还开展对伤病员的运送、慰问工作，战地对敌宣传为主。

1939年秋，蒋义良自浙东金华出发赴陕，与蚕校同学黄惠华等一批年轻人，经过路上三个月的长途跋涉，步行三千里走到西安，之后就进入"战干四团"，被编入女生队军训。当蒋德良从川地转道到达西安时，她的六姐刚到西安一个多月。

"战干团"是国民政府军事委员会战时工作干部训练团的简称，是抗日战争时期国民党中央所开办的一个大型军事、政治训练机构。共设四个团，均由蒋介石自任团长，设在西安的战干四团由胡宗南任教育长。战干四团，全称是国民政府军委会战时工作干部训练团第四团，于 1938 年 9 月成立，设在陕西西安东北大学旧址，是战时工作干部训练团中历时最久的，毕业总人数居四个团之首，从 1938 年 9 月成立到 1945 年 9 月抗战胜利的七年中，共为抗日战争输送毕业的学员（包括调训、轮训学员）约四万人。

蒋德良去"战干四团"找六姐，发现那里非常严格地实行军事化管理。大门口有岗哨，站岗的人进去通知，六姐和同学黄惠华（也是蒋德良在蚕业讲习所的同学）出来确认后才能带她进去。蒋德良初到西安无容身之地，只能在六姐这里混个落脚之处。天色将晚，蒋德良就先躲在防空洞里，等快熄灯时偷偷地先钻到六姐的被窝里，她们晚上集合回来就已睡了，第二天一早再把她送出大门。因为当时站岗的是相识的同学，靠六姐和他们事先打了招呼，进出门岗方才顺利无碍。

二、西安七贤庄一号

第二天，蒋德良满怀信心来到西安七贤庄一号——西安八路军办事处。办事处的门口，挤满了各种口音的青年。坐北朝南的一号院，就是八路军办事处接待来自全国各地奔赴延安的进步青年，以及接受各界人士采访的地方。

两院主体建筑平面呈"工"字形，面阔五间，进深六间，前后两进院落是砖木结构平房，幽静雅致。办事处，先后由林伯渠、董必武负责，主要任务是开展统一战线工作、输送进步青年去延安，为陕甘宁边区和前方采购和转运物资。在很多如蒋德良一样心向延安的进步青年看来，这个地方就是家一样的存在。在留法文学女博士、作家陈学昭的笔下，它是这样的：

七贤庄不是一个村庄，只是像一个里，一个弄，那里的一排房子差不多是一样的。大门进去，两边各有两间房，同一个小天井，二门进去，是一个院子，有几株树，两边又是房间……①

蒋德良向接待她的王平同志说明了情况，表明想奔赴延安的心迹。意想不到的事又发生了，她再次被婉言谢绝收留，并坦承，因为她没有提供任何介绍信！

一句话，又是"来历不明"。蒋德良顿时呆在原地，泪流满面。人的一生在不少时刻很像是在雾中行走，远远望去，只是迷蒙一片，辨不出方向和吉

① 陈学昭：《延安访问记》，中国国际广播出版社 2013 年版，第 67 页。

凶。穿行在迷雾中，难免会感到伤心绝望。

看到年轻女孩痛苦伤心的样子，王平给她出了个主意：可以试着写信给在延安的同学或朋友，请他们介绍她去延安。老天在某些时候关闭了门，往往给执着的心打开一扇窗。王平这句话，为她带来了新的希望。在送蒋德良出门时，王平又再三叮嘱，以后没事的话尽量少到办事处来，此地危险。

再三思索，蒋德良灵机一动，想起在去年的通信中萧崑说起过她的哥哥萧三从苏联回国来到了延安。于是她决定写信给萧三同志作自我介绍，同时，为了保险起见，蒋德良还给萧崑写了信，将此事告诉她，请萧崑证明并同时帮忙介绍自己，以助她走进延安。

三、寻找"邮递员"

求助的信写好了，如何交信呢？不能去办事处，更不能邮寄。蒋德良想到和共产党相关的书店或是报馆去碰碰运气。她在西安大街上寻找新华书店和新华日报的分馆或站点。上午没找到，下午再找。一天找不到，两天！终于功夫不负有心人，她走在街头看到了"新华日报"四个字。

《新华日报》是抗日统一战线建立后，经国民党许可在国统区公开发行的合法报纸，是中国共产党在国民党统治区唤醒民众抗日，揭露国民党反动派消极抗日、积极反共的有力武器，受到进步人士的关注和拥护。

当时在西安北大街平民坊五号的《新华日报》西安分馆，没有鲜艳夺目的招牌和华丽的门面，连开在大门上的小门也是经常关闭着。就这样，还是吸引来了无数的进步青年和各方面的爱国人士，同时也拥有西安以外的陕甘两省和豫西等地的不少邮购读者。[①]

虽然找到了《新华日报》西安分馆，上挂着"新华日报"的牌子，可是店门紧闭。

细心的蒋德良发现，报社正设在这条街的路口，拐角有一小巷，小巷里第一个小门的房子正和街面上的新华日报分馆相连，她猜测，这可能是新华日报分馆的后门。此时天已黑，只见那扇小门半开半掩，透出了微弱的灯光。

蒋德良鼓足勇气正要推门，一位男同志走了出来。

蒋德良轻声地问："这里是不是新华日报社？"那位面容沉静的男子仔细

---

① 安克成：《我的人生历程》，中国电力出版社 2003 年版，第 40 页。

地打量了她一番后，肯定地回答说："是新华日报社，你有什么事，进来坐下谈吧。"

听闻此言，蒋德良喜出望外：

我坐下来向这位同志诉说了要到延安的决心，以及到重庆和西安两个办事处的情况，拿出未封的给萧三的信，请他看。他看完信，恳切地对我说："这封信我一定负责送到。"①

这位同志当时公开身份是新华日报西安分馆的对外经理，化名高瑜，真名叫安克成②。1939年4月，他刚被派到驻西安工作，之前在延安的陕北公学学习毕业，当时年龄才二十三岁，比蒋德良大四岁。安克成性格沉稳，为人真诚，眼神善良而恳切，让蒋德良感觉像是兄长一般的可靠。

蒋德良恳请他作今后她和办事处的联系人。他认真地答应了，同时将他的另一个通讯地点给了蒋德良。并根据他以往的经验认真地关照眼前这位显得非常心急的年轻姑娘：延安若有回信也不会很快，总得两三个月。

告辞出门，蒋德良心里松了一口气。但想到，至少还要等待三个月的时间，就开始为接下来的生计发愁——钱已花光，必须又要考虑找工作来解决糊口的事情了。

四、咸阳古渡口

蒋德良在西安人地生疏，本来也认为只是短暂路过，却没料到还要再次经历漫长的等待。虽然短期内她勉强可以留在"战干四团"，并受到六姐的同事郑曼、陈今娥等人的关心，把她藏在防空洞里，省下馒头给她吃，晚上熄灯后叫她过去睡，但终究不是长久之计。蒋德良就与六姐和黄惠华等人一起商量如何度过这几个月的时间。为了解决她吃和住的问题，同时也为了安全计，大家决定帮她先找个事做，至少有个落脚的稳妥地方可解决眼下的生活难题。

在寻找机会的同时，六姐蒋义良不得不与团里的女指导员说明情况。因为抗战时期的流亡学生也较多，所以女指导员也比较照顾，让蒋德良暂时睡在她的房间，在她的卧室外的一个小间里面摆了张床，容蒋德良临时过夜。

---

① 甘露：《甘露传略》，1984年4月10日，海宁市档案馆馆藏，档号：035-183-1-0002。

② 安克成，时任新华日报西安分馆对外经理。新中国成立后曾任水电部办公厅主任，后为该部顾问。

黄惠华想到了她相熟的一位宜兴同学，也是她和蒋义良的教官，可能会帮上忙，便马上去找，说是一位浙江同学的妹妹逃难来了西安，还年轻，很想读书去，但一时没有好的机会，是否可以帮助找点事情做，能够让她临时落落脚。

第二天早上，与黄惠华的宜兴同学见了面之后，那人介绍蒋德良去了咸阳一所民校，也就是咸阳军政部第七补充兵训练处中山民校，并写了介绍信，说好有吃有住，但没有报酬。学校，就在西安附近的咸阳县的两寺渡村。

经介绍，蒋德良于一月初即正式开始在这所民校担任教职。当然她也想好了托词，一到学校就向校长说明："我是学养蚕的，我来西安是为到西北联大蚕桑系求学，现在该校未招生，我的蚕桑老师也未到任，我只好暂时在这里工作。待联大招生，我的老师到任，我是要去求学的"。校长答应了她的请求。就这样，蒋德良在两寺渡村当上了"女先生"，因教书的地方离西安很远，她只有星期天才可以去八路军办事处打听车子的消息。她在 1940 年的回忆里明确地记录这段经历：

这是由于义良姐的一位教官介绍的。该校虽名义为民校，实际上无民众子弟参加，而完全是七训处高级长官之子弟学校，完全采用个别教育，我在民校教育之余，又任七训处处长王万龄之家庭教师，共教小孩五人。这一工作，直至来延前才结束，为期三月余。

……在咸阳的工作，非常忙，又因环境之特异，我的生活工作均异常严肃紧张而孤独。在咸阳时，我为取得联络，故常常来往在西安与咸阳之间，常至新华日报分馆与八路军办事处，曾遇有数次查问与跟随。

刚到两寺渡村一个多月，就是农历春节。八百里秦川下了大雪，天寒地冻，道路冰封，交通困难，无法去西安过年。蒋德良在人生地疏的异乡，经历着青春时光里异常艰难的日子，并非缘于生活艰辛困顿，而是念想遥远，希望热切，内心焦灼。她孤独地度过了自己二十岁的新年，满心急切地等待来自宝塔山的消息。

咸阳一片荒凉，幸而远方还有青葱的希望。

如果说那个春节还有什么特别的记忆，蒋德良在去延安后的回忆文章中写下过这样一行字：

难忘在两寺渡看演戏听秦腔。

古时，两寺渡是一个渡口，因渡口有"观音寺""三圣寺"两座寺院而得名。两寺渡作为古长安沟通东西和南北的重要交通枢纽，是著名的丝绸之路，也是通往西南及西域的必经之地，还是咸阳秦腔的发源地。

因为过年，蒋德良遇到了中原古镇最热闹的场景——戏班子来演大戏，村里男女老少欢喜地走出家门聚在一起。戏台上吼着秦腔，台下的观众抽着旱烟喝着彩，身边有憨态可掬的小娃、害羞纯朴的村姑、自顾自陶醉的老汉。古老戏曲令蒋德良暂时忘却了孤单，沉浸在秦腔带来的震撼之中。

秦腔别称"梆子腔"，是中国汉族最古老的戏剧之一。咸阳秦腔唱腔，有板式和彩腔两部分，每个部分均由"苦音"和"欢音"（又称花音）两种声腔体系组成。秦腔表演技艺朴实、粗犷而豪放，生活气息浓厚，极富夸张性。蒋德良听到了秦腔区别于其他剧种最具有特色的苦音腔，深蕴其中的激越、悲壮、深沉、高亢激荡着她年轻的心。一声秦腔吼出来，吼出来的是泪和血，是心底深藏着无以言表的情意。蒋德良也真想上台吼两声，一路上经历的种种艰难，对家乡亲人的怀念、前路茫茫的凄凉、无处诉说的悲愤……千百种情感在心中不断打滚、冲撞、激荡，蒋德良对戏曲的热爱更深了一层。

蒋德良在渭水边的两寺渡村，住在陕西老乡家牛棚旁一间不到六平方米的草房里，满心期待又交杂着忐忑不安，就这样度过了难熬的1939年严冬和1940年初春。

五、二哥的劝阻

这段时间里，蒋德良曾写信给二哥蒋家训，对他讲了自己将要去陕北的决定。

蒋德良之前一直和哥哥关系很好。二哥是家中独子，虽然启蒙早，但也仅受过中等教育。可是，在小妹的眼里却是"天之骄子"，肯吃苦，很能干，写得一手漂亮的好字。特别让小妹佩服的是他自学的精神异常强大。她在1940年的回忆里这样说：

他在刻苦自学中得到很多学问。1925年左右，他在浙江省余杭县党部服务。1928年左右，他被调至杭州省党部工作。在余杭、在杭州这段时间，他仅做些抄写、编辑工作。这中间，二哥利用了大部分公余时间在研究华文速记，学习外文，仅靠自学而不进学校。1932年因父亲蒋春霖身患胃病，二哥就参加了当时的上海市市长吴铁城招考华文速记员与打字员的考试，结果竟在三百余人之中只录取他一人。在上海工作时，哥哥不仅帮衬着家里的经济，还为父亲不断奔波寻医觅药，他的孝顺为亲友共知。

蒋家驯因为业务精良、老成可靠，受到长官的器重，长期为吴铁城担任速记工作。1937 年，吴铁城调任广东省政府主席，蒋家训随之到广东工作。抗日战争全面爆发后，蒋家训随广东省政府人员，迁往粤北坚持抗战。1938 年广州沦陷，又随吴到了香港，任职荣记行。蒋德良 1939 年在四川养蚕时，家里告诉她二哥在香港荣记行的通信地址。在蒋德良离开家乡亲人孤身漂泊的那段时间，她与二哥的通信不少。烽火连天起，家书抵万金，虽只言片语也是无价。二哥的信，联系着蒋德良此刻心心念念却隔着熊熊战火而回不去的家。

1939 年，吴铁城到重庆，任国民党中央海外部部长，负责联络世界各国、海外华侨支持抗战。蒋家训又随长官从香港到重庆。蒋德良到西安后曾写信告诉二哥自己的选择，并表示可能以后不再写信了。二哥的回信很快就来了，他劝慰小妹速速回上海家中，沪上父母年迈不希望幼女离沪太远，说如果同意回家就会设法寄路费来。但同时放出狠话，坚决不同意小妹去延安，否则就断绝兄妹关系，不再通讯等等。

接到哥哥这样的来信，蒋德良又气愤又伤心。但经历过这几年的磨砺，她已经快速成长，有了独立思考做决定的能力。蒋德良并没有因为二哥反对而打消去延安的念头，而是认真地回信说明自己的意图，表示去延安是自己多年来的愿望，即使遭受再大的困难也要努力去实现。在这个原则问题上，她表现出个性中非常倔强的一面，宁愿和哥哥断绝兄妹关系，仍然坚持去延安。

在最需要鼓励和温暖的时候，来自亲人的反对和不理解，令蒋德良内心感到无助与难过，在异乡度过的每个孤独的日子都在挑战着青春少女的韧劲。

（三）

一、住进"八办"的招待所

1940 年 3 月中旬，蒋德良终于接到安克成同志的来信，称："家中来信，要你速归。"她欣喜若狂，这一回，梦中夙愿真的要实现了！因为坚持，她终于见到了胜利的曙光。

心中狂喜，但脸上却不敢喜形于色，蒋德良前去辞职告别，平静地告诉校长："我的老师来信了，她已到汉中联大，要我快去，我准备交代工作。"因有言在前，校长在诚挚挽留无果之后，便热情地欢送她离开。

1940 年 4 月初，蒋德良再次跨进了革命的大门——西安八路军办事处，还是那位王平同志接待。这回蒋德良听到春天一般温暖的话：延安中组部催她快去，怕她只身流浪在西安出危险。

蒋德良住进了办事处的招待所。

大门右边的一间门口，贴着抗大招生委员会的纸条，里面同时住人的，有几只秃头铺；左边的一间挤着许多男子，年龄不等，一律是军服，有的有"八路"的臂章，有的没有，这一间里只有一二只铺，大部分的人都睡在地上。妇女住的就在院子里的一间大的房间，边上有一间小屋，是两个女管理员的宿舍。她们的房间里只有一扇窗，用纱蒙着，里面一排用长凳搁起的木板，铺着被褥，这是大家的床铺。对面的一间是诊疗室，有人负责在替患病的人换药。男同志住的两间是二院子里朝外的，一间大，一间小，小的靠近救亡室。院子里的墙上，贴着许多标语："扩大巩固统一战线"……救亡室差不多是一间图书馆，墙壁上挂着许多像，还有标语、壁报，很有次序地贴着，有一个白木柜子里放着些书。两只白木的旧方桌上堆着报纸，大家可以随时去看书、借书。因为大部分住进招待所的都是去延安学习的，虽然都是陌生的面孔，大家进进出出，仍然会感觉特别亲切，常常以"同志，同志"来亲热地称呼彼此。①

幸福来得那么迅烈！蒋德良想到自己马上进入朝夕梦想的革命队伍，美梦即将成真，担惊受怕了几个月的紧张感突然消失殆尽。

二、病号饭和联欢会

也许正是因为紧张情绪得到了快速释放，激动之余，一直以来绷着的弦忽然之间松了，刚住进这个革命大家庭的当晚，蒋德良就病倒了。

那一天，她和画家张吾真、扬州才女潘奇，以及来自云南的彝族姑娘李纳②等同住一室。大家见到她生病了，连忙请来了医生，还专门给她端来了一碗热乎乎的病号饭——挂面窝鸡蛋。

---

① 陈学昭：《延安访问记》，中国国际广播出版社 2013 年版。

② 李纳，女，1920 年 5 月 22 日出生在云南省路南县，中共党员。甘露的女大同班同学，1943 年毕业于延安鲁迅艺术文学院文学系。1943 年后历任延安中学语文教员兼年级主任，《东北日报》副刊编辑，作家协会作家支部驻会作家，安徽文联专业作家，人民文学出版社编审，中国作家协会作家出版社编审，中国作家协会第四届理事、第五届名誉委员，少数民族作家协会常务理事。1948 年开始发表作品。1949 年加入中国作家协会。

端起这碗暖心的病号饭,蒋德良心里百感交集,一时想不到确切的词语表达,脑中回想起那一路上经历的种种颠沛流离,加上为了去延安不得不叛逆家里亲人。千百种滋味在心头回旋,蒋德良不由得失声痛哭了起来!

看到大家热心地关切地围绕着她,感受眼前这一双双关怀的温暖眼神,蒋德良体会并享受到被亲人同志围绕的感觉,当身边的几位连声询问她为什么哭泣时,她脱口而出:"我太高兴了!"

在甘露在 1984 年的自述中,关于那碗面也有一个有趣的细节:

发烧三十八度的我捧着病号饭,难以下咽。吾真大姐见我实在吃不下,就说:"我代你吃了吧。"

时光过去了四十多年,她居然还惦记着那碗挂面窝鸡蛋!也许这碗面里汇集了太多的人间滋味,令蒋德良终生难以忘记。她记着那些遇见的人,记着那些不寻常的细节,也是把此生最重要的选择牢牢记在心海里。她在追寻梦想之路上经历坎坷而从不退却,永远无悔此生最青春、也是最光荣的决定——奔赴延安!

晚饭后,金映光、张之强、王亚凡等许多男同志都来到宿舍看望她。金映光的老家是浙江著名的侨乡青田,是早期从海外归国的共产党员,因为同是浙江人,彼此很快亲近起来,成了蒋德良口中的"同乡哥哥"。张之强来自河南,王亚凡则是一位热情的诗人。

办事处的伍云甫处长跟大家说,由于今天来了很多新同志,为了活跃一下气氛,决定今晚开个联欢会!

热情活泼的青年诗人王亚凡提议说:"小妹妹病了,我们就在这里开联欢会吧。"大家都鼓掌赞成,于是简单而热烈的联欢会开始了。潘奇的歌声宛若仙女,王亚凡则朗诵了他自己所作的诗。看到大家激情洋溢,感受到热烈美好的氛围,坐在床上的蒋德良内心感动不已,不知不觉间病也好像轻了,她再也忍不住心中的雀跃,自告奋勇地说:"我唱一段京剧《玉堂春》吧。"等她有模有样地唱毕,大家禁不住都热烈鼓掌,好奇地问她是从哪里学会唱梅派京剧的。蒋德良告诉大家,自己是从梅兰芳的唱片里学来的。大家不由得啧啧称奇。也正是这次演唱的小小亮相,到了延安,蒋德良能唱京剧的名儿就传开了。

虽然获准到延安,但因还要和国民党西安宪兵司令部交涉通行证,二十多人不得不待在西安八路军办事处等汽车,一等又是四五天。

招待所里等待的时间让蒋德良彻底放松了心情。吃过午饭是大家午睡的时间，屋子鸦雀无声。午睡起来，有的人看报，有的人在大门里的小天井中打乒乓。晚饭前后，许多人都去招待所边上的革命公园散步，这个公园没什么特别的景致，但有很多树木，那些未长足的树，被她们唤作"青年"。蒋德良好像又回到学校，过着寄宿制的集体生活，在她周围的青年朋友都是那样的热情，一路过来彼此都拥有许多的故事，最重要的是她们还有共同的理想和目标。年轻人很快熟悉起来，蒋德良在这里交到的几位好朋友，相互都保持了终身的情谊。

和蒋德良同处一室的李纳，一聊起来两个姑娘居然还是同龄人。李纳来自云南，她形容自己现在像是一只飞出樊笼的自由鸟。"我又从没有出过远门，再加上我有婚约的束缚，万一被发现，他们不费吹灰之力就可以将我抓缚回来。我姨父说服母亲，她心软了，决定让我走，并向我提供路费及一切需要的方便……"她告诉甘露自己的故事，正是读了埃德加·斯诺的《西行漫记》，才使她对延安充满了激情，认为那种生活才是人生真正的生活，中国的希望在延安。

可是，等待的时间对于这群年轻人来说，过得真是太慢了。大家都在想，为什么要等这么久呢？延安是当时年轻人心里认定的中国最进步、最民主、最革命的圣地，对他们来说，延安是黑暗中的灯塔，心中的诗。因为渴望，等待变得特别久长。

三、进延安的路

来自全国各地的革命知识青年，他们来到延安和各个抗日根据地，经过党的培养和锻炼，又播撒到全国各地，成为抗日战争中各条战线朝气蓬勃的生力军。来自各部队的干部到延安学习，一般都是由各级组织选送来的，虽然有的也要通过敌人的封锁线，跋山涉水，历尽艰辛，但他们都有各级组织统一安排，负责接送。相比之下，各地知识青年自发投奔延安和各抗日根据地的路就显得更为艰难、曲折。

爱国青年的延安之旅，最初并没有遇到过多的障碍，只需要体力的付出就能到达目的地。在1937年下半年到1938年上半年，全国的抗日救亡浪潮风起云涌，蒋介石表面上共同抗日，对延安也没有进行封锁。那段时间，通往延安的秦川大地畅通无阻，大批青年从五湖四海结伴而来，沿途歌声、笑声不断。西安距延安四百多公里，去延安的路并不平坦，汽车要走三天，走路则需要一个多星期。当时西安到延安不通火车，有的人能幸运地搭上汽车，大部分人则是靠步行。青年们步行奔赴延安成为风尚。他们穿上布鞋，带上草鞋，从天亮开始启程，一直走到天黑。刚开始每天走几十里路就能找到旅馆，后来因为人太多，则要走一百多里路才能找到住所。在这条奔赴延安的路上，还有蒋德良的同乡海宁人殷白，在黄土高原纵横的沟壑中用脚步丈量着走向梦想的路。

从1938年下半年开始，爱国青年的延安之旅遭遇到了困难，八百里秦川变成了封锁线。蒋介石秘密颁布《限制异党活动办法》，在路上分段设卡，在西安至延安的途中先后设置了咸阳、草滩、三原、耀县、铜川、中部（今黄陵）、洛川等七处关卡，拦截前往延安的青年和从延安奔赴抗日前线的毕业学员。一些不知情的青年被特务抓去，下落不明。1940年，海宁籍女作家陈学昭就在第二次进延安的路上，经历了重重危机，不得已化名并销毁了一切可以证明自己身份的物品，后经过交涉，始得放行。她把这段经历写成了《记同官被扣十九天》，发表在《中国青年》杂志上。

在办事处等待出发的那些日子里，蒋德良听到了不少故事，更加清楚地知道，正是因为共产党在延安高举抗日救国的大旗，坚持坚定正确的政治方向，所以一批又一批的仁人志士、爱国青年，甚至是国民党党员，放弃优越的生活条件，冒着生命危险，冲破日寇和国民党顽固派的层层封锁线，千里迢迢来到延安寻求抗日救国的真理。

我们不怕走烂脚底板，也不怕路遇"九妖十八怪"，只怕吃不上延安的小米，不能到前方抗战；只怕取不上延安的经，不能变成最革命的青年!①

知道蒋德良即将乘车出发去延安，六姐蒋义良和同学黄惠华、陈今娥、郑曼四个人为她送行，走过西安大街时路过照相店，五个女青年提议进去拍合影。当时大家还穿着大棉袄，她们特意脱掉厚重的棉衣拍了一张合照，分别之前蒋德良把陪伴自己多年的棉被留给了姐姐。但大家没有把她送到七贤庄门口，在八路军办事处附近就挥手告别了。因为，七贤庄八路军办事处是个极为敏感的地点，是共产党在国统区的一个窗口，也是国民党特务监视的重点，听说七贤庄附近的黄包车夫都是特务伪装的。

---

① 柯仲平：《延安与中国青年》，《延安到北京》，人民文学出版社1950年版。

终于等到了出发的那一天：1940年4月14日！

蒋德良和同志们乘坐一辆敞篷大卡车向延安进发了。那辆车行驶到西安将出城的城门口，突然遭到了国民党宪兵的搜查：

一位姓郭的男同志被拉下了汽车，因为在他的包里搜出了一本《共产党宣言》。为此，大家的心情突然沉重起来。到延安以后，很久不见这位同志再来，大家估摸着可能是被国民党关进了集中营，是死是活就不得而知了。[①]

一路坎坷。黄沙扑面而来，假如前后车子相距不远，那么前车掀起的飞沙，就会像迷雾一样遮住后车，大家只好尽量屏住呼吸，用手来掩住口鼻，但还是常常因为"喝饱黄沙"而感到口渴。经过山路，车颠动得厉害，用当时的著名记者范长江先生的话来说，这条公路恐怕要算是最难走的公路了。

那辆车里，有一位气度非凡的男子和他们同往延安。当时，这位相貌英俊潇洒的男士坐在司机同志旁边，看到蒋德良年纪小，又得知她刚发过烧，身体很弱，于是就拉着她坐在他的旁边，对她说："小妹妹，你和我一块坐。"行车三日，蒋德良免于敞篷车的日晒雨淋。一路上只见他谈笑风生，和蔼可亲，处处照顾同车的人。

当时西安八路军办事处为了让去延安的青年安全通过国民党的封锁，要求同去延安的二十多个年轻人都改名字，蒋德良一时想不好，同行的那位男士提议："小妹妹，蒋德良这个名字太旧派了，你年轻活泼，像早晨的露水，甘甜又充满朝气，就叫甘露吧！"想到自己的母亲就姓甘，这样也算是跟着妈妈的姓，她很高兴地启用了自己的新名字。

越往北走，越见荒凉，稀见人烟。看惯了四川和江浙一带的山，陕北的山仿佛只是一堆一堆的极高的黄泥堆，树是罕见的，多是长些乱草。因为气候干燥，泥土都生了裂缝。当太阳照着黄沙泥的山地，于苍茫之中显出些许英雄气概，令人顿生天地玄黄的沧桑。自西安出发，一路上经常会遇见三三两两的男女青年，背着行囊，像朝山进香似的，往延安的方向行进着。这群凭着毅力追寻理想的年轻人，正是甘露的同道中人。

四、延安，我来了

4月16日，甘露终于到了延安。延安，像陕北高原健壮的母亲，张开双

---

① 甘露：《甘露传略》，1984年4月10日，海宁市档案馆馆藏，档号：035-183-1-0002。

臂，拥抱这群热烈地爱着她的青年们！

在中组部门前，中组部秘书长邓洁同志在路边迎接他们。这时，甘露才知道拉她同坐并一路照顾她的男子是中共广东省委书记张文彬①同志。他们一行二十多人都住进了中组部招待所，张文彬同志住杨家岭中央办公厅。接连好几天，他在晚饭后就到招待所来看望大家，和青年们一起聊天谈话。直到有几天没来，大家才从各种渠道知道他离开延安去新的岗位赴任了。

四年后，甘露得到消息说张文彬同志在广东被国民党特务杀害，她为此痛悼不已。后来得知张文彬生前留下了一封题为《我誓死不能转变》的信，他在信中表达自己愿为革命理想而献身："宁为玉碎，不为瓦全""誓死而归，乐于就义"，字里行间，大义凛然。出于对革命先烈的敬仰之情，甘露决定终生不改名字，以此纪念他们共同走进延安的那段难忘经历，并以这位具有伟大人格的英烈之浩然正气激励自己永远向上。

从 1938 年 6 月在浙江金华开始向往延安，甘露整整用了一年零九个月的时间，途经江西、湖南、贵州、四川、陕西等五个省，于 1940 年 4 月到达延安，这位海宁姑娘历经坎坷，初心不变，终于实现了自己树立的第一个目标：走进革命圣地，走上革命道路。

此后，她将以甘露的名字为世人所知，挥洒生命的热情之火，演绎属于自己的人生芳华。

《延安的养蚕姑娘：甘露传》海宁市档案馆编　朱利芳著　浙江人民出版社 2021 年 5 月出版

---

① 张文彬（1910—1944），男，湖南省平江县人，原名张纯清。1944 年 8 月牺牲于狱中，时任中共南方工作委员会副书记兼组织部部长。是民政部公布第一批著名抗日英烈之一。

匹夫有责——田方传（节选）

徐新民

作为随军记者，他集中了战士和记者的双重身份，在炮火连天的战场上，出色地记录下将士们英勇无畏的群像，描述了每次战争的实况，将第一手新闻及时、生动、忠实地公布于众。他是一名记者，更是一名战士。

1945年8月14日深夜，清凉山的新华社电台首先抄到几家西方通讯社和苏联塔斯社的电讯：日本天皇已宣布无条件投降，并于15日颁发诏书向全国广播，停止作战！中国人民8年浴血抗战终于胜利了！

延安城沸腾了，鞭炮声、锣鼓声、口号声，响彻夜空，一堆堆篝火在各个山头熊熊燃起。人们彻夜跳舞，整个山城灯火通明。《解放日报》发表了谢觉哉的诗《抗日战争胜利》：

> 八月十五复仇节，八月十五胜利天。
>
> 伏尸流血五千里，尝胆卧薪一百年。
>
> 虎待全擒须扫穴，鱼还未得莫忘筌。
>
> 拼将福祉贻子孙，嘉岭山头看月圆。

延安城欢庆之时，清凉山人的头脑特别清醒，他们时刻关注着形势的发展和变化。作为党的新闻工作者，深深知道虽然日本已经投降，但蒋介石不会善罢甘休，妄想独吞胜利果实，发动内战。而中国共产党一方面力争和平，反对内战，一方面严阵以待，准备消灭来犯之敌。

初上前线

田方听说过范长江作为战地记者的故事：1938年4月6日，台儿庄血战之日,《新华日报》记者范长江等候在国民党第二集团军孙连仲的指挥所。当大家得知当晚将要有一场血战的消息后,有个别同行连夜逃回了徐州。因有两支部队还没有消息,孙连仲请记者们先去睡觉,独范长江不睡,孙连仲走到哪里,他跟到哪里,结果他抢到最早反攻胜利的消息,发往汉口,《大公报》因此而发了"号外"。范长江还直奔离台儿庄只有三里地的 31 师池峰城师长的指挥所,采访并目睹了部队全力反攻的情景。

新闻记者群撤退时,他险些当了日军的俘虏。他跟随一个连队往后方撤,连长让他挑装子弹的担子,他力不能支,对连长说:"我是记者,挑不动。"连长说:"老子不知道什么记者不记者,到这儿来就得听老子的。"他就这么咬着牙挑着担子跑,肩膀都磨出了血。

田方对范长江的事迹十分钦佩,也为战地记者的形象深深吸引,他渴望到硝烟弥漫的战场上,一手持枪,一手握笔,在枪林弹雨中实现精神洗礼。

机会真的来了。

1947 年 2 月间,胡宗南部队即将进攻陕甘宁边区。新华总社采访通讯部组织起富(鄜)甘(泉)前线采访队,由刘祖春、海稜担任正副队长,队员有张潮、蓝钰和田方三人,并有报务员、译电员携带发报机随行。由于形势变化,采访队很快返回延安。

这次采访算是田方当战地记者的一个序曲,没遇到什么险情。真正体会到战地记者滋味是在以后的几次大战中。

1947 年 2 月 10 日,中央军委组成西北野战集团军,准备迎敌。

《解放日报》和新华社的领导人廖承志和范长江。考虑到田方平时就是负责部队的军事报道,和驻军各部的通讯员有密切的联系,尤其是田方在担任绥德分区记者期间和现任西北野战集团军政委的习仲勋比较熟悉,决定派他担任野战军的随军记者。

行前,范长江对田方作了正式谈话。谈话是严肃而亲切的:你初次当随军记者,必须从思想上、组织上、生活上做好随军记者的充分准备。思想上明确树立粉碎蒋介石的进攻、解放全中国的必胜信心;组织上要服从野战军政治部、宣传部和新华社总社的双重领导,并尊重部队各级政治部门的指导,取得各级组织的帮助;生活上务必做好吃苦耐劳、艰苦奋斗、甚至不怕牺牲的精神准备。

能够成为首任随军记者,正是田方梦寐以求的愿望,他高兴得差点跳起来，迅速打起背包向南郊野战军总部报到。

投身西华池战场

西北野战军政委习仲勋见到老熟人来采访，十分欢迎，安排田方随独一旅行动，还让作战参谋给了他一套十万分之一的边区南部军事地图，教给他查阅地图的方法，可以让记者及时了解战场形势以及部队行动方位和去向。

第一次采访军事行动，田方颇有一种新鲜感，他深入独一旅，在官兵中采访。独一旅以前常驻绥德，田方在绥德的三年时间里，与旅长王尚荣和各级指挥员以前都有过接触，关系十分热络，因此很快与部队官兵们打成一片。

当时我军的作战意图是向西出击，以牵制敌军延缓进攻延安的时间。没有料到的是，在 3 月 4 日那天，侦察兵突然发现，陇东重镇合水县的西华池已被胡宗南的四十八旅占据。

按胡宗南进攻延安的战略部署：首先要夺取我陕甘宁边区南大门——关中分区，即敌人所谓的"囊形地带"。它像一把尖刀直插国民党关中地区，成为胡宗南的心腹大患，早想侵占到手，只因时机未到，不敢轻易进犯。现在既已决定大举进攻延安，胡宗南取这块要地是显而易见的。

习仲勋早从 1936 年就担任关中分区党政军一元化的领导，历时 5 年，深知这一地区在军事上的地位，所以战争爆发前，就部署当地驻军主动撤离，军民坚壁清野。当胡宗南部队向"囊形地带"合围时，扑了一个空。于是，胡宗南乃转而以控制边区侧翼为由，又令其整编四十八旅和二十四旅转攻我陇东分区首府庆阳，谁知进入庆阳，立足未稳，又急令其部队进犯延安，往返近千里。四十八旅回师途中宿营西华池。

西华池是陕甘宁边区合水县一个边陲重镇，是陕甘两省物资集散地，商业发达、市场繁荣、物资丰富，敌旅长何奇早垂涎三尺。此次取道西华池，正好实现他企图抢劫粮食、掠夺物资的企图。因此他一进西华池，就只顾命令其部队抢仓库、拉牲畜、派民夫、大肆搜刮，根本顾不上派部队进行警戒。何奇一贯自夸毕业于日本士官炮科，是胡宗南手下强将，骄傲跋扈；加之何奇进驻西华池后，当地绅商各界殷勤招待，召开欢迎大会，满街张贴欢迎标语，百姓夹道欢迎，商店照常营业，茶楼酒馆，座无虚席。何奇毫无戒备之心，认为陇东共军只不过一个三五八旅和少数地方部队，不足挂齿。他无论如何也想不到，西华池会是他的葬身之地。

3月4日晚，西北野战军指挥部当即命令各旅向西华池合围。夜 11 时，展开猛攻，炮火连天，大战开始了。

为了写好报道，5 日拂晓，田方从独一旅驻地赶到指挥部采访，见习仲勋、张宗逊、廖汉生等首长正在军事地图前研究分析敌情，部署战斗。田方拿着采访本在一旁边听边记录。据习仲勋政委介绍，这是一次遭遇战，敌我双方事先都未发现对方行动，都缺乏战前充分准备，现在敌军既已被我包围，就应当下决心消灭它。

当时廖汉生副政委正要到前线检查部署战斗，习政委当即要田方随同廖汉生到前线采访。走出指挥部窑洞，出门就是一个高坡。廖汉生见田方爬坡气喘吁吁，就让他抓住马尾巴上了坡顶。廖汉生让田方前往主攻部队采访，自己一扬马鞭飞奔去前线检查。

田方一人沿着军用电线前行，直到前沿阵地。由于彻夜激战，白天双方都在调整部署，战场一时显得沉寂，只有输送弹药给养的骡马和运送伤兵的担架来往不绝。待到中午，敌人支援地面部队的空军才到，由于四十八旅已被我军打得七零八落，龟缩在镇内，阵地狭小，飞机要低飞空投粮弹，又怕被我击落，所以空投的不少弹药粮食落入我军阵地。

入夜又闻枪炮声大作，双方喊话声不绝于耳。敌四十八旅是胡宗南的劲旅，旅长何奇是所谓"胡宗南的四大金刚之一"，顽固反共，连队都有严格的政治督导。田方所在部队塬下就是敌人据点，龟缩在一个窑里，由一个连队控制。这个连队虽已被我军包围，但拒不投降。我军虽已踞高封锁敌人外出，但无法向窑内敌军射击，而敌人只能抗御对它的正面攻击，无法冲出窑洞对我反击。我军抛掷大量柴火对它火攻，也未能制胜。这样，敌我双方僵持到深夜，我军乃在夜色和火力掩护下，由多名战士身系绳索，吊至塬壁中部打洞，再埋置炸药引爆，才消灭这股敌军。

直至天明，我军主力突入西华池镇，大街中部北段被我军占领。敌四十八旅旅部和它的两个团失去联络，旅部直属队伤亡过半。旅长何奇束手无策。约 11 时，何奇被我机枪射中大腿，流血不止。他才命副旅长万又麟电告胡宗南求援，不料胡宗南复电指责何奇不听指挥，擅自行动，贻误大局。何看完电报，长叹一声，闭目不语，随后一命呜呼。至此，我军已予敌以歼灭性打击，毙敌旅长何奇，歼敌 1500 多名。时敌援军渐近，我军即主动撤出西华池。

田方在随后的报道中，对这场战役作了详尽的描述，为我军战史留存了一份珍贵的作战资料。

战后，田方随军后撤。返回指挥部时，习仲勋政委指示他再去西华池作一次采访，说胡宗南手下不敌我军，但对老百姓施行令人发指的暴行。可以通过报纸揭露敌人兽行，以激发我军民同仇敌忾。为保证田方的安全，习仲勋派了一位保卫科长和两名战士与田方同行。

进入西华池战场，见到我方打扫战场的部队正在为牺牲的战士制棺埋葬。进入镇内，但见满街东倒西歪的店铺门板和墙壁上，到处贴着"欢迎何奇旅长""欢迎英勇善战的四十八旅全体将士"等红绿标语。被我军炸塌的窑洞里，可以见到满脸灰尘被强震波窒息的敌军尸体。街道上不仅有敌军遗弃的大批尸体和伤员，还有一批批二三十人一串串被捆绑的老百姓倒毙在血泊之中，甚至包括当时出头露面欢迎蒋军的人和一些绅商各界知名人士。

这是怎么回事呢？田方采访了幸存的老百姓，弄清了事情真相。

西华池是我陇东分区毗邻国民党统治区的所谓"红白交界地"，当地绅商各界善于应付国民党部队，当天四十八旅进驻西华池时，绅商们发起了一场热烈的欢迎仪式，杀猪宰羊，大摆筵席。不料正当酒醉方酣之时，四周枪声大作，四十八旅已被我军包围，何奇以为这是当地绅商各界人士暗通解放军故意设置的圈套，于是不分青红皂白，屠杀了大量无辜，特别是敌副旅长万又麟见何奇被我军打死后，眼看其旅部即将覆灭，采取最残暴手段，命令两门重迫击炮朝我军方向盲目乱射，不管该地区尚有他自己的部队，以及无辜商民、百姓、伤员、民夫等人性命，连续发射了100多发炮弹，其中不少燃烧弹打中成片民房，镇子火光烛天，人喊马嘶，大批人马烧死烧伤。①

当田方采访完毕归队时，部队已经奉命星夜赶回延安，去参加保卫延安的战斗。

保卫延安

田方一行向西北方向追赶部队。这是他第一次体会到急行军的紧张和疲

---

① 田方：《习政委派我重返战场采访敌军的暴行》，《一个老新闻战士的经历与思考》，中国社会出版社2000年第1版第8页。

劳：连走路也感觉是在梦中移动，只是在前边停步相撞时才醒过来。偶尔听到传话声"就地休息"，立刻放下背包随地躺下呼呼入睡。从 2 月下旬自延安出发以来，半个多月的连续行军作战，还没有洗过一次澡，田方在睡梦中还想着回到清凉山，在报社自办的澡堂里痛痛快快地洗上一次澡。可是，当他们在半夜里吃力地爬上延安西南方杜甫川后山时，只听到参谋长王绍南在半山上高声喊叫："赶快赶快！别当俘虏呀！"上山一看，果然，山下一片篝火，原来敌军部队捷足先登，已经在杜甫川宿营了。紧急的敌情驱散了大家的疲劳和梦幻，加快步伐翻山越岭，黎明前赶到了延安以北安塞县的南郊。当野战军总部全部人马刚刚落脚休息，忽然又响起急促的哨声，号召大家准备武器，消灭敌伞兵。外出抬头一望，果然，从敌机中跳下来一个个敌兵，很明显，这是妄图扰乱我军后方。待到敌兵一落地，看清只是一个个草扎的假兵，虚张声势而已。

1947 年 3 月，蒋介石把对解放区的全面进攻改为重点进攻，其重点进攻方向之一就是陕甘宁边区，中共中央和人民解放军总部所在地延安成了首要目的地。当时，国民党军在西北战场有 23 万人，装备精良，盛气凌人。人民解放军西北野战军不到 3 万人，且装备极差，补给困难。延安面临的形势十分严峻。

在充分考虑各种情况之后，中共中央军委作出了主动放弃延安、转战陕北的战略决策。

3 月 13 日，国民党军南线集团组成左右两个兵团，分别由整编第一军军长董钊和整编第二十九军军长刘戡指挥，由宜川、洛川等地向延安发起大规模进攻，国民党军飞机对延安及附近地区再次实施轮番轰炸。胡宗南坐镇洛川，要求"三天占领延安"，彻底解决西北问题。西北各野战集团军和地方武装在延安以南地区，对来犯之敌进行了顽强抵抗，为掩护中央机关和群众转移赢得了时间。3 月 16 日，中央军委决定将陕甘宁边区所有野战集团军编组成西北野战兵团，由彭德怀任司令员兼政治委员，中共西北局书记习仲勋任副政治委员，统一指挥。同日，毛泽东以中央军委名义签署保卫延安作战命令，要求西北野战兵团"在防御作战中达到疲劳与消耗敌人后，即可集中五个旅以上打运动战，各个歼灭敌人，彻底粉碎敌人进攻"。3 月 18 日，中共各机关转移完毕，西北野战军主动在 3 月 19 日撤出延安。

国民党军占领延安后，却遭到西北野战军的不断袭扰和周旋，国民党军疲于奔命,敌人被磨得缺粮断灶。趁此机会,西北野战军再集中优势兵力,伺机各个歼灭。

这一时期,除了对几次大战役进行报道外,田方还用较大篇幅描绘了毛泽东与彭德怀在大敌当前时的镇定自若:

3月18日,……彭德怀和习仲勋再三催请要主席早些撤离延安。直到黄昏部署完毕,毛泽东才走出窑洞,对彭德怀说:"胡宗南占领延安,也挽救不了蒋介石灭亡的命运。"又伸出一个指头对彭德怀说:"你只要一个月能消灭敌人一个团,不出三年就可以收复延安。"随后,毛泽东、周恩来等离开王家坪坐汽车经飞机场向东北转移。

……此时,敌军已迫近延安,枪炮声清晰可闻,数枚炮弹已打到城东飞机场,从王家坪往东撤的路线已被截断。大家又催促彭总早走。然而彭总仍镇定自若地说:"我们指挥机关一定要坚持到最后,大家心里才稳当!"直到19日拂晓,在一切部署停当以后,彭总把手一扬说声"走!",这才率领指挥机关全体成员从王家坪后沟一条小路翻过山头,向东北方向悄然离去。

在敌情相当危急的情况下撤走时,彭总一边徒步行军,一边还轻蔑地嘲笑四面八方摸来的敌人:"不要看敌人这么疯狂,赶得我丢了老家还要走夜路,我看么,黄河那边的阎锡山是瓮中之鳖,眼前的胡宗南又愚又蠢,是个志大才疏的饭桶,至于马步芳、马鸿逵之流,小丑跳梁罢了。他们倒霉的日子不会太远了!"彭总远望着延安左前方远山上敌人烧起的火堆,又说:"没有什么了不起,我们还要回来的。延安是我们的,全中国都是我们的!"①

彭德怀在大敌当前时的镇定自若、说话的风趣幽默、对地形观察的精细、对胜利充满信心,在田方笔下都描摹得十分生动形象。

在炮火的洗礼中,田方正在成长为新华社优秀的战地记者。

记录"模范战例"②

田方笔下的第二次大战是青化砭伏击战。

1947年3月19日,胡宗南部进占延安,急于寻求共军主力决战,却始终

---

① 田方:《习仲勋与彭德怀的战斗情谊》,《岁月印痕》,金城出版社1998年版,第193-194页。
② 田方:《青化砭首战告捷》,《一个老新闻战士的经历与思考》,中国社会出版社2000年第1版第10页。

侦察不出野战兵团的动向。

3月21日晚，西北野战兵团截获并破译了胡宗南发给三十一旅的电报。彭德怀、习仲勋等领导人在深夜到作战值班室查看地图，分析研究敌情。在判明敌三十一旅向青化砭进发后，决定采取伏击战术来歼灭这个侧翼之敌，全力打赢撤离延安后的第一仗。

田方也在指挥所里，边观察边记录。他看到人们在不停地跑进跑出，前线侦察员、通讯员的一份份情报接连不断送来，临战前指挥所的气氛是紧张而凝重的。

为确保此战的胜利，彭德怀带领旅以上的指挥员到青化砭四周察看地形，具体部署兵力，命令黄新廷任旅长、余秋里任政委的三五八旅伪装成我军主力溃败的样子，把敌人引诱进安塞。彭德怀一再强调注意隐蔽，并鼓励大家"要突然，要猛，一鼓作气把敌人歼灭在这沟槽子的公路上"。

在征得政治部领导同意后，田方也跟随彭德怀一起到伏击现场观察，并在战后的报道中进行了描述：这是一条南北走向的大川，确实是打伏击战的理想战场。而胡宗南正指挥他的大军摇摇摆摆向安塞方向"追歼"，同时，派出它的三十一旅往东北青化砭方向侧翼驻防。

要把敌军诱进伏击圈，必须是真打，要打得像模像样。田方在报道中用简洁的语言记录下诱敌深入的过程：担负诱敌任务的三五八旅七一五团二营且战且退，紧紧黏住敌人，把他们往安塞引。

3月23日，敌人的大部队出动了。诱敌部队不断给予骚扰。在敌人冲到距阵地50米时，3个身影同时出现，十几颗手榴弹在敌群中开了花。六连连长高兴地大喊："好！麻雀战就要这样打。"1小时后，敌人在炮火掩护下再攻这个山头时，守卫战士已转移到别的山头上去了。就这样，边打边拖，至3月24日，5个旅的敌人被拖到了安塞。

3月24日拂晓前，西北野战兵团各部队全部进入了预定的设伏阵地。时值春寒料峭，指战员们伏在冰冷的山岭上，严密注视着下面河川地带的一举一动，随时准备进击来犯之敌。可是从天明一直等到下午5时却始终未见敌三十一旅踪影，士兵们都犯起了嘀咕。于是，彭德命令各部于下午6时后撤出阵地休息。彭德怀、习仲勋猜测敌军可能是补给粮食。事后了解到，敌军果然因补给粮食在拐峁镇住了一宿。

敌三十一旅未按预定计划出现并没有打断我军的战斗准备，当晚彭德怀电令各部队：我军仍以伏击态势，按 24 日部署坚决执行伏击作战计划。25 日凌晨 4 时左右，西北野战兵团主力部队再次进入各自设伏阵地，严阵以待。

3 月 25 日一早，田方第二次爬上青化砭西侧山头野战军指挥部时，见到彭德怀、习仲勋等首长正用望远镜观察敌情。不一会儿，田方用肉眼也可以清楚地看到，敌三十一旅正沿川底公路由南向北浩浩荡荡而来。敌人似入无人之境，连机关枪小炮上的枪衣、炮衣都没有卸掉。10 时左右，胡宗南的先头部队进至青化砭附近，主力部队进到石绵羊沟，后卫部队也过了房家桥，整个行军纵队完全进入我军的伏击圈。随即 3 颗红色信号弹腾空而起，西北野战兵团立刻按照预定部署投入战斗，在南面石绵羊沟担任截尾任务的独立第四旅紧紧封住"袋"口，在北面担负拦头任务的新编第四旅迅速堵断敌人，掐住了脖子，收拢了"袋"底。

与此同时，在东西两侧山头上蛰伏的战士们也跃出了阵地，以排山倒海之势猛烈夹击敌人，使其首尾不能相顾。青化砭一时间枪声大作，炮声隆隆，硝烟翻滚。敌军遭遇到多自己 6 倍的兵力和突如其来的打击，在兵力尚未展开之时，就被包围压缩在 10 多里长、二三百米宽的山沟里，完全丧失指挥，顷刻间乱作一团。敌军还企图抢占石绵羊沟西侧山梁来发动攻势，但刚爬到半山腰就被我军击退。空中有几架胡宗南派来的战机，但因为敌我双方交互混战，无法投弹、扫射，只能不停地在山沟上空盘旋。最终经过一番激战，我军以牺牲 256 人的代价歼灭敌三十一旅直属队及九十二团 2900 余人，旅长李纪云、副旅长周贵昌、参谋长熊宗继等被俘。

田方冷静地观察着战场上的一切，以便将战况详细地报道出来。

突然间，两边山头上我军红色信号弹相继升起，伏击部队战士陆地跳出隐蔽地，从东西两侧以排山倒海之势往下冲杀，在腾滚的硝烟中，吓懵了的敌人已乱作一团，狼奔豕突，经过一个多小时的战斗，敌三十一旅直属队及其九十二团 2900 多人全部被歼灭在这条十里长的川道里。旅长李纪云个子高大，慌乱中换了一套士兵军衣，很不相称地混在乱军之中，加之他喜爱的狼狗始终跟随他，所以很快被俘。①

青化砭伏击占是中央撤离延安后第一个大胜仗。这一仗，从枪声响起到

---

① 田方：《青化砭首战告捷》，《一个老新闻战士的经历现思考》，中国社会出版社 2000 版第 10 页。

撤出战斗用时不到 3 个小时，却缴获颇丰。新华社在发布青化砭一战的报道时，称赞此战为"模范战例之一"。

田方在报道中记录下彭德怀战后总结时的语态："彭总兴奋地说，敌人气势汹汹，可是在眼前这小小的战场上，我们以绝对优势兵力压倒了它。在具体战斗中，就得杀鸡用牛刀。"以及他赞扬陕甘宁边区人民群众作用的话："我们这么多部队，在距敌人几十里远的地方埋伏了好几天，敌人却连一点消息也得不到。"说到这里，彭德怀用自己的右手抓住左手五指，比画了一个瓶子的形状，接着说道："古人写信，信封上写'如瓶'两个字。边区群众对敌人真是守口如瓶，不是自己人就不给你说真话。青化砭这一仗，要不是在陕北，是很难打的。"这位以严肃著称的将军，这时也抑止不着内心的欢乐，打着拍子，哼起歌曲来。

如此近距离地观察战场上的交战情况，置身冲锋部队之中，亲身体验冲锋陷阵场景，对田方来说，也是一次人生历练上的一次大胜仗。

在青化砭伏击战中，田方结识了独臂将军余秋里。余秋里对这位敢于站在最前线采访的年轻记者非常赏识，称他为"不怕子弹的记者"。这个称谓以后传开了，许多人叫不出田方的姓名，就叫他"不怕子弹的记者"。

押送俘虏①

大战的序幕已经拉开，西北野战军只有田方一个随军记者，不仅新闻报道力量不足，新闻的传送也成了大问题，因为没有电台，根本谈不上新闻时效性。野战军政治部领导让田方回后方，请新华社设置前线分社机构，携带拍发新闻的电台等设施，以加强对西北战场的报道力量。同时委托田方协助政治部政工科长张光天带一个排的战士，押送敌军旅长李纪云和三十一旅尉级军官 40 多名战俘回绥德。

记者押送战俘，大概在中外战史上也未必有过先例，田方欣然答应了这一任务。

押俘回后方路上，田方和李纪云同睡一炕，在彻夜长谈中，李纪云承认

---

① 田方：《押送俘虏》，《一个老新闻战士的经历与思考》，中国社会出版社 2000 年第 1 版第 11 页。

国民党的失败是必然。同时，他又十分感慨地说："彭将军真是体贴我啊！他把我这个败军之将，作为战场起义人员对待了。现在我才明白他的善德。"一次，李纪云的军衣掉了几颗纽扣，他找房东老大娘借针线缝纽扣。老大娘以为李纪云是我军干部，就坐在门槛上给他缝纽扣，边缝边骂蒋介石、胡宗南不让边区老百姓过好日子。老大娘指着对面山坡上粮仓前大堆人群说，我们正在坚壁清野，把粮食藏到深山后沟，不让胡匪军吃一颗粮。使在场的李纪云十分难堪。

更使李纪云难堪的是：每天早上出发前，张光天集合40多个被俘的下级军官训话时，总要宣布头天夜间战俘宿营房东家的损失，并由我军赔偿：都是谁家被偷吃了两只母鸡，谁家少了几个鸡蛋，谁家的旱烟叶子被拿了，谁家丢了几件衣裤等等。这些都是李纪云部下尉级以上军官干的，如今当了俘房居然还干出这等事来，真让李纪云无地自容。

随军一个多月来，不断的行军作战，田方已经相当疲惫，再加衣着单薄，受了风寒，感到头痛发烧，腿软无力。当时不仅无医无药，连代步的毛驴等交通工具也没有，而距后方医院还有80里路。新华社一行的带队人向也在沙滩坪过夜的周恩来副主席报告请示。周副主席当即从随行的辎重队中抽出一匹马，分派一位马夫把田方送到后方医院。傍晚时分，当田方被送入一孔大窑洞的急诊室时，已经昏迷了。晚年后的田方回忆这一幕时说："事后每每想起这件往事，如果当时没有周恩来同志的照顾，如果没有中央医院（第一后方医院）给我及时治疗，精心护理，也许我已早离人世了。"①

翌晨苏醒过来之时，他发现自己睡在一孔老乡的土窑里，刚好置身一人，底下垫着厚厚的麦秸，盖的是自带的棉被。洞内虽然无法站立，却可以背靠窑壁休息，这就算一间单间病房。每天有医生护士前来查房、量体温、号脉搏、送药。

原来田方害的是相当严重的猩红热，咽喉肿痛、有红点斑疹、发高烧，当时药物奇缺，经急诊打针，又连续服用磺胺类药物，总算渐渐好转。由于田方在延安《解放日报》当记者时，曾经采访过中央医院，报道过它的事迹，和医护人员比较熟悉，医护人员也很想听前线战斗故事，所以田方和大家相处十分融洽，受到很好的照顾，大约住院一月就病愈出院。出院前两天，炊

---

① 田方：《难忘的人民医院》，《岁月印痕》，金城出版社1998年版第247页。

事员还给田方炖了一只母鸡补养身体。

5 月，田方病愈重返部队，随三五八旅七一五团前进。此时西北野战军在彭德怀的指挥下，已经取得了羊马河、蟠龙的胜利。田方为自己没有采访到这两次大战而感到遗憾。

榆林之战痛失战友①

病愈返回三五八旅七一五团的田方即将迎来一场新的战斗——榆林之战。

1947 年 6 月，新华社西北分社在原有的前线分社基础上成立。西北野战军政治部宣传部部长鲁直兼任社长，总社指派田方和普金交替轮流负责野战分社日常工作。此时，西北战场的形势发生了很大变化。胡宗南、马步芳部采取守势，不敢轻举妄动，敌人在陕北发动的重点进攻已逞强弩之末。西北野战军则兵力大增，锋芒向东指向陕北重镇榆林城。

榆林城地处长城线上，西隔榆溪河为广阔的沙漠，北、东、南三面环山为沙漠与高原之连接点，城高墙厚，十分险峻，外有坚固据点，三面高地皆为沙丘，不易构筑工事，易守难攻。尤其在南门的东山，地势虽然不是很高，但正好和城墙形成了互补的犄角之势，俨然是榆林城外一道天然的防御阵地。没有重武器装备的我西北野战军，要打下榆林城是没有把握的，然而我军的意图主要在于吸引龟缩在延安地区的胡宗南主力部队北上。自从青化砭、羊马河、蟠龙我军三战三捷以后，20 多万敌军屯兵延安地区，缩成一团，我西野 2 万多人奈何不得。只有针对敌军养尊处优、不善于长途行军、山地作战的弱点，将其"引蛇出洞"远征五六百里，争取在运动战中分割聚歼。

田方随三五八旅七一五团驻守在榆林城南五里屯，团部设在塬崖壁下隐蔽处，上塬就是矗立高耸的凌霄塔。入夜，田方随任世鸿团长上塔观察敌情。居高临下，但见榆林城宏伟坚固，城墙四周敌军严阵以待，篝火堆堆，亮如白昼。田方边观察边思考：这是一块难啃的骨头，这仗不好打。

如何攻城，确实煞费考虑。第二天中午时分，任团长从望远镜中观察到城东南 120 高地敌阵地被我独一旅部队攻占，敌军正打开南门接应溃军进城。

---

① 田方：《首战陕北重镇榆林城》，《一个老新闻战士的经历与思考》，中国社会出版社 2000 年第 1 版第 16 页。

他立即下令我军冲杀进城，并随口高喊："田方跟我来！"田方毫不犹豫地跟着任团长在战壕中快速前进。不料距离城墙尚有 50 多米时，城上枪声大作，他们只得匍匐在战壕中。

田方看到与他一起冲锋的五团参谋长被机枪打中，倒在血泊中，他的警卫员急忙上前抢救，也被子弹打中，双双倒在榆林城下。任团长想上去抢救，但弹雨密集，无法近靠近，只能眼睁睁看着他俩在枪炮声中咽气。

直到夜幕降临，田方才被任团长拉着返回团部。

围城打援虽然志不在城，但必须真打才能吸引敌援军北上。我军曾在战斗中缴获过敌军三门野炮，但有限的几发炮弹一打，只在城墙上打下几个弹痕，敌人无动于衷。彭总曾设计从城南郊挖地道到城墙脚下，然后用炸药爆炸，虽炸塌过一段城墙，却因缺少足够的云梯爬城，又没有重武器掩护，而未取得成功。胡宗南见我军攻城当真，急令其北线东胜驻军南下增援。根据彭总指示，如当夜 12 点不能攻破城墙，我军只能主动撤离。之后我军虽在城西榆溪河边水城门爆破成功，并有一个班突击进城，但终因限时已到，全军撤离榆林城郊。①

此役虽未能如愿攻克榆林，但完成了调动胡宗南部主力北上的战役目的，配合了我军南渡黄河的战略计划，并使榆林变成了名副其实的孤城。

每一场战役都是一次生与死的搏斗，都有田方熟悉的人在战场牺牲，五团参谋长和他的警卫员平时对田方的工作生活颇多照顾，已经成为好朋友，他们的牺牲让田方产生锥心裂肺般的痛。这天晚上，田方在睡梦中梦见他们两人向远处走去，田方一边哭喊着一边求他们不要走，但他们还是走了。田方的哭声惊醒了睡在一旁的战友。被战友叫醒后的田方，悲痛之情久久不能平复。

这一夜，他未能入眠。

战斗在继续。陕北地区缺水，进入夏季后，行军作战缺水成了大问题。

一次，田方随军行军来到环县时，想在一农家的水缸饮水，发现水已恶臭难闻，无法饮用。到达环县北郊宿营地时，已是夜间，除了做饭的淡水从深水井吊用外，洗脚洗澡自然不可能了。但正值六七月，夏阳炎炎，没有水

---

① 田方：《首战陕北重镇榆林城》，《一个老新闻战士的经历与思考》，中国社会出版社 2000 年第 1 版第 16 页。

喝，简直能把人渴死。第二天行军途中，好不容易爬上一个高原，战士们发现了一个深水井，这是下雨下雪时当地老百姓储存起来的积水，但一经吊动，水中积淀的泥浆就把水搅浑，成为黄泥浆水。尽管如此，井口聚集的战士还是纷纷争着吊水饮用。田方看到营长亲自指挥一个营近 300 名战士，秩序井然地每人饮上一小碗泥水，部队得以继续前进。

由于没有淡水，部队急行军到定边城下时，卧到地下后再也无力行动，部队首长只得让战士们嚼吸正在灌浆的麦穗浆液，使战士得以拉动枪栓坚持战斗，待战斗结束后再由部队统计损失，对农户折价赔偿。

这样一支能吃苦、依靠人民的部队，是不可战胜的。田方在《彭总分析我军不可战胜的根本原因》的报道中借用彭德怀的话说："边区是穷地方，但边区人民是我们的铁桶江山，紧密依靠群众，这是我们胜利的根本。"[1]

《匹夫有责——田方传》海宁市档案馆编 徐新民著 浙江人民出版社2021 年 6 月出版

---

[1] 田方：《彭总分析我军不可战胜的根本原因》，《一个老新闻战士的经历与思考》，中国社会出版社 2000 年第 1 版第 16 页。

革命文化播种人——沙可夫传（节选）

徐新民　王国坚

　　1931 年 11 月，中华苏维埃共和国临时中央政府宣告成立。此时，正是中央革命根据地巩固和发展的最盛时期，急需大量的领导干部充实到各个岗位。

　　1932 年 5 月，沙可夫奉组织命令到中央苏区工作。他从上海乘海轮到福建厦门，改乘汽车经漳州、龙岩、汀州（今长汀）到达中华苏维埃共和国临时中央政府所在地——瑞金。

　　展现在沙可夫面前的是一个崭新的世界，这里有雄姿勃发的中国工农红军，打豪强分土地的农民，站岗放哨的儿童团员和挣脱了封建枷锁的妇女，他还目睹了中华民族有史以来第一个工农民主专政的新型国家政权的雏形，见证了建立新中国的气势恢宏的伟大预演。他还在苏区看到了崭新的革命文化：充满了战斗生活气息的话剧、乡土风味的采茶戏、生动活泼的哑剧和活报剧……

　　中共中央对这位 26 岁的年轻党员委以重任，任命他担任中华苏维埃共和国临时中央政府机关报《红色中华》主笔。

　　在这块人民掌握自己命运的土地上，沙可夫满怀革命激情，全身心地投入到革命洪流中。

主笔《红色中华》

　　《红色中华》是中国共产党于 1931 年 12 月 11 日在江西瑞金创办的，是中华苏维埃共和国临时中央政府机关报，每周出版一期。1933 年 2 月，改为中共中央、中华苏维埃共和国临时中央政府、中华全国总工会、中国共青团中央委员会联合机关报。《红色中华》的主要工作是"把党和苏维埃的任务，最清楚地放在我们报纸的前面，继续不断地为这些任务的实现而斗争"。《红色中华》报辟有社论、要闻、专电、时事评论、根据地建设、工农通讯、红色小辞典、工农民主法庭、突击队等栏目。从第 70 期开始，增设《红角》专栏。从第 72 期起又定期增设《赤焰》文学副刊。①

当时，《红色中华》报社共有 20 多人，领导机构是编委会，有 5 个编委：沙可夫、韩进、任质斌、徐名正、谢然之。

《红色中华》主笔工作是异常繁重的，它要求主笔既要有政治敏感性，能及时抓住革命发展中带方向性的问题，又要有高度的理论水平，能具体地分析这些问题，引导群众去认识和解决这些问题。沙可夫在《红色中华》岗位上，根据党中央的精神和要求，撰写了大量社论、评论。他不仅直接参加组稿、编稿、审稿，既做组织领导工作，又参与繁杂的编辑事务，还承担很多写作任务，可谓是一位全能型主笔。韩进在《回忆沙可夫同志》一文中曾这样描述报社的工作状况：

天一亮，鸡刚叫过，就起来工作了。当时住房很简陋，一张床，床前就是办公桌。一起来，就上办公桌干起来，没有什么 8 小时、9 小时。晚饭后，各单位机关的同志（包括中央领导同志在内）出来散散步，这是唯一的消遣、娱乐时间。随后回屋，又点亮油灯（党中央是煤油灯，我们有时也点煤油灯，煤油供应不上时，只能点菜油灯），一直工作到深夜，人很疲劳了，才睡觉。②

沙可夫在苏联学习时学会了排字，他经常在昏暗的煤油灯下，和工人一起检字、排版、印刷。

沙可夫才思敏锐，饱含激情，社论写得气势磅礴，具有极大的感染力和鼓动力量。

1932 年 11 月 30 日，他在《纪念广州暴动与宁都暴动》一文中回顾了两次暴动失败的原因后，指出：

广州暴动教训了我们，如果没有充分的群众工作，没有把广大的工农兵群众团结与组织在党的周围，不把城市与农村的革命斗争配合起来，是决不能保证革命斗争的胜利的。……宁都暴动的经验告诉我们，白区白军中的工作对于苏维埃与红军的胜利斗争具有决定的意义，我们应该坚决地耐苦地来

---

① 吴成平：《上海名人辞典 1840—1998》，上海辞书出版社，2001 年版第 221 页。

② 严永顺整理：《回忆沙可夫同志——访韩进同志》，《沙可夫诗文选》，文化艺术出版社 1990 年版第 355 页。

进行白区与白军中的工作，造成配合红军胜利进攻的白区工农斗争与兵暴的巨浪。①

这篇社论的可贵之处在于阐述了"城市革命与农村革命斗争配合发展"的观点，契合了毛泽东"农村包围城市"、党的工作重心由城市转移到农村、建立和发展红色政权、待条件成熟时再夺取全国政权的关于中国革命新道路的思想。但毛泽东的这一思想尚未在党内得到确立。当时共产国际认为中国共产党应以城市为中心，反对在农村建立巩固的根据地，主张红军走州过府、流动游击。因此，社论也间接否定了对马克思主义教条化、把共产国际决议神圣化的错误倾向。

1933年3月6日，沙可夫在社论《在积极进攻的路线下，红军空前的大胜利》的中，汇总了红军第四次反"围剿"的胜利成果后写道：

这真是我红军空前的光荣伟大的胜利，这是剧烈向前开展着的中国苏维埃革命运动的胜利，也就是全国工农贫苦群众为求得解放而斗争的胜利。这一红军光荣的胜利给了日本帝国主义进攻热河、华北及世界帝国主义积极实行瓜分中国与镇压中国革命以最有力的答复与抗议，并且给了帝国主义及其清道夫国民党对苏维埃与红军的四次"围剿"与大举进攻以致命的打击。我们要紧紧把握这一有利于我们的局面，要做到"一切服从战争，一切给予战争"，要加紧各方面的战争动员工作，来争取战争的全部胜利。②

1933年3月18日，他在《消灭苏区内外的敌人》一文中写道：

……帝国主义及其走狗国民党进攻苏联与镇压中国苏维埃革命运动这一形势，到了极端严重的关头，残酷的革命与反革命的决死斗争展开在我们眼前了。如果我们不去消灭敌人，敌人便要来消灭我们！

在纪念"五一"劳动节题为《检阅我们的力量》社论中写道：

为创造一百万铁的红军，加紧经济动员而斗争的战线上的胜利。谁如果认不清这一点，看不到这一点，谁就会陷落在悲观失望以至取消革命斗争的可耻的机会主义的泥坑里去……同时，我们应该深刻地认识到，目前我们是处在沸腾着的战争与革命的过渡阶段中，是处在革命与反革命决定你死我活

---

① 沙可夫：《纪念广州暴动与宁都暴动》，《沙可夫诗文选》，文化艺术出版社，1990年版第15页。

② 沙可夫：《在积极进攻的路线下红军空前的大胜利》，《沙可夫诗文选》，文化艺术出版社，1990年版第22页。

的残酷斗争的环境中……以刽子手蒋介石为首在南昌召开八省军事会议，正在集中一切反革命力量，来向我们进行更大的进攻。我们应该检阅自己的力量，巩固与加强我们的力量，相信我们自己的力量可以制胜敌人，胜利者便是我们！

以上三篇社论都是中央苏区的"政治动员令"。在反围剿这一生死存亡的关头，社论号召苏区人民总动员，广泛发动群众，武装群众，实行全体人民参加战争、支援战争的全面路线。社论贯彻了我党"要获得广大的工农群众，在党的口号之下，形成伟大的争斗的力量"的宣传工作要点；[①] 启发了广大民众的阶级觉悟，扩大了党和红军的政治影响，唤起民众加入党和红军的热情。据《红色中华》第 86 期报道：江西"全省在红五月猛烈扩大红军的运动中，突破了二万五千人，创造了四个师。"

《红色中华》结合苏区和民众的实际，创造性地运用歌谣、诗歌、戏剧、活报剧、漫画以及标语口号等群众喜闻乐见的方式，以浅显易懂的语言，向苏区军民传播世界革命和中国革命消息，创造了一种新的大众化传播形式。

1933 年 4 月 17 日，沙可夫署名"明"，在《红色中华》第三版上发表了的诗歌《用不着归还我们》，描述了工农大众拥护苏维埃政府，送粮给红军的情景。

十担，百担，千担，万担，

挑着，掮着，扛着，抬着，

送到苏维埃政府，

送给前方红军哥哥、爸爸、丈夫。

为了帮助红军，

为了革命战争，

好去打坍敌人。

红军又都是我们工农自己人，

一点也不因循迟疑，

十二万分的愿心愿意，

异口同声，万众一心，

---

① 《中国共产党宣传工作文献选编》（第 1 卷），学习出版社，1996 年版，第 878 页。

"借二十担谷子，用不着归还我们！"①

"用不着归还我们"说出了广大劳苦大众的心声，表现了他们对中国共产党、苏维埃政府、中央红军的信任："十担，百担，千担，万担，""挑着，掮着，扛着，抬着，"展现在读者面前的是一幅幅劳苦大众争着送军粮的生动情景。这首诗朴实无华，采用直白的口语形式，句式短小，朗朗上口，群众都看得懂，记得住，传得开，讲得响，从而拉近了党和群众的关系。

1932年8月3日，沙可夫在《红色中华》创刊第100号时，发表了《我的祝词》：

《红色中华》报发刊到了一百号，虽然年纪还是小，她在苏维埃运动里面，却起着有力的集体组织，集体宣传鼓动和领导。她好似一具显微镜，把反革命的丑态罪恶完全彻照；她好似明亮的灯塔，指引出向苏维埃中国航行的大道……祝贺《红色中华》一百号，粉碎敌人新的五次"围剿"！我们将在她每天的第一版上，读到前方红军伟大胜利的捷报，不等到她的二百期，《红色中华》开展在我们面前，将不仅是我们的机关报，并且是一幅广大的版图，上面写着"中华苏维埃共和邦"。②

这篇祝词写得气势磅礴，抒发了一个革命者对中国共产党领导的苏区、对人民的真实感情和作者的自豪感，他用"灯塔"表达对"中华苏维埃共和邦"的期待，不禁令人联想起毛泽东对革命的预言"它是站在海岸遥望海中已经看得见桅杆尖头了的一只航船，它是立于高山之巅远看东方已见光芒四射喷薄欲出的一轮朝日，它是躁动于母腹中的快要成熟了的一个婴儿。"③ 读来令人热血沸腾，给苏区军民以极大的精神鼓舞。今天，当我们阅读沙可夫撰写的饱含激情的社论时，仍然禁不住为沙可夫的革命精神和杰出才华感到震撼，为之激动。

为了办好《红色中华》，保证新闻时效性，沙可夫在1933年1月27日《红色中华》第49期刊登了一则《特别通知》，要求建立起一支反应快捷的通讯员队伍。《通知》责成省与县一级的地方党团政府与工会及红军总政治部与各军区政治部，各选定一名同志为《红色中华》的通讯员。通讯员的主要任

---

① 沙可夫：《"用不着归还我们"》，《沙可夫诗文选》，文化艺术出版社，1990年版第29页。

② 沙可夫：《我的祝词》，《沙可夫诗文选》，文化艺术出版社，1990年版第35页。

③ 毛泽东：《星星之火，可以燎原》，《毛泽东选集》一卷本第94-104页，人民出版社1967年11月横排本。

务是：搜集各种实际材料与消息（如战争胜利、扩大红军、揭发官僚主义、苏维埃建设、工人运动等等），把搜得的材料、消息写成通讯稿；组织与教育工农通讯员，发展通讯网到下层群众中去；建立读报小组，争取广大读者。沙可夫还亲自编写了《写给通讯员》教材，逐一在《红色中华》"红角"栏目内发表。这也许是我党最早开办的新闻函授教育，为苏区培养了大批新闻人才。到 1933 年底，《红色中华》通讯员网已初具规模，拥有一支 400 多人的通讯员队伍，他们不仅写稿，而且把《红色中华》推向民间，散发到苏区每个角落。①

沙可夫任主笔后，把《红色中华》办得朝气蓬勃，充满生机，使之成为中央苏区鼓舞斗志的最有力的号角，成为大家不可缺少的精神食粮，每期发行量从沙可夫接手时的一千多份，激增到四万多份，成为中央革命根据地最具代表性、影响力最大的一份报纸。②

领导苏区教育

1931 年 3 月 28 日，中央苏区人民委员会第 38 次会议任命沙可夫为教育人民委员部（简称"教育部"）委员。7 月 11 日，任命沙可夫为教育部副部长兼艺术局局长。因部长瞿秋白在上海，暂时不能到任，代理部长徐特立与副部长沙可夫一起领导中央苏区的教育工作。

在中央教育人民委员部驻地叶坪，沙可夫见到了革命老人徐特立。沙可夫和徐特立都是 1928 年进苏联莫斯科中山大学，是同期学员，不同的是徐特立进的是专为老同志设立的特别班，同学们戏称"老头班"。两个人见过面。③

"您过去是毛主席的老师，今天是我的老师了。"一见面，沙可夫真诚地说。

徐特立说："在国外我们是同学，在这儿我们是战友了！"

两人朝夕相处，一道工作生活，已经 56 岁的徐特立像父亲般关怀着年轻的沙可夫。听说徐老在蒋介石"四一二"大屠杀后毅然加入共产党，并且参

---

① 邹艳媚：《浅议红色中华发行与销售》，《工会博览·理论研究》，2009 年第 9 期第 64 页。
② 邹艳媚：《浅议红色中华发行与销售》，《工会博览·理论研究》，2009 年第 9 期第 64 页。
③ 李樵：《徐以新传》，世界知识出版社，1996 年版第 35 页。

加了"八一"南昌起义，沙可夫对他更加崇敬了。两人的友谊持续了一生，直到沙可夫临终前，还时常讲起徐特立的种种事迹。

沙可夫后来在撰写《我——红军》剧本时，听说了徐特立"断指明志"的故事：辛亥革命前夕的一天，徐特立在长沙修业学校向师生员工作时事报告。讲到帝国主义对中国的野蛮侵略，讲到软弱无能的清政府不能保护主权和人民，讲到中国的老百姓被欺侮、被屠杀，激昂悲愤之时，他拍案捶胸，声泪俱下。忽然，他一个转身，跑到厨房取来一把菜刀，当着师生们的面，"砰"的一声砍断了左手一节手指，顿时鲜血淋漓，溅染衣衫。接着，他用断指在白纸上写下八个血字：驱除鞑虏，恢复中华。徐特立的断指壮举，让沙可夫体会到了这位老人最可贵的品质。于是，他将这一情节移植到剧中一名红军战士的身上。七幕话剧《我——红军》上演后，苏区的青年人每逢看到这一情节时，都热血沸腾，踊跃报名参加红军。

在军事围剿、经济封锁的恶劣环境中办文化教育，困难很多。但是这一正一副、一老一少两个人，齐心合力，携手开创了苏区文化教育事业新的局面。

党和政府确立苏维埃文化教育的总方针"在于以共产主义的精神教育广大的劳苦大众，在于使文化教育为革命战争与阶级斗争服务，在于使广大中国民众都成为享受文明幸福的人。"[①] 秉持这个总方针，徐特立和沙可夫在开展教育方面主要做了以下工作：

一、发布"训令"，把握方向。沙可夫在教育部工作不到两年时间里，先后发布了五号"训令"、一个"通知"、一个"通告"、一个"公函"，召开了一次文化教育建设大会，与少共（共青团）中央局召开了一次有关文化教育联席会议，并作出了决议。

二、建立新的文化教育法规，创建新的文化教育体制。1933 年 3 月颁发了《各级教育部的组织纲要》，健全教育行政系统，指示各级文化部门关于教育的任务与教育的具体工作方法。制定或审定的各级各类学校包括小学教育制度（即义务教育制度）和文化团体的章程或纲要达 25 项。章程和纲要的制定，改变了原先分散的游击习气，使工作逐步地走上正轨。

1933 年 10 月 20 日全苏区教育大会通过的《目前教育工作的任务》中规定："苏维埃教育制度的基本原则，是为着实现对一切男女儿童免费的义务教育

---

① 《苏区教育资料选登·目前教育工作的任务》，《江西教育》1982 年第 1 期第 45 页。

到十七岁止。""为着补救在义务教育没有实现以前以及超过义务教育年限的青年和成年，应当创造补习学校、职业学校、中等的学校、专门学校等等。"

三、尊重人才、培养人才。在 1933 年 10 月 20 日召开的全苏区教育大会上，要求"对于那些有理论的和长期实际工作中有经验的教育专家们——有系统的吸收他们到地方的特别是中央教育工作中来。要成功的吸收旧的知识分子和专门人才，必须反对有的地方'左'的排斥知识分子的倾向，同时必须反对曲解阶级路线'右'的机会主义的错误。"为广泛吸收知识分子，教育部特发布《征求专门技术人才启事》，并"设立列宁师范与各种教育干部训练学校，来造就一支发展、普及教育与扫除文盲战线上必须的、强大的教育者军队。"①

中央苏区教育工作最为人称道的是"扫盲"运动。1933 年 10 月，中央文化教育建设大会通过了《消灭文盲决议案》，决定"从乡到中央，均组织消灭文盲协会"。② 为落实这项决议。1933 年 6 月、8 月和 10 月，苏区教育部先后颁发了一系列政令，要求省、县、区以机关为单位组织 1 所俱乐部，每个乡村、生产企业、学校、屋场中均建立 1 所俱乐部。俱乐部里必须有读书班、阅报室、图书陈列室。《夜校办法大纲》规定："每村设立一个或几个夜校，校址必须设在人口比较集中的地方，使学生到校的路程不致太远。""夜校的功课除识字外，要教政治和科学常识，同时还要注重写字和作文。教法注重讨论和问答，注重写墙报，写开会的记录和决议，最低限度也要学到写标语口号。""每晚上课一小时"。

"扫盲"的主要方法是办夜校、半日制学校、业余补习班和识字班、识字组等，"扫盲"场所利用列宁室、俱乐部、村口路头，形成一个遍布城乡街巷、村组、屋场、机关单位、企业、红军连队的业务教育网络。徐特立和沙可夫又创造性地提出了"老公教老婆，儿子教父亲，秘书教主席，识字的教不识字的，识字多的教识字少的"等一系列"以民教民""互教互学"的群众识字教育法。③

---

① 《中华苏维埃共和国临时中央政府人民委员会训令》，1933 年 9 月 15 日，第 17 号，《江西社会科学》1981 年 1 期第 61 页。

② 转引自罗昂：《论毛泽东的干部教育思想》，《湖南第一师范学报》2003 年 6 月，第 3 卷第 2 期第 18 页。

③ 《苏区教育资料选登·目前教育工作的任务》，《江西教育》1982 年第 1 期第 45 页。

为加速推进消灭文盲工作，沙可夫不仅到各地组织发动，还创作了歌曲《消灭文盲歌》：同志们，要记清，/为适应战争的需要，/识字班，夜学校，/大家相期要到早，/要消灭青年中文盲！/我来读宣言，你去读捷报，/学校的生活，真味道。/同志们，大家来，/到学校读书去，/比一比那个呱呱叫！

这首歌曲采用 4/4 拍节奏，简单易记，马上在苏区的识字班和夜校中流行开来。几十年后，谈到沙可夫的歌曲创作时，张爱萍将军还能唱出这首歌来。

教育部成立后，先后创办了马克思共产主义学校、列宁师范学校、中央农业学校、高尔基戏剧学校，着力培养各方面的干部和专门人才。建起高级师范 1 所，以培养初级师范学校教员和中小学教员。修业时间 1 年，最低不得少于 6 个月。在江西、福建、粤赣、闽赣 4 省，建立初级师范学校 4 所，以培养儿童教育和社会教育的师资。修业时间为 6 个月，最低不得少于 3 个月。此外，还领导苏区各地开展职业技术教育、工农业余教育、儿童教育和师范教育，帮助红军开展红军教育，帮助苏维埃政府开展干部教育，创立了较为规范的教学制度，不仅使苏区群众接受了教育，也为各级党、政、军和群众团体组织培养和输送了大批干部和专业技术人才。

苏维埃政府的文化教育运动，使多数青壮年结束了世世代代不识字或识字甚少的历史，极大地丰富了广大群众的精神生活。村头路旁群众自办的墙报、宣传栏和城乡随处可闻的琅琅读书声，无一不展示出苏区文化教育建设的伟大成就。正如苏区山歌所唱："红军来了大翻身，穷人当家作主人。学习文化入夜校，瞎子开目见光明。"[①] 毛泽东在"二苏大会"上自豪地说："谁要是跑到我们苏区来看一看，那他就立刻看见这里是一个自由的光明的新天地。"[②]

在这宏伟的教育史篇章中，留下了沙可夫的工作印迹。

年轻的苏维埃大学副校长

中央苏区需要大批干部。为了解决干部问题，中央政府决定开办苏维埃大学，有计划地培养各级苏维埃工作人员。1933 年 8 月 16 日，中华苏维埃临

---

① 陈安、刘辉：《瑞金：我党最初的治国理政试验田》，《北京日报》2019 年 12 月 2 日。
② 陈安、刘辉：《瑞金：我党最初的治国理政试验田》，《北京日报》2019 年 12 月 2 日。

时中央政府人民委员会委任毛泽东、沙可夫、林伯渠、梁柏台、潘汉年为大学委员会委员，毛泽东为校长，刚满 30 岁的沙可夫为副校长，主持全校工作。①

8 月 21 日，召开大学委员会第一次会议，确定学校建校、招生、开学等事项。学校白手起家，沙可夫亲自带领一班学员和少量技术工人，自己动手在沙洲坝临时中央政府附近的黄土岗上建校舍，盖起五栋用松杂木和毛竹搭起来的茅草房。学生上课、住宿都在里面。石头当课凳，木板当课桌，几块竹片铺在一起就成了床，学员们称之为"茅草房中办大学"。毛泽东每个星期到学校讲一次政治课。

9 月初，苏维埃大学举行开学典礼。从 8 月 16 日决定办学到正式开学，不过半个来月，其行动之快、效率之高令人惊奇。

苏维埃大学下设特别班和普通班。特别班招收 16 岁以上学员，凡表现积极，在根据地政治机关、群众团体或党团组织工作半年以上，表现积极，或是参加过其他革命斗争或其他工作有成绩者，文化程度能够看懂普通文件者均可报名。普通班则招收文化水平低的学生进行补习教育。学校设有土地、国民经济、财政、农村检察、教育、内务、劳动、司法等 8 个班，直接对应苏维埃政府的相关部门。课程包括理论、实际问题研究和实习 3 部分，针对性、实用性非常强。修业期限为半年。因此，学员尽管只在学校接受几个月的学习，但无论理论修养还是实际工作能力，都得到了显著的提升，结业后回到各级苏维埃政府的相关部门，在各自的工作岗位上取得了比较突出的成绩。如时任赣南省新区的妇委书记钟月林，本是童养媳，进入苏维埃大学文化班学习后，不仅摘了文盲帽子，经过革命斗争的锻炼，还成长为一名优秀的工农干部。②

苏维埃大学建立学校管理委员会，负责全校工作，年轻的沙可夫亲任管理委员会主任。他提议在学生中建立"学生公社"，由全体学生选举干事会进行领导。

苏维埃大学是在环境十分恶劣、条件非常艰苦、设备特别简陋的情况下

---

① 曹春荣：《苏维埃大学：国家行政学院的前身与雏型》，《党史文苑》（纪实版）2008 年第 2 期 32—34 页。

② 陈毅、肖华：《回忆中央苏区》，《革命历史资料丛书》，江西人民出版社，1981 年版第 421—422 页。

办起来的。徐特立在《回忆与秋白同志在一起的时候》一文中写道："有一次我到教育部去，他（瞿秋白）留我吃饭，他说有某同志送我几两盐，留我吃一吃有盐的菜，最后一时期我们一日一人只吃一钱盐，职无高低，人无老幼一律。"瞿秋白是稍后到苏区的，当时的艰苦程度与沙可夫在时应该相差不多。在他们的影响下，学员之间也掀起了节约粮食、开荒种菜的热潮，苏维埃大学后来成为中央苏区实现学校经费自给的单位。

沙可夫不久离开苏维埃大学去养病，在校时间只有几个月。但就在这短暂的时间里，为苏维埃大学的发展奠定了基础。以后，苏维埃大学在瞿秋白的领导下，培养了一大批苏维埃建设的高级干部。有人评价苏维埃大学"堪称今天中华人民共和国国家行政学院的前身，并且形成了国家行政学院的雏型"。[①]

红色戏剧运动

第一次国内革命战争时期，中国共产党以中央苏区为中心，开展了以话剧为主的"红色戏剧运动"，这是第一次广大军民参与的新型群众性艺术运动，这一运动丰富繁荣了根据地人民的文化生活，为苏区的发展提供了精神食粮，在我国戏剧史上具有特殊的地位。

沙可夫任中央苏区艺术局局长，是苏区艺术活动的实际领导人，他以极大的热情，投入到革命"红色戏剧运动"的组织领导工作中去。

中央苏区第一次代表大会前后，一些有较高艺术素养的戏剧人才从上海等地来到瑞金，为中央苏区第一次代表大会排演了《最后的晚餐》《黑奴吁天录》等大戏。大会闭幕后，中国工农红军学校在此基础上成立了"八一剧团"。1932年9月2日，以"八一剧团"为基础，在沙州坝官山村上赖屋村成立业余性质的"工农剧社"，沙可夫任中央工农剧社总社编审委员会负责人。他在《红色中华》报上对工农剧社的成立予以高度赞扬："无疑地开辟了苏区文化教育的新纪录。可以说，这是苏维埃文化与工农大众艺术建设的开端。"[②] 沙可夫还为工农剧社创作了《工农剧社社歌》：

---

① 曹春荣：《苏维埃大学：国家行政学院的前身与雏型》，《党史文苑》，2008年第2期，32页。
② 江西省文化厅史志办编：《中共苏区革命文化史料汇编》，江西人民出版社，1994年版，第201页。

我们工农革命的战士，/艺术是我们武器，/为苏维埃而斗争！/创造工农大众的艺术，/阶级斗争的工具，/为苏维埃而斗争！/暴露旧社会的黑暗面，/指示新世界光明。/创造题材与故事英雄，/就在战争与革命，/赤色革命的战士。[①]

1933 年 3 月，工农剧社开办了第一期戏剧训练班，培养了一批戏剧演员，以这批演员为主组成了"蓝衫剧团"——因演员都穿边区百姓自家织染的蓝布衫而得名，戏剧训练班也随之改名为"蓝衫团学校"，校长李伯钊。蓝衫团学校是中华苏维埃共和国开创的培养戏剧、剧社及俱乐部干部的专科学校。沙可夫主持审定、补充完善了蓝衫团学校简章。蓝衫团学校共培养了 1000 多名学员，组成 60 多个演剧队，到前线为红军战士和广大工农群众演出，产生了很大的社会影响。

尽管沙可夫在教育部和《红色中华》主笔的岗位上，工作十分繁重，但仍经常步行十几里路到赖屋村，为"蓝衫团学校"师生作形势教育报告，上政治课、艺术理论课和剧本创作课，讲授戏剧知识，指导学生唱歌等，很受学生欢迎。

工农剧社开展巡回演出，到前线、工厂、农村进行慰问演出；在苏维埃政府许多重要会议和纪念活动中，工农剧社都组织晚会，演出一些有影响的优秀剧目。沙可夫创作的《我——红军》《我们自己的事》《三八纪念》《北宁路上的退兵》《最后胜利归我们》等，都由工农剧社演出，大大推动了苏区戏剧运动的发展。

1933 年 3 月 12 日，沙可夫负责的中央工农剧社总社编审委员会在《红色中华》报上发表启事，要求各地将现有剧本或创作寄到《红色中华》报社。编审委员会把收集到的优秀剧本和演唱材料，汇编成册油印出版，总数有 200 多种。沙可夫把这些剧本推荐给部队和地方各个俱乐部、宣传队、工农剧社分社，作为参考或排演节目用。刊登在《红色中华》副刊《赤焰》上的戏剧、活报剧有 29 部。

在沙可夫等人的推动下，苏区的戏剧运动如一簇簇激情绽放的文化奇葩，遍开于乡村大地上，成为苏区最活跃的文化景观，也成为苏区军民最火热的集体生活形式。在那些日子里，只要传出有戏剧演出的消息，瑞金全城都会

---

① 沙可夫：《工农剧社社歌》，《沙可夫诗文选》，文化艺术出版社，1990 年版第 265 页。

热闹起来，从党和红军领导人，到几十里以外的农民，都拖大抱小，打着火把或点着灯笼，从四面八方汇向演出会场。连远在叶坪的毛泽东等中央领导人，有时也特地赶来，兴致勃勃地欣赏戏剧。

沙可夫领导的红色戏剧运动，还把节目演到前线阵地上。有一次剧团在一军团演出后转往别的部队，从前线回来的军团政委聂荣臻十分遗憾地说："怎么让他们走了，追回来再演几场吧!"①

剧团不仅在苏区农村和红军部队中演，在保证安全的情况下，还演给来"围剿"苏区的白军士兵看。剧团演员在阵地上向对面白军士兵喊话、说书和唱歌。有的白军士兵边看边同我方问答对话，了解我方的政策主张。不少看过或听过剧团节目的白军士兵，后来举行了战场起义，甚至整班整排地集体投奔红军，他们说自己最初正是通过观看这些演出，才了解红军并决心走上新路的。

中央苏区的戏剧不仅演出频繁，且种类繁多。现存中央苏区戏剧的名录就有 269 种之多。其中话剧 180 种；讽刺剧、滑稽剧、哑剧五种；活报剧 34 种；戏曲、木偶戏 16 种；歌剧、舞剧、表演唱 29 种，可谓百戏杂陈，热闹非凡。②

沙可夫领导的苏区戏剧运动，还培养出一大批优秀演员，许多党和军队的领导干部都是戏剧演出的骨干，如方志敏、何长工、李卓然、林彪、罗瑞卿、伍修权、李克农、蔡畅、邓颖超、肖华等都上台演过戏。新中国成立后摄制的反映抗日英雄影片《赵一曼》的主演石联星当时只有 18 岁，她出演的第一部戏就是沙可夫创作的独幕剧《武装起来》，在剧中扮演老农的女儿。石联星当时并没有什么舞台表演经验，沙可夫对她进行了指导，向她讲解剧情，分析角色。以后又让她出演了戏剧《我——红军》等。石联星渐渐展现出优秀的表演天赋，与李伯钊、刘月华三人被誉为"中央苏区三大红星"，先后担任高尔基戏剧学校的专业教员和剧团演员。在石联星的成长过程中，沙可夫对她的指导起了重要作用。③

有人总结沙可夫兼任艺术局局长工作岗位上，对苏区红色戏剧运动作出的贡献时写道：

① 陈安：《红色戏剧家李伯钊在中央苏区》，《人物春秋》，2010 年第 8 期，第 17 页。
② 刘云：《中央苏区文化艺术史》，百花洲文艺出版社，1998 年版，第 116 页。
③ 凌飞：《石联星与革命先辈在苏区的戏剧生活》，《中国艺术报》2011.8.17 第 6 版。

他在党中央有关部门及政府领导下，首先抓文艺的组织建设，创建了蓝衫团（后改为苏维埃剧团）和蓝衫团学校（后改为高尔基戏剧学校），成立了工农剧社，并主持剧社编审委员会的工作。使戏剧活动走向了有组织、有领导、有明确目标的戏剧运动，不仅增强了政治宣传的力度，而且广泛深入地传播了革命文化，受到了群众的欢迎。[①]

《革命文化播种人——沙可夫传》海宁市档案馆编　徐新民　王国坚著
浙江人民出版社2021年1月出版

---

① 汪木兰：《革命文化播种人——沙可夫与苏区文化教育》，《沙可夫百年诞辰纪念文集》，浙江大学出版社，2004年版第145页。

抗疫之歌

——浙江省海宁市工商联凝心聚力众志成城抗疫纪实

施建平

公元 2020 年，令人难忘的庚子年。

新冠病毒——前所未有的疫情，前所未有的挑战。

我们的国家，我们的人民，我们的民族，经受了一场前所未有的洗礼。

我们的工业，我们的商业，我们的企业家，经受了一场前所未有的考验。

浙江省海宁市工商联及所属商会、民营企业家们，以高度的政治自觉，高昂的战斗姿态，强烈的社会责任感，日夜奋战在疫情防控的第一线，呈现了新时代工商联的新担当、新作为、新风貌、新成就。

一

疫情就是命令。

防控就是责任。

伴随着庚子年春节脚步临近，一场没有硝烟的战争悄然打响。

2020 年 1 月 22 日、23 日、26 日，海宁市工商联先后 3 次召开抗击疫情专题会议，及时传达市委、市政府、市防控领导小组关于积极做好疫情防控工作的文件精神，同时将疫情发展情况进行了通报。工商联第一时间联系在武汉经商的海宁籍企业家，排摸出春节前从武汉回乡的海宁籍人员 26 名，第一时间上报，并协助落实好各项隔离措施。取消春节休假，从正月初一开始，落实全员到岗制度，倾心倾力，加班加点，日夜坚守，使疫情防控工作开展得有声有色，井然有序。

"抗击疫情，一起加油。"当海宁市慈善总会发起公开募捐活动时，市工商联积极响应，立即将捐款小程序推广到各基层、直属、异地商会，号召所有爱心企业与爱心人士加入捐款捐物、驰援武汉的慈善行列。截至2020年1月28日，市慈善总会收到市工商联所属商会及会员企业专项捐款316万元，及空气净化器、手术衣、消毒水、口罩等物资。

截至2月3日，海宁市工商联各商会、企业家们抗疫捐赠突破3700万元。

市委常委、统战部部长陆春浩一行走访了市工商联，对疫情防控工作提出了指导意见。根据各基层商会的现状、会员的实际情况，进行了深入宣传，认真按照党中央、国务院、浙江省、嘉兴市，和海宁市委、市政府疫情防控工作的部署，为有效防止新型冠状病毒肺炎疫情的扩散和蔓延，抓好防控关口前移，确保人民群众生命安全和身体健康，海宁市工商联及时向各商会、会员企业发出了倡议。

要求各会员企业把疫情防控作为当前最重要的头等大事来抓，成立企业疫情防控领导小组，建立企业管控应急体系，强化疫情防控企业主体责任，严格落实各项防控措施。

要求各会员企业抓紧抓实开工复工前的各项准备工作。强化社会责任，依法保障职工合法权益；对于因疫情未及时复工的员工，保留工作岗位，发放基本工资，不得解除劳动合同。

要求各会员企业积极献爱心、做表率，积极开展志愿服务等公益慈善活动；充分利用企业国内外客户的资源优势，协助当地政府联系疫情防控所需的物资，冲锋在前，勇当标杆。

二

突如其来的疫情，让人恐惧，让人震惊，它牵动着华夏儿女的心，牵动着所有在外经商的海宁籍爱国人士的心。

俄罗斯浙江商会会长、海商总会副会长、杭州市海宁商会会员、浙江海卡飞宏航空技术有限公司董事长邓惠燕，从新闻中了解到武汉新型冠状病毒肺炎疫情来势凶猛，爱国心、责任心、慈善心一齐涌上心头，抗击疫情刻不容缓。她马上联络所有在俄罗斯华商及爱国人士，决定在俄罗斯采购一批国内急需的医用口罩、防护服、护目镜等医用物资，缓解因抗击疫情一时紧缺医疗物资的情况。

邓惠燕连续作战，四处奔忙，通过俄罗斯经商合作伙伴牵线搭桥。一方面，要求生产厂家加班加点赶制医用物资；另一方面，联系医疗用品公司，多渠道采购医用口罩、防护服等，终于在短期内采购到了 244 箱医用物资。

如何将这批急需物资运往国内，又成了难题。眼下，许多飞机班次停航，通过海运又太慢，时间上不允许。邓惠燕经过多方打听，得知有一个来自浙江的旅行团正在俄罗斯。机不可失，通过民航客机，利用旅客带货的方式，将急需物资运往国内再好不过了。就这样，邓惠燕等华商与旅行社一起行动，联系上了即将回国的 JD476 国际航班的首都航空公司，得到了对方的大力支持，开辟了特别通道，让旅行团人员免计重量把医用物资带回国内。

就这样，邓惠燕等华商在俄罗斯采购的重达 2 吨的新型冠状病毒肺炎防护医用物资，共计 244 箱医用口罩、防护服和防目镜，于 2020 年 1 月 29 日早上抵达杭州萧山国际机场。随即，这些捐赠物资被迅速发放到杭州、海宁等地相关机构，为抗击新冠病毒献出了爱心，做出了榜样。

2 月 1 日下午，北欧海宁中心有限公司通过浙江省红十字会捐赠了 30000 个医用外科口罩、638 个医用红外体温检测仪和 600 套防护服。这些总计 332512 元的医用物资，从芬兰发往中国，及时送到海宁市人民医院，用于疫情防控工作。公司总监曹海嘉感慨道，虽然自己身在海外，心却在国内抗疫，作为一名中国人、一位商人，应当尽最大的努力为自己的国家与家乡做一点贡献，共同打赢这场抗疫阻击战。

日本株式会社宫永浩明（查明浩，浙江省海宁人）及时向人民医院捐赠 1 万多只口罩，总价值达 5 万多元，表达了一位海外华人的赤子之心。

会员企业海宁三兴置业有限公司向海宁市慈善总会捐赠 10 万元。

海宁市金郑家具有限公司向海宁市慈善总会捐赠 1 万元。

海宁京昇堂医药捐赠 10 万只口罩。

海宁市国达经编捐赠 100 个护目镜。

海宁市新生代创业联谊会积极响应工商联的倡议号召，以实际行动践行企业的社会责任。他们在微信群中动员募捐，大家争先恐后、纷纷捐款，短短 3 个小时，筹得资金 28 万元人民币，并通过海宁市慈善总会捐赠，作为此次抗击疫情的专项款项，助力海宁疫情防控，从而亮出了新一代创业人的底色，展示了新时代商人的道德风尚。

海宁市创业者联盟会通过微信群进行"抗击疫情，一起加油"的募捐活动，常务副会长郑炳峰向海宁市慈善总会捐赠 50 万元。同时，发动班子成员群策群力，各尽其力，筹集口罩、防护服等医用物资，支援抗疫一线。

浙江家合电子科技有限公司董事长姚惠标利用"帘到家"微信群，为武汉疫区捐款捐物。他首先带头捐款 5000 元，紧接着各地门店商户接龙捐款，新疆、甘肃、山西、福建等 20 多个省市门店纷纷参与。虽然路途相隔遥远，但大家齐心协力，积极筹款筹物。姚惠标四处打听，购到了 10 吨消毒液，联系货运，办理沿途通行证。2 月 12 日傍晚，捐赠物资从嘉兴出发，直达湖北省荆门市慈善总会，展现了充满爱心的团队力量。

三

"多措并举、提升服务"是工商联在疫情防控工作中的重要抓手。

为抗击新冠病毒，市政府出台了一系列政策和指导意见，对于武汉等疫情严重的地区，暂缓返程。当时，有少部分会员一时想不通，各商会反复传达上级有关指导精神，通过微信进行心理疏导，帮助他们认清形势，同时，分别向会员企业和温州老乡发送了《致全体会员朋友的一封信》《致温州籍老乡朋友们的一封信》。

难能可贵的是，11 名春节未返回老家的温州会员自发成立了商会疫情防控志愿服务小组，主动为海宁居家隔离的会员家庭提供生活保障，帮助他们采买日常生活物资，帮助他们处理突发事情；对还未回海宁的温州老乡，劝导他们耐心在老家守宅等待，安抚舒缓居家隔离的情绪，共渡疫情难关。

针对受疫情影响的部分会员企业短期内无法返回海宁，面临银行贷款逾期的问题，市工商联及时与市人民银行、市金融办沟通，积极协调各商会，第一时间统计汇总还款的单位、还款的金额及还款存在的问题，交由人民银行酌情处置，统筹解决。

精准服务、精准发力。海宁市工商联从大潮网获悉抗疫一线的志愿者急需御寒物资，立即向各商会全体会员发出紧急求助，号召会员企业向一线捐赠大衣和羽绒服等御寒物资，得到了会员企业的积极响应。

海宁市工商联副主席企业——浙江敦奴联合实业股份有限公司捐赠大衣和羽绒服 1000 件。老总模范表率，亲自上阵，和同事们一道快速打包，以最快的速度将物资送到最需要的地方。

海宁市工商联副主席企业——安正时尚集团股份有限公司捐赠羽绒服 600 件。

诺之股份企业捐赠 80 件派克服，亿登时装企业捐赠 100 件羽绒服。

宏鑫食品企业捐赠牛奶 1000 多箱；袁花企业捐赠 500 双加厚长袜；海宁市欧帛服饰有限公司捐赠 400 件羽绒服。

海宁市民伟达投资发展有限公司董事长孙国民采购了 3 万多元的方便食品，并将捐赠食品分别送到袁花、马桥、丁桥乡镇 13 个村的卡点。

精准捐物，精准抗疫。海宁市疾控中心收到了市中小企业发展互助联合会副会长陆高寅和其弟弟吴高振的一批特殊捐赠礼物——192 人份新型冠状病毒（2019—NCOV）核酸检测试剂盒。该核酸检测试剂盒能够有效甄别病患是否感染新型肺炎，以便快速准确地鉴别疑似病人，降低交叉感染率，是抗击疫情的核心诊断资源，也是海宁当时比较紧缺的防疫物资。

海宁疫情期间医院血库严重缺血，面对这种情况，海宁市新生代企业家倪振国挺身而出，第一时间做出反应，率先带头向医院血库献血。同时，他发动大家加入献血队伍，短短 3 天，有 5 名员工分别前往医院献血，表达了对抗疫的拳拳之心。

请缨护家园，众肩担平安。海宁市工商联副主席、正大事务所集团董事长张敏华得知防疫各卡点志愿人数不足时，立马组建正大事务所志愿服务队（第一批志愿队 12 人，第二批志愿队 14 人），这些志愿者由当地海洲街道统一安排落实到各个卡点。

志愿者们在各卡点倾心倾力，得到了当地百姓的一致好评。

张敏华董事长代表正大集团向海宁市慈善总会捐款 30 万元。其中，浙江正健会计师事务所有限公司捐赠 10 万元；浙江正大联合税务师事务所有限公司捐赠 10 万元；浙江正大工程管理咨询有限公司捐款 10 万元。

在张敏华的倡议下，海宁正大事务所集团所有员工伸出援助之手，纷纷捐款，有 253 人参与，捐款总数达 56700 元，展现了正大事务所集团员工的责任与担当。

商会组织齐发力，聚沙成塔献爱心。工商联副会长以上大企业带头捐款作表率，各商会组织会员踊跃捐款。

火星人厨具股份有限公司捐赠 110 万元。

浙江美大实业股份有限公司捐赠 100 万元。

浙江晶科能源有限公司捐赠 100 万元。

天通股份有限公司捐赠 60 万元。

宏达控股捐赠 50 万元。

浙江海利得新材料股份有限公司捐赠 50 万元。

浙江海派智能家居股份有限公司捐赠 50 万元。

浙江聚丰时装有限公司捐赠 50 万元。

海宁市新生代创业联谊会捐赠 28 万元。

海宁市中小企业联谊会捐赠 20 万元。

海宁市温州商会捐赠 20 万元。

海宁市皮革原料商会捐赠 10 万元。

海宁市福建商会捐赠 5 万元。

海宁市江西商会捐赠 48220 元。

海宁经济开发区（海昌街道）商会共捐赠钱款 193.975 万元，捐赠物资折价 262.825 万元。

海宁市马桥街道商会共捐赠 155 万元。

海宁市长安（高新区）商会共捐赠 90 万元。

海宁市家用纺织品行业协会、海宁市许村商会、海宁市许村镇时尚产业新生代联合会、海宁市许村镇有爱公益联合会纷纷发起捐款，共筹善款 1026166 元。其中，30%善款用于许村镇疫情防控，守护当地群众的生命安全和身体健康；70%善款捐助武汉一线抗击疫情，帮助同胞渡过难关。

这是什么精神，这就是海商精神。什么是海商精神，那就是家国情怀的责任、精准抗疫的智慧、亲力亲为的活力以及协同作战的力量。

义字当头，利放两边。哪里有需要，哪里就有我们的海商。他们的精神、他们的行为，温暖了这座城，温暖了这个世界。

四

助企抗疫情，联企复生产。海宁市工商联深入第一线，帮助解决复工复产难题。

根据"海宁市企业及用工主体开复工防疫工作方案"文件精神，全面落实浙江省委省政府、嘉兴市委市政府、海宁市委市政府关于坚持疫情防控和企业复工复产两手抓的决策部署，持续"三服务"活动，突出重点，以点带面，助力民营企业分区域、分行业、分时段安全有序恢复生产。市委统战部、市工商联成立了工作专班，联合开展"助企抗疫情、联企复生产"专项行动。

工作专班下设四个工作小组，由统战部、工商联领导带队，通过上门走访，电话、微信联系等形式，与企业建立一对一联系，分别联系 130 家市工商联执委以上企业，帮助他们解决在企业用工、资金周转、运输物流以及疫情防控中惠企政策等方面的问题，及时掌握企业复工情况。

海宁市饰雅纺织有限公司复工第一天，他们准备了酒精 30 公斤，84 消毒液 50 公斤，4000 只口罩，及额温仪、护目镜等疫情防护物资，要求员工签订防疫责任承诺书，戴好口罩，不聚集、不会餐，并落实专人负责监督，回报执行情况。对生产区域内，每天早晚进行消毒一次；员工就餐实行分批制，规定就餐人员间隔 2 米，防止员工聚集，形成一张疫情防控保护网。

盐官镇天通控股股份有限公司厂区大门口，一台架着三脚架的摄像机被安置在那里，企业员工排队陆续走到它面前，逐一测量体温。这台红外线测温仪价值 3 万元，是专门为复工复产服务的。

走进磁性材料生产车间，这里的员工正在加班加点生产磁芯，用于配套武汉抗疫医疗设备。面对这个急单，公司竭力压缩生产时长，不惜成本，启用研发用的小窑代替批量生产用的大窑，赶制磁芯，确保抗疫设备早日派上用场。

2020 年 2 月 10 日，海宁经发区浙江罗纳服饰有限公司召回海宁本地近 200 名员工复产后，得知我市一线防疫人员应急装备紧缺，便萌发了做防护服的想法，当天就赶制出样衣。当他们向斜桥镇浙江麦善拉新材料有限公司联系面料时，对方得知用途后，慷慨赠送 6500 平方米的面料。让他们特别感动的是，当采购防护服上的小配件时，全国各地有 6 家供应商也在第一时间发货，让他们在最短的时间内投入生产，及时送到一线防疫人员手中。

2020 年 2 月 15 日凌晨，一辆云南牌照的大巴车驶入了海宁经济开发区浙江罗纳服饰有限公司。23 名返岗员工下车后，现场通过测量体温，个个符合健康要求。这些员工都是顶呱呱的缝纫熟练工，到厂观察几天后就可以投入生产了。

据专程护送他们过来的昭通市人社部门负责人介绍，这一路穿越四川、重庆、湖南、江西等 4 省市，全程 2400 多公里，沿途全部避开了重点疫区。这些返岗员工都是上门接送，乘车前接受免费体检，吃饭休息都在车上，全程佩戴口罩，每人一天至少更换两次口罩。同时整个包车也进行了安全监测和消毒，车上还配备了防护用品，以应对突发状况。

据摸排，昭通在海宁务工人员达 1.6 万多人，这次首批 23 名员工安全返岗海宁，为下一步外地员工返岗着实提供了经验。

抢时间，争速度，早复工，早生产。市政府出台相关政策，包机包列，全面推出企业复工平台，全市推广健康码，市工商联积极协调指导，全面推进复工复产向纵深发展。

2020 年 2 月 18 日，云南省昭通 11 个县区市 1080 名务工者分别在昭通、水富、盐津火车站登上专列，直达海宁。

2020年2月22日晚上9点10分，海宁市第一架务工人员返岗包机从重庆江北机场起飞，历时2个多小时，直线距离1500多公里，降落在杭州萧山机场。

这不是一次普通航班，飞机上70多名乘客来自安正时尚集团（海宁市工商联单位）、浙江敦奴联合实业股份有限公司（海宁市工商联单位）等20家经济开发区（海昌街道）的企业。

自新冠肺炎疫情爆发以来，海宁经济开发区（海昌街道）商会想方设法服务企业，经过商会认真摸排，商议包机复工事宜，把握返航班次时间，及时安排商会接机工作人员，确保包机返岗万无一失，让务工人员安全、快速、有序返岗，早日投入到复工复产中。

2020年2月24日，由海宁市领导带队，海宁30多名机关干部和50多家企业负责人分四路赴云南、贵州、四川、河南招录新员工。海宁市工商联（总商会）常务副主席陈子强和其他几位同志一起来到贵州省毕节市招录新工。经过十几天的奔波，陈子强和大家跑遍了毕节市十多个区县，多次召开动员会，每天工作十多个小时，就这样，他们招录了几百位新员工，为海宁企业复工复产增添了新的血液。

2020年3月2日，由海宁市委常委、统战部部长陆春浩带队，市委统战部、市工商联、市民政局、市人力社保局、经济开发区（海昌街道）、尖山新区（黄湾镇）等部门组成的9人招工小分队，经过7个多小时的行车颠簸，来到安徽省岳西县。当晚，双方签订了务工人员的相关协议，建立用工信息传输机制，建立公共就业服务机制，建立人才技能培养机制，建立就业信息共享机制。

没过几天，第一批32名岳西县赴海宁务工人员专车发车，包车抵达海宁后，招聘企业派专车前去迎接，为务工人员提供了崭新的员工宿舍和生活用品。务工人员汪泽山说："当听说政府要免费护送务工人员去浙江海宁的消息后，心里非常激动，我们进行了身体检查、体温监测，报名参加外出务工，早点到海宁打工挣钱，增加家庭收入。"

随即，第二批50名岳西县赴海宁务工人员也在3月9日抵达海宁，为企业复工复产注入了新的活力。

2020年3月5日，海宁市联丰东进电子有限公司迎来了一批新面孔。他们来自山东青岛，都是海信集团的一线操作工人。该企业主要生产各类开关变压器、电源滤波器、电感等磁芯元器件，产品广泛应用于LCD、TV、计算机等领域。而联丰东进正是海信集团的合作伙伴供应商，整个产业链属于上游产业。为保障联丰东进产品的如期出货，确保海信集团产品的投产，海信集团派出100名员工火线支援，为联丰东进慷慨解囊，雪中送炭，既保证了4000万订单任务的完成，又实现了资源共享。

五

雷神山、火神山医院的建造速度，见证了海商的智慧，海商的力量。

雷神山、火神山医院从决定建造到交付使用仅用了10天的时间，充分显示了中国制造的能力与中国制造的速度。然而，这背后也有海宁商人、海宁企业家的情怀和智慧。

当嘉兴日翔金属新材料有限公司得知本公司生产的彩钢板适用于雷神山医院建设后，立即进入紧急生产状态，同时申请运输通行证，还以成本价将一批32吨彩钢板出售给对方，为雷神山医院建设提供了急需材料。

方舱医院急需大量的净化空气设备，浙江乐瑞厨卫设备有限公司生产的全屋有氧净风系统设备派上了用场。他们联系武汉、海宁等地医院，愿意无偿捐赠149台价值近150万元的全屋有氧净风系统，其中41台定向捐赠给武汉方舱医院。然而问题接踵而来，以往这些设备都是吊顶安装，若要贴地安装并铺设相应管道，不符合方舱医院的使用要求。对此，该公司调集所有春节未回老家的技术工人，连续奋战两天，将净风系统改造升级，这样不仅可以贴地摆放，而且在进风和出风口加入安全阻燃防护网，使净风设备始终处于安全状态。这批全屋有氧净风系统进入方舱医院后，有效地杀灭了细菌和病毒，为方舱医院创造了良好的环境。

2020年1月27日，周王庙镇工业园区的海宁艾弗洛电器有限公司收到一份加急订单——4000个EC恒风量风机，这批订单将作为紧急物资送到武汉火神山、雷神山等医院。该公司克服重重困难，召唤员工回归岗位，30名工人全力以赴，连续奋战6天，保质保量完成任务，驰援了武汉。

驰援武汉火神山医院的，还有周王庙石井村海宁森境花木专业合作社，合作社是负责火神山医院绿化施工单位的合作方，合作社内种有大量火神山医院建设急需的苗木——火焰南天竹。海宁森境花木专业合作社接到通知后，一面申办通往武汉的临时通行证，一面召集苗木工分批挑株、装盒、装车。20名员工连续奋战了30个小时，装有3.6万株火焰南天竹的两辆卡车，分别于 2020 年 2 月 4 日、5 日凌晨向武汉火神山医院进发，体现了海宁商人的力量和速度。

海宁市海商经济促进总会理事、海宁市工商联副主席、宏达控股集团总经理沈珺认为，面对疫情带来的影响，我们必须坚定信心，理清思路，以贯彻创新、协调、绿色、开放、共享新发展理念为前提，让高质量发展融入宏达血液和基因。

与梦想同在，坚持双轮驱动的发展。在做好主业的同时，围绕科技创新、项目建设，双轮驱动产业发展，新上重点项目 4 个，总投资 38 亿元，实施宝武中国总部项目、杭州湾智慧医疗产业园项目、海宁鹃湖国际学校项目、盐官开发新项目。

与希望同期，着力促进双赢。在推进项目的同时，加强招商招才，引进高新项目，加强人才引进和培育，为企业发展提供智力保障。

与海宁同心，宏达与海宁并进发展，进一步共抓新产业与传统产业。不忘自身是从海宁出发的，做大做强企业，为回馈社会贡献力量。

海宁市海商经济促进会副会长、海宁市工商联总商会主席（会长）、天通控股有限公司董事长潘建清认为，疫情带来的损失是眼前的，背后也许会有更多的机遇。如何把握风口、抢占机遇，潘建清打算从管理创新、发展创新、技术创新三个方面突破，开辟天通新天地。

管理创新。天通以市场需求为导向，以客户为核心，调整改变内部的经营管理模式，使企业整体运营加速。公司已经投入 3000 多万元，全面用于科技管理设施，梳理企业内部管理流程、机制等，从而提升企业效能。

发展创新。公司计划，持续投入超 10 亿元，加快园区二期平台建设，加强半导体装备和核心元器件的招商及合作。

科技创新。天通投入上亿元资金，高标准建设好研发创新平台，并着手准备科技创新加速器平台建设和加大现有产业的技术研发投入，大力引进国际型技术人才，重点是在半导体装备、核心元器件、晶体材料方面实现新的突破。

作为海宁市工商联主席的潘建清，建议海宁企业家把握社会资本市场推行的上市注册制，围绕国家对基建的大力投入进行研究，参与做好企业相应的产业链延伸配套布局发展，相互紧密配合，共享发展红利，提升海宁产业发展生态链，创造海宁经济新辉煌。

原载于《时代报告·中国报告文学》2021 年第 8 期

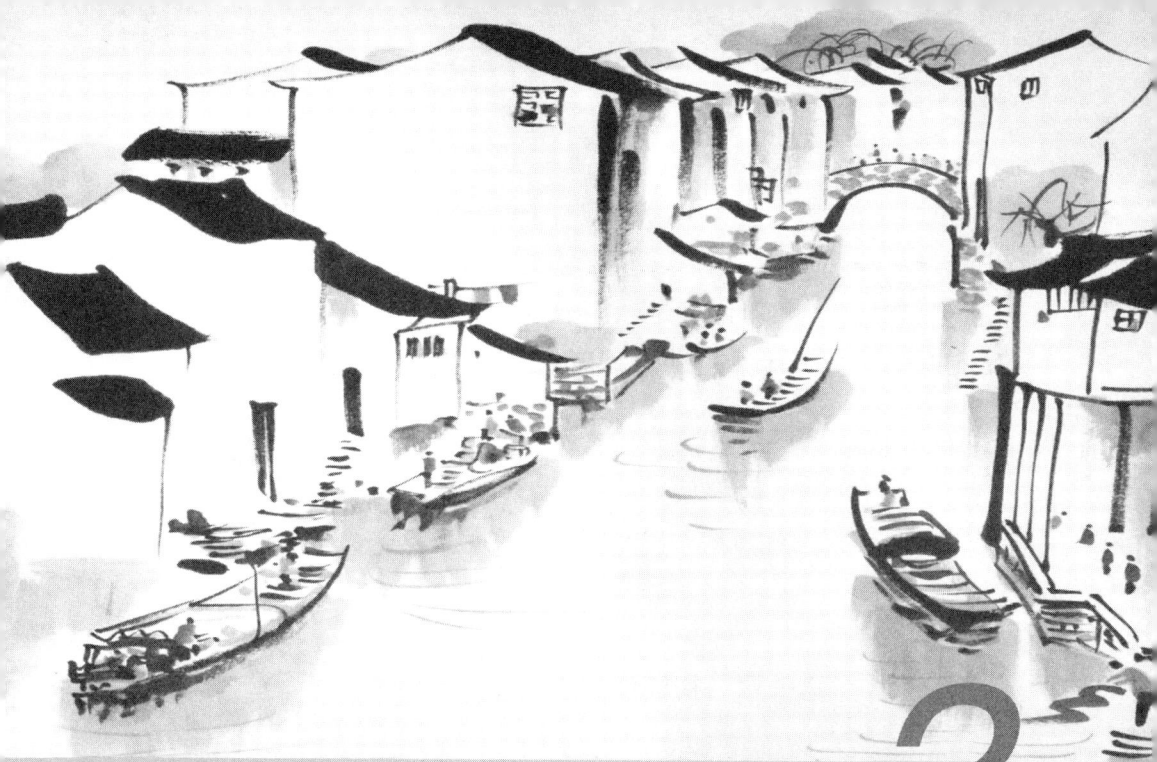

网络小说与广播剧

边境风云 2：中越边境的猫鼠游戏（节选）

云上轻骑兵

第一章　初涉江湖——到东兴的那一天

虽然我从小就知道边境的村里带货拉货，蚂蚁搬家，但是作为村里少数考上大学的人之一，即便是一个辣鸡二本，我也觉得我与众不同，即便看着他们过着好像光鲜的生活，我也认为我能开创美好的未来；因为目睹了那些做点小走私的粗俗，我就自动地把它们分为了另外一类人。

我大学学通信工程，因为我喜欢搞一些无线电的东西，甚至领导了我们学校的无线电小组，后来还学会了写对讲机码赢得一帮人的欢呼。那时候听起来好像光鲜靓丽，但是毕业能找的工作就是修电线，2008 年毕业，遇上了经济危机，根本找不到工作，师哥师姐们甚至去当电工、去步行街买衣服、去餐厅当服务员，我找了很多工作，甚至去国美当导购他们都不要我，我又不善于去卖衣服，不想去当服务员，7 月份离校了之后，只好回家了。

家里那时候有一些越南时候留下来的东西，包括一个还没有被收缴的破电台，我就天天摆弄，想着去弄点元件，但是太贵了买不起。那时候家里网都没有，只能看看书，摆弄摆弄破无线电的东西，用手机上着无聊的网站，被父母骂着不务正业，带着水牛去吃草——和小时候一样，直到有一天，有个小学同学给我打电话说："猛哥最近在忙什么？"

我说："我没事干在家里放牛。"

他说："他妈的太没出息了，哥带你来东兴逛逛吧！"

我说："世明，那边有什么好玩？"

他说："哈哈，哥现在在鸭场干，你来，我带你见见世面！"

后面又聊了很多，他专门强调，他现在在鸭场很有名，以后要叫他鸭哥。

我反正觉得没什么事情，在家也被我妈骂，就买了一张去东兴的车票，去见见现在的鸭哥。

宁明紧挨着东兴，很多朋友都是东兴的，我知道当年的很多兄弟都在东兴做"边贸生意"，而且有些人过得风生水起，天天沉浸在各种 KTV 和酒场，向之前的我们吹嘘自己的潇洒。但是鸭哥就不一样，他很少说自己的事情，虽然也是沉浸在各种 KTV，但是吹牛的事情就显得少很多了。

鸭哥是我的小学同学，不过上小学没过多久，后来他就去东兴上学了，然后也没怎么上，就开始做边贸生意了，上学的时候放假回家，也吃喝过，他讲讲 KTV 女的怎么缠着他，我们都当着段子听。

到了东兴的那天，鸭哥开着他的宝马 X5 来接我，他穿着花衬衫花裤衩，比以前更黑了。鸭哥拉着我到东兴口岸的河边，然后沿着河堤一直开到一号界碑的地方，鸭哥说："这他妈的伟大的北仑河，都是财富啊！从这界碑一直到峒中，都充满了钱！钱！钱！赚不完的钱！"

鸭哥感慨完，说："猛哥你这种好学生，之前不愿意跟你聊太多的工作的事情，现在你学也上完了，也没啥事，晚上跟你好好聊聊，我们工作大有可为啊！"

那天晚上鸭哥叫了两个朋友，四个人，湖南路一小摊，一堆啤酒，准备开始。

鸭哥拿出来一个黄皮的单肩背包，打开给我看，说："你看这里面什么？"

我说："不就是本子计算器电筒对讲机笔什么的？"

鸭哥说："果然是上学上傻了，这都是钱，都是我们的生产工具！好像是叫生产工具吧哈哈哈！"其他几个人大笑。

两瓶啤酒下肚，鸭哥故作神秘："猛哥，你知道大家为什么叫我鸭哥？"

我说："你不是在鸭厂干活吗？"

鸭哥说："对，那个鸭场你也知道吧，现在都快是我的生意了！哈哈哈！"

北仑河流经东兴的中段有个池塘，涨水的时候池塘会灌满，不涨潮的时候，水就会褪下去，池塘蛮大的，边上很多养鸭子的，所以叫作鸭场。

这个我倒是知道的，我只是不知道"边贸生意"做得很大和养鸭子什么关系。

鸭哥回答说："咱俩好歹也是小时候上学一起打过架的人，讨论个问题，你说这东兴的走私，CCTV 报道，关叔打，边防打，还有什么专项打，怎么就一直打不完啊？"

我表示我并不太理解，我问："什么是关叔？"

鸭哥又大笑："哈哈，就是海关啊，你看海关这么牛，我们得给他们个面子，对不对？关爷听着多不好，叫关叔。"

鸭哥拿起酒杯和大家一碰："说为什么走私打不完，因为东兴人要吃饭啊，你靠养鸭子吃饭啊？你看这些村里，这么多年轻人，不做货，大家靠什么吃饭！这里这么多人口，不是山就是河的，不做货，政府养活大家啊？靠山吃山，靠水吃水，我们就是靠越吃越！这才是一直提倡的中越友谊嘛！"

鸭哥喝了点酒补充到："当年他们沿海，不都靠做货致富，我们也是自己动手，好好致富！猛哥你真的是运气好，赶上这么好时候，我在这混到这个程度，都是卵泪。"

我不明就里，后来又在聊着之前的一些朋友，他带来的两个朋友，阿七，阿磊，也都是能喝的性情人中人，扯来扯去，不知不觉就到了 11 点多。

鸭哥说："猛哥，咱们这认识十几年了，给你个机会，要不要来跟兄弟一起发展，小时候一起打架放火那会儿，我就觉得你这个人特靠谱，就是后来走偏了，学个屁习啊！哈哈哈！"

他们越说越开心。

我说："你们这搞边贸，违法不违法啊？"

鸭哥一愣，说："怎么可能违法，违法我们干这么多年啊？！"

我记得那天坐了车过来，有点累，就对鸭哥说时间差不多了，也 12 点了，是不是今天要早点休息？

鸭哥哈哈大笑，说："你懂个屁！东兴的生活，不过 1 点，根本不算开始，再喝点。"

后来看我有点不想喝了，鸭哥叫阿七把车开过来，说："我带你去见识见识真正的东兴，凌晨的东兴，生活才刚开始啊！！"

阿七醉醺醺开过来车，鸭哥说："我们今天先去 F1！"

我说："F1 是什么？"

鸭哥并不说话。开了 10 多分钟的车，我们停在了一个蓝色灯光包裹着的建筑面前，我现在想起来，应该和我后来见过的水立方差不多，蓝色灯光，还有很多转灯在上面打着，异常漂亮。

鸭哥说："这是东兴著名的 F1 了，后面还有 F2，F3，F4，各有不同，这个地方是比较嗨的。"

我们走到门口，一群妹子齐声喊道："老板好!"

鸭哥并不看他们，看着有点惊讶的我问道："大厅还是包厢?"

我说："外面太乱了，包厢吧。"

鸭哥拍了一下一个小妹，说："大包，至少 15 个人那种!"

小妹说："老板去 2 楼。"

妹子带我们 4 个人到包厢坐下，鸭哥说："酒多来点，多带点货，给我兄弟开开眼。"

我被炫目的灯光照的不知所措睁不开眼睛，看着偌大的包房，鸭哥坐下，点了支烟，跷着二郎腿。

随后二十多个妹子鱼贯而入，各种服装都有，我吓得不敢说话；妹子们站好，鞠了一个躬："老板好! 老板辛苦了!"

鸭哥对我说："猛哥，赶快，选几个，东兴的夜生活开始了!"

我不敢说话。

鸭哥大笑："你看我兄弟这么腼腆，哈哈哈，今晚你们有福了。"

小妹们都笑。

鸭哥说："既然猛哥不选，我就帮他选几个吧!"猛哥挑了 8 个姑娘，一人两个，他们坐下来后鸭哥拿起话筒。

他对着话筒喊道："你知道为什么这里叫东兴，这意味着古惑仔的传承，这里就是江湖! 他指着我说，欢迎猛哥来到东兴的江湖!!"

边上两个小妹马上靠过来亲我的脸，端起酒杯说："欢迎猛哥来东兴!"

大家一饮而尽，两个小妹往我怀里钻，我惶恐不知所措。

鸭哥点了一首《乱世巨星》，大喊道："我们一起来闯江湖打天下吧!"

一个小妹搂着玩我吻了一下，说："哥哥，我们玩骰子吧!"

我大概还是玩过的，小妹说："输了要答应一个要求哦!"

第二章　牛刀小试——第一个看路的夜晚

我当时就想，那又怎么样，什么时候没见过。

小妹喊："12 个 6!"

我觉得怎么可能，直接开！

果然小妹输了，大喝。我觉得这是不是傻。

喊了几次之后，小妹一直喊这个，我一直开，小妹喝了两瓶酒。

终于有一次，喊到了 12 个 6。小妹说，"哥哥输了，答应我一个要求吧！"

我说好。

小妹在我身上乱摸，摸出钱包，拿出 500 块钱，说："就是让我帮哥哥服务啊！"

我顿时惊呆，不知所措。

阿七看到说："哈哈，就不为难猛哥了，我去帮猛哥解决！"

小妹捏了我一下，被阿七拉走了。

我依然没有反应过来。

又后来，喝高了以后的大家都很嗨，抱着妹子们又摸又啃，到了晚上四点多准备回去，妹子们拉着不让走，跟我一起下楼，其中一个妹子搂着我的脖子，跟着我走到了鸭哥的车边。

那时候很多事情都已经比较模糊了，因为我已然喝多，后来也算比较放得开的了，我欲拒还迎。

鸭哥跺了我一脚，说："你这太没出息了，来我们这好好做工，女人以后多的是，不要搞这种，赶快上车！"

我一脸迷茫，鸭哥把妹子拉开推了一把，把我拉上车，然后一干人等继续醉驾离开。

凌晨 4 点的东兴，各大 KTV 依然灯火通明，路边的地摊上也充满了人，街上各种面包车、兜仔车川流不息，一片热闹非凡的景色。

在我的印象里，这是大上海才有的景象，东兴人经常自称自己是"小香港"，感觉或许有他们的道理。

鸭哥给我安排好了宾馆，其实就是当地居民的小楼改的，三层小楼，路边，其他几个兄弟也都在，鸭哥说："猛哥，今天好好休息，晚上带你去跟我们一起做做工；工作嘛，还是要多了解一下才决定干不干嘛！"

吃喝都吃过了，我于情于理都不好推脱了，晚上也就一起参与人生的第一个"行动"了。

晚上 11 点以后，鸭哥带我们到鸭场，这里有必要再解释一下，鸭场位于东兴口岸往东的地方，就是东兴口岸下游，北仑河涨潮的时候就淹没，不涨潮的时候就形成一个很浅的池塘，特别适合养鸭子，退潮了鸭子正好进去找东西吃，一直以来这里总是在养鸭子，所以叫作鸭场。

这个时间的鸭场还是挺寂静，只有人偶尔在河堤边上散散步，鸭哥说："猛哥，现在还没有上货，等会儿这里就热闹了。现在莫老板让我负责这一块儿，干了两年多了吧，卵搓带劲。从这网上往下这十几里，都是我们的地方，过路就要交钱。"

鸭哥又说："今天带你熟悉下，一会儿给你个对讲机，跟着阿七干，一机在手，东兴你有！这种对讲机比较简单，容易串台，先凑合着用用。"

本子往车前面一放，鸭哥开始打电话，拿出来本子寄来寄去，我在旁边听着，基本上就是几点谁过货，这些事。

记完东西，我们一起到边上的和谐村，这个村子名字有意思，据说边上还有个和谐路。

村民们在村口已经摆了桌子坐好，一个大妈给鸭哥和我们一些冰镇可乐，说："胡老板辛苦啦，喝点东西，坐坐啊！"

鸭哥并不说话，从斜挎包里拿出三摞钱，对大妈说："今晚三单，12点半开始过，到时候给你们说。"

大妈拿着打篮球的那种包装起来。

然后跟着鸭哥走，我问鸭哥："你给他们钱干什么？你不是这边管事的，给他们钱干什么？"

鸭哥说："所以带你来逛逛，路是他们的，我们从他们的路过，肯定要给他们钱。边上那大路不好过的，别人两头一堵，就拿下了。从村子里过，交给他们买路钱。"

我问："那海关把村子一堵，那不是也完了啊？"

鸭哥哈哈大笑："所以要买路！买了路，关叔来了，进不去村子，找不到东西见不到人，关叔也没办法！我们这买好的路，没问题的路，都要棍路。"

我很不解："车开进去了，人进去了，海关抓就好啊。"

鸭哥看看周围笑着的兄弟们，一本正经："所以说读书人就只认书上啊，不了解现实！"

他转过来对我说："关叔来，村口外面的路上都摆上大石头，关叔搬石头，一群大妈小孩子路上玩，他们敢撞？耗时间？别的村里该过的都过了。这都算文明的，要不然关叔下车，几十个人村口一站，关叔敢来？关叔强行进来，泼水、扔垃圾扔到他们身上，哈哈，不就行了。村里几百号人，还怕治不了两三个人啊。"

我说："那关叔守住村口，等你们出去到大路上抓就好了。"

鸭哥一打我的头："我丢，你他妈的傻啊！兄弟们在这看路看的什么，他们在哪我们不知道啊？他们不吃饭不下班不换班不找女人不看老婆孩子啊！他们一直在这个村口堵我们啊！这就是兄弟们的价值！"

鸭哥又补充到："这是什么？这是伟大的战争，我们这老人、小孩、男的、女的，都在为这个战争出力；几个关叔，奈何得我们伟大的东兴人民！"

我好像知道了什么，若有所思。

鸭哥说："阿七和带我兄弟到医院那边那条路上，今晚你们在那了。"

阿七去边上骑个摩托车，对我说："猛哥上车吧。"

晚上 12 点半的时候，鸭哥在对讲机里说："准备做工。"

阿七和我坐在摩托车边上，不远处还有其他两辆摩托车，阿七说："这都是别的老板的。"

对讲机很普通，我们用的 12 频，我听到货过了河，上了岸，然后搬货的人过去搬货，搬上车，然后开走，40 多分钟，进展有序。

过了一会儿，第二批货上了，一切顺利。

但是对讲机里也有别人做货的声音。

3 点多过货的时候，一辆帕拉丁的警用越野车开过，阿七对着对讲机喊："0870，野仔来了！"

对讲机里一片忙碌，过了一会儿有别人说：野仔走了！

我问阿七："海关不知道那里在过货？"

阿七说："就他们一辆车两三个人，知道了能怎么样？我们不能搞得太过，他们来肯定给个面子嘛！城管你知道，那城管赶小贩，有几个真抓的，抓得过来吗，抓了就出事情。我们这一样的，他们来我们走，他们走了我们继续干。大家都要吃饭的啊！"

对讲机里的大家又恢复忙碌，4 点左右的时候收工。

我和阿七回到鸭哥那里。

鸭哥对我说："今天看路很成功啊，3 单 4 个小时，马上结算。说着给我了几张百元钞票，800 元。"

我在马路边坐一会儿就 800 块，简直令人不敢相信。

鸭哥又说："阿七，昨天猛哥请你泡妹，你这怎么着？"

阿七说："鸭哥说得对，我请猛哥去泡妹！"

鸭哥说："我丢，我们猛哥不是那种人，你这样看猛哥？"

阿七一脸笑，说："鸭哥看着办。"

鸭哥又拿出 800 块给我，说："兄弟们就是讲有来有往，有福同享，既然你不享靓妹，那我替阿七做个主，不能让猛哥破费。"

我一脸惊诧，众人皆笑。

鸭哥说："今天兄弟们辛苦，回去休息，哪天不做工，再带猛哥聚聚。"

回到了小宾馆里，我辗转反侧，我竟然如此轻松地赚到 1600 元，当时同学毕业一个月累死累活才能拿一千多块钱；我想，如果我做得更多，岂不是发家致富不再是梦，我突然觉得生活充满了希望起来。

第二天没有货，鸭哥又叫一起去夜宵，鸭哥又开始吹牛，讲我怎么被 KTV 小妹消灭的事情，众人都很开心。

酒过三巡，我先喝了一杯酒，然后端坐好，对鸭哥和其他人说："鸭哥，兄弟们，我觉得你们这个工作不错，我准备留下来干，希望鸭哥和兄弟们以后多罩着！"

鸭哥哈哈大笑，大家倒满酒一饮而尽，然后鸭哥说："以后大家都是兄弟，有福同享有难同当有妹同把！一起在东兴创造美好人生！"

第三章　经历挫折——棍路上的黑吃黑

加入了鸭哥的组织以后，看路的生活简单而快乐，钱也简单而快乐地赚着，平时吃吃喝喝，后来我了解了东兴除了 F 系列的 F1234 等 KTV 以外，还有一些 V 系列的 KTV，最有名的就是 V12，但是 KTV 和小妹也并不是每天都有的，KTV 吼吼叫叫的生活也不太适合我，于是我的生活渐渐陷入了平淡。

那时候，我们把交了买路钱、有村民帮我们安排好的路叫作棍路，意思就是像棍子那么直，每天晚上，我在不同的棍路上，拿着不同的对讲机，听着你们讲的各种方言，做着看路的活。我甚至好奇，什么时候，我被关叔抓住，或者追赶一次也算，这样也可以成为在酒桌上很适合。

据说东兴的走私分很多派别，从中越界河的友谊桥一直向东到竹山的入海口，一般都是由东兴市本地老板垄断的，莫老板是其中之一，人称莫总，另外一个还有一个比莫老板更大的老板，人称肥老板，听说是因为人长得比较胖的缘故。

从友谊桥向东沿着北仑河的上游到十万大山，就更加复杂了。每个镇，每个村，可能都有自己的势力，老板们只能影响到出村，至于村里的事情，都由村里的德高望重的人来把握。

到2010年的时候，东兴的暴利吸引了越来越多的人来做货，竞争也越来越激烈了起来。

有一天，也是一个月黑风高的夜晚，我记得我们过的货是香烟，其实我之前也很奇怪为什么中国的烟要出口出去然后走私回来，到这里来才知道，出口是为了退税，再进来又不用交税，一倍的差价就此获得了。

那天，我和阿七在一个村口看路，准确地说是管理看路仔，这个村口偏向于北仑河的上游，晚上1点多的时候，对讲机有小弟说他们被人抓住了，想让我们去谈一谈。

我一听这小弟脑子有问题啊，被关叔抓住钓我们，竟然这么说话，今天好像很有趣味的样子。

对讲机里传来声音好像专门再回答我的疑惑："都是一路人，相互不要为难，过来聊聊。"他的口音明显不是当地人。

我赶快把这个事情给鸭哥说，鸭哥让我先过去，这种事情之前也有的，没什么事情。他还说他很快就到，让我们在附近等一下。

十多分钟过去，鸭哥来了，到了我们上货的"码头"几辆面包车装满了烟酒停在哪里，阿七从我们的越野车里抽出一个铁管子，拿在手上；他也给我了一个，我说："我不太会打架"。

他看我笑了笑，拿了两根钢管。

对面有十几个人，鸭哥带着四五个人，加上来搬货的，我们明显人数不占优，但是鸭哥骂骂咧咧的马上顶上去，他喊道："你们他妈的干什么的，也不看看这是谁的地方?！"

对面带头的一个人是个矮胖子，说话虽然平和，但是气势上并不示弱，他说："这边地方之前就是我们在做，你们到这边来不打招呼还在这嚣张?"

鸭哥从背包抽出一个砍刀，说："别他妈的废话，老子在这干几个月了，没见过你这龟毛!"

对面明显准备上，被矮胖子拦了一下，矮胖子说："兄弟，这东西也不是你的吧，之前有点误会，找你老板来好好说话。"

鸭哥吼道："他妈的谁跟你是兄弟，这几个面包车过去，有什么事情跟我之后谈。"

这时候又来了几辆面包车，下来了将近十个人，明显是我们这边的，鸭哥说："别废话，给我的打死这帮龟毛！"

说完鸭哥一挥砍刀，十几个人拿着钢管和砍刀就要上，矮胖子说："他妈的，敬酒不吃吃罚酒！"

他从边上包里拿出一个电视上经常演的枪，从容不迫地往地上打了一枪，砰的一声闷响，地面的尘土浮起来大概一米高。其他也有两个人拿出来类似的枪，我后来才知道是短管猎枪，这是我第一次见到真枪发射，所有人都愣住了，向后退了退，好几个人看着鸭哥。

鸭哥吼道："他妈的吓唬老子，老子什么场面没见过！"

鸭哥拿着砍刀向前，矮胖子又打了一枪在地上，尘土纷飞，鸭哥明显好像被什么东西击中了腿，跟跄了一下，矮胖子和其他人向后退了退。阿七这时候一边骂一遍准备带小弟们上。

我赶快去抓住鸭哥，不知道什么勇气，我对对面说："大哥们，我们肯定有点误会，能不能把枪放下？"

鸭哥瞪着我好像要说话，我赶快拉住他。

矮胖子说："小兄弟还是比较识相的啊，货我们带走，我们桂柳的，这片做了很多年了，让你们老板跟我们联系！"

鸭哥骂道："我丢你老母！"

矮胖子没有理他，我问："我们老板怎么联系你？"

矮胖子说："这个不用你管。"他说这话，举起来手里的枪，又看看鸭哥和我们，补充道："本来的规矩还是要有的，你们做做你们东兴的业务，跑到这边来搞什么搞！"

鸭哥又要说话，但是已经被阿七和小弟拉到后面去了。

我们看着六辆五菱面包车的烟酒都被拉走，所有的人都面无表情，好像打了很大的败仗，但是又不敢说话。矮胖子看车装完，他的车开走，然后回头看了看，装上枪，然后和剩下的几个人上了越野车走了。

鸭哥又开始骂起来，我说："鸭哥，还是保命要紧吧，这后面怎么办？"

鸭哥说："妈的我们人都被你丢完了，这帮吊人之前在村里走的，不上这棍路，这次这气势没压住，以后我们更难搞！"

我说："鸭哥，压不压住，命要紧吧。"说准备看看他小腿是不是受伤了。

鸭哥说："兄弟们出来混，就是讲的气势，今天他妈的不是你我干死他们！"

鸭哥被弹起来的小石子击中了腿，破点了皮留了点血，没什么大碍，我觉得他们的那种枪威力也不大。我说："鸭哥消消气，要不然我请你们去找小妹！"

鸭哥说："找个屁，出了这种事情，我怎么找莫老板交代。"说这他拿出电话，打电话给莫老板。连说了很多是的是的以后，鸭哥对我们说："莫老板让去找他，你们几个跟我过去。"这其中就包括我和阿七，这令我感觉十分紧张，不知道会受到什么样的惩罚。

我们上了车，没想到车到站竟然到了 F1，我忐忑不安，想着会不会想电视里演的一样被剁掉手指，我问鸭哥："我能不能不去？"

鸭哥说："你这当好人的放走了货，怎么能不去？！"

到了 666 包厢，我依然记得这个包厢号码，中间沙发的地方坐着一个人，看起来不太高，带着貌似银色边框的眼镜，他的眼镜不大，眼睛也不大，不胖不瘦，灯光打在他脸上已经看不出他的肤色了。我曾经无数次想象莫老板是个凶神恶煞似的人物，但是没想到居然是这种样子——鸭哥会给我看各种美女照片，却从来没发过莫老板照片，当然这也是正常的。

莫老板看我们都来了，问鸭哥有没有受伤，鸭哥说："擦破点皮没什么事情。"

莫老板笑着说："我就知道你没什么事情，要不然早就去医院了。"然后他看看我们笑着说："今天晚上兄弟们受惊了，我请大家唱个歌，等会姑娘随便点。"

我一时感觉蒙圈，没想到第一次被黑吃黑竟然是这种结果，我觉得是不是先礼后兵后面还要做什么别的事情。但是很快这种疑虑就被打消了。

叫了妹子之后，莫老板开始和大家喝酒，他端了一杯酒给我，依然笑着对我说："小张啊，听说你是大学生，让你干这种事情真是屈才了啊。"

我感觉十分惶恐，赶快喝了酒，对莫老板说："老板好！没有，我觉得挺好的！"

莫老板哈哈大笑，喝了杯酒，示意把音乐关小点，对大家说："今天晚了，你们好好放松好好玩，我就先回去了，我在这大家也不自在。"然后他对鸭哥和我说，"今天的事情明天白天我们聊聊，今晚就好好玩玩吧！"

说完他就走了，这又令我十分紧张，但是很快紧张情绪就随着妹子们的欢笑声而消失了，我想反正不知道白天怎么样，今晚就不醉不归放松下好的，随手把身边的妹子抱在怀里；唱歌声，酒杯声，又在渲染着属于东兴的快乐。

原载"知乎"网站　2020 年 5 月 30 日起连载，已完结

花 间 行 （节选）

林亿一

第一章　分手

2019 年 1 月。

海岚一天之内退掉成市的出租房，辞掉实习的工作，买好了回嘉市的高铁票。

她几乎没有正眼看等在小区门口的贺伟诚。

他迎上前再度问道："岚岚，你真不考虑我的建议吗？你这么冲动，我妈怎么会满意？"

海岚一个字都不想和他多说，拿出手机打开滴滴打车软件。

贺伟诚想不到平日里温柔的她，这一次竟然如此决绝，近乎绝情，他面色阴郁地问："你是不是从来都没爱过我？"

海岚望着他："我为了你留在成市，难道我对你会没有感情吗？"

"岚岚，现在能有一个成市户口很难！嫁到我们这样的本地家庭难道你还不满意吗？"贺伟诚觉得她简直就是顽固不化。

海岚从口袋里掏出一根皮筋把一头秀发扎上头顶。冷风扬起她的马尾辫，让她的神情显得更加淡定无谓："贺伟诚，我们后会无期吧！"

望着窗外一座座别墅般的房子散落在田野之外，海市美丽乡村挺立茂盛的大树、植被，还有远方若隐若现、鳞次栉比的高楼在视线中呼啸而去，海岚在心里默念："成市，再见。"

她的家乡在嘉市宁县，一个不通高铁的县城。转乘绿皮火车一个半小时后，她面色疲倦出现在舒平晓和海宇航的眼前。

灰蒙蒙的天空中飘起星点的雨丝，海宇航撑着伞走向女儿，舒平晓心疼地说："岚岚，坐车累了吧？"

父亲开的是平常拉货用的神车五菱宏光，此时打足了空调，让她备感温暖。

她抛开被妈宝男影响的情绪问道："爸，今年盆花的生意怎么样？"

海宇航笑道："就那样吧，反正养你们娘俩没问题。"

舒平晓脸上露出满足的笑容，丈夫踏实努力，家里供女儿读完大学略有节余，日子不算红火但是很温情。

"你不是说下个月才回来吗？"她有半年没见到女儿，此时满目慈祥抚着女儿的手。

海岚把头靠在她的肩膀上，像小时候那样紧紧拽着她："我想回来休息一段时间。你们不会嫌我吧？"

海宇航与舒平晓的目光在后视镜里交流片刻："当然不会，你妈巴不得你回来陪她。"

海岚心中感叹，她如此忠厚的双亲，怎么能让那位优越感满满的海市本地人鄙视呢？

她再次肯定分手的决定是对的。

海宇航喜欢种花，在陆石村与许和镇是出了名的。

许和镇大多数男人年轻时就去邻省打工，但是他没有。

他从四十岁开始学着隔壁如浦镇种盆花，往镇里、市里销，收入和出省打工差不多，还可以同时兼顾家里。

说起如浦镇，虽说与许和镇是邻居，但行政区域却属于南江省。

五菱宏光驶进一家小院。海岚连行李都没放就和父母到厨房张罗着做饭。

这座砖混结构的老房子是海宇航 2005 年在自家宅基地上造的。除了有地板砖和腻子胶墙体外，没有更多的装修，但却给了海岚最温暖的踏实感。

她曾想过带贺伟诚回来，但是他说以后有的是机会，现在想想幸亏他没来。

海宇航往灶膛里添柴火，海岚则偎在他身边感受着灶膛前的温暖，听他说道："其实咱们镇的土壤我研究过，和如浦镇的一样挺适合种花。"

海岚问道："那为什么咱们镇里的人要跑出去打工，不在家里种花呀？"

舒平晓在大灶里麻溜地炒了三个菜："别管别人家的事啦，赶紧洗手吃饭。"

海岚连忙起身，端起灶台上的菜摆桌、盛饭。餐桌上有一个老瓷瓶，里面插着几朵新鲜的月季花。

舒平晓笑道："这是你爸自己种的，楼上你房间里也有，都是今天新鲜的。吃了饭你回房间看。"

海岚注视着鲜花，夹了一筷虎皮青椒。

她喜欢吃辣椒，舒平晓特意把辣椒炒得酥软入味。见她吃得香，舒平晓问道："岚岚，你上次不是说想考研究生吗？"

海岚点头又摇头："我把工作辞了，回来先休整两个月再说。继续读书费用太大，我还是倾向先工作。"

既然要继续工作，为什么要辞职？舒平晓有些想不通，海宇航在一旁冲她摇头。

"那就先好好休息，反正下个月就过年了，找工作什么的先放一放。"

海岚品着虎皮青椒的滋味，就着一口饭把心里的泪意咽下去。无论何时何地，父母永远是最懂她的。

回到房间，她的书桌上有一束新鲜的真宙，橘黄的花瓣衬托着白纱窗帘，显得格外温柔。她伸手轻抚花瓣，若有所思地看着院子里一盆盆的月季。家里的温暖伴着月季的清香，海岚睡得特别踏实。

一觉醒来，她依稀听到院里有人在和海宇航说话："老海，年前还有货出吗？"

"有是有，不算多。"海宇航道，"过完年有一批小苗起来。"

她穿着毛茸茸的睡衣站在阳台上，看海宇航开着五菱宏光出了小院。

厨房间里有小米粥、小笼包，是她最爱吃的早餐。舒平晓在一旁洗碗："岚岚，和我去镇里逛逛吧？"

海岚喝粥，答非所问："妈，爸爸是不是出去送货了？"

"是呀，年底生意比往常要好。"舒平晓应着话，不放心地看她一眼，总觉得她这次回来心情不太好。

接连好几天，海岚都窝在家里做饭，让海宇航和舒平晓到家后就有现成的热饭吃。

舒平晓忍不住和海宇航说："你有没有觉得岚岚有些不对劲？"

海宇航思忖着道："看出来了。"

"那我们是不是该去问问？"舒平晓着急地站起身。

海宇航拉住她："岚岚向来很自立，她心里有不爽快会自我调节。她不想说，咱就不要多问，免得给她压力。"

舒平晓担心地说："我怕她憋在心里憋出毛病。要不你带她出去玩两天？"

第二天趁着海岚做早餐的功夫，舒平晓道："岚岚，如浦镇最近搞了个花展，你爸说想去看看有没有新品种，要不你陪他过去参考参考？"

海宇航帮腔："年轻人的眼光总归比我们好。"

海岚往锅里下面条，没做其他考虑："我都行，哪天去呀？"

"今天！"

第二章　偶遇

如浦镇离许和镇不远，开车一个小时的车程。一路上高耸的水杉营造着天然的景深效果，路边停着一辆打着双闪的车。

五菱宏光减速通过时，海岚用余光扫了眼车的立标，丝毫没注意到海宇航朝她投来探究的眼神。

她扭头看向父亲，轻声问道："爸，要不咱们去看看能不能帮上忙？"

海宇航舒了一口气，平时遇到这种情况他早就停车了。因着女儿在，所以他一直没作声。既然女儿也愿意帮忙，他立马挂上倒挡，在那辆车前面停下。

海岚下车望向靠着车身打电话的男人，黑色大衣，发量不错，皮肤很白。因为身材挺拔、修长，人与车在红色的水杉下自成一道风景线。

顾子晋看着朝他一步步走来的女孩。身材纤细，眼睛很明亮；阳光把她的脸照耀得很通透，扎着马尾，刘海下的眉毛淡了些。

"你的车坏了吗？要帮忙吗？"女孩的声线属于中低音，让人听了有种安心的感觉。

他挂断电话立直身体回道："不需要。"

他身后助理模样的男人担忧地说道："顾先生，刚才通知4S店了，他们说从庆安市开到这里最少要两个小时，你下午的会谈怕是要赶不上。"

他把手插在裤袋里："让他们等着就是。"

海岚本想问他要不要搭车，此时不再开口。海宇航还在说："如果有什么需要帮忙的，你吱个声。"

海岚扯了扯他的衣袖："爸，这车咱们真帮不上忙。"

顾子晋略显慵懒的目光落在她身上，语气礼貌中带着疏离："谢谢。"

海岚微收下颌算是回应，对海宇航说："我们走吧，下午还要赶回去。"

五菱宏光的声音很快消失在这条村级公路。顾子晋的周围恢复了宁静，时而有鸟叫声提醒着他时光的流逝。

他的助理面露焦虑不停地看手表，他淡淡地说了声："替我叫辆车，你在这里等维修人员。"

"这人真奇怪，好像很不相信我们，他会不会把我们当成打劫的了？"海宇航把着方向盘说道。

海岚笑他想象力太丰富："爸，他的车挺贵的。就算你会修，他也不见得会让你帮忙。"

说着她脑海里闪过男人那双深暗的眼睛，眸里的冷冽确实没有因为有人来帮忙而发生变化。

与其说如浦镇开的是花展，不如说是中等规模的展棚集市。无外乎镇里组织一些花农把自家种的花堆放在一起，让人欣赏、购买。

海宇航和相识的花农聊着月季的栽种、今年的行情以及明年的打算。海岚默不吭声跟着转了一圈，从他们的谈话里得出一个结论：如浦镇种花就是各自为政。

今天你家种这个花赚钱，明天我家也种；没有任何合作。镇里基本没有统筹、更没有规划。怪不得种了这么多年花，没有形成产业化，到现在也无法在全国鲜花市场排上号。

不过从收入上讲，相比许和镇家家户户的壮年都出门打工，要好太多。

海宇航笑呵呵地对海岚说："刚才老李说，附近种了一片美女樱，拍照挺漂亮。"

在他眼里，小姑娘不就喜欢拍照片发朋友圈吗？

海岚确实喜欢花，也喜欢拍照，但是她现在并不爱发朋友圈。她以前发圈，习惯性发完就锁屏，结果因为她没有及时回复别人的留言，被人在后面说成高冷。为了验证她的高冷，她把朋友圈设置成了三天可见。

远远望去成片的美女樱开得鲜艳灿烂，在冬天也能看到这么美的花境，海岚的心情瞬间变好。

海宇航带了单反，认真地抓拍女儿。

海岚知道，老父亲也就是端着设备装专业，偶尔抓拍可能还能出点意境图。如果让她摆拍，只怕不是把她拍丑了，就是把一米六五的她拍成一米五……都不到；再或者是拍得找不到女主角。

刚拍了几张，海宇航往前方望去。只见有人扛着摄像机，两个政府官员模样的人陪着一位男人走过来，他们一边看一边聊。海岚眯着眼睛看了看，正是先前遇到的男人。

领头那位引着他朝他们所在的方向走来："顾先生，恰好这里有人，我们先采访一下他们。"

顾子晋也看到了他们，他的目光并没有在他们身上过多的停留，仿佛之前的偶遇根本就不存在。

他神情平淡说道："请便。"

扛摄像机的人把镜头对准海岚，主持人开口："你们也是附近的种植户吧？请问你们对本地种植盆花有什么看法吗？"

海岚往旁边一站："对不起，我们不是本地人。"

大家面面相觑，向来遇见采访的人，都会很高兴地配合。这是普通人难得上电视的好机会。海岚拒绝后直接绕开他们，往另一个方向走去。

顾子晋继续听旁人介绍如浦镇的情况，临到最后他简单地问了一句："这个项目你们的预算资金是多少？"

不远处，一道被斜阳拉长的背影落在顾子晋的视线里，在满地的美女樱中显得格外出挑。

海宇航对今天的行程很满意，海岚在回去的路上却一脸沉思。她问道："爸，你和如浦镇种花的人相比，每年的收入相差多少？"

海宇航笑容可掬地道："就刚才我认识的那几位呀，他们家里的地都种上了月季。肯定比我赚的钱多。"

海岚若有所思地说："那你为什么不把家里的地都种上花？"

海宇航毫不犹豫地回答："我哪有这个精力和技术？光这些苗都快应付不过来了。"

海岚道："可以雇人嘛，这样的话肯定比你现在更赚钱吧？"

老父亲呵呵笑道："岚岚，你怎么像个财迷一样？"

"唔，赚钱改善生活这个很正常嘛！赚钱并不丢人好吗？"海岚一点不觉得脸红。

转眼到了大年初三，一家人坐在客厅吃瓜子、看电视，她郑重其事地递给海宇航和舒平晓一份稿件：《鲜切花种植创业可行性报告》。

第三章　拜师

海宇航放下手里的瓷杯，展开材料细细一读。

好家伙，海岚从财务管理的角度讲述了大面积、专业种植鲜切花的前景。包括成本预算、收入预估，以及回收成本、经济收益见效的时间。

"所以，你的意思是想回来种花？你不打算找工作了？"海宇航艰难地问道。

海岚考到成市财经学院，在整个县都是上过榜的，在他心里自然希望海岚能找个更体面的工作，而不是回来与土地、植物作伴。

海岚语气笃定："我在成市，一年顶多二十万收入。如果回来跟着爸一起种鲜切花，三十万一年我觉得没问题。"

海宇航对她的自信心质疑："如今就算是如浦镇，没有谁家能靠种花年收入超三十万。你就这么有把握做到每亩地净收益两万元以上？"

海岚当然没把握，她坦白道："盆花达不到，鲜切花完全有可能。虽然我目前没有十足的把握，但我打算过完年去成市植物园科研所拜师学艺。学完后，我相信一定行。"

"女儿呀，那要投多少钱？"舒平晓从没做过发财梦，想到一下子要把投钱出去，心里非常不安。

海岚明白她的志忑："妈，我这几年勤工俭学存了点钱。可能还有些缺口，我能不能向你们借五万块钱？如果不行的话，我可以去人社局就业处申请大学生创业贷款。"

她一提要贷款，舒平晓就更急了："别贷、别贷！贷款的利息太高了。五万块家里拿得出，我就是怕你辛苦。"

海岚的声音不大不小："爸，如果我们村的人都种鲜切花，我负责销出去，不仅我们可以赚钱，村里人也可以赚钱。"

她在一张空白纸上比划，说道："等我回来后，我想先租几亩地。爸，你到咱们亲戚家走动走动，看看有没有人愿意把地租给我们。"

海宇航的视线随着她在纸上划动的笔移动，想起了最近听到的新名词：乡村振兴共同富裕。

他嘟囔道："还要租地？这会不会有风险？再说，植物园那边你联系到人了？"

海岚盯着自己画的蓝图："嗯，从如浦镇回来后就联系上了，初七我就过去。风险肯定是有，但是有了技术，还有你的手艺，我相信咱能把风险变成收益。"

老两口不由得在心里感叹，原来她每天做完事就窝房间玩电脑，折腾的竟然是这么件大事。

虽说海岚的计划看上去不至于亏本。但是对未来艰辛与收入的顾虑，还是让舒平晓心中犹如堵着一块大石头般难受。

海宇航安慰她道："你别太焦虑，她不是说了吗？如果赚的钱不如工资。她就去找工作。"

舒平晓叹气，让海岚学财务管理是不是错了？她似乎对钱有了由衷的热爱。

海岚纠正了她的说法："妈，我是在找通往富裕的路。说不定还能带着全村人共同富裕。"

舒平晓咂咂嘴，心里暗思：自己家的小日子过太平就不错了。

大年初七，海岚再次踏上成市的土地，心里感慨万千。

她曾想过此生无论做什么都要绕开成市。现在想想，这座城市每天都要上映恋爱、分手的片段。因为一个妈宝男就排斥它，何其无辜。

如约抵达成市植物园科研所所长的办公室，她坐在沙发里等所长于弘方。

不多时于所长与人交谈的声音传进办公室："我另收的徒弟也到了，介绍给你认识。"

海岚起身迎接于所长，意外发现他身边的男人是熟面孔。她没有表示出相熟的意思，礼貌地打招呼："于所长。"

抬起头她对上男人一双深若寒星的眼睛，他完全把她当作了陌生人。

所长约莫五十岁，圆身材，头顶有点秃："子晋，我介绍一下，这是海岚。"

顾子晋礼仪到位，朝她点点头："你好。"

三人一起坐下，于所长感叹道："本来我是真不收徒弟了。主要是小海的想法打动了我；再说子晋也磨了很长时间。所以我综合一下带你们两人一起学。你俩没啥意见吧？"

顾子晋无人可见地挑眉，能打动于所长的想法？

海岚能有啥意见？她感谢地说道："谢谢于所长，我的想法还不成熟。我只有一个目的……"

"赚钱！"于所长打断她的话，对着顾子晋笑道，"子晋，想不到吧？我会被小姑娘想赚钱的想法打动。一个让全村人赚钱的想法，这可是大好事。"

海岚被他夸得脸红："于所长，我没有你说的那么高尚。"

于所长笑道："海岚，来认识一下，这位是顾子晋，海市华腾投资有限公司的董事长。"

海岚愣了愣，原来是玩资本的："顾先生你好。"

于所长担心她拘谨，特意说道："海岚呀，说不定子晋可以帮助你实现共同富裕的目标。他去年投资了一家跨镜电商公司，前不久被如浦镇邀请过去谈投资项目。"

海岚心神一动，怪不得当时在如浦镇有那么多人围着他。原来他是个金主爸爸。

顾子晋看向海岚，礼节性问道："你是哪个地方的？"

海岚道："广县许和镇的。"

"哦！"顾子晋道，"据我所知，许和镇不以种花为经济支柱。全镇种盆花的不超过三家。"

海岚笑了笑："你说的对！但是正因为没有，所以才有挖掘和上升的空间。"

顾子晋并不在意她语气中暗藏的挑衅，轻轻摁掉了一个打进来的电话。

于所长说："子晋，你要是有重要的事就先去忙着。下午的栽培课你就别来了。"

顾子晋摆了摆手："老师的时间比我的更宝贵，我很珍惜。"

于所长对海岚解释道："子晋是个种植高手，他有一个特别漂亮的私人花园。栽培对他来说是小菜一碟。"

海岚兀自点头，想不到玩资本的还喜欢种花，如此一来，倒显得她是个真正的小白。

原载"萧湘书院""起点女生网"等网络平台　2021 年 12 月 13 日起连载

速破者（节选）

周 飞

第一章　网络

1

方林看了看手表，现在是下午五点二十一分，距离和"厨师"约定的时间已经过去一个多小时，换句话说，"厨师"迟到了一个多小时了。"厨师"是贩毒团伙内部对"制毒师"的代称。

他点上一根烟，搓着手走到滨江地铁站 C 口的指示牌下，这个位置比较利于观察行人，无论是坐上行滚梯从地铁口出来的人，还是要进入地铁的人都可以早早看到，当然，这个地方还有一个好处，那就是耸立的指示牌可以挡住呼呼的北风。

方林穿着茶色带有铆钉的棉外套，蓝色牛仔裤，头顶 MG 的棒球帽，脖子上挂了一个硕大的金链子，从警局出来的时候，方林对金链子颇有微词，但下属许昕肯定地告诉他，说就是这根金链子让他终于摆脱了人民警察的形象，真的有三十出头的小流氓的样子了。

今天是大年夜，地铁站的人流比往常少很多，但围绕滨江地铁站是一个商业中心，即便是大年夜，这里的商场和饭店依然人满为患，这或许是"厨师"临时把地点改到这里的原因——如果发现有问题，他可以马上混迹进商场的人流中伺机逃脱。

为了确保万无一失，这次抓捕行动除了方林外，一共出动了刑侦、经侦和缉毒共十二名精英，有五名警员伪装成行人，分别监视 ABC 三个检票口、地铁站台和电梯间，还有七人，以黄政委为首都埋伏在 C 口通往商场的路上和 C 口附近的隐蔽地点，另外三十多名交警支援，他们分布在附近各个路口，做了随时设置路障的准备。

"娘的，这是要等到啥时候了！"方林轻声抱怨。他的衣领深处别着一个集成无线耳机，这种耳机是警队新采购的，它的特点是收音效果佳，隐蔽性好，只要他接触到"厨师"，随即说出暗号，专案组众人赶过来只需要一分钟！他知道黄政委那边听到他的抱怨，肯定又要说他"把不牢嘴老放臭屁"了。

不知不觉，这根烟又抽完了，方林掐着烟头往地铁出口右侧的肯德基走去，肯德基外面有个吸烟区，那里有专门丢香烟的垃圾桶，这一小时里他已经跑了五趟了。

走过肯德基店面时，他透过玻璃窗往里面看了看，女儿方小鱼还是坐在那个位置上喝着奶茶玩着手机，她一直背的新秀丽双肩包放在身旁椅子上，店里看着挺暖，女儿脸颊热得通红。

今天下午两点多的时候，就是在布置抓捕任务之前，女儿给他发微信，说无论如何今天回家前必须跟他见个面，今年的事情要在今年解决！

方林和女儿关系欠佳有段时间了，他一直搞不懂为什么父女二人会变成现在这副模样。他的记忆还停留在从前，女儿还是一个扎双马尾，身高只到他胸膛高度的小女孩，那时候女儿很黏自己，到哪都要跟着自己，但不知从哪一天开始，女儿就跟自己不亲了，二人也开始说不上话。

为此方林也曾颇为烦恼，妻子季洁开导他说："这大概就是青春期了，都说青春期的女孩都叛逆，大多和父母慢慢疏远。"

这次女儿主动约自己，方林也是喜出望外，因为下午要配合刑侦和缉毒执行抓捕任务，他便把女儿约到了滨江地铁口的肯德基见，他打算请女儿吃顿大餐，聊完二人也可以直接坐地铁回家，滨江站有两条线，二号线可以直接到他家。

只不过他事先并没有预料到"厨师"会把交货地点改到此处。

方林突然看到玻璃窗的倒影上出现了一个年轻男人的模糊身影，大冷天的，那人却只是在黄色毛衣上套了件红色拉链连帽衫，这人身材很高，足有一米八以上，比方林高了快半个头。

年轻男人走到方林身边，脑袋和他的脖子贴得很近，说话的时候，哈出的热气都冲到了他的金链子上了。

"是你要买猪肉吗?"

方林心中一凛,这人很可能就是"厨师"了,"猪肉"是毒贩对"冰毒"的称呼,其他毒品也都有各自的代称,比如海洛因通常被称为"狗肉",麻古通常被叫作"红果子"。方林没看到他从什么地方出现的,但从他说话的语气,方林猜想此人大概率在自己看不到的地方观察许久了,他并不是迟到,而是在确认方林是不是真正要买毒品的人。

"之前说好了,还要三半狗肉。"方林马上回答,他知道"厨师"是在试探他,之前二人在网上谈好的是冰毒和海洛因各要三克,在网络上,他们一般用"半"代替"克"。

方林说完后转身朝男子看去,他的脸被帽子遮住了大半,看不清样貌。年轻人笑了一下,随后掏出一个超市储物柜的钥匙递给他:"菜都在里面。"

方林接过钥匙,是祥辉超市的储物柜钥匙,编号是405。

他低声说:"小寡头说你的肉最好,量也是要多大有多大。"这个小寡头就是之前被抓的贩毒团伙的下线,是他供出的"厨师",这也是专案组约定的暗号,只要方林说出这句话,就代表要各队马上出动抓捕"厨师"。

"厨师"此时尚未知觉警方的动向,他警惕地四下张望,"要不是小寡头保证,你要的量也够大,我是不会当面和你交易的。"

"下次我可能要更多。"

方林边说边把钥匙塞入口袋,他估摸着其他警员已经赶到附近,正准备出手将"厨师"擒住,不想"厨师"突然脸色大变,喊道:"你是警察!"随即一把推开方林!

方林很疑惑,不知道自己哪里露出了破绽,被推开的时候他下意识地朝"厨师"衣领抓去,但是"厨师"用力一扯,就甩开了方林,随后大踏步往商场跑去。

"厨师跑向商场南门,黄色毛衣,红色连帽衫!"方林边追边冲无线耳机喊。

刚才扯开"厨师"衣领的时候,看到里面白光一闪,他衣服内衬里应该藏了刀具!想到这里,方林马上提醒:"嫌犯可能有刀,大家要小心。"

方林没有注意到,他跑离肯德基时一名陌生男子坐到了方小鱼的对面……

从肯德基到商场的距离有近一百米，最近的地方是南门，"厨师"此刻就朝着南门奔去，和"厨师"的身材相比，方林显得"娇小"许多，二人一前一后追逐，方林在速度上反倒占优，出人意料地逼近了"厨师"。

方林追击过程中仍不忘观察局势，他看到南门处已有两名便衣同事把守，身后和右侧也有同事包围上来，但是并没有见到黄政委。方林心想：黄政委大概为了防止"厨师"持刀冲进商场引发骚乱，已进入商场和商场保安对接，准备疏散群众了。

"必须在'厨师'跑进商场前抓住他!"方林心中这样想，腿上也加了力。

守在南门的便衣警察摩拳擦掌，准备在"厨师"跑到南门时给他来个"合围"，"厨师"显然发现门口这两人是警察了，他从怀里取出水果刀，冲到门口时对着二人就刺，但两名警察早有防备，一个闪身就躲开了。

"厨师"并不是真要刺到警察，他只想警察给他让道，好冲进商场，他也确实获得了这个空间，只是方林这时候已经追了上来，他一把揪住"厨师"的肩膀，随即一个过肩摔，就把"厨师"按倒在了地上。

便衣警察一拥而上，将"厨师"铐上后押进了停在一旁的"伪装车"，方林没有跟着上车，他让同事们先回警局，自己则去了超市。

符合钥匙编号的储物柜很快就找到了，方林看了一眼超市的监控摄像头，从超市入口到这个储物柜均在摄像头死角，这样说来的话，究竟是"厨师"还是其他人放得毒品可能就无法知晓了。

钥匙一下子就打开了储物柜，里面是一个黑色塑料袋，未免破坏塑料袋上的指纹，方林套上橡胶手套后尽量捏着袋子角将其取出，他打开看了看，里面是冰毒和海洛因。

把毒品送回警局后就没他什么事了，方林换回了警服，顿觉神清气爽，之前和"厨师"接头的这身打扮实在和他的穿衣习惯相差甚大，特别是那根大金链子，要是被女儿看到一定说"好丑"。

方林打开手机，连着响起了十几条微信，他打开后发现都是女儿发来的。方林这才想起和女儿的约定，他一看时间，已经六点一刻，不知不觉又让女儿在肯德基等了一个小时了。

"我先走了，有什么状况打我电话。"方林拿起手机和警帽，对留下来协助缉毒警察审讯的许昕说。

"老大你放心，不会有状况。"许昕点头，随后想起什么似的，从桌上的挎包中取出两张票递给方林。"上周带儿子去海洋公园，因为有新年活动，就多买了两张，过完年你刚好带小鱼去玩玩。"

方林之前透露过女儿方小鱼最喜欢去海洋公园，可惜自己工作忙，还没陪女儿去过，没想到许昕把这事放在了心上。

方林接过门票塞进口袋，跟许昕道了谢。去滨江站的出租车上，司机一直在跟妻子打电话，说自己拉完这最后一单就回家。方林掏出手机，先拨了妻子季洁的电话。电话那头闹哄哄的，显然是两家的老人家都到了。

季洁说："我早上就把技侦部加班要完成的工作完成了，这会儿菜都做好了，就等着你和小鱼一起回家呢。"

方林应了声，季洁听出异样，低声问："你不会还没和小鱼聊过吧？"

"工作忙……"

"行了行了，快点和小鱼回来吧。"

妻子语气有点不悦，方林心头也觉得惭愧，这两三个月女儿的状况有点异常，妻子跟他说过这事，还说自己和女儿聊过几次，但女儿什么都不肯说。

方林挂掉电话后翻看微信，方小鱼的微信都是四点前发的，都是在跟方林汇报行程。三点五十分方小鱼就到了肯德基，四点就没再发微信，这是方小鱼担心影响父亲工作，所以就安静地坐在肯德基里喝着奶茶等待了。

但是方林当时手机是关机状态，所以一条都没回，不过，方林想到女儿在肯德基喝着奶茶等待的样子，不自觉露出了微笑。

到达肯德基门口时快七点了，商场广场上有人在喊"新年烟花会马上要开始了"，这一喊，肯德基里的人都走了出来，其他地方的人也都成群结队从四面八方往商场走，方林被人流带得反倒离肯德基门口更远了。

这时候电话响了，是许昕打来的。

方林接起电话，"出什么事了？"

"是好事，'厨师'全招了，他不仅交代了这条线上的头儿叫'龙叔'，他还把制毒的窝点都交代了，政委说我们的配合工作完成了，缉毒队今晚就出动，一定把那个贩毒团伙一锅端！"

"好！"

方林挂掉了电话，他皱着眉，刚才许昕提到了"龙叔"，可他似乎刚才身边也有人提到了这个词，那人好像说了一句"相信龙叔……"。

方林的视线在人群中搜索，有那么一个刹那，他似乎看到了女儿背包上的小鱼吊坠，这是女儿去年生日的时候，自己在商场随便买的一个赔罪礼物。

去年女儿生日，本来约好一家三口去海洋公园，但方林因为工作原因，临时没有去成。女儿收到这个礼物时还嘟着嘴，说这个赔罪礼物一点诚意都没有，不过之后她却一直把它挂在自己的背包上。

推开肯德基的门后，方林的视线自然而然地落到女儿坐的座位上，然而那里并没有人。问了店里的服务员，没有人注意到女儿是何时离开的。

方林拨打女儿电话，女儿的手机响了几下后就关机了，他打电话给妻子，妻子也没当一回事，就让他快回家，女儿肯定是因为等不及他，所以先回家了。听妻子电话里嘈杂的声音，妻子当时应该是忙着协调几位老人家的口味，她们正为年夜饭主食是水饺还是汤圆争论不休。

挂掉电话后方林就走进了地铁站，两分钟后地铁就来了，今天的地铁空荡荡的，方林挑选了个挨着门的座位坐下。他从口袋里掏出海洋公园的门票，心想过年后得陪女儿好好玩一次海洋公园。

听到地铁上响起到站的广播声，他抬头看了眼对门正上方的"线路图"。

"还有五站就到家了，也不知道小鱼到了没有。"

方林拿起手机再次打方小鱼的电话，结果还是关机。他安慰自己，一定是方小鱼玩着手机等自己的过程中把手机电量给耗光了。

方林注意到对门侧边的广告栏上是一则豪车的广告，他不禁想起了女儿方小鱼五岁时候的一件事情。那次女儿不知怎么爬出了二楼窗台，还沿着外面只有两只脚那么宽的墙沿走了很长一段路，等季洁发现的时候已经晚了，只能在阳台上让女儿往回走，可女儿哇哇哭着，怎么都不敢走回来。当时方林下班回家，看到这一幕，他就让女儿爬到了阳台正下方的车库上，然后让她从上面跳下来。

"爸爸会接着你!"

当时方林跟女儿这么保证后，女儿就闭着眼睛跳进了方林怀中。

方林没有想到的是，这是他最后一次见到活着的女儿。

三天后，在郊区一个已经废弃多时的烂尾楼盘，几个来这里"探险"的小孩发现了方小鱼的尸体。

警察在 11 楼的阳台上发现了她的足迹，她就是从这个高度坠落，然后安静地"躺"在地上。她背包里的东西散落各处，指甲钳、手机还有吸油纸，上面都沾上了落地时溅射而出的鲜血。

——同样沾染鲜血的，还有背包上那个小鱼挂坠。

2

方林走出滨江地铁站 C 口后选择了左转，这样就不用经过那家肯德基店。女儿方小鱼去世三年了，这是他三年来第一次从这个口出来。

左转之后往北走几步，过了马路就是沿江公园，穿过公园就到了燕塘江堤岸了。滨江市沿燕塘江而建，古代叫作卞城，早在宋朝时就已繁华非常，但它以滨江之名建市则是四十年前。

事实上，这个月正是滨江市建市四十周年庆祝月，市里每一条街道都挂满了喜庆的红灯笼，绿化带都摆上了蓝色的鲜花，沿江公园的树木上也挂满了红色花灯，从公园通往沿江樱花道的石子小路两旁也摆上了蓝色的鲜花。红色和蓝色是滨江市市标的主色调。

来到樱花道后就可以看到临江而建的滨江大剧院了，这是一栋月眉形状的宏伟建筑，一到晚上，当它的灯光亮起之时，燕塘江上就会映出一轮明亮的月牙儿。

离大剧院不远处的堤岸边，一周前围上的警戒线还保留着，走过此处时方林驻足了片刻。当时有人报案说在这里发现了一具女尸，方林并不是办案警察，只是在网监大队听说了此事，他没有想到的是，这个案子最终会转到他们网监大队。这个名叫胡慧娟的死者是一名即将进入大学的大一新生，因为遭遇网络诈骗，父母辛苦筹借的学费被骗光了，她一时想不开就跳进了燕塘江。

因为是庆祝月的重要日子，市委市政府要求新成立三个月的网监大队必须全力以赴，"快稳静"的彻查此案，务必"无风无浪"地解决问题。作为网监大队大队长，方林也在动员会上表了态，绝对不会产生任何"风浪"，随后就带着队员们展开了调查，通过胡慧娟的手机通话记录，以及她父母的讲述，警方确认她是遭遇网络电信诈骗。有诈骗团伙盯上了这批涉世未深的大一新生，通过软件模拟了学校的电话号码后打电话给这些大一新生，他们以一定的话术获取学生的信任，加上来电显示确实是学校的号码，学生就会按照指示，把学费打到他们提供的银行账户，随即他们再火速转走资金。如果学生发现问题报案，等警方找银行配合冻结账户时，这笔钱已经不知道在多少个账户内流转了，最终去向也早已成谜。

就在昨天晚上，网监大队通过连续多日的 IP 反向追踪，查到了这伙网络诈骗团伙真实的藏匿位置就在滨江市的一栋民宅，随后立即对诈骗团伙的窝点进行了监视。然而就在布置抓捕之际，监听的同事却听到了诈骗团伙在电话沟通中提到了"节日干一票大的"，以及"丧钟要过来"。

"丧钟"是网监大队成立之初遇到的一个案子的诈骗团伙头目！当时网监大队联合刑侦一起执行跨省端掉了一个电信诈骗团伙，但头目"丧钟"却离奇消失了，从此再无音讯。而那个电信诈骗团伙几十号人，竟然没有一人说得出"丧钟"的真实身份，甚至连他的一张正面照片都没有……

方林跟局里汇报后，局里又跟市领导汇报了情况，上头一致认定"事情不简单"，决定抓捕计划暂停，接续监控这个团伙，黄政委传达市委市政府和局领导的意思："查清楚他们要在节日干什么大事，等待丧钟出现后再实施抓捕！"

抓捕计划暂停，方林今早就从监视一线下来了，他来到滨江大剧院并不是为了这个案子，而是为了买一张票。

滨江大剧院为了庆祝建市"四十周年"这个重要节日，整个 8 月份每天晚上都会有文艺演出，特别是 21 号四十周年纪念日这天，当红流量明星许戈将在滨江大剧院演唱，还将为新成立的滨江市城市发展银行建立第一个账户。

这个消息一放出来就成为舆论热点。许多原本一个月后就要来滨江读大学的女大学生为了看许戈的演出，早早就来到了滨江市，他们有组织地给许戈造势，在网上众筹帮他冲热搜，线下他们也到处自费给许戈张贴海报，但是这些大学生这几天老是打 110 报警，110 接警中心就把案子跟网监大队反映了，这些大学生反映滨江大剧院委托的售票网站根本买不到 21 号许戈演出的票，每天网站都会放出一定量的票，但是当你掐着时间点准备购买时，系统会突然卡死，等你刷新后再进去，所有的票都已经卖光了。然后，有好几个黄牛开始出现在大剧院周围，高价兜售 21 号的票。

这个案子是个小案，但对庆祝月有一定的负面影响，方林就差许昕调查了一下售票网站，结果发现每个开票点网站服务器在没有被数据包攻击的情况下，依然自动宕机，这说明是内部人员在搞鬼。

方林在大剧院周围逛了一圈，发现了至少有三名黄牛在卖票，生意一般，但还是有不少年轻姑娘在问他们买票。

方林看准了一个岁数比较年轻的黄牛，一般年轻人的警惕心会比较低。

方林走到他身边，低声问："有 21 号的票吗？"

年轻人打量了他一圈，眼神之中颇有疑虑，他眼中看到的应该是一名年近四十的大叔，这个年纪的大叔，一般不会喜欢流量明星。

"你给自己买吗？"

"给我女儿，她是许戈的粉丝。"方林这话倒不是随便乱说的，女儿死后，他在查看女儿的遗物时发现女儿一直喜欢一个叫许戈的小明星，甚至还偷偷去参加过那个小明星的粉丝会。

年轻人听了这话放下了戒心，"就一张吗？不和女儿一起看吗？"

"一张。"方林说这句话的时候心中一阵绞痛。

"你要贵的还是便宜的？"

"最便宜的多少？"

年轻人看了一眼方林，似乎在说：买最便宜的票还好意思说自己宠女儿。

"1000。"年轻人掏出一叠票，从最底下抽出一张。

方林露出惊讶的表情，这不是演出来的。

"1000？官网买不是只要 200？"

"那你也得买得到！"

"对呀，我守了三天了，就是一张票都抢不到！你们能买到票，运气真好呀。"方林递上钱后，把票放入口袋，心想：这得找黄政委报销！

年轻人点着钱，不无得意地说："抢？你们平常人怎么可能抢得到。"

"难道是用……那种什么外挂。哦，你们是什么……什么黑客？"方林装出一副对网络一窍不通的样子。

年轻人嘿嘿一笑："大叔，没想到你还不是个完完全全的老古董！不过呢，你还是落伍了，这年头谁还用黑客这种老掉牙的本事赚钱呢，我告诉你啊，这票呀，就是网站给我们的……"

方林脱下外套，随即掏出手铐将年轻人铐上，用外套裹住他双手。年轻人这下傻眼了。"跟我回网监大队详细说说，网站是怎么把票给你们的。"

"网监大队？"年轻人还是第一次听说这个名字。

原载"知乎"网站　2021 年 11 月起连载

怪盗爵士猫（节选）

杨卫华

大盗与小偷　第一集

午后的阳光暖暖地晒在咕噜咕噜城堡的迪尔街头。一头胖乎乎的小猪，穿着粉红色的西装，系着银灰色的领带，戴着一副复古圆形太阳镜，神情悠然地走在熙熙攘攘的人群中。

"哈喽，河马大婶，您上街来买东西啊？"小猪热情友善地朝身边的路人打着招呼。

体态臃肿的河马大婶，手上提着大包小包，有纸巾、洗衣粉、床上用品，当然还有不少食物，早已把她累得气喘吁吁。扭头看了小猪一眼，发现并不认识，有心不理会他。但又发现小猪胖嘟嘟的，长得十分可爱；最重要的是他非常的有礼貌，一副笑容可掬的模样，让人见了就喜欢。就把手头的物品往地上一放，喘着粗气说："哎呀，累死我了，小猪弟弟啊，那边的商场每个星期二的下午一点到三点打折，全场所有的商品都打折，哈哈，好便宜啊，今天真的被我赚到了，你快去买啊，这么好的机会，可别错过！哈哈……"

河马大婶爽朗的笑声，引得不少路人纷纷向她送上注目礼。

火烈鸟小姐刚刚从一家珠宝店里出来，她的脚上踩着高跟鞋，身上穿着时尚的毛呢大衣，脖子上挂着水晶项链，耳朵上戴着镶了珍珠的金耳坠，手指上还戴着一枚3克拉的白金钻戒，浑身上下珠光宝气。

她听到河马大婶的说话，立刻兴奋的两眼放光，大声叫道："哪里的商场在打折啊？我最喜欢诳有优惠活动的商场了！是不是真的很便宜啊？"她一边说话，一边随手把一个小盒子放进右边的大衣口袋里。这个小盒子中装着她刚刚从珠宝店买来的一串白金手链。

"当然很便宜，你看看我，一口气买了这么多！要不是实在拿不下，我还要买好多好多呢！"河马大婶说。

"太好了、太好了，我这就……哎哟……"

可能是因为太兴奋了，火烈鸟小姐穿着高跟鞋的脚撇了一下，吓得她尖叫一声，身体左右晃动起来。

"姐姐小心！"小猪连忙伸手扶住火烈鸟小姐。

火烈鸟小姐稳住身形后，连声道谢："谢谢你啊，小猪弟弟。"

"哈哈，没事没事，不用谢的。"小猪笑得阳光灿烂，在他把手收回来时，在火烈鸟小姐大衣右侧的口袋上划过，顺手将她刚刚放进口袋里，装着白金手链的小盒子取了出来，并飞快地塞进自己的西装口袋里。

火烈鸟小姐丝毫没有发觉自己刚刚放在大衣口袋的小盒子已经被小猪偷走，再次说了声："谢谢河马大婶，谢谢小猪弟弟！"刚要转身向着商场走去，有人快步跑过来，同时大喝了一声："等一下！"

小猪、火烈鸟小姐和河马大婶都愣了一下，仔细一看，只见一只穿着浅灰色格子西装，系着浅蓝色领带，鼻梁上架着大框墨镜的猫快步走了过来。他裸露在衣服外的皮肤上，长着洁白如雪的绒毛，眉心到头顶处有一小撮狭长的黑色毛发，在风中轻轻扬起，就像一束跳动的黑色火焰。又粗又长的尾巴末梢，竟然也有一小截黑色，使得他帅气、俊朗的外表中，平添了几分神秘和高贵。他的耳朵上塞着蓝牙耳机，也不知道在听着什么，嘴巴中叽叽歪歪地跟着哼唱着，一副酷酷的模样。

"哇噻，好帅啊！"火烈鸟小姐开心地叫道，"请问帅哥，有什么事吗？"

"你好，火烈鸟小姐，我慎重提醒你一下，你刚刚从珠宝店里买来的首饰可能已经被小偷偷走了。"猫很有礼貌地说着。

"什……什么？"火烈鸟小姐大吃一惊，连忙伸手摸向自己大衣右侧的口袋，发现口袋已经空了。她清楚地记得，自己把那个装着白金手链的小盒子就放在这个口袋里的。"天哪！我的白金手链呢？是谁偷了我的白金手链？谁能帮帮我啊？那条手链很贵的！"

河马大婶惊讶地说："可是我们刚才并没有看到小偷啊！"

猫笑着说："因为这个小偷打扮得像个绅士，很有礼貌，而且还总是笑嘻嘻的，每一个见到他的人都会觉得他很可爱，所以对他没有任何防备之心。"

火烈鸟小姐吃惊地问："真的吗？可是刚才我都没有注意到，这可怎么办呢？"

猫说："小偷穿着粉色的西装，戴着复古的圆形墨镜，长得胖嘟嘟的，看上去十分有趣，火烈鸟小姐，你还是没有看到吗？"

小猪的脸已经涨红了，大声问道："喂，你是哪里来的野猫？以前好像从来都没有见过你，你可不要在这里信口开河！你算老几啊？"

猫走到小猪的跟前，从自己胸前的衣服中取出一张证件，在小猪的面前晃了一下，说："这是我的工作证，你要不要验证一下？"

小猪的脸色变了，问："难、难道……你是便衣警察？"

大盗与小偷 第二集

猫刚才的动作太快，小猪都没有看清楚那张证件，但他没有胆量要求再看一次，硬着嘴巴说："就……就算你是便衣警察，你也不能随便冤枉人！"

猫淡淡一笑，问："我有冤枉你吗？"

火烈鸟小姐已经缓过神来，指着小猪问猫："难道你说得小偷就是他？"

河马大婶大惊失色，叫道："现在的小偷都长得这么可爱吗？我还以为……哎哟，我的钱包……"连忙摸向自己的口袋，发现钱包还在，又高兴起来，叫道，"谢天谢地啊，如果我的钱包被偷了，我会难过的吃不下饭、睡不着觉的！"

猫对小猪说："把你偷去的珠宝盒子马上还给火烈鸟小姐，然后跟我去把事情交代清楚！"

"你凭什么认定是我偷走了火烈鸟小姐的手链？"

"刚才火烈鸟小姐差点跌倒时，你假装扶了她一把，趁机从她的大衣口袋里偷走了那个装着手链的盒子；我早就注意到你了，你逃不掉的，那个盒子就藏在你的西服口袋里。"猫说。

小猪笑了，说："你把我想得太厉害了，我刚才扶火烈鸟小姐时，就碰到她的手臂，就是这样。"说着走到火烈鸟小姐的身边，把刚才发生的事重新演示了一遍，"我没有这么快的身手，你太高估我了，便衣警察先生。"

火烈鸟小姐说："是啊是啊，他就碰到我的手臂，好像没有碰到我的衣服啊。"

猫对小猪说："那个盒子就放在你西装右侧的口袋里，你把口袋里的东西全掏出来，不就知道了吗？"

"你、你、你……太欺负人了……"小猪一急，又把脸给涨红了。

河马大婶说："小猪，到底是不是你偷的，把衣服口袋翻出来看一下，不就什么都清楚了吗？"

小猪的脸上露出尴尬的神色，很不情愿地从他的西装口袋里掏出一个小盒子。

"哦，天哪，这不就是我的手链盒子吗？"火烈鸟小姐大声尖叫着，从小猪手中一把抢过盒子。

河马大婶失望地对小猪说："你果然是个小偷，太让我难过了！"

小猪说："不就是一个首饰盒子吗？和火烈鸟姐姐丢失的手链有关系吗？"

火烈鸟小姐生气地说："怎么没关系？我的手链就装在这个盒子里！"说着打开小盒子，然后又发出一声惊叫。小盒子是空的，里面根本就没有什么白金手链。"啊，怎么是空的，我的白金手链呢？"

猫皱了一下眉头，他也没想到会出现这样的情况。问："小猪，你把手链藏到哪里去了？"

小猪嘻嘻一笑，说："这个盒子是我从地上捡到的，本来就是一个空盒子，我也没有看到过什么白金手链。"

"胡说！"火烈鸟小姐又气又急，"我把手链装在这个盒子里，盒子就放在我这边的口袋里……"她一边说着，一边在自己大衣的右侧口袋上拍了一下，感觉口袋里有什么东西，连忙掏出来一看；顿时，脸上的表情僵住了，她的手上躺着一条亮晶晶的白金手链。

猫的眼睛也瞪圆了，脸上露出不可思议的神色。

"你们都看到了吧，白金手链根本就没有丢失，一直都在火烈鸟姐姐的衣服口袋里，是这位便衣警察先生小题大做，差点诬蔑了我这个好人啊好人！"小猪说着说着，开始摇头晃脑，好像正在背唐诗。

河马大婶也叫道："这样就好，小猪，如果你真是小偷，大婶会难过的。"

猫已经想明白这条白金手链，是怎么回到火烈鸟小姐的衣服口袋里的，笑着对小猪说："看来我还是低估你了，你比我预料中的更有意思。"

火烈鸟小姐不好意思地说："刚才我太粗心了，没有看仔细，不好意思啊！可是……小猪，这个盒子怎么到了你的口袋里？"

"是我从地上捡到的，可能是你刚刚晃了一下，差点摔倒时，不小心从口袋里晃出来掉在地上的，我看着十分漂亮，就捡起来了，没想到是你的；呵呵，既然误会已经说清楚，那我要走喽。"小猪说完就要走。

"等一下，"猫大声叫道，"我还有话要和你说。"

小猪斜了猫一眼，说："便衣警察先生，事实已经证明我是清白的，你没有理由再留住我，除非你是想请我吃饭；呵呵，小猪是天生的吃货，对吃饭从来都不会拒绝的，那个……中心广场梅花鹿家的烤鱼，又香又脆；城北石板弄里红鬃马大叔做的椰丝蟹黄烧卖，是绝对的美味；还有芭丽大夏里的蛋挞和泡芙，香甜可口……"说到这里，嘴角的口水都快要流下来了。

猫笑着说："行，无论哪里都可以，地点由你决定吧。"

大盗与小偷　第三集

"你真的要请我吃饭吗？无论那里都可以？你为什么要请我吃饭？"小猪的眼中闪过警惕的神色，"可是我现在一点也不饿……咕噜噜、咕噜噜……"正说着，他的肚子里连叫了好几声。把他尴尬地呵呵一笑，又说，"我天生就是这样，一讲到吃，肚子就会作出最热烈的响应；呵呵，今天就这样吧，有机会下次再请我吃饭吧，我会记着的！"说完后，一溜烟似的跑了。

火烈鸟小姐跑去商场抢打折商品去了，河马大婶也回家了，猫望着小猪渐渐远去的背影，若有所思地笑了。

一只浑身漆黑的乌鸦从空中飞下来，落在猫的肩头。"呱呱，猫哥，你被小猪耍了，首战不利啊！"

猫点头说："是我大意了；不过，这也说明我没有看走眼，小猪就是我要找的人。"

猫的衣领中爬了一只小小的放屁虫，停在他胸前的衣襟上，尖声尖气地说："别看小猪一副憨憨的模样，他的手指十分灵活，脑袋瓜子的反应也不慢；他把猫哥当成便衣警察后，马上就想好了脱身的方法，我对他也很满意。"

刚才，小猪发现他的行动存在风险后，马上采取补救措施，偷偷地把小盒子中的手链取出来，在他当众演示触碰火烈鸟小姐的衣服时，把手链放回她的大衣口袋里。当时有那么多双眼睛注视着，他依然取放自如，连猫都被骗过了，出手之快，让人惊叹。

"呱呱，既然我们大家对小猪都很满意，那我再去跟踪他吧。"乌鸦说完，朝着小猪离去的方向追了上去。

小猪一路狂奔，连着跑过两条街，把他累得都快喘不过气来了，才不得不在街边的树荫下停下来休息，等把气给捋顺了后，自言自语地说："今天真是倒霉透顶，怎么就碰到一个便衣警察呢？幸好我机灵，以后一定要小心啊小心。"

"咕噜噜、咕噜噜……"肚子里又叫开了。小猪捂着肚子难受得直翻白眼，从早上起床到现在，还没吃过一点东西。身上的衣服看上去光鲜体面，口袋里却没有一分钱。

不行，还得去干活，肚子已经饿得快不行了；这一次不能再偷手链、项链之类的珠宝首饰，偷到手后还要找买家卖出去，这样太麻烦，最好偷个钱包，钱包里刚好有很多钱，那就完美了。小猪在心里琢磨着，快步向着左左木大街走去。

左左木大街也是一条商业街，主要经营生活用品、日用百货之类的商店，逛这条街的大多是上了年纪的消费者。小猪若无其事地在大街上荡了一圈，很快就有个目标落在他的眼中。

驴子大叔从街边的炒货店里买了几斤椒盐花生，和一袋黄豆，付好钱后，随手把装着不少金币的钱包往外衣口袋里一塞，这个动作和刚刚见过的火烈鸟小姐如出一辙。

小猪的眼睛又亮了。

"哈啰，驴子大叔，好久不见啊！你最近越来越精神了啊！"小猪快步迎上去。

驴子大叔看了小猪一眼，满脸疑惑地问："小猪猪，你在和我说话吗？我们认识吗？"

小猪露出惊讶的神色，问："驴子大叔，你这话问得很奇怪啊，难道你不认识我了吗？"

"那个……哦哦，认得认得，就是有点记不太清楚了，年纪大了，记性就差啦。"驴子大叔乐呵呵地说着。

"我倒觉得大叔您最近变精神了，精气神都好，面色也好了许多，这是怎么回事呢？"小猪和驴子大叔说着话，尽可能地分散他的注意力，并悄悄地向他靠近了一些，同时在心里快速盘算着，怎样才能把驴子大叔刚刚放进衣服口袋里的钱包偷到手？

大盗与小偷　第四集

"是吗？哈哈哈哈，"听到小猪说自己气色好，驴子大叔开心地大笑起来。"今年是个丰收年，我种的水果卖了个好价钱，心里开心着呢！哦，对了，小猪猪，长得这么可爱，肥肥嫩嫩的，你叫什么名字，大叔我总是记不住事。"

"我叫猪博士，爸爸妈妈希望我长大后能成为一个有知识的人，就给我取了这么一个听起来很有学问的名字。"

"哦，哈哈，这个名字好啊，与众不同，将来肯定能成为一个有学问的人。"

"谢谢驴子大叔，但我没有太大的人生目标，只要能吃得饱，睡得好就行了。"

"这样不太好吧，年轻人一定要有目标、有志气！不能光顾眼前，这个……那个……就像那些学者说的，人生的态度很重要！"

猪博士难为情地说："谢谢驴子大叔的教诲，小猪都记住了；对了，驴子大叔，你怎么买了这么多的东西，要不我帮你提一些吧。"说完，伸手去拿驴子大叔手中的那袋黄豆。

"哎呀，不用不用，"驴子大叔挡开猪博士的手，"你别忘了我们驴子是天生的力气大，提这么一点点东西，不算什么；再看看你的小嫩手，能有多大的力气啊？"

"那、那、那好吧。"猪博士的脸上露出尴尬的神色，在他的手从那袋黄豆上挪开时，手指划过驴子大叔的衣服口袋。别看小猪的手肉乎乎的，看上去全是肉，手指却十分灵活。两根手指悄无声息地插进驴子大叔的衣服口袋中，嘴上还继续说着话："看着您提得这么重，我都帮不上忙，实在是过意不去……"

猪博士的手指尖已经触碰到驴子大叔口袋里的钱包，好像是胶质的，有点黏手，但钱包鼓鼓囊囊，里面应该装了不少的金币。

哇哦，这也太美妙了。猪博士的心里好一阵激动，偷到这么一个大钱包，接下去的一个月应该不用为钱操心了。尽管驴子大叔挺善良，他也好像很信任自己。在这一刹那，猪博士的心头掠过一丝丝的愧疚，但他马上说服了自己。驴子大叔今年有个好收成，丢失这么一点点金币，应该还能承受得起。

猪博士轻轻地抓住钱包，发现沉甸甸的，心里简直要乐开了花。可就在他捏紧钱包，想从驴子大叔的衣服口袋里把手缩回来时。驴子大叔的衣服口袋里突然响起一声刺耳的尖叫："抓小偷啊、抓小偷啊、快来抓小偷啊……"

叫声虽然不是很响，但猪博士听到了，驴子大叔听到了，从他们身边经过的几个路人也都听到了，他们纷纷转过脑袋来，看向猪博士和驴子大叔。

猪博士被吓得差点晕过去，慌忙放开钱包，想把手收回来。这时，他却发现一件无比恐怖的事，他竟然放不开那个钱包。

那个钱包就像口香糖的渣渣一样，黏在他的手掌心中，怎么甩也甩不掉。最要命的是，驴子大叔的口袋里还在不断地尖叫着："抓小偷啊，抓小偷啊，快来抓小偷啊……"

"咔——"

刺耳的刹车声突然响起，一辆银灰色的幻影敞篷跑车风驰电掣般驶来，驶到猪博士和驴子大叔身旁时，来了个紧急制动。

那个身穿浅灰色格子西装的便衣警察坐在敞篷车内，耳朵上塞着蓝牙耳机，也不知道他在听着什么，嘴巴中叽叽歪歪地跟着哼唱着。他裸露在衣服外面的毛是全白的，只有眉心到头顶有一小撮黑色的毛发，在微风中轻轻扬起，就像一束跳动的黑色火焰。

猫的嘴角含着笑，像在欣赏一出好戏一样地看着狼狈万分的猪博士，那神情简直就是一个经验丰富的猎人，看着猎物掉在自己精心布置的陷阱里，要多神气就有多神气。

"怎么又是你！你这个可恶的家伙！是你在故意针对我，是吧？"猪博士气坏了，真恨不得扑上去，把猫头顶的那一小撮黑毛拔下来。

猫轻声一笑，重重地点了下头，说："你猜对了，我就是故意针对你的，可是你已经中计了，现在人赃俱获，你还能要什么花样吗？"

"你……"猪博士气得跳了起来，大吼，"我和你有仇吗？你为什么要钳对我？"

"不是你和我有仇，也不是我和你有仇，而是我和全天下的小偷都有仇！"猫说完后，伸手指了一下猪博士还插在驴子大叔衣服口袋里的那只手。

大盗与小偷　第五集

　　猪博士终于把他的手从驴子大叔的衣服口袋里缩了回来，但那个钱包还黏在他的手掌心中，怎么也甩不掉；他已经看清楚了，钱包的表面涂满了一种特殊的胶水；驴子大叔的手上戴着橡胶制成的薄膜手套，他的口袋也衬着这种薄膜，那种特殊的胶水对橡胶薄膜不起作用。而且，钱包中还装着一个带感应器的小喇叭，受到挤压就会发出"抓小偷"的尖叫声。

　　走过路过的行人，纷纷围上来看热闹，大家围着猪博士指指点点。

　　"真是不能光看外表啊，这么可爱的小猪竟然是个小偷，太可惜了！"

　　"世上的路有千万条，你小子偏偏要做小偷，唉……"

　　驴子大叔指着猪博士痛心疾首地说："年纪轻轻不学好，幸好我和你并不是真正的认识，否则，我的脸都要被你丢尽了！"

　　猪博士的脸红得发紫，他已经放弃逃脱的幻想，瞪着眼睛看着猫不说话，一副你想怎样就怎样的神情。

　　猫从敞篷车上下来，从西装口袋里掏出两枚金枚递给驴子大叔，说："谢谢大叔帮我抓到了小偷，你演得太好了，以后如果还有需要，我还找你帮忙啊。"

　　驴子大叔连连摆手，说："我不能要你的钱，能帮助警察抓小偷，是我的荣幸。"说着举起手中的花生和黄豆，又笑着说，"有这些作为奖励品就够啦。"说完后，乐滋滋地走了。

　　猫看了猪博士一眼，说："上车吧，还愣着干什么？"

　　猪博士知道自己逃不掉了，钱包还黏在他的手掌中取不下来，只得老老实实地坐上敞篷车。

　　猫驾驶着刚刚从二手车市场上买回来的银色幻影敞篷车，一溜烟似的出了咕噜咕噜城堡，到了城堡外的一片树林中，把车停在一棵高大的杜英树下。

　　猪博士紧张地问："你带我来这里干什么？不是去警察局吗？"

　　猫一笑，说："去警察局干什么？我又不是警察，也不是便衣警察。"

　　"你不是警察？"猪博士从车上跳了下来，"好啊，你敢假冒警察，这是违法的！"

　　"我什么时候假冒警察了，我从头到尾都没有说过我是警察，是你自己把我当成便衣警察，这能怪我吗？"

"我、我……"猪博士回想了一下，对方确实没有说过他是便衣警察，完全是自己想当然地认为，抓小偷，没有穿警服的，就是便衣警察。"既然我误会了，你为什么不说明一下？"

"为什么要说明，我本就是来找你的。"

"找我干什么？我们认识吗？"

"你脑袋瓜子不错，做个小偷太可惜，不如跟着我一起干吧，我们做大的买卖。"

"啥意思啊？"猪博士一下子紧张起来，连连摇头说，"不行不行，我胸无大志，只求吃饱睡好就行，做不了大事的！"

"就是因为你胸无大志，不求名只求吃饱睡好，所以我才找上你。跟着我干，你只能做个幕后英雄，但你以后的生活我全包了，包你吃饱睡好，无忧无虑，再也不用做个不入流的小偷了。"

"你不会是想做劫匪抢银行吧？"

猫摇头说："当然不是，像我这样的帅哥，怎么能做劫匪呢？我要做一个劫富济贫、为穷苦弱小伸张正义的大盗！成为天下所有恶魔的克星，打击一切犯罪！"

说这句话时，猪博士忽然发现猫的整个人都在发光，让他有了目眩神迷的感觉，同时感觉自己的心跳在加速，呼吸也变粗了。嘴中跟着念着："劫富济贫、为穷苦弱小伸张正义的大盗！哇噻，我好像也有过这样的梦想啊梦想……"

"怎么样？心动了吗？"

"那……那……咕噜噜、咕噜噜……"猪博士的肚子又很不争气地叫了起来。

猫一笑，双手拍了一下，树林中响起滚轮的声响。一只乌鸦和一只放屁虫丁丁推着一辆小车从树林中出来。

猫指着他们对猪博士说："他们是我的好伙伴，乌鸦和放屁虫丁丁，我的名字叫作爵士猫。"

猪博士朝向乌鸦和放屁虫丁丁摆了摆手，算是打过招呼了。他鼻子连着嗅了几下，叫道："我闻到了中心广场梅花鹿家的烤鱼香味，不对，还有城北石板弄里红鬃马大叔做的椰丝蟹黄烧卖，好像还有芭丽大夏里的蛋挞和泡芙……"

210

"呱呱，算你厉害，都被你闻出来了，快过来一起野餐吧！"乌鸦扯着大嗓门叫道。

猪博士冲到小车前，看到满车的美食，激动的又叫又跳，但马上又返身冲到爵士猫的跟前，扬了一下还黏在他手掌心上的钱包，叫道："帮我解开吧，我已经决定跟着你一起干，我只要能吃饱睡好就够了！"

爵士猫拿出一个带喷嘴的小瓶子，在猪博士的手掌心中喷了些液体，那个钱包就掉了下来。

猪博士抓起一只椰丝蟹黄烧卖扔进嘴里，一边大口大口地嚼着，一边含糊不清地说："说干就干，我们是不是还需要一个响亮的名字啊？"

爵士猫扬了下脑袋，一字一句地说："怪盗爵士猫！"他头顶上的那一小撮黑色毛发在风中轻轻扬起，就像一束跳动的黑色火焰。

喜马拉雅频道 2021 年 1 月至 9 月连载播出

神医素手之商女天娇 (节选)

佳 美

节选一

开元之治洛阳城内人来人往，繁荣现象也是越来越好。

洛霞一身紫衣，一头黑发用色带编制细细的麻花辫垂落在耳侧左右两边，左手宝剑右手提着药包面无表情地走出了姚记药铺。

全洛阳城都知道这姚记药铺是姚家商户大佬姚千金开的，因为她是名满洛阳城的"神医素手"！无人不知无人不晓，上至年老白发老翁，下至四五岁娃儿，基本平常人家都领过她的情。

穷人家医治姚千千都是只收几文钱。曾经有人问她："为什么只收几文?""要做好事为什么分文不收呢?"姚千千总是轻风细雨地笑笑却只字不语。

后来问了她身边的人才知道，"若是收钱才证明人人平等。"众人才恍然大悟。

赠人玫瑰手有余香，行善谦逊方为真善美!

如此聪慧大方之人少见也可贵，于是她姚千千的名声越发响亮了。

还惊动了洛阳城内的官家，一道圣旨下来册封了姚千千一个洛阳县县主之称。

如此殊荣非亲王之女不可享受的，古往今来还是第一回。如她一介商贾之女无疑是天大的恩赐，可纵然是这样她也是云淡风轻地笑笑。

年纪不大却有着一副成熟娴雅之态，遇事不惊，气定神闲。

犹如盛开白莲洁白高雅出淤泥不染尘。

又如水墨丹青的唯美画卷令人欣赏不已。

节选二

姚家大院内

庭院雅致楼阁巍峨，扑鼻药香尽数是宝。

在姚家后园与众不同，不似别家假山流水小桥亭阁花草紧簇，而是满地泥土草药。姚家老爷姚康为了让女儿可以方便花了重金在洛阳城内买了最大的一块地。

四面围拢三丈高的白墙，里面却是满地草药，泥土也是雇人特意买来的上好土壤，供她可以任意栽种。这份独家的宠爱可真是慕煞旁人。

在草药园里一张清雅素丽的容颜脂粉未施，一身浅蓝色水秀裙文雅端庄干净利索。

药园中栽种着各式的草药，它们随着土壤环境时节而生长，其中不乏有毒的草药。所以一般生人不能进入药园，为的就是安全和保护。

"小姐，老爷回府了，说是让您赶紧去有事要交代。"贴身丫鬟洛璃气喘吁吁的一路小跑来到药草园。低头正在仔细端详草药的姚千千头也没抬地"嗯"了一声，身影微动缓缓地起身。

洛璃因为刚才跑得太急气喘得太大了，一下子感觉鼻尖有股浓郁的药香味，一下子鼻孔里痒痒的忍不住连打了几个喷嚏！

"阿嚏！阿嚏！"一块手帕捂住她的鼻子一股好闻清凉霎时缓解了鼻子的不舒服。

"你呀，总是冒冒失失的，我岂没有说过……来药园要凝神静气，切不可急躁心绪。"

慢条斯理的摘下手套鞋套和围裙，今日日头不烈就没有带帽檐，每次下地都要做足防护措施，防范于未然。

洛璃嘟嘟嘴巴，撒娇地拉着姚千千的胳膊，"是因为事出有因我太着急了所以忘记了嘛。"

无奈的摇头，每次都是这个理由！真是拿她没办法。

"罢了，什么事让你这么着急？"草药没问题她就放心不少，最近也不知道怎么的，夜间经常感觉疲劳，可能真的是太累了。看来要找个时间让自己放松一下了。太阳穴有些隐隐作痛，举起中指轻轻揉按。

"哦，差点忘了，小姐赶紧的，老爷回府了，要见你。"洛璃一拍脑门，在姚千千面前她的聪明伶俐总是会出错。小时候的小姐明明很黏她，什么都需要她帮忙，可是长大后的小姐就变得大不一样了，反过来是她黏着小姐了。

"爹爹回来了？"今日为何这般早？来不及更换衣服窈窕身姿缓缓来到前厅，在进门前停顿了一下，因为在厅外两侧站着两个手拿宝剑身穿官服的男子。看他们的打扮像宫里的人。

微挑柳眉，带着疑惑走进姚家会客厅，就见姚老爷正在跟人说话，因为她的出现谈话也停止了。

"爹爹！"

"小千，你来啦！"姚老爷笑着站起来走到女儿面前随即上下打量一番，发现她穿着似乎有些随意……当即脸色一变："洛璃，你怎么搞的？我不是让你跟小姐说前厅有客人吗？怎的不好好收拾一下呢？"

"啊，老爷，你没说有客人呐！"洛璃瞪大眼睛好不无辜，刚才明明没说什么客人呀？

"咳！嗯！算了，你这丫头就是不会看眼色。"姚老爷瞬间有些尴尬，佯装生气地拉着姚千千的手往前走了几步。

"宋尚书，这就是我家小女了。"来人是吏部尚书宋兹。宋兹见他们主仆之间的互动甚是有趣不由得莞尔一笑。

"原来这位清丽的姑娘就是姚县主，下官……宋兹。"姚千千温婉一笑谦恭有礼的微微作揖，"千千……见过尚书大人。"

"哎，姚县主不必多礼，你乃是这洛阳城中家喻户晓之人，下官今日也是初次见面。还望县主不要怕生才好。"说起这位小县主也是稀奇得很，人家要是被封了什么头衔务必感恩戴德的要去面见圣颜。

可偏偏此女子却从来不接受宫中的赏赐。纵然接受了也是一些微不足道的物件。

着实令人哗然！坊间有人传：姚家有女名千千，实乃有贵千金，一双妙手得人心，一颗善心得"神医素手"之美名；不受贿赂，不喜奢华，沉静如睡莲，清雅如百合。

而今日一见更是犹如诗人口中的：指如削葱根，口如含朱丹。纤纤作细步，精妙世无双。

节选三

"真是多谢姚县主了，若不是您我家嫣儿不会这么快就好。"一个中年女子感恩戴德的跪在地上，内心真是千恩万谢，口中更是感谢不停。就在半个时辰前，姚千千和洛璃洛霞来到了西街一家平常人家里。此前她也来过几次，因为病患身子虚弱一直躺着，姚千千为了病患能及时得到医治就亲身上门就诊。身为千金却毫无千金姿态，着实令人感佩赞叹。

"玉婶，你快起来，我是大夫为人医治那是天经地义的，您不必太过挂怀。"

"哪里的话，您是何许人呐！岂止是一个大夫这么简单啊。"

面对妇人的感激姚千千也只是谦恭地笑笑，"洛霞！"

话音刚落洛霞就提着药包进门，"这里有几幅药剂是最后服用的，三日后就可以下床走动了。"

在床上靠坐着一位十几岁的少女，肤色有些暗黄，脸色有些苍白，但眼神已有些许光彩，显然人已经无大碍了。

"多谢多谢！"

离开千恩万谢的妇人家中，姚千千主仆三人按照来时的路段打算回去，巷子里白墙黑瓦层层叠叠，青苔石面若是在下雨天就会显得有些滑脚，不过青苔可是好东西！既可以治疗烫火伤，也可以治疗痔疮。

"看时辰还早，洛璃、洛霞我们摘些青苔回去吧。"

"好啊。"洛璃笑着看了一眼洛霞，"你们靠后我来即可。"

抽出宝剑洛霞几个天女散花般的招式原本紧贴石面的青苔乖乖地从墙面脱落，完完整整的平躺在她的剑上。

"洛霞，棒！"竖起大拇指洛璃连忙抽出木格子的一格小心翼翼地将完整的青苔装进格子里。

三个少女脸上分别露出笑容，"好了，我们也该回去了。"刚才爹爹没说完的话她也是躲得了一时而已。

走出巷子来到大街转角口，霎时风吹脸颊吹起屡屡发丝，今日天气很好阳光明媚风和日丽。

节选四

洛阳大街上人来人往，以姚千千为首三个穿着不同颜色衣衫的女子正昂首阔步。路过的人纷纷注目，她们的身影他们太熟悉了。对于中间的蒙面女子更是无比敬佩。这时有一辆马车突然不知道从哪里闯出来，惊扰了来往人群一下子尖叫声比比皆是。

"小姐小心！"洛霞身手很快拉过姚千千和洛璃一个飞身越到她们身前。与此同时有人飞檐走壁而来，"路人小心！"大喝一声抽出宝剑，直直的对准马车夫。

马车夫惊慌之间居然弃车逃跑，看样子也是个高手，不过后来的人更加厉害，见马车夫要跑就提着宝剑追上去。

被慌张丢弃的马车因为无人驾驶马儿惊慌之下居然四处乱闯，"啊！"

"救命！"路人纷纷惊慌失措地抱头乱蹿。马车眼看要冲着姚千千这边来了，洛霞连忙飞身上去急忙之下拉住了缰绳，马车这才安顿停靠下来。

被惊扰的大街才缓过神来，"这是谁呀？这么缺德！居然这么横冲直撞的？"有人忍不住纷纷破口大骂！

"我的天！小姐你没事吧？吓死我了！"洛璃吓得脸色都白了，刚才太危险了。

姚千千虽然也被吓另一跳，不过很快的回神了。千钧一发之间刚才那位少年又是谁？

"洛霞，看看马车上可有人？"她好像闻到一股什么味道！洛霞点头转身撩开马车帘幕发现里面昏迷着一个人。

"小姐，有个人昏迷了。"

"你且把马车停靠在边上，我上去看看。"

姚千千讶异于马车上的人……这人怎的如此好看！

长衫似雪，乌黑的流云发垂在双肩，用白色发簪扎着，再一看这少年的脸庞，皮肤竟也白皙似雪。只是现下嘴唇有些发紫。

柳眉微蹙，轻抬他的手腕触及脉搏，是中毒了！七星海棠！

"此人身中剧毒，洛霞，去姚记药铺。"

"是！"

"小姐，这人我们不认识啊！"洛璃抱着木格子小声地提醒，她家小姐就这样遇见谁都救！

不过这公子真好看！肤色那么白都比她白上好几倍！

"无妨。"她身为医者救死扶伤是常理。

马车很快来到了姚记药铺，洛霞背起白衣男子，姚千千和洛璃也一起跟着下车。

"东家，这是……"

"福伯，此人身中剧毒事不宜迟，你且看好店铺不要让外人进来。"

"好，老奴知道了。"进了内室姚千千按下机关原本平整的药柜居然缓缓地打开了。

"快进去。"洛霞背着白衣男子脚步匆忙，走下几步台阶后有一张像床一样的高台石板。

将白衣男子轻放在石板上躺平，洛璃和洛霞退开一步站在左右两侧，在石板的上方有透亮的光照进来。

是屋顶的玻璃天窗，姚千千快速地打开银针包。

"洛璃，点火。"

"是。"

"洛霞，帮我拿出第三十个柜子里的药瓶。"

"……"

银针在透亮的光线下闪闪点点，光线折射将姚千千和躺在石床上的人浑身照的皙白。

差不多一个时辰姚千千终于将他的毒全部逼出，白衣男子眉头微动手指也在微微摆动，似乎有了苏醒的迹象。抚起他的脖子用手轻掐嘴角微微张的嘴一颗药丸也顺势塞进他的口中。

"水！"洛璃连忙递上水壶，姚千千就着男子耳边轻柔地说了一句："把药丸兑水吃下去。"

毒是解了，但是若不巩固恐有残留毒素。药丸是她精心研制的护心丸，可保人心脉通畅。

是谁在说话？好温柔的声音！像……似曾相识……有一股清凉感随着温水从喉间滑落肺腑。

他的配合让姚千千松了口气。这么好看的男子死了可惜了。

有光！当裴珩缓缓苏醒睁开眼时透亮的光线令他有些不适，浑身无力的感觉好像被抽干了气息一般。

"小姐，他是要醒了吗？"又有一个声音！

"看来差不多了，洛霞，麻烦你把他带出去吧。"还是那个温柔的说话。

裴珩感觉自己的身体被人抱起又仿佛背在背后，双手被紧紧拉住悬挂着。

一阵晕眩袭来，他再次陷入昏迷。

节选五

天渐渐暗了，到了夜晚洛阳城就变得热闹异常，今晚有灯会，所以大街上人来人往很喧哗。虽然沿途的灯火很好看，但姚千千和洛璃却无心欣赏只能脚步匆匆地往姚府赶，今日出来大半天了，原本想着早些回去的却不料遇见了中毒昏迷的裴珩。

"小姐，我们这么晚回去老爷又该生气了。"洛璃哭丧着脸她的手掌又该挨板子了。

"不怕，有我呢。"姚千千脸上的面纱已经解下了，露出一张白皙无瑕的脸。只是神情略显疲惫，脚上的步伐时快时慢。突然有人冲进了人群，鲁莽的横冲直撞惹得路人连连尖叫。

"呀，前面是谁呀？小姐小心啊。"今日是怎么了？为什么有这么多少事情发生？出门在外平时都挺安全的，今天出门太匆忙了没看黄历。偏偏洛霞又不在谁保护她们呀？洛璃已经吓得头脑发昏了。反倒是姚千千并没有显得很惊慌，警觉的看众人慌张的表情和大街上人群的晃动。

"往边上站！"下意识倒退几步，姚千千拉着洛璃的手跟跟跄跄的往后倒去。来不及注意后背有人在，不偏不倚地掉在了人家的身上。

"哎哟喂！"一声唉哼，姚千千感觉自己压倒人了。于是连忙爬起来还顺手拉了一把洛璃。刚想回头说抱歉……

"你给我站住！"人群中有人大喝一声，姚千千就感觉自己眼前一花……下一刻人已经被控制住，脖子口抵着一把刀。

"呀，小姐！"洛璃吓得魂都没了，她家小姐居然被劫持了！

"哼，你要是再过来我就要这女子的命。"身后之人起码有五尺身长拿刀的手臂在晃动，而且还是左撇子！口中气息急促胸腔的起伏也急躁，手指悄然把住此人的脉搏，脉象混乱却显得有气无力显然体力已经有些不支了。

被挟持的姚千千暗自留意身后之人，深深地吐气，清丽的脸上毫无惊慌之色，眼底闪过一丝睿智。她在算时机！有时候等人救不如自救！

宋瑜没想到自己不甘心出宫后居然在城南口遇见了他一直在追赶的人！

除了不可思议他居然又回转的同时也对其紧追不舍。他为什么要自投罗网？又为什么要回城？或者说他怎么可能又回来？这其中主谋是谁？

他不敢去细想也不敢多想，一路追踪至此却不料还是让他有机可乘。受伤未包扎完的手臂正在隐隐作痛他却丝毫没有在意。手中的长剑不肯放下，眼睛死死地盯着黑衣人。

"你……你快点照他的意思办呀！把剑放下！"洛璃急得顾不得男女授受不亲，一把抱住宋瑜的手臂，宋瑜吃痛的闷哼一声！低头不敢置信地看了一眼死死抱住他手臂的女子。

"快……放手！"咬着牙宋瑜拿着宝剑的手都在抖动。

"不放！"洛璃只知道这边要是不妥协那贼人就会伤了小姐。姚千千看着洛璃有些胡来的样子嘴角抽搐秀眉微蹙，她隐约看到对面男子手臂上好像在流血。此人有些眼熟，她想起来了。

是白日在大街拦截马车追人的那位！那么……他一定认识马车里的人。眼下似乎有些不利于他，头顶的气息似乎有些呆滞……眼波流转之间姚千千手指微动……

一股异常的香味飘向身后之人，不多时感觉肩头的手松动了。奋力推开脖子间的刀柄，几个旋转就来到了洛璃的身边拉住她的手腕，"还不快走。"洛璃瞪大眼松开紧抓宋瑜的手臂，转身就跟姚千千跑了。

"要是不想手臂废了就用此药！"宋瑜被眼前的突然给愣了一下，凌空抛来一个药瓶，下意识伸手接住。直到黑衣人昏倒在地，他才反应过来。呆呆地看着手里的药瓶，等他回神女子们已经跑得不见踪影。随后不久身后有宫廷的人赶来……黑衣人被带走。

"呼~呼！"刚才实在太危险了！主仆二人一路狂奔回到姚府，直到关上大门才气喘吁吁地停下来。洛璃实在太庆幸了，刚才真是千钧一发呀。

"小姐，还好你机敏！"竖起大拇指满心的敬佩。

"你呀，还说呢？都不知道自己差点小命不保。"要是那个受伤的男子是个坏人恐怕洛璃早就被扔到墙角去了。

"我……也是害怕呀。"她当时实在太担心了就没想那么多，现在想来还是有些后怕的。

"罢了，还好没人追我们，赶紧回千金阁。"千金阁是她居住的地方。

"哦。"洛霞也不知道什么时候回来。泡在木桶里闻着药花香身体的疲惫渐渐消散……姚千千回忆起今日所发生的一切。那个长得很好看的美男子是谁呢？看他的穿着打扮不是普通人。

要论这洛阳城的美男子她也是知道一二的，当然凭她自己自然不会去关心这些个八卦。因为身边有一个喜欢聊八卦看话本子的洛璃，所以洛阳城里有什么花边新闻她都能略知一二。

不是西街有人生病，就是南门有人杂耍，不是谁家娶亲，就是某某公子小姐定亲。总而言之洛璃就是她身边的一个播音机。回想十年前的某一天，她在一次车祸中不幸遇难，原本以为自己死了，却不料灵魂穿越到了唐朝。当时本尊的主人也是无故生了一场大病，在昏迷中她慢慢醒来发现眼前事物变样了。自己的身体也变成了一个小女孩。

除了不可思议之外聪明如她也在短短的时间内了解了一些事。不到一个月就适应了当初的环境，此前他们居住在长安，当年时局有些混乱，朝廷不稳人心叵测。不过对于他们寻常百姓来说只要能有衣食温饱就足够了。皇庭之事也只能随波逐流。好在忠良有志冒死进谏，君王之治才得以平定时局。

后来随着动向他们搬迁至洛阳，姚家祖上本是大户，几代经商家底丰盈，姚老爷又是一个只知道做生意不会开小差的男人。姚千千的生母是个千金小姐书香门第，长的更是我见犹怜。可惜从小身子骨不好，嫁进门两年才生下姚千千。

姚老爷是个重情义的人，一生只爱他的妻子，为了让体弱多病的妻子放心他立下誓言终身不纳妾。为了姚家的香火，姚千千的母亲不顾自己身体生下姚千千后在不久就离开了人世。姚老爷悲痛万分地抱着幼女含泪送别妻子，之后他化悲愤为力量，更加扩大了姚家的产业。励志要为独身爱女留下一份不一样的天空。

买土地、建药园、设围墙、开药铺。只要是姚千千想要的没有不满足的。只要是姚千千想做的没有不支持的。这份独家的宠爱一直以来都被人津津乐道。更有文人骚客作诗作词，以讹传讹的遍布洛阳城的大街小巷。

论她财富篇：姚家有女名千千，洁白如珍珠，贵重似黄金。若得千千女，一身无忧矣。

论她才貌篇：姚家有女名千千，指如削葱根，口如含朱丹。纤纤作细步，精妙世无双。沉静如睡莲，清雅如百合。

论她才德篇：姚家有女名千千，实乃有贵千金，一双妙手得人心，一颗善心得"神医素手"之美名；不受贿赂，不喜奢华，洛阳县主实至名归。

节选六

看着手中的画像裴珩流光溢彩的眼中闪过笑容。细细端详后将画像缓缓收起。

"按照此画像去暗中探访，切记，不可让人知晓。"

"是，司徒大人。"

一笼白衣胜雪，明明是个肤白之人，又酷爱穿白衣，在这一巍峨的皇室中就如天外飞仙一般。

他的存在总是令人眼红嫉妒，女子都为止倾倒，男子也是又爱又恨。

他不喜奢华宴乐，也不喜官场争斗。想要明哲保身却总是事与愿违。就是命中注定他无可选择。巍峨宫厥绵延起伏，是富丽堂皇锦衣玉食却也是是非之所一生牢笼。

节选七

千金阁内

姚千千纤手沉淀在无数药罐之间，裴珩端坐一旁安静地凝望她。举手投足间都让他欣赏欢喜，天下怎有这样女子！他裴珩三生有幸能遇见她。

一盏茶的时间过去了，二盏茶的时间过去了……

"裴姑爷，无聊吗？"洛璃悄悄地问道，都坐在这里半天了。裴珩摇摇头，无声浅笑。

"洛心，我家姑爷真的爱惨了我家小姐。"洛璃悄悄跟洛心咬耳朵。

"咳！"洛霞可都听到了，眼神警告她们最好别八卦。

"小姐，那我们出去了哈。"洛璃悄悄眨眨眼没等姚千千点头三个人默契的一前一后相继离开。一下子室内变得安静异常，只有偶尔碰撞到的瓷器发出的声响。姚千千也不知道自己在尴尬什么？也许是婚期将至心里有些恐婚吧！

"阿珩，我们是不是曾在哪里见过？"这个问题老早就问过了，他曾经也回答过一些，只是没有全部告知。

"是啊，我们见过！"这次他还是要故作神秘吗？停下手里的动作，清丽的眼中似笑非笑，瞬间化解了尴尬，可是在她明亮的注视下裴珩却变得有些羞涩起来。

微微诧异，这是什么道理？他含羞了！美男子含羞可是很秀色可餐的。

支着下巴，姚千千故意用眼神秒杀他。

裴珩有些受不了她的注视，琉璃溢彩的眼底泛起笑意。嘴角上扬，突然凑近姚千千，学她的样子支着下巴眼观鼻鼻观心的互相凝视。很快彼此的眼中你中有我我中有你。融化了彼此也融化的记忆！

"故事还要从那年我外出踏青开始……"

节选八

春，百物生长之时，飞鸟走兽纷纷出笼。一月寒冬过，二月静待百花开，三月柳莺齐欢畅；十里红妆为我亲，爱意绵绵情双双。姚裴两家大婚在即姚府张灯结彩，姚康每天都是忙忙碌碌，不是张罗府里的事宜，就是招待各方来客。

家有一女名千千，掌心宝，心头肉，千金贵重无人能及。往来之人都知晓，称赞羡慕嫉妒也是无人能左右。盛名之广就连皇家都对其礼遇三分。特别是她医术高超仁心仁术早已美名扬。治蝗虫之急，救民间疾苦。上至后宫，下至百姓，都有她神医素手的踪迹。姚家药园中翠绿点点，粉妆盈盈。药草有些已经开花，十里飘香就连高墙外都能闻到。

节选九

自从上次灯火节姚千千出事后，姚康不放心她们都是女子出门，就让季少林时常跟着。

毕竟他武功高强，姚康更加放心一些。

可是姚千千却觉得季少林既然跟着姚康学经商之道那么不能耽误他。

而且姚老爷年纪越来越大，姚千千也不放心他总是独自出门。

于是姚康就拜托裴珩，裴珩自然心里欢喜，跟皇后要了两名随从派遣在姚府保护。

"各位家人，过几日就是小女千千的新婚大日。这些天你们都辛苦了。今晚特意招待大家，希望大家更好的保护姚府，为小姐和未来的姑爷服侍左右。我姚康在此敬大家一杯。"

"老爷，您这么说可真是折杀我们了，我们这边人要不是因为老爷心善收留至今哪里会有今天。以后我们定当为姚府鞠躬尽瘁死而后已。老奴以此酒为证，先干为敬！"

老管家六十多岁了，跟着姚康也有二十几年了。是看着姚千千长大的。

在座的每一位都举起酒杯，福伯和阿香惊讶地看着这一切，没想到姚老爷对待下人是出名的好。

却不料好到这个程度，实在是让他们祖孙俩感动不已。

"阿香，福伯，你们远来是客，一定要好好住些日子回去。洛阳城里好玩的好吃都去看看尝尝。"

"姚老爷，您真是大善人，小姐心善，你们姚家一家都是善人。"福伯说着忍不住鼻子酸了。

想起一些往事，他忍不住老泪纵横。

"哎呀，今天是高兴的日子，福伯怎么可以哭鼻子呢？一把年纪了害臊啊！"

老管家也是认识他的，见他哭泣忍不住调侃他。

其他人也纷纷大笑，姚千千看着这一切心里由衷的感恩。

她是幸福的，有一位开明的老爹，得人心者得天下。

她的爹不是什么多了不起的人物，但是在抓住人心这点上他还是令人佩服的。

在他们之中有个少年虽然脸上含笑眼里却泪花涌动。

他是小福子，之前看守姚千千药园的小厮。因为被下毒后有了后遗症。

虽然姚千千救了他一条命，可是因为时间过久，毒气进入五脏内腹导致手脚麻痹半身不遂。

一直都是姚府养着他，他这样一条贱命却被他们当人看，他早就发誓再也不做坏事生死都是姚府仆人。

姚千千见他对药理还算聪明有天赋，就让他在姚记药铺帮忙打理药材。

半年过去了，他已经活过来了。是因为被爱惜，被重视，他一定要好好活着，用余生好好报答姚家。

"小千呐！以后你就是姚家的主女主人了，你有什么要对大家说的吗？"姚康今晚很高兴，小喝了几杯，在酒过三巡后，姚康笑着对自家女儿说。

姚千千自然也是有话要说，"今日是个好日子，千千在此也举杯！"听闻，全堂站立举杯。

"多谢大家这么多年的跟随，从长安搬迁来洛阳已经十年有余，在府里的有从小跟着我的，也有之前的老人。还有近几年新加入我姚府的，在此我姚千千一并敬大家一杯。以后姑爷上门了，记得帮我多多照顾他爱护他。"

姚千千的话引起哄堂大笑，众人纷纷道贺也欣喜不已。

"那我先干为敬！"

"多谢小姐，我们一定好好侍奉姑爷和小姐。祝愿小姐姑爷百年好合永结同心。"

节选十

木屋的建造还是花了不少心思的，下面是腾空的支架，上面还有一个阁楼，阁楼上有一张可以席地而睡的床板，还有桌子地垫。

这时阁楼上站着韩雅静和魏子涵。他们一起看着窗户外的芦苇风景，"雅静，你喜欢这样的地方吗？"含情脉脉的低头看半靠在他肩窝里的妙龄女子。

"嗯，喜欢啊，很悠闲惬意的。"微眯着眼睛，韩雅静一脸舒服地靠着他。魏子涵晶亮的眼目中闪过一丝宠溺笑意。

"这个角度，等会应该可以看到夕阳落日。"望着远处的天边，韩雅静悠悠地说道，魏子涵顺着她的目光也看向远处……透过高高的芦苇可以看到湖面的微波激滟。现在是阳光明媚，不过很快就会日落西山了。

一道道白色的炊烟袅袅升起，在湖心的岛屿上，风吹过芦苇缓缓地荡漾，浓密的芦苇丛中有飞鸟成群结队的起起落落。仿佛被打扰了，它们有些不安，不停地飞翔，时不时地停靠在屋檐上或者在芦苇丛中悄无声息。

像是在观望和防备什么！不知道过了多久，一阵阵的香味飘香四溢，有男女的笑声，和婴儿偶尔的啼哭声传遍整个岛屿，甚至惊动了过往的船只。

那几只飘荡在湖面的渔船也在湖面不甘寂寞地摇摆着，船身上有水，是刚才有人撒网捕鱼了。蹲伏在一旁的鸟儿们似乎感觉危机不在了，就不在防备的伺机而动。而是无惧的自由翱翔在半空中，飞翔在湖泊上，浓浓的夕阳色彩缓缓而来。就像紫霞仙子缓慢行走在云端，对着空旷的天际飘落了无数的金色彩霞，渲染了整个天空，那是晚霞的壮观和温柔。

"看，夕阳，落日！"有人兴奋地大喊。

此刻，站在阁楼的人不在情话绵绵而是兴奋的手掌拂面，感受夕阳的强烈光芒穿过指缝间调皮地照在脸颊上。在屋里的人也出来了，有人施展轻功飞上屋顶，为的是观看这壮观绚丽的自然景色。

这是第一次透过飘荡的芦苇看金色的晚霞，魏清月的心情不禁也略微激动。苍茫人间，无论多忙碌，这一刻的宁静却在心中泛滥。十几年的光影生活，从来没有像这一刻般宁静安详。

待续——

原载"潇湘书院"网站　2021年6月起连载

神偷狂妃：捡个萌娃当相公（节选）

玹 冰

第1章 诡异景象

寒风瑟瑟，漫天飞雪，冰封大地。

皑皑白雪笼罩下的世界一片寂静，真正的千山鸟飞绝，万径人踪灭。

而与这纯净的大地形成鲜明对比的，则是那红光闪耀，紫光绚烂，绿光深幽的三色天空。

夜，渐渐来临，渐黑的天空被三色所笼罩，原本洁白的大地也被染成了彩色。

寂静的山林之中，有着一片静幽的湖泊，周围的树木草地都被厚厚的积雪所覆盖，可是这片湖泊却依旧是波光粼粼，大片大片的雪花飘进湖中，瞬间就与那湖水融为了一体，没有结冰，亦没有积雪。

东边的天际，一轮圆月缓缓升起，跟西边的三色遥相辉映，倒映在水波轻漾的湖面上，那是一副极其美妙而又诡异的画面。

"咔嚓，咔嚓。"

忽然，一阵脚步声在空旷的山间响起，紧接着出现了两道身影，他们的身上好像还扛着一样东西。

脚步声越来越近，"呼哧呼哧"的喘息声传来，然后一道嘀咕声响起："他娘的，这么大的雪还要出任务，真是倒霉！"

另外一人立刻应道："就是啊，这雪都下了三天三夜了，再这样下去，都要成灾了。"

那是两个浑身上下裹得严严实实，只露出眼睛和口鼻的男人。

他们的肩上合力扛着东西，踏着积雪一步一步艰难地走着，嘴里却不断地埋怨着。

"可不是，不就丢个人吗？还非得要丢到这种地方来，真怕来个雪崩什么的，咱们就回不去了。"

"呸呸，说什么鬼话呢。赶紧找个地埋了闪人吧。你瞧那天空的颜色，真他妈的吓人。"

"对对，咱们赶紧办完事，据老大说，这次的任务雇主可是大有来头呢，事成之后咱们就大发了。"

原来两人身上扛着的，竟然是一个人。

这两人不再说话，匆匆而行，很快就到了那湖泊边上，看着五光十色的湖面，从没见过此等景象的两人愣了愣，可是就在这个时候倒映在湖面上的月亮忽然变成了红色，越来越红，直至血一般的鲜艳。

从湖中看到这一现象的两人猛地抬头看向天际，却见头顶那原本柠黄的月亮竟然变成了血红色。

两人吓得目瞪口呆，其中一人喃喃道："这……这是怎么回事？"

可是他的话音刚落，另外一人却指着西边惊呼道："你看，那边的红色也越来越亮了！"

西边的天际，原本三色均衡的天空，红色越来越亮，所笼罩的范围也越来越广，而紫色和绿色，则是渐渐地黯淡下去。

三色不断地闪烁着，好似在进行一场激烈的斗争一般，随着那血色月亮缓缓地朝西边移动，红色光芒明显占了上风。

看着这一幕，那两人的腿都在打颤了，"天，这到底是怎么回事？"

吞下了一口口水，其中一人颤抖着声音道："我看，我们还是走吧，尼玛太吓人了。"

"好。"

只是这"好"字才落下，"轰隆"一声巨响响彻云霄，刹那间，红光大作，映红了整个天地，而那紫光和绿光，却已经彻彻底底地消失了。

"啊啊，快跑！"被那巨响吓坏了的两人再也顾不得其他，将肩膀上的人朝着湖中一丢，见鬼一般地转身就跑。

可是，那声巨响引得地动山摇，山头上的雪奔涌而下，顷刻间就将那仓皇逃窜的两人掩埋在了其中。

大量的积雪涌入那只余红光的湖面，让人不可思议的是，那足够摧毁一座城池的积雪在涌进湖中之后，竟如雨落江河一般，瞬间便融化在了里面。

而此时，原本血红色的月亮渐渐地恢复了柠黄色，天际仅剩的那抹红光也越来越淡，越来越淡……

忽然，一个黑色的物体从空中落下，直直地朝着湖面飞来。

"砰!"黑色的物体落入了湖中，激起几许水花之后，湖面又恢复了平静。

寒风萧萧，下了三天三夜的雪终于停了。

暗夜深沉，圆月悬空。

一切，都恢复如常。

"哗!"

随着一道水声，一个身影破水而出，跃至半空，朦胧的月光下，映照出一道妙曼的身姿。

湿漉漉的白纱紧裹着凹凸有致的玲珑躯体，及腰的青丝紧贴着后背，为这美妙的娇躯更添了几分性感和神秘。

仅从那背影来看，那也该是一个天仙一般的女子。

女子的身体忽然在空中一转，而后以一个绝对完美的凌空翻腾，落在了湖边。

只是一上岸，女子就一把抱住了双肩，嘴里低呼道："呼，这水中和岸上的温差怎么会这么大?"

嘀咕着，她四处张望了一下，在看到周围的景象之后，顿时惊得目瞪口呆。

这……这是哪里?

中秋时节，怎么会下这么大的雪?

愣神了三秒，她忽的好似想到了什么一般，急切地转身望向湖面，大呼道："小狸，灵儿，你们在不在?"

尧雪，21世纪响彻国际的神偷三人组"雪狐狸"的老大。

她的记忆停留在M国的圣地博物馆顶楼，当时她和两个姐妹从博物馆中偷出了稀世珍品三叶血莲的花瓣，然后一人一片拿在手中观赏的时候，莲花瓣忽然发出了一道刺目的红光，与此同时，头顶的月亮也变成了血红色。

再之后，她就觉得一阵天晕地旋，整个人好似被吸进了一个漩涡一般，然后就什么都不知道了。

到底发生了什么事情？

她又怎么会到了这里？

"灵儿！小狸！"尧雪的声音依旧，却被均数淹没在黑暗之中。

寒冷袭来，让她的声音变得发抖，低头一看，她的眼瞪得更大了，她竟然只穿着一身白纱。

白纱？

看着湿漉漉地贴在身上的轻薄白纱，尧雪整个人都僵住了。

她出任务的时候明明穿着一身黑色紧身衣，为何现在竟然变成白色了。

而且，这身衣服很像是……古装啊。

心中莫名不已，可是她来不及多加思考，因为此刻的她只想快一点找到两个姐妹。

刚刚自己是掉在湖中的，灵儿会游泳，可是小狸却不会……

想到这里，尧雪不再犹豫，再一次跃进了水中。

第 2 章　水中有个奶娃

进了水中之后，她反而不冷了，因为这水就跟温泉似的，很是温暖。

"灵儿，小狸！"尧雪一边游着，一边叫着，她几次潜到了水中，却什么都看不见。

实在是太黑了。

也不知道是因为焦急还是外面的温度太冷，她觉得自己的体力有点不支了，这对于游个两百米不带喘气的她来说，有点反常。

又坚持了一会，却始终都没有两人的踪影，尧雪实在是支撑不住了，只能游到了岸边靠着休息了一下。

伸手抹了一下脸上的水，她深深地呼出了一口气。

这到底是什么鬼地方，怎么会有这么多的雪？

难道她掉到喜马拉雅山来了吗？

尧雪将头靠在岸上，有点无力地仰躺在水中看向了天空。

静静的圆月高悬在她的头顶，月光洒下，落在了她的脸上。

柳眉星眸，长睫微掩，坚毅挺直的鼻梁，兼有女性的俏美又有点男性才有的英气，略薄柔软的樱唇，因为此时的环境而显得有点苍白。

那是一张极其完美的脸，若是没有那骇人伤疤的话……

那是一道刀伤，自左边眼角往下到左耳根，贯穿了整张左脸颊，彻彻底底地将这张脸给毁了，只一眼，就会让人生寒，无法直视。

如果此时的尧雪看到了也肯定会吓一跳，可她却丝毫未觉，只是静静地看着头顶的月亮，努力回想着之前发生的一切。

她寻了这么久都没什么发现，说明灵儿和小狸应该没有跟她一起掉进这湖中。

那么她们又会在哪里呢？

"哗啦！"就在这个时候，湖中心忽然传来了一道水声。

尧雪双眸一凝，连忙朝着那边看去，心中一阵窃喜。

难道是灵儿她们吗？

虽然力气还没恢复，但她还是深吸了一口气，朝着发出水声的湖中心游去。

水声越来越响，朦胧的月光下，隐约有一个人在那里扑腾着。

这是不会游泳？

"小狸！"尧雪想当然地就认为那人是小狸了，连忙加快了速度游上前去，"小狸别怕，我来救你了。"

越游越近，水声也越响，却没有呼救声，状态好像不是太好。

尧雪心中焦急，拼尽全力游去。

终于游到了那人的身边，此时的尧雪已经是气喘吁吁，她顾不得看上一眼，只是快速地勾住了对方的脖子，就朝着岸边游去。

可是游着游着，她才发现有点不对劲，小狸怎么好像变小了，她现在拖着的这具身体，分明是个小孩的啊？

转头一看，尧雪大惊，她救下的人果然是一个孩子，而不是小狸。

而且经过刚刚的一番挣扎，他现在显然已经晕了过去。

这湖中怎么会有一个小孩？

她心中疑惑不已，可还是拼尽全力游到了岸边，将那孩子拽上岸来。

天，居然是个没穿衣服的小男孩！

看着那浑身光溜溜的小男孩，尧雪眼都直了。

从身形看来，这小男孩最多只有四岁这样，白白胖胖的很是可爱。

只是……只是……虽然是个还没发育的小不点，这么看着还是很尴尬的。

不过，现在显然不是她该尴尬和发呆的时候，孩子昏迷了过去，肯定是溺水了，她得救他。

雪地上太冷，孩子又光着身子，动作一定要快！

只是一番检查之后，尧雪发现孩子并不是因为溺水而昏迷的，因为他肚子里根本就没水。

那是冻晕的吗？

岸上这么冷，冰天雪地，还有阵阵冷风袭来，孩子什么都没穿，就算不被淹死，也会冻死的。

尧雪想了想，只能将他抱在胸前，然后再一次滑进相对温暖的湖水之中。

柔软的小身体紧贴在她的胸前，他的头搭在尧雪的肩上，竟好似安静地睡着了一般。

尧雪并不是第一次抱孩子，可是如此亲密地抱着一个没穿衣服的男孩，还真是第一次。

而且她本身就只穿了一件薄薄的纱裙，等同于无，所以此刻的两人就跟赤裸相贴没什么两样。

虽然对方只是一个小奶娃，可是尧雪还是觉得很不自在，再怎么说，他也是一个男人啊。

尧雪稍稍动了动身子，想将他拉开一点，可是那孩子就似一只无尾熊一般，紧紧地扒拉着她的脖子，怎么都拉不开。

尧雪眉头一皱，颇为疑惑。

刚刚下水的时候，她可不记得有将他的手挂在自己脖子里的。

还有，昏迷着的他，哪来这么大的力气，这是本能反应吗？

微微侧头朝着小男孩看去，他就这么静静地趴在她的肩膀上，头侧向一边，看不到脸。

之前抢救的时候虽然看的不是很仔细，可粗粗一看也能看出那是一个眉清目秀的孩子。

到底是什么原因使得这么一个孩子出现在这里呢？

难道跟自己一样从别的地方被吸来的吗？

满脑子的不解让尧雪暂时忘记了刚刚对那小男孩动作的疑惑。

可是沉思中的她却没发现，那趴在她肩头的小男孩却动了动眼睑，嘴角微微勾起。

那是一张绝美的脸庞……

尧雪就这么抱着小男孩靠在岸边，两人的身子都浸在了水中，只露出一个头。

时间一点一滴地过去，尧雪知道这不是长久之计。

水中虽然比外面暖和，可是在水中待得时间太长了，他们的皮肤就会起皱，发胀，甚至是脱皮。

她倒还好，可是孩子还这么小，这么下去肯定会出问题的。

只是现在外面一片冰雪世界，除非找到山洞之类避寒的地方，不然就算出去他们也只是等死。

想了想，她还是决定撑到天亮，然后再上岸去找地方。

紧了紧抱着小男孩的手，尧雪在他的耳边轻声道："宝宝，你一定要撑下去，既然救了你，我就绝对不会让你有事的。"

小男孩的眼睑又是一动，长长的睫毛也随之颤抖起来，嘴角的弧度越勾越深。

而此时的尧雪并没有发现，她一直紧贴在小男孩后背上的右手掌心，正散发着一道红光，那光就这么源源不断地涌进小男孩的体内，让他原本苍白的面色渐显红润。

第 3 章　你是我娘亲

就在这个时候，尧雪眼角一瞥，看到了离他们不远处的地方，竟然飘过来一块布。

心中一喜，尧雪赶紧朝前游了一点，将那布捞了过来。

确切地说，那是一个长条形的袋子。

只是在看到这袋子之后，似有什么东西在尧雪的脑中一闪而过。

隐约记得，她初醒来的时候好像被什么东西束缚着，经过一番挣扎她才挣脱了开来，从水中一跃而出的。

对了，就是这个袋子！

她当时是被装在里面的。

难道自己在楼顶的时候是被这个袋子给吸进去了，然后再掉进湖中的吗？

越想，尧雪就觉得越混乱，还是等离开这里再好好地整理一下吧。

尧雪将袋子裹在了小男孩的身上，这样他能更加暖和一点，而自己也能自在一点了。

只是她却没有发现，当那布袋子裹上小男孩身体的时候，他那漂亮的眉头微微皱了皱，似是很不满的样子。

圆月渐隐，天际终于露出了一道鱼肚白。

又过了一会儿，视线渐渐清明起来，再加上雪天本就比较亮堂，这会儿上去也能找到路了。

正在焦急等待的尧雪终于呼出了一口气，然后抱着那小男孩上了岸。

稍稍拉开了一点距离，尧雪略显担忧地看向了他，"宝宝，你怎么样……"

只是这话还没说完，她就被映入眼帘的那张小脸给惊呆了。

他有着孩童特有的白皙皮肤，嫩嫩的，吹弹可破，让人忍不住想咬上一口。长长密密的睫毛卷而翘，轻掩着那想来也该是明如星辰的眸子，坚挺的鼻梁，薄薄的红唇。

那精致的五官完美的就如天堂不染尘埃，落入凡尘的天使一般。

而且，还是一个长头发的天使。

没错，他有着一头齐腰的长发，作为男孩子有这么一头长发，真的是很少见呢。

那么纯洁而又恬静的睡颜，看得尧雪心神荡漾，心跳加快。

天，只这一个小小的奶娃子，竟然就有这种勾人的魔力，这还是在睡着的情况下呢，若是一睁眼，那还了得。

尧雪敢肯定，若是小狸见到他，肯定会不顾一切地扑上去啃个几口。

正想着的时候，那长长的睫毛颤了颤，然后小男孩缓缓地睁开了眼睛。

那是一双难以形容的眼睛，乍一睁眼的刹那间，漆黑的瞳仁中好似隐隐闪过一道红光，可是下一秒，却又恢复了清明，速度快到尧雪只以为是看错了。

此刻那黑白分明的眸子中眼神清澈，干净而又纯净，好似不曾落过一粒尘埃，那么清透，那么动人心魄。

尧雪承认，她真的是被这个漂亮的小男孩给吸引住了。

他光着身子出现在湖中，难道真的是从天堂里坠落的天使吗？

因为只有天使才会不穿衣服，也唯有天使才会有这么纯洁的容颜和眼睛。

尧雪眨眨眼，再眨眨眼，确定自己不是在做梦，那双清澈的眼睛依旧直直地看着自己。

调整了一下抱着他的姿势，尧雪正面对着小男孩，然后小心翼翼地开口道："你……叫什么名字呢？"

她的声音很轻，很温柔，生怕吓着了他一般。

小男孩也学着她的样子眨眨眼，再眨眨眼，然后小嘴动了动，吐出了两个字："娘亲。"

轻轻软软的声音，带着孩童特有的稚气，分外的好听。

只是那答非所问的两个字却让尧雪一时间没有反应过来，等她意会到其中的意思之后，猛地瞪大了眼，"你……你叫谁娘亲呢？"

"你啊。"在说这两个字的时候，小男孩的嘴角微微勾起，那笑容宛如阳光般的明媚，星辰般的灿烂。

可是尧雪却是手一抖，差点就将他扔在了地上。

娘亲，他叫自己娘亲？

靠之，这都什么跟什么嘛！

还有，这都什么时代了，怎么还会有娘亲这一称呼？

不对不对，这不是重点，重点是 24 岁的她连个男朋友都没有，又哪来这么大的娃？

顿了顿，尧雪好似想到了什么一般，一边伸手探着他的头，一边嘀咕道："你是不是发烧了？肯定是烧晕了才乱认妈妈的。"

可是随即又皱着眉头道："没有发烧？那就是冻坏了。是的，肯定是了，我得赶紧找个地方，再这么下去连我都要被冻傻了。"

看着自言自语，有点无措的尧雪，小男孩却依旧是笑眯眯的，也没再说话，只是那嘴角的笑中，却多了几分趣味。

此时天色已经大亮，尧雪四处看了看，这里三面环山，只有一面是树林。

要出去肯定只能从林子里出去了，可是按着现在积雪的深度，还有他们的身体状况，想要马上出去显然是不适合的，还是先找个山洞好好地休息一下再做打算。

西边不远处山坡上的积雪崩了一大块，露出了黑色的山体，再看看湖边的大堆积雪，这里刚刚应该发生过雪崩了。

那里的雪已经滑下来了，就算再次发生雪崩，那边的山头也是安全的了。

就是那边了。

找准了方向，尧雪一边紧了紧裹着小男孩的布袋子，一边道："宝宝，我不是你的妈妈。你肯定是太冷了，所以才会记不得自己的妈妈是谁了。没关系的哈，我一定会把你从这里带出去，帮你找到妈妈。"

其实也是，一个四五岁的小孩子话都还不一定说得清楚呢，也没多少的记忆，在绝境之下见个女性就叫妈妈，也是情有可原的事情。

小男孩依旧没有说话，尧雪也不在意，径直抱起他朝着西边的山脚下走去。

乖顺地将头靠在她的肩膀上，小男孩享受地勾起了唇角。

明明那么消瘦的肩膀，明明是被冻到冰冷的身体，却能让他感到如此的安全和温暖。

这样的感觉，他已经有多久没有体会到过了呢？

但这些并不重要，最最重要的是，她身上有着一股很神秘的力量，虽然不知道是什么，可是他需要她……

小男孩的视线缓缓下移，落在了尧雪紧抱着自己的右手上。

或许有了她这股力量，不用七七四十九天，他就能伤愈了。

第4章　冷酷奶娃

虽然小男孩的体重最多也就三十来斤，可是之前在湖中的时候尧雪已经消耗了大量的体力，现在抱着他在齐膝的积雪中深一脚，浅一脚，显得很是艰难。

但即便如此，她还是咬牙坚持着朝前走去。

也不知道为什么，她总觉得自己的体能素质好像比以前差了不少，但无论如何，她都要活着离开这里的。

当然，还有怀中那个可爱天使，她也一定会带他走出去。

尧雪走得艰难，而趴在她肩头的小男孩此刻却再一次睁开了眼。

在尧雪眼中纯净无比的眸子，此刻却是深邃一片，他视线微垂，看着尧雪身后留下的那一串串脚印，眸底闪过了一丝复杂。

小小的手握了握拳，当他看到那粉嫩的拳头之后，唇角勾起了一抹苦笑，然后紧握的拳头缓缓地，缓缓地放开。

他眸底的神光变得似失落，似无奈，似内疚……

只是不论哪一种，都与他这个年纪是极为不符的。

就在这个时候，尧雪脚下不知道被什么东西绊了一下，原本就已经疲累至极的身体一个趔趄，顿时朝前摔去。

眼看着那小男孩就要被她压在下面了，可是就在倒地的前一刻，尧雪硬生生地一扭身，使得自己仰面朝天地摔在了雪地上，而小男孩却依旧安稳地窝在她的怀中。

后背一阵冰凉刺骨，尧雪却顾不得其他，连忙对着小男孩道："宝宝，你没事吧。"

小男孩摇摇头，一骨碌从她的身上爬起，赤着脚站在雪地上，然后伸出小小的手拉住了她的手臂，想要把她拉起来。

只是他的手臂实在是太小了，没有什么力气，只能皱着眉道："疼吗？"

看出了他脸上的担忧之色，尧雪心中一暖，连忙道："不疼，不疼，这雪软软的，怎么会疼呢。"

说着，尧雪已经爬了起来，薄薄的纱裙湿漉漉地贴在她的身上，跟不穿也没啥区别了。

尧雪的双唇已经冻得发紫，但还是笑着道："我们赶紧走吧，那边就有个山洞，进去就不冷了。"

说着，她又要弯身去抱小男孩，可是他却微微一侧身，避了开去，"我自己走。"

"自己走？"尧雪挑挑眉，看了看那足以淹至他胸口的积雪，笑了起来，"你觉得这么深的雪，你自己能走吗？"

原本的积雪也没这么深的，只不过这边的雪都是刚刚雪崩堆积起来的，不仅深，而且松，一踩就陷进去了。

果然，小男孩在听到尧雪的话之后有点失落地低下了头。

那表情看在尧雪的眼中却是分外的可爱，弯下身，竟是情不自禁地在他的脸上狠狠地吧唧了一口。

小男孩身子一僵，瞪着一双大眼一脸不可置信地看着尧雪，整个地呆住了。

"哈哈哈，你竟然会害羞，会脸红额。"看着他绯红的脸，尧雪毫无形象地大笑了起来。

这小家伙真的是太可爱了，尧雪甚至在想，若她真的有这么一个儿子的话，或许也是一件很愉快的事情。

可是她的笑声却惹得小男孩很不愉快，冷冷地睨了她一眼，一个转身就朝前踩去。

"哎，小心呐。"尧雪一看，连忙出声制止，可是已经晚了。

小男孩一脚下去，虽然没有没入积雪之中，却被身上那乱七八糟裹着的布袋子给绊了个正着。

好在他就要摔倒的时候，尧雪适时上前一把抱住了他，与此同时，尧雪被看到的东西吓了一大跳。

小男孩的脚下，竟然露出一只手臂！

有人被埋了？

刚刚绊了她一跤的，竟然是一个人?!

没有任何的犹豫，尧雪将小男孩放在一边，手脚并用扒开了雪堆，看到了被埋在里面的人，而且还是两个。

伸手在他们的鼻尖一探，已经没了气息。

看着那死相可怖的两人，尧雪一把捂住了小男孩的眼睛，怕他被吓到了。

可是就在这个时候……

"不，不要抓我!"

"放开我，求求你们放开我!"

有一些莫名的声音在尧雪的脑中快速闪过，还未等她抓住声音的来源，一阵头痛席卷而来。

"啊!"尧雪疼得抱头顿在了地上，脸色瞬间变得苍白。

小男孩定定地站在原地，看看痛苦的尧雪，再看看雪地里的两个死人，眸中沉思一片。

头痛来得快去得也快，尧雪不知道这阵莫名的头痛是怎么回事，但她知道此地不宜久留。

没有再管已经死了的两人，尧雪再一次抱起小男孩，快步朝前走去。

终于，两人进入了一个山洞里面，虽然没了外面的凛冽寒风，但温度还是相当的低。

好在里面有一些半潮半干的木块树枝，可以用来生火取暖。

可是她掉下来的时候身上的背包不见了，尧雪在里面转了一圈，很幸运地被她找到了火石。

"呼，终于暖和了。"手脚利落地将火生了起来，尧雪对着双手哈了一口气，总算是舒服多了。

可是当她看向静静地坐在边上的小男孩的时候，心中不由得疑惑起来，自己冻得缩头缩脚，嘴唇发紫的，可是只裹着一个湿袋子的他却表情淡定，面色如常，好像一点都不冷的样子。

尧雪好奇地问道："宝宝，你不冷吗？"

"冷。"小男孩简单地回答了一个字。

敢情他是在忍着啊，小小年纪的怎么会这么懂事？

尧雪心中对这个小家伙愈加的疼惜起来，把他拉到火堆旁边，一边为他搓着手，一边道："虽然很冷，但我们还是得先把身上的袋子给脱下来烤干了，不然裹在身上会更冷的。"

小男孩看了看尧雪身上同样湿漉漉的纱裙，没有多说什么，只是点了点头。

"嗯，真乖。"尧雪见他同意了，连忙脱下了他身上的袋子，放在火堆前的大石块上。

虽然已经不是第一次了，可是当尧雪看到他光溜溜的身子的时候，还是不由得脸红起来。

这会儿轮到她害羞了……

第 5 章　身份不明

不过害羞归害羞，她的视线还是被奶娃胸前挂着的一枚玉佩给吸引了。

这是他浑身上下唯一戴着的东西，之前在湖中没注意到，这会儿一看，才发现堪属绝品，这玉的颜色是血红色的，上面刻着精致的图腾。

出于职业本能，尧雪稍稍凑上前，想看看这图腾是什么，奶娃却猛地双手抱胸，微红的脸上带着警惕和愠意。

一阵冷风忽地吹了进来，让尧雪忍不住打了一个寒战，她这才意识到了自己的失态，连忙坐直了身子，讪讪一笑，"嘿嘿，我就是想看看通过这个玉佩，能不能找到你家人的线索。"

"你就是我的家人！"小不点咬牙切齿，"你是我的娘亲！"

尧雪扶额，得！这个小家伙现在算是认定她了。

罢了罢了，等出了这个鬼地方再说吧，到时把他送去警局就是了。

山洞里的风很冷，尧雪抱了抱肩，侧目看着坐在火堆前的小不点，咬牙想了想，然后动手脱起了自己的湿衣服。

当小男孩看到尧雪的动作之后，先是愣了愣，然后"唰"的一下转开了视线，面色比之刚刚自己被脱的时候还要不自在。

可是尧雪并没注意到他的异常，因为当她解开纱裙之后，发现了里面穿着的肚兜和褡裤。

这……这是现代人会穿的内衣吗？

之前因为一系列的混乱，她没有细想，可是现在想来除了这环境，她身上还有很大的问题。

将纱裙脱下之后，尧雪看到了自己的细胳膊细腿，还有白嫩无瑕的小手，然后彻底呆住了。

因为常年的体能训练，她腿部和手臂都是有肌肉的，而且她因为喜欢弹琴，手指上会有一些老茧。

所以说，这手臂、这腿、这手，根本就不是自己的？

不，确切地说，就连这身体都不是自己的！

这到底是怎么回事？难道她很狗血的穿越了吗？而且还是魂穿！

尧雪摸了摸自己的脸，一阵疼痛袭来，这才发现脸上居然受了伤，而且这皮肤，这脸型，也跟以前的自己完全不一样。

所以她刚刚才会觉得体力比以前差了许多，原来这身体根本就不是自己的。

天！

尧雪颓然坐倒在地上，满目的不可置信。

见她长时间不说话，小男孩偷偷看了尧雪一眼，发现她整摸着自己的脸发呆，以为是在意脸上的伤，有点不自在地开口安慰道："你脸上的伤，会好的。"

说完之后，他再次背过身，不敢多看她一眼。

这声音让尧雪回过神，怔怔地将视线落在了小男孩的背影上，而后虎躯一震。

该不会……他……真的……是自己的……儿子吧？

尧雪拼命地按着太阳穴，以前她偶尔瞄过小狸儿看的穿越小说，人家魂穿的不是都会继承原主人的记忆吗？

可是自己为何什么都想不起来，不知道自己是谁，更不知道为何会在这里？

就在尧雪脑中如乱麻的时候，一边的小男孩脸却是越来越黑沉。

他生平第一次安慰人，居然就被这么华丽丽地无视了。

果真是虎落平阳被犬欺啊，一向高高在上的他，何时有过这么窘迫的时候？

这女人到底是什么做的？

他虽然是个孩子样子，可毕竟也是一个男人啊。

竟然当着他的面，毫不顾忌地脱衣服……

人类的女人难道都是这么毫无廉耻的吗？

呵，亏得自己刚刚还差点被她给感动了呢。

尧雪的纱裙本就轻薄，等她从各种冥想中回过神来之后，一直被她拿在手中的裙子也已经干了。

飞快地将之套在身上，她这才想起一直光着身子背着身的小男孩。

摸了摸那袋子，也干得差不多了，尧雪连忙取下给他披上。

"那个……"她咽下一口口水，有点弱弱地道："我真的是你的娘亲吗？"

小男孩的嘴角勾起了一抹讽笑，可是当他转身看向尧雪的时候笑容又变得如天使一般的明朗："是啊。"

"可是我没什么印象了额。"尧雪挠挠头，表情很是尴尬："你还记得我们发生什么事情了吗？"

"没印象好啊，没印象就省得我费口舌了。"小男孩在心中腹诽了一句，然后脸上的笑容消失了，他略显失落地垂下头道："我什么都不记得了，只记得你是我的娘亲。"

天，居然连他都忘记了！

尧雪彻底凌乱了，这穿的算怎么一回事嘛，身份不知道不说，居然还多了一个什么都不知道的儿子！

无语地扶了扶额，尧雪叹口气又道："那你记得自己叫什么吗？"

小男孩歪着脑袋想了好一会，然后有点不确定地道："好像有一个枫字，枫树的枫。"

"枫吗？"尧雪眼睛一亮，能记得一点也好。

脸上强敛起一抹笑容，尧雪深吸一口气道："好，那我以后就叫你小枫吧。"

刚还想着送他去警局，这下可好，不只是奶娃，就连她自己的身份都不明了……

原载于"逸云书院"网站 2021 年 5 月 31 日连载完结

五爷心尖宠，大佬娇妻不好惹 （节选）

玖　悦

171 章

"五爷，封家人找来了。"程平带着情绪跑了屋内。

叶抚对于他们能找到这儿并不奇怪，封家在京城能居世家首位，有他们自己的人脉。

"这次不知道又是为了什么事?"

封培骁并没有因为他们影响食欲，他慢条斯理地吃着早餐，"来的是谁?"

说话间，还给叶抚拿了个生煎。

"封培川跟封老爷子。"

封培骁一点也不意外是他们两个，"先晾着，等吃好了，我们再去会会他们。"

他跟叶抚吃完后，带着她去了门口。

这个小区的安保做得很好，想进来并不容易，封家人是托了人进来的。

封老爷子在外面等了近半小时，才看到封培骁带着叶抚出来，而且看样子两人并没有请他们进去的意思。

他喉咙口压着火，一想到现在这个孙子的能耐，他忍住了。

封培骁冷着一张脸，"我们去小区公园那边说。"

他说这话的时候，完全是命令式的，没有商量的余地。

封培川脸色不虞，"小五，都到了你家门口了，怎么也不请我们进去坐坐?"

好不容易查到这，知道不是封培骁的房子，那就是叶抚的，他很想进去一探究竟，这里的房子可不便宜。

"如果不想谈的话，你们可以走了。"封培骁大有好走不送的意思。

封老爷子看了大孙子一眼，来的时候明明跟他说让他姿态放低点，到了这边就沉不住气了。

封培川也看出了他的不高兴，没有再说话。

封培骁看他们妥协了，就带着他们去了小区的公园。

公园有凉亭，一行人走进了其中的一个。

小区物业做得很不错，凉亭内的石桌石凳都擦得很干净。

封培骁拉着叶抚先坐了下来，封培川是嫌弃的，看到封老爷子坐下，他站到了他的身边。

叶抚看他的样子，感觉像是以前主人身边的小厮。

封培骁看着封老爷子，"说吧！有什么事？"

封老爷子知道他婉转迂回的话，说不定封培骁就不跟他谈下去了，只好开门见山地说："小五，你回来吧！爷爷老了，这个家以后只有靠你们了。"

到现在他还在玩文字游戏，想最后让大孙子接手。

"封家出现危机了？"封培骁对于他的话，像是没有听到一样，"否则你也不会来找我，我说是吧？我的好爷爷。"

封老爷子一直知道，孙子辈里面这个孙子是最聪明的，这样的人不是他能掌控的，所以封培骁的腿一出问题，他就把顺势把他踢出了封家。

现在京城的人都在等着看封家的笑话，放着那么优秀的孙子不要，去扶持家里那几个并不出色的。

他想让他回去，不过是想要他手上的财富，再顺便堵众人的口。

封老爷子打感情牌，"爷爷当年也是逼不得已才不得不放弃你，你也要体谅我的难处，这个偌大的家业……"

封培骁打断了他的话，"若我现在还坐在轮椅上，不是 FT 国际的总裁，你有没有想过会有让我回去的一天？"

"还有，这份家业本不是你承担得下的，你却偏要弑兄夺位，封家有你这样的人执掌，走下坡是迟早的事，所以你的那些借口对我而言并没有意义。"

封培骁本不想说这话的，但是他不想一而再地让封家人来打扰。

封老爷子听到弑兄夺位的时候，身子晃了一下。

他不知道，封培骁怎么会知道这些事，他强装镇定，"谁在你面前胡说的？"

声音里带着愤怒，好像是有人污蔑了他似的。

封培川听到这话的时候也是震惊的，不过他一点也不信封培骁说的。

"小五，你胡说什么？"

"我胡说，那是因为你不知道，爷爷有个孪生哥哥，这个家原本是大爷爷当家的……"

封培骁的话还没说完，封老爷子怒吼了一声，"一派胡言！"然后起身，"培川我们走！"

也不知是心虚还是因为气愤，之前封老爷子还表现出一副老态龙钟的样子，现在却是健步如飞地走了。

叶抚从头到尾没说一句，她纯属就是来看戏的。

等人走了，她才出声，"那他是不是你爷爷？"

"我目前只查到我是裴雪英生的，至于你说的我没查，不过你一说，我觉得我有必要查一下了。"

封培骁觉得他母亲对他的恨，不可能无缘无故，这其中肯定有他不知道的原因。

两人回到了家里，封培骁要去公司，他这段时间要把这里安排好，才能去京城那边。

"阿抚，想不想去我公司看看？"他在叶抚嘴角亲了下，想让她陪他。

"我还有事。"叶抚拒绝了他。

封培骁依依不舍的走后，叶抚收拾了小背包出门了。

冯家人有了动作，想把她引出来，她就将计就计。

她到了指定的地方，有车接她，接她的人是她那个私人群里的人，是叶抚的一个患者。

"叶医生，你能来我很高兴。"说话的是一个年约四十多岁的中年人。

叶抚上了车，"没想你亲自来接，不过再次见到你，你一点也不高兴。"

开车的人，握着方向盘的手紧了紧。

叶抚拿出了手机，把这人拉到了黑名单，才继续说道："走吧！我也不为难你。"

车子内明明开了空调，但开车的中年男人脸上的汗直流。

他知道，他做的事叶抚知道了，但他又不得不那么做，对方许诺的利益实在是太诱人了。

"叶医生……"

"你不用跟我解释,我拉入群的,自认是人品不错的,可能你当时是将死之躯,才会言善。"

叶抚救治这人的时候,他实际已经被医院判了不治。

车子开到了一外别墅,叶抚下了车。

"你走吧!我治你时你是付了钱的,我们之间以后不会再有交集。"就差直接跟他说,他上了她的黑名单。

她关上了车门,很重,说明她其实还是很生气的,虽然她的面上并不显。

那个中年男人脸色发白地开走了车子。

叶抚按响了别墅的门铃

172章

别墅的门自动打开了,院内空荡荡的没有一人。

叶抚走了进去,门在她后面又自动关上。

叶抚穿过院子,推开了别墅的大门。

客厅内冯国安看着她一步步走来,女孩步伐沉稳,身形纤细。

刚刚那个中年男人打了电话给他们,这个女孩明知是陷阱却还是踏了进来,不知道她的自信是从哪来的。

冯安妮坐在轮椅上,眼里却像是淬了毒,她始终认为她坐轮椅,都是叶抚害的。

冯安征也盯着叶抚,不知道为什么,感觉她像是笼罩了一层光,好像第一次发现她美得不可方物,让人挪不开眼。

冯敬松也在,坐在沙发看着叶抚,这个女孩从进来就没有半点害怕。她不可能不知道冯家古武世家,她的到来无疑是羊入虎口。

叶抚面上淡然,"你们叫我来,谁有病?还是你们都有病?"

冯家人……

还是冯国安先说出了口:"牙尖嘴利,我不信你不知道我们?"

"正因为知道,才说你们有病,别的不能确诊,但是红眼病是肯定的。"叶抚说话声音不高,却格外清晰地传入了叶家人的耳中。

冯国安眼睛眯着,想不到他小看这个丫头了。

"你……你也是古武者？"冯安妮虽然古武修为不高，但是也听出来了。

"我想你们特意叫我来，肯定不是想确认我有没有习古武吧！"叶抚嘴角微扬。

就只是这么一个小动作，却让冯家人看到了满满的讽刺。

"既然你都知道了，那就把那玉佩交出来，不管你是不是叶家的后人，我们冯家要的东西，就算是封家得到了，也要乖乖交出来。"冯敬松阴沉着一张脸说道。

"无论过了多少年，这马家人的嘴脸依旧是那样的丑陋，这刻在骨子的贪婪传承还真从没变过。"

叶抚提到马家人的时候，冯国安的眼睛睁大了些。

"今天，你不把玉佩留下，休想走出这个地方。"

"玉佩不在我身上，你们也看到了，东西有人拍走了。哦！对了，你们不是抢走了吗？怎么找我要？"

叶抚说这话，就说明这事她都知道。

"爷爷，跟她废话什么？她就根本没打算交出来。"冯安妮虽然自己不能和封培骁在一起，但她也不允许叶抚跟他在一起。

所以东西无论在不在叶抚身上，她都要咬死在她身上，那样才能让她爷爷对付叶抚。

她说话间，按了一下轮椅上的一个机关，"砰！"是枪响的声音。

叶抚侧身，子弹从她身边飞过。

"安妮！"冯国安生气地吼了一声。

他都还没问出来，要是叶抚死了，那不是再也找不到了。

"爷爷，我只是吓唬她，你看她不是没事，而且我也试出她身手不弱了。"冯安妮一张嘴巧舌如簧。

冯国安听她一说，才注意到叶抚刚刚虽然只是小幅度的移动，却是躲开了子弹的攻击，就连他也不一定能做到这样精准的判断。

所以他没有再训斥冯安妮，他这个孙女脑子还有一些的。

冯安妮挑衅地看了叶抚一眼，眼底满是得意。

叶抚的手一扬，寒光掠过。

冯安妮脸上的笑意消失了，"啊！"她尖叫一声，捂住了那只之前按机关的手，手腕的地方血涌了出来。

她的那颗子弹叶抚还给了她，而她的手现在不去医院的话，很可能会废了。

冯国安和冯敬松都没来得及阻止，冯安征忙喊了人进来，送冯安妮去医院。

"没想到，你小小年纪出手这么毒辣！"冯国安的话中带了怒意。

"这话还是送你给孙女用最合适，她刚可是要取我性命，我只是给她放了点血而已。"

叶抚这话让冯国安一咽，冯安妮刚出手的确是想要叶抚的性命。

但是在冯家人的眼中，只能他们对别人这样，所以才觉得可以轻轻放下。

"你既然知道是我们安排的陷阱，你为什么还要来？"冯安征有些不明白。

他现在已经相信之前冯安妮说的话，她的腿是叶抚动的手。

人家弹指间就能要人命，刚那子弹的速度，就是枪也不可能那么快。

"我来，是想告诉你们，不要惦记别人的东西，那不属于你们。"

说着叶抚就要转身离开。

"站住，我让你走了吗？"冯敬松女儿被伤了很不甘心。

叶抚倒是真站住了却，"忘了跟你们说了，你们冯家的人，就算有病我也不会给你们治的，虽然你们都病得不轻。"

然后她头也不回地出了屋子。

"爸，就这么放她走了？"冯敬松被叶抚气得不行。

冯国安一副稳操胜券的样子，"放心，她出不了这院子。"

他外面安排了人，他就不信不能把人带回去，带回去了，就能从她口里挖点东西出来。

"走，我们去外面。"

到了外面后，除了一地的保镖，哪里还有叶抚的影子。

前后不过就是三分钟的事，他们都是习武的，还都没听到动静。

"爷爷，他们好像都晕倒了，身上也没伤痕。"冯安征检查了一下。

"应该是用了药，没想到她还会用毒。"冯敬松也回味了过来。

"冯国安的眼中露出危险的神情，自古医毒不分家，她能医人，自然也能害人。"

他没想到失算了，下次再想抓住这丫头就难了。

"我们就这么回去了？"冯敬松怂怂然。

"她远比我想象的难对付，没有把握暂不要轻举妄动，现在我们看看潘家人会不会找上她。"

冯国安的话音刚落，一群人闯了进来，把他们几个团团围住。

"你们是什么人？"

"冯老爷子，你都抢了我玉佩，怎么会不知道我是谁？"冯家人怎么也没想到，潘子豪会先找上他们。

叶抚离开后，打了个电话，很快就有车子过来接她了。

一个年轻的女孩，留着一头利落的短发，身上也是中性的男孩打扮，不过她娇好的身材出卖了她的性别。

"抚哥，你终于出来了，我们还以为你结婚就把我们抛弃了。"

173 章

叶抚上了车，坐到了副驾座上，系好了安全带，看了眼肖可。

"说得我好像是出了牢狱似的。"

"婚姻可比牢狱可怕多了，我真想不明白，你怎么就结婚了呢？"肖可是个话痨，"你不是说，你这辈子不想结婚的吗！我都想跟你学习了，可你这一结婚打乱了我的计划，你说我以后要不要结？"

肖可不说话还有假小子的帅气，一说完全就毁形象。

叶抚跟她在一起嘴巴就不那么严谨了，"你这样子，你想结也难！"

她可不能说，她到现在也不明白怎么就结婚了，还让那个男人闯进了她的心里。

而且自他出现在她的生活中，好像一切都被牵着鼻子走了。

可她一点也不后悔，那可是她两辈子唯一喜欢的一个男人。

两人说话间，车子开进了一个写字楼的地下停车场。

停了车子后，两人坐电梯去了五楼，那里有个青禾服务信息公司，专门收集信息资料，帮人排忧解难。

叶抚进去的时候，一个正在玩手机的圆脸姑娘扔下手机扑了过来。

"抚哥！"然后就要一个熊抱。

叶抚偏开身子躲开了，姑娘扑在了身后的肖可身上。

肖可一把搂了搂田圆，"你又胖了。"

田圆跺了下脚，不理她。

她噘着嘴看向叶抚，说道："抚哥，你结婚了，都不爱我们了！"

这姑娘皮肤很白，长得圆脸，圆眼，身子有也点丰满，是个可爱型的。

叶抚以前听她们这么说倒也无所谓，现在结婚了可否惯着她们了，"我家五哥听到了，会不开心的，以后不要乱说。"

她很少这么较真，田圆缩了下脖子，"重色轻友！"

这时又走出个姑娘来，拿了几页资料，"你家五哥的资料，我刚收集完，不简单啊！"

凌媚查到的时候也吃惊的，没想到封培骁除了是 FT 国际的总裁，还有那么多的身份。

叶抚接过看了一下，与封培骁跟她说的，上面还是漏了不少资料，应该是封培骁做的保密工作很好。

"你们都没出去，是不是最近的活不多？"叶抚已经把这里的事交给她们，很少过问了。

"多，活很多的，这不是知道你要来，我们都回来了。"凌媚朝她抛了个媚眼，自认是风情万种。

她今年 24 岁，长得如同她的名字，脸妩媚妖娆，身材玲珑有致。

叶抚用手一挡，"我有主了，以后不接受这种福利。"

然后伸手去捏田圆的脸，白白嫩嫩的像个软包子，她有段时间没捏了。

田圆吓得往后退了几步，"抚哥，你饶了我吧！"

这时肖可的手机收到了一条信息，脸部肌肉抽了抽。

凌媚问道："是不是又给你下单了？那小子是不是看上你了？这次又是什么事？"

"让我去当他的女朋友，租我两个月。"肖可一脸的怨气。

"你们什么时候拓展这种业务了？"叶抚以前带她们的时候，可没接过这种活。

最多的是收集公司资料，帮助找失散的人亲人，收集一些婚外情的资料给雇主。

她说完还看了一眼肖可的手机，这一看，看到了熟人的名字。

发给肖可信息的人是霍越。

看了上面的信息，叶抚已经有些明了了，估计去给罗老爷子过生日那次，霍家人看到封培骁结婚被刺激到了，霍越让催婚了。

叶抚挺好奇的，"你们两个是怎么认识的？"

肖可，"网上下单，他找我们收集青秋集团的资料。"

霍越之前帮封培骁的时候，叶抚还没跟封培骁在一起，他们想找青秋集团合作的事她也知道。

"那你打算接不接？"

肖可一副豁出去的样子，"他出两百万，又不是真当男女朋友，再说了他也不难看，去就去。"

叶抚觉得她能入了封培骁的套，一点也冤。

不过这说不定是肖可的缘，她也没打算阻止。

她同情地看了一眼肖可，"你们的事，你们自己决定。"

然后又想到一事，"对了，我让你们查的冯家的事查得怎么样了？"

虽然之前听人说冯家的前身是马家，但她还是让凌媚去查了。

"基本和你说的不差，冯家人的资料我都发你邮箱了。"凌媚是凌寒的堂妹子，电脑玩得不错，搜集资料是一把好手。

"我回去再看，有什么问题你们随时来找我。"叶抚给封培骁的腿治好后，就没有再瞒着她的行踪。

她正说着，封培骁的电话打来了。

"阿抚，你见过冯家人了？"

封培骁能知道，叶抚一点也不奇怪，"嗯，我没事，我会尽快回家的。"

"中午我回家吃饭。"封培骁放心不下她。

叶抚放下电话后，就跟肖可几个告辞了。

到了家，程平已经在做饭了，封培骁也回来了。

叶抚把经过说了一下，"放心，他们我还能对付的。"

"你别小看他们，他们的古武不算拔尖，但是买了不少的军火。"

封培骁在得知叶抚去了冯家江城的别墅后，就知道对方等着叶抚入套。

说到军火，他又想起了一事，"你走后，潘家人也上门了。"

"潘家被冯家劫了，肯定是咽不下这口气的。"这一点叶抚不用想也知道。

潘家拍玉佩，就可以知道是有野心的，是个不好惹的主。

"就怕冯家把这事全推到你的身上？"封培骁担心的是这个。

虽然叶抚一开始就是这么打算的，但是他还是不放心。

两人聊了会儿，叶抚也说到了霍越和肖可的事，对于服务信息公司叶抚也没隐瞒。

封培骁对于霍越比叶抚了解得多，"霍越这人从不做没用的事，看来他是看上那个姑娘了。"

叶抚也是这么想的，很想说，他是不是在玩你剩下的套路，然后又觉得那样说的话，自己像个傻狍子让封培骁叼走了，忍着没说出来。

两人吃过饭，封培骁没有回公司的意思。

叶抚感觉他这个总裁当得过于悠闲，"你不去公司？"

"我在等人。"封培骁胸有成竹地说。

174 章

没过多久，叶抚就知道封培骁说的等人是什么意思了。

大约两点的时候，潘子豪找上了门来。

"看来他比我们想象的还要有能耐。"叶抚觉得能找到她这里也不容易。

封培骁提醒他，"你别忘了，封家人也找来了。"

"你是说，封家人知道了就是冯家人也知道了，然后是冯家人告诉他的？"叶抚想通了其中的关节。

两人说话间，程平把人领了进来。

来的只有潘子豪一人，他进来后并没有直接坐下，而是盯着叶抚的脸有那么一刻愣神。

封培骁，"潘总，请坐！"声音里散发着冷气。

潘子豪这才反应了过来，"抱歉，叶小姐长得跟我家里的一幅画太像了。"

"潘总，你这理由编得可不用心啊！"封培骁明显对他有敌意。

潘子豪说得很是认真，"我说的是事实，我可以让人传过来。"然后就打电话，让家里给他把画传过来。

很快他收到了画的图片，给封培骁看。

叶抚也凑过去看了，然后她也愣了下。

一开始她的长相和前世有五分像，但是经过灵力淬炼后，现在有七分像，尤其是她跟画中人的气质也越来越像。

这张画就是她前世的一幅画像，只是她想不明白怎么会在潘家手里。

当年这张画像是拿去选妃的，后来这事不了了之了，祖父怕有意外，就再也没让她回过家。

"是挺像的。"叶抚没有否认。

她很好奇潘家跟这幅画的渊源，或许当年的事还有她不知道的秘密。

"你上门拜访，不会只为了这事吧！"封培骁对于潘子豪肆无忌惮看着叶抚很不高兴。

潘子豪这才坐了下来，"当然不是，我这次在你的拍卖行拍了一枚玉佩，没想到是赝品，我想知道真的在哪？"

他有备而来，查到了拍卖持是封培骁的产业，说话也不像刚刚那样温和，带了锐气。

"赝品？"封培骁一副完全不知情的样子。

潘子豪把玉佩拿了出来，"就是这一块？"

封培骁接了过来，"这块我记得，不过我有些不解，还忘潘总解惑。"

看他认真的样子，潘子豪有些不明白封培骁葫芦里卖得什么药了，他顺势问道："你说！"

"这玉有假？"

潘子豪一愣，"是块好玉。"

封培骁，"雕琢有问题？"

潘子豪，"雕工也是一绝。"

封培骁，"那怎么说是赝品？"

"据我所知，这玉佩应该是一块古玉，可这一块是新玉。"潘子豪不由得有些恼了。

"我们拍卖的就是新玉，我们宣传册子上没有说古玉。"这一点封培骁早就想到了。

他没让叶抚做旧，他拍卖的就是一块玉饰。

叶抚像是刚知道一样，露出一脸的惊讶，"你说还有一块这样的，还是古玉？"

她眼神清澈，任谁看了都不会觉得她是在撒谎。

潘子豪被问到了，"你不知道？"

"我该知道？"叶抚一脸茫然。

潘子豪被她一咽，不知道为什么被叶抚那双好看的狐狸眼看着，他一点也不怀疑她的话。

而且心里还生出一股怪异的感觉，他的心跳似乎也比平时加快了。

他感觉有些控制不了自己的情绪，那是他从没有过的，他自认一向冷静自持，可在叶抚的面前，好像这些都荡然无存了。

他不敢看叶抚的眼睛，好像有一种魔力，让他不能自持。

"看来是我误会了，这东西是叶家的，我以为你是叶家的后人会知道。"他的声音有些干巴巴的。

"原来是这样，那你是不是也查到了我并不在叶家出生？"

叶抚这么说，是敢肯定潘子豪来之前没有调查过，冯家也会跟他说她跟叶家的事。

"是我唐突了，不该信冯家人的话。"潘子豪觉得他被冯家人耍了。

"我这边倒是查了点资料，冯家人，本是姓马，可能跟人有纠葛，才改了冯。"封培骁试探着说道。

他说话的时候，叶抚注意着潘子豪的脸色。

潘子豪的脸色在听到姓马的时候，动了动脸上的肌肉。

然后他站起了身，"今天是我唐突了，改天再登门谢罪。"

封培骁朝他摆手，"不用，不来打扰我们夫妻就算是你谢我们了。"

他对潘子豪有种天生的危机，总之就是不想见到他。

潘子豪走后，叶抚伸手拉了下封培骁，"你好像很不待见他？"

"他看你的眼神有些奇怪，让我不安。"封培骁捏了下叶抚的掌心，"以后见到他离远点。"

"嗯，听你的。"叶抚见他有些烦躁安抚道。

封培骁说道："你刚有没有看到他变脸了，我说冯家是马家的时候。"

"嗯，看到了，看来，潘家跟马家也是有渊源的，而且我有直觉不是好的那种。"

叶抚这么说，是她突然想到了，当年跟祖父官场不对付的人姓潘。

如果她猜得没错的话，潘家跟马家联合害了祖父，但是最后两家并没达成一致。

导致这样的原因，就是最后的利益分的不均，想得到的没得到。

她还有种预感，她的画像送去选妃，潘家怕她选中，所以画像落到了潘家手里。

只是她不明白，为什么这么多年了，潘家会把画保存得如此好。

"想什么呢？"封培骁看叶抚在发呆，就知道她走神了。

叶抚，"我在想，潘家跟那画像上的人有什么关系？"

"肯定没关系，别想了。"封培骁笃定地说："说不定是潘家人的痴心妄想。"

他说话有点带赌气，但是叶抚听进去了。

叶抚见封培骁没有起来去办公的意思，连书房也不去了，"你不是说公司有事忙？"

"我去公司就是安排下，我都安排好了，有职业经理人管理，看你这样子，好像要赶我走似的，你有事？"

封培骁有点忧伤，他想粘着老婆，叶抚却并不粘他。

这时候，他的手机响了，电话是霍越打来的。

"五哥，我回来了，来我家吃饭。"

叶抚有种预感，肖可也在他的边上。

原载"番茄小说网" 2020 年 9 月 25 日上传，目前连载中

重生九零学霸小福妻 （节选）

薇薇凉意

第一章　重生1990

安颜怎么也想不到，范深为了抢她的股权，把她推下山崖，脚下是无底深渊，她眼前的世界只剩一块突兀的大青石。

她双手死死抠住这块救命石，双脚扑腾试图找到落脚点，仰头往着高高在上的范深："阿深，救救我……股份我都给你；我什么都可以不要。你拉我上去好吗？"

范深面色狰狞看着她因抠石头而指节发白的手，抬起脚就准备踩上去。

身后传来一阵急刹车声，他皱眉回头一看，杜蔓菲急匆匆地跑过来。

迎向前，他担忧地说道："蔓菲，你怎么来了？你还怀着孩子呢，别走这么急。"

安颜只觉得眼前一黑，他的情人竟然是她同父异母的妹妹！

昨晚杜蔓菲还在病房里悉心的照顾她，今天顶着精致的妆容支开范深，像个救世主一般朝她伸出手。

安颜所有的震惊和屈辱被强烈的求生欲压下去，爬上来趴在地上，喘着气一句话也说不出来，要多狼狈就有多狼狈。

杜蔓菲蹲在她面前，满意地看着她，伸出手指抬起她的下巴轻笑着说："姐姐，想不到你还有力气爬上来。你的优雅都去哪了？"

安颜长舒一口气，忍住内心的愤怒说道："蔓菲，我是你姐姐，咱们是一家人，你为什么要这样做？"

杜蔓菲眼底浮现出不甘，脸上浮出一丝狠辣的笑，说道："不让我姓安，还说把我当一家人？"

"睡你老公就过分了？姐姐，还有更过分的事，我只怕你承受不起！"

"姐姐，就算当年那几个绑架你的男人没有侵犯你，姐夫看你也是个残花败柳。他最在意女人的名声，怎么可能爱你？你要不是你家那点家产，他会娶你？"

"他说你在床上就像一条死鱼，他对你完全没兴趣，亏你还以为自己很幸福。呵呵，对了，绑架你的人是我叫来的。"

"还记得你爸妈是在这里出车祸的吧？你们一家人能死在一起，你就知足吧！"

安颜眼睛充血，布满血丝，哑声道："你对我父母也做了手脚？你怎么可以？"

杜蔓菲抡起手用全力往她苍白的脸上扇去："你爸害了我妈一辈子，就这样死算便宜他了。你妈那个贱女人，哪点比我妈强？她算什么东西，也配我给她炖汤？不过是为了方便给你们整点慢性药吃。"

安颜脑海里一片混乱。

她至今记得，她遭绑架后，杜蔓菲守了她三天三夜，哭着要去找绑匪为她报仇，她结婚的时候，杜蔓菲对范深说，如果你欺负我姐姐，我第一个不放过你。

安颜父母出事，安颜哭得晕了过去。

他们的身后事都是杜蔓菲亲力亲为，还在灵堂哭着说，为什么出事的不是她，她宁愿替他们死。

安颜两次住院，杜蔓菲衣不解带的照顾她；就连婆婆汤水蓉说她娇气，连孩子都生不出来时，杜蔓菲都护着她，说生孩子是两个人的事，怎么能怪我姐姐呢？

没想到这些感人肺腑的场面都是装的！

她竟然毒如蛇蝎。

绑架是她设计的，父母是她害死的，她才是最大的罪魁祸首。

长着肉心的人怎么可以恶毒到这种地步？

"哎哟，姐姐，你的脸怎么这么苍白？"杜蔓菲脸上蔓延着得意的笑容，报复得逞的快感充斥着全身："哈哈，姐姐。你知道吗？姐夫挺厉害的，可惜你感受不到，我们还生了个儿子。"

安颜痛苦地摇头，顾不上红肿的脸传来疼痛。

她曾很多次问范深，为什么不碰她？

他只是对她说，他爱她、怜惜她，只要两个人是真心相爱，不必在乎世俗的情爱。

她心痛得绞成一团，嘴唇咬得发白："你这么做就不怕有报应吗？我要杀了你，我要杀了你！"

杜蔓菲很满意这样的效果，她恶狠狠地说："姐姐，你以为我拉你上来是为了救你？我只是要告诉你真相，让你走得更痛苦一些。不过，你也别太难过，过不了多久，我就让你爱的男人来陪你，让你们全家团聚。"

她毫不犹豫用尽全力把安颜往后一推。

安颜双手敞开快速下坠，耳朵里充斥着心脏跳动的声音。

她的声音回荡在山崖："杜蔓菲，范深，我做鬼也不会放过你们。"

……

安颜从床上弹起来，差点打翻杜蔓菲手里端着的银耳汤。

后者诧异地看着她说："姐姐，是不是做噩梦了？"

安颜一时魔怔，她不是被杜蔓菲推下山崖了吗？

她颤抖着打开摩托罗拉折叠手机的翻盖，屏幕上方显示：1998 年 8 月 26 日。

她重生了，回到了 23 年前的 1998 年。

这一年她 20 岁，中专毕业后在一家集体企业工作两年。

眼前就是生死仇人，痛闻真相和重生的震惊让她情绪有点乱，她双手微颤想掐上杜蔓菲的脖子。

重生真好，重生太好了！

一切都来得及，她一定要阻止所有的不幸。

她突然一个激灵，掐死杜蔓菲要赔上自己的性命太不划算！

她暗暗埋怨自己没沉住气："你又在为我们熬甜汤了？"

杜蔓菲露出谦卑的笑："姐姐，这是我应该做的。你快喝了吧！"

安颜望着成色极好的银耳汤，这碗甜汤里还不知道放了什么"好东西"呢！

怪不得杜蔓菲一定要考卫校的药剂师专业。

只怕她从走进安家的第一天起，就开始不怀好心。

安颜不露声色起身，端起碗往楼下的厨房走，炖锅里还有银耳汤，与红枸杞红白相间看着特别有食欲。

第二章　药，不能我一个人吃

药，怎么能我一个人吃呢？

安颜轻笑，盛出一碗递给身后的杜蔓菲说："爸妈不管买什么都是你我各一份。唯独你做的甜汤不给自己留，来，咱们一起吃。"

杜蔓菲接过碗："姐姐，你对我总是这么好。"

茶言茶语！

安颜只恨自己上一世怎么会瞎了眼，还以为她天生就是顺从温婉的性格，对她格外好。其实她都是为了蒙蔽所有人。

安颜用勺子在碗里舀来舀去，余光注意着杜蔓菲的一举一动。

她真的准备吃银耳汤，难道她没有放东西？

杜蔓菲也在摆弄勺子，看似无意想起了什么："哎呀，洗衣机里的衣服我还没晾呢！"

说着起身心急火燎的碰倒了桌上的碗。

"砰"的一声，白色瓷碗成数片，银耳汤全洒在地上。

"哎呀！"杜蔓菲慌张地说，"我太不小心了。"

然后麻溜地收拾碎片。

十二岁开始就能忍辱负重、装模作样到这种程度，这个女人该多可怕？

这番动作，安颜若不是重生还真看不出是故意的。

杜蔓菲手上一刻没停，还记得提醒她："姐姐，银耳汤凉了就不好喝了。你赶紧趁热喝吧！"

安颜只想冷笑，口蜜腹剑的东西。

她吃了一口银耳汤说道："要是以后你自己不吃，就不要特意给我们炖。做饭、洗衣这种事情你以后也不要做，有保姆阿姨。"

这样的话杜蔓菲听过很多次，这一次也照样没当回事，说道："姐姐，这是我应该做的。"

看着她出去倒垃圾，安颜把银耳吐出来，轻声道："别急，你慢慢还。"

杜蔓菲回来就看见安颜在洗碗，立刻上前抢着做："姐姐，让我来。"

安颜不看她，把碗擦干放进碗柜，说："我说的话你不听吗？"

杜蔓菲愣了愣，感动地笑道："姐姐你又来了，我现在也没上班，在家里做点家务是应该的。银耳汤你都喝完了？"

她每天都会给安颜和黎燕做甜汤，安颜每次都喝的精光。

今天总觉得安颜有点反常，所以她想确认一下。

安颜擦手："没吃完，刚才突然胃口不好，我都倒了。"

"……"杜蔓菲的手握成了拳，她学了四年药剂师，为的就是要给他们一家人下药。

安颜吃的东西里，她下的是损女人根本的药，给安友博和黎燕下的则是损大脑的药。

她攒下所有的零花钱都用在买药上，安颜竟然给倒了？

她眼底涌过一阵狠戾，很快就被柔顺的眼神掩饰下去，准备打开冰箱："那我晚上做点开胃的菜给姐姐吃。"

安颜一把抓住她的手："以后不要再进厨房做家务，我讲的话你要记住。"

今天算是和杜蔓菲小小的过了一招。

安颜不得不承认，她的城府很深。就在刚才她低眉顺眼地走到安颜面前："姐姐，我有事出去一趟。"

出去就出去，何必做出这副可怜巴巴的样子，好像受到约束似的。

安颜和以前一样关切地说："早点回来，路上当心一点。"

被人绑架可不得了。

上一世，安颜刚和范深订婚就被人绑架。

正因为如此，安友博让她提前和范深结婚，当时都没摆酒席。

新婚之夜，范深没有碰她。

一次酗酒后，他两眼通红不甘心地深望她："安颜，这辈子你只能是我的老婆。"

从那以后，两人除了分房睡以外，和正常的夫妻毫无区别。

后来尽管范家状态百出，她还是把青春与精力都奉献给了范深，也渐渐放弃了找那个救她的人。

此刻，安颜也打算出去。

她要去找范深，决定在明天两家订下婚事前和他讲清楚。至于前世的债，有的是机会和他算。

她还要找郁子青，因为上一世他的公司是范家最大的竞争对手。

只要和他联手，势必可以狠狠地打击范家。

郁子青是她师兄，比她高三届。

她入校时，他带人接待新生，一米八五的个头，白衬衣青裤子，面色略冷，表情坚毅，格外打眼。

每个角落都有他的传闻。

"郁子青是我们学校唯一的珠算能手一级，他早就被商业局内定了。"

寝室里妹子也犯花痴："郁子青好帅呀！"

"何止帅，人家还才华横溢呢！文武双全，爱死他投三分球的模样啦！"

"告诉你们一个好消息，他一直没有女朋友哦！"

有人开安颜的玩笑："这届新生里属你长得最好看。要不，你努力努力，拿下郁师兄。"

安颜真的很美，脸蛋小，五官清朗，腰身盈盈一握，穿着大摆裙，气质温婉，就像香港女明星。

她和郁子青确实有过一次交集，说出来还挺丢人！她文科特别好，理科就一塌糊涂。

尤其是珠算，简直就是一个睁眼瞎。

天知道那珠子要怎么拨弄才能到5050？

那些横竖纵横的数字怎么可能用珠子算出同样的结果？

她已经考了两次都没能过级。

眼看补考在即，如果再过不了级，以后毕业都难。

她愁得要命，闺蜜孙彤云给她出了主意："要不找人帮你代考？"

安颜吓得半死："那怎么行？抓到的话准得被开除。"

"那怎么办？考不了级一样不能毕业。听说补考是郁子青监考，要不去求求他？"孙彤云又生一计。

安颜也不知道该求郁子青做什么，反正她厚着脸皮去了。

她在食堂回宿舍的必经之路拦下他，成功地把他请到宿舍后的小花园里。

斑驳的阳光透过高大的银杏树，穿过金黄的树叶洒在老旧的青阶前，瘦高的郁子青身上，给他镀了一层暖色金光，让他显得没有平常那么冷。

第三章　看，学霸师哥

尽管如此，安颜还是不敢吭声。

郁子青先说话："你是为了珠算补考的事找我吗？"

安颜惊愕地看他，他怎么会知道？

她使劲点头说道："嗯，师哥，你能不能帮帮我？我真的打不好算盘，如果我不能毕业的话，我爸会打死我的。"

这句话前半句是真的，后半句是瞎话。

但她一脸的生无可恋倒是不假。

"我不可能帮你作弊。"郁子青回答得很果断。

安颜愁得眉毛眼睛一把抓，说："那我怎么办？"

郁子青望着她失魂落魄的样子，嘴角悄然上扬了三秒说道："你如果有空，我可以教你一些过级的技巧。但我时间不多，只能每天晚自习前一个小时教你。你愿意的话今天就开始，不愿意就算了。"

安颜当然愿意了！

事实证明她珠算真的很菜，郁子青连教了一周，终于忍不住，看着她纤细的手指皱眉说："你手指也不胖，怎么就拨不动算盘的珠子呢？"

这话伤害不大，侮辱性极强。

安颜可怜巴巴低着头，半天没说话。

他无奈地给了她一张练习稿，说："按照我教你的方法，先竖后横看数字，反复打出正确答案。"

补考的时候，郁子青监考，检查她的学生证就像不认识她一般。

试卷发下来后，安颜只觉得数字熟悉的跟她家一样。

郁子青形容拨不动珠子的手指，噼里啪啦的一顿拨弄，可算在规定时间内交了卷。

安颜捧着珠算普通三级证书跑去找郁子青道谢，却被告知他已经提前去商业局报道。

上一世他虽然事业成功，可是一直未婚。

据说曾经有个初恋，可惜后来错过了，就一心一意把心投入到事业中。

有一次郁子青到她办公室来盖章，那股成熟、冷静、禁欲的气质吸引了新来的小姑娘，半开玩笑地说："郁总，盖章这么小的事，你还亲自来。让你秘书来就好了嘛！"

郁子青连个正眼都没给她，只冷冷地回了个"嗯"。惹得小姑娘严重怀疑他是个 gay！

其实安颜也很好奇，这位后来身家上亿的师兄，他的初恋到底是谁？

现在他正在和初恋谈恋爱呢吧？

不管他在作甚，安颜决定无论如何都要打听到他的联系方式。

她 call 了闺蜜孙彤云，好半天才接到对方的电话。

孙彤云对她想找郁子青很疑惑："你找他干嘛？"

"今天我整理东西看到了珠算证书。当年不是还没谢他嘛？现在想说声谢谢。"安颜说完自己都觉得这个理由好扯。

没想到性格大条的孙彤云居然信了："连我们都毕业两年了，哪里还有他的联系方式？我听说他停薪留职了。要找他，怕是难。你们公司不是有个和他同届毕业的吗？要不你问问他。"

赵华宇？安颜摇摇头，这位师兄比她先到公司上班。现在是行政办公室副主任，严肃得不得了，她可不想问他。

看来眼下郁子青不好找呀！难道要等到 2001 年？

挂了电话她准备过马路坐公交车，却发现斑马线那头立着一位穿白衬衣的男人。

英挺的身姿，薄凉的嘴唇，冷冽的气质，不正是她要找的郁子青吗？

这个时候开车还没有礼让行人的理念，她连走带跑穿过斑马线，跑到郁子青面前。

却见郁子青急匆匆伸出双手迎她，深深凝望着她。

她也惊喜万分看着他，两人就像几辈子没见似的对视，静默无言。

好一会，郁子青说话："你不要命了？"

安颜在他的注视下展开笑容，俨如重瓣的太阳花绚丽灿烂："师哥，好久不见！你怎么在这里？"

郁子青下颌绷得铁紧恢复了日常清冷："我在附近办点事。"

"是吗？"安颜只记得笑，完全没想起来这个年代这里还不是市中心，附近都是私人造的小独栋，没有部门和企业。

郁子青和她并行走在人行道上："你去哪？"

去哪？安颜欣喜地想着，上一世她都厚着脸皮求他帮忙了，这一世能提前偶遇他，她还要脸做什么："师哥，其实我正在找你呢！"

郁子青脚步微顿，"你找我吗？"

"是呀！"安颜"厚颜无耻"的笑，"考级的事我还没谢谢你。"

郁子青目光微收："对外你可别说我教过你珠算。"

我嫌丢人。

安颜完全不在意他言外之意。

重活一次，她似乎有点了解郁子青，师哥是个外冷内热的大好青年。

"师哥，我想请你再帮个忙。"

郁子青索性停下看着她朝气年轻的脸，印象中她一直是温柔中带点倔强的性格，现在反而开朗很多。

"你说。"他简单的回应。

安颜大胆地说道："我爸妈让我订婚，可是我不喜欢那个男的。我能不能借你用一下？"

郁子青绷着脸，五秒后他说道："你打算怎么用？"

横着用？竖着用？

安颜顿了顿，貌似不太正经的话，怎么从郁子青嘴里说出来，还怪正经的。

"我现在打算去找他摊牌，你能不能装成我男朋友，陪我一起去？让他死心。"

话一出口，她心里的石头落了地，脸刷的就红了。

郁子青眼见着她白皙的小脸忽然间多了几道红晕，像田间的野山莓晶莹剔透。

他移开视线说："好的。"

好的？好的？？安颜没想到他就这样爽快地答应了，毫无悬念。

两人拦了辆出租车，这年头出租车算奢侈代步。

安颜报出地址后盯着计价表看了会，琢磨着路程有点远，车费不便宜，不能让郁子青付。

郁子青上车接了好几个电话，聊的都是医疗器械。

挂了电话，他把玩着手机说："留个联系方式？"

安颜暗喜，果断报出手机和传呼机号码，顺便解释道："平常最好是 call 我，我会回电话的。"

尤其是你的传呼，绝对秒回。

原载"17K 小说网" 2021 年 10 月 14 日起连载

后记

衣襟带花，炉火有暖

金问渔

一

一直认为，一个优秀小说家如果从事电脑编程职业，无疑会是出色的架构师。犹如建房，前前后后搭得起来是最基本的，建成的屋子还不能是个歪瓜裂枣，一个个人物，都是这座屋子的构件，立柱、椽子、主梁……多出来是浪费材料，少了，轻轻推一下就倒了，小说创作不仅仅需要形象思维，还不得缺失逻辑思维，决不能让叙事进入死循环。而在以北方话为基础方言、以典范的现代白话文著作作为语法规范的语系里，南方人写小说又有天生的残疾，或许是这两个主要原因吧，加上发表不易，相对于诗歌及其他体裁，海宁的小说创作与发表量一直较少。而2021年，可能会是近几年一个高点，本土作者纯文学小说先后发表于《海燕》《西湖》《山西文学》等知名大刊，出版了《我们的火红年代》《铜像》《国共少年师》等长篇小说，就一个县级市的文学创作来说，这是一个非常了不起的成绩了。

笛多的《晚祷》表现的是作者同一代人的迷茫与困惑：随随便便的婚姻、动机不明的自杀，纵然有体面的职业，内心仍是孤独无依，失去了理想的人无非就是一具行尸走肉，因此死了也就死了，谈不上有多么悲伤，小说的风格或许倾向于"零度写作"。联想到"躺平"一度成为网络热词，背后其实是一种集体焦虑或迷失，凡此种种，理应是文学的聚焦点。

柴草的两个小小说都很有意思，事故都是自己招来的麻烦，不仅仅车祸，手术也一样。而捡纸板箱的母亲与老板儿子的小小冲突，关键源于价值观的不同，谈不上谁对谁错，不同年代成长起来的人各有是非判断，不然哪来的代沟呢？

童程东向来是很会讲故事的人，《新娘子》中一对苦命鸳鸯犹如西西弗斯，眼看曙光在前，一次次却又被拦腰折断，打回原点，甚至更为不堪。最后的结局是开放式的，女主人公英子似乎已被命运击倒，房东却将面临人性的选择。一路看下来，英子竟有些祥林嫂的影子，然而在鲁迅的笔下，祥林嫂身上飘忽着若有若无的因果报应，可怜之人必有可恨之处，英子却是无辜的，人间尽沧桑，岁月多凄凉。

周飞的长篇《我们的火红年代》，在本册的作品集中已有我的评论，此地就不多说了。作为一位从帝都回归故乡的作者，他不仅携回了一册册著作，也给本土作协会员带回了笔耕不辍的榜样。

何梅清以小学文化程度数十年磨一剑写成《铜像》，并在其退休之后得以出版，不难想象其毅力、勤奋和对文学的挚爱。近二三十年来，工业题材的长篇小说不多见，作者曾是印刷厂工人，我相信文中的许多场景都是真实的，均为她本人所见所闻，由工人转身为作家，她的作品无疑有更多的地气。

二

过去的一年，海宁的散文创作也可圈可点，朱云彬与丁震麟分别出版了散文集《鸟声宜人》和《剑风琴心》。云彬先生自叙：所著文章体现的都是对故土情、朋友情以及对亲人、对祖国、对山水的真实情感，能做到笔下有信仰、有理想、有修养，追求记录历史，表现民族精神……震麟先生的文章则有侠气，仅看书名，会以为是一册武侠小说，翻开，果见书生意气挥斥方遒，作为一位年过七旬的写作者，这是难能可贵的。

省作协副主席、散文学会会长陆春祥先生曾说，他主编《浙江散文》，所选文章关注三个"有"：有文、有思、有趣。我深以为然，一篇好的散文至少具备其中之一，或有文采，或有思想，或有趣味。本卷入编散文共32篇，大抵也是按照这个思路选的，散文也要有故事，没有故事，就要有感动，没有感动，就要有趣味。《水面一片落叶》文采斐然，《每辆汽车下面都躲着一只猫》生动有趣，《摇到大港去》款款情深……读罢，又不由自主掩卷沉思。

《志摩 我不愿打搅你的梦》《虹桥头》《家住米行》《盐官旧梦》等，都披藏着海宁的人文历史；《花生物语》《豆瓣酱》《爆鱼》《春暖扳鱼乐》等，人间烟火气浓郁;《第三只眼睛读"双典"》《尧舜禹的畅想》则有着哲学的思考。

这些年作为市文联《海宁潮》杂志散文栏目的责任编辑,每次选散文时,总是喜悦与失望交织,喜悦当然是因为好稿,失望是好稿不够多。杂志承担着培育本土作者的责任,这种责任与不管不顾编一辑好栏目在很多时候是矛盾的,必须有所妥协。好在老作者都在扬弃与创新,挣脱创作惯性的桎梏,作品越来越厚重,新作者则日趋成熟,散文创作队伍不断壮大,在外发表量也大幅增加,今年入编仅是其中一部分,总字数已接近 8 万。

三

汉江老师是海宁诗坛的常青树,因出生于 20 世纪 40 年代末,他常说自己是民国遗老,年过七旬,每年的创作及发表量依然不少,鉴于篇幅原因,只选出其中六组编入本书。去年之前,他每年都自费旅游一次,行万里路收获灵感和意境,卷中《丝路诗语》是其旅游"丝绸之路经济带"和"21 世纪海上丝绸之路"重要城市和节点后所创作,诗作既体现了西域风景之魅力,也不缺边疆人文之光彩。《伏羲庙,侧柏》则显示了诗人独特的视角,在伏羲庙里,触动诗人灵感的不是神像、不是雕梁画栋,而是两侧苍老的柏树:两列侧柏,倚撑着支架和手杖/我不敢靠近,不敢按下快门/怕"咔嚓"一下,有些什么/会应声断裂……阅读至此,共情感油然而生,由柏树想到骨质疏松的老人,太老太脆弱了,稍稍碰一下,就成骨折或骨裂了。《远处晨光含蓄》是汉江先生为《上海诗人》2021 年第 1 期封三摄影的配诗,原本无题,我挪用第一句作为标题,又用作了本卷书的书名。为摄影或图画配诗,好比命题作文,限制自然会多些,但诗中"太阳把她的万朵胭脂摁在梳妆盒里"这样大胆的想象,仍然是出乎读者意料的,让人眼前一亮。

写年卷中诗歌这段简评时,正好是 1 月 31 日,除夕日,相遇了小雅的《除岁》《守岁》:这一日烟火在天空酣醉/聚了,散了。明朝依旧……团圆的酒甜一些,不团圆的酒/烈一些……用诗意诠释着过年光景,这样的语句是有知音的。言一文既写古体诗,又写现代诗,互相借鉴,应该是获益不少,《换季》借物喻情,有如古诗的"兴起",以银杏树的悄然落叶告之我们:争吵其实是一种挽留/真正的离开/关门声都很安静。如同讨厌教训人的散文一样,我不喜欢讲大道理的诗作，作家与诗人不能做高高在上的教师爷，要学会让读者自我理解和判断，学海的《拾荒者》描绘了一个拾荒者和一个小孩的对峙，这其实也是两代人、两个阶层的对峙，作者的情感和价值观铺垫于文字之中，需读者自行体会和提炼，正所谓"随风潜入夜，润物细无声"。

四

2020 与 2021 是海宁长篇人物传记的出版大年，先是一套《共商国是海宁人》光彩夺目，而后，《延安的养蚕姑娘：甘露传》《匹夫有责——田方传》《查济民传》《陈巳生传》《革命文化播种人——沙可夫传》等长篇传记先后面世。海宁是名人之乡，为先贤著书立传，既是缅怀，又是整合各方力量推动文学创作的良好契机。

《甘露传》带着读者走进延安那段岁月；《查济民传》描写了香港的商业鏖战中主人公的勤奋与成功；《陈巳生传》记录主人公与中国共产党肝胆相照的故事；沙可夫与田方，则是两位革命者的成长历程……由于印张有限，本书编入的都是上述人物传记的节选，但即便是这一两小节，或已扣人心弦。海宁乡贤们有出色的成就和丰富多彩的人生经历，深挖这座富矿，是可以让创作出彩的。

编入本栏目的，还有施建平的报告文学《抗疫之歌——浙江省海宁市工商联凝心聚力众志成城抗疫纪实》。正如文章开言所述：公元 2020 年，令人难忘的庚子年。新冠病毒——前所未有的疫情，前所未有的挑战。作者以"工商联"这一人民团体的视角，记叙了海宁的抗疫工作。众志成城，许许多多的感人事迹通过文学这一载体得到了宣传与记录。

五

我平时不太看国产影视剧，觉得被资本裹挟的大多数电影粗制滥造，笑点低俗，侮辱智商，电视剧稍好一点，但情节雷同，不免落入俗套，看了一、两集便已能猜到结局，倒是国产动画片，值得闲时观赏。《画江湖》系列、《山河剑心》《秦时明月》《地灵曲》《斗罗大陆》《斗破苍穹》《万国志》《四海鲸骑》《凡人修仙记》《枕刀歌》《少年锦衣卫》等，画面唯美，音效出众，主题歌好听,悬念迭起,完全不输于迪士尼等国外动漫,在烦恼的世事中抽身片刻追追剧,也是美事一桩。

如果说《斗罗大陆》《斗破苍穹》属于娱乐性质的爽文剧,那么《枕刀歌》《山河剑心》等对人性的描述与追问不输于纯文学作品。于是回过头来再看这些网络原著,却比较失望,除了《四海鲸骑》《斗罗大陆》极个别作品外,大多数不仅文字粗糙、错别字多,而且逻辑混乱、叙述手法传统单一,互相抄袭,或学渣、武渣逆袭翻身,或现代废柴青年穿越到另一时空为王为尊。说穿了,大都是意淫作品,以想象来弥补现实生活的不堪,主人公性格偏激,快意恩仇,行事冲动不计后果,应是青少年作者叛逆期的所作所为。无疑,动画片经过了再创造与美化。由此想到,网络文学尽管读者众多,但要在文学史上要留下经典,还有很长一段路要走。从长远发展看,必须回到现实主义的创作方向上,从斗罗大陆、斗气大陆回到人间、回到当下。

2021年,海宁的网络作家队伍持续壮大,董钦、周飞、姚利芬、姚欣悦先后加入作协,如是,作协会员中专事网文创作的已有十余人。从整体来看,海宁网络作者的实力已不输于周边市县,周飞属于衣锦荣归,杨卫华、董钦、谢乙云等都有一定的网络知名度,其中杨卫华实体书亦出版多部。目前,他们都在转向现实主义网文创作,给我们以期待。

本卷年选入编了八部网络小说的章节,是近年来最多的一次,集中展示了海宁网络小说家2021年的创作状况。《边境风云》《花间行》《速破者》都是现实主义题材,其中林亿一的《花间行》还是妥妥的海宁故事,小说以海宁市长安镇鲜切花产业发展为主要题材,体现了当代大学生回乡创业,在乡村振兴以及共同富裕中奉献出一份力量,同时也收获爱情的故事。董钦所著《边境风云》的主题是反走私,部分情节来自他本人任职海关时的所见所闻;周飞所著《速破者》的主题是反诈骗,较好地契合了政府的"反诈骗"工作,该小说还在本地公安局的公众号上进行了连载。其余《怪盗爵士猫》等五部,虽不是现实主义作品,但各有特色。

六

去年,海宁市评论协会的"2对1项目"列入了文联每年一度的"中青年人才扶持工程",本土的六位女作者的作品由一位杭州评论家和一位本土评论作者分别予以评论，故也是近年本土作者出产评论文章最多的一年。因论文大都已编入由西泠印社出版社推出的《鹃湖评论》2021 卷，本书仅选编了三篇论文以供阅读，学海老师"对《风马》文本的审美分析""论穆旦与中国现代诗的升华"，我学习后受益良多。

连续编撰海宁作家作品年选已是第四年，时光如白驹过隙，变化的是可选的作品越来越多，不变的是同一个书房，同一张书桌，一个个似曾相识的夜晚。原计划本书400页左右，一校稿出来，已逾500，左看右看，都不忍舍去，干脆就改为上、下两册吧！

小说、散文、诗歌、传记、报告文学、网络文学、文学评论……海宁作家队伍创作门类齐全，近些年创作激情也水涨船高，大家的努力，正是我编撰年选的动力。反过来，年选的编撰又鞭策激励了大家的创作，出人才、出作品，一本年选，就是作协工作最好的年度总结。本书入选作者五十一位，比去年的选本又多了十位，记得有一次学海老师在文联的会议上说："作品通过纸质出版得以保存流传，若干年后，我们的后代看到了先人的名字，也会特别自豪（大意）。"衣襟带花，炉火有暖，文学不仅记录着时代，也温暖着作者自身。我由衷地希望入选者越来越多，一个人会走得更快，但一群人能走得更远，每年的年选，都是海宁作家的一次集结，一个人的名字镌刻在作家群体中，就不会被岁月湮灭。

感谢市文联的大力支持！

上述文字，以代后记。

2022 年 1 月 31 日除夕夜